수수밭에 바람이 불면

수수밭에 바람이 불면

초판 1쇄 인쇄 2014년 09월 10일
초판 1쇄 발행 2014년 09월 15일

지은이   권 태 환
펴낸이   손 형 국
펴낸곳   (주)북랩
편집인   선일영   편집   이소현, 이윤채, 김아름, 이탄석
디자인   이현수, 신혜림, 김루리   제작   박기성, 황동현, 구성우
마케팅   김회란, 이희정
출판등록   2004. 12. 1(제2012-000051호)
주소   서울시 금천구 가산디지털 1로 168, 우림라이온스밸리 B동 B113, 114호
홈페이지   www.book.co.kr
전화번호   (02)2026-5777   팩스   (02)2026-5747

ISBN   979-11-5585-290-3 03810(종이책)
            979-11-5585-291-0 05810(전자책)

이 도서의 국립중앙도서관 출판예정도서목록(CIP)은 서지정보유통지원시스템 홈페이지(http://seoji.nl.go.kr)와
국가자료공동목록시스템(http://www.nl.go.kr/kolisnet)에서 이용하실 수 있습니다.
(CIP제어번호 : CIP2014026319)

수수밭에 바람이 불면

시와 산문 속으로 떠나는 인문여행

권태환 지음

북랩 book Lab

저는 문단에 등단한 시인도 아니고, 시를 전문적으로 공부한 시인도 아닙니다. 다만 시가 좋아 평소에 틈틈이 시를 써왔을 뿐입니다. 그래서 평소에 자비로 시집 한 편을 내고 싶다는 조그마한 소망을 가지고 있었을 뿐이었습니다. 그러다 우연한 기회에 일반 시민들이 지하철이나 버스 안에서 시집을 잘 들고 않는다는 생각에 미치자 '시를 위한 산문집을 내면 어떨까'라는 생각을 하게 되었습니다.

다시 말해 산문과 시가 함께 동반여행을 하는 문집을 내면 어떨까 싶었습니다. 시를 쓰게 된 배경과 시점, 그와 관련된 사안들이 어떻게 시와 얽혀 있는지를 일반 독자들의 궁금증을 풀어 주고 싶었습니다. 게다가 시를 위한 문집을 내게 된 직접적인 동기는 블로그를 운영하면서부터입니다. 그동안 틈틈이 써왔던 시들을 블로그라는 소통의 공간을 통하여 나름 발표하여 왔습니다. 에세이 형식의 산문이나 여행기와 함께 시를 발표하기도 하고 혹은 시만 발표하기도 하면서 어느 정도 습작은 된 상태가 되었습니다.

시는 누구나 쓸 수 있습니다. 감상적인 생각이 충만할 때, 시는 자연적으로 나오는 언어라고 생각합니다. 흥겹거나 슬프거나 감정에 사로잡혀 있을 때 이를 표현하고자 한 함축적인 단어들의 모임이 시입니다. 어떤 이는 즐겨 부르던 노래를 흥얼거리고, 어떤 이는 악기를 연주해 듣는 이의 감성을 풍부하게 해주며 어떤 이는 생각만 해도 행복해지는 사랑의 편지를 쓸 수도 있습니다. 또한, 동료들과 한 잔의 술로 그 날의 시름을 풀어나가는 것인데, 저는 시를 쓰는 것으로 그것을 표현할 뿐입니다.

시는 소설처럼 읽혀지지는 않습니다. 줄거리의 연속성이 있는 소설이라면 책갈피를 해두었다가 생각날 때 다시 펴서 읽고는 하는데 시는 연속성과는 거리가 멀어서 꼭 그렇지는 않습니다. 물론 연작시라면 몰라도 말입니다. 또 어떤 시는 다가가기가 어려워 그냥 피상적으로 넘기는 경우도 다반사입니다. 우리 서민들이 오페라를 보거나, 클래식 연주회를 경청하는 경우 가끔은 답답할 때가 있습니다. 저 대목에서 저 장면은 무슨 뜻일까, 혹은 저 연주에서 들리는 저 악기의 음색은 지금 상황에서 무엇을 나타내는 것일까 하고 궁금해 하기도 합니다. 시도 이런 경우가 다반사라고 생각합니다. 그래서 요즘은 이야기가 있는 연주회 혹은 찾아가는 연주회 또는 해설이 있는 음악회, 오페라 등 다양한 시도를 하고 있는데 이런 문제를 해결해 보려는 시도라고 생각합니다.

다시 말해, 시는 혼자 있을 때 외롭습니다. 그래서 잘 읽혀지지 않습니다. 시를 읽으면서 시를 쓴 작자의 의도를 즉각 알아내기가 어려울 때도 있습니다. 시를 쓴 배경이나 시대 상황, 작자의 정신적 상태 등 시를 둘러싼 환경이 많을 텐데, 이러한 환경들이 설명되어 있었더라면 쉽게 이해하고 공감할 수 있었을 텐데 라는 아쉬움이 남습니다. 시는 흰 종이 위에 검은 글씨로 그 의미를 전달하지만 결코 무채색이 아닙니다. 유럽화풍에 인상파며 입체파며 전원파가 그들이 추구하는 화풍을 그림으로 확연히 전달하듯이 시도 그런 색깔을 가지고 있습니다.

교과서 등에 많이 소개되었던 모더니즘 시인들의 시를 보면 대번에 기존의 사실주의와 전통적인 가치관 등을 부정하고, 개인주의, 도시 문명의 인간성 상실 등을 상상하듯이 모든 시도 깊게 음미해보면 시인의 취향에 따라 시풍을 느끼게 됩니다.

저에게 있어서 시는 사는 것, 즉 생활이라고 할 수 있습니다. 길을 가다가 문득 생각이 나면 메모를 해놓았다가 집에 와서 책상에 앉아 쓰기도 하고 갑자기 사회 이슈가 생기면, 산책을 하다가도 생각이 나면 메모를 해 둡니다. 여행을 하거나, 산책을 하거나, 일상의 모든 경험들이 저의 시상의 원천이 되기도 합니다. 그래서 저에게 시는 일상생활의 반영이자 투영입니다. 일상생활에 충실해지기 위한 방편이라고 생각합니다. 그래서 급진적이지 않고 진보적이지 않습니다. 그냥 이 시대를 살아가는 평범한 시민의 생각이 시라는 글로 활자화될 뿐입니다. 우리 이웃이 슬퍼하면 슬퍼하고 즐거워하면 즐거워하고 가슴 아파하면 아파하는 그런 평범한 시민일 뿐입니다.

그래서 관념적이지 않고 추상적이지 않으려고 노력하지만 가끔은 이런 관념적이거나 추상적인 것에 손이 갈 때도 있습니다. 시란 감흥에서 우러나오는 감정을 자연스럽게 옮겨야 되는데 의식적으로 혹은 작위적으로 쓰는 경우가 있습니다. 현실 참여를 위하여 쓰는 경우가 많은데 이런 시는 매끄럽지 못하고 몸에 맞지 않은 옷을 입은 듯이 어딘지 어색해 보일 것입니다. 시를 쓰는 시인의 의식의 상태에 따라 시의 모습도 다양한 모양을 띠게 되는 것입니다.

시를 쓰는 시점은 현장에서 즉시 펜을 들고 시를 쓰기도 하지만 주로 일정 시간이 흐른 뒤 그 현장을 벗어나서 차분한 가운데 시를 쓰는 편입니다. 다른 시인 분들에게는 어떤지 모르겠으나 일정 시간이 흐른 뒤라도 저는 그 현장의 분위기를 그대로 이어 가지고 와서 시를 씁니다. 그래서인지 그 현장을 다시 되새기게 되어 현장의 여운은 더 오래 가는 편입니다.

이런 시 형식의 산문을 쓰면서 참 좋았던 것은 나의 마음속의 이야기를 쓰게 되었다는 것입니다. 누구나 자신의 마음속의 얘기를 털어놓고 나누고 싶은데 현대사회에서는 마음대로 대놓고 얘기할 상대를 찾기가 어렵습니다. 앞에서 설명해 드렸듯이 블로그라는 지면은 그런 나의 욕구를 충족시키는 데 제격이었던 것 같습니다. 많은 사람들이 들락거리는 그런 '파워블로거'는 아니지만 욕구 배출을 할 수 있었던 것 같습니다.

현대사회는 많은 소통의 공간이 존재합니다. 특히 SNS는 현대사회에서 가장 유용한 소통의 도구이자 욕구의 배출 창구이기도 하지만, 우리 같은 중년의 사람들에게는 너무나 빠른 SNS를 이용한 소통에 두려움을 가지고 있는 것이 사실입니다. 그래서 느릿느릿하게 걸어가는 블로그는 나에게 생각의 여유와 나 자신의 삶의 정리에 많은 도움을 주었습니다. 차분하게 생각할 수 있게 해준 블로그라는 공간을 감사하게 생각합니다.

이미 수많은 시집과 수많은 산문집, 에세이집이 시판되고 있지만, 시와 산문 혹은 인문이 결합된 형태의 새로운 영역이 독자 여러분들에게 신선한 모습으로 받아들여졌으면 좋겠다는 나름의 생각을 가지고 있습니다. 지하철에서, 버스에서 혹은 여행지에서 여러분이 부담 없이 차분한 생각을 할 수 있는 그런 마음의 공간이 될 수 있었으면 좋겠습니다.

시, 산문 그리고 에세이는 그들 나름대로의 장점이 있고 영역이 있는데 이 각자의 영역을 침범한 게 아닌가 하고 나름 조심스럽게 걱정을 하고 있습니다.

요즘의 기업에 있어서 사회 전반적인 화두는 창조경영입니다. 그래서 미래창조과학부라는 정부조직도 생겼고 앞으로의 먹거리가 미래를 이끌 수 있는 새로운 영역의 개척임을 명시하게까지 했습니다. 통합을 넘어 통섭의 시대로 접어들었다고 합니다. 같은 영역에서의 통합이 아니라 전혀 다른 영역의 통합이 이뤄지고 있는 세상입니다. 우리 문학도 이런 통합적인 모습이나 새로운 분화적인 모습을 가지고 전혀 다른 영역이 생겨났으면 좋겠습니다. 시대의 흐름은 아무도 예측할 수 없이 다양하게 변모해 가고 있습니다. 이러한 다양성이 문학 장르에서 일어나 독자들이 행복해하고 즐거워지기를 기대해 봅니다.

그리고 무엇보다도 이런 글을 읽으면서 심신을 치유할 수 있었으면 좋겠습니다. 글이란 것이 우리의 생활에 미치는 영향은 상상을 초월하기도 하지만 저의 이런 시도의 글이 요즘에 유행하는 힐링을 위한 그런 글로 남았으면 합니다. 글을 읽고 살아가는 데 삶을 포기하거나 자신감을 잃거나 하는 부정적인 감정이 일어난다면 그것은 글의 역할이 아니라고 생각하기 때문입니다. 살아가는 데 힘을 얻고 삶의 의미를 찾아가는 데 도움이 되기를 기원해 봅니다. 글을 쓰면서도 그러한 부분에 염두를 두고 쓰고자 노력했는데 제대로 되었는지는 독자들의 판단에 맡기고 싶습니다.

시라는 글의 본성은 이성보다는 감성을, 냉철함보다는 온유함을, 폭력보다는 평화를 지향하는 것이라고 생각하고 싶습니다. 물론 칼끝보다도 더 예리한 글로 혁명을 옹호하여 역사를 바꾸기도 하지만 그것은 어디까지나 시대의 첨병으로서의 역할을 자처할 때 뿐이고 평시에서의 시는 현대문명에 찌든 몸과 마음을 쉬게 할 수 있는 역할에 충실했으면 하는 바람을 가지고 있습니다.

특히 시를 암송하거나 쓰는 일은 인격 수양에 매우 유익하다고 생각합니다. 학창 시절 강제에 의해서, 스스로를 위해서 좋아하던 시를 암송하던 기억들이 있을 것입니다. 그때의 아련한 기억들은 누구나 가지고 있을 것입니다. 그럴 때면 우리의 감성은 최고조에 달하고 몇 날 며칠 행복감에 빠져 있던 그런 기억을 가지고 있을 것입니다. 이렇게 시는 인간의 마음을 풍요롭게 하는 마법이 있습니다. 그래서 시가 가장 마음속에 와 닿을 때는 감수성이 예민한 학창 시절일 것입니다.

그래서 선조들은 어릴 때부터 예의 교육을 마치면 바로 시가를 공부하였습니다. 옛 성현들의 시를 배우면서 자연스럽게 그분들의 생각과 마음을 읽을 수 있었을 것이고, 그래서 자신도 그분들을 닮으려고 노력했을 것입니다. 시를 교육적인 면에서 바라보았던 것입니다.

중국 섬서성 비림박물관에는 중국고전 중에 '관제시죽關帝詩竹'이란 독특한 형태의 시가 쓰인 비각이 있습니다. 우리가 많이 읽고 있는 삼국지에 나오는 관우가 쓴 시인데, 돌로 된 비각에 음각되어 있습니다. 관우가 조조 진영에 붙잡혀 있으면서 조조가 관우를 자신의 신하로 만들기 위하여 정성을 들였는데도 관우는 이를 뿌리치고 유비에 대한 변함없는 자신의 충절을 댓잎에 숨겨 몰래 표현한 시입니다. 즉, 대나무 한 잎 한 잎에 자신의 충절의 시를 한 글자씩 적었던 것입니다. 조조도 교묘하게 대나무 잎에 빗대어 적은 이 시의 뜻을 즉시 알아챘다고 합니다. 시와 식물, 즉 문자와 대나무의 결합 형태로 시를 쓴 것입니다.

관제시죽關帝詩竹　　　　　　　　　　　　　　　　　　　관우

不謝東君意 불사동군의_ 동군의 후의에 감사하고 싶은 마음은 없습니다.
丹青獨立名 단청독립명_ 홀로 붉고 푸르게 이름을 세우고자 하니
莫嫌孤葉淡 막협고엽담_ 마지막 남은 이파리 색이 바랬다고
　　　　　　　　　　 싫어하지 마십시오.
終久不凋零 종구부조령_ 끝끝내 시들어 떨어지지 않을 것입니다.

시는 우리의 오감을 풍부하게 하고 이 풍부해진 오감이 우리의 삶을 더 풍요롭게 하는 데 기여하게 되리라 믿어 의심치 않습니다. 풍부해진 오감은 인간이 살아가는 데 우리의 정신세계 즉, 심리적인 정서에 안전판적인 역할을 할 것이라고 생각합니다. 저의 '수수밭에 바람이 불면'도 여러분의 오감을 더 넓고 풍부하게 확장시켜 하루하루를 살아가는 데 힘의 원천이 되길 빌어봅니다.

CONTENTS

V. 사계 思季　363

I

봄

1
| 결혼의 조건 |

요 근래 여름 장마철이라 그런지 비가 몹시 내렸다. 햇볕을 본 지 오랜 듯하다. 도심은 우울증에 걸려 있고, 한 달여 동안 계속된 장마에 집 안의 옷가지며 이불들뿐만 아니라 사람들의 마음도 장맛비에 축축해져 있다. 기상청 예보에 의하면 북쪽의 한랭고기압과 남쪽의 습한 저기압이 우리나라 중부지역을 중심으로 세력 다툼이 오래되어 장마가 길어진다고 예보하고 있고, 8월까지도 장마가 계속될 수도 있다는 전망을 하고 있다.

꼭 1년 이때쯤 친구 부부와 함께 우리는 서귀포에 있었다. 제주도 공항에 내린 우리 두 부부는 제주시내 남녕여고 인근에서 점심을 먹고 서귀포행 버스를 타고 서귀포로 향했다. 날씨는 더웠지만 이따금씩 보슬비가 내려 견딜 만했다. 버스를 타고 서쪽 산업도로를 따라 한 시간 만에 도착한 서귀포는 우리나라 땅이지만 생면부지의 땅처럼 낯설었다.

이 서귀포는 끌림이 있는 곳이다. 대한민국의 가장 남단이기도 하지만 왠지 이국적인 느낌을 느끼기에 좋다. 서귀포 역 근처 서귀포 산림조합에서 알려준 대로 서귀포여고 바로 옆, 바다가 한눈에 보이는 돔베낭골 펜션촌에 짐을 풀고 우리 부부는 첫날부터 요즘 유행하는 올레길을 쏘다녔다.

올레길 중간에서 첫 태풍 '카눈'이 불어오는 서귀포 해안가를 서성거리다 엄청나게 쏟아지는 비바람 속에 갇히곤 했다. 우리는 이 비바람을 걱정하고 왔지만 비바람은 오히려 우리에게 힐링과 자유를 느끼게 해 주었다. 우리는 이 비바람을 온몸으로 맞으며 요즘 뉴스에 한참 오르내리는 강정마을 항구를 가로질러 걸어갔다. 강정마을 앞 바다에 새롭게 건설되고 있는 육중한 구조물들이 하늘을 덮을 듯한 파도를 온몸으로 맞으며 위태롭게 지탱하고 있었다. 한참 동안 비바람 속을 걸으면서 자연과 소통하며 생활하는 삶이 이렇게 좋을 줄은 생각도 못 했다. 폭풍 같은 비바람 속에서 오히려 우리는 사색을 할 수 있었다.

굵은 빗줄기는 온몸을 때리고 비바람은 나의 몸을 훑고 지나갔지만 해방감에 우리는 전율했다. 바다에는 파도가 으르렁거리고 해안가 절벽 윗길로 폭풍우 같은 비바람이 열대의 수목들을 때렸지만, 우리는 학창 시절 본 적이 있는 스티브 맥퀸과 더스틴 호프만이 주연한 '빠삐용'이란 영화에서 스티브 맥퀸이 천신만고 끝에 외딴섬을 탈출한 것처럼 프리덤, 즉 자유를 만끽했다.

낮부터 시작한 첫 태풍의 비바람은 밤새 우리의 귀를 시끄럽게 했다. 함께 온 친구 부부야 모르겠지만 제주도는 우리 부부에게 있어서 함께 온 것이 이번이 두 번째다. 첫 번째는 신혼여행이었다. 평생 좋을 것만 같았는데 여기로 다시 돌아오기까지 많은 시련을 이겨냈다. 누구나 부부 관계에 있어서 시련을 겪기 마련인데 우리 부부도 이혼까지 갈 정도의 갈등을 겪기도 했다. 광풍에 흔들리고 휘날리는 서귀포 후박나무처럼 흔들린 적도 있었고, 태풍의 한가운데 들어가 있는 서귀포 앞바다의 파도만큼이나 격랑을 만난 적도 있었다. 서귀포의 비바람은 우리가 묵고 있던 펜션의 창문을 날려버리기라도 하듯이 사납게 으르렁거렸다. 태풍은 우리를 밤새도록 불러댔지만 우리는 그 소리에 밤잠을 설치며 방 안에서 숨죽이고 귀 기울였다.

서귀포의 비바람

서귀포 바다는 비바람이 겹겹이 쌓여 있다.

첫여름을 박차고 들어온 태풍 '차눈'은

바다의 혼을 빼놓고

파도의 일렁임은 제주 할멈의 하얀 머릿결이 되어 우리를 유혹한다.

올해 첫 태풍의 길목인 서귀포 칠십 리 길에는

탐실하게 열린 무화과, 꽃잎 진 동백, 탐라산 수국, 후박나무 이파리가

비바람에 춤을 추고

속골앞 바다 정원庭園인 법섬은

소리에 꺽여 귀머거리가 되어

하얀 파도 꽃은 찬란히 피어나는데

나는 이미 배가 되어

세심世心과 함께 태평양의 검푸른 파도를 넘고 있다.

발가락이 서걱거리는

구름 가린 수봉 소로 빗길에

발톱만한 어린 게들이

화들짝 놀라 물살을 가르며

풀 섶으로 도망가는 모습을 보니

오래전 서귀포에 살던 화가 "이중섭"의 아이들이 환생하는 듯하다

간간이 길 위에서

여행자들의 웃음이 비바람에 날리고

야생초들이 손을 잡고 속삭이는 이 길은

왜 이리도 이별에 익숙해 있는지
손톱에 물들이던, 여린 여릿한 기억 속으로
한 잎 한 잎의 꽃잎들이 지는데
저 담장 가에 핀 저 능소화는 누구를 기다리는 걸까.

저 멀리 세상의 끝까지
비바람이 할퀴고 간
구럼비 바위는 검은 속을 태우고
강정마을의 귤나무는 푸르다 못해 검구나.

강정포구의 비바람은
우리의 심신心身을 이소離巢케 하고
검은 강정천을 따라
서귀포 바다로 겹겹이 쌓여 간다.

　다음 날도 우리는 올레길을 걸었다. 태풍의 비바람은 잦아들었지만 바람은 여전히 오락가락했다. 온 몸으로 바람을 맞으며 우리는 바다가 올레길을 쏘다녔다. 서귀포에서 7올레코스로 가다 보면 '황우지'라는 곳이 있다. 황우지는 용암이 흘러내려 굳어진 바위로 둘러싸여 바다와 연결된 바다 못이다.

　우리 부부도 친구 부부와 함께 그곳으로 내려가서 한참을 놀았다. 바다 수영을 하기에는 좋은 장소인데 파도가 못을 넘쳐오고 요동을 쳐서 들어갈 엄두를 못 냈다. 그 못, 황우지라는 유래를 알고 나서 우리는 싱겁다 못해 피식 웃음이 나왔다. 황소가 도강을 하는 형상이라 하여 황우지라 한다는 싱거운 스토리텔링이다. 그 아름답고 순결한 못의 여운에 심취하여 집으로 돌아와서 몇 날 며칠을 뒤척였다.

황우지에 가거들랑
한반도 끝,
제주도 서귀포 황우지에 가거들랑
저 푸르고 맑은 물에 당신의 귀와 눈을 씻어 보세요.

황우지에 가거들랑
세파에 더럽혀지고 얼룩진 당신의 입을 씻어보세요.
황우지의 푸른 선녀탕에서 물 밖으로 나올 때
세상에 의해 더럽혀진 당신의 마음을 씻어보세요.

천상의 못池에 당신의 영혼은 정화되어 있을 거예요.

우리는 다음 날, 차를 렌트하여 이름이 특이한 '쇠소깍'에 들르게 되었는데 우리는 사랑의 전설에 매료되었다. 쇠소깍은 제주도 서귀포 동쪽 중간쯤에 위치하고 있으며, 유일하게 민물과 바닷물이 만나는 곳으로 용이 살고 있다 하여 용소라 하는데, 이 쇠소깍에는 견우 직녀보다도 더한 사랑의 전설이 있다. 쇠소깍 입구에는 화강암으로 된 안내 표지석에 다음과 같이 전설이 소개되어 있다.

"지금으로부터 약 350년 전 하효 마을에 어느 부잣집 무남독녀와 그 집 머슴의 동갑내기 아들이 신분상 서로의 사랑을 꽃피우지 못하자, 비관한 총각은 쇠소깍 상류에 있는 담내소에 몸을 던져 자살을 하였다. 이를 뒤늦게 안 처녀는 남자의 죽음을 슬퍼하며 시신이라도 수습하게 해달라며 쇠소깍 기원바위에서 100일 동안 기도를 드렸는데, 마침 큰 비가 내려 총각의 시신이 냇물에 떠내려 오자, 처녀는 시신을 부둥켜안고 울다가 기원바위로 올라가서 사랑하는 임을 따라 '쇠소에 몸을 던져 죽고 말았다."

　그 후 하효 마을에서는 주민들이 이 가련한 처녀 총각의 넋을 위로하기 위해 마을 동쪽에 있는 용지동산에 당을 마련해 영혼을 모시고 마을의 무사 안녕과 번영을 지켜주도록 기원을 드리게 되었는데, 지금은 '할망당' 또는 '여드레당'이라 불리고 있다. 또한 마을에서 기우제를 지낼 때는 먼저 '할망당'에 와서 '용지부인석'을 모셔다가 제단에 올려놓고 제를 지낼 만큼 효험이 높다고 한다. 이처럼 '쇠소깍'은 옛날부터 마을에서는 성소로 여길 만큼 신성한 곳이었으며, 돌을 던지거나 고성방가를 하면 용이 노하여 갑자기 바람이 불고 일기가 나빠졌다는 전설이 전해지고 있다.

　쇠소깍의 사랑

　쇠소깍은 아름다운 사랑이 머무는 세상의 끝자락이다.
　사랑은 세상의 끝자락에
　슬픈 여인의 눈썹 같은 못을 이루고
　천상으로 오르는 그네를 만들어 놓았다.

　질푸른 물빛은
　무남독녀를 사랑한 머슴 집 아들의 이루지 못할 상사병을 만든 독이요,
　깊고 검푸른 저 쇠소는
　처녀를 죽음에 이르게 한 슬픈 사랑의 종착역이요,
　막막하비 하얀 저 대양은

다른 세상에서의 사랑을 이룰 오작교다.

쇠소깍에서 사랑의 전설을
진실로 만나고 싶다면
아무 말 없이 짙푸른 물빛에 당신의 마음을 적셔보세요.
머슴 집 아들과 집주인 처녀의 슬픈 노래를 엿들을 수 있겠지요.

그 사랑을 적실 맘이 없으시다면
용소를 지키는 용의 노여움을 받아 쇠소의 바위가 되어
천년을 이어 물빛에 씻기는 아픔을 이겨내야 할 거예요.

　　요즘 우리들의 결혼은 사람과 사람과의 만남이 아니라 조건의 만남으로 변질된 지 오래다. 집안을 보고 재력을 보고 서로 간의 직업을 본다. 결혼정보회사도 철저히 이런 조건에 부합된 사람끼리 소개를 시키고 만남을 주선한다. 그러한 만남은 상대방의 인간성이나 사람 됨됨이를 따져보지는 않는다. 이런 조건의 결혼만 따지다 보면 결국에는 사람을 놓치게 되어 요즘은 손잡고 신혼여행을 갔다가 등 돌리고 와서 바로 이혼을 하는 경우도 심심찮게 일어나고 있어 우리의 마음을 안타깝게 한다.
　　무엇보다도 결혼의 성공 확률을 높일 수 있는 방법은 현재의 상대가 얼마만큼 성실한가, 그리고 미래의 시점에서도 얼마만큼 신뢰할 수 있는가 등을 꼼꼼히 따져보는 것이 필요하다고 한다. 그리고 어느 전문가의 견해를 들어보면 결혼할 때 당사자의 결혼이 변질이 되어 양가 부모의 결혼이 되는 경우가 있는데 이렇게 되면 깨질 확률이 높다고 한다. 반면에 결혼에 대한 모든 결정을 결혼 당사자들이 결정하면 깨질 확률이 낮아진다고 한다. 부모님은 그들의 결정을 존중하고 지켜보기만 하면 그 결혼은 성공적이라는 견해도 있다.

우리 사무실 남자 화장실 조그만 액자에 이런 문구가 걸려 있다. 언제부터 걸려 있는지 모르겠으나, 소변을 누다 보면 항상 보게 되는 문구인데 수백 번을 보았던 제목 없는 문구는 다음과 같이 바로 본문으로 연결되어 있다.

가정 상담가 '딘마틴'은 아내들을 대상으로 '당신은 좋은 남편을 만났다고 생각합니까?'라는 내용의 설문조사를 했다. 결혼하고 1년 정도 지난 아내들은 이 질문에 98%가 '예'라고 대답했고, 결혼하고 2년이 지난 아내들을 이 질문에 거의 절반인 56%만이 '예'라고 대답했다. 또 10년이 지난 아내들은 겨우 6%만이 자신의 남편이 '좋은 남자'라고 대답했다. 그러나 결혼한 지 20년이 지난 아내들은 무려 95%나 '나는 좋은 남자를 만났습니다.'라고 답했다.

이 통계를 밝히면서 딘마틴은 이렇게 말했다. 부부가 상대를 이해하고 서로 하나가 되려면 적어도 20년은 걸립니다. 그러므로 결혼하고서 20년 전에 헤어지는 것은 조급한 결정입니다. 부부의 사랑이란 적어도 20년 이상은 살면서 무르익어야 온전해집니다.

딘마틴, '좋은 결혼은 갑자기 이뤄지지 않는다' 中에서

결혼을 하고 나서 일정 기간이 지나면 결혼하기 이전에 열렬히 사랑하던 마음과 상대 이성에 대한 호기심이 사라지고 상대에 대한 그토록 뜨거운 감정도 심드렁해지기 마련이다. 위 예에서 보듯이 결혼 후 10년이 지난 아내들은 겨우 6%만이 자신의 남편이 좋은 남편이라고 대답했는데 이 시점에는 열렬히 사랑하던 마음과 상대 이성에 대한 호기심이 거의 사라지는 시기라고 보면 될 것이다. 사실 어느 정도 살다 보면 네 살이 내 살

같고 내 살이 네 살 같아서 서로 새로운 감정을 느끼는 것은 어려울 것이다. 아무리 새롭고 아름다운 것이라고 해도 매번 부대끼다 보면 괜스레 짜증나고 싫어지고 지겨워지는 것이 인지상정이다. 아무리 원앙 부부라도 그 밑바탕에는 이런 감정을 숨길 수는 없을 것이다. 이 시기는 그동안 상대에 대한 이해와 상대방의 장점을 바라보기보다는 서로 간의 단점을 바라보게 되는 시점이다.

그리고 이 시기에 아이들을 낳아 육아기를 지나거나 초등학교에 입학할 나이로 자녀들이 말썽을 피우는 것은 일상적인 일이 돼버리고 그런 일들로 인하여 시도 때도 없이 언성을 높이게 된다. 그래서 부부 서로 간에 힘들다고 야단들이다. 이때 아이들은 커나가는 과정으로 부모들이 하나하나 가르치고 교육시키고 간섭하는 돌봄을 요구하는 시기이다. 그러나 남편은 남편대로 회사 일로 힘들고 바쁘다는 핑계로 집에 와서 가정 일에 손을 놓고 잠자기에 바쁘고, 아내는 아내대로 아이 돌보랴 살림을 하랴, 그야말로 손이 열개라도 모자란데 집에 와서 피곤하다고 잠자기에 바쁜 남편을 보면 심사가 뒤틀리기 마련이다. 더구나 맞벌이 부부인 경우에는 아내는 자신만이 가정 일을 책임지고 아이까지 양육하고 교육하고 하는 자체를 이해하기 힘들어 한다.

예전에 우리 부모님들은 아이가 태어나면 제 먹을 것은 제가 가지고 태어난다고 하여 낳아 놓기만 하면 다 자라는 것으로 생각했다. 농경사회에서는 아이들이 태어나면 우리 부모님 세대는 아이들을 집 안에 방임하다시피 하고 농사일을 나가곤 했다. 지금 도심에서는 상상도 할 수 없는 일이지만 당시의 시골에서는 아이들을 방임한다 하여도 그것이 불법도 아니고 손가락질 받을 일도 아니었다. 그러나 현대사회에서는 어린아이들이 집 밖에 나오면 그야말로 위험한 난간에 매달려 있는 것이나 마찬가지이다. 주변은 온통 위험한 자동차들로 둘러싸여 있어 자칫하면 교통사고 나기 십상이고, 시절이 시절인 만큼 각종 성범죄와 폭력, 위험물들로 온통 포위가 되어 있다.

농경사회에서는 집 밖에 나오면 온통 친척들이 주변에 있어 보호를 받고 가르침을 받는 그런 환경이었는데 오늘날의 시대는 그와는 정반대로 점점 더 보육의 조건이 열악해져 가고 있다. 지금의 환경은 예전의 환경보다 몇 배나 더 신경 쓰이는 환경이라 아이들 기르기도 몇 배나 더 힘이 드는 세상에 우리는 살고 있다. 그래서 아이들 기르기가 훨씬 더 힘들고 서로 힘들다고 야단들이다. 서로 힘들다고 손을 놓게 되면 가정생활은 엉망이 되기 마련이다. 그래서 이 시기에는 결혼한 부부들을 진정으로 실험하는 시기로 볼 수 있을 것이다. 서로 간의 진정으로 노력이 필요한 시점이다. 나도 힘들지만 상대방은 더 힘들 거라는 이해의 기본 바탕이 깔려 있어야 가정생활을 지속할 수 있다.

다시 말해 이 시기에는 누구랄 것도 없이 먼저 집에 온 사람이 유치원에서 아이도 데려오고 밥도 하고 빨래도 하고 해야 하는 시기이다. 이러한 시기가 진정한 결혼 생활의 영위라는 것을 우리 모두가 깨달아야 한다. 이 시기를 잘 견디어 내면 비로소 아내들은 결혼한 지 20여년이 지나서 '나는 좋은 남편을 만났습니다.'라고 무려 95%가 대답하게 되는 것이다. 그래서 결혼하고 나서 20년이 되기 전에 헤어지는 것은 조급한 결정이 될 것이다. 사실 인간에게서 최고의 선이란 별 게 아니지 않은가? 서로 이해하고 양보하고 내가 힘들더라도 참고 상대방을 배려하려는 마음가짐이 중요하다. 즉 힘들더라도 내가 상대방보다 더 인내하며 가정 일을 해나가는 것이다. 이것이 인간사 최고의 선이라고 생각한다.

마지막으로 이번에 아름다운 제주도 여행을 하면서 많은 시상이 떠올라 여러 편의 시를 지었다. 사랑하는 처와 그리고 친구 부부에게 이 고마움을 전하고 싶다.

2
| 산 너머 저쪽에 행복이 있다기에 |

산 너머 저쪽

산 너머 언덕 너머 먼 하늘에
행복은 있다고 사람들은 말하네.

아, 나는 남 따라 찾아갔다가
눈물만 머금고 돌아왔다네.

산 너머 언덕 너머 더욱더 멀리
행복은 있다고 사람들은 말하네.

'산 너머 저쪽'은 독일 시인 '칼 부세'의 시이다. 사람들은 행복을 찾아 '산 너머 언덕 너머 먼 하늘 저쪽'으로 떠났지만, 그 실체에 실망을 하고 눈물만 머금고 다시 돌아왔다는 내용의 시이다. 몇 년 전 내가 존경했던 선배가 정년퇴임을 하면서 우리들에게 남기고 간 시이다. 당시에 그 선배는 우리들에게 왜 이런 시를 주고 갔는지 그 의도를 잘 몰랐으나, 인생의 허망을 좇는 후배들에게 일종의 교훈을 주고 가신 게 아닌가 하는 생각을 나중에 하게 되었다. 행복은 멀리에 있지 않고 가까이 있으니 가까이에서 행복을 찾기를 바란다는 사랑의 글임을 깨닫고 생각의 짧음을 느끼게 해 주었던 시이다.

사실 행복은 우리 가슴 속에 있는데 이 행복을 외부에서 찾으며 인생을 허비하고 있다. 물질이나 부는 아무리 채워도 채워지지 않는데 우리들은 열심히 물질이나 부에서 행복을 찾으려고 산 너머 언덕 너머를 찾아간다. 현실에 만족하지 못하고 계속해서 이상만을 찾아 떠나는 파랑새를 우리는 이제 놓아주어 멀리 떠나보내야 한다. 우리는 가슴속에서 새로운 행복의 새를 길러야 한다. 행복이란 사실 실체도 없고 기준도 없다. 내가 행복해하면 그것이 행복하다는 것이다. 그래서 이 행복이란 개인들의 정도 차이, 욕구 차이 등에 따라서 달라질 수 있다. 그래서 아무리 돈이 많은 부자라도 행복하지 않을 수 있고, 운동화 한 켤레 사지 못하고 맨발로 다녀도 자기는 세상에서 가장 행복하다고 말할 수도 있다.

　그러나 현대인들은 위 시에서처럼 행복을 찾아 유랑을 떠난다. 사실상 실체도 없고 붙잡을 수도 없는 신기루 같은 것에 매달려 인생을 소비한다. 절대가치처럼 포장된 이 행복을 찾기 위하여 무수히 많은 배신과 금욕을 찾아 헤매면서 순수를 내팽개친다. 고요함은 숲에서 오고 천둥과 번개는 먼 하늘에서 오듯이 분명히 오는 방향은 있는데 우리는 일평생 이 방향을 찾지 못하고 헤매고 있다.

　나는 예전에 친구와 동남아를 배낭 여행하던 중에 픽업 차량 가이드가 착각하여 이름이 비슷한 그 지방의 아주 작은 호스텔에 내려준 적이 있었다. 우리는 아무것도 모른 채 그 호스텔 여주인의 안내로 묵을 방이며, 화장실이며, 그날 트레킹한 내용과 일정 등을 소개받기도 하였다. 묵을 방 안에는 구형 텔레비전과 오래전 선풍기 그리고 방에 딸린 화장실은 문짝이 없이 비닐 천으로 방과 연결해 놓은 아주 허름한 방이었다.

　그 호스텔은 가족이 운영하는 곳이라 주인아주머니는 어린 자녀의 손을 잡고 돌아다니면서 안내해 주었는데 그런 것들이 조금도 거슬리지 않았다. 친근하고 포근하기까지 하여 숙소를 잘 잡았다는 생각이 들었다.

그 호스텔은 건물은 몇십 년은 족히 넘을 아주 낡은 집이어서 마당에는 소박한 토기항아리가 그냥 그저 볼품없이 놓여 있었고, 정리할 거라고는 없이 띄엄띄엄 잡초가 자라고 있었지만 담장에는 이름 모를 꽃들이 제 얼굴을 뽐내며 향기를 내뿜고 있었다. 다만 불편한 것이 있다면 산등성이에 호스텔이 자리를 잡아서 이동하기에 약간 불편하다는 것뿐이었고, 그나마 장점이라면 산등성이에 위치하고 있어 산 아래로 내려다보이는 산의 스카이라인이 그런대로 괜찮다는 것이었다. 그러나 마음만은 푸근하여 이곳에서 지낼 생각에 들떠 있었다.

나중에 착오로 밝혀져 호스텔이 아닌 이름이 같은 호텔로 다시 이동하게 되었는데 다시 찾은 호텔은 그야말로 호텔로 위치도 산 아래 평지에 위치해 있었고, 호텔 옆에는 근사하고 큰 호수가 자리하고 있었다. 넓은 로비에 천장도 한 10m쯤 되어 보일 정도로 높았으며, 서비스도 착오로 들렀던 호스텔과 비교도 되지 않게 좋은 호텔이었다. 나중에 우리는 묵었던 호텔이 아닌 착오로 처음에 도착한 그 아담한 호스텔에서 묵었더라면 하는 미련과 아쉬움이 남았다. 로버트 프로스트의 시 '가지 않은 길'처럼 가지 않은 길에 더 아쉬움이 남는 것처럼 말이다.

인간의 욕망에는 한계가 있을까? 한계는 없다. 그 끝은 없다. 돈 많은 재벌들이 몇천 억을 탈세하여 구속되었다는 뉴스를 들으면 인간의 욕망은 끝이 없음을 증명하는 듯하다. 그들은 1년에 1억씩만 소비해도 몇천 년 동안 살 수 있을 만큼의 부를 이미 축적하고 있는데도 더 갖기 위하여 끊임없이 비정상적인 수법을 동원하여 비자금을 마련하고 재물을 축적한다.

불교에는 욕망을 경계하여 고집멸도苦集滅道라는 말이 있다. 즉 인간이 고통스러운 것은 욕망이 있기 때문이라고 설파하고 있다. 이런 욕망의 경계는 스님처럼 모든 것을 집어 던지고 오직 해탈을 위하여 정진하시는 분들에게는 가능한 일일지도 모르지만 가정을 이루어 살고 있는 인간은 인간 본연의 욕망을 없앨 수는 없다. 그러나 이 욕망을 줄일 수는 있다. 그러기 위하여 만족함을 아는 지혜가 필요하다. 우리는 이 정도면 되었다는 적당한 욕망의 그릇을 가질 필요가 있다. 사실 인간은 끊임없이 무언가가 채워져야 행복해진다는 믿음이 있다. 그러나 이 행복이란 이와 반대되는 개념일 것이다. 우리의 마음을 비워나가야 진정으로 행복이라는 문에 도착하게 될 것이다.

이러한 행복을 증명하기라도 하듯이 경제협력개발기구(OECD)는 세계 36개 선진국을 대상으로 행복지수를 발표했다. 2013년 우리나라는 27위로 하위권에 그친 것으로 나타났다. 가장 행복한 국가는 3년 연속 호주가 차지했다고 발표했다. 행복지수는 주거, 소득, 고용, 공동체, 교육, 환경, 시민참여, 일과 생활의 균형, 건강, 삶의 만족도, 안정 등 11개 생활 영역을 반영하는 지표를 토대로 행복지수를 산출해내는데 각 항목 10점 만점을 기준으로 우리나라는 5.35, 호주는 7.91, 일본은 6.18을 기록했다고 발표했다. 그리고 또 다른 영국 신경제재단이 세계 178개국을 대상으로 행복지수를 조사한 결과를 보면 한국인의 행복지수는 102위다. 반면 행복지수가 가장 높은 나라는 호주 옆 작은 섬나라 바누아투로 알려졌다. 이 나라의 국내 총생산(GDP)은 전 세계 233개국 중 207위다.

경제적으로 풍요로운 나라일수록 행복에 대한 기대치가 높아지고 경쟁이 치열한 사회일수록 다른 사람과 자신을 비교해서 행복지수는 낮아진다. 우리가 주의 깊게 봐야 할 점은 국민소득의 증가에 따른 풍요와 행복은 정비례하지 않는다는 데 있다. 에드 디너라는 일리노이대 교수는 1인당 국민소득 1만 달러를 전후해 행복도는 더 이상 소득과 비례하게 발생하지 않으며, 반면에 행복추구의 욕구가 크게 증가한다는 사실을 국제비교를 통해 밝혀냈다. 각국의 행복지수를 보면 국민소득이 높은 나라일수록 행복지수가 높아야 하는데 그와는 반대로 행복지수는 낮아지는 경향이 있다. 그래서 불행해지지 않기 위하여 우선 비교하지 말아야 한다고 한다. '풍요속의 빈곤'이란 이런 타인과의 삶의 비교에서 비롯된 것이기 때문에 타인들이 가진 것에 대하여 부러워하고 질시하면 결국에는 불행해지는 것이며 이런 욕망의 비교는 고통을 수반한다.

그리고 무엇보다도 욕심을 줄이면 행복은 그만큼 정비례로 늘어난다고 한다. 즉 욕망을 분모로 하는 즉, '1/욕망=행복'이라고 생각해서 욕망을 줄이면 행복은 커진다는 것이다. 욕구를 줄이는 것이 절대적으로 필요하다. 행복은 어느 날 갑자기 찾아오는 것은 아니다. 가랑비에 옷이 젖는 것처럼 행복도 그렇게 찾아오는 것이다. 소소한 즐거움들이 모여서 행복이라는 가치를 우리에게 선물하는 것이다.

부에 대한 가치의 축소, 진정한 가치의 추구가 필요하다. 양이 아닌 질적인 행복의 추구라고나 할까? 믿지 않으실지 모르겠지만 최근에 일부 선진국에서는 자발적인 가난이 늘어나고 있는 추세라고도 한다. 한적한 곳에 자신이 누울 수 있는 작은 집을 짓고 자연과 함께 소박한 삶을 사는 사람들이 늘어나고 있다고 한다. 그들은 도시에 살면서 높은 대출이자, 아파트 관리비, 자동차 할부금 등 끝없이 날아오는 고지서에 질려 '단순한 삶'을 선택하고 있다. 그리고 무엇보다도 황금만능주의와 끊임없는 소비의 악순환에 진저리를 내고 조용한 시골 한적한 곳을 찾고 있는 것이다. 자연히 커다란 TV도, 냉장고도, 에어컨도 필요 없어서 전기료도 별로 들지 않고, 조그만 텃밭에 채소를 키우면서 소박한 음식을 섭취하다 보니 성인병도 생기지 않아서 소박한 생활을 즐기려는 사람들이 늘어나고 있다는 기사를 읽은 적이 있다.

이와 같이 우리 주변에 의외로 사람들은 으리으리하고 넓은 집보다는 소박한 집을 선호하는 사람들이 많다. 크고 풍족함보다는 소박한 재미와 즐거움을 찾아나서는 것이다. 우리의 삶도 물질에 매몰되지 않는 진정한 행복의 가치를 찾아가는 세대가 되어야 하지 않을까 하는 생각이 든다.

이런 부와 행복에 대한 새로운 개념을 도입한, 즉 부와 행복에 대한 다운사이징의 예를 들어보고자 한다. 진정한 국민 행복의 가치를 추구하는 히말라야 산중에 있는 부탄이란 나라에 대하여 얘기하고자 한다. 부탄은 세계에서 가장 가난한 나라에 속한다. 부탄왕국은 인도와 중국 사이의 히말라야산맥 지대에 위치하고 있고, 면적은 3만 8000㎢ 정도, 인구는 80만도 안 되는 조그만 나라이다. 종족은 부차 족이 50%를 점하고 네팔 족 등이 다수를 차지하는 나라이며, 1인당 국민소득은 약 2,000달러가 약간 넘는다고 한다. 세계에서 가장 보잘 것 하나 없는 나라인 부탄은 히말라야 산중에 있는 나라로 은둔과 신비의 나라로 알려져 있다. 그럼에도 국민의 97%가 나는 행복하다고 하는 나라 부탄, 그리고 항상 소박한 웃음을 간직하고 있는 나라 부탄, 흥미롭게도 이 부탄 왕국은 국정의 최고 지표를 성장이 아니라 행복이라고 정하였다.

부탄의 14대 국왕 지그메 싱기에 왕추크(Wangchuck)는 1972년 성장(GDP)보다는 행복(GNH)에 중점을 두고자 하는 발전 전략을 수립하였고 국민총행복을 국정의 최고 지표로 설정하여 실시하였다. 부탄정부는 국가운영의 지표로 성장정책이 아닌 행복을 선택하였다. 즉, 국민총생산을 성장 중심이 아닌 국민총행복 개념으로 개발하여 새로운 발전 모델을 제시하였다.

이 나라는 알려지다시피 경치가 수려하여 관광에서 얻는 수익을 무시할 수 없는데 관광정책도 자연을 파괴하면서 달러를 벌어들이는 정책이 아닌 자연과 함께하는 것으로 비수기인 여름과 겨울에는 200달러, 성수기인 봄과 가을에는 250달러를 선입국료로 내도록 하여 관광객의 숫자를 인위적으로 조절하는 등 그들 나름에 맞춘 정책을 추진하고 있다. 특히, 2008년에 제정한 부탄 헌법에 "국가는 국민총행복 정책을 추진하는 여건을 마련하고" (9조) "모든 개발행위의 궁극적 목표는 국민총행복의 증진에 있다."(11조)고 헌법에 명시하여 '국민총행복(Gross National Happiness)정책'을 국정의 기본적인 운영에 중점으로 추진한다고 규정하였다. 이에 따라 국제연합(UN)도 부탄 정부가 추진하는 '국민행복지수'를 모방하여 2012년부터 매년 3월 20일을 '세계 행복의 날'로 지정하였다.

부탄은 심리적 웰빙(well-being), 건강, 시간 사용, 교육, 문화적 다양성, 민주적 관리, 공동체 활력, 생태 다양성, 생활수준 등 9개 영역지표를 설정하여 33개 세부항목을 측정하는 국민총행복(GNH) 지수를 개발 발표하였고, 경제발전, 문화보존, 환경보호, 민주적 관리를 정하여 국민총행복지수의 틀로 규정하여 모든 정책에 국민총행복을 다음과 같은 평가의 기준으로 하여 심사한다고 한다.

1. 심리적 웰빙: 삶의 만족도(33%), 영성(33%), 긍정적 감정(17%), 부정적 감정(17%).

2. 건강: 건강한 일 수(30%), 장애(30%), 정신건강(30%), 스스로 평가한 건강 상태(10%).

3. 교육: 문자해독(30%), 학교교육(30%), 지식(20%), 가치(20%).

4. 문화 다양성과 복원력: 전통 문화예술 이해(30%), 문화적 참여(30%), 고유 언어 사용(20%), 부탄 식 행동규범(20%).

5. 시간 이용: 일(50%), 수면(50%).

6. 민주적 관리: 정치 참여(40%), 기초생활 서비스(40%), 정부 효율성(10%), 기본권(10%).

7. 공동체 활력: 기부(30%), 안전(30%), 소속감과 신뢰(20%), 가족(20%).

8. 생태 다양성과 복원력: 야생동식물 피해(40%), 도시화 이슈(40%), 환경 책임감(10%), 생태적 이슈(10%).

9. 삶의 수준: 1인당 소득(33%), 자산(33%), 주거(33%).

위 평가 자료를 보면 의미 있는 점들을 많이 발견하게 된다. 심리적 웰빙에서 보면 긍정적 감정과 부정적 감정을 똑같이 17% 평가 기준에 넣어 평가를 하고 있다는 점이 흥미롭다. 부정적 감정도 그들의 평가 기준에 중요한 역할을 하고 있으며, 우리나라는 수면까지 줄여가며 열심히 일을 하는 근로자들이 많아 사회문제가 되기도 하는데 일과 수면에 각각 50% 정도를 반영하는 것은 보면 시사하는 바가 크다. 그리고 교육적인 측면에서 학교교육뿐만 아니라 지식과 가치에 일정 부분을 평가 기준으로 채택한 것도 흥미롭고 우리가 참고해야 할 대목이기도 하다.

국토의 60%는 산림으로 유지하게 헌법에 명시된 나라, 나라 전체를 금연구역으로 지정하여 제조와 판매가 금지된 나라인 부탄정부의 이런 새로운 정책적인 노력을 보면서, 한국 박근혜 정부도 출범을 하며 국정 철학에 국민행복시대를 열겠다고 한 것에 상당히 시사하는 점이 많다고 생각한다. 삶의 가치를 어디에 두어야 할지 우리도 진지하게 생각해 봐야 할 것이다. 또한 부탄은 이런 비성장 정책을 추진하여도 매년 8%의 성장을 이룩하고 있다고 하니 우리가 생각하는 경제우선주의가 반드시 경제발전을 이룩한다고 볼 수는 없을 것 같다.

전문가에 의하면 행복한 사람들은 공통적으로 이 부탄 사람들처럼 낙천적이라고 한다. 현재를 즐기면서 미래를 계획하고 과거에 집착하지 않으면 더 행복해질 수 있다고 말했다. 그리고 전문가들에 의하면 행복감을 느끼는 데 소득과 환경 등의 영향은 10% 정도이고 나머지 90%는 주관적인 노력에 의해 결정된다고 말했다. 이 주관적인 노력에는 취미활동, 대인관계, 자신의 일, 운동 등 사회활동이 커다란 영향을 미치는 것으로 밝혀지고 있다.

우리도 이런 부탄의 행복지수를 도입해야 되지 않을까? 가족 총소득지수보다는 가족 행복지수를 도입해야 되지 않을까? 그렇게 된다면 자연히 소득지수도 올라가는 부수적 효과도 얻을 수 있지 않을까?

3
| 아이를 부탁해 |

아이가 능히 밥을 먹게 되면 오른손으로 먹도록 가르치고, 능히 말을 하면 사내아이는 빨리 대답하게 하고 계집아이는 느리게 대답하게 하고, 여섯 살이 되면 숫자와 방위의 이름을 가르치고, 일곱 살이 되면 사내아이와 계집아이는 자리를 같이하지 않게 하며 음식도 함께 먹지 않게 한다.

여덟 살이 되면 들어오고 나갈 때와 모임의 자리에 나아갈 때 그리고 음식을 먹을 때에는 반드시 어른보다 나중에 하게 하여 비로소 사양하는 도리를 가르친다.

아홉 살이 되면 날짜 세는 것을 가르친다.

열 살이 되면 바깥 스승에게 나아가 배우고 글씨와 셈을 배우고 예절은 초보적인 것에 따르게 하며, 아침저녁으로 어린이로서의 예의를 배우게 하되 알기 쉬운 것을 청請하여 익히게 한다.

열세 살이 되면 악樂을 배우고 시를 외우며 작勺으로 춤추게 한다.

성동成童이 되면 상象으로 춤추고 활쏘기와 말 타기를 배우게 한다.

스무 살이 되면 관례冠禮를 하고 비로소 예를 배우고 널리 배울 뿐 가르치지 않으며, 덕德을 속으로 쌓을 뿐 겉으로 드러내지 않는다.

마흔 살이 되면 비로소 벼슬을 하고 임금과 도道가 맞으면 복종하고 옳지 않으면 벼슬을 버리고 떠나간다.

쉰 살이 되면 대부大夫에 임명되어 관부官府의 정사政事를 맡아보며, 일흔 살이 되면 벼슬을 그만두고 물러난다.

위에 내용들은 소학小學의 제1편 입교立敎 편에 나오는 것이다. 소학은 고려, 조선의 사대부 자제들이 7~8세가 되면 유학의 기초로 배우는 수신서修身書로 알려져 있다. 이 소학은 송나라의 주희라는 사람이 그의 제자 유자징에게 시켜 여러 경전 중에서 아이들을 교화시킬 목적으로 일상생활의 범절과 수양을 위한 격언과 충효의 사적을 모아 편찬한 것이다. 조선에서는 이를 들여와서 향교, 서원, 서당 등에서 천자문, 명심보감 등과 함께 필수과목으로 가르쳤다. 소학을 한글로 번역한 『소학언해』를 발간하여 민간에 보급하여 조선시대의 충효 사상을 고취하는 데 많은 기여를 했다.

한때 나는 퇴근 후, 집 근처 PC방을 순례한 적이 있다. PC게임을 좋아해서가 아니라 중학생인 우리 집 둘째 도련님⁽²⁾을 찾으러 집 근처 피시방을 돌아다니곤 했다. 나중에는 이 둘째 도련님께서는 집 근처가 아닌 나의 눈이 미치지 않은 먼 곳의 피시방을 이용하기도 하여 결국에는 내가 판정패하였던 기억이 있다. 가정사를 이야기하는 것은 그렇지만 아이를 기르고 있는 가정에 도움이 될 것 같아 부득이 이야기하고자 한다.

우리 집에는 형제가 있다. 첫째는 자신의 앞길을 스스로 생각하고 결정하는 스타일이어서 '공부를 해라, 하지 말아라' 등등 잔소리를 한 번도 한 적이 없는 반면에 둘째는 앞만 보고 가는 것이 아니라 주로 옆을 보고 가는 듯하다. 친구들이 무얼 하는지, 무얼 입는지, 무슨 스타일을 좋아하는지 친구들과 놀기를 좋아한다. 좋게 말하면 사회성이 풍부하다고 할 수 있다. 방과 후에도 늘상 친구들과 어울리다 보니 그 나이 또래가 갈 만한 피시방이 그들의 놀이터가 되어 있었다. 사실은 주변의 현실 환경이 아이들을 그렇게 만든 측면도 있어서 그들을 나무랄 수만도 없다.

우리 같은 중장년들의 초년 시절 놀이 문화는 아주 단순하지만 다양했던 것으로 기억한다. 동네에서 이뤄지는 흔한 놀이로는 동네 친구들과 어울려 팽이 돌리기(치기), 다방구, 사방치기, 구슬치기, 딱지 따 먹기, 깡통 잡기, 무궁화 꽃이 피었습니다 등이 있고, 여자아이들 놀이로는 고무줄놀이, 공깃돌 놀이, 손 놀이, 인형 놀이 등등의 놀이로 행동 놀이가 주를 이루었다면 지금 아이들의 놀이는 동네가 아닌 실내 놀이로 정신 놀이가 주를 이루고 있다.

지금이야 어린아이 때부터 주로 모바일 폰과 PC를 사용하여 노는 경향이 있으나 20대 자녀를 둔 부모라면 지금 세대의 부모님들하고는 다르게 아이들을 키워왔다. 그 당시에는 돌을 갓 지나면 장난감 놀이가 주를 이루고 있어서 여러 가지의 장난감을 사주었을 것이다. 여자아이들이라면 주로 인형을 가지고 놀았을 것이다. 지금도 그런 경향이 있지만 사내아이들은 걸어 다닐 정도가 되면 먼저 장난감 자동차를 찾았을 것이다.

골목길 여기저기 '부릉 부릉, 뛰뛰 빵빵' 하면서 자동차 장난감이나 로봇 장난감 놀이를 하는 사내아이들을 보아왔을 것이다. 다음으로는 그 유명한 덴마크 회사에서 만든 레고놀이가 선풍적인 인기를 끌면서 밤을 지새우기도 했을 것이다. 아버지들도 이 레고놀이에 아이들과 함께 빠져 놀던 기억이 새로울 것이다. 그리고 아이가 초등학교에 들어가면서 이 집 저 집에 전에는 본 적이 없던 새로운 문명의 이기인 컴퓨터라는 이상한 기구가 등장한다. 그리고 자연스럽게 인터넷과 친해지면서 알 수 없는 게임에 빠져들게 되고, 이 알 수 없는 인터넷 게임에 빠져 헤어 나오지 못하는 자녀들을 보고 질겁하여 부모들은 온갖 짓을 다 하게 된다. 통제가 지나치면 이때부터는 아이들은 집 안에서 겉돌게 되고 동네의 피시방으로 장소를 옮겨가면서 부모와 동네 피시방을 숨바꼭질하게 되는 것이다.

이 시기에 많은 부모들이 아이들과의 전쟁 아닌 전쟁에 돌입하여 게임 시간이나 인터넷 이용 시간을 통제하기 위해 인터넷에 '수호천사' 같은 프로그램을 깔아 강제적 제재를 했던 기억들도 한두 번쯤은 가지고 있을 것이다. 그리고 이런 1차 전쟁이 끝나면 이제부터는 강제적으로도 도저히 조절할 수 없고, 아무 데서나 가능한 치명적인 모바일 게임과 같은 SNS 게임으로 이어지는데 이때부터는 일단 휴전의 긴 정전 상태로 돌입하게 되는 것이다. 이런 일련의 과정들이 사내 자식들을 둔 가정이라면 어느 정도 수긍을 할 텐데, 딸 자녀를 둔 부모들이라면 다소 이해를 못 할 수도 있다.

문명의 이기는 분명히 우리 사회에 긍정적 영향을 미치나 일부 청소년들에는 부정적 영향을 미치게 된다. 이런 부정적 영향을 끼치는 매체들을 아이들에게 직접 노출시키지 않고 자연스럽게 자신의 의지 안으로 받아들이도록 하는 게 중요한데, 우리 부모들 입장에서도 빠르게 다가오는 전광석화 같은 IT문화에 쉽게 적응도 어려울 뿐 아니라 아이들에게 어떻게 적응을 시켜야 될지 모르는 교착 상황에 빠져들게 된다.

최근 뉴스에 난 인터넷 중독에 대한 조사 보고서를 보면 보건복지부는 '아동 청소년 인터넷 중독 해소 정책'에서 2011년부터 매년 초등 4년, 중등 1년, 고등 1년 등 3개 학년에서 정기 진단을 실시한다고 밝혔다. 현재 우리나라 9~19세 사이 아동 청소년의 약 2.3%인 16만 8,000여 명은 치료가 필요한 고위험군이며, 약 12%인 86만 700여 명은 상담이 필요한 잠재 위험군으로 추정되고 또, 아동 청소년의 인터넷 중독으로 인한 학습 부진, 생산력 저하 등 직·간접적인 사회 손실액이 매년 최대 2조 2,000억 원에 이르는 것으로 나타났다고 밝힌 바가 있다.

이의 해결책으로 대부분의 전문가들이 인터넷 중독 치료에 대해 일률적인 다음과 같은 대안을 내놓았다. "인터넷 중독 치료 대안으로는 현실에서 대체할 만한 활동을 찾아내고 그 시간을 늘려야 한다. 무조건 나쁘다고 막기보다는 더욱 바람직하고 즐거운 활동을 찾아내서 서서히 대체하도록 유도한다. 운동하는 시간을 늘리거나, 평소 연주하고 싶었던 악기를 배우는 것처럼 흥미로운 일을 찾아내서 현실도 머물러 있을 만한 곳이라고 느끼게 해야 한다."라고 하였다.

그러나 이 또한 부모들의 입장에서는 쉽지는 않다. 대체할만한 활동이 도심에서 어디 그리 흔하겠는가. 모두 다 입시 경쟁에 빠져 있는데 나의 자녀만 운동할 시간을 내주거나 악기를 배우게 하는 것도 부모들의 입장에서는 쉽게 허락하기 어렵다.

위에서 언급한 바와 같이 우리의 자녀들은 수많은 사회적 위험에 노출되어 있어서 무조건 이런 매체들과 격리시키는 것은 불가능에 가깝다. 그렇다면 그것들과 같이 놀면서 균형 있게 동거하는 방법을 찾아야 하고 이를 위하여 자녀들이 한쪽으로 치우치지 않도록 균형감을 유지하면서 다양한 분야를 경험할 수 있도록 해야 되는데 아쉽게도 우리 부모들은 자녀에 대하여 너무 관대한 경향이 있고 이런 폭넓은 경험을 시킬 수 있을 만큼 여유롭지도 않고 마음의 여유를 가지고 있지 않다. 대부분 한 자녀를 둔 부모의 입장에서는 더욱 어렵다.

어떤 이유에서인지 모르겠으나 의지가 강한 아이들은 자신의 의지 안에서 이를 통제할 수 있으나 통제가 불가능한 아이들은 끝도 모를 상황으로 빠져들게 되는 것이 문제이다. 즉 의지가 무너지는 것을 사전에 차단할 필요가 있는데 현대사회에서는 곳곳에 자녀들의 의지를 시험하고 유혹하는 지뢰가 널려 있어서 인위적으로 그 지뢰를 제거할 수 없다는 것이 문제이다. 차선책으로 그 지뢰를 피해가는 길을 교육하고 훈육시키는 것이 부모의 몫일 텐데 지뢰를 제거하는 방법을 부모님들은 사전에 교육도 받지 못하였고, 그렇다고 그런 방법을 알고 있는 사람도 없다.

몇 달 전에 군에 입대를 했지만 군 입대 전까지도 둘째 도련님은 스마트폰 게임에 빠져 있었다. 자녀를 훌륭하게 길러내는 것은 부모의 인생에 있어서 가장 지난한 여정인 것 같은데 그것이 정답도 없고 누군가 가르쳐주지 않아 답답할 뿐이다.

우리는 물질적인 풍요의 시대에 살고 있지만 정신적으로는 빈곤의 시대에 살고 있다. 요즘 같은 물질의 풍요와 정보의 홍수 속에서 길을 잃지 않고 올바른 선택을 할 수 있는 능력을 길러주는 것 즉, 올바른 선택을 하기 위해서는 현실의 유혹을 이기는 힘을 길러주는 것이 중요한데 이 힘을 어떻게 길러주느냐가 관건인 것이다. 우리가 흔히 말하는 '철'이 어떻게 들게 하느냐가 중요하다고 할 수 있다. 걱정하는 부모님을 생각하여 어떻게라도 정신을 차려보겠다는 생각을 가진다면 철이 들었다고 할 수 있는데, 이런 생각을 갖게 되는 것은 어디에서 오는 걸까? 우리 부모들의 입장에서는 아리송하기만 하다. 어떻게 해서라도 바르게 갈 수 있는 방향을 잡아주어야 될 것 같은데, 그게 쉽지 않다.

아이 환경에 해로운 것은 단호하고 야멸차게 격리시켜야 되는데 그러다 보면 자녀들과의 관계가 악화되기가 일쑤다. 허지만 어느 정도는 이런 관계를 감수해야 한다. 우리가 흔히 말하는 당근과 채찍이 필요하기도 하다. 아주 어릴 때부터 아이들을 위협하는 주변 환경에서는 멀리 떨어뜨려야 하고 인터넷 중독에 너무 쉽게 심취하기 전에 적당한 제재 수단을 강구하는 것도 부모의 몫이자 자녀에 대한 지극한 사랑일 것이다.

얼마 전에 선풍적인 인기를 끌었던 마시멜로 이야기를 소개하고자 한다. 스탠퍼드 대학에서 진행된 연구라고 책은 소개하고 있다. 마시멜로는 빵이다. 연구자들은 어린이들을 혼자 방에 남겨두면서 마시멜로 하나 씩을 주었다. 그리고 나서는 지금 먹어도 좋지만 15분간 먹지 않고 참으면 기다림에 대한 보상으로 마시멜로를 하나 더 받을 것이라고 알려 주었다. 받자마자 냉큼 먹은 아이도 있었고, 15분간 참아서 상을 받은 아이들도 있었다고 한다. 연구의 결과는 세월이 흐른 뒤에 나왔다고 한다. 14년 후 연구자들은 실험 대상이었던 아이들을 다시 찾아갔다. 그리고 15분간 참았던 아이들이 마시멜로를 당장 먹은 아이들보다 훨씬 성공적이었다는 사실을 연구로 밝혀냈다고 하는 내용이다.

이와 같이 미래를 위해 참을 줄 아는 능력을 길러주는 것이 아이들에게 중요하다는 것은 이미 잘 알려진 이야기이다. 인간은 현재보다는 미래를 위하여 투자하는 동물이다. 수렵생활도, 농경생활도, 미래에 어떻게 될 줄 모르는 환경을 극복하기 위하여 식량을 비축한 것에서 비롯되었다고 해도 부정할 수 없다. 비단 인간만이 아니고 개미나 나비 같은 하찮은 생물들도 불확실한 미래를 확실한 미래로 만들기 위하여 수만 번 가던 길을 오가면서 혹은 수십만 번의 날갯짓을 하면서 화초 사이를 오가는 노고를 아끼지 않는다.

그래서 아이들을 황량하고 추운 벌판에 내보내어 자신의 의지를 키워 줘야 한다. 따뜻한 부모의 보살핌이 넘쳐나는 집에서 스스로 인내의 의지가 길러지기를 기다리는 것은 우리 속담에 '감나무 아래에서 감이 떨어지기를 기다리는 것'과 다르지 않다. 자신이 의지할 곳은 오직 자기 자신이고 어느 누구도 자신의 삶을 대신할 수 없다는 평범한 진리를 일깨워 주어야 한다.

중국 고전에서 장자 소요유逍遙遊 편의 '대붕大鵬과 참새', '대춘大椿과 거북이'에 대한 이야기의 예를 들어보고자 한다. 장자는 대략 기원전 370년경부터 300년경 사이에 출생하여 노자와 더불어 도가를 대표하는 중국 전국시대 사상가이다. 유교사상이 치국을 위한 학문이었다면 도가사상은 위정자들에게서 벗어나 자유롭고 무위자연하면서 철학적인 접근을 통하여 세상을 바라보는 사상이다.

소개하자면, 북쪽北冥 끝 어두운 곳에 물고기가 있는데 그 이름은 곤鯤이라고 한다. 곤의 크기는 기천 리나 되는지 알 수 없고, 새로 변하면 그의 이름은 붕鵬이라고 한다. 붕의 등背가죽 크기도 기천 리나 되는지 알수 없다. 노여워 날갯짓을 하면 날개는 하늘의 구름이고 바다에 다다르면 장차 남쪽南冥 끝에 다다른다. 남명은 천지天池이니라. 하늘의 못에 다다른다는 것이다. 붕이 남명으로 날아갈 때 물은 삼천리를 치고 엄청난 회오리바람을 일으키면서 구만리 높은 하늘을 날고, 일단 날면 여섯 달을 간 이후에 휴식을 취한다고 하였다. 그에 비하여 참새는 나뭇가지에서 노래를 부르다가 배고프면 작은 벌레를 잡아먹고 맘대로 유유자적 놀면서 저 붕은 왜 힘들게 나는지 비웃는다.

마찬가지로 장자 중 또 다른 소요유 4장을 잠깐 예로 들어보겠다. 초나라에는 명령冥靈이라는 거북이가 있는데 이 거북이는 5백 년을 봄으로 있고, 다시 5백 년을 가을로 있다. 그 옛날 상고上古에 대춘大椿이라는 나무는 8천 년을 봄으로 있고 8천 년을 가을로 있다고 하였다. 거북이와 대춘이라는 나무를 비교하면 너무나 슬픈 일이지만 거북이는 대춘을 알 수가 없다.

너무나 유명한 대붕과 참새, 대춘과 거북이의 이야기인데, 우리는 여기에서 몇 가지의 지혜를 발견할 수 있다. 여기서 구만리 높은 하늘에서 날고 있는 대붕을 보면서, 8천 년을 봄과 가을로 삼고 있는 대춘을 보면서 우선 장자의 인간적인 사고를 한계를 뛰어넘은 그의 깊고 거대한 정신적인 사유와 사고의 폭에 감명 받았을 것이다. 물론 이 우화를 또 다른 여러 가지의 의미로 해석하는 사람들도 있지만 장자의 우화에서와 같이 정신적인 사유와 사고의 폭과 깊이를 늘릴 수 있도록 청소년과 부모들은 항상 고민해야 할 것이다.

  아울러 철학적 사고도 필요하다. 그렇다고 철학자가 되라는 것은 아니다. 철학적 사고는 나 자신이 태어난 이유에 대한 원초적인 질문을 할 수 있고, 그 질문에 답을 하다 보면 자신도 사랑받을 만한 존재라는 것을 깨닫게 되고, 나 자신을 사랑하는 법도 자연스레 알게 될 것이기 때문이다. 촛불 없는 깊은 산속의 텐트에서 깜깜한 밤하늘을 한번 올려다 보라. 하늘에 총총히 떠 있는 은하수를 보게 된다면 당신은 당신의 존재 이유에 대해 다시 한 번 생각하게 될 것이다.

무엇이든 최고가 되어라   더글라스 멜록

  언덕 위의 소나무가 될 수 없다면
  골짜기의 관목이 되어라.
  그러나 시냇가의 제일 좋은 관목이 되어라.
  나무가 될 수 없다면 덤불이 되어라.
  덤불이 될 수 없다면 한 포기 풀이 되어라.
  그래서 고속도로를 더욱 운치 있게 만들어라.
  머스키가 될 수 없다면 베스가 되어라.
  그러나 호수에서 가장 활기찬 베스가 되어라.
  모두가 선장이 될 수 없는 법, 선원도 있어야 한다.
  누구에게나 자기 직분에 맞는 일이 있는 법이다.
  세상에는 큰일도 있고, 작은 일도 있다.
  그러나 우리가 해야 할 일은 가까이 있는 법이다.
  고속도로가 될 수 없다면 오솔길이 되어라.

태양이 될 수 없다면 별이 되어라.

네가 성공하고 실패하는 것은 크기에 달려 있지 않다.

무엇이 되든지 하는 일에서 최고가 되어라.

더글라스 멜록은 방황하기 쉬운 청소년들에게 직업의 가치 체계를 시로써 잘 승화시켜 명쾌하게 밝혀 놓았다. 삶의 가치 체계는 높은 위치에 있음이 아니고 자신이 있어야 할 위치를 잘 설명해 주고 있다. 즉 자신의 주어진 여건에서 얼마나 최선을 다했는가에 가치 체계를 두었다. 위의 시는 우리에서 무엇이 가치 있고 올바르게 사는 방법인지를 가르쳐 주고 있으며 목적의식을 가지고 살기를 권하고 있다. 우리는 흔히 목적의식 없이 목표만 가지고 살아가는 경향이 있다. 공부를 열심히 해서 명문대학에 들어가 좋은 직장에 취직하겠다고 하는 것은 목표 의식이다.

그러나 무엇보다도 중요한 것은 좋은 직장에 들어가 사회의 일원으로서 충분한 역할을 담당하겠다는 목적의식이 있어야 한다. 아프리카에서 생을 마감한 이태식 신부가 그러하듯이 단순히 아픈 사람을 치료하는 의사로서의 목표가 아니고, 의료 혜택을 못 받고 있는 원주민들의 처지를 이해하고 가련하게 생각하여 의료봉사에 헌신하겠다는 그런 목적의식이 있어야 진정한 삶을 살았다고 할 것이다. 좋은 대학에 들어가겠다거나 좋은 직장에 들어가겠다고 하는 것은 목적이 될 수 없다. 목적이 없는 삶은 결국에는 방향을 읽은 화살처럼 목적 없이 목표를 향해 날아갈 뿐이다. 사회적 위치에 있는 교수가 재산에 눈이 멀어 자신의 부모를 살해하는 뉴스를 듣게 되는 것도 이런 목적이 없는 삶의 결과일 것이다. 이 목표 위에 목적의식을 갖추어야 진정한 삶을 살아갈 수 있고 인간다운 삶을 살아갈 수 있을 것이다.

나무가 될 수 없으면 덤불이 되고 덤불이 될 수 없다면 한 포기의 풀이 되어 고속도로를 운치 있게 만들라는 뜻은 자신의 행복뿐만 아니라 나아가 사람들에게 행복을 주는 사람이 되기를 바라고 있다. 그것이 가치 있는 삶이고 성공한 삶이라 말하고 있다.

부모들은 가끔 착각에 빠질 때가 있다. 나의 자식은 영재로 태어났고 높은 지위에 올라 갈 수 있는 능력을 소유하고 태어났다는 착각을 한다. 그래서 우리는 자녀들에게 모든 위치에서 선장 즉 사회의 리더가 되기만을 강요하고 가르친다. 그러나 불행하게도 우리 모두는 선장이 될 수 없고 모두가 리더가 될 수는 더더구나 없다. 선원도 있고 갑판장도 있고 조타수도 있어야 배가 항로를 향해 나아가는 것이다. 즉 이 사회는 이끌어 나가는 리더와 이 사회를 안정되게 유지하는 선원, 두 가지의 기능이 동시에 필요하다.

부모들은 선장만 되기를 강요해서는 안 된다. 사실 대부분의 자녀들이 선장이 될 능력을 가지고 태어났다고는 할 수 없기 때문에 선장이 되기를 강요하기보다는 자신의 능력 안에서 최선을 다하는 가치관을 만들어 주어야 한다. 선장이 될 자격이 없는 사람이 선장이 되는 것이 더 큰 문제가 될 수도 있다. 역사를 통해서 많이 봐왔기 때문이다. 이 세상은 소를 키울 사람도 있어야 하고, 양을 키우는 사람이 필요하고, 마구간을 청소할 사람도 필요한 것이다.

부모의 역할은 자녀들에게 이거 하라 저거 하라 지시를 하거나 명령을 하는 것이 아니고 자녀들 자신이 할 수 있는 능력을 발휘할 수 있도록 여건을 조성해주고 지원해주는 것이다. 먹여주고 재워주고, 교육시키면서 격려를 해주고 도움만을 주면 될 뿐 매사에 간섭을 하면 아이들의 의지를 꺾을 뿐 아니라 스스로의 능력을 감소시킨다. 부모들이 지시하거나 강요해서 자녀들이 그렇게 따라왔는지를 곰곰이 생각해보면 꼭 그렇지 않았음을 알게 될 것이다. 즉 농부가 봄이 되면 싹을 뿌리고 정성을 다해서 물을 주고 김을 매주고 농사를 짓듯이 자녀에게도 똑같이 정성을 다해서 돌본다면 아마도 부모님의 정성을 언젠가는 이해하고 감복을 하여 따라올 것이다. 농부들은 정성을 다해서 농작물을 가꿀 뿐 채찍으로 농사를 짓지는 않는다.

사실 청소년기는 방황의 시기이다. 사춘기 시절 방황을 하지 않았다면 그것은 어쩌면 인생의 맛을 음미해 보지 않았다고 말할 수 있다. 방황은 청소년기의 전유물이다. 청소년이 방황을 통해서 자신의 위치를 찾아가게 되는 것은 필연적인 통과의례기는 하지만 이 방황을 하지 않는 모범적인 청소년도 있을 것이다. 그러나 이런 방황을 하지 않을 것 같은 올바른 청소년들도 정신적인 방황을 수없이 하게 된다.

그리고 어른들이 자녀들에 대해서 가장 관심이 있는 것은, 우리 아이 IQ는 낮은 것 같은데 성공할 수 있을까, 혹은 우리 아이 IQ는 좋은 것 같은데, 좋은 학교에 잘 들어가서 좋은 직장을 가질까 하는 궁금증일 것이다. 즉 성공적인 삶을 살 수 있는가 하는 것이다.

여러 가지 연구에 의해 결론적으로 말하면 머리가 좋은 것과 사회적 성공과의 상관관계는 거리가 먼듯하다. 다시 말해, 사회의 모든 일들은 천재가 아닌 일반 범인들의 머리로 충분히 커버할 수 있다는 것이다. 1921년 스탠퍼드 대 루이스 터먼이 캘리포니아 초·중·고생 25만 명 중 IQ 135가 넘는 천재 1,521명에 대하여 인생의 성공을 추적한 결과 사회에 나와서 대부분이 평범한 직장인이 되었고, 몇 명의 판사와 주 의원 정도가 나왔고, 전국적으로 명성을 얻는 사람은 거의 없었다고 한다. 그리고 하버드대 조지 베일런트는 하버드생 268명을 포함하여 814명을 70여 년간 추적 조사한 결과 그중에는 미국 대통령이 된 케네디도 있었지만, 3분의 1이 마약이나 술 등에 빠져 정신질환의 치료를 받았다고 한다.

위와 같은 연구의 결과를 보면, 사회에서 성공을 거두는 것은 IQ와 관련성이 별로 없어 보인다. 그래서 부모들은 아이에 대한 사전 편견을 가질 필요는 없다. 성공의 주요 요인은 아이큐보다는 인간성, 사회성, 그리고 기회를 얼마나 잘 포착하느냐 하는 것으로 알려져 있다.

최근에 삼성전자나 대기업에서도 이런 움직임이 있는 것으로 알려져 있다. 취업에 지방대생에 대하여는 일정 부문 할당제를 시행하고 있고, 회사의 꽃이라고 할 수 있는 이사들도 많은 지방대생이 이름을 올리고 있다는 것이다. 수도권의 좋은 대학을 나온 사람을 추적 조사해 보면 명성에 걸맞게 좋은 활동을 못하는 것으로 판명 나기 때문이다.

다시 말하면 부모들은 아이들에 대하여 사전에 편견을 가질 필요가 없다. 즉 삶에 대한 열정, 뚜렷한 목표의식 등이 필요하고 무엇보다도 사회성, 인간성 등을 길러주는 것이 중요하다. 그래서 놀 때 열심히 노는 것도 매우 중요하다고 생각한다. 이 세상에 필요하지 않은 사람은 없다. 다만 쓰임이 다를 뿐 필요하지 않은 사람은 애초에 없다.

소개한 김에 다음은 장자의 비유화법으로 명쾌하게 삶의 방법을 가르쳐 준 가죽나무에 대하여 이야기하고자 한다.

"혜자가 장자에게 말합니다. 내게 큰 가죽나무가 있는데 커다란 몸체에 옹이 투성이고 먹줄도 칠 수 없고, 가지들은 뒤틀려서 굽은 채 제멋대로 자라서 길가에 서 있어서 목수들은 거들떠보지도 않아 아무짝에도 쓸모가 없다네. 어쩌면 좋겠나. 그러자 장자가 대답합니다. 자네가 쓸모없는 나무라고 걱정하고 있는데 다음부터는 그 가죽나무를 아무것도 없는 넓은 시골의 들판에 심어 놓으시게나. 그러면 그 동네 사람들이 근심 없이 나무 곁을 거닐면서 소요할 수도 있고, 나무 아래서 낮잠이나 잘 수도 있지 않겠는가. 도끼에 찍혀 죽는 일도 없고 아무도 해치려는 사람들도 없을 테니 얼마나 좋겠는가. 아무 쓸모가 없다고 괴로워 할 필요도 없고 말일세."라고 답변했다고 한다.

집을 건축하려고 하면 많은 용재用材가 쓰인다. 기둥과 서까래, 지붕과 그것을 이루는 기와, 창문틀, 벽돌 등 헤아릴 수 없는 자재들이 필요하다. 이런 자재들이 제 위치에 제대로 쓰일 적에 비로소 우리가 잠자고 생활할 수 있는 주택이 지어지는 것인데 서까래가 기둥으로 쓰일 수 없듯이 우리 사람들도 다 쓰이는 곳이 따로 있을 것이다.

그리고 그 쓰임은 각자의 몫이다. 나의 재능이면 서까래로는 가능할 것 같은데 기둥으로 가겠다고 우기면 어떠한 일이 벌어질까? 눈비 오는 평범한 날에는 그 기둥으로 쓰인 서까래의 용재는 얼마간 버틸 수 있지만 태풍이 불고 지진이 일어나는 날에는 여지없이 무너져 상당한 인명 피해와 재산 피해가 날 것이다. 그리고 그 피해로 인하여 수많은 사람들이 눈물을 흘리고 원통해 할 것이다. 나의 재능은 내가 제일 잘 알 수 있다. 그래서 나의 몸에 맞는 옷은 내가 고르는 것이 가장 안전하고 좋다.

'전재덕'이라는 하모니카 연주자가 있다. 그는 생후 보름 만에 열병으로 시력을 잃었지만 23살의 나이에 재즈하모니카와 인연을 맺고 독학으로 터득해 현재에는 국내 유일의 재즈하모니카 연주자가 되었다. 그가 히말라야의 산에 위치한 소학교 개교식에 초청받아 가서 하모니카를 연주하고나서 방송 인터뷰를 한 것을 본 적이 있다. 그는 시력을 잃어 히말라야의 모습을 볼 수 없을 뿐 아니라 고도가 높아 숨도 잘 쉴 수 없는 이곳까지 와서 내가 왜 연주를 해야하나 하고 회의를 했다고 한다. 그러나 그의 연주를 듣고 즐거워하는 히말라야의 원주민과 아이들의 감동에 정말 잘 왔다는 자신의 감정을 피력하였다.

누구나 남과 다른 재능은 있기 마련이다. 그것이 선천적이든 후천적이든 가지고 있는 재능을 다른 분야에 허비한다면 사회적인 낭비일 뿐 아니라 자신에게도 불행한 일일 것이다. 우리나라의 현실 교육은 선원이 되는 교육이 잘 이뤄지지 않고 있다. 청소년 때부터 자신의 소질과 소양에 맞는 적절한 직업 교육이 이뤄지지 않고 있다. 그래서 모두 천편일률적으로 대학을 나와 취업 전쟁에서 낙오하면 아무것도 할 수 없는 사회구조를 가지고 있다. 이런 상실감에서 오는 자포자기의 심정을 청소년들의 입장에서 헤아려야 할 것이다.

자녀들의 적성이란 것은 매우 중요하다. 적성이란 것은 쉽게 말해서 미래의 직업이 나의 성격이나 체력, 내가 할 수 있는 능력 즉 흥미나 소질이 있느냐는 것인데 우리 부모님들은 최고의 학부를 나와 의사, 판검사가 되기만을 바라는 해바라기성 부모님들이다. 의사나 판검사는 적성이 중요한 직업이다. 검사라는 직업은 강도나 사기꾼 등 범법자들과 평생을 같이하는 직업이고, 판사란 직업은 사형 언도까지 내리는 직업이다. 인간이 인간에게 사형 언도를 내리는 것은 아무나 할 수 있는 게 아니다. 그리고 최고의 직업이라는 의사는 순간의 집도 실수로 인간의 생명을 앗아갈 수 있고, 이비인후과 의사라면 매일 남의 코, 입, 귀를 보아야 하고, 항문외과는 매일 남의 항문만 들여다보아야 하는 괴로움을 이겨내야 한다. 남들이 부러워하는 이런 직업이 자신의 성격과 맞지 않으면 그야말로 생지옥과 별 다르지 않을 것이다. 모든 분야의 직업에는 이런 예기치 못한 것들이 있다.

그리고 부모님의 강요에 의하여 간 진로는 나중에 대부분 한참을 가서 되돌아가거나 포기하는 경우를 많이 보아왔다. 이런 경우에도 되돌아가는 시간의 낭비, 그동안 들어간 기회비용을 고려해 보면 결과는 불을 보듯 뻔한 것이다. 그리고 되돌아가서 다시 갈 수 있다면 그나마 다행이겠지만 그렇지 못한 경우도 많다. 내가 아는 지인의 부모는 뮤지컬 음악을 좋아하여 진로를 그쪽으로 가고 싶다는 자녀에게 의사가 되기를 강요했다. 자녀는 부모님의 강요에 못 이겨 좋은 명문 의과대학을 졸업하고 의사가 되고 나서 부모님 앞으로 유언을 작성하고 자살했다고 한다. 유언의 내용에는 "이제 부모님의 말씀에 충실하게 따라 의사가 되었고 이제 저는 저의 의무를 다했습니다.”고 쓰여 있었다고 한다. 그에게는 의사라는 직업이 생지옥 같은 일이었을지도 모를 일이다. 위에서 보듯이 항상 문제는 아이보다는 부모에게 더 많음을 알 수 있다.

자득自得이라는 단어가 있다. 맹자에 나오는 단어인데, 풀이를 하면 자신이 직접 수고를 하여 얻는다는 뜻이지만 더 깊은 뜻이 있다. 자신이 얻는 것을 넘어서 자신의 내면에 흡착되는 그런 것이라 할 수 있고, 요즘으로 풀이하면 학생들에게 스스로 터득하는 자기 주도 학습을 넘어 이에 따른 행동까지도 이끌어내는 것이라고 말할 수 있다. 모든 것에 최선을 다하여 자득하지 않고 얻는 것이 있다면 허망하게 쓰러질 수 있다는 것을 경계한 말일 것이다. 직접 수고를 하여 스스로 깨달아 의지를 시험하지 않는 그런 인간으로 커나갔으면 좋겠다.

흔히 학교 공부에서는 실수를 가장 적게 하여 점수를 많이 얻는 사람이 앞서 갈 수 있지만 우리가 살아가는 사회에서 성공을 이룬 자들은 실패의 과정에서 성공의 열쇠를 얻는다. 실패의 확률이 높을수록 더 빨리 성공할 수 있고 앞서 갈 수 있는 것이다. 모든 사람들은 이제 실패 과정에서 더 크게 성장할 수 있다는 것을 알게 되었다. 기업도 마찬가지이다. 실패한 기술은 사장되지 않는다. 실패 과정을 거치지 않고 한번에 성공으로 이루어지는 것은 결코 없을 것이다. 실패도 하나의 과정에 있는 것이고 그 과정의 하나하나가 모여 우리가 말하는 성공이라는 단어를 붙여주는 것이다. 실패도 소중한 우리 삶의 일부이기 때문이다.

그리고 무엇보다 우리가 알아야 할 것은 성공을 했다고 해서 꼭 행복하지는 않다는 것이다. 즉, 성공과 행복은 별개의 개념이다. 우리는 이런 착각을 하면서 살아간다. 부모들은 아이의 행복을 이야기하지 않고 성공만을 이야기한다. 성공을 하면 행복해질 것이라는 잘못된 믿음을 갖고 있다. 반드시 성공만이 목표가 될 수는 없다. 진정한 목표는 행복이라는 것을 명심해야 한다.

자녀들을 장성하게 키운 부모들의 입장에서는 항상 아쉬운 점이 있지 않을 수 없다. 나도 개인적으로 아이를 키우는 과정에서 지금도 후회하는 것이 하나 있는데, 바쁘다는 핑계로 아이들에게 책을 읽어주지 못한 것이 내내 후회가 된다. 가장 쉬운 것인데도 많은 책을 읽어주지 못한 것이 못내 아쉬움으로 남아 있다. 책 속의 이야기들은 호기심과 의지를 키워주는 데 좋은 방법이기 때문이고, 아이들의 비활성화되어 있는 뇌에 유용한 영양분을 제공하기 때문이다. 그리고 또 개인적인 생각인지 몰라도, 슬픔을 아는 아이가 됐으면 좋겠다. 너무나 메말라 있는 현대사회에서 슬픔으로 인한 눈물을 흘릴 줄 아는 사람이 된다면 분명히 사람, 즉 인간에 대한 배신을 하지는 않으리라 확신하기 때문이다.

4
| 마음의 보석을 갖길 바래 |

마음의 보석을 갖길 바래,
반짝이는 저 에메랄드에서 당신은 행복을 찾을 수 있을까
저 투명한 진주 빛에서 당신의 사랑을 찾을 수 있을까
당신의 가슴에 이 바람과 초록의 들판이 채워지기를 바래.
무상한 가을날
세월을 간직한 저 낙엽이 계곡물에 씻겨 떠내려가는 저 모습을 보지 못

했는가.

저 언덕에서 불어오는 세월의 기척에 초연하기를 바래.
언젠가 지나가고 언젠가 사라지는 것을
너무 미련일랑 두지 말기를 바래.
당신이 사랑하는 것도 어느 순간 사라지고
당신의 가장 사랑스런 애증의 증표도 어느 순간 덧없는 것을

세상의 빛은 오직 한 곳으로 모여가고
그곳에 당신의 마음을 간직하길 바래.
오직 한마음이 흐르는 곳

그곳에 당신 마음의 보석을 갖길 바래.

어느 늦은 저녁 퇴근길 버스 기사 석에서 흘러나온 'heart of gold'라는 팝송에 나는 붙잡혔다. 대중매체가 전무하던 시절 라디오 하나에 취미를 갖던 때가 생각났다. 밤 11시쯤 라디오를 틀면 어김없이 나오는 '별이 빛나는 밤에' 혹은 '밤을 잊은 그대에게'라는 팝송 프로그램에서 70년대 초반 학창 시절, 캐나다 가수 닐 영이 부른 'heart of gold'라는 노래를 처음으로 접하고 나서부터 팝의 세상에 빠져 들었다. 세상을 향해 열려 있던 창구는 라디오가 유일하였기에 당시 학생들은 늦은 저녁 이 시간을 간절히 기다리곤 했다. 기타 소리와 하모니카 소리, 끊어질 듯 이어질 듯 애잔하게 흘러나오는 악기 소리에 닐 영의 목소리가 절묘하게 조화된 음악의 마력에 빠졌다.

한동안 '별이 빛나는 밤'이나 '밤을 잊은 그대에게' 라디오 프로그램의

팬이 되었다. 당시 MC는 트윈트리오 멤버와 같이 유명한 포크송 가수들이 맡고 있어서 더 사랑받았던 것으로 기억하고 있다. 'heart of gold' 노래 제목의 뜻은 순수한 사랑이라고 해석할 수 있는데, 사랑을 주고 싶은 순수한 마음을 찾아가는 과정을 그리고 있는 노래이다. 이미 자신은 현대문명에 더럽혀져 순수한 사랑을 할 수도 없고 할 자격조차도 잃어버렸다는 메시지를 주고 있다.

그 곡의 가사 중간에 이런 내용이 있다. '나는 할리우드에도 갔었고 래드우드에도 갔었다. 순수한 마음을 찾고자 바다를 건너도 갔었다. 순수한 마음이 근사한 말이라고 마음속으로 생각했었지. 그래서 난 나이가 들어 늙어가도 계속해서 순수한 마음을 찾고 있었으나 찾을 수 없어 헤맨다.' 이러한 가사의 내용을 보면 결국에는 현대의 오염되고 더럽혀진 마음으로는 순수한 사랑을 할 수 없다라고 자학하고 있다. 가사는 하모니카 애잔한 소리처럼 슬픔을 간직하고 있다.

물질에 오염된 현대사회에 살아가면서 순수한 마음을 유지하기 위해서는 이 오염된 마음을 깨끗이 씻어낼 수 있는 마음의 물이 필요할 때가 있다. 항상 현실에만 물이 필요한 것이 아니라 내 마음속에도 맑은 물이 흐르도록 하는 게 중요하다. 오염된 것, 더러운 것이 들어오면 깨끗이 씻어낼 수 있도록 비워두어야 한다. 닐 영이 부른 노래의 가사처럼 순수한 마음을 잃어버리면 다시 돌아가기 어렵기 때문이다. 그래야 '마음의 보석'이 유지될 것이다.

오래전, 다큐멘터리 영화 프로그램에서 달라이라마의 전생과 후생의 연결을 확인해가는 환생 다큐멘터리를 본 적이 있다. 달라이라마는 티베트의 국왕으로 부처의 화신이며 환생에 의해 국왕을 계승한 것으로 알려져 있고, 정신적 지도자인 동시에 정부 수반으로 돼 있다. 현재는 티베트가

1950년대 중국의 침공으로 중국 영토로 복속이 되면서 인도 북서부지방의 다람살라에서 망명정부를 이끌고 있다.

다큐멘터리 프로그램를 제작하던 서방 작가는 달라이라마의 환생을 확인해가는 과정에서 환생이 밝혀지지 않아 실패하더라도 즉, 후계자 달라이라마를 찾지 못하더라도 방영을 할 계획이라고 미리 밝히기도 했다.

왜 갑자기 이 프로가 생각났는지는 모르지만 서방 작가가 찍은 이 다큐의 내용은 이렇다. 달라이라마가 계시하길, 지금 이 티베트 하늘 아래 나의 후계자가 태어나 있으니 태어난 아이들을 모두 확인하여 나의 계승자를 데리고 오라는 것이다. 달라이라마를 친히 따르는 구도승은 0세에서부터 4, 5세가량의 아이가 있는 전 티베트의 각 가정을 돌아다니면서 달라이라마가 친히 사용했던 목탁이며 목걸이며, 염주를 가지고 후계자를 찾아 다녔다.

확인하는 방법은 의외로 간단했다. 달라이라마가 친히 사용하던 목탁 하나를 목탁 여러 개에 섞어 놓고 달라이라마가 사용하던 목탁을 손으로 집으면 되는 것이었는데, 대개의 어린아이들은 확인하는 것조차 싫증을 내거나 집더라도 잘 집지 못했고, 많은 아이들이 취재 자체에 놀라 울기까지 하였다. 이런 과정이 오랜 기간에 걸쳐 이루어졌으며 계속해서 확인해 나가는 것을 취재하였다.

마침내 한 사내아이가 구도승이 내민 목탁이며 염주며 목걸이들이 전생에 자신이 사용하던 물건임을 확인하고 달라이라마의 계승자임을 증명하게 되었다. 그리고 자신이 전생에 수년에 걸쳐 수행하던 동굴을 찾아가 직접 사용하던 생활품들을 확인하는 과정도 취재하였다. 이렇게 확인된 아이는 마지막으로 유명한 티베트 고승 앞에서 전생의 달라이라마가 사용하던 여러 가지의 생활용품을 직접 확인하고 마지막 관문까지 무사히 마치게 되어 공식적인 달라이라마로 지정받게 되었다는 내용의 다큐 프

봄

로그램이었다.

　전생의 달라이라마가 사용하던 물품을 하나하나 가리키며 확인하는 과정을 보면서 과연 저런 것이 가능할까 하는 생각에 상당히 놀랐다. 전생의 실체를 현생에서 확인하는 순간이었기에 충격으로 다가왔다. 이런 전생의 실체를 확인하는 과정을 보면서 보이지 않는 영적 실체에 대하여 다시 생각하게 해주는 계기가 되었다. 우리 인간은 인간의 잣대로만 모든 것을 재단하려 든다. 자신이 듣고 보고 경험한 것만을 믿으려고 한다. 우리는 전생과 같은 영혼의 실체에 대하여 반신반의하기도 하고 영적 세계를 믿지 않기도 한다. 그러나 우리는 믿음을 갖기 위하여 항상 마음의 보석을 간직하고 순수한 마음을 유지하기 위해 정신은 항상 청결이 유지되어야 한다. 이미 오염된 마음은 다시 순수한 마음으로 되돌아 갈수 없기 때문이다.

5
| 내 마음의 명경 |

　어렸을 적에는 빨리 성인이 되고 싶었다. 무슨 이유였는지는 모르지만 빨리 크면 아마도 그 시절의 고통에서 벗어날 수 있겠다 싶어 그러지 않았을까 한다. 그래서 가끔은 어른이 되어 있는 꿈을 꾸기도 했는데, 그럴 때면 어김없이 밤에 오줌을 지리곤 했다. 그런 날이면 창피해서 지도를 그린 솜이불을 부모님 몰래 장롱 안에 쑤셔 넣고 학교에 갔던 기억이 있다.

그런 생각을 할 때면 그때의 아련한 추억이 다가오곤 한다. 그 시절로 되돌아가고 싶다는 간절함은 없지만 생각이 날 때면 미소가 지어지거나 혹가다 눈가를 적시곤 한다. 아마 이것도 나이를 먹어간다는 증거일 것이다.

어릴 때 살던 동네 신작로 아래로 명경 같은 샘터가 있었다. 그 샘터는 경사진 길 아래 논두렁 옆에 있었는데 그 물이 워낙 맑아 아래 바닥이 훤히 다 들여다보였다. 어린 마음에는 그 깊이를 알지 못했다. 그 깊이를 알려면 돌멩이라도 던져봐야 할 것 같았다. 말 그대로 뿌리 깊은 나무처럼 속 깊은 웅덩이였다. 난 그때 하얀 신작로 길을 걸어 외갓집 할머니와 엄마를 따라서 오일장에 가길 좋아했는데, 읍내 장터를 한번 구경하고 장터에서 되돌아올 때면 동네 아저씨가 자전거를 태워주시곤 했다. 당시에 그 자전거는 나에게 괴이한 괴물로 비쳐졌다. 나는 아직도 그 깊은 웅덩이의 맑고 투명한 모습과 신기한 자전거의 모습이 선하게 기억으로 남아 있다. 읍내 장터에는 색동옷들이 가득했고 많은 인파들이 물건을 사고팔았다. 그러한 장면들이 주마등처럼 유년의 기억으로 남아 있다.

얼마 전에 인생의 뒤편에 있었던 시간의 중간 역을 잠시 다녀왔다. 아버지는 삼 남매 중 가운데로, 물려받은 농토가 없었다. 그래서 고향 충청도 괴산 산골동네에서 삼십 리쯤 거리에 있는 청주 아래 내수라는 동네로 이사를 가게 되었고, 그곳에서 나는 국민학교를 다녔다. 시간이 멈춘 듯한 고향집은 빈 공가로 방치되어 여기저기 처마 끝이 내려앉아 있었다. 그 쓰러져가는 모습이 마치 시골 촌로의 움푹 패인 얼굴처럼 빈 공기만 맴돌고 있었다.

당시 마당 한가운데 오이밭이 있어 여름철이면 오이가 주렁주렁 열리던 곳에는 잡초만이 무성하여 갈피를 잡을 수조차 없었다. 마당으로 들어오는 초입에 있었던 아이 다리통 굵기만 한 한 그루의 대추나무는 온데간데

없고, 뒤꼍의 장독대 옆의 늘 푸르던 호두나무 한 그루도 베어져 보이지 않았다. 매년 벌초를 하기 위하여 내려가는 선산에서 삼십 리 길 정도 떨어져 있는 '내 인생의 중간 역'은 천리 길처럼 멀어져 있었던 것이다. 아버님을 따라 객지 생활을 하면서 항상 그리워하던 마음의 고향이었는데 30, 40년을 돌아서 한참 만에 온 것이다.

기억 저편

그날 뒤를 돌아 시간여행의 중간 역에 다다랐지요.

기억 저편에서 나는 수수깡으로 만든 화살의 시위를 당겼습니다.

그 화살의 시위는 나의 심장 옆을 관통하여 끝내 그 끝을 보이고 말았습니다.

그 옛날 집터는 제 모습을 잃어버리고

뒤꼍 푸르던 호두나무는 흔적도 없이 사라졌습니다.

언덕 너머 옛 친구는 험한 세월 속, 제 몸 하나 가누지 못하고 백골이 진토 되고

스산한 바람만이 뒷동산 언덕 위 소나무 정걸이에 걸렸습니다.

기억 저편 꿈속에서 숨어 살아 있던 보리밭, 수수밭, 까두 콩밭의 고향은 사방으로 자동차 길에 얽혀 소음으로 덮여 있고

초가집은 잡초에 묻혀 치매에 걸린 듯 병을 앓고 있었습니다.

시간여행의 중간 역을 이제 떠나렵니다.

영원한 짝사랑의 연인을 그곳에 남기고

시간의 한편을 조심스럽게 비켜서 걸음걸음 떠나왔지요.

기억 저편에서 떠난 화살의 시위는 또 다른 세월을 향하여 날아갑니다.

이 시기는 내 인생의 가장 황금기라고 할 수 있다. 집 밖 바로 뒤꼍 쪽으로는 넓은 밭이 있었는데 그 넓은 밭에는 수수, 콩, 고구마, 조 등 작물들이 항상 푸르게 자라고 있었다. 그 가장자리 울타리에는 호두나무 한 그루 그 푸르름을 더하고 있었고, 한쪽 장독대 옆에는 국화꽃이 피어 있었다. 곡식을 추수하고 난 빈 공지의 공간에서 대나무로는 활을, 수수깡으로는 활대를 만들어 활을 쏘며 놀았는데 화살시위를 당겨 높은 하늘로 날리면 까마득히 보이지 않게 멀리 날아가곤 했다.

가을걷이를 하고 비어 있는 커다랗고 푹신하고 포송포송한 밭은 나에게 놀이터나 마찬가지였다. 정월이면 이 공터에서 쥐불놀이를 하고 커다란 달님에게 소원을 빌었다. 집 담장으로는 키 큰 가죽나무가 서 있어서 파릇한 봄이 오면 어머니는 어김없이 새순을 따서 빈대떡을 부쳐 주셨다. 낮이면 아버지는 일을 나가시고, 어머니도 동네에서 홍시를 받아다 인근 도시로 행상을 나가시면 동네 아이들과 놀면서 하루해를 넘겼다. 이런 바쁜 부모님들에 비하여 역설적이게도 우리 형제들은 포근한 유년의 날들을 영위하였다. 이러한 기억들이 마당의 푸른 바람처럼 산들산들 기억 속에 자리하고 있다.

푸르스름한 저녁이면 툇마루에 누워 하늘을 올려다보고 밤하늘의 신비를 헤아리기도 했다. 아침에 일찍 일어나 동네 한가운데로 흐르고 있는 개천가에서 밤새 떨어져 있던 밤알을 줍기도 하고 가끔은 형이 서리해 온 사과로 고픈 배를 채우곤 했다. 가끔 동네 부잣집 다락방에 올라가 라디오를 틀어놓고 그 사각박스 안에서 들려오던 목소리에 신기해하던 모습이 선하다.

당신

당신은

여름이 끝나는 자락에

시냇가 시원한 물속에 얼굴을 담그고 있을 때

당신은 나의 몸을 보듬어 안아보고는

이내 먼 산속으로 수줍은 듯 가버리셨지요.

아이들이 책가방을 풀섶에 내팽개치고

첨벙이며 물장구칠 적에

당신은 당신의 보드라운 품을 풀어 헤치어

여름 끝자락

이 더위에 지쳐

제 몸 가누지 못하는

만상萬像들을 보살펴 주었지요.

여름도 다 가 버리고

철없는 아이들도

멱 감는 시절을 잊어버릴 때쯤이면

당신도

당신의 할 일을 끝내고

당신의 내일을 기약했지요.

당신은 항상

내가 당신의 그림자를 보기도 전에

당신은 수줍음에

미쳐

다음에 올 기약만 남기고

멀리 사라져 버렸지요.

나이 불혹을 훌쩍 넘기어
애타게 당신을
기다리고 있건만
야속한 당신은
나를 잊으셨는지
나를 미워하시는지
다시는 날 찾아오지 않는군요.

추신 : 초등학교 시절 시냇가에서 멱을 감으며 넓은 시냇가 들녘으로 불어오는 바람
을 생각하면서

추신에서 보듯이 충청도 두메산골 시냇가에서 멱을 감으며 신나게 놀
았던 기억을 떠올리며 쓴 시이다. 당시 시냇가를 흐르는 물은 명경과 같
아서 우리는 종종 학교를 갔다 오다가 책가방을 풀섶에 팽개치고 너른 냇
가 물속으로 첨벙 들어가서 그 맑은 물속에서 눈을 뜨고 탐험하듯 송사
리 등을 찾아 이리저리 헤엄쳐 다녔다. 당시의 시냇물의 속의 평온함과 시
원함이 나의 몸과 마음에 착색되어 오랜 기간 동안 남아 벗겨내도 벗겨지
지 않는 청동거울의 파란 녹이 되어 있었다. 나의 영혼과 몸을 정화해 주
던 빛나는 시기로 이 소학년 시절의 추억이 소중하게 나의 마음속 한 곳
에 자리한 것이다. 그 당시 기억이 '시원한 바람'으로 형상화되고 각인되어
잊혀지지 않고 있었던 것이다. 냇물 밖으로 맨몸으로 나왔을 때의 그 시
원한 바람, 당신은 나를 보듬어 보고는 흔적도 없이 사라진, 그 시원한 바
람, 당신을 어찌 잊을 수가 있겠는가?
　이 버드나무 무성한 시냇가 추억의 장소에 몇 년 전 방문한 적이 있는
데 나는 낙담하고 돌아왔다. 예전의 시냇가 모습은 온데간데없고 동구
밖 길조차 찾을 수 없었다. 당시 미루나무가 양 길가로 솟아 있던 하얀

신작로도 어디론가 사라지고, 자동차가 쌩쌩 다니는 큰 도로가 여기저기로 나 있어 실망하고 돌아왔다.

6
| 남한산성 길을 걸으며 길을 묻다 |

　가을의 문턱에 다가오는 추석 연휴 막바지를 남겨놓고 남한산성을 산행하였다. 수도권에서 가까워 남한산성을 자주 가곤 하는데, 기실 산성의 역사에 관심이 있었다기보다는 산세가 수려하고 고즈넉한 모습이 마음에 들어 지인들과 가끔 오르곤 한다. 햇빛에 몸을 맡긴 화사한 한낮의 산성 안은 따사로웠지만 여름의 무더위는 아직도 가시지 않은 듯하였다. 그러나 산성 안에는 이미 가을이 와 있었다. 자색의 자태를 드리우는 물봉선과 쑥부쟁이, 코스모스는 이미 활짝 피어 오가는 사람들에게 인사라도 하는 듯 산들거렸고, 키 큰 쪽동백의 열매는 몽그려 있어 다시 꽃이 필 듯한 자세였다. 곳곳에 하늘 높이 자란 소나무는 겨울을 기다리며 청청함을 뽐낼 준비를 하고 있었다. 막바지 연휴를 즐기려는 많은 나들이객들은 가족들과 함께 혹은 아이들 손을 잡고 혹은 연인들끼리 산성의 여름을 아쉬워하며 오르는 듯하였다.

　요즘 수도권에서 남한산성을 가는 방법이 매우 쉬워졌다. 분당선 남한산성 입구 지하철과 마천 쪽 지하철이 바로 연결되어 있어 대중교통을 이용해 누구나 마음만 먹으면 쉽게 갈 수 있다. 지하철 6호선으로 연결된 마천역에서 내려 특전사령부를 지나 남한산성 서문으로 오르는 길은 내내 가파르다. 기록에 의하면 이 길은 인조가 청 태종에게 항복하러 내려갔던 길이라고 하니 그 당시를 생각하면서 올라가 볼 만하다. 그렇지만 대부분의 산행객들은 서문으로 오르는 길을 이용하지 않고 분당선 지하철 성남산성 입구에서 올라가는 길을 택한다. 아주 편안하고 쉬운 길이다. 이 길이 바로 남문 쪽으로 연결되어 있다.

　이 아름다운 산성은 370~380여 년 전 피비린내 나는 전장의 현장이었다. 호란 당시 이 남문 쪽 앞에 청 태종의 대군이 진을 치고 대치하였던 곳이라는 기록이 있다. 남문 쪽 길로 걸어서 정 오르기 어렵다면 산성 안에까지 운행하고 있는 버스를 이용해 아주 쉽게 성안에 다다를 수 있다. 이 버스는 남한산성 지하철역부터 남한산성 좌측 산등성을 따라 산성 안에까지 연결되어 있다.

　위에서 남한산성에 대중교통으로 오르는 길을 소개했지만 산성을 오르는 길은 당시 산성을 지키던 군사들이 비밀리에 출성 입성하던 만큼이나 여기저기 많이 나 있다. 남한산성은 수도 도성을 지키는 중요한 성이니만큼 정 대문인 남문, 서문, 북문, 동문이 있고 곳곳에 병사들이 몸을 숨기며 몰래 입·출성했던 암문들이 비밀스럽게 숨겨져 있다. 고개를 숙이고 암문을 드나들다 보면 당시 군졸이 되어 작전을 수행하는 느낌을 불현듯 받게 될 것이다. 산성 안에는 아름드리 소나무가 여기저기 산재해 있고, 그 사이로 오솔길들이 나 있어 산책하기에 제격이다. 성 길을 따라서 걸으면서 사색하거나, 철마다 느끼는 산색山色의 정취를 감상하고 옛 조상들의 체취를 맡기에 이만한 장소도 없다.

　이 산성은 도심 생활에 부대낀 시민들이 심신을 달래기 위해 자주 찾아, 사랑받고 있는 나들이 명소이기도 하다. 특히나 북문을 따라 벌봉 쪽으로 걷다 보면 아직도 보수되어 있지 않고 허물어져 있는 성채가 있다. 마치 400여 년 전의 과거로 되돌아가는 느낌을 받을 것이다. 그리고 남한산성의 중앙부 양지 바른 곳 야트막한 언덕에 자리 잡은 왕들의 임시 거처인 행궁은 거의 보수가 완료되어 소나무의 싱그러움이 배어난다. 조선시대 행궁으로서의 소박한 위엄이 곳곳에 남아 있다. 그리고 성안 아래 동문 쪽 가까이에 있는 조그마한 호수에는 시민들이 돗자리를 깔고 휴식하기에 좋은 장소가 있고, 인근의 남한산성 박물관에는 죽음으로 충절을 지킨 삼학사를 위시한 자료들이 잘 보관되어 있어 역사 교육의 현장으로 활용하기에 좋다. 그리고 이곳 남한산성은 천주교의 성지이기도 하다. 16세기 후반 신유박해부터 17세기 중후반 병인박해까지 약 300여 명의 천주교 신자들이 순교한 역사적인 장소이기도 하다.

본디 남한산성은 산성 안에 사람이 살고 있었다. 호란 당시에도 성안에는 전답들이 있어 농사를 짓고 있었고 많은 농민들이 생계를 이어가던 곳이었다.

김훈의 『남한산성』을 읽다 보면 김상헌이 백제의 온조 사당에 제사를 올리는 장면이 나온다. 온조 사당은 백제의 시조 비류와 온조가 함께 고구려에서 내려와 이곳 한강 지방에 터를 잡고 남한산성에 직접 세운 사당이 아니라 병자호란 당시 인조가 남한산성 행궁에 기거할 때 직접 설치한 것이다. 인조는 청나라 12만 대군과 대치 상황에서 밤잠을 설쳤을 것이다. 엄동설한에 식량은 떨어져가고, 삼남지방 등에서 올라오는 원군의 도착은 시시각각 늦어지고, 강화도로 피난을 간 세자와 조선의 국민, 병사들이 청 태종의 병사들에게 유린당하는 풍전등화의 사직을 보면서 엄청난 고통을 겪었을 것이다. 이때 백제의 시조 온조가 인조의 꿈에 현몽하여 "윤제가 오르는데 무엇을 하느냐"며 호통을 쳐 꿈에서 깼다고 한다. 그러고는 청나라 병사의 기습 공격으로 무너진 성곽 일부를 발견하고 모래

자루에 물을 붓고 얼려서 성곽을 기어오르는 청 병사들을 격퇴하였다는 유래가 전해지고 있다. 그리하여 이러한 상황에서도 남한산성 땅의 원조 격인 백제의 시조 온조 사당에 김상헌을 시켜 국가의 안녕을 기리는 제사를 지냈던 것이다.

남한산성은 한강과 함께 삼국시대 때부터 이미 그 지리적, 위치적, 역사적인 가치가 매우 높아 격랑의 격전장이었다. 기록에 보면 백제는 한성에 도읍을 정하고 오랫동안 이곳에서 나라의 터를 잡았는데, 나중에 고구려와 신라에 밀려 충청도로 도읍을 이전한 공주시대 60여 년, 부여시대 120여 년보다도 훨씬 긴 465년의 장구한 역사 기록을 갖고 있다. 역사가들은 한성시대에 몽촌토성과 함께 남한산성이 왕도였을 것으로 추측하기도 한다. 남한산성은 병자호란 이전 신라가 당나라와의 전투를 위하여 쌓은 토성인 주장성을 기본 토대로 해서 축성을 하였다고 한다. 우리가 역사책에서 배울 때 한강의 쟁패가 나라의 흥망성쇠를 가름하였다고 알고 있듯이 한강을 중심으로 설치된 남한산성과 북한산성은 당시의 요충지였다. 남한산성 서문 쪽에서 서울을 내려다보면 당시 청 태종이 진을 쳤던 지금의 한강 일대 및 송파구 쪽 삼전도가 파노라마처럼 펼쳐져 있다. 요충지였다는 것을 금방 알 수 있다.

고즈넉하고 장대한 정원 같기도 한 남한산성은 병자호란의 상흔을 고스란히 간직하고 있는 성이다. 병자호란이 발발하자 인조가 이곳으로 들어와 청 태종에게 항복할 때까지 약 47일간의 기록을 토대로 김훈이 쓴 『남한산성』이라는 소설을 읽지 아니하더라도 이곳에 오면 그 흔적을 고스란히 느낄 수 있다. 하나하나 쌓아 올라간 고색창연한 성벽을 보면서 이렇게까지 높게 성벽을 쌓아야 했을까? 길고 험난한 장벽을 아무런 장비의 도움 없이 쌓아 올리면서 얼마나 많은 노고와 인명 피해가 있었을까 하는 만감이 교차하는 곳이다.

　수도 한성을 둘러싸여 있는 한양산성도 마찬가지고 대부분 산성을 축성할 때는 가을걷이가 끝난 농한기에 팔도의 장정들을 징발하여 구간구간 배치하여 쌓았다고 한다. 그 기간이 동절기와 겹쳐 민초들의 고생이 말이 아니었을 것이다. 무엇보다도 축성 책임자의 이름을 성 돌에 새겨 넣어 철저한 책임을 물었던 것으로 알려져 있다. 철저한 실명제였던 것이다. 허나, 남한산성은 법력을 필요로 하여 팔도의 승려들을 동원해 건립했다고 기록되어 있다. 또한 산성축성을 위하여 당시 승군의 사역과 보호를 위해 장경사長慶寺를 포함하여 7개의 사찰을 새로 건립했다고도 기록되어 있다. 지금은 7개의 사찰 중 남한산성 동문 옆에 오직 장경사만 홀로 남아 당시의 역사를 고스란히 간직하고 있다. 조선이 불교를 숭상하지 않았음에도 불구하고 남한산성을 쌓기 위해 승병 인력을 동원하였다는 것은 그에 대한 다급함이나 절실함이 우리가 상상했던 것 이상이었을 것이라는 생각이 든다.

고즈녁한 산성이여
그 성치 못한 몸으로 오래도 버티어 주었구나.
눈보라치고 그 매서운 엄동설한의 겨울에
사경을 헤치고 여기 수려한 모습을 보이니 참 눈물겹도록 대견하구나.

여명이 열리는 아득한 반도에 태어나
백성들의 처절한 피와 땀을 먹고 자란 그 몸으로
혼신의 몸을 바쳐 겨레를 지키고자 분투했으니
너의 노고는 저 솔나무의 푸른 잎이 되어 이미 하늘에 닿았구나.

짚신도 신지 못한 맨발로 무명의 홑치마를 입고

험한 북녘의 초행길을 눈물로 두 손을 엮어서 끌려간 우리의 슬픈 여인들의
통한의 곡이 산성에 메아리쳐도
너의 울음은 하늘이 되어 숨죽여 삼키고 통곡을 할 수가 없었겠구나.

이제 너의 쓰라린 육신은
그 처절한 역경의 흔적을 지우지 못하고 길게 누워서
너를 찾아오는 후손들에게 그 넓은 품을 내놓을 뿐
생색내지 않고 미소만 짓고 있구나.

병자호란 당시의 상황을 보면 조선의 병약한 모습이 그대로 드러난 한 편의 막장 드라마 같다. 병자호란은 1636년 12월부터 청의 대군이 침략하여 이듬해 1월까지 약 두 달여 만에 끝난 치욕적인 전쟁이라고 할 수 있다. 청의 입장에서만 보면 그야말로 큰 힘 안 들이고 최단기간에 허약한 조선을 굴복시킨 역사상 유래가 없는 승전이었을 것이다. 그리고 그 승전에 따른 보상도 만만찮게 챙겼던 대승의 전쟁이었다. 그리고 우리가 간과하고 있지만 이 완패한 전쟁으로 청과 조선의 군신 관계가 1895년 청·일전쟁에서 청이 일본에 패할 때까지 계속되었다고 할 수 있으니 무려 250여 년 동안 조공을 바치는 속국으로 그 설움과 지속적인 간섭은 씻을 수 없는 치욕이었다. 위정자들의 한순간 잘못된 판단과 착오로 속국의 설움을 그토록 오래 받은 것이다.

서울신문에 2008년 10월부터 '병자호란 다시 읽기'라는 역사 기획물이 연재된 적이 있었다. 관심을 가지고 읽었던 기억이 난다. 여러 문헌들을 종합하여 간략하게 요약하면 이렇다.

우선 명·청의 교체기에 일어난 전쟁이라고는 다 알고 있을 것이다. 당시

의 청, 후금은 만주의 대부분을 정복하고 1627년도에 일어난 정묘호란 때 맺은 '형제의 맹약'을 '군신의 의'로 전환을 요구하였고, 황금 1만 냥, 전마 3,000필 그리고 정병 3만 등을 요구해왔다. 이에 조선에서는 척화, 즉 조정에서는 전쟁을 하자는 여론이 비등하게 되고 그들의 요구를 묵살하게 된다. 이에 청 태종은 1636년 12월 1일 친히 12만의 군사를 이끌고 조선을 재침공하게 된다. 물론 조선도 나름대로 대비는 하고 있었다. 청의 위협이 고조되고 '이괄의 난'을 겪으면서 1624년도에 남한산성을 대대적으로 개보수하게 된다. 정묘호란이 일어난 그해에도 수어사守禦使 이시백李時白이 축성한 후 처음으로 유사시를 대비하여 1만 2,700여 명을 동원하여 기동훈련을 실시하였다고 한다. 이런 훈련도 실제의 전쟁에서는 제 역할을 못했던 것이 못내 아쉽다.

적전 분열이라고 적 앞에서는 바위보다도 무거운 진중함이 있어야 하는데 청 태종이 친정을 하는 마당에 조선 조정의 관료들의 행태는 그야말로 이미 결과가 나와 있었던 상태라고 봐도 과언이 아니었다. 전쟁을 앞둔 상황에서는 갈라섰던 반대파들도 비판을 멈추고 일치단결하여 확고한 대비 태세를 갖추어야 하는데, 무능한 조정이 척화파와 주화파로 분열하여 설전만 벌였던 것이다. 물론 국가의 중대사를 결정할 적에 서로 다른 의견을 개진하는 것은 당연한 현상이다. 그러나 문제는 현안에 대하여 해결책을 찾아 신속하게 결정하여 한쪽으로 밀고 나가야 하는데 우왕좌왕하다 보니 임금이 강화도로 못 들어가고 남한산성에 고립되어 응원군만 기다리고 있었던 처지가 된 것이다.

1636년 12월 1일자로 청 태종이 대군을 이끌고 침략을 감행했을 때 인조가 남한산성으로 피신한 것은 12월 14일이다. 모든 군사와 역량을 결집하여 대처를 해야 하는데 엄동의 설한에 삼남에서 올라오는 응원군들은 줄줄이 패퇴를 하고 남한산성의 구원은 요원하였던 것이다. 인조의 입장에서는 아마도 40여 년 전의 임진왜란 당시처럼 의병과 민초의 자발적인 응전을 기대하고 있었는지만 이 단기전에는 효과를 발휘하지 못하였다.

역사가들은 당색이 다른 척화파의 거두 김상헌의 명분론이나 주화파의 거두 최명길의 현실론이나 최종 목표는 같았다고 하며 두둔하기도 한다. 그러나 이는 매우 무책임한 결론이라는 생각이 든다. 물론 척화파들도 무조건 전쟁만을 생각했던 것은 아니었던 것 같다. 얼마간의 전투를 벌여서 조선도 이만큼 강하다는 것을 청 태종에게 심어주고 강화를 맺을 생각이었던 것이다. 그러나 결과적으로 수만의 조선 백성들이 사생결단 나고 수십 만의 민초들이 청으로 끌려갔다. 당시 조선 인구의 10분의 1인 약 50여만 명이 끌려갔다고 하는 기록도 있으니 이 무책임한 정치가 조선천지에서 일어나고 있었던 것이다.

동서고금을 통하여 전쟁을 피하는 것은 군주의 제1덕목일 것이다. 전쟁을 피할 수 없다면 차선책으로 외교로써 정세를 풀어야 할 것인데, 이 당시에 성리학이라는 정책 이념이 조선의 유연성의 떨어뜨려 외교라는 도구를 버린 것은 역사에 두고두고 회자되고 있다.

주화파의 거두 최명길은 "개인이라면 명분을 따져야 함이 아름다운 죽음일 수 있겠으나 나라를 책임지고 수없이 많은 백성들의 고통을 알면서도 명분만을 따진다면 그것은 무책임한 선택이다."라고 주장하였다. 당시 조선의 전쟁에 대한 준비 상황과 능력을 고려하여 현실적인 결정이 필요했던 상황임을 간파했던 것이다. 유연하지 못한 명분론에 매몰되어 국제정세의 흐름을 읽지 못했던 일부 위정자들의 모습들이 오늘날 대한민국 위정자들의 모습과 오버랩되는 것은 왜일까. 최명길의 주장은 조선으로서는 받아들이기 어려운 굴욕이었을 것이다. 당시의 시대 상황이 척화파가 득실거리고 인조반정으로 정권을 잡은 인조가 공신들의 의견을 무시할 수는 없는 상황이었고, 오랫동안 명을 위한 조선의 사대선린 분위기가 그럴지언정 국가의 중차대한 국란의 시기에 현실적인 고려가 무엇보다도 필요한 상황이었다. 인조는 김상헌이나 최명길과 같은 반정의 1등 공신들 서로 간의 의견을 최종 조율하여 결정하는 결정권자는 자신임을 분명히 알았어야 했다. 공신들의 신권에 휘둘려 결정을 미룬 인조에게 이는 마땅히 책임이 있다.

결과론적으로 무능한 왕조임을 만천하에 드러내고 말았다. 후에 척화파의 거두 김상헌은 청을 배척했다는 이유로 청으로 압송되고, 최명길도 명나라 공격을 위한 청나라의 요청을 거부하고 내통했다는 이유로 똑같은 시기에 청나라 심양의 감옥에서 옥살이를 하게 된다. 그때 감옥에서 주고받은 글을 보면 두 사람의 가치관을 확연히 알 수 있다. 김상헌은 "조용히 찾아보니 이 세상과 저 세상이 반가웁고나. 문득 백년의 의심이 풀리노라."라고 했고, 최명길은 "그대 마음은 돌 같아 풀릴 줄 모르건만 내 마음은 문고리 같아 둥글게 돌아갈 줄만 아노라."라고 하였다고 한다. 그리고 김상헌이 심양으로 압송되면서 그의 심정을 쓴 시는 바로 우리가 학교에서 배웠던 시이다. "가노라 삼각산아 다시보자 한강수야, 고국산천을 떠나고자 하랴마는 시절이 하 수상하니 올동말동하여라."

반면에 호란의 실질적인 책임자였던 영의정 김류에 대해 이야기를 아니 할 수 없는데, 영의정이자 도제철사였던 김류는 인조반정의 훈신으로 호란 당시 그의 아들 김경진은 강화도 검찰사로 임명하였다. 김류 집안은 강화도로 피난가면서 김경진은 가솔과 50여 개의 궤짝을 실어 나르기 위해 많은 경기도 마부들을 동원하였다고 기록하고 있다. 국민의 안위를 책임져야 할 영의정이 자신의 집안을 먼저 챙기는 모습을 보면서 위정자들의 한심한 처신에 분노를 느끼게 된다. 호란이 끝나고 김류의 아들 김경진은 전란 중 행위들이 만천하에 드러나 결국 사사를 받아 사망하게 된다. 결국 김류가 그의 아들을 사지로 내몬 꼴이 되었다.

이 병자호란은 1592년도 임진왜란이 일어난 지 꼭 44년 만에 일어난 전면적인 전쟁이었다. 임진왜란의 상처가 아물기도 전에 온 강산이 피로 물든 이런 전쟁이 일어나 우리의 마음을 더욱 미어지게 한다. 명은 1644년 병자호란이 끝난 8년 후 결국 멸망하였다. 척화파의 절의, 기개, 선비정신은 부인할 수 없으나 얼마 되지 않아 그토록 섬겼던 명이 멸망함으로써 많은 회한과 아쉬움을 남긴 전쟁이라고 아니할 수 없다.

무엇보다도 광해군은 임진왜란을 틈타 강성해진 후금세력을 미리 간파하고 도와 달라는 명의 요청을 거절하는 등 실리외교를 펼쳤고 후금과 명에 대해 적당한 거리를 둔 중립외교정책을 실시하였다. 그의 이런 현실적인 외교는 풍전등화의 조선을 구할 수 있는 절호의 기회였다 하지만 임진왜란 당시 도움을 준 명에 대한 의리 없는 군주로 낙인 찍혀 인조반정에 의해 폐위되어 전란을 피할 수 있었던 절호의 기회를 날려버렸음을 우리의 역사는 기록하고 있다.

서울 송파구 석촌 호수 옆에 삼전도비가 있다. 청나라의 전승비로 청 태종이 자신의 공덕을 기리기 위해 건립한 것인데 정식 명칭은 대청황제공덕비이다. 항복하기 위해 남한산성을 내려온 인조는 이 삼전도에서 청 태종에게 삼배구고두三拜九叩頭(세 번 절하면서 한 번 절할 때 세 번씩 머리를 조아림)로 항복을 청해 머리를 땅바닥에 조아려야 했으며, 조선은 청의 신하가 되겠다고 약속했다. 이 항복의식에서 인조는 머리를 언 땅에 조아리면서 부딪쳐 피범벅이 되었다고 전해지고 있다.

척화파의 영수는 김상헌이었지만 척화에 대한 책임을 지고 청나라 심양으로 끌려가 조선 선비의 기개를 높이고 죽임을 당한 관료는 송상현, 오달제, 윤집이다. 이들을 우리는 삼학사라고 한다. 1월 28일 저녁, 인조는 하직 인사하러 온 오달제와 윤집을 만나서 "그대들의 본뜻은 나라를 그르치게 하려는 것이 아니었는데 이 지경에까지 이르고 말았구나. 고금 천하에 어찌 이런 일이 있겠는가."라고 하면서 결국 오열했고, 자신의 신하를 붙잡아 적진에 보내는 참담함에 울고 또 울었다고 한다.

윤집은 이 자리에서 오히려 인조를 위로했다고 한다. "이러한 시기에 국가에 도움이 된다면 만 번 죽더라도 아깝지 않습니다."라고 말했고, 오달제는 "신은 자결하지 못한 것이 한스러운데 이제 죽을 곳을 얻었으니 무슨 유감이 있겠습니까. 다만 전하께서 성을 나가시게 된 것이 망극합니다. 신하된 자로서 지금 죽지 않으면 장차 어느 때를 기다리겠습니까."라고 하여 인조는 할 말을 잃었다고 한다. "그대들이 나를 임금이라고 외로운 성에 따라 들어왔다가 일이 이 지경에 이르렀으니. 내 마음이 어떠하겠는가."

오달제는 삼학사 중에서 가장 나이가 어린 29살로 이태 전에 결혼한 아내가 있었다. 늙은 어머니와 20여 살이나 많은 친형이 있었고 1637년 정월 심양으로 압송되면서 이들에게 네 편의 시를 남겼다고 전해진다. 국경을 건너기 전, 길 위에서 주운 종이에 어머니에게 두 편, 형에게 한 편, 아내에게 한 편의 시를 지어 남겼다. 여기에서 형님에게 보낸 시 한 편을 소개하고자 한다.

南漢當時就死身	남한당시취사신
楚囚猶作未歸臣	초수유작미귀신
西來幾洒思兄淚	서래기세사형루
東望遙憐憶弟人	동망요련억제인
魂逐塞鴻悲集影	혼축새홍비집영
夢驚池草惜殘春	몽경지초석잔춘
想當彩服趨庭日	상당채복추정일
忍作何辭慰老親	인작하사위노친

남한산성 싸움 당시에 죽었어야 할 이 몸이

타국에 잡혀가서 돌아오지 못하는 신하가 되었네.

서쪽으로 가는 동안 형님을 생각하며 몇 번의 눈물을 흘렸던가

먼 동쪽 하늘을 바라보며 아우 생각하는 이; 가련하구나.

넋은 변방의 기러기를 쫓아가고 내 외로운 그림자를 슬퍼하다가

잠에서 놀라 깨어 연못가 풀에 가는 봄 안타까워합니다.

아름다운 옷을 입고 즐거운 날 나아가서

차마 무슨 말로 늙으신 어머니를 위로할까.

- 형님에게 寄伯 氏 -

위 시에는 사지로 벌써 죽어진 몸을 이끌고 끌려가는 오달제의 처절하고 참담한 심경이 녹아 있다. 척화파의 영수인 김상헌이 인도되어야 하지만 오달제는 척화파임을 자임하고 당당히 죽음의 사지로 끌려들어가면서 자신의 심경과 어머니에 대한 불효를 시로 표현하고 있다. 오달제는 평소 묵매를 즐겨 그렸는데 설매도와 묵매도는 그의 기개를 보여주기에 모자람이 없는 작품으로 지금까지 남아있다. "매일생한부매향梅—生寒不賣香, 매화는 일평생 춥게 살지만 향기를 팔지 않는다."라는 내용이 그의 성품과 닮아 보인다.

동서양을 막론하고 나라 간의 전면적인 전쟁은 인류에게 엄청난 영향을 미쳐왔기에 긍정적인 면을 이야기하는 것은 언어도단적인 면이 있지만 굳이 긍정적인 면을 도출해낸다면 전쟁 전에는 서로 간에 단절되어있던 폐쇄된 문화가 세계인들에게 개방되어 문화의 전달자로서의 역할을 수행했다는 데 있다.

조선의 입장에서 보면 병자호란은 긍정적인 면보다는 부정적인 영향이

더 많았던 전쟁으로 기록해야 할 것이다. 전쟁은 인조가 청 태종에게 항복을 함으로써 군건히 이어온 조선의 명예를 한순간에 나락으로 떨어뜨렸을 뿐만 아니라 전후 복구 처리를 해결하는 과정에서 많은 문제들이 도출되었다. 특히, 환향녀還鄕女들에 대한 처리는 지금의 가치체계로 보면 상식을 초월하여 실망감을 보여주고 있다고 할 수 있다. 환향녀는 직역을 하면 고향에 돌아온 여자란 뜻인데, 오랑캐에 실절失節한 여자, 정절을 지키지 못한 여자란 뜻으로 우리나라 조선 500백 년 역사 중 가장 부끄러운 역사의 한 페이지를 장식하고 있다. 그 치욕적인 역사란 이를 처리하는 우리 조정과 사대부들의 행태가 그 치욕의 중심부에 있음은 두말할 필요가 없다. 사실 정절을 지키는 것은 여자이지만 그 정절을 지켜 줄 의무는 남편이나 국가에 있다 할 수 있는데 그런 책임을 유기한 예들이 비일비재했다.

속환이나 천신만고 끝에 도망하여 돌아온 이 가엾은 여인들의 비극은 여기서 끝났던 것이 아니었다. 일부 신료들은 속환되어온 며느리에게 제사를 받들게 할 수는 없다며 이혼을 받아들이라고 조정에 요구까지 하였다. 출가하였다가 환향녀가 되어 돌아온 딸을 두고 친정 부모들의 입장에선 안절부절못할 수밖에 없었다고 한다. 대부분의 사대부 집안들은 이런 실절한 며느리들을 내쳤고 새며느리를 맞이하였다고 한다. 사대부가의 환향녀들은 남편들로부터 대부분 버림을 받았다고 한다. 그래도 속환되어 돌아온 여인들은 그나마 다행이었으나 속환하지 못한 여인들은 그대로 청나라에 속절없이 눌러 있을 수밖에 달리 도리가 없었다. 그리고 수년이 지난 후 천신만고 끝에 도망쳐온 일부 여인들이 있었으나 조선에서는 받아주지 않고 다시 그녀들을 결박하여 청나라로 압송하였다는 사실에서 당시 조선 조정의 한심한 작태를 엿볼 수 있다.

핏빛보다도 더 진했을
성책 병졸들의 날선 핏발이 눈발에 휘날리던 370여 년 전의 기억들이
여기 빛바랜 성벽에 부조되어 어른거린다.

민초들이 캐먹던 동문 위에 엉겨진 칡넝쿨은
탐스러운 꽃술을 늘어뜨리우고
산성 북성北城 문門 위의 물봉선은 핏빛 자색의 자태를 드리우는구나.

삼중에 고이 앉은 행궁의 단청은 푸르디푸르건만
산성아, 역사의 상흔에 왜 그대는 분노를 속으로 참아내는가.

이제 산성은 짧은 가을의 계절을 넘어 370여 년 전 그날을 기억하는 설한의 계절로 다가 설 것이다. 추위에 언 장졸들의 창칼이 서그적거리던 성첩 위로는 하얀 비둘기가 퍼덕이며 산성을 넘어 멀리 날아가듯이 또 그날의 기억은 미래로 넘어갈 것이다. 창연한 산성은 오늘날 우리에게 아무 말이 없고, 그 쓰라림의 역사를 간직한 채 아무 것도 요구하지는 않지만 역사의 상흔이 서린 산성의 길은 앞으로 살아가는 우리 세대에게 어떻게 무엇이 되어 무엇을 할 것인가, 그 답을 물어오고 있다. 우리 선조들의 피와 눈물이 얼룩진 이 산성에는 오늘도 시민들이 삼삼오오 짝을 지어 나들이를 한다.

ㄱ
| 이카루스의 날개 |

복개하기 이전의 60~70년대 성북천은 버들가지와 같은 키 작은 관목들로 꽤나 우거졌었다. 구준봉 산자락에서 내려오는 물들이 그나마 맑아 동네 사람들의 휴식처 역할을 충분히 하고도 남았다. 그러다 저녁이 되면 숲으로 가려진 군데군데의 사이로 동네 사람들이 발가벗고 맑고 청명한 성북천 시냇물에 멱을 감기도 했다. 곱고 여릿한 버들나무가지 아래로 고운 모래톱이 쌓여 맑아진 시냇물은 서울 사람들을 다 불러 모으기도 했다.

조선시대에 이 성북동천은 사대문 밖으로 경기도 지방에 편입되어 있었다. 즉 동소문을 통하여 성 밖으로 바로 연결되어 있어서 성안의 사람들이 더위를 식히기 위해 혹은 심신을 식히기 위해, 수려한 풍광을 소요하고 싶을 때 들르던 곳이 성북동천 일대이다. 이 성북동 일대는 잠농을 권장하기 위하여 왕비가 친히 행차하여 잠신蠶神인 서릉씨西陵氏를 모시고 제사를 지내던 곳으로 유명했다고 한다. 그리고 봉숭아꽃이 만발하여 많은 성안의 상춘객들을 끌어 모았다고 한다.

복개하기 이전의 성북천은 말 그대로 실개천이 흐르던 조용한 곳이었다. 그리고 조금 더 산길로 올라서면 '꿩의 바다' 지명에서도 알 수 있듯이 꿩을 비롯한 새들이 정말로 많았다고 한다. 그리고 그 유명한 '성북동 비둘기'를 쓰신 시인 김광균 님께서 이 시를 썼을 당시에도 성북동에는 산비둘기가 많았던 듯하다. 산비둘기나 꿩이 많았기 때문인지 60년대 중반까지만 하더라도 성북동 하늘에는 수많은 솔개들이 연을 날리듯 길고 검은 날개를 펴고 높은 하늘가를 늘 맴돌곤 했다.

성북동 천변에 뽕나무 잎 돋고
도화 꽃 만발하여 온 산을 덮으니
성첩 따라 봄맞이 하는 남녀 상춘객들의 콧노래 멀리 메아리치네.

여기 저기 종달이 높이 날아
산새들 쫓아내더니
그 흔하던 뽕나무 사라지고 도화 꽃도 피지 않는구나.

누런 물이 덮쳐 흐려
성북동천 맑은 물 밀어내더니
그 흔하던 물푸레나무 사라지고 그 많던 물고기 떼 어디로 갔던고.

이 성북동 새벽의 하늘을 날던 솔개들이며 산새들이 차츰 사라지고
그 자리에 시커먼 떼까마귀가 도심 하늘에 줄지어 찾아들었다. 이내 성
북천으로 누런 하수들이 쏟아지더니, 그 아름답던 성북천은 하얀 시멘트
로 복개되기 시작하고 자동차들이 쌩쌩 다니는 길로 변해버렸다. 그리고
2,000년대에 들어오면서 두꺼운 시멘트로 복개하였던 일부 하천을 다시
걷어내고 어쭙잖게 자연 생태 하천으로 다시 살려 놓았다.

서울 청계천과 이어진 성북천 중간쯤 못 미쳐 가면 알 수 없는 솟대가
세워져 있다. 솟대가 세워진 이유는 모르겠으나 성북천을 자연 하천으로
되돌리면서 성북천 주변 동네의 안녕을 위하여 세워진 듯하다. 이곳에는
장승은 없지만 많은 솟대들이 개천가에 세워져 솟대의 의미를 모르며 오
가는 사람들의 마음에 풍파의 돌을 던지기도 한다.

우리나라는 마을신앙으로 마을 어귀에 '솟대'라는 것을 세워 마을의 안
녕을 빌었다. 솟대는 혼자 세워지기도 하고 장승과 함께 세워지기도 한다.

긴 장대 끝에 오리 모양을 나무로 깎아 달아놓았는데 이것은 땅과 하늘을 연결한다는 의미이다. 이것이 하늘의 신과 연결되어 마을의 가뭄, 질병 등을 막아주고 마을의 안녕을 위한 수호신 역할을 담당하였다고 한다.

그리고 그 옛날의 복개하기 이전의 천연 하천 모습은 아니지만 이곳 성북천에는 솟대의 영험인지, 언제부터인가 개천 안 물속에는 작은 피라미와 같은 어린 물고기들이 떼를 지어 빠르게 움직인다. 천 밖에는 조각처럼 움직임이 없이 외발로 선 왜가리도 가끔가다 날아와 개천가에 머물다 가고 청둥오리며 하얀 집오리가 어디서 날아왔는지 그 정체를 알 수 없는 오리들이 하천변 여기저기에 물장구를 치면서 둥지를 틀고 살아가고 있다. 좀처럼 나는 모습을 볼 수 없어 날지 못하는 오리라고만 생각을 하고 있었다. 그런데 어느 날 아침, 세 마리의 오리가 동시에 수면을 박차고 날아가는 모습을 보고 잠시 어리둥절했다. 자신들끼리 사전에 약속이라도 했는지 한 치의 오차도 없이 함께 날아오르는 모습이 신기하기도 했다. 자기들끼리 텔레파시를 주고받았는지 어떻게 동시에 날아오를 수 있을까 의구심을 가져 보기도 했다.

복개천 걷어내 하늘 열리니
구준봉에 산비둘기 들고
은행나무 파란 잎 돋아나고
성북천에 봄날이 온다.

버들강아지가 하늘거리던 날
빨간 발가락 물속에서 하늘거리더니
한 번도 날개 짓 없던 하얀 오리들
아무도 보지 않는

이른 새벽 아침

수면을 박차고 창공을 날아간다.

우리가 살고 있는 지구를 이루고 있는 환경은 세 가지로 나눌 수 있다. 표피를 이루고 있는 바다와 땅 그리고 하늘이다. 바다에는 주로 어류들이, 땅에는 인간과 동식물들이 그리고 하늘에는 조류들이 서식하고 있다. 우리 인간들은 땅과 바다의 생물들에 대해서는 어느 정도 통제할 수 있다.

이 중에서 가장 넓은 영역은 하늘이고 다음은 바다이다. 그리고 마지막으로는 땅, 즉 대지이다. 바다는 입적면적으로 치면 땅보다 훨씬 넓다. 예를 들어 100m 깊이에 가로세로 1m가 바다라면 입적면적은 100㎡이다. 육지는 대략 인간의 가장 높은 키인 2m를 사용 공간의 평균으로 친다 해도 입적면적은 2㎡이므로 바다는 육지보다 훨씬 많은 입적면적을 가지고 있는 것이다. 인간은 건물을 지을 적에 이런 제약을 극복하기 위하여 하늘 위로 많은 층의 건물을 지어 사용한다. 하지만 이는 도시에서의 땅의 효율성을 높이기 위한 것일 뿐, 산이나 들판까지 이런 높은 건물을 짓지는 않는다. 그리고 바다의 평균 깊이는 100m보다 훨씬 깊은 3,800m이고 바다는 지구 지표면의 71%를 차지하니 바다는 땅보다 수만 배의 입적면적을 가지고 있다. 그러나 이런 바다도 하늘의 면적에 비하면 조족지혈이다.

우주 공간 대부분은 빈 공간으로 남겨져 있다. 인간은 땅과 바다에서 지혜를 발휘하여 필요한 의식주에 해당하는 모든 자원을 제공받는다. 그러나 우주 공간과 연결되어 있는 하늘은 아직도 우리 인간들에게 미지의 세계이다. 그와 더불어 하늘을 공간으로 살아가는 생물인 새들도 아직까지는 인간들로부터 자유롭다. 닫힌 공간인 땅과 바다와는 달리 열린 공간의 하늘을 마음대로 날아다니는 새는 선사 이래로 우리 인간들에게 동경과 선망의 대상으로 남아 있다. 항상 인간은 새처럼 하늘을 비상하는 꿈을 꾼다.

나는 어렸을 적에 하늘을 나는 꿈을 많이 꾸었다. 겨드랑이에 날개가 달려 하늘을 훨훨 날아다니는 꿈이 아니고 지상에서 퍼득거리며 하늘을 날아오르려는 꿈이었다. 병아리처럼 퍼득이다가 떨어지기도 하고 어떤 때는 어느 정도 하늘을 날다가 떨어지는 꿈을 꾸곤 했다.

꿈을 꾸어 보아요.
높고 푸른 창공을 날아가는 꿈
날개가 돋아 높은 하늘을 날아가는 꿈
꿈을 꾸다 보면
언젠가 겨드랑이에 날개가 돋아
저 높고 푸른 창공을 날아갈 수 있을 거예요.

이카루스의 꿈을 찾아
창공을 박차고 날아
가고 싶은 곳 어디든 날아 보아요.

네팔 티베트에는 조장이라는 풍습이 있다. 사람이 사망하면 시신을 우리나라처럼 매장하거나 화장하는 것이 아니고 산 위에 발가벗겨 안치하면 새들이 쪼아 먹는 장례 풍습이다. 이러한 풍습은 새를 이승과 저승을 연결하는 사자로 생각하고 망자의 시신과 혼백이 하늘에 운반되어지기를 바라는 의미에서 하는 풍습이라고 한다. 이렇게 새는 신성한 존재로 우리의 마음속에 존재해 왔다.

인도 기러기는 히말라야의 높은 봉우리를 넘어 인도와 중앙아시아를 이동하는 철새다. 무려 8,000km의 먼 거리를 날아간다고 한다. 이 새는

6,000~7,000m 정도의 하늘을 높이 날아 히말라야 높은 산맥의 고봉을 넘어간다. 높게 날지 않으면 이 세계의 지붕을 넘어갈 수 없을 것이다. 가까운 거리를 이동하며 볏가리를 까먹는 참새의 비행하고는 비교할 수가 없다.

폴 컬린저가 지은 『세계의 철새는 어떻게 이동하는가?』라는 책에서 보면 많은 과학자들이 철새 이동의 진화해온 과정을 설명하기 위해 많은 노력을 하고 있지만 어느 생물학자도 딱 부러지게 설명을 못 한다고 한다. 대륙이동설, 빙하작용, 분산거리의 확장, 남부지방의 기본 서식지 확보 등으로 추정만 하고 있는 실정이다. 다만 먹이 때문에 철새가 그 먼 거리를 이동한다는 데에는 모두 동의한다고 한다. 먹이가 풍부하면 번식력이 증가하고 반대로 먹이가 부족하면 빨리 죽게 되고 먹이를 풍부하게 확보한 새는 먹이가 부족한 새보다 더 오래 살고 더 많이 번식을 한다. 그 먼 거리를 이동하기 위해 많은 새들이 기압 차와 편서풍과 같은 풍향의 이동을 이용하여 대륙을 쉽게 이동할 것 같지만 전문가들의 견해에 따르면 꼭 그렇지만은 않은 것 같다. 아직 밝혀내야 할 부분이 밝혀진 부분보다 훨씬 많이 남아 있는 것이다.

이런 조류들은 여러 가지의 비행 기술을 가지고 있다. 그들은 날아갈 때 계속해서 날개를 저어가는 날개치기 비행, 파도 모양 비행, 부분적 날개치기 활상, 활상 비행 등 다양한 비행을 한다고 한다. 인도 기러기, 도요새류, 오리류, 뜸부기류, 벌새류 같은 새들은 날개를 쉬지 않고 움직이는 날개치기 비행을 한다. 이런 비행은 대체로 공중을 수평으로 이동할 때 사용하는 방법이다. 그리고 활상 비행은 날개를 편 채로 날아가는 비행 방법이다. 활상하는 동안 새의 낙하 속도가 상승 속도보다 빠르지 않으면 새는 하강하고, 양력이 떨어지면 부분적인 날개치기로 다시 고도를 올려 비상하게 된다. 이런 새들은 알바트로스, 두루미류, 새매류, 제비류, 칼새류 들이다.

봄에 스위스 알프스 산맥을 넘는 철새들은 순풍이 불 때보다는 적당한 역풍을 만났을 때 더 빨리 난다고 한다. 맹금류, 황새류, 두루미류 등 큰 새들만 대륙 이동을 할 것 같은데 제비류, 지빠귀류 같은 명금류도 대륙 이동을 한다고 한다. 대다수의 철새들은 밤에 주로 이동을 한다. 전문가들조차 밤에 이동하는 이유를 정확하게 잘 모른다고 한다. 다양한 가설만 존재할 뿐 아직도 철새들은 왜 야간에 이동하는지, 왜 대륙을 넘나들며 생활을 하는지, 대기 구조 때문에 그런지, 지구전자장을 이용하는지, 왜 기러기가 날아가듯 'ㄱ' 자로 편대를 이루며 날아가는지, 태어난 곳을 한 번도 떠나보지 않은 새가 자신이 날아가야 할 몇 천 킬로미터를 어떻게 찾아가는지 아무것도 알려진 게 없다.

또한 같은 철새라도 똑같은 길은 가지 않는 것으로 알려져 있다. 경우에 따라서는 다른 길로 해서 목적지에 찾아가기도 한다. 이렇듯 그들의 비상은 관찰만 할 수 있을 뿐이다. 과학이 비약적으로 발전하였다고 하지만 우리 인간은 자연의 일부분만 알고 있을 뿐 99.9%는 아직도 신비 속에 잠들어 있다.

무엇보다도 철새들은 날갯짓을 하기 위해 자신의 체력을 극도로 아끼고 자신의 몸 상태를 최상의 상태로 유지하기 위해 부지런히 먹이를 사냥한다. 그리고 긴 날개를 윤기나게 관리한다. 먼 거리를 이동하기 위해 새들에게 가장 중요한 것은 빨리 나는 것이 아니라 적은 힘으로 멀리 나는 것이다. 그렇지 않으면 인도기러기도 히말라야와 같은 그 험준한 산맥을 넘지 못하고 죽고 만다. 그 험준한 산맥을 넘는다 하더라도 산맥 중간 중간에는 인도기러기를 기다리는 사냥꾼들, 즉 매들이 그들을 노리고 있다. 지친 기러기들이나 무리에서 이탈한 기러기들은 그들의 사냥감이 되어 히말라야를 넘지 못하고 죽고 만다.

아프리카 초원에서 물으로 목을 축이러 오는 동물들을 기다리는 사자들처럼 매는 기러기를 사냥감으로 살아가는 새이다. 철새들은 몇천 킬로미터의 대장정을 하기 위해 만반의 준비를 하고 비상을 한다. 히말라야 중간 중간에 힘에 지친 기러기를 잡아먹는 사냥꾼인 매들도 기러기를 사냥하기 위한 자신만의 비법이 있다. 그것은 바로 날카로운 발톱인데 그것은 그들에게 있어서 새들을 사냥하기 위한 유일한 도구이다.

정확하게 알려진 건 아니지만, 나이가 먹고 늙어서 발톱이 빠지고 사냥을 할 수 없을 정도가 되었을 적에 매는 히말라야의 조용한 산속을 찾아 들어가 뭉개진 발톱을 바위에 비벼서 발톱갈이를 한다고 한다. 그리고 다시 발톱이 나올 때까지 사냥하는 법을 부단히 연습하고 어느 정도 익숙해지면 다시 히말라야의 높은 봉우리에 앉아 넓고 깊은 히말라야의 창공을 노려보는 것이다.

그리스 신화에서 크레타 섬 왕 미노스의 미움을 사 미궁에 갇힌 아버지 다이달로스와 그의 아들 이카루스는 새의 깃털로 날개를 만들어 밀랍으로 붙이고 함께 하늘로 날아 미궁을 탈출한다. 아버지는 아들 이카루스에서 너무 높게 날지 말라고 경고한다. 그러나 이카루스는 아버지의 경고를 무시하고 높게 날다가 결국 날개를 붙인 밀랍이 태양열에 녹아 에게 해에 떨어져 죽는다. 이 신화에서 나오는 '이카루스의 날개'는 미지의 세계에 대한 인간의 동경을 상징하기도 하고, '허망한 꿈을 좇아 무지하게 날아가다 추락하는 인간'을 의미하기도 한다.

반면에 뉴질랜드의 키위 새는 날개가 퇴화되어 날지 못한다. 이 키위 새는 뉴질랜드의 국조이기도 하다. 새가 나는 것을 포기했을 때 그 새는 이미 새가 아니다. 뉴질랜드는 대륙이동설에 의하여 아시아와 아프리카로부터 떨어져 나와 독특한 자연환경을 가지고 있는 나라이다. 그래서 당초에는 잘 날던 이 새도 환경에 적응하기 위하여 나는 것을 포기한 것이다. 즉,

살기 위해 키위 새는 나는 것을 포기한 것이다. 그러나 인간은 키위 새가 되기보다는 이카루스의 날개가 되어 하늘을 나는 욕망을 가지곤 한다.

작금의 세대는 하늘을 날기 위해 비행기를 타고 높은 하늘을 나는 간접체험을 하기도 하지만 인간은 하늘에 대한 영원한 콤플렉스가 있다. 이 콤플렉스를 풀기 위해 새처럼 하늘을 나는 도구들을 발명하여 사용해왔다. 비행기는 두말할 나위가 없고 낙하산과 글라이더의 장점을 접목한 패러글라이딩이라든가, 헬륨가스를 넣어 날아가는 열기구 등 기구를 이용하여 하늘을 날기도 하고, 약간은 변형된 것이기도 하지만 비행기를 타고 높은 곳에 올라가 스카이다이빙을 하면서 하늘을 나는 꿈을 실현시키기도 한다. 각 가정에 자동차가 있듯이 언젠간 하늘을 나는 자가용 비행차량들로 하늘을 나는 그런 날이 올 수도 있다. 지상의 신호등처럼 하늘에 신호등이 만들어질 날이 곧 올지도 모른다.

인간은 꿈을 꾸고 그 꿈을 이뤄 왔듯이 모든 꿈들은 이뤄지게 될 것이다. 오직 인간만이 꿈을 꾸는 존재이다. 수면 속에서의 꿈이 아닌 현실을 살아가면서 인간은 자신의 존재를 어떤 반열에 올려놓기를 바라는 존재이다. 그리고 꿈은 꾸는 사람만이 이룰 수 있는 것이다. 꿈이 없이 이뤄질 수 있는 것은 아무것도 없다. 꿈은 꾸는 자만이 갖는 특권이자 권한이다. 꿈은 나이를 상관하지 않는다. 꼭 청소년들의 전유물이 아니다. 인간은 죽어가면서도 꿈을 향해 달려가는 존재이다. 90살 먹은 노인에게 당신이 지금에 와서 무엇이 후회되느냐고 물은 적이 있다고 한다. 그는 60살이 되어 직장에서 은퇴한 후 영어 회화 공부를 시작하지 않은 것이 후회된다고 했다. 꿈을 포기한 당신은 이미 죽은 목숨이다.

리처드 바크가 쓴 『갈매기의 꿈』에는 아침 일찍 높이 나는 갈매기의 이야기가 나온다. 이 책에서 조나단이라는 갈매기는 다른 갈매기들이 하루하루의 현실에 안주해 있을 때 더 높은 꿈을 찾아 더 높이 날기 위해 자신만의 기술을 터득해 나간다. 조나단은 그런 톡톡 튀는 행동으로 인해 무리에서 쫓겨난다. 그러나 그는 굴하지 않고, 힘든 훈련의 기간을 걸쳐 자신만의 높고 멀리 날 수 있는 기술을 체득한다. 그리고 그를 배척했던 무리에 합류하여 기술을 전수해 준다. 다른 갈매기들에게도 또 다른 이상의 세계가 있다는 것을 가르쳐 줌으로써 결국에는 무리들로부터 존경과 찬사를 한 몸에 받는다는 내용이다. 조나단은 자신이 습득한 기술을 혼자만 가지고 있었다면 아무런 존경도 못 받았을 것이다. 그는 자신의 기술을 사장시키지 않고 더 발전될 수 있도록 다른 갈매기들에게도 전수해 줌으로써 삶의 진정한 의미를 보여 준 것이다.

우리는 사회적으로 높은 명예와 부를 얻기 위해 일생을 바친다. 그러나 높은 명예와 부도 자신에게만 쓰이면 아무런 의미가 없다. 주변의 가족과 이웃, 더 나아가 국민과 함께하였을 적에 진정으로 그의 가치는 빛날 것이다.

8
| 동양의 고전, 그 시원詩源의 향기를 찾아서 |

인문학에 대한 관심이 높아지면서 고전古典이 새롭게 주목받고 있다. 과학저널 『사어언스』에서 어떤 글을 읽는 것이 지적 능력과 감성 능력, 그리고 주변 사람들과 사회적 관계 등을 발전시키는 데 좋은지에 대한 연구 결과를 내놓은 적이 있다. 이 연구에서 아마존닷컴에서 절찬리에 판매되는 베스트셀러를 읽은 독자들보다는 안톤 체호프와 표도르 도스토옙스키 등과 같은 작가들이 쓴 고전 문학작품을 읽은 독자들이 지성 능력. 사회관계 발전에 훨씬 좋은 점수를 받았다고 발표했다.

혼히 고전 읽기와 같은 인문학은 현대사회에서 그리 주목받지 못했다. 유용한 학문이라고 생각하지 않았고 현대의 시대상에 동떨어진 학문으로 치부하기 일쑤였다. 그럼에도 고전 읽기는 인간성을 회복하는 좋은 역할을 하고 있다고는 막연히 생각을 하고 있었지만 실제로 사람들의 인격 형성과 지적 발달과 많은 역할을 한다는 것이 밝혀지게 된 것이다. 특히 동양의 고전은 고리타분한 학문으로 취급되고 학문적으로 연구되고 있었을 뿐 그리 환영받지 못했던 것도 사실이다. 아나톨 프랑스는 이런 명언을 남겼다. "고전이란 누구나 그 가치를 인정하는 책이다. 하지만 누구도 읽지 않는 책이다." 그러나 최근에 서양 인문학에 대한 관심이 고조되면서 자연히 동양고전에 대한 관심도 받지 않았나 생각이 된다.

요즘 마이클 샌델 교수의 인기 강의 '정의란 무엇인가'가 미국 하버드대 학생들에게 많은 인기를 끌고 있다. 다른 한편으로 마이클 푸엣(Michael Puett. 동아시아언어문학과 교수)의 '고전 중국 윤리·정치 사상'도 인기를 끌면서 "벤담과 롤스 같은 서양철학 못잖게 공자 맹자 노자 같은 동양사상이 주목을 받고 있다."라는 기사가 난 적이 있다.

최근에 중국이 급격히 부상하면서 서양에서는 중국에 사상에 대한 연구를 진행시킬 필요가 있었는지는 몰라도 앞으로 동양고전에 대한 연구, 강의나 읽기가 주목을 끌 것이라고 단언할 수 있다. 더불어 한국학에 대하여도 서서히 바람이 불 것으로 기대한다. 사실 서양의 사상은 정신적인 면에서보다는 경제적, 개인적, 합리적인 면에 관점을 두고 축적되어 있다고 말 할 수 있다. 이에 비하여 동양의 사상은 우주론이고 형이상학적이며 만민에게 평등적인 관점에서 많은 연구의 기록들이 축적돼 있는 상태라고 할 수 있다. 그래서 단적인 예로 서양에서 이야기하는 '정의'의 정의는 동양에서의 '정의'의 정의와 상이함은 당연한 것이다. 서양의 정의는 마이클 샌델 교수가 추구한 것처럼 미덕을 키우고 많은 사람들이 지지하는 공동의 선을 고민하는 것으로 정의가 성립이 되지만, 동양의 정의는 우주론적이고 형이상학적 것이라 이미 고착되어 있고 불변적인 것이다.

인간의 모든 관점은 경제적인 부의 이동에 대하여 연구되어 발전되어 왔다. 근 1,000여 년간 부의 이동은 서구 쪽으로 이동되었다가 이제 서서히 동양 쪽으로 이동하고 있다. 이에 따라 동양의 고전 연구나 읽기 등에 서서히 만개할 것임을 확실하지만, 서구 쪽에서 보는 동양의 사상을 이해하고 연구하는 데에는 극복해야 할 많은 난관이 있을 것이다. 우리가 서양의 사상을 이해하는 데 다소 생경한 감이 있듯이 그들이 동양철학이나 고전을 이해하는 데에는 이와 일맥상통하지 않을까 싶다. 위에서 언급했듯이 마이클 샌델 교수가 "절대 다수가 원하는 것이 선이자 정의이다."라고 말하는 것을 우리 동양적인 사고로는 이해하기 어려울 때가 있지 않은가. 예를 들어 서양에서는 '죽임'에서 정의 내릴 적에 다수의 여러 사람이 죽임을 당하는 것보다는 소수의 사람이 죽임을 당하는 것이 선이라고 정의하고 있다. 절대 다수가 원하는 것이 선이고 정의이기 때문이다. 그러나 동양에서의 '죽임'의 정의는 절대 살인을 하지 말라는 것이 선이다. 나아가 이 지상에 살아있는 모든 생물들을 죽이지 말라고 한다. 살생을 하지 말라고 하는 것이 동양에서의 정의이다.

동양의 사상은 종교적으로는 불교, 도교가 그 우주론적인 철학을 구심점으로 개인의 구도에 의하여 수평적인 우주와 합치됨을 그 목표로 하고 있다면, 서양의 종교는 개인적인 믿음에 의하여 수직 계열의 구원을 받으면 그것으로 종결을 지었다. 동양 사상 체계의 근본인 동양의 종교인 불교나 도교는 우주가 돌고 도는 혹은 소멸과 생성이 반복하는 것처럼 우리 인간도 우주의 한 부분으로서 윤회사상에 기반을 한 철학적인 사고의 소산이라고 할 수 있다. 그래서 이러한 철학적인 깨달음이 있어야 우주의 깊숙한 내면의 세계로 들 수 있음을 강조하였다.

동양의 인문학에서 있어서 우리 선조들이 인간 교육을 위한 교육적인 교재의 기반으로는 중국의 사서삼경이라고 할 수 있다. 알다시피 사서는 논어, 맹자, 대학, 중용이며 삼경은 시경, 역경, 서경이다. 사서가 인간의 이성적인 판단을 돕는 교재였다면, 삼경은 감성적인 판단을 영향을 미치는 교재로서 천여 년 동안 우리의 교육 기반이자 사상 체계였다.

조선시대의 대학기관이라고 할 수 있는 성균관의 주요 교육 과목은 국가의 이념이 유교이기 때문에 유교 경전과 사서오경을 중점적으로 공부하였고, 그런 것들을 능수능란하게 생활 속에서 발현할 수 있도록 시가 등을 짓는 것이 주요 내용이었다.

한동안 감성지수, 사회성지수, 네트워크지수 등의 개념이 IQ라 불리는 지능지수보다 더 주목을 받은 적이 있다. 이와 같은 지수는 이성에서 도출된 것이 아니고 주로 감성에서 도출한 개념이라 할 수 있다. 즉 사회적인 성공을 이루는 것은 단순한 지능지수보다는 발달된 감정에 의한 높아진 다른 여타의 지수들이 인생의 삶을 결정하는 데 더 결정적이라는 것이 더 많이 알려진 사실이다.

여기서는 오랫동안 우리 선조들의 감성 능력과 지적 능력을 발전시키는 데 중요한 역할을 담당한 삼경 중 주역인 역경을 제외한 서경과 시경에 대하여 개략적으로 소개하고자 한다. 성균관 유생들은 이 삼경에 춘추, 예기를 더하여 오경을 주요 과목으로 공부하였다.

서경書經은 중국에서 가장 오래된 역사서로 4,000년 전에서 2,600년 전의 우虞나라, 하夏나라 은殷나라, 주周나라의 역사 사실을 기록한 것으로,

내용의 대부분이 사관史官에 의해 객관적으로 쓰였기 때문에 사료로써의 가치가 매우 높다고 한다. 서경은 군왕의 사적, 신하에게 내리는 훈계, 백성에게 내리는 포고와 명령, 신하의 진언, 전쟁을 앞두고 내리는 백성 및 장병에게 내리는 훈시, 그리고 대신과 대신의 대화 등을 기록한 것이라고 하며, 지금 전해지고 있는 28편을 크게 나누어 우하서虞夏書, 상서商書, 주서周書의 세 편으로 구성되어 있다. 우리나라의 군왕들의 기록인 조선실록도 이런 중국의 사관에 의한 기록의 전통을 이어받았다는 것은 너무나 자명한 일일 것이다.

우하서는 요堯, 순舜, 우禹 임금과 그와 관련된 사적을 기록하고 있는데 그중에서 요전堯典은 요 임금의 덕성과 치적에 관한 기록을 전하고 있다. 그중에서 사서 중 하나인 『大學』에서 말하는 "수신제가치국평천하修身齊家治國平天下 즉 몸을 닦고 집안을 가지런히 하고 나라를 다스리고 천하를 평안히 한다."는 요 임금의 덕치 과정을 바로 유가儒家가 추구하였기에 우리나라 조선시대에 와서는 이러한 요 임금의 덕치를 바탕으로 유교 경전의 하나로 자리매김하였다고 말할 수 있다.

다음에는 서경에 기록되어 있는 몇 편의 기록들을 소개하고자 한다.

요전 편에는 "맏아들 주가 행실이 바르지 못하여 등용하지 않다."에서 요 임금은 왕위를 물려줌에 있어서 개인의 이익보다는 전체 민중의 안녕과 이익을 우선 고려하여 행실이 바르지 못한 큰아들 주에게 물려주지 않고 덕행과 능력을 실험하여 성씨가 다른 순舜에게 왕위를 물려주는데 이것을 선양禪讓이라고 하여 유가儒家에서는 이를 행한 요 임금과 우 임금을 가장 이상적인 군주로 숭배하고 있다. 이러한 이유로 요·순 임금의 시대를 이상적인 사회로 여겼다.

그리고 주서의 여형呂刑 편에는 "죄의 크고 작음에 의거하여 처벌하지 말고 범행의 동기와 정상을 참작하여 형벌을 가해야 하며 만약 고의로 죄를 범했다면 비록 그 죄가 가볍더라도 중형을 가해야 할 것이며 과실로 인하여 죄를 범한 것이라면 비록 죄가 무겁더라도 중형을 가해서는 아니 된다."고 하였다. 그리고 주서의 무일無逸 편에서 무일은 '안일에 빠지지 말라'는 뜻인데, 이 무일 편에서는 "주공이 성왕에게 백성을 다스리는 사람은 안일에 빠지지 말고 게을리 해서는 안 된다고 강조하였다. 왜냐하면 곡식을 심고 거두는 일의 어려움을 알고 일반 백성의 고충을 이해할 수 있어야 하기 때문에 안일에 빠지는 것을 경계하였다. 주공은 은나라 주왕처럼 향락과 술에 빠지지 말길 간언하였고, 군주의 자리에 있는 사람은 모름지기 서로 잘못을 타이르고 가르쳐 바로잡아 주던 옛 사람들의 미덕을 본받아 모든 백성과 관리들의 본보기가 되어야 한다고 성왕에게 간언하였다."라고 했다.

위에서와 같이 현대사회에서 일어날 수 있는 범죄에 대한 판결이나 위정자들의 마음가짐을 기록하고 있어 고전의 가치를 다시 한 번 일깨주고 있다. 서경의 저자는 중국 고대 각 왕조의 사관들이다. 중국 고대 문헌의 기록에 의하면 사관에는 군왕의 행동을 기록하는 좌사左史와 군왕의 말을 기록하는 우사右史가 있었는데, 좌사가 기록한 것이 춘추春秋이고 우사가 기록한 것이 서경이 되었다. 그래서 춘추는 연·월·일의 순서에 의거 국가의 대사를 기록하였고, 서경은 군왕의 포고 명령과 군신 간의 대사가 기록되어 있다고 한다. 그래서 서경의 저자는 중국 각 왕조의 우사들이라 할 수 있다. 서경에는 중국의 요순시대부터 주나라까지의 정치·사상·종교·철학·법률·지리·역법·군사 등 다양한 내용들이 기록되어 있다.(서경 이재훈 역해 고려원 1996.11.10. 초판 참고)

이에 비하여 시경詩經은 동양 시가 고전의 백미로 꼽는다. 현재 우리가 쓰고 있는 '시'라는 보통명사도 시경에서 그 기원을 두고 있다. 서경이 국왕들과 주변 정사 관련된 일들의 사실을 기록한 것에 지나지 않는다면 시경은 지금으로부터 3,000여 년 전부터 2,500여 년 전 서주西周 초기부터 춘추春秋 중기까지 황허강黃河 중류 주위안中原 지방의 중심으로 약 500여 년간 민간이나 사대부에서 창작되어 읽혀졌거나 전해져 내려오는 시가나 궁중의 의례에 연주된 가사 305편을 모아 편집한 책이다.

이 시경은 공자가 교육의 목적으로 3천여 수 가운데 추려서 편집하여 만들었다고 하는데 이 시경은 동아시아 시가의 원류이자 시조라고 할 수 있다. 시경은 한국의 모든 고대문학에도 녹아 흐르고 있는 문학의 보배 같은 존재로 인식되고 있다. 그래서 고대 우리나라의 시가 등 많은 분야에서 이 시경에서 많은 모티브를 얻어 지어지기도 했다. 시경은 주로 민가에서 부르고 유행하던 시가 노래 등을 집합하여 채집한 것을 국풍國風이라고 하고 지배층이 지은 것들을 모은 것을 아雅, 송頌이라고 하는데 이들을 모아놓은 것이 이 시경이다.

즉 시경은 15개 지방 국가의 국풍國風, 소아小雅, 대아大雅, 송頌으로 이루어져 있다. 305수 중 몇 수를 소개하고자 한다. 우선 국풍國風 중에서 용풍鄘風 편에 백주柏舟, 즉 제목이 '잣 배'라는 것을 소개하고자 한다.

1
汎彼柏舟 범피백주
在彼中河 재피중하
髧彼兩髦 담피량모
實維我儀 실유아의
之死 지사, 矢靡他 시미타
母也天只 모야천지
不諒人只 불량인지

떠가는 저 잣 배

황하 한가운데 있네.

저 더벅머리 양쪽에 늘어뜨린 분

진정으로 내 배필 일세

죽어도, 다른 사람에게 마음 안주리.

하늘같은 어머니

오직 못 알아주시나요.

위 시에서 보면 작자는 여인이다. 그리고 작자는 뭍에서 거칠고 거대한 황하의 배 위를 바라보고 있는 듯한 모습이다. 떠가는 저 잣 배, 황하 한가운데 떠 있는 배에 더벅머리 늘어뜨린 청년에 반한 여인, 죽어도 꼭 이 청년에게 시집을 가겠다고 결심을 한 듯하다. 현시대에나 있을 법한 사랑의 정인을 멀리 배 위를 바라보며 진실로 자신의 배필임을 노래한다. 이미 결혼을 약속한 청년이 그 배에 타고 있었는지는 모르겠으나 2,500여 년 전에도 한 여인이 이런 사랑의 시를 쓰는 것을 보니 대담해 보이고 지금의 시대보다 더 개방적인 듯 보인다. 지금의 모습과 조금도 다르게 보이지 않음에 실로 놀랍다. 작자와 같은 여인을 만난 저 더먹머리 청년이 부럽게 보일 뿐이다.

2

汎彼柏舟　범피백주

在彼河側　재피하측

髧彼兩髦　담피량모

實維我特　실유아특

之死 지사, 矢靡慝 시미특

母也天只 모야천지
不諒人只 불량인지

떠가는 저 잣 배
황하 가에 있네.
저 더벅머리 양쪽에 늘어뜨린 분
진정으로 내 배필 일세
죽어도, 내 마음 변치 않으리.
하늘같은 어머니
오직 못 알아주시나요.

이제 보니 떠가던 잣 배는 황하의 부둣가에 정박하려는 듯하다. 잣 배가 황하의 물으로 정박을 하는 모습을 보고 여인의 둥실 떠 있는 마음에서 그 더벅머리 청년하고 결혼하고자 하는 걷잡을 수 없는 결연한 의지를 엿볼 수 있다. 2,500여 년 이전의 한 여인의 아려오는 한 남성을 향한 연정이 지금의 이 시대로 전해져 옴을 느낀다. 여기서 떠가는 잣 배는 여인의 마음을 간접적으로 표현하고 있는 듯하다.

다음은 국풍 주남周南 편의 도요桃夭를 소개하고자 한다.

1
桃之夭夭　　도지요요
灼灼其華　　작작기화
之子于歸　　지자우귀
宜其室家　　의기실가

싱싱한 복숭아나무
꽃이 무성하게 피었구나.
처자 시집가니
가정 이뤄 화목하리.

이 시는 어린 처녀가 시집을 가는 것을 노래한 시이다. 복숭아는 예나 지금이나 상큼하여 이제 갓 피어난 혼인 적령기의 여성을 표현하기도 하는데 그 꽃 무성하게 피었다는 표현에서 시집가는 당시의 풍성한 모습을 이미지화하고 있다. 그리고 시집을 가서 무엇보다도 그 집을 화목하게 하라는 주문도 하고 있다. 시경에서는 이렇듯 연시가 반복하여 흥을 돋우는 수법이 사용되고 있는데 이 도요에서도 그런 수법을 사용하였다.

2

桃之夭夭　도지요요
有賁其實　유분기실
之子于歸　지자우귀
宜其室家　의기실가

싱싱한 복숭아나무
과실 탐스럽게 열렸구나.
처자 시집가니
가정 이뤄 화목하리.

도화는 한국이나 중국에서 자주 등장하는 꽃이다. 나관중이 쓴『삼국지』에 유비와 장비, 관우가 형제의 결의를 맺은 장소도 도화가 만발한 정원이다. 그들은 이 도화가 피는 정원에서 복숭아꽃이 한 잎 한 잎 떠 있는 술 한 잔을 들면서 맹약을 한다. 도화는 인간의 정신을 황홀하게 하는 매력이 있다. 아마도 이 도화의 색깔이 사람들의 피의 색깔이 비슷하여 그렇게 피를 끓게 하는지도 모르겠지만 말이다. 아무튼 복숭아꽃은 그만큼 뭇 사람들의 사랑을 받는다는 것을 알 수 있다. 이 시에서도 도화 피고 열매가 맺는 시절에 시집을 가게 되니 얼마나 행복할까. 복숭아가 열리는 가을이면 신부는 또 다른 사랑의 열매를 얻을 수 있지 않을까? 라고 고조시키고 있다.

다음은 국풍國風 중에서 왕풍王風 편에 있는 군자우역君子于役을 소개하고자 한다.

1

君子于役　　군자우역
不知其期　　부지기기
曷至哉　　　갈지재
鷄棲于塒　　계서우시
日之夕矣　　일지석의
羊牛下來　　양우하래
君子于役　　군자우역
如之何勿思　여지하물사

부역 나가신 우리 님
돌아올 기약 알 수 없네.
언제나 오실련지
닭은 횃대에 오르고

해는 저물어
양과 소도 우리 찾아 내려오건만
부역 나가신 우리 님
어찌 그립지 않겠어요.

이 시의 작자는 여인이다. 부역 보낸 임을 기다리는 여인이다. 알다시피
중국의 춘추전국시대뿐만 아니라 고대사에서 군역이나 부역은 빠질 수
없는 백성들의 근심거리였을 것이다. 낭군을 부역에 보내고 임을 기다리
는 여인의 안타까운 심경이 그야말로 눈에 선하듯 잡힌다. 낭군을 군역
보내고 밤새워 기다리는 여인의 눈물 젖은 모습이 우리의 심금을 울리고
도 남음이 있다.

2

君子于役   군자우역
不日不月   불일불월
曷至哉   갈지재
鷄棲于桀   계서우걸
日之夕矣   일지석의
羊牛下括   양우하괄
君子于役   군자우역
苟無飢渴   구무기갈

부역 나가신 우리 님
몇 날 며칠인가.
언제나 오실런지.

닭은 횃대에 오르고
해는 저물어
양도 소도 우리 찾아 내려오건만
부역 나가신 우리 님
바라옵건대, 기갈이나 없으시길.

이 연시에서는 작자의 임에 대한 걱정이 심화되고 있으며 이에 따른 시적 감흥도 점점 고조되어 간다. 전 연에서는 부역 나간 낭군을 생각하는 마음이 여인 자신에게 국한되어 있었으나 이제는 낭군의 안녕을 기원하는 마음으로 바뀌고 있다. 즉 나에서 당신, 남편으로 확대되어 간다.

다음은 국풍國風 중에서 용풍庸風 편에 있는 상서相鼠를 소개하고자 한다.

相鼠有皮 상서유피
人而無儀 인이무의
人而無儀 인이무의
不死何爲 불사하위

쥐를 보아하니 가죽이 있구나.
사람이 되어 예의가 없네.
사람이 되어 예의가 없으면
죽지 아니하고 무엇을 하는가?

위 시를 보면 백성들은 통치자들이나 사람 구실을 못 하는 사람을 쥐鼠에 비유하고 있다. 예나 지금이나 통치자들이나 사람 구실을 못 하는 사람들을 보는 사람들의 시선은 곱지 않은 듯하다. 백성들이 힘들여 지어놓은 곡식을 통치자나 지배계층은 예의도 없이 빼앗아 가는 모습을 보면서 혹은 쌀만 축내는 사람들을 향하여 직설적으로 이들을 비판하고 있다.

相鼠有齒 상서유치
人而無止 인이무지
人而無止 인이무지
不死何俟 불사하사

쥐를 보아하니 이가 있구나.
사람이 되어, 법도가 없네.
사람이 되어, 법도가 없으면
죽지 아니하고 무엇을 하는가?

相鼠有體 상서유체
人而無禮 인이무례
人而無禮 인이무례
胡不遄死 호불천사

쥐를 보아하니 몸체가 있구나.
사람이 되어, 무례하나
사람이 되어, 무례하면
어찌 빨리 죽지 아니한가?

쥐를 보니 가죽도 있고 이도 있고 몸체도 있는데 왜 당신들은 가죽도 없고 이도 없고 몸체도 없는 쥐처럼 법도나 예의에 어긋나는 행동을 하는

가 하고 질책을 하고 있다. 여기서 보면 인간의 윤리도덕을 말하고 있다. 인간이면 지켜야 할 위정자들의 못된 예의와 무례를 질타하고 있다. 백성들이 보면 이런 예의 없는 자들이 지배계층일 수 있고 방탕한 사람일 수 있으며 그 대상자는 무수히 많을 것이다. 직설적으로 쓸모없는 사람들이 세상에서 빨리 사라지기를 바라는 작자의 마음을 읽을 수 있다.

　다음은 국풍國風 중에서 빈풍豳風 편에 칠월七月은 8편의 연시로 이뤄져 있는데 그중 1편의 시를 먼저 소개하고자 한다.

　　七月流火　　　칠월유화
　　九月授衣　　　구월수의
　　一之日觱發　　일지일필발
　　二之日栗烈　　이지일률렬
　　無衣無褐　　　무의무갈
　　何以卒歲　　　하이졸세
　　三之日于耜　　삼지일우사
　　四之日擧趾　　사지일거지
　　同我婦子　　　동아부자
　　饁彼南畝　　　엽피남무
　　田畯至喜　　　전준지희

　7월이면 화성이 지고
　9월이면 겨울옷 장만하고
　동짓날이면 찬바람이 불고
　섣달이면 매서우니
　옷 없고 털옷 없으면

어찌 한해를 넘기랴

정월이면 쟁기 손질해서

2월이면 밭갈이 하는데

처자식과 함께

남 쪽 이랑 갈고 들참 내오면

권농관 기뻐하리라

위 시를 보면 어디서 많이 본 듯하다. 바로 우리나라 민요인 농가월령가와 비슷하다. 다시 말하면 조선시대에서부터 농부들의 권농을 권장하기위하여 불렀다는 농가월령가도 시경의 7월에서 모티브를 차입한 것이라고 할 수 있을 것이다. 이 시에서 보면 이미 2,500여 년 훨씬 오래전부터 농경생활이 시작되었고, 이미 농경달력이 만들어져 있었으며, 농부들에게 게으름을 피우지 말고 열심히 농사일 할 것을 권농하고 있다. 이렇듯 시경은 당시의 생활상을 살필 수 있는 매우 중요한 자료인 동시에 예술적인 향기가 물씬 풍기는 아름다운 시이다. 이러한 시경을 읽으면서 흥분을 감출수가 없었다.

6편

六月食鬱及薁   유월식울급욱

七月亨葵及菽   칠월형규급숙

八月剝棗   팔월박조

十月穫稻   십월확도

爲此春酒   위차춘주

以介眉壽   이개미수

七月食瓜   칠월식과

八月斷壺　　　팔월단호

九月叔苴　　　구월숙저

采茶薪樗　　　채도신저

食我農夫　　　식아농부

6월이면 돌배와 머루 따 먹고

7월이면 아욱과 콩 삶아 먹고

8월이면 대추 털고

10월이면 벼 수확하고

이것으로 봄 술 담아서

장수를 기원하고

7월이면 참외 따 먹고

8월이면 박 타고

9월이면 두엄 풀 뜯고

씀바귀 채취하고 가죽나무 베어 장작패고

우리 농부들이 먹는다네.

　7월의 6번째의 연작시를 보아도 그 당시의 평화롭고 안락한 생활상을 엿볼 수 있다. 사실 우리들은 현대사회가 가장 풍요롭고 문명의 혜택을 받으며 살아가고 있다고 장담을 하고 있으나 그 당시에도 이런 풍요로운 전원생활을 즐기고 있다는 것을 추정하기에 부족함이 없는 시임을 알 수 있다. 위 시를 보면 알겠지만 시경에 나오는 대부분의 시들이 연작시로 이루어져 있다. 이어진 연시들은 한층 더 점층화된 수법으로 시의 댓 구를 이루고 있어 음식을 만들 때 갖은 양념을 넣어 나물을 무치듯이 감칠맛과 그윽한 향기를 느낄 수 있다.

　이상에서는 주로 백성들에 의해 불린 노래들을 모은 북풍을 소개하여 쓴 것인데 다음에 소개할 소아小雅는 궁중의 연회에서 사용되던 음악으로 군신 상하 간의 정, 군왕의 덕 등을 노래한 것이다. '아'라는 뜻은 말이 '바르다'라는 뜻이다. 지배층 문인들에 의해 지어진 소아 중 한 편을 소개하고자 한다. '백화白華'라는 제목을 가진 이 시도 8연작시인데 여기서는 1편만 소개하고자 한다.

　　白華管兮　백화관혜
　　白茅束兮　백모속혜
　　之子之遠　지자지원
　　俾我獨兮　비아독혜

　하얀 꽃이 왕골이 되려하니
　흰 띠 풀로 묶으려 하네.
　이 사람 멀어지니
　나로 하여금 홀로 있으리.

　이 시는 유왕의 왕비 신후가 자신의 처지를 비관하여 쓴 비유시라고 한다. 서주의 마지막 왕인 유왕幽王이 절세미인 포사를 후后 삼아 가까이 하면서 신후와 태자 선구를 폐하고 자신을 버리자 이를 풍자하고자 쓴 시라고 한다. 중국 고전을 보면 항상 나라가 멸망할 때에 아름다운 미인이 등장하는데 여기의 포사도 서주를 멸망시키는 장본인으로 등장한다. 오나라의 서시, 전 후주의 장여화, 당나라 현종의 양귀비 등은 모두 왕의 혜안을 흐려 나라를 멸망에 이르게 한 여인들이다. 그러면 여기서 이 포사와 관련된 또 다른 소아의 '정월正月'이라는 시를 감상해 보자.

정월正月

正月繁霜	정월번상
我心憂傷	아심우상
民之訛言	민지와언
亦孔之將	역공지장
念我獨兮	염아독혜
憂心京京	우심경경
哀我小心	애아소심
癙憂以痒	서우이양

정월에 서리 내리니
내 마음 근심스럽구나.
백성들은 유언비어
또한 크구나.
생각건대, 나 홀로
근심스런 마음 늘어나고
슬픔 마음 걱정스럽다
속을 끓이다 병을 얻었구나.

유왕이 포사를 너무 총애하여 매일 연회를 즐기고 정사를 멀리하자 주나라 왕실에 걱정을 하고 실망을 한 관리가 지은 풍자시라고 한다. 포사는 포국을 정벌하고 얻은 애첩이지만 포사는 유왕에게 죽임을 당한 부모를 복수하기 위하여 한 번도 웃음을 웃지 않는 일화로 유명하다. 유왕은 그런 포사를 웃기려고 무척 노력을 하였다고 한다. 그러다 우연히 외적의 침입이 없었음에도 실수로 헛 봉화를 올리게 되었는데 제후들이 군사를 거느리고 구원을 오는 것을 보고 포사가 그제야 웃었다고 한다. 그래서 유왕은 포사의 웃는 모습을 보고자 헛 봉화를 가끔 올렸다고 한다. 그 후 실제로 외적이 침입하였을 때 봉화를 올렸으나 제후들이 출정을 하지 않아 서주는 결국 멸망하였다.

정월은 주력周歷에 의하면 6월에 해당한다고 한다. 즉 6월에 서리가 내리니 당연히 임금의 잘못된 정치가 하늘까지 울려 여름에도 서리가 내렸다고 시의 작자는 우려하고 있다. 작자는 왕에게 간언을 하고 싶어도 그러한 간언을 할 수 없음을 한탄하며 혼자 속을 끓이다 병이 났음을 시에 담고 있다. 우리나라 속담에 "여자가 한을 품으면 오뉴월에도 서리가 내린다."는 속담이 있는데 이 포사의 한이 6월에도 서리를 내리게 한 것이다.

소아, 대아, 송은 조정의 연회와 종묘제례에 사용된 것으로 우리나라에서도 사용되어 왔던 종묘제례악과 그 맥을 같이 한다고 할 것이다. 시경은 위에서 밝혔듯이 중국에서 가장 오래된 시가집이자 그 당시 사회 전반에 일어나고 있었던 사실들을 기록한 시가 형태의 역사서이기도 하다. 민간에서 채집하여 실리다 보니 남녀 간의 사랑 노래가 많은 부분을 차지하고 있고, 당시 백성들의 생활상 그리고 지배계층이나 통치자들에 대한 풍자, 이에 따른 백성들의 생각 등을 알 수 있는 그야말로 현실문학의 보고라고 할 수 있다. 그래서 이 시경은 이른 시기에 어떠한 역사서보다 더 인간에 대한 근원적인 고찰을 할 수 있는 단초를 제공하고 있으며, 후세의 지배계층이 백성들을 생각을 바로 읽어 정치를 펴나가는 데 결정적인 바로미터의 역할을 할 수 있었을 것이다.

소아 학명學鳴 편에 '타선지석 가이위착'他山之石 可以爲錯, 다른 산의 쓸모없는 돌도 숫돌로 쓸 수 있다. 대아 탕湯 편에 '은감불원 재하후지세'殷

鑒不遠 在夏后之世, 은나라 거울 삼을 것 멀지 않으니, 하나라 망할 때라네. 왕풍 채갈采葛 편에 나오는 '일각여삼추一角如三秋, '전정긍긍'戰戰兢兢 등의 시 구절이 나온다. 그리고 조선이 개국을 하면서 한양에 도읍을 정하고 새 궁궐을 세우고 태조는 정도전에게 새 궁궐의 이름과 전의 이름을 짓도록 하였는데 시경의 한 구절인 "이미 술을 마셔서 취하고 은덕으로 배부르고 하니 군자께서는 만년토록 큰 복을 누리리라."라는 글귀를 인용하여 '경복궁'이라는 이름을 지은 것으로 알려져 있다. 시경에는 이런 속담과 사자성어들이 지금까지 우리의 실생활에 깊게 뿌리내려 사용되고 있고 교훈을 주고 있다. 2,500여 년 이전의 생활의 지혜들이 고스란히 우리에게 이어져 내려오고 있는 것이다. 현대를 사는 우리에게 이렇듯 동양 고전은 새로운 의미를 부여하고 있고 많은 영향을 미치고 있다.

9
| 청계천 엘레지 |

〈산문시〉

갈등의 시대에 소년들에겐 그곳은 해방구였다.

개천위의 길거리는 마술이 걸려 있어서 '쥬만지' 영화의 한 장면처럼 스멀스멀 넘나드는 요술이 걸린 거리였다. 빛바랜 땅으로 들어가면 그 땅에는 진겨을 알리는 징 소리들이 난무했지만 그 대지의 한쪽에는 까까머리 소년들의 땅이었다. 코홀리개 소년들은 산과 들을 넘어 걸어서 이제 막 도착하여 자신들의 창과 방패를 내려놓고 자신들의 세계를 향하여 항해를 나갈 채비를 했다.

뱃전에는 나침판을 단단히 고정하고 배 위 간판에는 밤하늘을 향해 망원경을 설치하였다. 한 손에는 아우렐리우스의 명상록처럼 빛바랜 책을 들고, 한 손에는 바람에 한 장씩 넘어가는 콘사이즈의 사전이 들려 있었다. 뜻 모를 명상의 어귀들은 그들의 귓전을 스쳐 지나가지만 이국의 문자들로 이루어진 콘사이스는 그들을 먼 미래로 안내하게 될 것이다.

길 위에 민주의 진겨 나팔이 울려 퍼지면 개천이 흐르던 그 길 위로 그 시대의 정의의 푯말을 목에 건 사람들은 도보에서 차도로 걸어서 당당하게 나아가는 것이었다. 여기저기 시가 육탄전이 벌어지고 급기야 눈코 뜰 새 없이 섬광과 벽돌들이 휘날렸던 종묘사직 앞에서 사람들은 조상의 영혼을 깨워서 나아가기도 했다. 그 길거리에는 정의로 이름 붙여진 깃발의 함성이 펄럭이는 소리와 화염병과 최루탄의 대포 총성 소리가 난무했다. 그 소리는 이러했다. 찌그러지고, 일그러지고, 깨어지고, 터지고 나면 여기저기서 핏발이 터지고 얼굴이며 팔다리이며 머리통이 깨지고 악 소리가 났다. 그렇게 클라이맥스에 이르면 '쥬만지'의 한 장의 장면은 바람결처럼 넘어가는 것이었다.

마술의 거리에서 겁을 쥐지 못한 코흘리개 소년, 소녀들 중 일부는 청계천 공장으로 흘러들어가 산업역군이 되었다. 그들의 신음소리는 청계천 물에 씻겨 흘러갔고, 우리의 누님들은 전태일과 함께했던 공장의 소음 속으로 신기루처럼 사라져 갔다. 그리고 청계천의 콘사이스 책을 먹고 자란 아이들은 개발의 깃발을 치켜들었다. 그 개발의 깃발은 수천 년간 이어온 해와 달과 별빛의 친구들을 이별시켰고, 백악산, 인왕산, 목멱산, 타락산 자락에서 흘러나오는 맑고 신선한 물과도 이별을 시켰다. 폐관되어진 동안 숨도 못 쉬며 그 구린내를 감내하여야 했으며 한양의 깊은 영어의 감옥에 갇혀 있어야 했다.

한동안 '쥬만지'의 장면은 정체되어 사람들은 수렁에 빠져 있어야 했다. 어찌된 일인지 새로운 콘사이스의 책을 먹고 자란 아이들에 의해 다시 깃발이 들렸고, 새로운 개발의 깃발 아래 뭉쳤던 그 개천의 거리는 다시 해관이 되어 해와 달빛과 별빛을 만날 수 있었다. 다시 백악산, 인왕산, 목멱산, 타락산 자락에서 흘러나오는 맑고 신선한 물과도 재회할 수 있었다. 그러자 '쥬만지'의 한 장면도 마지막 몇 장면만을 남겨둔 채 바람결에 흩어져 허공 중에 사라져 버렸다.

최근에 종로로 책을 사러 나갔다가 우연히 중고 책 서점에 들렀다. 지하로 내려가는 중고서점 간판이 볼품없어 보여서 그냥 지나쳐 갈까 하다가 내 의지와 상관없이 발걸음을 내딛고 있어 내 몸도 함께 따라 내려갔다. 예전의 청계천 중고서점으로 생각하고 내려갔었는데 그게 아니었다. 책을 팔기도 하고 책을 사기도 하는 일은 예전이나 별반 차이가 없는데 책방의 모습이나 운영되는 시스템은 전혀 다르다. 새 책을 파는 서점처럼 깔끔하게 서가들이 정리되어 있고 책을 검색하는 검색대와 점원들은 대형서점과 거의 다를 바가 없다.

오래전의 청계천 중고서점과 다른 점이 있다면 청계천의 중고서점에서는 책을 찾아달라면 주인이 즉시 찾아주었으나 이곳은 검색대에서 직접 인터넷으로 찾아야 하는 수고로움이 있다. 그리고 서가 사이로 책을 보는 사람들이며 책을 사는 사람들로 발 디딜 틈이 없어 보였다. 예전의 청계천의 중고서점의 분위기는 어디에서도 찾아볼 수 없었지만 헌책에서 만큼은 예전의 헌책에서 느꼈던 분위기와 다른 나름의 세련된 분위기가 혼재되어 있었다. 몇 권의 헌책을 사고 나오면서 어스름 속에서 보신각을 바라보니 비스듬히 선 모습이 어딘가 어색해 보였다. 문득 까까중머리의 어린 소년 시절의 기억이 이 거리의 어디선가 꾸물거리며 내 코끝을 자극하기 시작했다.

최루탄이 서울 시내 종로, 청계천, 을지로 거리를 난무한 시대가 있었다. 1960에서 1970년대 후반까지의 거리는 암울한 최루탄의 거리였다. 그 시대는 우리 변두리 동네 소년들은 영양 상태가 부족하여 그들의 몸은 비틀리고 있었지만 다른 한쪽에서 불타는 정의로 그 부패의 정권의 꼬리를 잡고 흔들어대던 시대였다. 최루탄 냄새는 부유하고 공부 잘하던 대학생들의 전유물처럼 늘 그들 가까이 있었지만 꿈도 없이 헐벗고 굶주린 변두리 동네 꼬마 소년들에게 그 흔하던 최루탄 냄새와는 거리가 멀었다. 가끔은 버스를 타고 가다 데모에 길이 막혀 본의 아니게 버스에서 내려 걸어서 갈 때면 그 어질어질하고 콧구멍을 쑤셔 대는듯한 냄새에 코를 벌렁거리며 눈물, 콧물을 쏟았던 기억이 있지만 그것은 우리의 의지와는 상관없는 그런 경험이었다.

민주화의 상징이 돼버린 가수 양희은이 부른 '아침이슬'과 같은 노래가 시위하는 대학가 주변의 마이크에서 흘러나오고 있었지만 이 도시의 이

방인이자 주변인인 우리들에겐 노래 가사에는 무관심했다. 아니 무관심이 아니고 무관하게 우리를 내버려두었다. 우리가 양희은의 노래를 알게 된 것도 어느 정도 나이를 들고 사회생활을 하면서 단순히 애창곡으로 불리면서였다. 그 시절은 민주화라는 이름이 이 굶주린 시대를 넘어가고 있던 시절이었지만 굶주림에 지친 우리 까까머리 소년들에게는 민주화니, 선거의 부정에 자신의 몸을 던지는 행위들은 사치처럼 느껴졌던 것이 솔직한 심정이었다.

허구한 날 이 청계천이며 종로, 을지로 거리는 이런 최루탄과 화염병과 깨진 보도 블록벽돌이 거리를 뒤덮고 거리를 이용하는 시민들보다는 학생들과 경찰들이 점령하던 시절에 아이러니하게도 우리는 이런 광경과 무관하게 청계천에 늘어선 중고서점가를 누볐다.

청계천 거리는 우리 중년들에게는 사뭇 다른 설렘이 있었다. 새 책을 산다고 돈을 부모님에게 받아 중고 책을 사고 약간의 남은 돈으로 호떡이나 찐빵을 사먹는 재미도 있었겠지만 새 책을 사 보기 어려운 까까머리 소년들에겐 그나마 중고 참고서를 사기 위하여 이곳 도심 변두리 청계천 거리까지 진출했던 기억을 잊을 수는 없을 것이다.

동네 주변 거리와는 사뭇 다른 분위기의 이 청계천 중고책방 거리는 지금으로 치면 종로의 교보문고나 영풍문고처럼 그 시대의 아이콘이기도 했다. 대부분 청계천의 서점은 지금의 서점과 생판 판이해서 책들이 가지런히 서가에 꼬여 있는 모습을 상상할 수는 없고 가게 안 여기저기에 아무렇게나 헌책들이 수북이 쌓여 있어 보기에 어수선해 보여도 주인장은 까까머리 학생이 책을 찾아달라고 하면 어김없이 나무 사다리를 들고 와서 2층으로 올라가 정확하게 10분도 안 되어 가지고 내려오곤 했다.

요즘 말로 치면 아날로그의 정점에 있어서 그 서점 주인들의 머릿속에는 가게 안 여기저기에 아무렇게나 놓여 있는 수천 권의 모든 책들이 들어 있는 듯하였다. 그야말로 마술같이 책을 찾아내곤 했다. 그런 모습의 청계천 책방거리는 그 시대에 우리의 코흘리개 변두리 아이들에게 유일한 해방구였고, '쥬만지' 영화의 한 장면처럼 그곳의 책 속에는 희망과 모험의 세계가 우리에게 다가오는 묘한 매력을 주는 곳이었다.

가끔은 지금의 대형서점에서처럼 서가 한 모퉁이에 앉아 책 한 권을 통째를 읽고 온 일도 있었는데 그럴 때면 돈 한 푼 안 들이고 책 한 권을 읽었다는 뿌듯한 기분을 내기도 했지만 소년들에게 유난히 인기를 끄는 금서禁書라도 읽을라치면 늙은 책방 주인의 눈치를 견디어내는 용기가 필요하였다.

그 당시 까까머리의 소년들이 사는 책은 대부분 한정되어 있었다. 끽해야 교과서를 보충해주는 참고서나 서점에서는 고가라 살 수 없는 영한 콘사이스 사전 정도였다. 그리고 가끔은 나이에 걸맞게 뜻 모를 철학서적을 사서 읽기도 했는데 그럴 때면 차원 높은 책을 읽었다는 자만감에 괜히 어깨가 올라가고 또래의 친구들에게 으스대기도 했다.

이 빛바랜 헌 참고서 책을 사가지고 집에 오는 날에는 제일 먼저 하는 일은 정성들여 책 겉표지를 싸는 일이었다. 헌책을 보물이나 되는 양 애지중지 책표지를 싸는 일은 우리에게 어떤 의미에 있어서 전투에 나가는 출정식처럼 나 자신에게 최면을 거는 그런 의식이었다. 그러면 묘한 감정에 사로잡히기도 했는데 그런 감정을 무어라 말할 수 있을까. 아마도 서점에서 새 책을 사서 공부하는 부잣집 아이들에 대한 선전포고라고 할 수 있을까.

그 당시 왜 그런 감정에 사로잡혀 있게 했었는지는 지금도 생각해 보아도 아리송하기만 하다. 헌책을 사면 헌책 나름대로의 좋은 점도 있다. 이런 헌책에서 향기로운 기억이 있다. 헌 책에서 배어나오는 곰팡이의 냄새도 향기로웠지만 새로 산 중고 참고서에 서울의 명문고 다니던 선배 학생들의 필기라도 발견하면 요즘 말로 이야기하면 '대박'이었다. 가끔은 책 안 표지나 책장에 학생이 직접 쓴 메모가 발견되기라도 하면 소중한 친구를 만난 듯 반갑기도 했던 기억을 가지고 있었다. 가끔가다 헌책방으로 오래된 고서들이 반입이 되곤 했는데 이런 고서가 오래된 유명한 자료로 밝혀져서 헐값에 사들인 사람들은 그야말로 대박을 치던 허름허름한 시대이기도 하고 가끔 이런 기사가 신문의 가십거리로 등장하기도 했다.

그러는 어느 순간 직장과 사회생활에 바쁘다 보니 이 청계천 중고서점도 내 머릿속에서 멀어져 갔다. 서울의 거리는 마천루의 거리로 바뀌어가더니 '쥬만지' 영화의 마지막 한 장면처럼 '짠' 하고 청계천 헌책방거리 중고서점도 자취를 감춰고 말았다. 오래된 필름 영화의 한 장면이 사라져 버린 것처럼 청계천의 기억도 내 뇌리에서 지워져 있었다.

30~40여 년 전 청계천은 지금의 청계천하고는 매우 다른 모습이었다. 지금이야 복개천을 걷어내고 잘 정비하여 시민들의 휴식공간으로 돌려놓았지만, 당시 청계천은 콘크리트로 복개되고 그 거리 한가운데를 크고 둥근 기둥들이 열 지어 이어져 있었다. 그 위로 청계고가도로, 일명 삼일고가도로가 남산터널을 통과하여 퇴계로에서부터 이어져서 신설동 쪽으로 빠져나가는 교통의 요지였다. 그리고 그 끝나는 지점쯤에 그 유명한 중고서점 수백여 곳이 열을 지어 들어서 있었고, 서점 앞거리 바닥까지 중고책들이 넘쳐나고 있었던 거리였다.

기록에 보면 청계천은 조선 초기에는 명당수로 개발되었다고 한다. 명당수란 조선 왕조가 그 기운을 밝게 하기 위하여 궁궐 가까이 둔 물길을 의미한다. 그리고 조선시대 초기부터 개천이라는 부르게 된다. 이 개천은 구거 또는 천거라고 불리는 자연 하천이었지만 조선이 한양에 수도를 정하고 개국하면서 천을 파내어 개천이 되었다고 한다. 이 개천은 한양도성을 감싸 안고 있는 네 개의 신산인 북악산, 남산, 인왕산, 타락산 자락에서 흘러내려오는 물과 경복궁, 창덕궁, 창경궁, 경희궁 등 4대 궁의 하수와 도성 곳곳의 물길들이 모여 큰 천을 이루며 도성 한가운데를 서쪽에서 동쪽으로 가로질러 흘러서 중랑천과 만나서 한강으로 흘러들어간다. 당시의 개천은 우수와 하수가 모여 한강으로 나가는 주요한 하천이었기에 조선 조정에서는 이 개천을 준천하는 것이 국가 중대사였다.

여러 사료의 기록을 보면 "큰비가 와서 도성의 개천물이 넘쳐 다리가 떠내려가고 익사자까지 발생하는 등 크고 작은 사고가 많아 이 개천을 관리하는 것이 중차대한 일이 되어 버렸다."라고 했다. 천거에 대한 정비는 태종 6년(1406년) 1월에 충청·강원 장정 3천 명이 궁궐을 지을 적에 역군 600여 명으로 하여금 개천을 파도록 했다는 기록을 시작으로, 태종 15년(1412년)에는 정월 15일부터 2월 15일까지 1개월 동안 경상·전라·충청 3도의 장정 5만 3천여 명을 동원하여 대규모 개천공사를 하였으며 주요 다리를 돌로 만들었다고 기록하고 있다.

사실 치수는 역대 고금을 통해서 왕의 치적에 중요한 역할을 하고 있음을 인지하다시피 이 한성 도성도 홍수가 나면 민가들뿐만 아니라 궁궐도 물난리를 피해갈 수 없었던 것이다. 그래서 역대 왕들은 틈만 나면 수로를 정비하고 대비하였다. 특히 세종대왕은 마전교 서쪽 개천 안에 수위를 측정할 수 있도록 석주를 세웠는데 이것이 지금은 수표교라고 불리는 다리에 위치한 수표水標이고 지금 이 수표는 지금은 중구 장충동 공원으로 옮겨져 관리되고 있다. 세종 때 이 개천이 4대 신산에서 흘러오는 명당수인지 아니면 도시의 하수도인지를 논쟁 끝에 하수도, 즉 생활하천으로 결정하였다고 하니 당시에 도심 여러 기능들의 심각성을 인식하고 도시계획에 많은 공을 들였음을 알 수 있다.

특히나 한양 도성 안은 인구가 늘면서 생활하수가 갑자기 증가하였고,

백성들은 개천 옆에 밭 등을 개간하면서 수로가 막히거나 변경이 되고 산의 나무들을 생계를 위하여 벌채를 하다 보니 비만 오면 토사가 밀려와 쌓이는 등, 이로 인하여 개천의 역할이 미미할 수밖에 없었다. 이러한 개천 상황이 조선 영조 때까지 계속되었던 것으로 보이며, 영조는 자신이 지은 어제준천명병병小御製濬川銘幷小에서 그와 같은 상황을 술회하였다고 한다. 즉 백성들의 기강이 해이해져 산들은 민둥산이 되고 모래와 돌들이 쓸려 내려와 개천을 모두 메워버려 을해년(1755년, 영조31)에는 광통교까지 범람하여 한심한 지경에 이르렀다고 개탄하고 있다. 이를 그대로 두고 볼 수 없었던 영조는 준천소를 설치하여 두 차례에 걸쳐 대대적인 준천을 하였다. 준천은 개천 본류뿐만 아니라 지류 등에 대하여도 실시되었고, 특히 경복궁을 위시한 모든 궁궐의 물길도 준설하여 물길이 잘 통하게 하였다. 영조는 오간 수문 위에 나와서 준천하는 것을 지켜보기도 했는데 이 장면을 그린 것이 '준천계첩濬川稧帖'이다.

조선 중기에는 준천이 잘 이뤄지지 않아 크고 작은 범람을 겪었지만 조선 말기 영조·정조 이후, 일제강점기에도 준천이 지속적으로 실시되어 개천이 유지된 것으로 사료는 기록하고 있다. 특히 근대에 들어서는 청계천 하면 판자촌이 유명했는데 이 판자촌은 6·25 한국전쟁이 끝나면서 서울로 몰려든 피난민들이 대부분 청계천에 정착을 하게 되면서 생겨나게 되었다. 이 청계천변의 오래된 사진을 보면 양안 가득히 모래톱이 쌓여 있는 청계천변으로 동남아 나라의 수상가옥처럼 여러 개의 나무기둥을 박고 그 위로 위태롭게 판자로 지은 집들을 볼 수 있을 것이다.

급기야 청계천은 갑자기 몰려든 시민들에 의해 정화되지 않고 버리는 많은 양의 더러워진 하수가 개천으로 유입되면서 그야말로 서울 한복판의 하수구로 전락을 해버렸다. 오염된 쓰레기와 악취가 시민들의 생활을 위협하고 보기에 매우 안 좋게 되자 정부에서는 청계천 복개를 결정하게 된다. 전시행정과 개발시대의 논리가 맞아 떨어져 1958년부터 시작된 복개공사는 1977년에 완료되어 20년 만에 그 끝을 보게 된다. 본디 열려 있는 천이었는데 어느 순간 닫힌 천이 되어 버려 해와 달 그리고 별을 못 보는 신세가 된 것이다. 이 닫힌 개천 거리에는 중고서점만 있었던 것이 아니고 조선시대의 육의전처럼 수많은 상점들이 밀접해 있었고, 많은 소규모 공장이 들어서서 수많은 노동자들이 이 거리 주변에서 생계를 이어 갔다. 근대에 들어서 이 청계천을 비롯하여 을지로 일대는 아직도 수많은 노동자들의 삶의 터전이었다.

지금도 동대문 평화시장 일대는 대한민국의 최고의 의류메카로써 명성을 유지하고 있지만 그러한 명성을 유지하기 위하여 수많은 공장 노동자들의 피와 땀이 서려 있는 곳이기도 하다. 특히 청계천 피복노조가 있던 이 일대는 전태일 동상이 지금 청계천 복개 다리인 버들다리 위에 세워져 알 수 있듯이 봉제 공장에서 근무하던 미싱사며 재단사들의 한이 서려 있는 곳이기도 하다. 15시간씩 근무하는 것은 예사이고 밤을 새워 일을 했던, 그야말로 그들은 개발시대의 산업역군이었다. 이를 보다 못한 전태일은 15시간씩 일을 해도 입에 풀칠하기 힘든 여공들의 인권, 근로기준법의 준수를 외치면서 산화했던 것이다.

청계천에 모여든 여러 노동자들은 대부분 초등학교만 근근이 나온 사람들이 많았다. 그러한 청소년들은 학비를 마련할 수가 없어서 당시에 누구나 들어가고 싶어 했던 공업고등학교에도 못 들어가고 곧 바로 생활전선에 뛰어든 사람들이었다. 그리고 도시로 흘러들어온 농민공들이 발을 붙일 만한 곳은 그나마 도심 한가운데인 이 청계천, 을지로 일대였다. 그러다 보니 자연히 기술들은 어깨 너머로 배워 현장 기술에는 정통하지만 이론에는 모자라는 절름발이 기능인들일 수밖에 없었다. 말 그대로 현장 기술자들이 이 청계천이며 을지로 일대에 넘쳐나던 시절이었다.

한편으로는 세운상가를 중심으로 조명등 상점이 즐비하게 이어져 거리의 샹드리제로써 역할을 자임했었고, 수많은 공구상점이며, 건축자재상점, 인쇄업, 전기전자제품 및 부품 등을 판매하는 공장과 점포 수천 개가 개미집처럼 다닥다닥 붙어 자리했었다. 그래서 예전에는 이곳에서 못 만들어 내는 것은 없다고 할 만큼 다양한 상가들이 들어서 있었다. 그 많던 수많은 상가들이 청계천이 개천으로 환원되면서 서울시의 이주정책에 의거 서초구 문정동으로 대부분 이사를 갔지만 아직도 일부 상점들이 남아 명맥을 유지하고 있다. 청계천처럼 부침이 심한 지역도 드물 것이다. '쥬만지'의 한 장면처럼 수많은 변신을 시도하는 청계천, 지금도 청계천은 요술 변신 중이다.

역사는 돌고 돌듯이 청계천은 서울시에서 2003년부터 2006년까지 약 4천여억 원을 들여 3년여에 걸쳐 닫힌 개천 중 일부 5.8㎞ 구간을 다시 열린 개천으로 환원하여 자양 취수장에서 약 10여만 톤의 한강수와 지하철에서 나오는 일부 지하수를 끌어들여 물길을 열었다. 조선시대부터 청계천은 건천으로 갈수기에는 물이 흐르지 않고 있다가 우기에는 물이 흐르는 천으로 한양도성의 배출구로서 역할에 충실하였다가 지금에 이르게 되어 이 개천은 아이러니하게도 물길을 열고 수도 서울의 명소가 되었다.

청계천은 이제 명실상부한 수도 서울의 랜드마크가 되었다. 청계천에 물길을 내고 나서 도심 한가운데에 바람 골이 만들어졌고, 무더운 여름철에는 열섬현상으로 더워진 도심의 더위를 낮추는 역할을 하기도 한다. 이 청개천이 개발되고 나서 많은 국내외 관광객이 들르는 명소로 변모한 것이다. 그야말로 개천에서 용 난 것이 아니라 개천에서 사람이 난 것이다. 이 청계천은 후대에는 또 어떻게 변화를 할지 아니면 마지막으로 변화의 끝에 설지 아무도 장담할 수 없다.

10
| 나를 위한 명상 |

숲길

한 줄기 햇빛이 부서지는 날
구릉 아래 펼쳐진 안개 거친 오솔길을 따라
숲의 세상으로 나아갔습니다.

안개 머금은 이슬비가 이 숲 속을 지나간 뒤
발길이 닿지 않는 오솔길 옆으로 잔풀이 솜털처럼 돋아나고
갓 쓰러진 덩굴 풀들이 얽히고설킨 숲 속에서
천상의 새들의 우짖는 소리가 정적을 깨는 사이
황톳빛 길을 따라 천천히 나아갔습니다.

길옆을 따라 흐르던 시냇물은 에메랄드처럼 햇빛에 반짝이며
그 맑은 숨결을 토해 내고 있는 그 숲길을 따라
한 줄의 황톳빛 길은 멀어지고 있었지만
그 길을 응시한 채 숨을 죽이면서 걸어서 갔습니다.

사람들이 오고 가던 그 길을
홀로 나 자신을 벗 삼아 천천히 걸어갔습니다.
먼 산언저리에는 비구름 머금은 안개가

서서히 남쪽으로 날아가고
그 위로 희끗하게 보이는 높은 산봉우리가
산 아래 다른 세상을 굽어 살펴보고 있는 듯하였습니다.

산꽃들이 음지 그늘 아래 조용히 피어나고
시냇물 소리가 계곡 아래로 떨어지는 그곳에서
그만 길은 사라져 버렸습니다.

길은 더 이어져 있을 것 같았지만
아쉽게도 길은 계곡의 아래로 이어져
시냇물과 함께 흘러가고 있었습니다.

그 길의 여운이 채 가시기도 전
아쉬운 길을 내버려 둔 채
다시 그 황톳길을 돌아서 왔습니다.

갈 때는 미처 보지 못했던 시냇물이
조용히 흘러들어 습지를 이루는 산속의 작은 호수에는
작은 물고기들이 내 눈 속을 보고 있는 듯하여
조용히 눈을 돌려 먼 숲 속을 응시하였습니다.

그 조용한 숲 속에는
아직도 천상의 새들이 날개를 퍼덕이며
우리의 마음속을 날아다니고 있었습니다.

　더운 날씨의 기운이 온몸으로 올라올 즈음 지인들과 강원도로 여행을 간 적이 있다. 지인들을 숙소에 남겨두고 혼자서 호젓한 황토 산길을 걷다가 그 길에 매료된 적이 있었다. 길은 잔잔하게 언덕 구릉 아래로 펼쳐져 있어서 걷기에 안성맞춤이었고 신비롭기까지 하였다. 구릉 아래 초입 길에는 숙소에서 운영 중인 원예농장이 자리하고 있었고, 그 원예농장 주변으로 인위적으로 심은 인공의 꽃들이 벌, 나비 들을 불러들이고 있었다. 그 오솔길로 접어들 즈음 나는 다른 세상으로 나아가는 듯한 느낌을 받았다. 물론 다른 사람들이 이 길을 걸었다면 나와 같은 감정을 느끼지 못할 수도 있다. 하지만 내가 이 길로 접어들 때는 따사로운 햇빛이 산 위를 은은히 덮고 있었고, 어린 아이들이 계곡에서 흘러 내려오는 냇가의 모래톱에서 놀고 있었기 때문에 그런 평화로운 풍경이 나의 마음을 움직였을 것이다.

　위 글은 그곳을 여행한 후 마음속 한 구석에 그곳의 잔상이 오래 남아 있어서 얼마간 시간이 지난 후에 쓴 글이다. 혼자 걸으면서 명상하기에 호젓한 산길만 한 것도 없다. 특히 초록의 새순이 막 돋아나고 봄의 전령인 산의 꽃들이 피어나는 봄의 길을 걷거나 무더운 햇빛에 익어버린 낮을 피하여 녹음이 우거진 여름 산속을 걷거나 갈색의 낙엽이 계곡물 위로 떨어져 흘러가는 모습들을 보면서 산길을 혼자 길을 걷는 것은 우리들 삶에서 가장 여유롭고 평화로운 시간일 수도 있을 것이다. 자연은 자연의 길을 가고 우리는 우리의 길을 가듯이 세상의 길은 그렇게 존재한다. 존재하는 그 길 위에서 우리는 명상에 젖어 들기도 한다.

　오래 전에 마르쿠스 아우렐리우스의 『명상록』을 읽은 적이 있었는데 당시에 어렵게 인내심을 가지고 읽었었던 기억이 난다. 이 명상록을 읽으면서 어떤 문구가 인상적이었던 것이 아니고 다만 지루하여 별로 기억 속에 남아 있지 않았다는 것이 남아 있었을 뿐이다.

그 『명상록』을 읽었을 때는 나에게 갈림의 길에 있었던 시기였다. 당시 60~70년대에는 헐벗고 굶주림의 시대이기에 누구나 그런 고통은 늘 일상이었지만 그래도 우리 같은 베이비부머 세대에게 변환기의 시대임은 확실한 것 같다. 학비를 구할 수 없어 상급학교에 진학하기 어려운 십대 중반에 생활전선에 나서야 했던 그런 시기에 나는 왜 마르쿠스 아우렐리우스의 『명상록』을 오랫동안 붙잡고 있었는지 지금에 와서 생각하면 의아하기까지 하지만 힘든 어려움이 나를 둘러싸고 있었던 상황이었던 것만은 분명한 것 같았다.

마르쿠스 아우렐리우스(121.4.26~180.3.17)는 기록에 의하면 로마제국의 제16대 황제(재위 161~180)로 마지막 5현제賢帝의 마지막 황제이며, 후기 스토아학파의 철학자이기도 하다. 이 시기에 한반도는 고구려·백제·신라 삼국이 막 쟁패의 서막을 알리던 시기였고 중국은 제자백가 사상이 난무하던 춘추전국시대를 지나 전한에서 후한으로 넘어가는 시대였다.

로마 제정의 시기에 전무후무하게도 로마제국 처음으로 두 명의 공동황제를 가졌다. 즉 마르쿠스 아우렐리우스 황제는 안토니우스 전 황제의 다른 또 하나의 양자인 루시우스 베루스와 같이 공동의 황제 자리에 오르게 된다. 공교롭게도 베루스는 169년에 죽고 그 후 13년간 이 마르쿠스 아우렐리우스가 실제적인 황제의 자리에 오르게 되는데 이 시기의 로마는 매우 어려운 시기였다. 14세기 중기에 전 유럽을 휩쓸었던 페스트가 이 로마시대에도 유행하여 아우렐리우스는 황실의 보물을 팔아 병마에 시달리고 굶주린 백성을 구제하여야 했고, 변방에서는 외적의 침략이 잦아 황제인 아우렐리우스는 아시아와 유럽의 전장을 누벼야 했다.

그는 가족을 매우 사랑한 황제로도 알려져 있는데 특히, 동방의 원정 중에는 그를 따라왔던 아내 파우스티나가 죽는다. 이를 이겨내기 위하여 다뉴브 강 지역으로 돌아와 그 우울한 안개 낀 대지와 갈대가 많은 섬들 사이에서 그는 이 『명상록』을 쓰면서 자신을 추스렸다고 한다.

그는 로마의 황제임에도 전쟁 중에 발칸 북방의 시리아 및 이집트에서 병을 얻어 도나우 강변의 진중에서 병사한 것으로 알려져 있다. 180년 3월 17일, 59세로 사망했을 때 그의 마지막 말은 "나를 위해 울지 마라. 혹 사병과 저 많은 죽음을 생각하라."고 했다고 한다. 우리들은 명상을 하기 위하여 명상의 장소를 찾아가기도 하지만 마르쿠스 아우렐리우스는 절체절명의 시대에 자신의 정체성과 소명의식을 가지고 전장의 마상 위에서 혹은 천막 속에서 명상을 하고 그런 순간들을 기록하였던 것이다.

마르쿠스 아우렐리우스가 쓴 이 명상록은 일기처럼 자신의 성찰을 위하여 기록한 것이지 외부에 알려지기 위하여 쓴 책은 아니라고 한다. 피비린내 나는 전쟁에서 어쩔 수 없이 서로 자신의 상대인 적을 죽여야만 가족의 생존을 보장할 수 있고, 나아가 국가의 존속을 유지시켜야 하는 황제로서의 책임을 감내하면서 고뇌에 찬 성찰을 바탕으로 써내려 간 명상이기에 우리는 더 공감하는 것이다. 이 『명상록』은 진중에서 스토아적인 철학자의 자각과 황제의 막중한 격무 속에서 쓰인 것으로, 황제를 떠나 한 인간의 고뇌가 고스란히 녹아 있는 자서전적인 저서라 할 수 있다.

그는 주변의 아버지, 어머니 그리고 할아버지, 플라톤 학파 등 많은 사람들로부터 들은 이야기나 자연으로부터 느끼는 감정, 우주로부터 들려오는 심오한 소리까지 이 자서전적 명상록에 기록들을 남겼다. 즉 예절의 품행, 정직과 성실, 노력과 근면, 인간의 오만, 마음의 평온, 사회에 대한 의무, 공공의 이익, 자연으로부터 배우는 평화, 등 그는 자신의 주변에서 일어나고 있는 모든 일들을 성찰을 통하여 기록하였다. 그의 말대로 이러한 일들에 대하여 진지하게 진리를 탐구하였다.

"아버지에게서 나는 그의 온화하고 인자한 성격, 신중하게 숙고한 다음 행하는 행동과 변함없는 결단력, 명예와 같은 것들에 대한 허영심의 배제, 근면과 인내력, 공익에 대하여 귀를 기울이는 태도, 공과를 보상해주는 단호함, 욕구를 억제하는 그의 노력들을 배웠다"   —중략—

위 인용구간에 들어 있는 것은 1편 16장을 소개한 것이다. 소개한 의도는 2,000여 년 전 그 당시의 그들의 세계관뿐만 아니라 당시의 상황과 내면을 살짝 들여다보고 싶었기 때문임을 이해해 주기 바란다. 명상록은 총 12편으로 되어 있고, 매 편마다 제목은 없다. 마르쿠스 아우렐리우스는 재위 19년 동안 수많은 전쟁을 수행했다. 자신에게 주어진 책임감을 포기할 수도 없고, 그렇다고 자신의 백성들이 적의 말발굽 아래 짓밟히는 것도 볼 수 없는 진퇴양난의 상황에 처해 있었을 것이다. 전쟁이라는 가장 비인간적인 면을 눈으로 생생히 보면서 그는 한 인간으로서 명상의 기록을 일기처럼 써 내려갔던 것이다.

우리 인간은 만물의 영장이라고는 하지만 가장 폭력적이고도 야만적인 면과 인간적인 면을 동시에 지니고 있다. 한 인간의 폭력적인 면을 보면 과연 사람으로서 저렇게 폭력적일 수 없을 때가 있다. 그런 폭력들은 대자연에 살아남기 위하여 인간의 DNA에 내재되어 있는 경쟁에 의한 본능적인 것이기 때문이기도 하겠지만 인간은 교화되고 순화되지 않으면 한없이 폭력적으로 변하는 것이 인간이다. 오직 인간만이 의식적인 폭력을 사용한다. 인간은 본성이 가지고 있는 동물적인 감정에 인간만이 가지는 비감정이 인입되어 상상을 초월하는 비인간적인 모습을 보이게 된다. 그래서 우리 인간은 이런 동물적인 성정을 벗겨내고 인간으로서 갖추어야 할 모습을 보이기 위하여 우리는 지속적으로 교육하고 학습을 하여야 하는 것이다.

이 폭력적인 것들에 대하여 깊은 성찰을 통하여 인간을 교화시키고 순화시키고 인간답게 본래의 위치로 돌리고자 하는 사람들이 바로 성현들이고 현자들이라면 이와 반면에 자기 내면에서 스스로 생각하고 깨우쳐서 걷어내는 것이 명상이다. 그래서 명상은 누구의 도움을 받아서 수행하기도 하지만 스스로 자신의 의지로 오롯이 헤쳐 나가야 하는 것이 명상이다.

위에서 마르쿠스 아우렐리우스의 명상록이 자신의 성찰의 내용을 서구적인 시각의 일기 형식으로 기록한 것이라면 다음에서 다루고자 하는 명상은 동양적인 명상에 대하여 이야기하고자 한다.

명상暝想이라는 인간 자신의 치유에 대한 수행법은 서양보다는 힌두교, 불교, 도교 등의 동양에서 주로 사용하던 수행 방법이다. 특히 명상은 인도의 힌두교에서 다양하고 특별한 수행 방법들을 발전시켜 왔다. 힌두교에서 명상 방법의 하나인 요가의 입장에서 본 수행 방법은 몇 단계를 걸쳐 행하여지는 것으로 알려져 있다. 요가는 직접적인 의미로 '연결連結'이라고 한다. 한 개인과 우주를 연결하거나 신체와 심령을 결합한다는 의미로 이해할 수 있다. 그래서 요가는 신체(동작)의 수련이며 사상(의식)의 수련으로 요가의 수련자는 어떤 수련을 하든지 반드시 고요한 장소에 몸을 두고, 마음을 안정되게 하고 의식을 비우는 상태가 되어야 비로소 올바른 명상에 들어간다고 한다. 그러고 나서 우선 마음을 한곳으로 모아서 흩어지지 않게 하고 마음이 고요해지고 순수하게 맑아지면 정신을 최고로 집중하여 자신의 의식을 사라지게 하고, 오직 대상만이 빛을 발하는 대우주와 합치되는 상태를 만드는 것이 명상의 순서이다.

힌두교에서 마지막 단계인 대우주와 합치되는 상태를 해탈 혹은 깨달음으로 불리는 상태라고 한다. 즉 명상은 의식의 세계에서 무의식의 세계로 나아가는 한 방법인 것이다. 밖으로 향했던 마음을 자신의 내면의 세계로 향하게 하여 무아의 경지에 도달하게 하고 이런 상태에서 육체적으로 휴식을 줌으로써 자신의 몸을 치료하기도 하는 수행 방법이기도 하다. 마지막으로 무의식의 세계를 의식의 세계로 이르도록 하는 것이다.

명상은 각 종교마다 약간의 모습은 다르지만 이르고자 하는 최종의 도착지는 오직 한곳이다. 대자연이 욕심이 없듯이 인간도 인간이 가지고 있는 본성에서 해방되고 우주와 합치되어 욕심을 순화시키고 동물적인 성정을 버리는 일일 것이다. 즉 자연과 합치되었을 때 겸허해지고 겸양해지고 겸손해지기 때문이다. 그래야 인간들이 벌이는 폭력과 전쟁의 광기의 세계에서 멀어질 수 있으며 나아가 인간만이 가지는 번뇌와 고통에서 벗어나 바다와 같은 고요한 평정심을 유지시키고자 하는 것이 명상이다.

명상은 평온하거나 고요할 때보다는 이렇듯 번뇌와 고통과 번민이 가득할 때 더 효과적이다. 우리는 인생에 있어서 절박한 위기의 순간에 정正이나 부주의 두 가지 중에서 한 가지 선택을 하게 되는데 두 가지 중에서 이 명상은 위기를 돌파하기 위한 정의 선택이라고 말할 수 있다. 누구의 도움이 없이도 명상을 할 수 있다. 우선 마음을 정갈하게 하고 마음을 가다듬어 대자연의 우주와 소통을 하겠다는 마음가짐만 있으면 좋다. 명상은 자신의 마음속에 수없이 많은 사고의 존재들을 일탈하여 고요한 바다의 세계로 나아가는 것이다. 아무것도 없을 것 같은 무념의 세계로 나아가는 것이다. 즉 명상은 안개와 비바람과 폭풍우를 내 안으로 끌어들여 잠재우는 일이다. 우리가 생활 속에서 수없이 맞닥뜨리는 일상의 번뇌를 평온 속에 유지시켜 대자연의 숨결을 우리의 마음속에서 느껴보는 일이다. 즉, 내 안에서 안개의 연무가 피어오를 때 햇빛을 받아 곧 맑고 선명한 자연의 실루엣을 얻는 일일 것이다. 대자연은 항상 의지를 가지고 순환하지는 않는다. 무의식에 따라 순환할 뿐이다.

우리 시대의 영적 지도자인 베트남의 틱낫한 스님은 우리가 살아가면서 기적을 바란다고 했는데 이 기적은 다름 아닌 '지금 이 순간'이라고 했다. 지금 경이로움이 가득 찬 대지, 즉 땅 위를 걸어가는 것이 기적이라고 했다. 파란 하늘과 흰 구름, 푸른 잎사귀, 호기심에 가득 찬 어린 아이의 검은 눈동자, 우리 자신의 두 눈, 이 모두가 기적이라고 했다. 그리고 스님은 무언가를 할 때 그 일에 집중하되 있는 그대로 경험을 하라고 조언하고 있다. 오렌지를 먹을 때 오렌지의 맛과 향, 오렌지를 씹을 때 몸의 반응 하나하나를 놓치지 말고 모두 경험하라고 했다. 쉽게 말하면 자신의 몸 안에서 순수하게 자연을 느껴보라는 것이다.

스님은 우리가 어려워하는 명상을 하는 방법이나 시기에 대하여 특별함을 요구하지는 않는다. 우리가 밤마다 잠을 자지만 얼굴 근육은 긴장이 되어 있고, 마음은 불안하여 이리저리 몸을 뒤척일 적에 누워서 명상해 보기를 권장하셨다. 베개를 베지 않고 반듯하게 누워서 등을 바닥에 대고 팔과 다리를 곧게 뻗는 자세로 명상을 하면 앉아서 하는 명상보다 오래 할 수 있고 근육을 풀어주는 데 아주 좋고 어지럽게 널려 있는 걱정거리나 말썽거리를 해소하기 위하여 명상에 더 깊이 들어갈 수 있다고 하셨다.

동양에서 명상을 할 때 가부좌를 틀고 손의 무릎 위에 혹은 약간은 들고 허리를 곧추 세워서 하라고 가르치고는 있으나 특히 이런 자세는 서양인들뿐만 아니라 우리 동양인들도 하기가 어렵다. 그래서 스님은 일본식으로 무릎을 꿇고 발목에 베개를 고이고 있으면 한 시간이나 한 시간 반은 명상에 집중할 수 있다고 했다. 결가부좌나 반가부좌로 틀고 앉고자 할 때에는 베개로 엉덩이를 받쳐 양쪽 무릎이 바닥에 닿도록 하고 등을 바로 세우면 매우 안정적인 자세를 이룰 수 있다고 하였으며 시선은 1m 앞 바닥에 고정시킬 것을 주문하고 있다.

등뼈를 곧추 세우고 호흡을 따라가면서 다른 모든 것을 놓아버리고 할 수만 있다면 반쯤 웃으라고 가르치고 있다. 미소를 머금으면 모든 얼굴 근육이 풀어진다고 하였다. 그리고 왼손바닥을 오른손 바닥에 놓고 손, 손가락, 팔, 다리의 모든 근육을 쉬게 하라고 말씀하셨다. 그리고 미동도 없이 강바닥에 뿌리내린 수초처럼 물살을 따라 자연스럽게 흔들림같이 그대의 숨결과 가벼운 웃음 말고는 아무것도 붙잡지 말라고 가르치신다. 여기서 지켜보기와 내려놓기를 강조하셨는데 즉 호흡을 지켜보면서 다른 모든 것은 내려놓는 것이라고 하셨다. 그렇게 15분쯤 지나면 평안과 기쁨으로 가득 찬 고요에 이를 수 있다고 하였다. (『틱낫한 명상』, 이현주 옮김, 불광출판사, 2013년 초판 발행본 참조)

명상은 일상의 불안, 고통, 번뇌, 번민 등 우리 인간에게서 일어나고 있는 부정의 생각들을 가장 잘 조절하고 제어할 수 있는 최고의 정신수련법이라고 할 수 있다. 명상은 일체의 잡념을 건강하고 평화롭게 조절할 수 있는 정신 조절법이다. 현대인들은 자신을 어떻게 주체할 수 없을 정도로 수많은 스트레스를 받으면서 생활을 영위해 나간다. 이런 스트레스가 쌓여서 심리적인 정신과 육체적인 건강의 밸런스는 깨지게 되고 급기야 병을 얻어 쓰러지게 된다. 이런 심신의 스트레스를 사전에 해소할 수 있는 것이 명상이라고 할 수 있다.

최근에 서양에서는 이 명상수련법을 생활방식에 도입하여 많은 효과를 보고 있으며 심리적인 치료 방법으로 널리 이용되고 있다. 그리고 우리나라 여러 절에서 현대인들의 지친 마음을 치유하는 프로그램인 템플스테이를 도입하여 진행하고 있다. 몇 주의 체험을 통하여 심신을 치유하고 일상의 고단함을 풀기도 하지만 명상은 일반 가정에서 매일 10분에서 20여 분 정도의 시간을 가지고 활용하면 많은 효과를 얻을 수 있는 수행 방법이기도 하다. 위에서와 같이 의식을 가지고 명상하기 원하지 않는다면 자신만의 명상을 권하고 싶다.

　누구나 자신만의 명상 아닌 명상을 하기도 한다. 걷기를 하면서 심호흡으로 화를 가라앉히기도 하고 고전음악을 들으면서 불안한 마음을 가다듬기도 하고, 지난날의 좋은 기억들을 되새기면서 자신만의 특화된 명상의 방법들을 가지고 스트레스를 날려버리기도 한다. 이런 모든 것들이 명상의 한 방법이 될 것이다.

　나는 가끔 나 자신만의 방법으로 명상을 한다. 우선 허리를 곱게 펴고 편안한 자세로 앉아서 음악을 들으면서 음악명상을 한다. 갑자기 불안, 슬픔, 증오가 생길 때 우리나라의 대표적인 뽕짝 같은 대중음악을 들으면서 기분 전환을 해 보지만 그래도 인생의 깊은 즐거움을 못 느낄 때에는 서양의 잔잔한 클래식 음악을 틀어 놓고 마음의 상상의 날개를 펴본다. 상상의 날개 속에는 우리나라의 표고차가 심한 산보다는 프랑스의 보르도 지방과 같은 들판의 전원을 상상하면서 음악을 듣는다. 그러면 한결 마음이 부드러워지고 평온해짐을 느끼게 된다. 명상에 대한 미완의 시 한 편을 소개하고자 한다.

1
나는 날개가 달린 애마를 타고 하늘을 나르죠.
바흐의 G선상의 아리아가 구름 가운데에서 흘러나오고
나의 근심을 태운 애마는 힘찬 날갯짓을 하며
그 구름 사이 하늘 한가운데로 나아가죠.

나의 발밑으로는 융단 같은 초록의 풀들이 나를 감싸 안을 듯 출렁거리고
프로방스 전원의 평화로운 모습들이 펼쳐져 있지요.

포도밭에는 파란 청포도가 바람에 출렁거리듯이 하늘가로 밀려오고
나는 나의 애마와 함께 소리 없이 밟고 그 위를 날아갑니다.

멀리 도나우 강의 아름답고 푸른 물결이
여인의 머릿결처럼 흘러내리는 강 언덕에는
호른의 그윽한 소리가 우리를 감싸고
천상의 악기인 하프 소리가 우리 힘을 돋웁니다.

비발디의 '가을'이 대지에서 흘러나오는
구름 사이를 뚫고 나의 애마는
스페인의 안다루시아 지방을 지나간답니다.

애마의 날갯짓이 힘에 부칠 때쯤
검은 창공에서 북소리와 징소리는 울려 퍼지고
천둥의 소리를 몰고 오는 세찬 눈바람을 뚫고
알프스의 깊은 계곡의 눈 덮인 산야를 힘겹게 넘는답니다.

멀리 검은 물결이 넘실대는 도버해협을 가로질러
안개가 자욱한 섬 위에 다다를 즈음
마법에 걸린 자들이 우리를 따라오지만
나의 애마는 커다란 날갯짓으로 그들을 스쳐 지나간답니다.

성체의 지붕 사이로 들려오는 노래의 음률을 따라
우리는 마법의 성에 도착하게 되죠.
근심과 걱정이 사라져 버리는 요정의 세계에 잠시 정거하게 된 거죠.

잠시 숨을 고른 나의 애마는
잉글랜드의 대서양 검푸른 해안을 따라
스페인의 '알함브라의 궁전'을 지나 지블로타 좁은 해협을 통과해서
아프리카의 젖줄인 나일 강으로 방향을 틀고 나아갑니다.

2
나일 강의 풍요한 물을 돌연히 사하라의 모래 폭풍 속으로 휘감기는
흙먼지 날리는 동물들의 낙원에서 이르게 된 거죠.

수많은 누우 떼가 들판에서 한가로이 노닐고
발 빠른 얼룩말들이 뒷발을 높이 쳐드는 곳에서
키 큰 기린의 등에 잠시 올라타고
그 선명한 오카방가의 푸른 습지로 들어간답니다.

북극의 일각고래가 낸 듯한 습지 길을 따라 유유히
한 마리 연어가 되어 물결이 아름다운 물속을 잠행하여 수초 사이를 나
아간답니다.
태초의 생명의 물이 초원에 물길을 열듯
신비로운 대지가 깊은 숨을 쉬는 곳에서
잠시 풍요로운 대지의 신에게 감사를 드린답니다.

표범의 가죽이 걸려 있는 킬리만자로 정상에 오른 자들에게
잠시 인사를 나누고
잔목이 우거진 숲을 지나
물보라가 하늘을 가리고

그 우렁찬 소리가 천지를 진동하는

거대한 물줄기를 뿜어내는 빅토리아 폭포 위를 아슬하게 넘어간답니다.

애마의 숨소리를 다시 고르고

가부좌를 다시 고치고 아프리카의 동부 해안을 따라가다

잠시 마다가스카르의 바오밥 나무의 높은 그루터기에 앉아 어린 왕자를

생각합니다.

인도양의 푸른 물결이 스치는 언덕 너머로

양탄자로 바꾸어 타고

아라비안나이트의 페르시아 왕자가 우리를 안내하는 길을 따라

불타는 대지의 땅으로 들어설 즈음

천일야화의 이야기 속으로

애마와 함께 우리는 눈을 감고 비로소 날개를 접습니다.

위 시는 명상에 젖어 상상의 나래를 펴고 한 마리의 천상의 말을 타고
아름다운 대지 위를 날아가는 모습을 명상에 담아 표현한 시다. 명상은
꼭 절차에 맞게 격식을 가질 필요는 없다. 위와 같은 앉은 자리에서 눈을
지그시 감고 편안한 자세로 고요한 평정심을 유지시키면 깊은 명상의 세
계로 빠져드시는 것을 느끼실 것이다. 그러면 고요한 마음과 평온한 마음
을 얻으실 수 있고 지구의 자연과 하나가 될 수 있으며 나아가 궁극적으
로 우주와 합치시킬 수 있을 것이다.

11
| 어머니의 새벽길 |

어머니는 새벽같이

성 길을 따라

세금정 자하문 밖 능금을 따러 가셨다

머리 위의 솔개는

깡마른 어머니를 낚아챌 듯이 성북동 하늘을 맴돌고

어머니는

어머니만 한 광주리를 머리에 이고

가셨던 길을 되돌아와

쪼그마한 몸매를 동동거리시며

종로길 한복판을 휘젓고 다니셨다.

나는 하굣길에

광주리를 인 아낙네를 보기라도 하면

기겁을 하고

골목길을 멀리 돌아서 왔다.

어머니는

솔개가 빈 늦은 저녁이 되면

풀린 풀처럼 풀어헤쳐진 몸을 간신히 지탱하면서

빈 광주리를 이고

허물어진 성 길을 걸어서 넘어오셨다.

어머님은 행상을 많이도 하셨다.어머니의 행상은 어느 한곳에 좌판을 깔고 하시는 행상이 아니라 머리에 이고 다니시는 행상을 많이도 하셨다. 내가 어느 정도 사물을 분별할 때인 초등학교 시절인 충청도 산골에서는 가을철만 되면 어머님은 익은 감을 두세 접씩 떼어다 머리에 이고 이삼십 리 들길을 걸어서 기차를 타고 청주에 가서서 행상을 하시며 감을 파셨다. 이 성북동 골짜기로 이사를 와서도 그 행상을 못 버리셨다. 어머니는 새벽같이 그 가냘픈 몸매로 허물어진 성 길을 따라 자하문 밖 능금을 떼어다 머리에 이고 종로에 나가서서 파시곤 했다. 나는 성장하여 어머니가 다니던 그 성 길을 따라 약수를 기르러 다니곤 했다. 그 험한 성 길은 혼자서 걸어 다니기에 벅찼다. 여기저기 돌부리가 나 있어 자칫하면 넘어지기 십상인 성 길을 어머니는 그 가냘픈 몸매로 서너 접의 능금을 자하문 밖에서 떼어 다시 이삼십 리 길을 걸어서 지금의 성균관대의 뒷길과 감사원 길을 따라 종로로 진출하여 능금을 팔곤 하셨던 것이다.

지금의 이 성 길은 잘 정비가 되어 오르내리기도 쉽고 수도 서울의 명소가 되어 많은 사람들의 휴식 공간으로 사랑을 받고 있지만 당시의 성은 군데군데 무너져서 그 길로 사람들은 성북동과 종로의 와룡동을 넘나들며 오가는 길이었다. 우리 가족들은 공동수도가 없던 시절에 그 성을 넘어 성균관대 뒤 약수터로 식수를 길러 다니곤 했는데 어머니는 그런 길을 따라 행상을 하러 다니셨다. 우리 형제들은 그런 어머니가 능금을 팔다가 팔지 못한 상처가 난 능금을 기다리곤 했는데 그런 기다림을 알고 있었던 어머님은 그 상처 난 능금을 몇 알씩 가지고 와서 우리 형제들에게 주곤 하셨다. 이제는 그 어머니만큼이나 작고 상큼한 능금의 맛을 볼 수도 없지만 아직도 그 성 길은 그런 어머니의 새벽길을 기억하고 있을 것이다.

12
| 명심보감에서 잃어버린 길을 찾다 |

길거리 구두 가판점에서 구두를 닦은 적이 있었다. 그 구두닦이는 연세가 지긋하신 분이었는데 구두를 닦는 실력이 연륜만큼이나 대단하셨다. 그분은 구두를 닦을 때에 맨 처음에는 솔로 대략 털어내시고 구두약을 바를 때에는 맨손으로 직접 발랐다. 구두약을 다 바르고 난후 맨 엄지와 중지 손가락에 구두약을 묻히시고 그 두 손가락으로 구두를 문질러서 광택을 내신다. 다른 곳에서 구두를 닦으면 나의 구두는 소가죽 구두라 광택이 잘 안 났는데 희한하게 이분한테 닦으면 요술을 부리듯이 금방 광택이 나 번쩍번쩍했다.

좁은 구두 가판점 안에는 열쇠도 깎아 주고 도장도 파주는 장비들이 오밀조밀 갖추고 있는 우리가 흔히 보는 그런 구두 가판점이었지만 가판점 안 벽면에는 세로로 붓 펜으로 쓴 다음과 같은 글귀가 뭇 사람들을 반기고 있었다. "사람을 이롭게 하는 말은 따뜻하기가 솜과 같고 사람을 상하게 하는 말은 날카롭기가 가시 같아서 한마디 말이 무겁기가 천금과 같고 한마디 말이 사람을 중상함은 아프기가 칼로 베는 것과 같으니라."

口是傷人斧　言是割舌刀　閉口深藏舌　安身處處牢
구시상인부　언시할설도　폐구심장설　안신처처뢰

나는 궁금하여 저 글귀가 어디에 있는 글귀냐고 물어봤더니 『명심보감』에 나온 글귀라고 하셨다. 가끔은 손님들이 구두를 닦으러 와서는 핸

드폰으로 글귀를 찍어 가기도 한다고 덧붙여 말했다.

『명심보감』, 참 오랜만에 들어보는 책 이름이었다. 60, 70년대까지 우리 주변에 심심찮게 돌아다니고 눈에 익었던 책인데 지금은 어디로 사라졌는지 잘 보이지 않는 책이 돼 버렸다. 어디서 본 듯한 글귀 같아 궁금증과 호기심을 불러일으킨 것이었다.

사실, 근대화가 되기 이전까지『명심보감』이나『천자문』만큼 우리나라에 가정이나 사회교육 전반에 영향을 미친 책도 드물 것이다. 손때 묻은 이 서적들은 우리 조상들이 손에서 놓지 않던 책들인데 어느 순간에 멸종이 되어 박제된 동물처럼 박물관에 전시되듯이 우리 곁을 떠나가 버렸다. 근자에까지『천자문』이 한자를 막 익히려는 아동들에게 한자 입문서였다면『명심보감』은 천자문을 익힌 어린이와 부녀자들에게 인격수양을 위한 수신서라고 할 수 있다.『명심보감』은 조선시대에 널리 익힌 책으로서『동몽선습』과 함께 학습 입문서 역할을 톡톡히 했으며, 유교 중심의 도의 교양을 학습하는 데 중요한 역할을 담당하여 가정이나 서당에서 어린아이들의 부교재로 사용되었다.

『명심보감』은 알려지기로는 고려 충렬왕 때 예문관제학을 지낸 추적秋適이 어린이들의 학습을 위하여 중국의 경서, 사서, 제자백가, 시문집 등 여러 고전에 나오는 짧은 문장의 금언金言, 명구名句들을 발췌하여 만든 책으로 알려져 있다. 여러 번의 증보를 걸쳐 현재의『명심보감』이 발행되었으며 대략 당시의 초략본은 19편 247조로 수록되었으나 이후 명나라 범입본 유입된 후 상하 2권 총 20편으로 재분류하여 편찬되었고, 그 후에 학자들에 의하여 팔반가八反歌, 효행孝行, 염의廉義, 권학勸學 등 4~5편을 추가 증보 편찬을 하였다 한다.

책의 이름에서 보듯이 '명심'이란 명륜明倫, 명도明道와 같이 인륜과 우주의 도를 밝혀서 마음을 밝게 한다는 뜻이며, 보감寶鑑은 보물과 같은 거울로써 귀감이 된다는 뜻이다. 다시 말해서, 자신을 반성하고 인간 본연의 양심을 보존함으로써 숭고한 인격을 닦는 데 중요한 방향을 제시해 주는 주옥같은 책이라 할 수 있다.

증보 편을 제외하고 제1편은 착한 일을 계속해야 한다는 계선편繼善編을 시작으로 해서 제20편 부행편婦行篇까지 총 20편으로 구성되어 있는 목차를 대략 요약하면 이렇다. 제2편은 하늘의 이치에 따라 선하게 살아야 한다는 천명편天命篇, 제3편은 생사와 부귀는 하늘에 있으니 하늘의 뜻에 따라 살라는 순명편順命篇, 제4편은 부모에 대한 효도를 가르치는 효행편孝行篇, 제5편은 몸을 바르게 함에 힘쓰라는 정기편正己篇, 제6편은 분수를 맞게 살라는 안분편安分篇, 제7편은 언제나 겸손하고 남을 용서하는 마음을 갖기를 바라는 존심편存心篇, 제8편은 참는 것이 덕이니 성품을 경계하라는 계성편戒性篇, 제9편은 사람이 되려면 배움에 힘쓰라는 근학편勤學篇, 제10편은 교육의 중요성을 인식하고 가르침을 받으라는 훈자편訓子篇, 제11편은 지혜롭고 성실하게 살기를 권하는 성심편誠心篇 상·하, 제12편은 삼강오륜 중심으로 충과 효의 근본에 힘쓰라는 입교편立敎篇, 제13편은 관리된 자의 도리를 가르치는 치정편治政篇, 제14편은 가정의 위아래를 가르치는 치가편治家篇, 제15편은 부부관계, 형제관계를 가르치는 안의편安義篇, 제16편은 집안의 예, 나아가 백성의 예 등을 가르치는 준례편遵禮篇, 제17편은 말에 대해 조심할 것을 가르치는 언어편言語篇, 제19편은 교우관계를 가르치는 교우편交友篇, 제20편은 부녀자의 행실을 가르치는 부행편婦行篇 등 위 목차를 살펴보더라도 우리 현대를 살아가는 데도 부족함 없이 하나도 빼뜨릴 수 없는 훌륭한 글들이 주를 이루고 있다. 이와 같은 주옥같은 명언 및 금언 중에서 우리에게 유용한 각 편 중에서 몇 언씩을 발췌하여 소개하고자 한다.

제1편 계선편繼善編

莊子曰, 一日不念善 諸惡 皆自起
장자왈 일일부염선 제악 개자기
장자가 말하길, 하루라도 선을 생각하지 않으면, 악이 저절로 일어난다.

漢昭烈 將終 勅後主曰, 勿以善小而不爲 勿以惡小而爲之
한소열 장종 칙후주왈 물이선소이불위 물이악소이위지
한나라 소열제가 임종에 즈음하여 후주에게 칙어로 말하길, 선이 작다
고 하지 아니 하지 말며, 악이 적다고 이를 행해서는 아니 된다.

太公曰, 見善如渴 聞惡如聾 又曰 善事須貪 惡事莫樂
태공왈 견선여갈 문악여롱 우왈 선사수탐 악사막악
태공이 말하길, 선을 보거든 갈증 난 것 같이 하고, 악을 듣거든 귀머거
리 같아라. 또 말하길, 선한을 일을 하거든 모름지기 탐내어 하고, 악한
일을 하려거든 즐겨하지 말아라.

제2편 천명편天命篇

子曰 順天者存 逆天者亡
자왈 순천자존 역천자망
공자 말하길, 하늘에 순종하는 자는 남고, 하늘을 거역하는 자는 망하
느니라.

種瓜得瓜 種豆得豆 天網恢恢 疎而不漏

종과득과 종두득두 천망회회 소이불루

외 심은데 외를 얻고 콩 심은데 콩을 얻으며, 하늘의 망은 광대하여 성기할 뿐 빠뜨리지는 않느니라.

子曰 獲罪於天 無所禱也

자왈 획죄어천 무소도야

공자 말하길, 하늘로부터 죄를 얻으면, 빌 곳이 없느니라.

제3편 순명편順命篇

萬事分已定 浮生空自忙

만사분이정 부생공자망

모든 일은 분수가 이미 정해져 있는데, 덧없는 인생 공연히 혼자 바쁘구나.

제4편 효행편孝行篇

詩曰 父兮生我 母兮鞠我 哀哀父母 生我劬勞 欲報深恩 昊天罔極

시왈 부혜생아 모혜국아 애애부모 생아구로 욕보심은 호천망극

시경에 이르기를, 아버지 날 낳고 어머니 날 기르시니 슬프고 슬프구나, 양친 부모, 날 낳아 애쓰셨으니, 그 깊은 은혜 보은하고자 하니 하늘처럼 망극하구나.

子曰　孝子之事親也　居則致其敬　養則致其樂　病則致其憂　喪則致其哀
祭則致其嚴

자왈　효자지사친야　거즉치기경　양즉치기락　병즉치기우　상즉치기애
제즉치기엄

공자 말하길, 효자는 어버이를 섬김에 있어서 집에 있을 때에는 공경을
다하고, 부양을 할 때에는 즐거함을 다하며, 병이 들었을 때에는 근심을
다하며, 돌아가셨을 때에는 슬픔을 다하며, 제사를 지낼 때에는 엄숙하
여야 하느니라.

子曰　父母在　不遠遊　遊必有方

자왈　부모재　불원유　유필유방

공자 말하길, 부모가 계실 때에는 멀리 가서 놀지 말며, 놀 때에는 그
방향을 알릴지어다.

子曰　父命召　唯而不諾　食在口則吐之

자왈　부명소　유이불락　식재구즉토지

공자 말하길, 아버지께서 명하여 부르시면 "예" 하고 대답하고 느리게
대답하지 말 것이며, 입안에 음식이 있으면 뱉어야 하느니라.

제5편 정기편正己篇

性理書云　見人之善而尋己之善　見人之惡而尋己之惡　如此　方是有益

성리서운　견인지선이심기지선　견인지악이심기지악　여차　방시유익

성리서에 이르길, 남의 착함을 보고 나의 착함을 찾고, 남의 악함을 보

고 자신의 악함을 찾아라. 이와 같은 본받음이 유익함이니라.

太公曰 勿以貴己而賤人 勿以自大而蔑小 勿以恃勇而經敵
태공왈 물이귀기이천인 물이자대이멸소 물이시용이경적
태공이 말하길, 자기가 귀하다고 남을 천하다고 여기지 말며, 자기가 크
다고 남을 작다고 여기지 말며, 용맹하다고 적을 경시하지 말라.

馬援曰 聞人之過失 如聞父母之名 耳可得聞 口不可言也
마원왈 문인지과실 여문부모지명 이가득문 구불가언야
마원이 말하길, 사람의 과실을 듣거든 부모의 이름을 듣는 것 같이하
고, 귀로 듣고 입으로 말하지 말지어다.

道吾善者 是吾賊 道吾惡者 是吾師
도오선자 시오적 도오악자 시오사
내가 선한 자라고 말함은 나의 적이요, 내가 악한 자라고 말함은 나의
스승이다.

太公曰 勤爲無價之寶 愼是護身之符
태공왈 근위무가지보 신시호신지부
태공이 말하길, 근면함은 가격을 칠 수 없는 보물이요, 삼감은 곧 몸의
부적이니라.

近思錄云 懲忿 如故人 窒慾 如防水
근사록운 징분 여고인 질욕 여방수
근사록에 이르길, 분노를 징계함은 옛 성인같이 하고, 욕심을 막음은

물 막듯이 하라.

夷堅志云　避色　如避讐　避風　如避箭　莫喫空心茶　少食中夜飯
이견지운　피색　여피수　피풍　여피전　막끽공심차　소식중야반
이견지에 이르길, 색을 피하길 원수 피하듯 하고, 바람을 피하길 화살을
피하듯 하고, 빈 마음에 차를 마시지 말고, 밤중에 음식을 적게 먹어라.

萬事從寬　其福自厚
만사종관　기복자후
모든 일에 관대하면, 복이 스스로 두터워지느니라.

太公曰　慾量他人　先須自量　傷人之語　還是自傷　含血噴人　先汚其口
태공왈　욕량타인　선수자량　상인지어　환시자상　함혈분인　선오기구
태공이 말하길, 다른 사람을 저울질 하려거든 모름지기 자신을 저울질
하고, 사람을 상하게 하는 말은 돌아와 자신을 상하게 하고, 피를 머금
고 사람에게 분출하면 먼저 제 입이 더러워지느니라.

凡戲無益　惟勤有功
범희유익　유근유공
모든 유희는 이익이 없고, 오직 근면함만이 공이 있느니라.

제6편 안분편安分篇

景行錄云 知足可樂 務貪則憂
경행록운 지족가락 무탐즉우
경행록에 이르기를, 족함을 알면 즐거움이 있고, 탐함에 현혹되면 근심이 있느니라.

知足者 貧賤亦樂 不知足者 富貴亦憂
지족자 빈천역락 부지족자 부귀역우
족함을 아는 자는 빈천하여도 즐겁고, 족함을 모르는 자는 부귀하여도 근심이 있느니라.

濫想 徒傷神 妄動 反致禍
람상 도상신 망동 반치화
분수에 넘치는 생각은 정신을 상하게 하고 분수없는 행동은 화를 부르니라.

知足常足 終身不辱 知止常止 終身無恥
지족상족 종신불욕 지지상지 종신무치
족함을 알아야 항상 만족하여 종신토록 욕되지 않으면, 그칠 줄을 알아 항상 그치면 종신토록 수치심이 없느니라.

子曰 聰明思睿 守之以愚 功被天下 守之以讓 勇力振世 守之以怯
富有四海 守之以謙
자왈 총명사예 수지이우 공피천하 수지이양 용력진세 수지이겁
부유사해 수지이겸
총명하고 생각이 슬기로울지라도 우매한 척 지켜야 하고, 공적이 천하
에 있을지라도 겸양을 지켜야 되며, 용력이 세상에 떨칠지라도 무서워
해야 하고, 부가 사해를 가질지라도 겸손함을 지켜야 하느니라.

施恩勿求報 與人勿追悔
시은물구보 여인물추회
은혜를 베풀지라도 보답을 구하지 말하여야 되고, 남에게 주었거든 후
회하지 말지니라.

人無百歲人 枉作千年計
인무백세인 왕작천년계
사람은 백 살을 살지 못하면서, 부질없이 천년 계획을 세우느니라.

寇萊公六悔銘云 官行私曲失時悔 富不儉用貧時悔 藝不少學過時悔
見事不學用時悔 醉後狂言醒時悔 安不將息病時悔
구래공육회명운 관행사곡실시회 부불검용빈시회 예불소학과시회
견사불학용시회 취후광언성시회 안부장식병시회
구래공육회명에 이르길, 관직에 있을 때 사사로움을 행하면 관직을 잃
었을 때 후회하고, 부자일 때 검소하지 않으면 곤궁할 때 후회하고, 기

술을 소년일 때 배우지 않으면 후회하고, 일을 보고 배우지 않으면 후회하고, 취한 후 망언을 하면 깨어나서 후회하고, 안녕할 때 휴식을 취하지 않으면 병들 때 후회하느니라.

益智書云　寧無事而家貧　莫有事而家富　寧無事而住茅屋
不有事而住金屋　寧無病而食麤飯　不有病而服良藥
익지서운　녕무사이가빈　막유사이가부　녕무사이주모옥
불유사이주금옥　녕무병이식추반　불유병이복양약
익지서에 이르길, 무사안녕하면 집이 빈곤해도 될지언정 일 있으면서 부자이지 말 것이며, 무사안녕하면 초가집에 살지언정 일 있으면서 금옥에 살지 않을 것이요. 병 없이 거친 밥을 먹을지언정 병이 있이 좋은 약을 먹지 말 것이니라.

心安茅屋穩　性定菜羹香
심안모옥온　성정채갱향
마음이 편하면 초가집도 안온하고, 마음이 편안하면 나물국도 향기로울 것이니라.

以愛妻子之心　事親則曲盡其孝　以保富貴之心　奉君則無往不忠
以責人之心　責己則寡過　以恕己之心　恕人則全交
이애처자지심　사친즉곡진기효　이보부귀지심　봉군즉무왕부충
이책인지심　책기즉과과　이서기지심　서인즉전교
처자를 사랑하는 마음으로써 어버이를 섬긴다면 그 효는 정성을 다함이요, 부귀를 보전하듯이 임금을 섬긴다면 충성이 아니 됨이 없을 것이요, 사람을 책하는 마음으로 자기를 책하면 과함이 없을 것이요, 자기를 용서하는 마음으로써 사람을 용서하면 온전히 사귐을 할 수 있느니라.

제8편 계성편戒性篇

景行錄云 人性如水 水一傾則不可復 性一縱則不可反 制水者
必以堤防 制性者 必以禮法
경행록운 인성여수 수일경즉불가부 성일종즉불가반 제수자
필이제방 제성자 필이예법
경행록에 이르길, 인성은 물과 같아서 물이 한번 쏟아지면 돌이킬 수
없고, 성품이 한번 방종하면 바로잡을 수 없고, 물을 다스리려는 자는 필
히 제방을 쌓아야 하며, 성품을 다스리려는 자는 필히 예법으로써 해야
하느니라.

忍一時之忿 免百日之憂
인일시지분 면백일지우
한 때의 분함을 인내하면 백날의 근심을 면하리라

得忍且忍 得戒且戒 不忍不戒 小事成大
득인차인 득계차계 불인불계 소사성대
참고 또 참고 경계하고 또 경계하라, 참지 못하고 경계하지 못하면 작은
일이 크게 되느니라.

景行錄云 屈己者 能處重 好勝者 必遇敵
경행록운 굴기자 능처중 호승자 필우적
경행록에 이르길, 자신을 굽히는 자는 중한 일을 능히 처리 할 수 있고,

이기기를 좋아하는 자는 필히 적을 만드느니라.

凡事留人情　後來好相見

범사유인정　후래호상견

모든 일에 인정을 남기면, 후일에 좋은 낯으로 서로 보게 되느니라.

제9편 근학편勤學篇

莊子曰　人之不學　如登天而無術　學而智遠　如披祥雲而覩靑天

登高山而望四海

장자왈　인지불학　여등천이무술　학이지원　여피상운이도청천

등고산이망사해

장자가 말하길, 사람이 공부를 안 하면 재주 없이 하늘을 오르는 것 같
고, 배우고 아는 것이 심오하면 상서로운 구름을 헤치고 푸른 하늘을
보는 것 같고, 산에 올라 사해를 관망하는 것 같으니라.

禮記曰　玉不琢　不成器　人不學　不知義

예기왈　옥불탁　불성기　인불학　부지의

예기에서 말하길, 옥을 다듬지 아니하면 그릇이 될 수 없으며, 사람이
배우지 아니하면 의를 알지 못하느니라.

朱文公曰　家若貧　不可因貧而廢學　家若富　不可恃富而怠學

貧若勤學　可以立身　富若勤學　名乃光榮　惟見學者顯達

不見學者無成　學者　乃身之寶　學者　乃世之珍　是故　學則乃爲君子

不學則爲小人　後之學者　宜各勉之

주문공왈 가약빈 부가인빈이폐학 가약부 불가시부이태학
빈약근학 가이립신 부약근학 명내광영 유견학자현달
불견학자무성 학자 내신지보 학자 내세지진 시고 학즉내위군자
불학즉위소인 후지학자 의각면지

주문공이 말하길, 만약 가정이 빈곤하여 빈곤으로 인하여 학문을 포기하지 말 것이며, 만약 부자라 하더라도 부자로 인하여 학문을 게을리 하지 말 것이며, 만약 빈곤하더라도 학문을 하기에 부지런하다면 입신할 것이며, 만약 부자가 학문에 부지런하다면 이름이 광영 될 것이다. 오직 배운 자가 현달하는 것을 보았고 배우지 못한 자가 이루는 것을 보지는 못했다. 배운 자는 곧 몸이 보배이고 배운 자는 세상의 보배이고 배운 자는 군자가 되고 못 배운 자는 소인이 될 것이며, 후에 배운 자는 마땅히 근면해야 하느니라.

제10편 훈자편訓子篇

莊子曰 事雖小 不作不成 子雖賢 不敎不明
장자왈 사수소 부작불성 자수현 불교불명
장자가 말하길, 비록 사소한 일이라도 하지 않으면 이루지 못할 것이고, 비록 자식이 현명하더라도 가르치지 않으면 현명하지 못할 것이니라.

漢書云 黃金萬籝 不如敎子一經 賜子千金 不如敎子一藝
한서운 황금만영 불여교자일경 사자천금 불여교자일예
한서에 이르길, 황금이 광주리에 가득 차도 자식에게 경서 하나라도 가르치지 않음만 못하고, 자식에게 천금을 주어도 기술 한 가지만 가르치지 않음만 못하리라

至樂 莫如讀書 至要 莫如敎子
지락 막여독서 지요 막여교자
지극히 즐거움은 독서함만 못하고, 지극히 있음을 가졌다 해도 가르치
지 않음만 못하느니라.

太公曰 男子失敎 長必頑愚 女子失敎 長必麤疎
태공왈 남자실교 장필완우 여자실교 장필추소
태공이 말하길, 남자가 배우기를 놓치면 장차 반드시 우매해지고, 여자
가 배우기를 놓치면 장차 반드시 거칠고 성기니라.

憐兒多與棒 憎兒多與食
련아다여봉 증아다여식
아이를 사랑하거든 매를 많이 주고, 아이를 증오하거든 음식을 많이 주
어라.

人皆愛珠玉 我愛子孫賢
인개애주옥 아애자손현
사람들은 모두 주옥을 사랑하지만, 나는 자손이 현명한 것을 사랑하느
니라.

제11편 성심편省心篇 상

家和貧也好 不義富如何 但存一子孝 何用子孫多
가화빈야호 불의부여하 단존일자효 하용자손다
가족이 화목하면 가난해도 좋을 것이며 의롭지 아니 하면 부자인들 무

엇 하랴, 단 한 자식이라도 효도를 한다면 ^(불효한) 자손이 많은들 무슨 소용이랴.

欲知未來　先察己然
욕지미래　선찰기연
미래를 알려거든, 먼저 지나간 일을 관찰하라.

子曰　明鏡　所以察形　往者　所以知今
자왈　명경　소이찰형　왕자　소이지금
공자 말하길, 밝은 거울은 얼굴을 살필 수 있고, 지나간 일은 현재를 알 수 있느니라

景行錄云　木有所養則根本固而枝葉茂　棟樑之材成
水有所養則泉源壯而流派長　灌漑之利博　人有所養則志氣大而識見明
忠義之士出　可不養哉
경행록운 목유소양즉근본고이지엽무 동량지재성
수유소양즉천원장이유파장 관개지리박 인유소양즉지기대이식견명
충의지사출 가불양재
경행록에 이르길, 나무를 잘 기르면 뿌리가 튼튼하고 가지와 잎이 무성하여 동량의 재목으로 성장하고, 물의 원천을 잘 관리해 놓으면 물줄기가 길어져 관계에 이익이 넓어지고, 사람을 잘 기르면 기지가 뛰어나고 식견도 밝아지며 충의의 선비가 나오니, 어찌 기르지 않으리.

疑人莫用　用人勿疑
의인막용　용인물의

사람을 의심하거든 쓰지 말 것이며 사람을 썼다면 의심하지 말지어다.

景行錄云 結怨於人 謂之種禍 捨善不爲 謂之自賊

경행록운 결원어인 위지종화 사선불위 위지자적

경행록에 이르길, 사람과 원수를 맺는 것은 화의 씨를 뿌리는 것이요, 선을 행하지 않음은 스스로 도적이 되느니라.

不經一事 不長一智

불경일사 부장일지

한 가지 일을 경험하지 않으면, 한 가지 지혜가 자라지 아니하느니라.

黃金千兩 未爲貴 得人一語勝千金

황금천량 미위귀 득인일어승천금

황금 천 냥이 귀함이 아니고, 사람에서 한마디를 얻는 것이 천금보다 나으리라.

在家 不會邀賓客 出外 方知少主人

재가 불회요빈객 출외 방지소주인

집에서 손님을 맞이할 줄 모르면, 밖에 나가면 주인이 적을 줄 알게 되느니라.

大富 由天 小富 由勤

대부 유천 소부 유근

큰 부자는 하늘로부터 유래하고 작은 부자는 근면함에 달려 있느니라.

成家之兒 惜糞如金 敗家之兒 用金如糞
성가지아 석분여금 패가지아 용금여분
집을 일으켜 세울 아이는 인분도 금같이 아끼고, 집안을 망칠 아이는
금도 인분같이 사용하느니라.

一日清閑 一日仙
일일청한 일일선
하루가 맑고 한가로우면 하루는 신선이 되느니라.

제12편 성심편省心篇 하

蘇東坡曰 無故而得千金 不有大福 必有大禍
소동파왈 무고이득천금 불유대복 필유대화
소동파 말하길, 아무 일없이 천금을 득하는 것은 큰 복이 아니라, 필히
큰 화가 있느니라.

大廈千間 夜臥八尺 良田萬頃 日食二升
대하천간 야와팔척 량전만경 일식이승
큰 집이 천간이라도 밤에 누울 곳을 팔 척이요. 좋은 밭이 만경이라도
하루에 두되면 되느니라.

酒不醉人人自醉 色不迷人人自迷
주불취인인자취 색불미인인자미
술이 사람을 취하게 하는 것이 아니라 사람이 스스로 취하는 것이요,
색이 미혹시키는 것이 아니라 사람이 스스로 미혹하는 것이니라.

尺璧非寶 寸陰是競

척벽비보 촌음시경

한 자되는 구슬이 보물이 아니고, 오직 짧은 시간을 두려워하라.

제13편 입교편立敎篇

景行錄云 爲政之要 日公與淸 成家之道 日儉與勤

경행록운 위정지요 일공여청 성가지도 일검여근

경행록에 이르길, 정치를 하는데 요구되는 것은 공정과 청렴이요, 가정을 이루는 길을 검약과 근면이니라.

讀書 起家之本 循理 保家之本 勤儉 治家之本 和順 齊家之本

독서 기가지본 순리 보가지본 근검 치가지본 화순 제가지본

독서는 가정을 일으키는 근본이고, 이치를 따름은 가정을 보존하는 근본이고, 근면과 검소는 가정을 다스리는 근본이고, 화평하고 순종하는 것은 가정을 가지런히 하는 근본이니라.

孔子三計圖云 一生之計 在於幼 一年之計 在於春 一日之計 在於寅 幼而不學 老無所知 春若不耕 秋無所望 寅若不起 日無所辨

공자삼계도운 일생지계 재어유 일년지계 재어춘 일일지계 재어인 유이불학 노무소지 춘약부경 추무소망 인약불기 일무소변

공자의 삼계도에서 이르길, 일생의 계획은 어릴 때에 있고 일 년의 계획은 봄에 있고 하루의 계획은 새벽에 있고, 어려서 배우지 아니하면 노년이 되어 아는 것이 없고, 만약에 봄에 밭갈이를 아니 하면 가을에 희망이 없고 새벽에 일어나지 아니하면 그 날 할 일이 없느니라.

제14편 치정편治政篇

童蒙訓曰 當官之法 唯有三事 日清日愼日勤 知此三者 知所以持身矣
동몽훈왈 당관지법 유유삼사 일청일신일근 지차삼자 지소이지신의
동몽훈에서 이르길, 당연히 관리가 지켜야 할 법으로는 오직 세 가지가
있으니, 하루하루 청렴과 삼가와 근면이고 이 세 가지를 알아 몸에 지
녀야 하는 것을 알지어다.

제15편 치가편治家篇

凡使奴僕 先念飢寒
범사노복 선념기한
노복을 부리려면, 먼저 춥고 배고픔을 생각해야 하느니라.

子孝雙親樂 家和萬事成
자효쌍친락 가화만사성
자식이 효도하면 양친이 즐겁고, 집안이 화목하면 만사가 이루어지니라.

文仲子曰 婚娶而論財 夷虜之道也
문중자왈 혼취이론재 이노지도야
문중자가 말하길, 혼인하고 장가드는 데, 재물을 논하는 것은 오랑캐의
도이니라.

제16편 안의편安義篇

蘇東坡云 富不親兮貧不疎 此是人間大丈夫 富則進兮貧則退
此是人間眞小輩

소동파운 부불친혜빈불소 차시인간대장부 부즉진혜빈즉퇴
차시인간진소배

소동파가 말하길, 부와 친하지 않고 가난과 멀리 하지 않음은 바로 인간으로써 대장부이고, 부와 가까이 하고 가난과 멀리 하는 것은, 이는 곧 인간으로써 소인배이니라.

제17편 준례편遵禮篇

若要人重我 無過我重人
약요인중아 무과아중인
만약에 사람이 나를 중히 여김을 바란다면, 내가 먼저 사람을 중히 여겨야 하느니라.

제18편 언어편言語篇

劉會曰 言不中理 不如不言
유회왈 언부중리 불여불언
유회가 말하길, 말이 이치에 맞지 않으면 말을 하지 아니함만 못하느니라.

君平曰 口舌者 禍患之門 滅身之斧也
군평왈 구설자 화환지문 멸신지부야

군평이 말하길, 입과 혀는 화와 근심의 문이고, 몸을 망치게 하는 도끼이니라.

口是傷人斧 言是割舌刀 閉口深藏舌 安身處處牢
구시상인부 언시할설도 폐구심장설 안신처처뢰
입은 사람을 상하게 하는 도끼이고, 말은 혀를 베는 칼이고, 입을 막고 혀를 깊숙이 감추면 몸이 어는 곳에 있어도 편안할 것이니라.

제19편 교우편交友篇

相識 滿天下 知心能幾人
상식 만천하 지심능기인
얼굴을 아는 사람은 천하에 가득한데, 마음을 아는 사람은 몇 사람이나 있느냐.

酒食兄弟 千個有 急難之朋 一個無
주식형제 천개유 급난지붕 일개무
술이나 음식을 먹을 때 형제는 천 사람이나 있으나, 급하고 어려움을 당할 때의 친구는 한명도 없느니라.

不結子花 休要種 無義之朋 不可交
부결자화 휴요종 무의지붕 불가교
열매를 맺지 않는 꽃은 심지 말고, 의리 없는 친구는 교류하지 말지니라.

君子之交 淡如水 小人之交 甘若醴
군자지교 담여수 소인지교 감약례
군자의 사귐은 맑기가 물과 같고 소인배의 사귐은 달콤하기가 단술이
니라.

路遙知馬力 日久見人心
로요지마력 일구견인심
길은 멀어야 말의 힘을 알고, 날은 오래 지나면 사람의 마음을 볼 수 있
느니라

제20편 부행편婦行篇

其婦德者 淸貞廉節 守分整齊 行止有恥 動靜有法 此爲婦德也
婦容者 洗浣塵垢 衣服鮮潔 沐浴及時 一身無穢 此爲婦容也
婦言者 擇師而說 不談非禮 時然後言 人不厭其言 此爲婦言也
婦工者 專勤紡積 勿好暈酒 供具甘旨 以奉賓客 此爲婦工也.
기부덕자 청정렴절 수분정제 행지유치 동정유법 차위부덕야
부용자 세완진구 의복선결 목욕급시 일신무예 차위부용야
부언자 택사이설 부담비례 시연후언 인불염기언 차위부언야
부공자 전근방적 물호운주 공구감지 이봉빈객 차위부공야.
부녀자의 덕이라 함은 맑고 정절하고 염치가 있고 절제가 있어야 하고
분수를 지키고 가지런히 하고 행실에 법도가 있어야 하는 것으로 이것
이 부덕이고, 부녀자의 몸가짐이라 함은 먼지와 때를 깨끗이 빨아 의복
을 청결히 하며 목욕을 제 때에 하여 일신을 청결하게 하는 것으로 이
것이 부용이고, 부녀자의 말 가짐이라 함은 말을 가려서 하고 예가 아

니면 말을 하지 말고 꼭 말을 하고자 할 때에는 사람이 싫어하지 않는 말을 하여야 하는 것으로 이것이 부언이고, 부녀자의 솜씨라 함은 길쌈을 부지런히 하고 술을 빚는 것을 좋아하지 말아야 하며 좋은 손맛을 갖추어서 손님 접대를 잘하는 것으로 이것이 부공이니라.

부행편까지 대략적인 내용들을 살펴보았다. 예나 지금이나 인간의 도리와 살아가는 방법은 별반 달라지지 않았을 것인데 현재를 사는 우리 현대인들은 예전의 금지옥엽 같은 구절들은 애써 외면하고 있음은 매우 안타까운 일이다. 이러한 명심보감의 명언들이 고리타분하다고 할지 몰라도 우리에게 이런 고전은 우리의 삶을 밝히는 등불과도 같은 지침서다. 지금의 초·중·고등학교의 수신서로써의 교재로 채택해도 손색이 없는 소중하고 귀중한 고전의 책이다. 자라나는 우리의 어린이 청소년들에게 삶을 살아가는 데 진실로 필요한 인간의 규범을 배우고 익힘으로 해서 인간으로서 바른 생각과 행동이 몸에 배게 하여야 할 것이다

명심보감 속에 있는 성현들의 말씀을 배워서 그 배움을 실행해야 한다. 천 마디를 듣고 한 마디도 행하지 않는다면 한 마디를 듣고 한 마디를 행하는 것만 못할 것이다. 즉 행함에는 실천이 덕목이다. 실천함이 없다면 아무리 명심보감 같은 책이 수백 권 있더라도 아무 쓸모가 없을 것이다. 그래서 이 『명심보감』을 수신서修身書라고 한다. 직접 실행을 목적으로 몸으로 익히는 것이다.

우리나라의 근대화를 하는 데 앞장 선 기업인들은 이 『명심보감』을 익혀 몸으로 실천한 사람들이 많다. 이 『명심보감』을 배우고 익혀 구국의 신념으로 기업을 일구어 내어 백성들의 안위와 걱정을 덜어 주고자 했던 선각자들이다. 우리 옛 선현들은 철학적 정신과 이상의 가치 체계를 정립하기 위한 교재가 논어를 중심으로 하는 『사서삼경』이었다면 이 『명심보

감』은 행동규범으로써 실천하는 가치체계로서 역할을 하는 데 중추적 역할을 담당했다고 해도 과언이 아닐 것이다.

오천년 유구한 역사를 이어 온 우리 조상들은 인간사회를 이루면서 수많은 오류와 실패를 경험하고 뼈저린 아픔으로 점철된 역사를 가지고 있다. 이러한 문제 해결을 위하여 우리 선조들은 반복되는 역사의 교훈에 대한 이에 대한 해답으로 『명심보감』과도 같은 수신서를 만든 것일 것이다.

성심편에 보면 '욕지미래 선찰기연欲知未來 先察己然 "미래를 알려거든, 먼저 지나간 일을 관찰하라'라고 했고 공자는 '자왈 명경 소이찰형 왕자 소이지금子曰 明鏡 所以察形 往者 所以知今 "공자 말하길, 밝은 거울은 얼굴을 살필 수 있고, 지나간 일은 현재를 알 수 있느니라'라고 하였다. 『명심보감』은 이스라엘 민족의 탈무드와 같이 사회 전반의 문제에 대하여 미리 예방하기 위한 우리 선조들의 지혜와 자산이 농축되어 있는 해답집이자 사회를 환하게 밝히는 지침서임을 아무도 부인할 수 없을 것이다.

반짝이는 구두는 며칠간 나의 마음을 즐겁게 했지만 이 보물과도 같은 『명심보감』의 한 구절을 읽고 나서 새롭게 삶에 대하여 성찰할 수 있게 하는 계기가 되었다.

이러한 명심보감의 한 구절, 한 구절을 음미하고 되새기고 심신에 깊숙이 흡착해 놓는다면 우리가 일생을 살아가면서 어려움에 직면할 때 어려움을 이겨내는 데 큰 도움을 받을 수 있을 것이며, 진정한 삶의 의미를 새롭게 발견하게 될 것이다. 이 주옥같은 글귀들은 우리들이 살아가는 이 사회를 더 풍요롭고 행복한 진정한 가치의 사회로 인도할 것이다.

II

여름

1
| 호박잎과 무당벌레 |

무더운 여름날 장맛비가 커다란 호박잎으로 떨어지는 소리를 듣고 있노라면 더위를 날려버리는 청량감을 느끼기도 하지만 평화롭고 행복한 감정을 발현하게 된다. 호박 밭으로 투둑투둑 비 떨어지는 소리는 아마도 우리 심장의 박동 소리와 비슷해서 그럴 것이다.

바람과 햇빛을 먹고 텃밭에서 쑥쑥 자라나는 호박을 보노라면 애자식을 보듯이 뿌듯하고 풍성함을 느끼게 된다. 미끈한 애호박 줄기가 울타리를 타고 오르는 모습을 보면 그 생명력에 감탄하곤 한다. 아버님은 도심으로 이사 와서 다른 것은 몰라도 매년 집 뒤꼍 텃밭 언덕에 호박을 심곤 했다. 그리고 어느 정도 호박 이파리가 하늘로 향하여 올라가면 여지없이 호박마다 구덩이를 파고 인분을 한 삽씩 퍼먹이곤 했다. 인분을 먹은 호박은 쑥쑥 자라서 그야말로 온통 지천으로 호박잎이 언덕을 덮곤 했다.

한번은 이 호박 밭 한가운데에 형님이 감나무를 심었는데 내 키만큼 자랄 즈음, 어느 날 방과 후에 와서 보니 잎사귀 무성하던 감나무의 밑동이 잘려 나갔다. 어린 생각에 가을이 되면 감나무에 달린 잘 익은 감을 따서 먹는 상상을 하곤 했는데 나는 상실감에 한동안 사로잡혀 있었다. 그때부터 아버지를 사뭇 이해하지 못하겠다는 생각이 들곤 했다. 아버님이 세상을 뜨시고 호박을 키워보고 나서야 아버님의 그 뜻을 이해하게 되었다. 햇볕을 먹고 자라는 호박의 그늘을 염려하시고 미리 감나무의 싹을 잘라버리신 것이었다. 지금에서 와서 생각해 보니 어머니에 대한 아버지의 호박 같은 사랑을 지금에서야 깨달았다. 아버지는 자식들보다는 어머니를 택하신 것이었다.

호박은 일단 열리면 잘도 달리는 것이 호박이다. 호박꽃이 피면 그 자리에 수술이 나와 바로 호박이 열린다. 꽃대 바로 아래에서 방울만 하게 달리는 호박은 금방 애호박으로 자란다. 애호박이라는 것은 호박의 종류가 아니고 작고 어린 호박이라는 뜻이다.

집 뒤꼍 텃밭에 기르는 애호박은 중학생 애 같다.
온종일 비 맞고 햇볕을 먹고
한 철에 자라는 모습을 보면
미끈하고 시커멓게 금방 훌쩍 커버린다.

사실 이 호박이 주렁주렁 열리면 제일 먼저 그 호박을 따는 사람은 어머님이시다. 성하의 뜨거운 여름이 온 동네에 가득하면 호박은 동네 뒷산 언덕까지 쭉 뻗어 올라가서 삽짝에 놓아기른 닭이 아무 곳에나 달걀을 쑥쑥 낳듯이 아무 곳에서나 주렁주렁 달리곤 했다. 그러면 호박은 동네 호박이 되곤 해서 먼저 본 동네 아주머니들이 따서 가져가곤 하셨는데 부모님은 그냥 그런 행위들을 마냥 즐기는 듯하였다.

그리고 우리 자식들도 가끔은 이 호박잎에 가려져 열린 호박을 찾아 따는 재미를 만끽하곤 했는데 그런 날이면 어머님은 호박지짐을 식탁에 올려놓곤 하셨다. 어머님의 호박지짐의 맛은 일품이었지만 이 애호박으로 반찬을 만드는 방법은 의외로 간단하다. 애호박을 깨끗하게 다듬고 썰어서 새우젓과 함께 졸이면 되는 아주 간편한 요리였다. 어머니는 이런 간편함 때문인지 여름 내내 이 애호박지짐을 상에 올려놓곤 했다. 어머님이 새우젓에 지진 그 호박지짐을 가끔은 먹고 싶어질 때가 있지만 7, 8여 년 전에 양친 부모를 다 잃어 그도 이제는 맛볼 수가 없다.

공교롭게도 아래의 시 두 편 '호박잎'과 '칠성무당벌레'는 오래 전에 쓴 시라 위의 글과는 시간 차이가 날 것이다.

머슴 사는 아버지는 밭갈이를 끝내고
달빛을 길 삼아 지게를 지고 집으로 돌아오던 그 시절에
우리 집 뒤꼍의 호박 넝쿨은
왜 이리 잘도 자랄까.

인분을 먹은 호박 넝쿨은
삽짝 울타리를 타고 올라 온통 제 세상이다.

달포 내내 이어지는 장마
호박잎 위로 빗방울소리 꽹과리를 치고
애호박 위로 낙수 떨어지듯 한다.

뒤꼍 밭에 호박댓줄기 손마디만큼 커지면
우리 엄니 순한 호박잎 따서 꽁보리밥 싸 드시고
무당벌레를 장난감 삼아 뛰어놀던 아이들은
하루해 저무는지를 모른다.

여름날 호박처럼 지천인 열매채소도 드물다. 그래서 우리네 식탁에 항상 감초처럼 오른다. 그리고 개인적으로 내가 제일 좋아하는 음식이 이 호박전이다. 아무리 좋은 음식이 상에 푸짐하여도 이 호박전에 먼저 젓가락이 가게 된다. 어머님은 이 호박지짐이나 호박전 외에 가끔 상에 올린 반찬은 다름 아닌 데친 호박잎이었다. 이 호박잎은 손이 많이 가는 음식

이라 한가한 시간에 호박잎을 따서 호박잎 줄기의 꺼풀을 벗겨 내야 하기 때문에 어머님은 막된장과 함께 가끔가다 상에 올려놓곤 했다. 반찬이 그리 많지 않던 시절에 이 호박지짐과 호박잎만 있으면 그야말로 진수성찬이었다. 더운 여름날 방 안에 부채를 부치며 앉아 어머니께서 꽁보리밥에 호박지짐과 묵은 김치를 넣고 썩썩 비벼주신 그 맛은 지금도 눈에 선하다.

　서양에서는 이 호박을 이용하여 많은 행사를 하는 듯하다. 매년 추수가 끝나고 호박 수확 철이면 호박의 속을 파내어 조각을 새기고 그 속에 촛불을 넣는 행사를 마을 주최로 열기도 한다. 그리고 이 호박에 도깨비 얼굴을 새기고 등을 넣어 번쩍이게 하는 할로윈 축제를 열기도 한다. 그러면 잡귀신이 자신의 몸에 안 들어온다고 한다. 그리고 그해에 가장 큰 호박을 선별하여 상을 주기도 하는데 최근에 우리나라 지자체에서 이와 비슷한 호박 축제 행사를 열기는 하나 서양에 비하면 그 규모가 미미하다. 반면에 우리나라는 오래전부터 이 호박을 이용하여 호박떡, 호박엿, 호박죽 등을 만들어 먹어왔다. 그 맛은 어느 나라 어느 음식보다 별미이고 맛있다.

텃밭의 칠성무당벌레
누가 이런 이름표를 붙였을까.
북두칠성처럼 칠 점이 있는…

내가 살던 충청도 산골동네에서
상사병에 걸려 죽은
옆집 동네 아이의 영혼을 풀기 위해
춤추는 진홍빛 색동저고리를 입은 박수무당을 닮아설까.

아픈 우리 엄니는 색동저고리를 입고
동네 앞 큰 산 깊은 골로 나물을 캐러 나가시고
우리 형은 저녁 밤중에 또 과수원 서리 갈 궁리에 빠져 있나.
친구네 집에 몰려가서 자리가 빈 마당에
호박잎에 가려진 애호박이 덩그러니 달려 있다.

지지난해에 지나가며 들른 고향집 마당에는
잡풀이 아이 키만큼 자라 종잡을 수가 없고
마당 한편에 있을 대추나무도
뒷마당 장독대 옆에 있을 호두나무도 온데간데없고
수수 심었던 뒤꼍 넓은 밭에는 골도 없이 잡풀만 자랐더라.

문득, 뒤꼍의 깨진 장독대 위로 날아든 칠성무당벌레는
뒷동네 배곯은 애가
몰래 우리 집 솥뚜껑을 열고
감자밥을 훔쳐
뒤꼍, 장독대에서 왜간장에 비벼 먹고
도망간 일을 기억이나 할까

여름 어느 날, 텃밭에 기르던 호박잎에 무당벌레가 붙어 있었다. 그 독특한 색을 가진 칠성무당벌레가 어디서 날아왔는지 호박 줄기에 붙어 날아갈 줄을 모른다. 칠성무당벌레는 진홍의 빨간 갑옷 위에 북두칠성처럼 일곱 개의 검은 점을 가진 우리 주변에서 볼 수 있는 흔하디흔한 무당벌레. 정말로 이 무당벌레는 자연계의 패셔니스타이다. 카멜레온처럼 시시각각 색을 달리하지는 않지만 작은 것이 아름답다는 말처럼 무당벌레는 그 작은 몸에 화가가 색을 입힌 것처럼 화려한 색으로 무장을 하고 있다. 그것도 현대 추상 화가의 그림처럼 강렬하다. 아마 추상 화가들이 이 무당벌레에서 그 모티브를 얻었는지 모를 일이다.

이 무당벌레는 무당이 오색의 색동저고리를 입고 춤을 추듯이 우리 마음을 휘어잡는 매력이 있다. 그만큼 무당벌레의 색이 오묘해서 누구나 한 번 보면 호기심이 발동하곤 한다. 어린 시절에 무당벌레만 보면 그 독특한 색깔이 신기해서 무당벌레 껍데기를 한 꺼풀 벗겨보았던 기억이 있는데 그러면 이 무당벌레는 이내 날지 못하고 죽어버렸던 기억이 난다.

무당벌레는 예전에 장수풍뎅이마냥 야산에서 종종 보던 벌레인데 최근에는 보기가 어렵다. 아마도 환경지표 종일 것 같기도 하다. 그리고 무당벌레는 진드기를 먹고 사는 곤충으로 친환경 농법에 없어서는 안 될 이로운 벌레다. 진드기가 수없이 많은 채소 잎에 무당벌레 몇 마리만 놓아두면 그 진드기들을 말끔히 청소해버린다.

보릿고개 시절, 배곯은 윗동네 아이가 솥뚜껑을 열고 감자밥을 훔쳐 장독대에서 왜간장에 비벼먹고 도망간 우리들의 지난 이야기를 시골 뒤꼍 장독대에서 날아와 있던 무당벌레는 기억하고 있을 것이다. 그리고 상사병에 걸려 죽은 아이의 영혼을 달래기 위해 선홍빛 색동저고리를 입고 굿을 하던 박수무당의 모습이 무당벌레를 통하여 전해오는 듯하다.

2
| 중랑천의 하얀 찔레꽃 |

찔레꽃이 피어 있던 중랑천 변에 가보니 노원구 구간 쪽으로 자동차 전용도로가 나는 바람에 찔레꽃이 안 보인다. 그나마 남아 있던 토종식물들이 삭막한 콘크리트 구조물에 밀려 사라져 버렸다. 어머니의 하얀 행주치마만큼이나 순결한 하얀 찔레꽃인데 아쉽다.

찔레꽃은 우리나라 산이며 들이며 처마 끝이며 돌담 등 여기저기에 많이 피는 꽃이다. 특히 우리나라에는 이 찔레꽃이 여러 의미로 다가오는 것 같다. 봉선화처럼, 이 꽃은 사람들의 마음을 움직이는 데 독특한 능력을 발휘하는 듯하다. 찔레꽃은 도시를 닮은 장미와는 다른 우리 초가지붕에 어울릴 듯한 꽃이다. 어린 시절 돌 처마 끝에 자라나는 찔레순을 꺾어 먹던 기억이 아련하다. 보릿고개 시절 허기를 면하기 위하여 새순의 끝 속대를 꺾어 껍질을 벗기고 입으로 베어 먹으면 그 향내가 입안으로 퍼지곤 했다. 향긋하고 싱그러운 속살의 맛이 그리워지는 꽃이기도 하다. 특히나 이 꽃은 장미과의 가시가 있는 떨기 꽃으로 꽃말에 "날 함부로 대하지 마세요."라는 순결함이 있는 꽃이다. 그래서 많은 가수들이 찔레꽃에 대한 노래를 지어 부르곤 한다.

하얀 찔레꽃

중랑천에는 찔레꽃이 피었더이다.
하얀 찔레꽃.

어머님이 찔레꽃을 좋아했었지요.
노랫말도 좋아하시어 부르시곤 했지요.

찔레꽃 붉게 피는 남쪽 나라는 어머님의 나라입니다.
앞마당에 앵두나무가 울타리를 이루고
이때쯤이면 뒤꼍에 살구꽃 피는 고향에서
십 팔세 꽃다운 나이에 충청도로 시집와
60여 년을 눈물짓다가
작년에 하늘나라로 가셨지요.

중랑천에는 찔레꽃이 피었더이다.
한 아름 한 아름,
하염없이 피었더이다.

생전에 그리던 이모 얼굴도 뵌 적이 없고
사랑하는 동생도 얼굴도 뵌 적이 없이
눈물짓다 고향 하늘만 보시다 가신 어머님.

찔레꽃 같은 우리 어머님.
그립습니다. 그립습니다.
어머님….
5월의 한 중턱에 홀로 피어 날 보고 계시더이다.

우리는 어머니가 살아생전에 그렇게 그리워하던 어머니의 여동생(이모)
을 외가 쪽으로 연락이 닿아 찾았다. 어머니는 아래로 여동생과 남동생이

각각 한 명씩 있었는데, 여동생과 남동생 모두 본의 아니게 연락이 두절되었다. 여동생과 헤어지게 된 것은 여동생이 40여 년 전쯤 남편과 이혼을 하게 되면서다.

이혼을 하게 된 사연을 보면 이렇다. 이모는 농촌시골의 대가 집 장손한테 시집을 가게 되었는데 시부 집안 살림을 온종일 혼자서 하다 보니 손에 물기가 마를 날이 없을 정도로 열심히 했다고 한다. 그 결과 손이 습진으로 엉망이 되었는데 이 습진이 잘 낫지 않자 시부 집안에서는 큰일이 났다 하여 당시 몹쓸 병인 문둥병 환자로 오인하여 갱생원으로 보내졌다고 한다. 결국 문둥병으로 오인이 되어 버림을 받고 호적에는 사망 신고 처리가 되어서 근 40여 년 동안을 유령처럼 살아오신 것이다. 이모님은 결혼해서 슬하에 남매를 두었는데 불행하게도 이 두 남매하고 헤어지게 되어 만나지 못하고 살았다. 이 남매를 찾은 것도 우리가 이모님을 찾고 나서 수소문하여 두 남매를 만날 수 있었다. 이모에게 호적도 살리고 주민등록증도 만들어 드렸더니 그렇게 좋아하실 수가 없었다.

어머님은 노원구 상계동에서 돌아가셨는데 이모님을 찾은 건 어머님이 돌아가시고 한참 지나 노원구 하계동에서다. 어머님은 계속해서 성북동에서 사시다가 이모님이 살고 계시던 노원구 쪽으로 가까이 오셔서 돌아가셨으니 우연이라고 말할 수 없는 그 무슨 연이 존재하는 듯하다. 살아생전에 동생들을 보고 싶다며 가끔 '찔레꽃' 노래를 부르시곤 하셨다. 어머님이 돌아가시고 지척인 곳에서 이모님을 찾았으니 돌아가시기 전에 얼굴이나 보았으면 얼마나 좋았을까 하는 생각이 늘 한구석에 자리 잡게 되었다. 그리고 남동생도 중간에 소식이 끊겨 매일 한탄만 하다 돌아가셨다.

사실 위의 시는 어머님이 돌아가시고 이모님을 찾기 이전에 쓴 시이다. 찔레꽃 꽃말을 알고 쓴 시는 아니다. 우연히 찔레꽃 꽃말을 찾아보니 유래가 우리 어머니 자매와 닮아 놀랐다. 중랑천을 걷다가 우연히 천변에 하얕게 핀 찔레꽃을 보고 돌아가신 어머니 생각이 나서 쓰게 되었는데 사물을 보고 느끼는 감정은 누구나 비슷한 것 같다.

찔레꽃의 꽃말의 유래는 이렇다. 고려가 원나라를 지배를 받을 때 처녀들을 공녀로 바쳤다. 병든 아버지와 두 딸인 달래와 찔레가 살고 있었는데, 관원들이 두 딸을 공물로 바치려 하다가 아버님의 병간호에 감동하여 언니인 달래만 데리고 갔다고 한다. 달래는 원나라로 가서 주인을 잘 만나 살게 되었다. 항상 고향의 병든 아버지와 찔레를 걱정하고 그리워하다가 주인의 허락을 받고 고려로 와서 아버지와 찔레를 찾았으나 이미 집은 폐허가 되어 있었고 아버지와 찔레는 저세상 사람이 되어 있더란다. 그리고 그 자리엔 하얀 찔레꽃이 피어났다는 슬프고 애달픈 전설이다. '순결하고 착한 마음씨의 하얀 꽃과 슬픔을 이기지 못한 빨간 열매, 그리고 가지 말라고 잡는 줄기에 난 가시'가 찔레꽃의 상징이다.

3
| 서귀포 동백 |

'서귀포 동백'이라 이름 붙여진 이 시는 봄기운이 무르익은 5월쯤에 제주도의 서귀포를 갔다 와서 쓴 시다. 우리가 방문했을 그때 동백꽃은 이미 져 있었다. 우리를 기다리지도 못하고 길 위의 진흙 속에 떨구어진 서귀포의 동백꽃잎. 내 기억 속에 그 동백꽃이 깊게 각인되어 있었던 것 같다. 안타까워 하다가 몇 개월이 지난 연후에 시상이 떠올라 짓게 되었다.

서귀포 동백

5월에 서귀포에 오거들랑
나 동백을 못 보았다고 하지 마소.
동백은 당신을 기다리지 못하고
이미 고개를 떨구었음을

짚은 잎새에 가려
나의 뒷모습을 보지 못하였어도
너무 서운해 하지 마소.

당신을 향한
나의 마음은 아직도
수련 꽃보다도 크고 진하거늘

비록 나의 고개가
서귀포 칠십 리 길 진흙탕 속 위에 떨구어져 있어도
투우를 유혹하는 투우사의 붉은 천처럼
당신을 유혹하기에 부족함이 없는 순결한 꽃임을.

5월의 서귀포는 동백이 지천이다. 동백꽃은 생명을 다하고 떨어질 때
한 잎 한 잎 지지는 않는다. 한 송이가 통째로 떨어진다. 서귀포는 봄비가
와서 그런지 빗물이 고인 길은 질척여 사람의 발걸음을 더디게 하고 있었
다. 그 길가 옆으로 소담스럽고 진하게 핀 동백꽃, 아직 피어나는 꽃송이
도 있었고 이미 진흙 속에 떨어져 뒹굴고 있는 꽃송이도 있었다. 그 진한

빨간 꽃잎은 이별을 한 여인의 다문 입술처럼 아름답고 처량하여 나의 마음을 몇 개월 동안 붙잡고 있을 정도로 강인하였다.

4
| 베란다 텃밭일기 |

삭막한 아파트에 살다보면 베란다에 상자 텃밭에 채소 등을 기르고 싶어지는 것은 아파트에 살고 있는 사람이라면 누구나 한 번쯤은 생각하게 된다.

요즘에는 도시농업이라 해서 자치단체에서 많이 장려하고 보급하고 있기는 하지만 아파트에 살고 있는 세대들은 이 텃밭을 기르는 장소를 마련하기가 녹록 지 않다. 이미 아파트 베란다에 텃밭을 조성하여 놓았다면 그나마 쉽고 시도해 볼 수 있지만 그렇지 않은 아파트는 스티로폼 박스라던가 화분들을 활용하여 할 수밖에 없는 형편이다. 나도 몇 해 전부터 아파트 베란다에 텃밭을 마련하여 텃밭농업을 시작했다. 다행이 아파트 베란다 창문 쪽으로 텃밭을 이용할 수 있게 빈 공지가 마련되어 있어 쉽게 시작할 수 있었다. 고추, 케일, 상추, 완두콩, 치커리, 허브 등을 심었다. 그때의 텃밭일기의 일부분을 소개한다.

2012년 5월 4일

예전에 베란다 텃밭에 채소 씨앗을 뿌린 적이 있는데요. 글쎄 바늘처럼 송송 나다가 전부 전멸했어요. 물을 매일 줘 봐도 안 되고 별짓을 다 해 봤는데 죽어버리더라고요. 난 농부 될 팔자가 아닌가 하고 있는데, 금년 도에 갑자기 채소를 심어보고 싶더라고요. 빈 공간에 어떻게 흙을 채울지 며칠 동안 고민했어요. 그러던 중 관리사무소 경비 아저씨에게 흙을 어떻 게 구할 수 있는지를 물었죠. 간단히 알려주시더라고요. 주민들이 이사하 면서 아파트 화단 옆 공지에 버린 화분의 흙들이 많이 있으니 이용하라고 요. 이렇게 해서 흙은 간단히 구했습니다. 주민들이 버린 많은 화분에는 덤으로 적당히 퇴비의 흙들이 섞여 있어 좋았습니다. 베란다 텃밭에 흙을 채우고 농작물들을 심어 놓으니 그럴듯해 보였습니다. 오이는 뒤쪽으로 심고 앞쪽으로는 고추와 상추를, 빈 양옆 쪽 공간으로는 4월 26일 완두콩 씨와 허브 씨를 뿌려 봤습니다. 날지 안 날지는 저도 모릅니다. 아침저녁 으로 물을 열심히 주고 있습니다. 총 모종 비용은 만 원도 채 안 들어갔 습니다. 아참, 완두콩과 허브는 꽃집에서 씨를 구해 그냥 뿌렸습니다. 언 제 완두콩과 허브의 씨앗이 발아할지 궁금합니다. 완두콩은 물에 8시간 불려 심으면 쉽게 싹이 난다고 하던데요. 저는 그것도 모르고 그냥 씨를 뿌렸습니다. 기다려 봐야지요.

2012년 5월 7일

지난 4월 말, 우리 집 베란다에 채소 모종을 내면서 베란다 양쪽에는 완두콩과 허브의 뿌린 씨앗이 1주일도 안 되어 완두콩 잎이 먼저 살며시 올라왔네요. 제가 태어나서 처음으로 제대로 생명을 잉태시킨 것이지요. 믿음을 저버리지 않는 어린 새순에게서 생명에 대한 경외심을 느꼈습니다. 신기하잖아요. 물만 간간이 주었을 뿐인데 완두콩은 제 할 일을 하듯 싹을 틔워 주었습니다. 하늘을 향해 고사리 같은 팔을 벌린 완두콩, 5월 중순이면 그 모습이 완연해지겠지요. 그 경외심에 한 편의 '내 안 베란다 속의 완두콩' 시심詩心도 올라왔습니다.

4월 말 어느 날
내 안에 완두콩을 심었습니다.
파랗고 쭈글쭈글한 완두콩 씨앗들
한 평도 안 되는 내 안의 베란다에….

5월 초순 찜통 같은 그 날
아침잠에서 깨어 베란다에 가보니
어린 씨앗이 바늘 같은 새잎의 생명을 잉태했네요.
난 배부른지도 몰랐는데
여리디 여린 씨앗은
세상의 잠에서 부스스 깨어났습니다.

누구에게 투정도 없이
아무런 질시도 없이
혼자서 힘차게 발걸음을 버디뎠네요.

5월의 완두콩 줄기 손
휑하던 우리 집 베란다에
하늘 향해 고불고불 팔을 벌려 손 뻗을 자세를 하고 있어요.

2012년 5월 27일

주말농장에서 구입해 모종한 상추는 또 실패해서 다시 꽃집에서 꽃상추로 구입해 심었습니다. 지난번에 심은 상추는 꽃상추가 아닌 것 같았습니다. 잎이 빨간 상추 그게 꽃상추입니다. 그리고 꼬불꼬불 올라오며 제법 모양을 잡아가던 완두콩도 허브 새싹도 어느 정도 자라더니 시름시름 죽어버렸습니다. 무슨 잘못이 있었던 거겠지요. 모두 제 탓인 것만 같아 실망했습니다. 실망감에 어떤 환경에도 잘 자란다는 케일 모종으로 교체해서 심었습니다.

이렇게 텃밭일기는 5월 27일로 끝나 있습니다.

약 한 달여간의 베란다 텃밭농사는 실패로 끝났습니다. 완두콩은 꼬불꼬불 나오다가 어느 시점이 되니 시름시름 시들어 버리고 바늘처럼 송송 올라왔던 허브 새싹도 시들어 버렸습니다. 텃밭농사는 실패의 연속이었습니다. 오직 살아남은 채소는 케일뿐입니다. 이 케일은 그해 겨울까지 살아남아 가끔 식탁에 올라오곤 했습니다. 아내는 쌉싸름한 맛에 반했는지 입맛이 없을 때 몇 잎씩 따서 맨밥에 싸먹기도 했습니다.

그러던 어느 날 16층 아파트 텃밭 베란다 벽에 달팽이가 꼭 달라붙어 있지 뭐예요. 신기하게도 손톱만 한 달팽이가 텃밭에 들어와 기어가고 있었습니다. 어떻게 이 달팽이가 왔을까. 하늘에서 날아 왔을까? 아니면 마트에서 사온 채소에서 붙어왔을까? 온갖 추측을 해도 해답을 얻을 수 없었습니다.

달팽이의 꿈

달팽이는 자신을 느림보라고 생각하지 않는다.

달팽이는 세상을 꿈꾼 지 오래다.

배추밭의 배추 잎 위에 거처를 정한 달팽이

한 뼘을 갔지만

그는 이미 세상의 끝에 서 있고 세상을 다 알고 있다.

달팽이는 의심을 품지 않는다.

한 번도 가지 않는 길을 가지만

그는 그 길을 믿은 지 오래다.

막 세상에 태어난 어린 달팽이

폭풍이 대지를 넘고

비바람이 호박잎을 세차게 때리던 날

창공을 날아 편서풍을 타고

장대하고, 신비로운 파란 지구의 모습을 이미 가슴에 담고 와서

여기 배추밭 한 모롱이에 착륙해 한 뼘을 기어간다.

사람들은 달팽이의 느린 발걸음에 비웃음 짓지만

이미 달팽이는 세상을 꿈꾼 지 오래다.

양 눈의 더듬이는

눈을 감았지만

벌써 세상의 소식을 다 듣고

억겁 년 전 떠난 밤하늘의 먼 별빛을 바라보고 있다.

한번 쭉 뻗는 긴 발자국은

태양이 서산에 걸쳐도
거두지를 못하지만
그의 꿈은 세상을 넘어
억겁 년 전 떠난 밤하늘의 먼 별빛을 재고 있다.

사실 '달팽이의 꿈'이란 시는 오래전에 써 놓았던 시다. 위 텃밭일기의 배경이 되었던 베란다에 어느 날 불현듯 나타났던 달팽이를 주제로 쓴 시가 아니다. 유년기에 보았던, 시골의 배추밭으로 떨어지는 비가 그친 후 배추 잎사귀 위를 기어가고 있는 신비로운 달팽이가 배경이 되었다. 그 세찬 빗방울을 이겨내고 살아남은 달팽이가 주제의 중심에 있는 것이다. 어릴 적에 뛰어놀던 자연의 정취는 항상 마음속의 정원이 되어 나를 이끄는 정신적 원천이 되고 시나 산문의 배경이 되기도 한다.

사실 달팽이를 우리들은 하찮은 생물로만 여긴다. 이런 생각은 인간의 오만에서 오는 무지의 소산인지도 모른다. 이 달팽이는 느릿느릿 걸어가지만 우리 인간이 인간의 잣대로 느리다고 탓할 수는 없다. 눈을 대신하는 달팽이의 더듬이는 아무것도 찾아낼 것 같지 않지만 자신이 살아가는 반경 안에서는 모든 사물을 파악하고 있을 것이다. 그리고 귀는 존재하지 않지만 사물의 모든 소리를 들을 수 있고, 자연의 깊은 소리를 사람보다 더 세밀하게 알아차릴 수 있을지도 모른다. 하찮은 미물이라고 하는 두꺼비, 개미, 물고기들의 생물들이 지진이나 태풍 그리고 비바람을 사전에 감지하여 집을 옮기거나 산으로 이동을 하듯 달팽이도 느릿느릿 주변 사물을 더듬어 나가면서 자신만의 방법으로 길을 찾아가는 것이다. 모든 자연이 그러하듯 말이다. 달팽이도 자연의 일부분으로서 자신이 처한 환경에서 최선의 삶을 살아가고 있는 것이다.

불행하게도 아파트 베란다 벽에 붙어 있던 손톱만 한 달팽이는 기르고 있던 채소 쪽으로 옮겨 주었지만 결국 죽고 말았다. 나중에 보니 달팽이는 껍질만 남은 채 속은 비어 죽어 있었다. 한동안 죄책감이라고는 할 수 없지만 알 수 없는 감정이 나를 사로잡았다.

5
| 숙선옹주길에 수수꽃다리 |

서울의 중랑구 묵동에 가면 해성장로교회 언덕 바로 위 숙선옹주길이라는 길이 있다. 새 주소 길로 붙여진 길 이름이다. 내가 예전에 그쪽 근방에서 한동안 근무를 한 적이 있는데, 점심을 먹으러 가다 보면 인도 한복판에는 사람 키만 하고 팔뚝만 한 굵기의 수수꽃다리가 우리를 가로막곤 했다.

그 꽃향기를 안 맡으려야 안 맡을 수가 없게 사람 한두 명이 지나갈 정도의 길 구조를 가지고 있어서 우리는 그 길을 갈 때 옆으로 그 꽃과 입맞춤을 하고 다녀야만 했다. 그 수수꽃다리꽃은 그 길을 지나다닐 때면 우리를 유혹하듯 말을 걸어오곤 했다. 자주색 꽃이 피는 봄이면 그 꽃의 향기가 우리 몸에 배일 정도로 향기로웠다.

숙선옹주길 새주소 이름과 잘 어울리는 수수꽃다리, 사료에 찾아보면 숙선옹주는 동명이인으로 2명의 옹주가 있다. 조선왕조실록에는 태종의 후궁인 선빈 안 씨가 있고 또 다른 기록에 보면 정조와 수빈 박씨의 소생인 딸 숙선옹주가 있는데, 이 곳 새주소 길의 명칭은 이 두 분의 숙선옹주를 가리키는 것은 아닌 듯하다. 향토 사학 자료를 찾아보면 이 묵동 봉화산 자락에 있는 숙선옹주 묘는 태종의 후궁 선빈 안씨의 묘로 밝혀져 있다.

이 묘는 숙선옹주길에서 봉화산과 연결된 가까운 산 위에 있는데 묘비명이나 묘지석, 석등을 보면, 가히 500년은 된 듯 비바람에 모질게 마모되어 잘 보이지 않아 오래되고 유서 깊은 묘임을 짐작케 한다.

숙선옹주길의 수수꽃다리 〈1〉

도심 속 골목길 옆에 수수꽃다리
활짝 피어 오가는 사람들을 유혹하지요.
진한 자주색 꽃으로 우리를 유혹하지요.
미스 김이 유혹하듯이
이 수수꽃다리는 우리의 마음을 훔치고 있습지요.

가는 길을 가로막고
당신을 유혹하는데 그 품에 안기여 보지 않으시렵니까?

수수꽃다리는 라는 꽃명은 순수 우리말이고, 미국 꽃명은 미스김 라일락이다. 이름이 좀 이상하다. 미스김 라일락, 다 사연이 있다. 라일락 꽃은 원래 세계 여러 나라에 분포해 있다고 한다. 우리나라에서는 수수꽃다리라고 하여 우리나라의 별도의 고유 품종이 있다.

미군이 한국의 군정기인 1947년에 미국군정청 소속 식물 채집가 엘윈 M. 미더(Elwin M. Meader)가 북한산 국립공원의 도봉산 백운대에 자라고 있는 라일락의 일종인 꼬마 라일락 즉, 한국명 털개화 나무를 채취하여 자신이 근무하던 사무실 앞 정원에 옮겨 심었는데, 그때 사무실에 근무하던 키 작은 한국인 아가씨 타이피스트의 성씨를 붙여 미스김 라일락이라고 이름 붙였다. 그 후 미국으로 돌아갈 때 씨를 가지고 가서 미국 화훼 전문 업체에 개량하여 전 세계에 보급했는데 이 개량된 미스김 라일락은 시장에서 큰 인기를 끌고 나중에는 우리나라에 역수입되었다고 한다. 이제는 우리 주변에 흔히 보이지만 이 꽃은 역수입된 라일락 꽃이다. 어찌 보면 이 숙선옹주길에 있는 꽃은 우리나라 순수한 꽃인 수수꽃다리가 아니고 미국의 꽃인 미스김 라일락이다.

숙선옹주길에 수수꽃다리 〈2〉

숙선옹주길에 당신을 기다리듯
다소곳한 수수꽃다리.
그런데 난 너무 가련해 옆집 누나인 줄 알았지 뭐예요.
먼 나라 아메리카에 머물다가 온 미스 김의 향기가 묻어나지만
언제나 그곳에서 다소곳이 피고 지는 우리 꽃 수수꽃다리.

용케도 도심 길 한가운데에 홀로 남아
숙선옹주길에서 오늘도 우릴 유혹합니다.

우리 주택가 담장 주변에는 흰색, 붉은색, 연보라 라일락 꽃이 피지만 가장 많이 보이는 연보라 라일락 꽃은 '첫사랑의 꽃'으로 불리기도 한다. 첫사랑을 안 해 본 사람을 아마도 없을 것이다. 사랑에는 한쪽에서 일방적으로 하는 짝사랑이 있다. 영어로는 'One - sided love'라고 하여 학창 시절에 공부하면서 익혔던 영단어 중, 지금까지 오랫동안 기억 속에 남아

있는 단어이기도 하다. 물론 짝사랑이 잘되어 결혼까지 한 경우도 있지만 짝사랑은 잘 이루어지지 않는 다는 것이 상식처럼 알려져 있기도 하다.

우리가 흔히 말하는 사랑이라는 단어는 양면적인 사랑이다. 서로 상대가 있는 사랑이다. 반면에 첫사랑은 대부분 일방적인 짝사랑이 대부분일 것이다. 유치원 시절이나 초등학교 시절에 같은 반 학생을 몰래 짝사랑하기도 하고, 여고생들은 흔히 총각 선생님을 짝사랑하기도 하고, 남고생들은 갓 학교에 부임한 여선생님을 사모하기도 한다. 결코 이루어질 수 없는 사랑이다. 이렇듯 첫사랑은 잘 이루어지지 않아서 가까이 있기보다는 멀리 있는 사랑이다. 라일락은 첫사랑처럼 순결하고 풋풋한 꽃이다.

이 수수꽃다리는 나라마다 이름을 다르게 가지고 있는데, 영어권에서는 '라일락', 중국에서는 '정향나무', 프랑스에서는 '리라'라고 한다. 나이 지긋한 어르신들이 잘 부르는 '베사메무쵸' 라는 노래가 있다. 여기에 나오는 노랫말 중 '리라꽃'이 바로 이 꽃이라고 한다.

이 노래에 나오는 가사의 앞 구절 'Besame, Besame mucho, Como si fuera esta la noche, La ultima vez'을 번안하면 '나에게 키스 해 줘요, 마치 오늘 저녁이 마지막인 것처럼'이라는 뜻으로 매우 격정적인 노래가사이다. 나는 사실 이 베사메무쵸의 노랫말을 한글로 번역해 놓은 것을 보고 적잖게 놀랐다. 수수꽃다리를 보며 느끼고 있던 감정하고 별반 다르지 않은 가사였기 때문이다. 사람의 감정이란 바다 건너 있어도 피부 색깔이 달라도 다 비슷한 듯하다.

6
| 월곡동 사람들과 오동梧桐의 꿈 |

서울에 월곡동이라는 마을이 있다. 월곡동은 한자어로 月谷洞이다. 이 지명의 유래는 두 가지가 있는데, 하나는 산 지형이 반달처럼 생겨 반달이 뜨는 계곡이라고 이름 붙여졌다는 설이다. 그리고 다른 하나는 조선 후기 미아 삼거리에 신근솔이라는 솔밭이 많이 있었다. 당시 이곳은 풍치가 수려하여 주막이 밀집해 있었고, 지방에서 소를 몰고 서울로 들어오는 사람들이 숙박을 하고 장위동 노병 도살장에서 소를 매도한 다음 돌아갔는데 소 장사들이 달밤에 도착하여 잔월殘月 아침에 흥정했다 하여 월곡이라는 지명이 생겼다는 설이다. 이것은 기록에 남아 있다고 한다. 어찌하였든 지명의 유래가 참 아름답다.

그러나 이 아름다운 이름과는 달리 월곡동에 살던 사람들은 많은 고통과 아픔을 겪었다. 재개발지역으로 지정되는 바람에 몇십 년 동안이나 집 수리도 제대로 못 하고 거의 무너져 내리는 판잣집에서 궁상맞게 살 수밖에 없었던 것이다. 이 동네 주민들 대부분은 농촌에서 농사짓던 분들이었다. 농사를 지으며 살기가 힘들어 서울로 올라와 이 산허리에 무단으로 토담집을 짓고 정착한 것이다. 공지만 있으면 먼저 본 사람들이 산을 깎고 돌을 캐내어 부지를 정리하고 알토란같은 집을 지은 것이다. 이렇게 자기 땅이 아닌 시유지나 국유지에 집을 짓다 보니 자연히 무허가 건물이 되어 1년에 몇십 만 원씩 변상금을 내며 살았다. 그래도 한 가족이 몸을 누일만한 곳을 찾았다는 것만으로도 다행이라 생각했다. 이렇게 여기저기 타지에서 모여든 사람들이 머리를 맞대고 몸을 부대끼며 살던 곳이 월곡동 산동네다.

이 구릉지에 언덕으로 이루어진 달동네는 인생의 곡절만큼이나 꼬불꼬불한 골목길이 이어져 있어 오르내릴 때면 그 재미가 쏠쏠하다. 바로 아래 집 처마 밑으로 실뱀처럼 꼬불꼬불 이어진 길에서 보면 이 집 저 집의 살림이 담 너머로 다 보이는지라 오늘은 어떤 집의 빨래가 널려있는지 어떤 집이 밥을 짓는지 모두 알 수 있었다. 대부분의 사람들이 그들 옆집 살림을 다 꿰뚫고 있었다. 그 집 장남이 무슨 일을 하는지, 그 집 딸내미가 무슨 일을 하는지, 그리고 그 집의 부엌에 숟가락이 몇 개가 있는지, 젓가락이 짝짝인지 아닌 지까지 알고 있을 정도로 인정이 넘쳐나는 곳이었다. 집들이 다닥다닥 붙어 있어 화재에는 취약하였으나 그들의 인심만큼은 서울의 어느 동네 못지않았다.

서울 전역으로 재개발, 재건축 붐이 일었을 때 이곳도 비켜 갈 수는 없었다. 일부 토지주인들과 무허가 건물의 집주인들이 이 기회를 놓칠 리가 없었다. 그들은 재개발이 되면 속칭 '딱지'라 불리는 아파트 입주권도 받을 수 있고, 차익을 남기고 양도하면 돈을 벌수도 있었기 때문에 당연히 반기며 맞이했다. 그러나 광풍같이 불어 닥친 재개발이 세 들어 살고 있는 사람들의 반대에 부딪힌 것이다. 세입자들은 그나마 이 보금자리를 잃으면 갈 곳이 없어 길거리로 쫓겨날 판이니 가만히 있을 수 없었던 것이다. 자식들 뒷바라지하고 목구멍에 풀칠하느라 그동안 모아 놓은 돈도 없으니 이곳에서 쫓겨나면 그야말로 노숙자 신세였다.

한동안 재개발에 반대하는 주민들과 경찰 사이에 대치가 계속되었다. 온 동네에 최루탄 가스 냄새가 진동을 했고, 길바닥에는 재개발로 인해 헐어낸 벽돌의 잔해들이 널브러져 있곤 했다. 그야말로 총칼만 안 들었지 전쟁터가 따로 없었다. 허구한 날 경찰들의 마이크 소리가 징징거렸고, 연신 재개발에 반대하는 주민들의 악쓰는 소리가 온 동네에 울렸다. 어느 아주머니가 분신자살을 했다는 소문이 꼬리에 꼬리를 물고 퍼져나갔다. 그들의 터전이 불도저에 부서져 나가고 스티로폼 텃밭에서 자라고 있던 채소며 예쁜 꽃들도 깨어진 채 이리저리 나뒹굴었다. 난장판도 이런 난장 판이 없었다.

그런 와중에도 아이들은 아무것도 모른 채 놀기에 바빴고, 부서져 나가 는 재개발 지역이 그들의 또 다른 놀이터 역할을 했다. 원주민은 90% 쫓 겨나게 되어 있는 것이 재개발 사업이다. 연일 계속되던 시위는 나중에 세 입자들을 위한 아파트가 별도로 주어지기로 결론이 나면서 일단락되었 다. 그러나 몇 년에 걸쳐 아파트가 다 지어지고 세입자를 위한 별도의 임 대아파트까지 지어지고 나서 문제는 또 다시 불거졌다. 일반 분양을 받고 들어온 타 지역 아파트 입주민들이 임대아파트에 입주해서 살고 있는 원 주민들을 상대로 민원을 낸 것이었다. 그들과 자신들이 드나드는 아파트 정문을 따로 분리시켜 달라는 것이다. 그리하여 이들은 같은 아파트에 살 지만 다른 지붕을 이고 사는 처지가 되었다. 한마디로 원주민이 장기판의 졸로 변해버린 것이다. 대한민국 어디에나 일어나는 가진 자들의 횡포라 고는 하지만, 오랫동안 원주민들이 투석전을 마다하지 않고 얻어진 결과 는 처참하였다. 아래 시들은 그 시절에 쓴 것이다.

월곡동 사람들 〈1〉

여기 저기 갈라지고 터진
무허가 건물 새 둥지에
월곡동 사람들이 살고 있다.

삶의 무게에 못 이겨 갈라진 건물들은

곧 무너질 듯 휘청거리며 비틀거리고 있다.

50, 60년대부터 들어와 살기 시작한 월곡동 사람들은
삶의 터전인 농토를 내놓듯이
이제 속고 속은 재개발 사업으로
이 터전을 또 내놓아야 한다.

기약 없는 희망은 이들을 농락하며 비껴가고
병든 심신만이 이들을 붙잡아두고 있다.

월곡동 사람들은
오늘도 병들고 지친 심신을 이끌고
악의 꽃을 잉태하듯
거친 숨소리를 고르며 월곡동 언덕을 오른다.

월곡동 사람들 〈2〉

비가 내릴라치면
월곡동 사람은 몸이 쑤신다.
소진해 버린 온 몸이 날씨 예보를 한다.
온 동네가 들쑤셔지고
온 동네가 발광의 채비를 차린다.
고래고래 확성기를 틀어놓아
온 동네가 떠나갈 듯 달구어진다.

재개발구역 사람들의 악을 쓰는 노래 구호가
연신 월곡동 하늘을 울리고
경찰과 투석전을 감행한 거리는
돌멩이들로 가득 흩어져 어지럽다.

헛소문은 꼬리에 꼬리를 물고
확성기처럼 퍼져나간다.
"한 아주머니가 분신자살을 했다."
소문은 바람결에 월곡동 산 너머에까지 퍼져 나간다.

월곡동에 비가 내린다.
쑤신 몸을 가누지 못하는 월곡동은
이 가느다란 보슬비에 비틀거린다.

오늘도 철없는 아이들은 투석으로 가득한 거리에서
롤러코스트를 타며 곡예하듯 내달리고
차량들은 이 거리를 떨껑거리며
바삐 길을 서두른다.

월곡동에 피는 꽃 〈3〉

월곡동의 꽃은
한 뼘의 스티로폼 상자 안에 피어난다.
자동차들이 빽빽이 주차된 길가 한 뼘의 스티로폼 상자 안에

꽃은 구겨져 피어나고 있다.
한 뼘의 흙에서 세월의 꽃을 피워내고 있다.

빨간 고추를 널어놓은 골목길을 따라
취로 사업을 마친 할머니는 지팡이에 몸을 의지하고
훠어이, 훠어이
처마 이마가 맞닿은 좁은 길을 쉬엄쉬엄 넘어간다.

월곡동 사람들은 한 뼘의 상자 안에 꽃을 심는다.
자신들의 꿈을 심는다.
매양 피어난 꽃들은
되약별 아래서
지친 월곡동 사람들의 하루를 기다린다.

　　재개발 이전의 월곡동 달동네에는 아카시아 나무가 넓게 심어져 있어
5, 6월이 되면 꽃을 피워 그 향기가 온 동네에 퍼져 나가곤 했다. 아카시
아 향기가 달동네에 진동하면 동네 사람들은 하나 둘 산꼭대기 공터로
몰려들곤 했다. 오고가는 동네 사람들이 마을버스를 타고 내리고 하는
그곳에는 그들의 희망이 있었고, 그들의 생활이 물 흐르듯이 흐르던 곳이
다. 사랑스러운 자녀들이 희망을 이어가던 산동네 달동네였다.

아카시아

바람이 불자
온 6월 푸르른 달동네 공원에
흰 눈이 내린다.

자신의 체취를
듬뿍 담은
아가씨는
바람이 불면
그녀의 머리카락을 휘날리며
푸르른 공원에
흰 눈을 뿌리고 있다.

모녀母女는
검은 머리에
흰 눈을 맞으며
공원을 걷고 있다.

그녀는 싱그러운
눈의 향기를 오가는 사람들에게
한줌씩 나눠 주고
그녀의 흰 눈을 맞으려고
월곡동 산동네 사람들이
하나 둘
모여든다.

서울 월곡동 재개발 지역 안에 오동나무가 자라고 있었다. 재개발 지역이라 누구 하나 관리하는 사람 없이 달동네에 혼자서 외롭게 자라고 있던 오동나무였다. 여기저기 돌무더기와 쓰레기만 높게 쌓여 가는 외진 곳에 있는 몇 그루의 오동나무였지만, 이 삭막한 재개발 지역에서 그나마 매년 꽃을 피워 행인들에게 안식을 주곤 했다. 어렵게 사는 달동네 사람들을 미소 짓게 하고, 힘겹게 골목길을 오르는 사람들에게 잠시 쉬어갈 수 있는 공간을 마련해주던 오동나무였다. 지금은 재개발되어 그때의 달동네 정취를 찾아볼 수 없듯이 오동나무도 찾아볼 수 없게 되었다.

오동 〈1〉

오동의 꿈을 보았나요?
파리한 잎새 한 잎으로 이 세상을 가릴 수 있고
듬직한 모습으로 이 지구를 지탱할 것 같은 오동을 당신은 보았나요?

고동을 울리며 거문고의 음률에 춤추고
수천 년 전 약속을 기다리는 오동의 기다림을 본 적이 있나요?

항상 당신 생각에
당신의 모습을 그리워하고 사모하는
그런 오동을 당신은 어디에서 뵌 적이 없나요?

오늘 당신은 봉황을 기다리는 오동의 그늘 아래에서 한시름 잊어버리시고
오동 한 잎을 벗 삼아 당신의 시름을 달래보시지 않으시겠습니까?

오동 〈2〉

월곡동 뒤꼍 모롱이에 오동은 서 있습니다.
버려진 잡초더미에 천년의 꿈은 잊혀 가고 있습니다.
몸은 잡석에 파묻혀 시름하고 있고
그의 손은 세상의 그늘을 가리기에 너무나 작습니다.

사람들은 스쳐 지나가고
그 옛날 머물던 바람도 제 존재를 기억하지 못하듯
한 잎 한 잎 오동은 떨어집니다.

우리 선조들은 딸아이가 태어나면 오동나무를 심었다. 나중에 딸이 시집을 갈 적에 그 오동나무로 장을 만들어 혼사 때 함께 보내기 위하여 오동을 심었다고 한다. 오동나무에 스치는 바람 소리를 들어본 적이 있는가? 오동나무만큼 봄과 가을을 느끼기에 좋은 나무도 없다. 봄이면 커다란 오동나무 꽃잎의 수술은 처녀의 자색 귀걸이처럼 주렁주렁 열려 아름답기 그지없으며, 잎이 넓어 바람이 머물기에 좋아 가을을 알리는 데 오동나무만큼 그 역할을 다하는 것도 드물다. 특히 꽃은 높게 멀찍이 있어서 그 자태를 뽐내지 않는 수수한 모습이 좋다.

사실 오동과 벽오동은 나무껍질 색깔이 다르다. 벽오동은 나무껍질이 푸른빛을 띤다고 해서 벽碧, 즉 푸를 벽을 쓴다. '벽안의 소녀'라고 하면 푸른 눈의 서양 소녀라고 하지만 여기서 이 벽은 푸른 미래를 뜻하기도 한다. 오동과 벽오동은 심는 목적도 다르다고 한다. 오동은 위에서 이야기했듯이 딸을 시집보내기 위한 것이라면, 벽오동은 '벽오동 심은 뜻은'이라는 노랫말에서 알 수 있듯이 봉황이 깃들기만을 기다리기 위해 심은 것이라고 한다. 그래서 선비들이나 문인들의 정원에 많이 심었다. 옛날 선조들은 벽오동을 미래 희망의 상징으로 여겼던 것 같다. 오동은 딸아이가 시집가는 먼 미래를 위하여, 벽오동은 태평성대를 기원하기 위해 봉황이 날아오기를 기다리는 마음으로 심었던 것이다. 그리고 오동나무는 같이 늙어간다고 한다. 당나라 시인 맹교가 쓴 열녀조烈女操라는 오언절구의 시에는 "오동나무는 같이 늙어가고 원앙새는 두 마리가 죽음도 함께한다."라는 구절이 있다. 요즘은 이런 깊고 깊은 사랑과 희망의 상징이 사라져 가는 것 같아 아쉽다.

깊은 가을에 한 잎 한 잎 떨어지는 오동은 우리네 마음 같기도 하다. 오동나무는 속이 비어 있다. 그래서 우리 동양의 비움의 미학에 잘 어울리는 나무이다. 오동나무는 가벼워서 장롱뿐만 아니라 다른 가구를 만드는 데도 좋은 재료이다. 그 울림이 청아하고 아름다워 거문고, 가야금, 장구를 만드는 유용한 재료로 쓰인다. 오동나무는 서양의 메타세쿼이아처럼 큰 덩치나 주변을 억누르지 않고, 더벅머리를 쓴 순진한 총각처럼 사람들에게 행복감과 포근함을 주는 매력 있는 나무이다.

위 시를 쓸 당시에 나 자신도 오동과 벽오동을 잘 구별하지 못했다. 나중에 오동과 벽오동의 차이를 알고서 시를 수정할까도 했으나 당시의 의미가 흐트러질까 봐 원작 그대로 놔두기로 했다. 시라는 것은 확실하게 알고 쓰는 것도 중요하지만, 시의 의미와 당시 시흥을 위하여 약간의 오류라면 그냥 두는 것도 괜찮다고 생각하기 때문이다. 시도 붓글씨나 그림처럼 덧칠을 하거나 다시 그리면 본래의 의미가 퇴색되기에 처음의 모습이 좋을 때가 있다. 사람도 그렇지 않을까? 일부 동네 주택가에 심심찮게 보이던 오동나무들을 요즘엔 볼 수 없게 되었다. 오동나무는 점차 우리 주변에서 사라져 가고 있다. 아쉬움과 섭섭한 마음이 든다. 그 시절 월곡동 사람들은 지금 어디에서 무엇을 하며 살아가고 있을까? 순박하고 정다웠던 월곡동 사람들, 아마 오동의 푸른 꿈을 간직한 채 어딘가에서 열심히 살아가고 있지 않을까?

7

| 생활의 발견 |

우리는 가장 가까운 곳에 무관심한 경향이 있다. 일상으로부터 오는 작은 즐거움을 즐겨야 하는데 무감각하게 하루하루를 넘기기에 바쁘다. 매일매일 반복적으로 이루어지는 일상의 지루함에 익숙해지다 보면 우리의 감각은 퇴화되어 새로운 것에 대해 무감각하고 창조적이지 못하다.

9월 초입에서 중순을 접어 들어가는 어느 날 오후, 가을이 오는 문턱에 사무실에 있자니 사무실 뒤꼍의 빗물 홈통을 타고 떨어지는 빗방울 소리가 요란하다. 건물이 지어진 지 30여 년이 훌쩍 넘은 건물이라 빗소리는 3층 지붕의 부실한 홈통을 타고 떨어지면서 소리를 내기도 하고, 일부는 중간에 홈통이 사라져 콘크리트 바닥으로 떨어지면서 소리를 내기도 한다. 오늘처럼 늦은 가을장마가 들기라도 하면 바닥으로 떨어지는 소리가 여름장마 못지않게 요란하다. 비는 하루 종일 내린다.

사무실 뒷담은 바로 초등학교와 연결되어 있는데 가끔은 아침에 초등학생들이 부르는 애국가가 라디오에서 나오는 소리처럼 조용조용 창문을 통해 들려오기도 하고, 가끔은 학교 운동장에서 학급 아이들이 운동을 하는지 목소리를 맞추어 부르는 구령 소리도 들리기도 한다. 특히나 방과 후 아이들이 공이라도 차는 날이면 창문을 통해 들리는 아이들의 말소리가 시끌벅적하다. 그리고 이내 축구공이 담장을 넘어 사무실로 넘어오기라도 하면 이 녀석들 월담을 하여 공을 찾아가는 경우가 있어 사무실 직원들을 긴장시키기도 한다.

창밖에 가을비 오는 소리가 요란하다.

처마 끝에서 떨어지는 소리가 소 오줌 누는 소리처럼 요란하게 내 귀를 때린다.

엊그제 더위에 지쳐 허덕이더니 벌써 내 몸은 추위에 떨 준비를 하고 있다.

백로의 절기가 엊그제 지나 기러기가 먼 하늘에 날아갈 텐데,

하늘 어디에도 기러기 날갯짓은 없고,

먼 산에서 까마귀가 울어대면 옛 친구가 생각난다지만

옛 친구는 꿈속에서나 나타날까, 그 먼 길을 가버렸다.

창밖에는 가을비가 그칠 줄 모르고 장맛비 되어 내린다.

찬비에 그 많던 쓰르라미 소리 들리지 않고

제비가 강남으로 날아갈 때지만 처마 밑 어디에도 제비는 없다.

예전에는 하늘로부터 쉽게 계절이 지나감을 알 수 있었던 때가 있었다. 우리의 기억 속에 존재하는 것 중에 요즘도 이 도심에서 관심을 가지고 보면 서산으로 넘어가는 붉은 노을을 아주 드물게 볼 수 있다. 달포 전쯤인가 퇴근을 하다가 무심히 북한산 쪽을 보았는데 북한산 너머로 넘어가는 붉은 노을에 감탄한 적이 있다. 단풍이 타는 듯한 붉은 노을이 서편 북한산과 도봉산 하늘 전체를 덮고 있었다. 처음에는 산불이 난 줄 알았는데 그게 아니었다. 어쩐지 횡재라도 한 기분이었다. 그 광경은 아마도 하늘을 볼 여유를 가지고 살아가는 사람에게만 선사하는 자연의 선물이 아닐까 생각한다. 마침 지인이 그 광경을 카메라에 담아 블로그에 올려놓았기에 블로그 속의 또 다른 붉은 노을을 보면서 동질감적인 묘한 상념에 잠기기도 했다.

도심 한가운데로 날아온 나비야
너의 집은 어디길래
꽃만 피면 날아와
너의 그 고운 날갯짓으로
사뿐사뿐 날아다니느냐.

경이롭게도 꽃이 피는 시기만 되면 어떻게 알았는지 나비들은 도심 한가운데의 텃밭에 날아와 사뿐사뿐 날갯짓을 하면서 꽃들 사이를 날아다닌다. 어디에서 어떻게 날아왔는지 모를 나비들은 그 가냘픈 날개로 꽃들을 수정해주고 또 어디론가 가버린다. 나비들이 거주할 만한 산으로부터 못 되어도 직선거리로 이삼십 리 길은 족히 될 터인데 나비들은 차량들이 분주한 거리와 빼꼭히 들어찬 주택가 한가운데 위치한 이 사무실 옆 텃밭을 신기하게도 해거리 없이 찾아온다. 벌들도 마찬가지지만 말이다.

금년 초에 사무실 옆 공지에 상자 텃밭을 조성했다. 텃밭이래야 사무실 옆 콘크리트로 뒤 덮여 있는 공지에 사각 상자 화분 10여 개와 버려진 볼품없는 화분 20여 개를 마련한 것이다. 기존의 화분의 흙들을 비우고 새롭게 계분과 흙을 잘 썩어 담아 햇볕이 잘 들어오는 곳에 일렬종대로 아이들 줄 세워놓듯이 세워놓고 채소들을 기르기 시작했다. 오래전 아파트 베란다에서 시도했던 실험들이 실패한 경험도 있고, 약간의 오기심도 발동해서 사무실 직원들과 힘을 합해 도시농업을 시작했다. 말이 도시농업이지 그냥 소일거리, 정신적인 위안거리라고 해야 하나, 어쨌거나 그렇다.

초여름에 접어드는 뒤늦은 5월 말쯤, 남양주 농원에서 팔리고 있을 만한 채소와 텃밭에 기를 수 있는 식물들을 사왔다. 상추도 종류가 그렇게 많은 줄은 그때 처음 알았다. 치마상추, 꽃상추, 적상추, 오크리상추 등 우리가 흔히 길러서 먹는 상추는 꽃상추임을 처음 알았다. 그리고 딸기, 가지, 방울토마토, 파프리카, 하늘고추, 여주, 옥수수, 청치커리, 케일, 오이, 마디호박, 적환무 등 나름대로 기를 만한 많은 채소들을 사다 심었다. 4, 5월 초에 심어야 되는데 어찌하다 보니 늦어버렸다. 동네 아이들에게 보여줄 단순 자연학습장 정도를 만들어 볼 작정이었는데, 늦게 심어서 그런지 자라는 모습이 영 시원찮았다.

옥수수는 대만 쭈뼛 올라가고 몇 개의 옥수수가 달리더니 영글지도 않고 시들시들해져가고, 방울토마토는 주렁주렁 열리기는 하는데 오고가는 사람들이 익은 것은 따먹었는지 내 눈에는 제대로 빨갛게 익어가는 것이 안 보였다. 그나마 잘되는 것은 고추로 그래도 직원들 점심식사 때 한줌씩 따서 먹기도 하니 그나마 소득이면 소득이었다. 재미있게 하늘을 향해 열리는 아이 손가락만한 하늘고추는 달린 모습이 신기해서 아주머니들의 인기를 독차지했는데 요즘에는 빨갛게 익어 모습이 보기 좋다. 딸기는 꽃잎만 몇 개 피더니 열매는 달리지 않았고, 가지는 아래로 축 처진 보라색 열매가 서너 개씩 탐스럽게 열려 보는 사람들을 즐겁게 했다.

더위가 미처 오기도 전에 오이, 마디호박, 여주는 사무실 앞 파이프로 연결된 아치로 옮겨 키웠는데 요즘에는 제법 줄기를 타고 올라가더니 오이 몇 개와 여주가 탐스럽게 열렸다. 붉게 익어가는 모습을 오고가는 사람들이 흐뭇하게 바라보곤 했는데 며칠 전에 제법 노랗게 익은 오이를 누가 따버려 서운한 마음 이루 헤아릴 수 없다.

요즘 소문이 났는지 동네 유치원 꼬맹이들이 찾아와 견학을 한다. 또한 직원들이 이 채소들에게 더 사랑을 주는 것 같다. 가끔은 조리에 물을 담아 주기도 하고 듬성듬성 난 풀도 뽑아주면서 사랑의 눈길을 주는 것 같은데 자세히 들여다보면 그들이 오히려 채소들에게서 사랑을 받는 느낌이 든다. 머리를 식힐 겸 담배를 피우러 나오기도 하고 혹은 지친 업무로 마음의 평정을 얻기 위하여 뒤켠으로 나오기도 하지만 텃밭이 생긴 이후로는 더 자주 나와서 채소들의 크는 모습을 들여다보기도 하고 오늘은 뭐가 열렸나 이리저리 보기도 하면서 은근히 즐기는 모습이 보기 좋다.

햇볕을 먹은 여주가 신기하게 열렸다.
여주는 은근히 자신을 자랑하듯 탐스러운 노란 몸매를 드러내놓고 있다.
어느 날 아침에 보니 허공에 매달려 있던 여주가 손을 탔나 보다.

비바람을 듬뿍 먹은 오이가 손가락만 하게 달렸다.
여리여리한 오이는 부쩍부쩍 크더니
어느 날 점심에 보니 식탁에 올랐다.

평생 농부가 지어준 식량으로 편히 먹고 자란 나는 새삼 농부들의 노고에 감사를 느끼면서 유기농으로 채소를 기른다는 것이 어렵다는 것을 깨달았다. 호사다마라고 해야 할까. 나비들은 꽃을 수정하여 열매를 열리게 해 주는 중요한 역할을 하지만 나비벌레는 채소들에게 벌레를 옮겨 놓아 케일이며 일부 채소 잎을 갉아먹어 버렸다. 아무리 손으로 잡아내도 어느새 벌레들이 깨어나 잎들을 갉아먹으니 손 쓸 틈이 없다. 유기농 채소를 기른다는 것이 말처럼 쉽지 않음을 아는 계기도 되었다.

장마가 거의 끝나가는 8월 중순쯤이 되니 상추는 장마에 녹아내려 거의 죽어버렸다. 장마 기간 중에 비닐을 씌워 살려보고자 했으나 키만 부쩍 크고 빼빼 마르더니 녹아내려서 그냥 뽑아버렸다. 8월 중순쯤에 백일배추를 심어야 하는데 9월 초순에 상추를 뽑아버린 사각 화분과 동그란 화분에 배추 모종을 냈다. 항상 한 발 늦은 시기에 모종을 하는 바람에 동네의 다른 텃밭 상자와 비교하면 그 커가는 모습이 시원찮다. 모든 일들은 시기가 있기 마련인데 우리는 이 시기를 모두 놓쳐버렸다. 어쩌면 인간하고 그렇게 똑같은지, 이 조그마한 텃밭에 채소를 기르면서도 세상일들을 함께 배웠다. 사람도 공부할 시기에 공부를 못 하여 다시 시작하려면 그 노고를 배나 들여야 하고 효과도 별로 없는데, 곡식들도 제때에 심고 잡초도 뽑아주어야 가을에 제대로 결실을 맺는다는 교훈을 얻은 것이다. 특히 농사를 짓는 농부들은 자식에게보다도 더한 사랑을 베풀어야 풍성한 농사의 결실을 얻을 수 있듯이 말이다.

살아 있는 식물끼리, 동물들끼리는 서로 교감을 갖는다. 그들은 나름의 소통과 교감으로 나누면서 살아간다. 식물에게 음악을 틀어주면 스트레스가 줄어 열매가 잘 열린다는 것은 상식 아닌 상식이다. 사람들이 애완동물을 기르면서 혹은 식물들을 가꾸고 재배하면 행복감이 배가 되듯이 그들도 그런 교감의 행복감을 느끼면서 살아가지 않을까 생각해 본다.

작은 상자 텃밭을 가꾸면서 자연과의 교감이 한참 부족하다는 것을 느꼈다. 씨 뿌리는 시기, 모종하는 시기도 놓쳐 버리는 초보적인 실수를 되풀이했다. 9월 초에 심어놓은 배추가 제법 잘 자라고 있다. 사람 손바닥만한 잎들이 올라와 하늘이라도 가릴 듯 상자 안을 가리고 있다. 아마 이 녀석들도 하늘의 정기와 햇볕을 받기 위해 최선을 다하는 것 같다.

8
| 동네 소요하기 |

나는 산책을 즐긴다. 여기저기 소요하듯이 온 마을 구석구석을 돌아보기도 하고, 그냥 정해진 목적지 없이 동네 좁은 길이든 거리 가까운 산이든 걸으면서 산책하기를 좋아한다. 요즘같이 가을이 이제 막 문턱을 넘어선 시기에 동네 한 바퀴를 돌다 보면 호기심이 새록새록 돋아난다. 주택가 처마 밑에 핀 가을꽃들을 보면서, 혹은 과실들이 주렁주렁 열려 있는 모습을 보면서 혼자 흐뭇해하기도 한다.

나는 결혼을 하고 나서 이사를 자주 했던 편이다. 사실 이사를 하면 이사하는 데 따른 번거로움으로 인하여 불편한 점도 있지만 거주지를 이동함으로 해서 오는 새로운 것에 대한 재미에 흥미를 더 느끼게 된다. 그러니까 아직은 새로운 동네에 대한 흥미가 한곳에 정착함에서 오는 지루함을 상쇄하고도 남음이 있는 듯하다. 한곳에 오래 살다 보면 매너리즘에 빠져 생활에 활력을 못 느끼게 되는데 나는 이런 일상을 잘 참지 못하나 보다. 우선 새로운 곳으로 이사를 하면 나 혼자만 이용할 수 있는 동네 산책길을 개발하거나, 동네의 명소를 파악하는 과정에서 그 동네의 새로운 매력에 빠져들게 되고 나름의 흥분을 느끼게 된다.

주택가에 심어진 식물들을 보면 그 집주인의 취향을 느낄 수 있고, 좁은 길, 고불고불한 골목길을 따라가다 보면 다음에는 어떤 집들의 모습이 나올까 궁금하기도 하다. 좁은 난간 위 소박한 화분에 담겨 피어 있는 여러 가지 이름 모를 식물들, 활짝 핀 꽃들을 보면 그 집주인에 대해 감사하고 고마운 마음을 억누를 수 없다. 한 해 내내 정성들여 가꾸어 오며가는 동네 사람들에게 미소를 선사해 주고 있기 때문이다. 그리고 가끔은 담장에 철을 잊은 장미가 탐스럽게 피어 있거나 이름 모를 야생초가 피어 있기라도 하는 날에는 왠지 가슴이 뿌듯해져 누구라도 붙잡고 얘기하고 싶은 심정이 간절하기도 하다. 혹은 마당이 넓고 고급스러운 집들의 정원에 핀 꽃을 넘겨다보기도 하고, 담장이 높아 고개를 올려 쳐다보거나 옆으로 비켜서 봐야 할 때가 있는데 그럴 때면 요즘같이 삭막하고 정이 메마른 세대에 민망해 보이기도 하고 도둑으로 오인받기도 십상이어서 꺼려지기도 한다.

산보와 산책은 비슷한 낱말이지만 산보가 그냥 생각함이 없이 소요하듯 여기저기 걷는 것이라면 산책은 소요하듯이 걷는 것에 더 보태어 마음도 함께 걷는 것으로 해석하고 싶다. 아무 생각 없이 그냥 소요하듯 걷는 것도 매우 좋은 방법이라고 생각한다. 마음을 비우며 살아가는 것도 한편으로 필요한 일이기 때문이다. 사색하기에 걷기만큼 좋은 것은 없는 듯하다. 어질러진 생활 주변의 정리는 며칠, 몇 시간을 투자해서 정리하면 금방 깨끗해질 수 있지만 마음속의 어질러진 것을 정리하기에는 걷기만큼 좋은 것은 없는 듯하다. 걷다 보면 우리의 뇌는 이성적으로 활성화되어 마음이 차분하게 가라앉고, 고민거리의 방향을 정리하는 데 좋은 역할을 할 것이다.

요즘에는 사람들이 산행을 많이 한다. 우리나라 삼천리 방방곡곡 모두 아름답지만 이렇게 수도권에 수려하고 아기자기한 산들이 모여 있어 분명히 축복받은 것임에는 틀림이 없다. 파리 같은 경우는 몇 시간을 나가야 그나마 산을 볼 수 있고 등산을 할 수 있다고 한다. 그래서 파리는 에펠탑을 세워 높은 산의 역할을 대신해 관광화하고 있기도 하다. 우리나라 같은 경우는 바로 옆에 에펠탑보다도 더 높고 아름다운 산들이 즐비하여 버스나 지하철을 이용해 산행을 할 수 있어 돈 한 푼 안 들이고 건강을 다지기에 제격이다. 또한 북한산이나 남산에 올라 서울 시내를 바라다보는 전경은 입장료를 내고 몇 시간씩 기다려서 올라가는 에펠탑과 비교할 수 없을 것이다.

주말이면 알록달록한 옷들을 입고 배낭을 메고 산으로 발걸음을 옮기는 모습들을 보면서 풍요로운 세대임을 실감한다. 무엇보다도 가족들과 혹은 동료들과 어울려 하는 산행의 재미와 즐거움은 빼놓을 수 없다. 외국인들은 한국인들의 이런 모습에 낯설어 하기도 하고 또 다른 문화의 모습에 충격을 받기도 하지만 요즘은 우리의 산에 외국인들이 산행하는 모습을 심심찮게 보게 된다.

우리 집 근교에는 도봉산이 자리하고 있고 바로 옆으로는 북한산이 듬직하게 어깨를 마주대고 있다. 그리고 맞은편으로 눈을 돌려 보면 수락산과 불암산의 푸른 모습이 눈에 들어온다. 나는 이들의 정기를 받으려고 자주 아파트 베란다 창문을 활짝 열어놓는다. 그러면 도봉산 계곡을 타고 불어온 시원한 바람이 거실이며 방 안의 공기들을 한 바퀴 돌아나가는 시원함을 만끽하기도 한다. 그리고 몇 발자국을 걸어 나가면 바로 도봉산과 연결된 무수골 계곡이 사람들의 발걸음을 불러 모은다. 최근에 중랑천과 연결된 이 무수골 골짜기는 자연생태 하천을 천명하며 개발이 되었다. 맑은 물이 항상 흐르고 작은 송사리며 피라미들이 계곡물 속에서 빠르게 헤엄을 치면 산책을 나온 사람들이 시선을 주기도 한다.

무엇보다도 사람들의 시선을 끄는 것은 이 계곡에 자라고 있는 수생식물들이다. 여귀, 달맞이꽃, 수국, 버들가지, 개망초, 갈대 들이 어우러져 있는 모습을 보는 것도 산책하는 즐거움 중의 하나일 것이다. 자연생태 하천으로 막 개발이 되었을 때는 인위적으로 심은 갈대와 잔디들이 매끈하게 정리되어 있어 삭막하기까지 했다. 그러나 어느 정도 시간이 흐르면서 우리나라의 토종식물들이 하나둘씩 나타나는 것을 보고 자연의 복원력에 대해 경이로움을 느꼈다.

이 무수골 골짜기는 걸어서 올라가기에 적당하고 알맞은 산책길이다. 남녀노소 할 것 없이 아무런 준비가 없어도 그냥 마음만 있으면 산책이 가능하다. 신기하게도 이 산골짜기를 오르다 보면 예전의 우리들 모습을 보는 것 같아 너무 좋다. 20~30여 년 전에나 있을 법한 고만고만한 허름한 주택들이 아직도 들어서 있고, 주택과 주택 사이로 보이는 화초들이 다정하게 인사하는 것 같기도 하다.

무수골이 개발되기 이전에는 정말 서울에 이런 곳이 있나 싶을 정도로 도로며 집들이 방치되어 있어 흉물스럽기까지 했다. 그런데 지금은 잘 정비되어, 걸어서 동네를 돌아보기에 딱 좋다. 중간쯤 오르다 보면 주말농장을 하는 도시민들이 아이들까지 데리고 나와서 옹기종기 모여 농작물을 가꾸기에 여념이 없는 모습이 정겹다.

이 주말농장 바로 위를 가로질러 가면 북한산 둘레길과 연결되어 있고 이 연결된 바로 위 양옆으로는 성신여대 난향원과 체육관 부지가 굳게 정문을 걸어 잠그고 있어 가끔은 들어가 구경하고 싶은 호기심을 자극하기도 한다. 이 좁은 난향원 옆으로 난 도로를 지나서 조금 올라가다 보면 우리 눈을 의심할 만한 전경이 펼쳐진다. 난쟁이가 호리병 속에서 막 나온 듯이 탁 트인 넓은 세계가 펼쳐지고 봄부터 우렁이 농사로 지은 서너 마지기의 논에는 고개 숙인 벼이삭이 누렇게 익어가는 모습을 보면 마치 어느 산골 동네 속에 온 것 같은 착각에 빠져들게 된다.

나는 이 장소를 너무나 좋아하여 처와 함께 올라와서 시원한 무수골 계곡물에 발을 담그기도 하고, 어린아이처럼 계곡물 속에 곱게 자라난 돌들을 이리저리 옮기면서 놀기도 한다. 그리고 가족들 모두가 시간이 나는 날에는 아이들까지 데리고 와 계곡물에 다리를 허벅지까지 걷고 물장구를 치면서 놀기도 한다. 어슴푸레한 저녁이 되면 멀리 도봉산 너머로 넘어

가는 석양을 바라보다가 풀벌레 소리를 들으면서 이 길을 내려오기도 한
다. 가끔은 주말에 집에 있다가 심심할 때면 책 한 권 들고 자전거를 타고
올라가 어스름이 몰려올 때까지 책을 읽다 내려오곤 한다. 작은 즐거움이
묻어나는 사랑스러운 곳이다. 사람들은 누구나 이런 곳을 찾아 나서기를
좋아한다. 자신만이 호젓이 즐길 수 있고 마음의 평온을 얻을 수 있는 곳
말이다.

오늘 숲으로 당신을 초대하렵니다.
이 도봉산 무수골 숲 자락으로 오세요.
이 긴 무수골 숲 속 어딜 가나 야생초가 피어 있고
허브보다도 더 향기로운 바람도 쉬어가고,
아침이면 자그마한 알갱이 물방울이
요정 눈물처럼 나뭇잎에 내려앉아 계곡으로 흘러들어
시원한 시냇물 되어 흐른답니다.
바윗돌 사이 숲으로 나비와 벌들만이 춤추며 드나들고
소롯길 나뭇잎 사이로 깃발을 든 일개미들이 열 지어 사열하고
손마디만 한 피라미들이 뛰어노는 무수천으로 당신을 초대하렵니다.

키 큰 이팝나무 사이로 먼 남향의 미풍이 넘나들어
차례로 꽃들이 온 골 천지에 피어나면
벌들이며 나비들이 찾아와
난향 숲 속 그 어디에나 그야말로 화원입니다.
그러고 보니 어느새
텃밭농장에는 가지꽃, 호박꽃, 오이꽃들이 오순도순 피어나고
이제 곧 계절은 여름을 지나 가을 겨울에 이르지요.

오늘 이 숲으로 당신을 초대할렵니다.

여기 저기 야생초가 피어나는

시원한 시냇물이 흐르는 무수골 숲 자락으로 오세요.

　이런 산책길은 주변에서 찾아보면 많이 있다. 이미 이런 동네 주변으로부터 소박한 즐거움에 빠지신 분도 계시겠지만 아직 파악하지 못한 분들이 있다면 시도해보기 바란다. 다만 바쁨을 핑계로 돌아보지 않았을 뿐이지 자신의 주변에 관심을 가지고 돌아보면 아기자기하고 소개하고 싶어지는 아름다운 길들이 의외로 많음을 알게 될 것이다.

　가까운 주변을 소요하는 즐거움을 이야기하자면 한도 끝도 없겠지만 우선은 거추장스럽지 않다는 것이다. 그저 맨손체조를 하듯 가벼운 마음으로 운동화만 신고 나서면 된다. 조금 먼 거리라면 가벼운 배낭에 물 한 병 넣고 집을 나서면 되는 것이다. 물 한 병마저도 무겁다고 생각된다면 그냥 빈 통을 넣고 가도 된다. 오르는 중간에 약수터도 있어서 목을 축일 수 있고 물을 받아올 수도 있다. 먼 타지를 외출이라도 할라치면 챙겨야 할 것이 어디 한두 개이겠는가?

　동네 주변을 산책하기에 무료해지면 나는 가벼운 쌕에 물 한 병 넣고 갈 만한 곳을 찾아 나선다. 일전에도 소개한 적이 있지만 동네 주변을 조금만 벗어나 이 무수골 계곡을 만들어내고 나란히 평행선을 이루며 달리는 아름다운 능선, 방학능선을 오르기를 좋아한다. 한번 오고 싶으신 분이 있다면 지하철 1호선 역 도봉역에서 내려 도봉산 쪽 야트막한 능선을 보고 걸어서 오시면 된다.

　다만 불편한 것이 있다면 별도로 입산하는 진입로가 없어서 럭키아파트 뒤쪽 주택가의 미로를 따라 걸어 올라가다 보면 바로 '짠' 하고 주택가 사이로 산책로가 나타난다. 서울의 어느 바위산처럼 굴곡지지도 않고 미끄럽지도 않고 위험하지도 않는 동네 뒷산처럼 포근한 산책길이다. 이 방학능선을 계속해서 오르면 도봉산 정상까지 오를 수 있다. 그야말로 어디에도 빼놓을 수 없을 정도로 아름다운 풍광을 감상하면서 오르내릴 수 있는 산책길이다.

그 방학능선 중간쯤에 오르다 보면 최근에 쌍둥이 전망대가 세워져 있다. 능선과는 어울리지 않는 철재 전망대이지만 강화마루로 만들어진 원형의 계단을 올라가면 딱 트인 주변 경치를 조망할 수 있는 자리에 설치되어 있다. 상수리나무가 전망대와 어깨동무를 하면서 펼쳐지는 전망대에는 도봉산과 우이암 그리고 도심의 전경이 한눈에 들어온다.

그런데 이 전망대에는 아름다운 시를 적어놓은 게시판이 있어 전망대를 오르내리는 사람들에게 뜻하지 않은 선물을 선사를 하고 있다. 게시판에 잘 쓰인 7,8편의 시를 읽노라면 어느덧 신선이 된 듯 시름을 내려놓게 하는 묘한 매력이 있는 전망대이다. 이 게시판에는 벤 존슨의 '고귀한 사랑', 이백의 '산중문답', 윌리엄 버틀러 에이츠의 '낙엽이 떨어지고', e.e 커밍즈의 '나는 당신의 마음을 지니고 다닙니다', 헤르만 헤세의 '낙엽' 등이 한 편 한 편 게시되어 있다. 그 쌍둥이 전망대에 적어 놓은 몇 편의 시 중에서 벤 존슨의 '고귀한 자연'이라는 시 한편을 소개하고자 한다.

고귀한 자연

보다 나은 사람이 되는 것은
나무가 크게만 자라는 것과 다르다.
참나무가 삼백 년 동안이나 오래 서 있다가
결국 잎도 피우지 못하고 통나무로 쓰러지느니
하루만 피었다 지는

오월의 백합이 훨씬 더 아름답다.

비록 밤새 시들어 죽는다 해도

그것은 빛의 화초요 꽃이었으니

작으면 작은 대로의 아름다움을 보면

조금씩이라도 인생은 완벽해지지 않을까.

9
| 선유도 소고仙遊島 逍顧 |

　인간과 닮은 영장류도 꿈을 꾼다는 연구 결과도 있지만 인간은 잠을 자면서 꿈을 꾸는 동물이다. 이와 같이 숙면 중에 꿈을 꾸기도 하지만 깨어 있을 때 먼 미래에 대한 희망의 꿈을 꾸는 동물이다. 하지만 우리는 가끔은 눈을 뜬 현실 속에서 꿈을 꾸기도 한다. 아름다운 풍광 속에 들어와 있거나 진실로 사랑하는 사람 앞에서 사람들을 꿈을 꾸기도 한다. 이것이 현실인지 꿈인지 분간할 수 없을 정도로 꿈을 꾸기도 한다. 특히 사랑하는 사람들과 같이 있다면 더 좋은 현실 속의 꿈을 꿀 수도 있을 것이다.

선유도 소고仙遊島 逍顧

〈月色에 빠진 明沙十里〉
閏春 3月 이른 밤 달이 밝아
貂蟬의 눈썹 같은 명사십리를 거너노니
꿈속을 거닐듯 찰나에 의지는 사라지고
천지의 작은 별빛들을 滿月이 부끄러워
어둠 속으로 姿態를 숨기누나.
月光에 취해 夢遊하듯
임을 기다리던 象牙빛 望主峰에 다다르니
썰물이 빠진 갯가 하얗게 깔아놓은 비단 같은 융단에
한 마리의 흰 코끼리가 사뿐히 걸어서 나오는데
그 몸짓에 깜짝 꿈을 깨고 말았네.
썰물 소리는 칠흑의 밤하늘로 사라지는데
해바람이 감도는 망주봉에는
오오, 滿月과 北頭七星만이 양 측간에 걸렸구나.

저 멀리 검푸른 갑옷을 걸친 백만 대군이
군도에 점점이 陣을 치고
군사들이 함성이 초선의 눈썹에 소리 없이 젖어들 때면
비로소 썰물 소리는 해풍과 함께 8경 속으로 자취를 감추노니
오호라 부질없는 짓
이 진경을 누구와 함께 나누리.

〈登 仙遊峰 離恨〉

春夢에서 깨어나 한낮의 선유봉에 올라

바다에 떠 있는 고군산군도를 관망하니

세상의 근심은 사라지고 여기가 그 어디메요.

저 멀리 군도의 眞景은 내가 어젯밤 보았던 꿈속의 그곳이랴.

명사십리 꽃잎 진 해당화가 보낸 이별의 눈물을 아쉬워하며

꿈꾸듯 八珍景의 선유도를 헤매다

겨우 길을 찾아

이제야 세속으로 환속하여 보니

오호야, 一長春夢이었으랴.

시름시름 상사에 병은 나서

며칠 밤 뜬눈으로 지새우고

겨우 정신을 차리고 보니

여기가 망주봉 충신이 그리던 한양 땅이랴.

오호라, 부질없을

선유 8경 속에서 일평생의 춘몽을 간직함을

더 어울렸을 것을 무어라 아쉬워하랴.

　우연한 기회에 군산 앞바다에 떠 있는 선유도를 유람할 기회를 가졌다. 이 아름다운 고군산 군도에서 푸른 서해바다만큼이나 깊은 꿈을 꾸었다. 바다 한복판에 두둥실 떠 있듯이 며칠간 나는 잠시 현실세계와 격리되어 다른 세계 속에 잠시 소요하다 온 듯하였다. 『삼국지』 소설 속에서 잠시 외출 나온 초선貂蟬과 밤바다에서 달빛에 취하여 소요하듯 선유도의 선경 속에 헤매다 온 듯하였다.

새만금 선착장에서 배를 타고 한 시간 정도 들어가면 서해 망망대해에 고군산군도에 다다르게 되는데 이 고군산군도 중 가장 큰 섬이 선유도이다. 기대를 별로 안 하고 갔었는데 선유도는 나를 꿈속으로 안내하는 듯하였다. 춘윤 3월 달빛이 어슴푸레해지고 별빛이 반짝이는 저녁, 초선의 눈썹처럼 하얀 모래가 깔려 있는 명사십리 백사장을 따라 백옥 같은 망주봉을 몽유병 환자처럼 걸어서 산책을 하다 보면 여기가 신선이 살았다는 선유도임을 그제야 알게 된다.

선유도에는 아름다운 기암과 절벽이 많은데 망주봉은 충신이 이 선유도에 귀양살이 와서 매일 망주봉 산봉우리에서 한양을 바라보며 임금을 그리워했다는 설과, 천년 임금을 기다리다 바위가 되었다는 부부 이야기도 전해지는 스토리텔링이 있는 산이다. 선유도에는 선유팔경이 있다. 점점이 떠 있는 섬과 섬 사이로 해가 질 때면 드리우는 아름다운 선유낙조, 크고 하얀 바위로 이루어진 망주봉에는 안 올라가봤지만 큰비가 내리는 7~8월이면 물줄기가 폭포가 되어 쏟아지는 망주폭포 등을 포함하여 선유팔경이라고 한다.

특히 달빛 시든 저녁에 명사십리에서 바다군도 쪽을 바라보노라면 점점이 떠 있는 군도가 백만 대군의 병사가 사열하듯이 도열해 있는 모습을 연상시키는 무산십이봉과 만주봉의 하얀 바위는 코끼리가 걸어 나오는 듯한 상상을 연상시키듯 정신이 몽롱해짐을 느낄 것이다.

20세기에 들어서 심리학적으로 가장 위대한 연구라고도 하는 『꿈의 해석』의 저자 프로이드는 꿈을 현실세계의 연장선상에서 해석하고 있듯이 꿈은 현실과 밀접하게 연결된 의식의 발현이라고 하였다. 꿈을 의식세계로부터 단절된 '다른' 세계로 통하는 통로라고 하였다. 즉 무의식이라는 단어를 처음으로 사용하여 인간의 무의식이 자신의 잠재된 소망과 충동을 꿈으로 표현하고 있다고 하였다.

선유도에서 집으로 돌아와 한동안 의식과 무의식의 세계를 오락가락 여행하는 듯하였다. 그 풍광이 눈에 선하여 꿈속을 헤매듯 시름시름 앓기까지 하였다. 위의 시를 10여일 만에 탈고하고 나서야 병도 씻은 듯이 없어졌다.

10
| 기생 황진이에게 배우는 시 |

조선의 여인들의 여류 시는 그리 많이 남아 있지는 않는 듯하다. 조선의 사회는 유교의 덕목을 기본으로 치는 근엄한 사회라서 황진이라는 걸출한 기생이 쓴 시는 당시에는 지배자보다는 백성들에게 많이 회자되었을 테지만 그 후로 조선의 사회가 예를 기본으로 하는 유교의 사회로 고착화되면서 비천한 천민의 신분인 기생들의 시는 점점 소실되고 사라져가는 운명을 맞이하였을 것이다.

조선을 대표하는 여류시인인 허난설헌이나. 신사임당 등등의 시가가 존재는 하나 그들은 기생은 아니고 지체 높으신 양반가의 딸들이기에 시문서화들이 남아 있다고 할 수 있지만 이에 비하여 황진이는 절세의 기녀라고 세상에 알려져 있더라도 조선사회에는 드러내 놓고 싶지 않은 치부일텐데 이러한 이유에도 불문하고 그녀의 시는 이전과는 색다르게 대비되는 매력이 있었기에 지금까지 살아남을 수 있었을 것이다.

이러한 부분들이 그녀의 시가 한 시대를 풍미한 조선 중기의 문학으로

써 현대사회의 교과서에까지 실릴 정도로 우리의 문학을 저변을 확대하였을 뿐 아니라 우리의 문학을 한층 더 풍요롭게 하고 그늘 속에 가려져 있던 작품들이 양지로 나오게 되는 전환기적인 역할을 하는 데 많은 도움을 준 것만은 확실한 것 같다.

조선을 비롯한 일본·중국 등 동양 3국은 세계에 유래를 찾아 볼 수 없을 정도로 독특한 기생제도를 운영하여 왔다. 이 기생이란 것이 조선이나 일본 중국 등 동양 삼국의 중세사회에서 만들어낸 인간 욕망의 그늘일 것이다. 일본의 게이샤, 중국의 창기唱妓 등은 우리 조선의 기생과 함께 그 시대의 그늘에 핀 꽃이다. 대부분의 꽃은 햇빛을 받는 양지에서 피어나지만 햇빛이 없는 그늘진 음지에서 피어나는 꽃이 더 아름답기도 하다.

사무실에 있는 난초는 하루에 2시간만 햇빛을 받으면 어느 날 그윽한 향기가 나는 꽃을 피우는 것을 우리는 볼 수 있다. 난초의 란蘭 한자를 뜯어보면 위에 초두 변은 하루에 두 시간만 동문 쪽에서 햇빛을 받으면 족하다는 것을 가리킨다고 한다. 다행히 하루에 두 시간만 햇빛을 보는 난초처럼 기생들은 천민 중에서 서와 화를 익힌 몇 안 되는 무리로서 양반과 소통할 수 있었고, 그들의 작품이 후세에 남길 수 있는 영광을 누리게 되었을 것이다. 그렇게 생각한지는 몰라도 기생의 이름에 유난히 란蘭 자가 들어가 있음은 우연은 아닌 듯하다. 일본 영화지만 중국 배우인 짱쯔이가 주연한 '게이샤'나 중국의 장예모 감독이 감독을 하고 공리가 주연한 영화인 '홍등'을 보면 그늘 속에서 살아가는 그들의 삶의 일부를 조명하고 있는 것을 알 수 있다.

기생들은 천민계층으로 사대부를 상대하고 접대하여야 하는 일을 하기 때문에 여러 가지 기예와 잡기를 익히기 위한 훈련을 하였다고 한다. 거문고나 가야금 등의 악기를 다루는 법과 춤과 노래를 잘 부를 줄 알아야 되고, 특히 서화나 시도 잘 지어야 해서 몇 년씩 장기 훈련을 거친 다음에야 기생으로서 비로소 자격을 갖추었다고 할 수 있다. 이런 것들은 사대부를 위한 맞춤교육에서 시작하였다고 해도 무방하지 않다.

이런 기생제도가 관습적으로 법제화되어 운영되었음은 관청에서 운영하고 있는 관기제도에서 찾아볼 수 있다. 특히 관기들은 지방 고을 수령의 수청을 들기 위하여 제도화하였던 기생들로 수령 감사가 부임하면 각 고을의 관기가 총동원되어 영접을 하였다는 기록에도 나와 있는 것을 보면 기생은 유교를 끔찍이도 중요시하던 조선사회의 남성들에게 숨 쉴 구멍을 터준 존재였을 터이지만 현대적 관념에서 보면 인권의 사각지대에 놓여 잡초처럼 살아가는 일반 백성 중 하나였다. 하지만 기생들에 있어서 팔자를 고칠 수도 있는 길이 열려 있는데 그것은 바로 고관대작들의 마음에 들어 첩으로 들어앉는 것이다. 황진이는 이런 기회가 충분히 있었음에도 그런 호사에 연연하지 않고 자신의 삶의 방식대로 자유롭게 세상을 산 것에서 그녀의 기개를 읽을 수가 있다.

우리나라 판소리 12마당에 '배비장전'이라는 판소리가 있다. 여기서의 애랑이라는 관기가 나오는데 이 애랑은 제주도 관헌의 관기로 처자식을 육지에 남겨두고 제주도에 나와 공무차 근무하던 장비장과 눈을 맞추고 사랑을 나눈다. 3년 동안 근무를 마치고 육지로 다시 복귀하는 장비장은 애랑의 손을 잡고 이별을 아쉬워하며 슬퍼한다. 애랑은 의리로 울기는 하지만 그녀의 관심은 온통 이제 곧 육지로 떠나는 장비장에게서 무엇을 받아낼까 하는 생각밖에는 없다. 장비장은 제주도에서 근무하며 모은 재산과 옷가지 그리고 차고 있던 칼까지 애랑에게 주지만 애랑은 하나라도 더 받아 내려는 궁리에 몰두하게 된다. 여기에서 애랑은 한마디로 그저 한 기생으로서 한 인간으로서 살아가는 슬픈 존재일 수밖에 없게 묘사되어 있다. 사랑을 담보로 육지로 떠나는 장비장에게 슬픔의 이별보다는 한낮 내일의 양식 걱정을 하는 자신의 욕심에 함몰된 인간의 근원적인 모습을 보여준다.

여기서 장비장의 후임으로 막 제주도로 부임한 배비장은 망월루에서 한낱 계집에게 홀려서 자신의 이빨까지 빼주는 장비장의 이별 모습을 보면서 배비장은 육지의 아내가 신신당부한 약속이 있고 해서 방자와 애랑에게 절대 자신은 그러하지 않겠노라고 호언장담하고 내기를 건다. 여러 비장들이 기생들을 골라 노는 동안 배비장은 자신의 방 안에서 홀로 독수공방 앉아 그 언약을 지킨다.

이런 사정을 알고 있던 사또는 배비장의 마음을 혹하게 바뀌게 할 사람이 있다면 후한 상금을 내리겠노라고 내기를 걸게 된다. 마음에도 없는 말을 한 배비장으로서는 체면에 이러지도 저러지도 못하는 상황에 빠지고 만 것이다. 화창한 날 한라산 꽃놀이에서도 자신의 약속을 지키기 위해 애쓰지만 그만 애랑의 모습을 보는 순간 언약은 한순간에 무너지고 황홀경에 빠지고 만다.

그날 배비장이 방자를 통해서 자신과 만나고 싶어 안달이 나 수작을 부리는 모습을 본 애랑은 방자를 통해서 배비장에게 자신의 처소로 찾아오라는 답장을 보낸다. 이미 애랑에 빠져 아무것도 보이지 않는 배비장은 방자의 꼬임에 빠져 방자가 시키는 대로 남의 눈을 속이려고 개가죽 행장을 하고 애랑을 찾아간다. 배비장이 애랑과 사랑을 나눌 때 방자가 애랑의 남편인 척하면서 방으로 들어가자 배비장은 알몸으로 자루 속으로 들어가 숨고서 거문고 흉내를 내게 되고, 방자가 잠깐 밖을 나간 사이 배비장은 궤짝 속으로 간신히 몸을 피한다. 다시 들어온 방자는 그 궤짝을 동헌 밖으로 옮겨 내려놓는다. 방자는 궤에 물을 붓고 천천히 흔들면서 이제 수중고혼이 된다며 한탄한다. 배가 바닷속으로 들어가는 듯한 소리에 배비장은 혼비백산하여 살려달라고 애걸을 한다. 눈을 감고 나와야 된다는 말에 배비장은 알몸으로 눈을 감고 헤엄치듯 나오다가 동헌 기둥에 머리를 부딪친다.

이와 같이 배비장전은 판소리로 엮어내는 명창 앞에서는 깔깔거리고 웃을 수 있지만 따지고 보면 인간의 내재된 욕망을 보는 것 같아 소리 내어 웃을 수만도 없는 그런 12마당의 판소리 중 하나이다. 이 배비장의 판소리에는 애랑이라는 관기를 통하여 기생이라는 조선시대 시대상의 한 단면의 모습을 보게 되는 것이다.

정철은 황진이가 살던 동시대의 사람이다. 황진이는 16세기 초에 태어나 16세기 중반에 사망했고, 정철(1536~1593)은 16세기 중초에 태어나 16세기 후반에 사망했으니 황진이는 정철로 보면 아주머니뻘이 되는 동시대에 사람으로 황진이에 대하여 많은 이야기들을 들었을 것이다. 황진이의 시를 읊조리거나 혹은 천박하다고 손가락질했을 수도 있고, 시정잡배의 시가라고 하대했을지도 모르지만 천하의 정철도 그녀에서 영향을 안 받을 수 없었을 것이다. 왜냐하면 송강 정철은 사대부의 출신으로 27세 나이에 문과 별과에 장원에 급제하여 강원도 관찰사, 예조판서, 이조판서, 대사헌을 지낼 정도로 학문을 갖추고 임금과 항상 지근거리에 있는 입장에 있어서 그런 명기들의 시가를 어찌 생각하고 있는지는 알 수는 없지만 그도 분명히 이미 백성들에게 회자된 황진이의 시에 어느 정도 매료가 되었을 것이고 영향을 받지 않았음을 부인할 수 없을 것이다.

송강 정철의 가사문학이 더 세속적으로 권력에 편집적적인 모습을 보이고 있다면 세상을 자유로이 관조하고 자유분방한 팔천八賤 중의 천민인 황진이의 시는 송강 정철의 시에서 볼 수 없는 삶에 찌든 백성들의 마음을 더 어루만질 수 있는 빗방울 같은 청량제 역할을 하기에 충분하였을 것이다. 일신의 안위와 가문의 출세만을 우선시하던 시대에 이런 위상의 굴레를 훨훨 털어버린 그녀의 시는 인간의 내면적 모습을 원초적으로 분출을 하였다는 데에서 조선사회의 혁명이었을 것이고, 조선사회의 치부의 단면을 공개하였다는 데 커다란 반향을 불러 일으켰을 것이다.

당시 비슷한 연배의 사대부 여인으로는 신사임당을 들 수 있는데, 알다시피 신사임당은 이이 율곡의 모친이다. 신사임당이 유교적인 가정에 충실한 어머니의 상이었다면 이에 반하여 황진이는 신사임당과는 정반대의 대칭점에 위치하여 동시대에 묘한 이질감이 얽힌 문화의 전성기를 연 주인공들이였던 셈이다. 황진이의 시나 신사임당의 시를 놓고 볼 적에 황진이는 시는 아무것도 가릴 것 없이 인간 본연에서 우러나오는 감성과 감정이 풍부히 흐르는 요소를 지녔다면, 신사임당은 인간의 교육에 의하여 비로소 발현하는 이성적이고 도덕적인 가치에 중점을 둔 요소가 풍부하다고 할 것이다. 문학적 가치를 따지기 이전에 인간의 본연의 심성에서 우러난 시를 쓴 황진이의 시는 대중과 더불어 사는 데 어울리는 훨씬 더 거리낌 없었을 것이고 더 사랑받았을 것이다.

그러면 사임당이 서울에 있으면서도 언제나 친정에 홀로 계신 어머니를 그리워하여 읊은 것으로, 이이李珥의 『가승家乘』에 실려 있는 신사임당의 시 한 편을 소개하고자 한다. 원문과 풀이는 다음과 같다.

千里家山萬疊峰　歸心長在夢魂中　寒松亭畔孤輪月鏡浦臺前一陣風
沙上白鷗恒聚散　海門漁艇任西東　何時重踏臨瀛路　更着斑衣藤下縫
고향은 천리 첩첩 산 너머에 있고, 자나 깨나 꿈속에서 돌아가고파,
한송정 가에 외로이 뜬 달, 경포대 앞의 한줄기 바람,
백사장의 물새 모였다 흩어지고, 바닷가의 고깃배 오고가려니
언제 강릉길 다시 찾아 가, 때때 옷 입고 바느질 할까

황진이는 8수 정도의 한시와 6수 정도의 시조가 현재는 남아 있는데

더 많은 시들이 전하지 않아 안타까움을 금할 수 없다. 서두에서 밝혔듯이 천민 기생의 시들이 유교문화 속에서 살아남기는 더욱 어려웠을 것이고, 양반사회에서 기생의 작품을 탐탁하게 생각하지 않았을 것이라는 것은 자명한 일이다. 그리고 16세기 후반에 일어난 임진 난과 17세기 초중반에 일어난 호란 등에 의하여 많이 소실되었을 것이다. 그러나 십여 수 넘게 지금 후세에까지 남겨진 것을 보면 기생인 황진이가 지은 시의 작품성을 묻혀두기에는 조선 세상도 탄복했음을 증명한 것이라고 할 수 있다.

이조 오백년사에 가장 뛰어난 작품으로 꼽기도 하는 황진이의 시조 '동짓날 기나긴 밤을', 위시하여 '청산리 벽계수야'와 한시漢詩인 '만월대회고' 등은 제외하고 그동안 많이 소개되지 않은 작품 '소백주(잣 배)', '영반월'(반달을 노래함), 황진이가 서경덕 선생의 시조에 화답한 시조인 '무신', 상사몽想思夢과 개경 송도를 노래한 '송도'를 소개하고자 한다. 우선 잘 알려지지 않은 '소백주小栢舟'라는 한시를 소개하고자 한다. '소백주'는 작은 잣 배라는 뜻이다.

저 강 중류에 떠 있는 작은 잣 배 / 汎彼中流小栢舟 범피중류소백주
몇 해나 푸른 물가에 한가로이 있던가. / 幾年閒繫碧波頭 기년한계벽파두
뒤에 온 사람인 만약 누가 먼저 건너냐고 물으면
                    / 後人若問誰先渡 후인약문수선도
모두 문무를 겸비한 만호 이후이리라. / 文武兼全萬戶侯 문무겸전만호후

여러분은 중국의 사서삼경 중에 시경詩經을 소개할 적에 이 국풍國風 중에서 용풍鄘風 편에 백주栢舟라는 시를 소개한 적이 있는데 기억하시고 계시다면 어딘지 닮아 있음을 간파하였을 것이다. 汎彼柏舟범피백주 在彼中河재피중하, 髧彼兩髦담피량모 實維我儀실유아의로 이루어지고 있는 이 시를

해설하면 "떠가는 저 잣 배, 황하 한가운데 있네. 저 더벅머리 양쪽에 늘어뜨린 분, 진정으로 내 배필일세."로 시작을 하는데 이 시에서 작자는 더벅머리 청년이 진실로 내 배필이라고 이야기를 하고 있고 꼭 결혼을 하겠다는 결심을 하게 된다. 그러나 이 황진이는 이 소백주라는 시에서 자신을 저 강 중류에 떠 있는 작은 잣 배에 비유하면서 몇 해를 한가히 기다려 임이 오길 기다리고 있다. 그리고 먼저 건네 드릴 상대는 "모두 문무를 갖춘 만호를 건너주고 자신은 그 다음 후이리라"라고 자신의 심정을 밝히고 있다. 시경에서의 잣 배와 황진이의 잣 배는 완전히 다른 뜻을 내포하고 있다. 시경의 잣 배는 더벅머리 청년을 기다리는 배였지만 황진이의 '소백주'에서의 배는 문무를 갖춘 만호를 건네주기 위한 배였다. 여기서 그녀는 문무를 겸비한 사람을 대상으로 기다리고 있음을 알 수 있다.

조선사회에서 사서삼경은 중요한 교과 과목으로 기생들도 많은 공부를 하였고 시작始作 연습에 중요한 역할을 담당하였다. 황진이는 아름다운 용모를 가지고 있어 어렸을 때부터 주위로부터 많은 관심이 있었을 것이다. 알려진 바로는 황진이는 동네 총각이 황진이를 연모하다가 상사병으로 죽자 기생이 되었다는 설도 있는데 위에서 소개한 소백주는 그런 상황을 지나 세월이 흘러 기생이 된 후 처음 시작始作을 하였을 때 당연히 자신으로 인하여 벌어진 동네 총각의 충격적인 죽음이 어린 마음 깊숙이 잠재되어 있어 시의 재료로 사용되었을 수도 있다. 결국 동네 총각의 죽음은 황진이로 하여금 한곳에 머무르지 않고 세상을 향해 새로운 항해를 계획하게 만든 동기가 되었을지도 모른다. 다음은 영반월詠半月, 즉 '반달을 노래함'이라는 한시를 소개하고자 한다.

누가 곤륜산 옥 깎아 내 / 誰斷崑山玉 수단곤산옥

직녀의 빗으로 만들었나 / 裁成織女梳 재성직녀소

견우와 이별한 후 / 牽牛離別後 견후이별후

슬픔에 젖어 푸른 창공에 던졌다네. / 愁擲碧空虛 수척벽공허

　황진이의 일명은 진랑眞娘. 기명妓名은 명월明月이다. 그의 기명에서 알듯이 황진이도 대낮에 높게 떠서 변함없이 하늘을 밝히는 해보다는 밤마다 자신의 모습을 수만 번 바꾸어가며 어둠을 비추는 달의 모습에서 자신과 닮은 모습을 보고 이러한 달에서 기명을 차용하여 자신을 비추어 보게 되었을 것이다.

　위 시에서 곤륜산은 중국에 있는 전설 속의 산으로 하늘에 닿을 만큼 높고 옥이 나는 명산으로 알려져 있다. 산중에는 불사不死의 물이 흐르고 선녀이 서왕모가 살았다고 하는 전설 속의 산인데, 황진이는 이 곤륜산의 옥을 잘라 빗(반달)을 만들고 임이 떠나자 그 빗(반달)을 창공에 던져버렸다고 노래하고 있다. 아무리 자연에서 절대 무이한 반달이라도 견우(사랑)가 떠나버리면 아무 쓸모가 없다는 사랑의 절대가치를 이야기하고 있다. 즉 자신인 명월이 사랑을 하여 반달이 되었더라도 사랑하는 이가 없다면 아무 필요가 없다는 것을 이 시에서 말하고 있는 듯하다. 견우와 직녀는 전설 속에 사랑하는 연인으로 은하수를 사이에 두고 칠월칠석날에만 까마귀와 까치가 놓아준 다리를 오작교를 건너 만난다고 한다.

　다음의 시는 '어져 내 일이야'라는 시조를 소개하고자 한다.

어져 내 일이야 그릴 줄을 모르던가

이시랴 하더면 가랴마는 제 구태여

보내고 그리는 정은 나도 몰라 하노라

"아 내가 한 일이 그렇게 될 줄 몰랐다." 이렇게 사람은 누구나 회한을 하는 경우가 있다. 있을 땐 몰랐는데 보내고 나니 그리워지고 보고 싶어 지는 것이 인간의 심사이다. 있으라 하면 있겠지만 제 구태여 보내놓고 그 리워하는 인간의 우유부단하고 나약한 심정을 그리고 있다. 보내놓고 보 니 그리워지는 정을 나도 왜 그러는지 모르겠다는 얄궂은 심사를 밝히고 있다. 우리 인간은 사랑하는 임을 보낼 때보다 보내고 나서 한참 후에 더 회한이 밀려오는 것이 인간의 상사常事이다. 있을 때 더 잘해줄걸, 하는 후 회의 눈물을 흘리는 것이 인간이다. 그래서 대중가요 제목에도 '있을 때 잘해'라는 노래가 나왔는지도 모르지만 임을 보내야 하는 이별은 항시 일 어날 수 있는 일이지만 아무리 기녀의 입장에서도 불식간에 정을 떼어내 어야 하는 이별은 쉽지만은 않은 일일 것이다.

다음은 상사몽相思夢, 한시를 소개하고자 한다.

서로의 그리움, 오직 꿈속에서나 만날 수 있을 뿐
／ 相思相見只憑夢 상사상견지빙몽
내가 임 찾아 떠날 때 임은 날 찾아 왔네. ／ 儂訪歡時歡訪儂 농방환시환방농
바라옵건대, 아득하고 아득한 날 밤 꿈에 ／ 願使遙遙他夜夢 원사요요타야몽
같은 때 같은 길에서 만나지기를 ／ 一時同作路中逢 일시동작로중봉

꿈속에서 임을 찾아 떠나는 내용이다. 그러나 아이러니하게도 임도 나 를 찾아오면서 길이 엇갈린다는 것을 한시로 표현하는 것이다. 바라옵건 대 다른 날 밤 꿈에는 서로 떠나온 길에서 다시 만나주십사, 하는 간절한 마음이 묻어 나오는 작품이다. 엇갈린 사랑의 표현이다.

기생에 대하여 우리는 많은 편견을 가지고 있는 듯하다. 남성들 입장에 서 보면 아무 때나 시간이 나면 찾아가 쉽게 꺾어 하룻밤 잘 수도 있고

가질 수도 있는 천한 계집쯤으로 생각할 수도 있겠지만 그녀들도 한 사람의 여인으로 지아비를 모시고 아들딸 낳고 행복하게 살아가길 꿈꾸던 존재였을 것이다.

다음은 '송도松都를 노래함'을 소개합니다.

덮힌 눈 속에 옛 고려의 숨결이 들리고 / 雪中前朝色 설중전조색
차디찬 종소리는 옛 나라의 소리 같은데 / 寒鐘故國聲 한종고국성
남루에 올라 슬픔에 젖어 홀로 섰더니 / 南樓愁獨立 남루수독립
남은 성터에선 저녁연기 피어 오르더라 / 殘廓暮烟香 잔곽모연향

황진이는 당시 조선의 수도인 한양에서 주로 활동한 기생이 아니고 고려의 옛 수도인 송도에서 태어나 평생을 송도를 중심으로 산 여인이다. 그래서 황진이는 옛 송도의 많은 유적과 옛 고려의 숨결을 느끼면서 살았을 것이다. 그래서 그녀는 이런 한시를 지으면서 흘러간 역사 속에서 무상하게 변한 궁궐터, 절터 및 성터를 보면서 인생의 무상함을 깨달았을 것이다. 인간은 누구나 자신이 평생의 관심을 가지고 마음에 품었던 생각들을 남기고 싶어 하는데 황진이도 마음에 평생의 간직했던 것들을 자신의 시에 고스란히 남겨놓은 듯하다. 그래서인지 황진이도 그 또록 자긍심을 가졌던 고려 삼절과 관련된 것을 시로 남겨놓았던 것 같다. 남아 있는 몇 편 안 되는 황진이의 시 중에 위에서 소개한 '송도를 노래함'을 포함하여 '만월대회고'가 이 송도를 노래한 것이다. 그리고 현재는 개성시 개풍군開豊郡 천마산天摩山 기슭에 위치한 박연폭포를 노래한 그 유명한 한시 '박연폭포'가 있다.

여기서는 화담 서경덕 선생과 황진이가 서로 시로써 서로의 마음을 전한 시조를 소개하고자 한다. 화담 서경덕 선생의 시조를 먼저 운을 띄우

고 황진이에게 화두를 던진다.

마음이 어린 후이니 하는 일이 다 어리다
만중운산萬重雲山에 어느 님 오리마는
지는 잎 부는 바람에 행여 긘가 하노라

다음은 황진이가 화담 선생의 위 시조에 화답을 한 시조이다.

내 언제 무신無信하여 님을 언제 속였관데
월침삼경月沈三經에 올 뜻이 전혀 없네
추풍秋風에 지는 잎 소리야 낸들 어이 하리오

황진이는 스스로 지조와 행실이 있음을 자랑하던 효령대군의 증손인 이혼원李渾源 - 碧溪守을 유혹하여 난처하게 만들면서 부른 '청산리 벽계수야'라는 시조를 남겼고, 당시 30여 년 동안 정진하여 생불生佛이라 불리던 천마산 지족선사知足禪師를 유혹하여 파계시킨 일화는 유명하다.

마지막으로 당대의 대유학자인 화담 서경덕을 유혹하게 된다. 위 시에서 보면 화담은 황진이가 자신을 유혹하는 것을 어린 마음에서 나온 객기에서 나온 행동이라고 운을 먼저 뗀다. 둘 사이에 당시의 어떤 사회 상황이 전개된 듯하나 지금으로 정확하게 유추할 수는 없지만 화담 선생도 황진이가 자신을 유혹한다는 정보는 들어서 알 수 있었을 것이다. 대유학자인 화담 선생으로서는 누구를 유혹하고 누구를 시험한다는 것은 선생이 보기에 우습기까지 하였을 것이다.

그래서 화담 선생은 만중운산, 즉 수많은 사람들이 자신의 명성을 듣고 배우고자 제자들이 몰려드는데 그 중에서 한 사람에 지나지 않는 황진이에 대하여 "지는 잎 부는 바람에 행여 그대 황진이 아닌가." 하고 반문한다. 다시 말해 학자로서 스스럼없는 기다림을 표현하고 있다. 거기에 비하여 황진이는 "달이 지는 삼경에 화담 선생은 올 뜻이 없는 듯하고 추풍에 떨어지는 잎 소리야 낸들 어찌 알겠는가." 하고 자신의 마음을 시로써 화답하고 있지만 이는 자신도 모르게 임을 기다리는 모습을 가을날 자연스럽게 나뭇잎 떨어지는 소리로 짐짓 표현하고 있다. 기다림과 체념의 감정이 시상에 복선처럼 깔려 있지만 아마도 황진이는 자신이 천명한 화담 선생을 유혹하겠다는 생각을 치기 어린 생각으로 치부해 버린 화담 선생을 더 이상 유혹하기 어렵다고 보고 있는 듯하다.

결국 황진이는 화담 서경덕 선생을 유혹하지 못하고 그의 문하에 들어가서 제자가 된다. 그리고 그녀는 화담 서경덕으로부터 기생으로 살아온 자신을 되돌아보고 인간의 참된 도리와 진리를 배웠을 것이고 평생에 화담을 사모하고 제자로서 선생을 모셨던 것이다. 인간은 야생에 피어나는 꽃을 보면 꺾고 싶은 욕망을 가지게 되는데 고결한 성품의 화담 선생은 결국 그 꽃을 보기만 할 뿐 꺾지는 않았던 것이다.

그리고 그 후에 여러 사람들이 이러한 황진이에 대한 글을 남겼다. 이덕형이 지은 '송도기이松都奇異'에서 "황진이는 기생이긴 하나 성질이 고결하여 화려한 것을 일삼지 않았고, 관청의 행사에 참석하여도 다만 빗질과 세수만 하고 나갈 뿐, 옷도 바꾸어 입지 않았다. 또 방탕한 것을 좋아하지 않아서 시정市井의 천예賤隷는 비록 천금을 준다 해도 돌아보지 않았으며, 선비들과 함께 놀기를 좋아하고 당시唐詩 보기를 좋아했다."고 기록하고 있다. 화담도 천한 기생이지만 기품이 있고 시와 서화 등에 소질이 있는 그녀를 내치지 않고 담소를 나누고 소통하였던 것이다. 황진이는 평생에 화담 선생을 사모하여 거문고를 메고 술을 내어 선생의 거처에 가서 즐기다 돌아가곤 했다고 한다.

그리고 16세기에 태어난 후대 사람인 백호白湖 임제는 평생 황진이를 못

내 그리워하며 동경하다가 마침 서도병마사가 되어 가던 길에 송도에 들렀으나 황진이는 이미 이 세상 사람이 아님을 알고 한탄을 하다가 다음과 같은 추모시조를 남겼다.

청초 우거진 골에 자다 누웠더니
홍안은 어디 두고 백골만 묻혔나니
잔 잡아 권할 이 없으니 그를 슬퍼하노라

후에 한낱 기생을 추모하였다고 하여 임제는 조정으로부터 파면을 당하였다고 한다. 이와 같은 기록에서 보듯이 황진이는 우리가 생각하고 있던 이상의 다른 면모를 가지고 있는 듯하다. 천민인 기생으로 태어났지만 기생이라는 굴레에 얽매이지 않고 인생을 당당하게 살아가면서 자신의 뜻을 펼쳤던 조선의 여인 황진이, 그녀는 가고 없지만 그녀의 솔직하고 진솔한 시는 우리들의 가슴에 긴 여운을 남기고 있다.

11
| 가지 않은 길 |

노란 숲 속에 길이 두 갈래로 났었습니다.

나는 두 길을 다 가지 못하는 것을 안타깝게 생각하면서,

오랫동안 서서 한 길이 굽어 꺾여 내려간 데까지

바라다볼 수 있는 데까지 멀리 바라다보았습니다.

―중략―

훗날에 훗날에 나는 어디선가

한숨을 쉬며 이야기할 것이다.

숲 속에 두 갈래 길이 있었다고,

나는 사람이 적게 간 길을 택하였다고,

그리고 그것 때문에 모든 것이 달라졌다고.

위 시는 미국의 시인인 로버트 프로스트의 유명한 시 '가지 않는 길' (원제: The Road not Taken)을 피천득 시인이 옮긴 것이다. 예전엔 우리들 주변에서 흔히 볼 수 있었던 시로 교과서에도 어디엔가 실려져 있을 것으로 기억하고 있다.

러시아의 국민 시인 알렉산데르 푸쉬킨이 쓴 "삶이 그대를 속일지라도" 라든가, 아일랜드의 시인 예이츠가 쓴 '이니스프리의 호도' 등의 시들은 예전에 우리가 한 달에 한 번씩 이발소에 이발을 하러 가게 되면 이발소 벽

면 등에 풍경화와 함께 걸려 있어서 보게 되는 그런 시들로 그러려니 하며 지나쳤던 것들이다. 대부분 누구나 한 번쯤은 무심결에 시구의 낱말만 눈으로 따라 읽었던 기억들을 가지고 있을 것이다. 그러나 이러한 글귀들이 어느 날 갑자기 우리들의 눈으로 들어오는 되는 시점이 있다. 의식하지 않았는데도 갑자기 우리들 속으로 들어와서 새로운 의미를 부여하고 새로운 삶의 지표를 마련해 주기도 한다.

나는 이런 시점을 삶의 전환점에서 일어나는 '마음의 사춘기思春期'라고 정의하고 싶다. 인간은 자라면서 사춘기思春期를 겪는다. 사춘기는 '신체의 성장에 따라 성적 기능이 활발해지고, 2차 성징性徵이 나타나며 생식기능이 완성되기 시작하는 시기'라고 정의하고 있다. 남성은 변성과 함께 신체가 남성다워지고 여성은 골반이 넓어지고 유방도 발육하고 자태도 풍만해지고 성기의 성숙과 함께 생리적인 성욕이 강해지고 감수성이 예민해진다 하며 반항적인 경향으로 치달은 일이 많아지며 정서와 감정이 불안정해진다고 한다. 그러니까 사춘기는 소년기에서 어른으로 넘어가는 과도기 기간에 일어나는 현상이다.

'마음의 사춘기'를 아마도 서양 사람들이라면 무슨 새로운 법칙의 발견이니 하면서 논리적인 사고로 이런 현상들을 파악하고 책을 한 권 정도 장황하게 쓸 수도 있을 것이다. 혹시나 이런 상황들을 미리 발견하여 무슨 법칙이니 하면서 이미 나와 있는지도 모르지만 말이다.

우리는 바쁘게 인생을 살아간다. 그러다 산전수전을 다 겪고 어느 정도 마음의 여유가 생기면 안 보이던 사물들이나 주변 일들이 새롭게 보이게 된다. 마음의 사춘기는 삶의 여유나 시간의 여유뿐만 아니라 어느 정도 연륜의 성숙이 깊어지거나 할 때 찾아오기도 한다.

반면에 쉽게 체념하는 것도 마음의 사춘기가 동반되는 시점에 찾아오기도 한다. 사실 인간은 체념을 하거나 포기할 때 더 마음이 편해지기도 한다. 경쟁적으로 무엇을 이루려고 할 때 그것이 이뤄졌다면 더할 나위 없이 좋겠지만 그것이 수포로 돌아갔을 때 아니면 내가 절대로 이룰 수 없는 영역의 것으로 여겼을 때 우리는 아쉬움보다는 후련함을 더 느낄 때가 있다. 그러한 시점에 우리는 '마음의 사춘기'에 접어들게 되는 것이다. 위에서도 밝힌 것처럼 청소년기에 일어나는 사춘기는 몸과 마음에서 폭넓게 일어나는 변화이지만 '마음의 사춘기'가 도래하면 인간은 신체가 아닌 마음속에서만 일어나는 일로 정신적으로 인간을 더 한 단계 성숙해지게 만들어지는 계기를 마련하기도 한다. 그러한 계기에 읽는 푸쉬킨이 쓴 '삶이 그대를 속일지라도'라는 격언 같은 시들이 다시 보이게 되는 시점일 것이다.

프로스트가 쓴 '가지 않은 길'의 시도 오래전 청소년기에 잠깐 눈에 들어왔다가 한참동안 까마득히 잊어버리고 있었다. 그러다 어느 날 갑자기 이 시가 눈에 들어왔다. 그것도 몇십 년의 세월을 지나 불현듯 나의 가슴 속으로 들어왔다. 내가 예전에 사귀었던 옛 여인의 숨결이 내 귓가에 조용히 들리면서 옛 여인의 손길이 나를 더듬듯이 들어오듯이 말이다. 그동안 마비되어 있던 감각이 짜릿하게 되살아나는 감정을 맛보게 되었다.

우리는 살면서 프로스트가 쓴 시의 마지막 시구에서처럼 "두 길 중 사람의 발걸음이 적게 난 길은 아니지만 나만의 길을 택하였는데 그 선택한 길 때문에 모든 것이 달라졌다."라고 생각을 종종 하게 된다. 인간은 생각의 동물이라 많은 가정을 하면서 살아간다. 오래 전에 사귀었던 여인과 결혼해서 살았더라면 지금쯤 무엇이 되어 어떻게 살고 있을까. 아니면 예전에 취업시험에 합격한 그 직장에 다녔더라면 현재 지금의 나와 어떻게 달라져 있을까? 내가 잘못하여 헤어진 친구와 지금까지 잘 지냈더라면 그 친구와는 어떤 관계를 유지하고 있을까? 혹은 한밤중에 내가 걸어가는 바로 앞으로 순식간에 육중한 트럭이 소리 없이 지나갔는데 내가 1초만 앞서서 먼저 걸어갔더라면 어떻게 되었을까? 하는 부정의 생각들을 가정하기도 한다.

우리는 현실적이든 아니면 비현실적이든 이루지 못할 생각들을 꿈꾸면서 살아간다. 아마도 그것은 욕망을 간직한 인간만이 가지는 상상이자 몽상일 것이다. 이러한 감정들은 프로스트의 시에서처럼 '가지 않은 길'일 수도 있듯이 어떤 대체 상황이 발생하면 불현듯 일어나기도 하지만 어느 날 가슴에 와 닿는 시구들이 눈에 보이거나 생각이 드는 것하고는 또 다른 감정이다. 즉 이러한 가정들은 삶의 지표가 되어주거나 새로운 의미를 부여해주는 것은 아니다.

우리는 살아가면서 수많은 책들과 대면하게 된다. 자연과학 책에서부터 사회, 문화, 정치, 경제, 예술 등과 관련되는 수많은 책들과 대면하게 된다. 이 많은 책들 속에는 우리가 가지 않은 길이 있다. 시간을 초월해서, 혹은 공간을 초월해서 책 속에는 우리들이 갈 수 없는 길들이 수없이 많이 존재한다. 내가 사귀어 보지 못했던 첫사랑도, 내가 걷지 못했던 산책길도, 내가 꿈꾸었던 뮤지컬 배우도, 내가 겪어보지 못한 수많은 경험들을 이 책 속에 난 길을 따라 걷게 되는 것이다. 길이란 꼭 보이는 길만이 길이 아니다. 내 눈에 보이지는 않지만 책 속의 길을 따라 가다보면 진정으로 우리는 길을 보게 될 것이다.

사실 내가 '마음의 사춘기'를 갑자기 겪게 된 것도 책 속의 길을 따라 걷다가 알 수 없는 힘을 도움을 받았기 때문에 가능한 것이었다. 그동안 잠자고 있던, 아니면 그동안 수면 깊숙이 가라앉아 있던, 아니면 잊고 있었던 알 수 없는 느낌들이 이 책이라는 매체의 힘을 통해서 깨어난 것이 아니었을까?

　우리는 수많은 책을 읽으므로 해서 이런 가지 않은 길을 간접적으로 가 보게 된다. 사실 사람들은 성인이 되기까지 자신만의 인생길을 걷게 된다. 좋든 안 좋든 자신이 선택한 길을 따라 앞만 보고 가는 속성이 있다. 그 주변에 어떤 다른 길을 생각한 겨를도 없이 자신이 스스로 선택한 길을 따라 한눈도 팔지 않고 가게 된다. 그러다 수렁에 빠져 헤어나지를 못하는 경우도 있고, 길을 잘못 들어 소중한 자신을 잃어버리기도 한다. 우리는 주변에서 이런 수많은 분들을 보기도 하고, 우리 자신들도 진정한 삶의 의미를 잃어버리고 한참을 헤매기도 한다. 어른이 되면 타인들의 말에 쉽게 수긍하거나 공감하지 않는 버릇을 가지게 된다. 그래서 우리 어른들은 책을 읽음으로 해서 자신의 잘못된 가치관이나 생각, 습관 등을 바르게 고쳐 나갈 수 있으며 편견을 줄일 수 있다. 마지막으로 이런 '마음의 사춘기'를 위한 나의 시 한 편을 또 소개한다.

　밤 한 알

아내가 나가 버린 거실에서
아내가 파먹던 삶은 밤 한 알을
아내가 파먹던 티스푼으로 파먹는다.

"밤 삶을까?"
어제 저녁 늦게 건너 방으로 들리던 아내의 목소리
"응"
건성으로 대답했지만
어제 저녁에 눈 비비며 쪄놓은 밤알을
여기저기 빨래가 걸려 있는 거실에서

나는 홀로 앉아 파먹는다.

생 밤알처럼 탱탱하던 아내
어느새 몸매는 펑펑해져가고
손등은 삶은 밤알마냥 터져 있고
파먹은 빈껍데기마냥 거칠어 있지만
내 입안에 달콤한 밤 한 알 맛
어느새
내 몸 안으로 깊숙이 퍼진다.

어느 날 갑자기 아내가 안쓰럽게 느껴졌다. 그 동안 느끼지 못했던 복잡한 감정들이 삶은 밤을 통해서 갑자기 나에게로 전달되어 왔다. 그 곱던 얼굴 한편으로 주름이 보이기 시작하고 험한 집안 일로 손은 밤의 빈껍데기마냥 거칠어져 있는 모습을 보니 갑자기 안쓰럽게 느껴졌다. 나에게 오늘 또 마음의 사춘기가 오나보다.

III

가을

1
| 수수밭에 바람이 불면 |

　시골 농가 뒤, 터에 손바닥만한 수수밭이 있었다. 그곳 수수밭에 바람이 불면 '쉬이쉬이' 하고 수수가 바람에 쓰러지는 소리가 들리곤 했다. 그 수수밭 옆으로는 수수보다 한참 큰 고염나무가 있어서 가을걷이가 끝난 밭에는 검정 고염이 주렁주렁 열려 손을 기다리고 있었지만 아무짝에도 쓸모가 없는 고염은 그냥 내팽개쳐지곤 했다. 허나 할멈은 고염을 뒤로하고 토실한 수수를 하나하나씩 모가지를 잡고 낫으로 베어서 수확하곤 했다.

　수수밭에 바람이 불면 목말라한다.
　소골소골 박힌 수수가 진갈색으로 익어 가면
　슬픔으로 목말라하던 적이 있었다.

　산등성이의 수수밭이 푸른 하늘에 박히고
　쭈빗 자란 수수가 바람에 부대끼면
　할매는 서러움으로 한동안 울음을 삼킨 적이 있었다.

　수수밭 한가운데 바람이 불면
　수수가 바람에 부대끼어 넘어지고, 쓰러지고, 꺾여지고, 울부짖는 소리에
　애달파 한 적이 있었다.

그런 수수를 보면서 슬퍼짐을 느끼곤 했다. 수수팥떡을 먹고 돌을 갓 넘긴 아이가 홍역에 걸려 죽어 동구 밖으로 실려 나가던 날, 온 동네는 숨을 죽였고 할머니는 죄책감에 울음도 삼킬 수 없었다. 먼저 보낸 손자를 가슴에 묻고 살아가지만 할머니는 여물어가는 가을이 오면 울음을 삼키고 수수밭에 나가 수수를 수확했다. 색이 붉은 수수는 몇 알만 꺾어 따도 광주리에 한 아름 쌓여 대보름이나 생일날 수수팥떡을 만들어 먹고 남으면 보릿고개를 넘는 데 요긴하게 쓰였다.

그 할매의 가족들은 자녀 교육을 핑계 삼아 땅을 팔아 고향을 등지고 서울로 이사 와서 그 수수깡으로 빗자루를 만들어 등에 지고 팔러 다녔다. 골방에 앉아 허리가 끊어져라 댕기 끈을 당겨서 수수 빗자루를 밤새도록 만들어 아침부터 도심의 골목길을 돌아다니며 팔았다. 수수 빗자루는 술이 가늘고 섬세하게 엮어서 그런지 주부들의 인기를 독차지하였다. 가지런히 상고머리를 깎듯이 일정하게 정렬된 노란 수수 빗자루 하나만 있으면 그 지저분한 방도 금세 깨끗해졌고 수수 빗자루가 지나간 자리엔 머리카락 한 올 남지 않았다.

한동안 수수 빗자루는 잘 팔려 자식들 공부를 시키고도 남았다. 장사를 하고 오는 날에 전대에는 돈들이 수북이 쌓여 있어 그동안의 피곤은 한순간에 사라지곤 했었다. 자식들은 효자 노릇은 못해도 수수깡대는 효자 노릇을 톡톡히 했다.

옹골진 산등성이 집에
매일 밤하늘에 들리던 돌 깨는 소리는
저녁연기가 되어 사라진 걸까?
돌을 캐던 징 소리는 들리지 않고
매일 밤, 해남 아비는

술에 취해

달빛에 취해

하루해를 넘기는구나.

할멈이 살고 있는 바로 위 해남이네 집은 산등성이 옹골진 언덕에 자리하고 있었다. 서울로 올라온 날부터 터를 잡고 징을 대어 화강암 돌을 매일 밤 찍어 내어 집을 올렸다. 매일 밤 징 소리가 변두리 도심가 하늘에 울려 퍼졌다. 블록 벽돌로 올린 집은 겨울철 삭풍을 온전히 몸으로 막아 내고 있었지만 그런대로 한 겨울을 지내기에 부족함이 없었다.

이제야 발붙이고 살 즈음 엄동설한이 몰아친 추운 겨울, 수수 빗자루를 만들고 남은 할멈 집 빈 수수깡대를 얻어 부엌에서 연탄불을 지피다 이제 막 아장아장 걸어 다니던 8남매 중 막둥이가 연탄불로 떨어져 불에 큰 화상을 당하였다. 그 후유증으로 며칠을 못 버티고 하늘나라로 갔다. 죄 없는 어린아이들이 이래 죽고 저래 죽어 나갔다. 그러고서 해남이 애비는 매일 밤늦은 자정이 가까워 오면 술에 곤드레만드레가 되어 할멈 집 대문 앞에 쓰러졌다.

2
| 선산의 패랭이꽃 |

　우리 인간은 누구나 인생이라는 여행을 하게 된다. 우리 인간만도 아니고 모든 생물도 여행을 하게 된다. 하물며 식물도 여행을 한다고 생각한다. 우리가 생각하기에 식물은 여행을 안 할 것 같은데, 산속의 다래넝쿨 등 줄기식물을 보면 그들도 여행을 하는 듯하다. 자신의 넝쿨을 이리저리 쭉쭉 뻗어 멀리까지 올라가는 모습을 보면 감탄사가 절로 나온다. 두 발로 이동하는 여행이 아니고 그들은 그들만의 방법으로 여행을 하고 있는 것 같다. 또한 식물은 세대 간 여행을 한다. 바람과 함께 자신의 소중한 씨앗을 지구의 반대편까지도 퍼트릴 수 있는 능력을 가지고 있다. 자신이 멀리 가지 않더라도 자신의 손자 세대에게 자신이 가고 싶은 곳에 자신의 종을 퍼트리는 것이다.

　우리 인간도 세대 여행을 한다. 돌아가신 선조들을 기리기 위하여 매년 한가위가 다가오면 묘소에 참배하러 선산으로 간다. 우리 가족들도 충청도 두메산골 선산에 성묘를 겸해서 벌초를 하러 간다. 언제부터 시작되었는지 모르지만 할아버지의 아버지, 아버지의 자식들이 뒤를 이어서 벌초하기 위하여 매년 가던 길을 오간다. 연례행사가 된 지 오래다. 새벽 일찍 눈을 비비고 집을 나서면 고생길이 되곤 한다. 대부분 벌초는 추석이 오기 전 1~3주 전 주말에 가게 되는데 주말에 벌초를 가는 사람들로 온통 고속도로를 메운다. 회귀성 연어와 송어가 넓은 바다를 돌고 돌아 살을 통통히 찌워 자신이 태어난 하천으로 다시 되돌아오듯이 우리 인간들도 그런 이동로를 가는 것이다.

꽃들이 피어나 시들어져 가는 계절
한가위 세밑, 가을 선산에 피는 패랭이꽃이 가엾어라.

춘삼월의 따뜻한 봄날에 새순을 돋은 패랭이꽃
열하의 붉은 더위에 힘을 모았지만
백로 시절의 충청도 선산 묘지 가에 핀 패랭이꽃
가엾이 벌초伐草의 제초기 날에 잘린 채
얼굴도 모르는 할머니 무덤가 풀섶에서
물감을 들이듯 빼꼼히 붉고 파란 고개만 내밀더라.

그해에는 그동안 벌초할 때 보이지 않던 패랭이꽃, 할미꽃들이 유난히
많았다. 초봄에 집안 어르신이 종친회의 결정도 없이 산판을 해 버리는
바람에 선산이 온통 무성한 잡초들로 볼품없이 덮였다. 그 덕에 이름 모
를 야생초들이 여기저기 고개를 내밀었다. 이런 야생초들을 볼 틈도 없이
친인척들 몇 명은 예초기를 돌리고 몇 명은 손에 익지도 않은 낫질로 조
상님의 묘소를 깎다 보면 온몸은 땀으로 뒤범벅이 된다. 묘를 깎고 나서
가지고 간 음식을 차리고 큰절을 올리려고 보니 그동안 보이지 않던 할미
꽃이 묘 등 위에 여기저기 자라고 있었고, 예초기에 무심코 잘려나간 패
랭이꽃이 베어나간 잡초와 선명이 대비되어 잡풀 속에 나뒹굴고 있었다.
잡풀 속에서 빼꼼히 고개를 쳐든 그 처량한 모습이 아직도 선명하다.

들녘도 누렇게 시들어 가고
시절은 나뭇잎 떨어지듯 저물어 가는데
저 선산 묘지 위 핀 패랭이꽃
지난봄 산판으로 잘려나간 선산의 큰아버지 묘소의 할미꽃마냥 처량하여라.

햇빛도 흘러간 빈 공간

하나 둘 낙엽 빈자리에 너도밤나무의 성근 밤알이

싹을 틔우기 위해 선산 묘지 아래 자리를 잡는 가을 초입에

초승달의 긴 여운이 선산 묘지 위에서 남기고

저 광활한 우주로 사라질 때도

저 진분홍의 패랭이꽃은

세속에 꺾여진 자신의 운명이나 알았을까?

3
| 7월, 우리가 잊어버린 것들 |

나는 그 현장에 가고 싶었다. 태국에 온 김에 역사의 현장이 아니라 엄밀히 따지면 '콰이강의 다리'로 유명한 그 영화의 현장에 가고 싶었다. 연합군 포로들에 의하여 건설된 '콰이강의 다리'에 가고 싶었다. 그러나 그곳에는 연합군의 묘소가 있고 그 묘소에 수많은 청년들의 죽음이 있었다.

다음에 소개하는 글은 나의 블로그에 올린 태국 여행기다. 방콕을 거쳐 '콰이강의 다리'까지 가는 과정을 블로그에 올린 여행기인데 흥미삼아 소개해 보고자 한다.

사실 이번 여행은 첫 번째 혼자 가는 배낭여행이다. 아내가 혼자 가느냐고 묻기에 친구들과 함께 간다고 얼버무렸다. 혼자 가는 것을 눈치 챘는지 걱정하며 누차 물어왔지만 나의 완고한 대답에 짐짓 모르는 체 해버린 듯하다.

오전 10시 반 인천공항에서 베트남항공 비행기를 타고 호치민을 경유하여 10시간에 걸쳐 방콕에 도착하는 일정이다. 9시쯤에 비행기 탑승구 옆 KT 창구에서 휴대전화 로밍을 마치고 탑승을 대기하는 중 만감이 교차한다. 우연찮게 직장에서 격무가 겹친데다가 첫 여행을 준비하면서 신경을 많이 썼더니 컨디션이 말이 아니다. 처음 혼자 하는 여행이라 즐거움보다는 두려움이 앞선다. 그러나 호치민 행 비행기 안에서 베트남에서 무역을 하고 계시는 분을 만나 이런저런 얘기를 나누면서 중소무역을 하시는 분들의 애로사항도 듣고, 서로 공동사인 자식들의 얘기도 나누니 지루하지 않았다.

비행기는 오후 4시쯤 호치민 탄손누트공항에 도착했다. 환승을 하기 위해 안내 표지판만 따라 아래층으로 내려왔다. 탄손누트공항은 의외로 작고 아담해서 환승하는 것도 힘들지 않지만 탄손누트공항의 시스템은 엉망인 듯하다. 분명 비행기 탑승구가 10번 게이트였는데 안내도 없이 17번 게이트로 바뀌었다. 당황스러웠다. 나중에 해외여행을 많이 다니는 지인에게 물어 보았더니 탑승 5분 전에도 탑승 게이트가 바뀌기도 하고 타지 않은 탑승객은 이름을 불러서 꼭 태운다고 한다. 부득이 태우지 못한 탑승객은 다음 비행기로 태워서 목적지까지 무사히 보낸다고 하니 너무 걱정은 안 해도 될 듯하다.

무사히 방콕에 도착하여 비행기에서 내리니 바람이 코끝에 밀려온다. 말 그대로 듣던 방콕이다. 적응이 안 된다. 태국 여행정보 사이트인 '태사랑'에서 추천하는 공항철도를 이용하기 위해 공항 맨 지하층으로 내려왔다. 군복을 입은 안내인들에게 물어 바로 옆 안내소에서 파야타이까지 90바트(Baht)에 구입했다. 분명 35바트 정도면 구입할 수 있다고 했는데 90바트에 티켓을 끊었다. 알고 보니 직행표다. 철도 한 칸에 있는 승객은 나와 서양인 3~5명 정도로 한산하다.

차창 밖으로 엄청 크고 긴 삼성 간판이 스쳐 지나가고, 이윽고 어둠이 내린 방콕 시내가 내 눈앞에 다가와 있다. 약간의 긴장감이 살짝 다가온다. 공항철도에서 내리니 멀리 고가도로로 연결된 BTS 라인이 웅장하게 공항철도와 연결되어 있다. 무작정 고가철도로 걸어서 2번 출구로 나오니 오른쪽 BTS 라인 다리 아래의 물 위에 판잣집이 보이고 강바닥에 자라고 있는 푸른 나무들이 묘하게 어우러져 나를 낯설게 했다. 나와서 59번 버스를 타는 것은 무리일 것 같아 100바트에 간신히 흥정을 하고 택시를 잡았다. 태국 여행자 거리 카오산, 그래 한번 보자꾸나, 헤이 택시 카오산! 카오산! 카오산 로드? 개그맨 블랑코처럼 생긴 택시 기사가 나에게 물어본다.

"당신 N코리아? S코리아?"

"오, 노노. 노스 코리아. 에스 코리아가 아니고 사우스 코리아."라고 큰소리로 소리쳤다. 노스 코리아에 대해 어떻게 아느냐고 물어보니, 따발총 흉내를 내며 총 쏘는 연기를 한다. 여기서도 북한의 연평도 사건은 이미 알고 있는 듯하다. 그래 영어가 조금 되나 보다.

"듀 유 라이크 사우스 코리아? 방콕 나이트 뷰티풀." 용기 내어 영어로 물어보자 택시 운전자, 아무 말이 없다. 잉, 영어를 못 알아듣는가벼, 직감한다.

퇴근시간의 방콕 교통은 한국과 별반 차이가 없다. 한참을 가던 택시 기사는 앞에 밀려있는 차량을 보더니 갑자기 중앙선을 침범하여 오던 길을 다시 간다. 파야 타이역이 다시 보인다. 오, 노! 나의 외마디가 빛을 낸다. 택시 기사는 나를 힐끔 보더니 레프트! 레프트! 오, 좌회전하여 간다는 신호를 보낸다. 내가 겁먹은 모습을 본 모양이다. 그래 처음 방콕에 온 신출내기가 오던 길을 다시 가는데 안 놀랄 사람이 누가 있겠어? 잠시 후 그 택시 기사는 누군가에게 핸드폰으로 전화를 걸어 회희낙락하면서 운전하는 모습을 보니 전형적인 가장의 모습으로 비쳐져 안도가 됐다. 안심이다. 이런 친구가 나를 속이지는 않겠지. 새우젓 배에 팔아넘기지는 않겠지. 무사히 카오산 거리에 도착하니 저녁 8시쯤이다. 오오, 여기가 카오산 거리란 말이지.

〈저녁의 카오산! 문화적 충격 속으로〉

토요일 오후 저녁의 카오산 거리. 그야말로 문화적 충격이다. 인산인해의 코쟁이 물결 속에 거리 초입에는 태국인들의 타악 연주소리가 좁은 골목길로 울려 퍼지고 길 가장자리로 죽 늘어선 혼돈의 노점상, 비어홀을 점령하고 있는 코쟁이 징징이들. 그 사이사이로 보이는 텔레비전 속에 비치는 영국 프리미어리그 축구 광경. 후끈거리는 열기. 오오, 이 열기는 어디서 오는 것일까? 태국일까, 코쟁이들의 나라일까. 호기심보다는 알 수 없는 두려움이 나를 엄습한다. 겁이 많은 나에게 이런 모습이 가당하기나 한 것일까!

간신히 찾아간 카오산 팰리스 호텔에서 안내를 받는 것부터 버벅댄다. "디포짓 파이브 헌드레드. 디포짓!" 나는 한참 헷갈렸다. "기브 유 투모로우 파이브 헌드레드." 아아, 그래. 보증금이란 말이지. 내일 돌려준다고. 간신히 알아듣는다. 500바트의 보증금을 주고 영수증을 챙긴다. 카오산 로드의 풍악소리가 룸 안에까지 그대로 들어오는 엄청난 혼돈에 좀처럼 정신을 차릴 수 없다. 나가기가 겁이 난다. 아니 이 광란을 이제부터 즐겨나 보자.

내일을 위하여 잠을 청하는데 잠은 안 오고 새벽 2시가 되어서야 주변이 겨우 조용해진다. 그래, 자기들도 자야 내일 또 놀겠지. 어쩐 일인지 나의 눈은 더 말똥말똥해지고, 그렇게 방콕에서의 첫 밤이 깊어갔다.

〈핏빛 속에 피어나는 낭만의 깐짜나부리 투어〉

어제 깐짜나부리 투어를 신청한 버스가 오전 7시 30분이 넘어서야 도착했다. 여행사 연합 투어답게 이미 많은 신청자들이 버스에 얼추 차 있었다. 몇 곳을 더 돈 버스는 투어 신청자들이 차자 짜오프라야 강을 가로지르는 삔까오 다리를 건너 달리기 시작했다. 산을 볼 수 없는 방콕과는 달리 깐짜나부리로 다가갈수록 산이 보이기 시작한다.

서너시간을 달려 연합군 국립묘지 무덤에 도착하여 비석을 보니 제2차 세계대전 중 포로가 되어 다리를 건설하다가 전사한 20대 초반의 병사들의 무덤임을 알 수 있었다. 머나먼 이곳까지 와서 자신을 산화한 연합군 병사의 무덤을 보니 만감이 교차한다.

제2차 세계대전 당시 일본군이 태국과 미얀마를 연결하기 위해 다리를 건설했다. 그때 연합군 많은 포로들이 다리를 건설하면서 죽어갔다.

이곳 연합군 묘에서 걸어서 10여 분 거리에 있는 '콰이강의 다리'는 그날의 역사를 간직한 채 그 자리에 지금도 튼튼하게 우뚝 서 있다. 그 영화 속 장면이 스쳐 지나갔다. 영화 속 음악인 '보기 대령 행진곡'이 들릴 것만 같다. 강 상류 위에 둥둥 떠 있는 플라워 레스토랑은 그 푸르고 여린 병사들의 혼을 담은 듯 시리도록 아름답다.

깐짜나부리 투어의 백미는 아무래도 우리나라 70년대와 같은 기차를 타고서 '콰이강 다리'부터 남똑역까지 2.5시간을 경유하는 것이다. 그 기차는 피로 얼룩진 기찻길을 소리 지르며 달린다. 특히 탐 끄라쌔역에 이르러 기차는 절벽 옆을 통과하는데 이 일대의 절경이 입을 다물지 못하게 아름답다. 삼나무, 사탕수수 잎 사이로 지나가는 기차는 마치 시대를 거슬러 올라가는 여행인 듯했다. 투어에 참여한 모든 여행객들은 기분이 들떴고 소녀, 소년시대로 되돌아간 것 같았다. 우연히 한 달째 혼자 여행하는 아가씨, 3주째 혼자 여행하는 아주머니 등 혼자 여행하는 싱글들이 만나 한데 뭉쳐 사진을 찍어주며 즐거운 한때를 보내고…. -중략-

위에서 언급하였듯이 '콰이강의 다리'에 가기 전에 연합군 묘소가 있다. '칸짜나부리 워'로 붙여진 기념관이다.

대부분의 투어버스가 도착하면 맨 처음 내리는 장소가 이 전쟁기념관이며 이곳을 제일 먼저 들르게 여행 스케줄이 짜여 있다. 이곳 태국에서만큼은 이 전쟁은 잊혀진 전쟁이 아니다. 우리나라 6·25전쟁보다도 더 오래전의 전쟁이지만 그들은 관광에 앞서 이곳에서 전쟁의 의미를 생각하게 해 놓았다. 기념관 안으로 들어가면 죽음의 다리를 건설하면서 죽어간 칠천 명의 연합군 병사들의 묘소가 조성되어 있다. 푸른 잔디 위에 열 지어 돌판에 새겨 넣은 묘비명들, 나는 20대 초·중반 어린 병사의 묘비명들 앞에서 말문이 막혀버렸다. 아무 말을 할 수가 없었다.

자식 같은 어리디 어린 병사여

여기 누워 있지 말고

이제 일어나려무나.

당신이 그리던 고향으로 가려무나.

집 앞의 올리브 나무를 꺾어 약속하던

약혼녀의 두 손을 잡으러.

　7월은 정전 60주년이 되는 달이다. 6·25 동란이 일어나고 3년에 걸친 전쟁이 1953년 7월 27일자로 잠시 전쟁을 멈춘 날이기 때문이다. 북한은 이날을 전승기념일로 정하여 대규모 퍼레이드를 펼친다. 우리는 단순히 기념만 할 뿐이고, 우리에게 6·25 전쟁은 용산전쟁기념관에나 있다. 미국의 한국전쟁기념관은 워싱턴 D.C 교외에 있다고 한다. 가보지는 않았지만 금년도 7월 정전 기념일에 미국의 오바마 대통령도 별도의 기념행사를 가졌다고 한다. 그는 기념행사에서 한국전쟁을 잊힌 전쟁도 아니고 비긴 전쟁도 아닌 승리한 전쟁으로 규정하였다. 그 이유로 한국 국민이 북한 국민보다 더 잘 살고 있고, 평화롭고 자유롭다는 데 있다고 말했다. 특히 이 기념관 야외에 판초 우의를 걸친 병사들 동상의 얼굴은 매우 슬프고 침울한 표정을 형상화하여 보는 이들의 가슴을 울리고 있다.

　한 번도 들어본 적 없는 동양의 작은 나라인 대한민국의 국민들과 자유민주주의를 지키기 위하여, 미국을 위시한 우방국들의 젊은이들이 한국의 낯선 땅에서 산화한 것이다. 왜 자신의 목숨을 내걸고 지켜주어야 하는 나라인지도 모르면서 그들은 한국이라는 이 동방의 작은 나라를 지켜낸 것이다. 이 기념관에는 이런 문구도 쓰여 있다고 한다. FREEDOM IS

NOT FREE^(자유는 공짜로 얻어지는 것이 아니다). 이 기념관에 판초 우의를 입고 슬픈 모습을 형상화한 조각은 장진호 전투를 재현한 것으로 알려져 있다. 우리나라에서는 흥남철수를 성공시킬 수 있도록 발판을 마련한 장진호 전투는 주목받지 못하고 있다. 아니 외면하고 있는지도 모르겠다. 이 철수 작전에서 갑작스러운 중공군의 침공으로 미군은 6,532명의 병력 손실을 입은 것으로 알려져 한다.

6·25 전쟁 때 우리나라를 도운 우방국은 21여 개국이나 되며 군인을 파견한 나라는 16개국이나 된다. 그리고 특히 터키는 이 전쟁에 15,000여 명이 참전을 하고, 2002년 월드컵 4강에서 만나 형제의 나라로 알려지게 되었고 그리스 시내 헌법광장에 가면 무명용사비에는 그리스가 참전한 나라의 명단에 한국이 있다. 당시 700만 명의 인구를 가지고 있는 나라에서 한국전쟁에 1만 명이 넘는 병사를 참전시켰다. 우리는 가끔 도움을 받은 순간들을 잊고 살아가는 경향이 있다. 바쁘다 보니, 혹은 잘 알지 못해서, 나에게 직접적으로 도움 받은 기억이 없어서, 여러 가지 이유가 있겠지만 누가 뭐랄 사람은 없다. 배은망덕하단 소릴 들을지는 몰라도.

4
| 낯섦과 제라늄 |

    사무실로 비치는 햇살이 지나가고, 난 깊은 낯섦에 빠져 있었다. 사무실에서 밖을 보니 어둠은 하늘에서 내려와 있고 사무실벽에 붙은 거울을 통해 나를 바라보니 왠지 내가 아닌 듯 낯설다. 어느 낯선 사람들이 날 보는 듯하고 또한 내가 갑자기 낯설어지는 저녁 어스름이다. 우리는 가끔 낯섦에 빠지곤 한다. 매일 얼굴을 마주보던 사람들이 낯설어 보이고, 내가 낯선 곳에 온 듯한 느낌을 받곤 한다.

낯선 모퉁이에 서면

풍광 속에 내가 서 있듯이
시간 속에 내가 서 있다.
정오, 사각四角의 하늘에는
하늘색 창공이 정지하듯 활촉 끝에 매달려 있고
늦은 하오, 사각의 하늘에는 하얀 창공이 걸려 있다.

어디쯤 그 시간이 있을까

지나고 지나면
당신은 어디쯤 있을까
시간 속으로 버스 한 대가 미끄러지듯 들어오고

그 버스 속에는 낯선 그림자가
낯선 여인이 나를 보고 있다.

아직도 하늘에는 하얀 낮이 시들지 않고
어둠이 내려앉는데
어딘지 모를 곳에서 낯선 바람이 불어온다.

이 낯선 곳 모퉁이에 시간을 비껴선 사람은 누구일까

내가 지나가고 나면
그 낯선 사람도 날 따라올까
시간은 지나간다.
그 버스도 스쳐 바람처럼 지나간다.

　사랑은 어디서 오는 것일까. 어떤 잡지에서 모 연예인을 인터뷰한 기사를 읽은 적이 있다. "당신은 어떤 사람과 사귀고 싶습니까?"라고 묻는 질문에 그 연예인은 낯선 사람과 사귀고 싶다고 말한 것을 읽은 적이 있다. 우리는 가끔 내가 낯선 곳에 와 있다는 생각을 가진 적이 있다. 물리학에서 말하는 이중의 겹친 세상에 잠깐 내가 건너와 있다는 생각을 가진 적이 있다. 여행지에서 잠깐 길을 잃어버렸을 때, 당신이 줄곧 간직하고 있었던 이상의 여인을 만났을 때, 혹은 의지 안으로 생각지도 않은 사물이 들어왔을 때, 우리는 익숙하지 않는 그런 낯섦의 경험을 하기도 한다. 당신은 어떤 때에 이 낯섦을 경험하시는지요?
　어느 날 사무실 안으로 제라늄 꽃이 들어왔다. 나는 낯설다 못해 화려함에 내 마음을 빼앗겨 버렸다. 책상 앞에 놓인 빨간 제라늄 꽃잎이 우리

들을 유혹하고 있었다. 유혹하는 그에게 나의 마음을 주어버릴까? 수없
는 갈등이 날 감싸 안았다. 식물인 꽃에서 무슨 유혹을 느낄 수 있느냐고
반문할지 몰라도 립스틱처럼 빨간 꽃잎을 보노라면 사랑에 빠져 버리는
당신을 발견할 수도 있을 것이다.

제라늄 앞에서

네 앞에서 나의 마음을 들킨 것 같아
너를 사랑하느라 좀처럼 다른 일을 할 수 없다.

멀리 가다 다시 찾아 온 너의 낯선 유혹에
나는 숨조차 쉴 수가 없구나.
하루하루 입을 벌리는 너의 붉은 입술에
나는 눈을 감을 수 조차 없구나

이 제라늄은 유럽인들이 특히 사랑하는 꽃이다. 유럽을 여행하다보면
창가에 내놓아 여행객들의 눈의 피로를 풀어주는 꽃이 이 제라늄이다. 피
었다 지기를 반복하는 꽃으로 지루함이 없는 꽃이다.

제라늄은 그늘이나 음지의 습지에 약한 꽃 같다. 사무실에 두면 금세
꽃과 잎이 시들기도 한다. 낯가림이 많은 꽃이다. 많은 사람들이 관심을
가지고 바라보면 시들어 버리는 듯하다. 그러다 밖의 은은한 햇살에 며칠
간 노출시키면 바로 살아나서 애를 태우기도 하는 꽃이다.

5
| 참나무를 위한 세레나데 |

참나무는 우리나라의 산하 어디에도 잘 자라는 나무이다. 소나무와 함께 우리나라 산림의 50%에 육박할 정도로 흔한 나무이다. 우리나라는 이 나무들과 함께 삶을 영위해 왔다고 해도 과언은 아니다. 그 쓰임새가 매우 유용하여 어디 하나 버릴 데가 없다. 말 그대로 참나무는 진짜 나무라는 뜻이다. 잎이 풍성하여 산행객들에게 그늘을 제공하기도 하고 가뭄으로 흉년이 드는 해에는 구황식물로 백성들에게 맛있는 도토리묵을 내놓기도 한다. 또한 연기가 나지 않고 화력이 세어서 참숯을 만들어 차가운 방을 덥혀 주기도 하여 우리나라에서는 존귀한 나무로 대접받고 있다. 최근에는 참나무 잎마름병으로 인해 밑동이가 잘려나간 참나무가 산을 뒤덮고 있지만 참나무는 아직도 그녀의 넉넉한 품을 벌리며 우리를 반기고 있다. 오늘 그녀의 품 안에 안겨 보지 않으시겠습니까?

그녀

한 여름날 온 사방이
땀범벅이 되어 질척일 적에
바람은 그녀를 살포시 깨우고는
골짜기 숲 아래의 계곡으로 사라져 갑니다.

그녀는 그 풍성한 품을 벌리고

이내 그 자리에서
나비 한 쌍에게
사랑의 나눔의 터를 마련해주고는
아무런 부탁도 없이
곡예 짓을 부러운 듯이
그냥 바라만 보고 있습니다.

오가는 등산객들이
도심에 찌든 나약한 심신을
그녀의 품속에 한 번씩 안기어
그녀의 향기를 가슴에 한 아름 담고는
총총히 바쁜 듯 사라지고
사람들이 사라진 빈 산허리에는
매미 소리, 풀벌레 소리, 솔방울을 떨어지는 소리가
제풀에 못 이겨 자지러집니다.

태곳적부터
그 빈자리를 지키며
오가는 사람들에게
다정한 미소를 보내고 있지만
사람들은 제 잘난 듯이
그녀의 향기만을 맡고는
고마움의 인사도 잊은 채 되돌아갑니다.

한시름 놓은 가을날이면
그것도 모자라

사람들은 그녀의 사랑을 재확인하기 위하여
곰방망이로
그녀를 사정없이 내리치면
아낌없이 그녀는 마지막 징표를 토해냅니다.
그러노라면 이 밤이 다가도록
그녀는 그 아픔에 한숨도 잠 못 이룹니다.

일편단심
못내 그리워
그녀는 몸을 쪼개어
동굴 속 깊숙한 참나무 통으로 남아
긴긴 세월 인내를 감내하면서
알코올 냄새를 코끝까지 들이마시고
그녀는 한 잔의 술로 우리에게 공양을 합니다.

마지막 공양을 위한
그녀의 몸은 장작이 되어
활활 타올라 허공중에 연기가 되어 사라지지만
그녀는 바람 부는 계곡 숲 속에서 부조가 되어
우리들의 의자가 되어 기다리고 있습니다.

우리가 제각각 매듭을 지어 가더라도
그녀는 사람들을 용서하고
따뜻한 품을 간직하며
바람 부는 언덕에서
우리들을 하염없이 기다리고 있을 겁니다.

윗글 '그녀'는 햇볕이 쨍쨍한 무더운 여름날 수도권 가까운 산을 가족들과 함께 산행하고 내려오다가 참나무 그늘 아래에서 한없이 너그러운 참나무의 고마움에 시상이 떠올라 쓴 시이다. 그 무더운 여름날 산행을 한 행객들은 넓은 품을 벌리고 햇빛도 가려주고 바람도 쉬어가는 참나무 아래 걸터앉아 땀을 식히고 쉬어가지만, 행객들은 이 고마움은 까마득히 잊고 무심히 하산을 하는 모습을 보고 불현듯 미안한 마음을 감출 수 없었다.

나는 고단한 몸을 뉘여서 하늘을 배경으로 참나무를 바라본 적이 있다. 참나무 잎들이 만들어 낸 그 황홀한 기하학적인 배치에 넋을 놓은 적이 있다. 참나무 잎 사이로 파랗게 보이는 하늘의 새로운 느낌을 맛보고 싶다면 당신도 뒷산으로 가보라. 참나무 아래 돗자리를 깔고 누워 보아라. 그것만큼 좋은 피서도 없을 것이다. 참나무의 잎에서 부는 시원한 바람에 당신의 심신을 맡겨 보라.

우리나라 참나무의 종류는 6종 정도 되는 것으로 알려져 있다. 떡갈나무, 갈참나무, 신갈나무, 졸참나무, 상수리나무, 굴참나무로 나누어진다. 그리고 너도밤나무도 참나무과로 분류되기도 한다.

맛있는 도토리묵을 제공하는 나무는 주로 상수리나무지만 모든 참나무에서 도토리 열매가 열린다. 오래전부터 참나무는 구황식물로 분류되고 있다. 특히 상수리나무는 열매가 둥글고 커서 가을날 곰방망이로 가장 매를 많이 맞는 도토리나무이다.

가을이 깊어갈 무렵 산속의 도토리를 주워다가 묵을 쑤어 먹던 텁텁한 맛의 도토리묵은 야외의 침상에 걸터앉아 막걸리와 곁들여 먹으면 일품이다. 깊은 산속의 기와 대용으로 사용되는 굴피로 엮은 굴피집은 주로 굴피나무가 사용되지만 이외에 굴참나무, 상수리나무의 두꺼운 속껍질을 사용하기도 한다. 그리고 포도주 병에 주로 사용하는 병마개인 코르크의 주재료는 굴참나무이다. 신갈나무는 이름에서 유추해보듯이 넓은 잎을 가지고 있는데 짚신이 해지면 짚신 밑창에 깔아 신어 신갈나무라고 한다.

마지막으로 떡갈나무는 신갈나무보다 크게 자라고 잎도 더 크다. 떡갈나무는 잎이 두껍기 때문에 떡갈나무라는 이름이 붙었다. 서양에서는 떡갈나무를 특별한 이미지로 형상화하여 다양한 방면에 등장시키기도 한다. 소설의 배경 무대에 등장시켜 침침한 분위기를 연출해 내기도 하고 거대한 거인을 형상화할 때 사용하기도 한다. 떡갈나무는 어두운 밤에 숲의 장승처럼 산을 지키며 서 있는 나무이다.

옛날에는 산에서 나무를 해다 읍내 오일장에 팔아 생활한 적이 있다. 에너지 자원이 충분하지 않던 시절에 의식주를 해결하기 위한 수단으로 나무도 빼 놓을 수 없는 역할을 담당했다. 북청 물장수가 물을 팔아 생계를 유지하듯이 가난한 농부들은 농한기에 나무를 팔아 생계를 유지하기도 했다. 소나무의 마른 솔잎 등을 갈퀴로 긁어 각지게 묶어, 자신의 키보다도 더 높게 지게에 지고 시장에 내다팔던 모습들이 당시 우리들의 일상이던 때가 있었다. 깊고 높은 산에 올라 잔가지며 죽은 나무들을 해서 시장에 내다 팔다가 나중에 내다팔 잔가지가 없어지면 참나무 등 생나무를 도끼로 찍어 장작으로 만들어 팔기도 했다. 참나무만큼이나 억세고 모질게 살아가던 보릿고개 시절 우리의 자화상이다.

나무 중에 죽어서도 아낌없이 자신을 주는 나무로 참나무만 한 나무도 없을 것이다. 우리나라에서 참나무의 용도는 위에서 밝혔듯이 굴피집을 만들거나 신발깔개 대용, 장작용 땔감으로 사용하는 등 주로 직접적인 1차적 용도로 사용되었다면, 서구인들에게는 서구문화를 꽃피우는 데 결정적인 역할을 하기도 했다.

그들은 오크통 속에 포도즙을 넣어 숙성시킨 와인이라는 고순도의 발효주를 만들어 냈는데, 이때의 오크가 바로 참나무이다. 참나무통 속에서 몇 십 년을 브랜딩시킨 포도주는 수백만 원을 호가하는 술이 된다. 그들은 그들 자신의 문화적 품격을 위하여 와인을 그들 문화의 한축으로 만든 것이다. 와인은 오크통이 되는 참나무의 종류와 그 지방 참나무의 질에 따라 달라지기도 한다. 프랑스에서 만든 포도주는 그 지방의 참나무의 향과 색깔에 따라, 미국의 캘리포니아에서 만든 포도주는 캘리포니아에서 자생하는 참나무의 향과 색깔에 따라 그 지방의 와인이 만들어지고 결정되기도 한다.

산마루의 참나무

저 도봉 방학능선 산마루에 키 큰 참나무가 자란다.
바람에 흔들리고
서설에 양 손을 늘어뜨리고
바스락거리는 산 아래 사바세계에 귀를 세우기도 하고
긴 머리를 흔들거리며
천년의 세상을 관조한다.

여름날 쉬어가는 행객들에게
시원한 바람과 그늘을 드리우고
지나간 천년의 세월을 간직한다.

가을걷이면 다람쥐에게 아낌없이 도토리를 내주고
힘없이 머리를 흔들거리며
구름 가득한 하늘 향해 발돋움만 할 뿐
세속에 병을 얻어

스러져 가는 심신을 주체할 수 없어

멀리 자운봉에서 불어오는 서풍만을 기다린다.

이 시는 도봉산을 산행하면서 쓴 글이다. 그 바로 위의 시 '그녀'와는 이미지가 약간 다른 맛이 날 것이다. 도봉역에서 무수골 계곡 좌측을 끼고 올라가는 방학능선이라는 능선이 있다. 서울시에서 아름다운 산책길로도 선정된 길이기도 하다. 그 길을 쭉 오르다 보면 왼쪽은 우이동 그린파크 쪽으로 이어지고, 계속해서 쭉 오르면 신라 경문왕 3년에 도선 국사가 창건했다는 아름다운 절인 원통사가 나온다.

이 원통사는 우이암 바로 아래에 위치해 있어서 우이암을 머리에 이고 있는 절이다. 원통사를 나와 좌측의 뒷길을 따라 위로 곧장 올라 우측 능선을 타고 오르면, 도봉산의 기암절경인 오봉으로 가는 길과 자운봉이나 만장봉 쪽으로도 연결되는 길이 나온다. 나는 자주 이 길을 오르내리곤 했는데 이 길을 오르면서 시상이 떠올라 쓴 글이다. 아쉽게도 이 방학능선의 참나무들도 최근의 잎마름병으로 인하여 군데군데 베어져 비닐에 덮혀 있고 푸르른 산 군데 군데 잎사귀가 죽어 갈색으로 보이는 곳들이 많아 아쉬움을 더해 주고 있다.

6
| 가을이 다가옴을 예지하는 방법들 |

　가을이 다가옴을 무심결에 예지한다.

　먼 서산으로 붉은 빛을 닮은 노을 해가 넘어가고 어느새 매미 소리들이 잦아지나 싶더니, 이내 귀뚜라미 소리 우렁차, 밤잠을 설치게 한다. 멀리만 있던 풀벌레 소리들이 점점 가까이로 내려오고 그 색 좋던 우리나라 꽃 무궁화가 한 잎 두 잎 지고 관우 눈썹 같던 자귀 꽃도 자취를 감춘다. 담장에 핀 분홍의 나팔꽃은 그 큰 잎이 하늘을 향해 귀를 대고 가을의 소리를 듣는다. 텃밭 정원에는 여름내 피지 못한 철 넘긴 호박꽃이 지금 한창이고 한철의 무더위와 한낮의 볕, 늦처녀의 긴 한숨과도 같은 여름 장마를 먹고 자란 오이가 주렁주렁 노랗게 익어간다. 한 곁에는 수세미가 다 자라다 못해 제 큰 열매를 허공에 매달고 몸을 못 가누며 위태롭다.

　아이의 살결보다도 더 싱그러운 바람결이 피부를 감싸 돌면 가을이 옴을 느낀다. 선들한 바람이 저녁 들판에 다 자란 녹색의 갈대숲을 휘젓고 다니다 어디론가 사라지듯, 이제 조금 있으면 당신의 얼굴에 핀 더위 꽃도 당신의 하품 한숨에 사라질 것이다. 긴 장마로 닫혔던 창문을 활짝 열어젖히니 점점 길어지는 늦은 여름 햇살은 방 안 가득 깊숙이 퍼져나간다. 더디어지는 햇살에 아낙네들은 다급해져 눅눅해진 장롱 속 이불이며 아이들 옷가지를 끄집어내 창가에 내놓기 바빠지고, 긴 장마에 울적해진 마음을 말리기에도 제격이다. 동네 작은 슈퍼마켓에는 한여름 날 햇볕에 누나 엉덩이만큼이나 자란 토마토가 소쿠리에 담겨져 졸고 있고, 어느새 여름을 이겨낸 입 큰 푸른 사과며 청포도며 연분홍의 복숭아가 얼굴을 내

밀고 줄을 서서 손님들을 기다리고 있다.

어둠이 밀려오면 한낮 더위에 지친 사람들은 몸을 추스르고 저녁 산책을 하기 위하여 잡초마냥 부스스 일어나 여기저기 개천가로 나온다. 사람들이 재잘거리는 소리도 풀벌레 소리와 함께 가을의 초대에 들어온 듯하다. 어두운 밤 냇가엔 얼굴을 쳐든 노란 달맞이꽃은 가을의 시작을 알리는 어둠의 북소리이다.

가을을 옴을 예지하는 방법에는 여러 가지가 있다.산에서 내려오는 바람결로부터, 가깝던 구름이 더 멀리 멀어지는 하늘로부터, 늘 우리 가까이에서 우리의 심신에 희열을 주던 주변의 수풀로부터, 들녘의 논밭에서 곡식이 익어가는 모습으로부터, 깊은 밤하늘 우주의 밤기운으로부터 우리는 가을이 옴을 예지한다. 선선한 공기 냄새가 코끝을 스치면 깊은 숲 속 초목들의 숨 쉬는 소리를 다 들을 수는 없지만 우리의 오감은 그들의 움직임을 이해하게 된다. 가끔은 상수리나무의 조급한 도토리가 오솔길로 제풀에 떨어져서 내는 톡톡 거리는 소리와 누구도 눈길을 안 주는 산밤나무에서 밤알 떨어지는 소리가 우리 귀를 의심케도 한다. 자작나무 잎들이 비벼대는 소리가 숲 사이에 갇혀 있다 산언덕을 넘어오고, 오리나무의 힘없이 부러지는 딱딱거림의 소리가 산언덕을 넘어올 때가 되면 이 도심은 여름의 한가운데를 훌쩍훌쩍 지나간다.

동네 아이가 발장구치는 동네 앞 개천가엔 조용조용 버들잎이 가지를 늘어뜨리고, 그 사이로 피라미들이 놀라 급히 헤엄쳐 간다. 무더운 한여름, 입을 다물고 있던 풀벌레들은 자신들의 짝을 찾아 소리를 지르며 갑자기 이 한적한 동네로 선서 없이 내려오는 이맘때쯤이 되면 동네 가로수 변에 심어진 키 큰 은행나무는 무거운 가지에 제 몸 가누기 힘겨워지고, 한여름 꽃들은 막을 내리고 퇴장하기에 바빠진다. 개망초, 벌개미취, 여귀, 달개비, 나팔들도 손을 흔들며 이별을 고한다.

그제 '땅에서는 귀뚜라미 등에 업혀오고, 하늘에서는 뭉게구름 타고 온다.'는 처서가 지나 온 땅 위의 생명들은 더위에 한풀 꺾인 햇볕으로 인하여 성장이 점점 더뎌진다. 들녘엔 세찬 바람과 폭풍을 이겨내고 농부들의 땀의 결실로 자란 노란 곡식과 풋풋한 과일들이 익어간다. 또 다른 한쪽에서는 매서운 겨울을 준비한다. 부지런한 농부는 이 더위에도 겨우살이를 위하여 배추 모종을 내고, 식구들을 위한 겨우내 식량인 고구마, 감자 등을 캐어 광에 바삐 저장한다. 빨간 고추를 따서 곧 멀어질 햇볕에 말리기에 바빠 손을 움직인다. 한낮의 더위를 넘긴 칠흑의 저녁이 되면 더 명백해져 별 사이를 돌고 돈 선선한 바람들이 별빛과 함께 우리의 눈과 몸으로 스며든다. 더위에 지친 우리의 몽매함이 그 기운이 스며들어오는 것을 알아차리지 못할 뿐이다.

ㅋ
| 나무 |

지구상에 나무가 없다면 어떻게 될까? 나무의 수명은 어떻게 될까? 나무도 이동이나 이사를 하면서 살까? 나무도 수명을 다하면 죽는 것, 맞는 것 같다. 무한대로 사는 것은 아니다. 그리고 나무의 수명은 수종마다 다 다르다. 대나무는 50~60년이고, 소나무와 전나무 등은 500년을 못 넘긴다고 한다. 은행나무, 팽나무, 주목, 그리고 우리나라 동네에 가면 흔한 느

티나무 정도가 약 1,000년을 산다고 한다. 그리고 메타세쿼이아나 삼나무, 측백나무 등은 대략 3,000년 정도, 그리고 『어린 왕자』에 나오는 바오밥 나무는 약 5,000년을 산다고 한다.

인터넷에 최고 수령의 나무의 기록을 찾아보니 미국 캘리포니아 비숍 근처 화이트 산에 소나무 숲이 있는데 이곳에 브리슬콘(bristlecone) 소나무 '므두셀라' 나무가 있다고 하는데 100년에 3cm씩 자란다고 한다. 수령은 약 4,770여 년이나 되는 것으로 알려져 있다. 성경에서 나오는, 세상에서 가장 오랜 산 사람 '므두셀라'의 이름을 따서 지었다고 한다. 특히 이 소나무는 악조건 속에서만 장수하고 저지대의 좋은 환경에서는 200~300년밖에 살지 못한다고 한다. 그리고 스웨덴과 노르웨이 경계를 이루는 달라르나 산악지역에 사는 9,550년 된 나무는 빙하기가 끝난 뒤 자라난 최초의 나무라고 하는데 오래 산 이유는 매번 나무 줄기는 600년 정도마다 죽지만 뿌리들은 죽은 줄기를 대체해서 계속해서 살아간다고 한다.

중국의 사천성 란마창에서 차로 30분 정도 가면 삼국시대의 촉나라의 장수인 장비가 조림한 '취운창'이라는 곳이 있는데, 기원전 3세기경 지금으로부터 약 2,300여 년 전에 심은 10만 그루의 측백나무들이 숲을 이루고 있다. 우리나라에서는 울릉도 산봉우리 위에 고고하게 서 있는 향나무가 약 2,500살로 가장 오래된 나무라고 알려져 있고, 경기도 용문산 용문사 은행나무는 약 1,100년을 산 것으로 알려져 있다. 물론 이런 자료들은 인간이 확인한 나무들이고 인간이 알지 못하는 곳에서 더 오래 살아가고 있는 나무도 얼마든지 있을 것이다.

특히 유럽이나 미주는 신생대에 들어와서 빙하기를 맞아 많은 수종이 전멸해서 다양하지 않지만 우리나라는 그러한 빙하작용을 비켜가서 980여 종의 많은 수종을 보유하고 있다고 한다. 흔히 눈에 보이는 수종을 열거하더라도, 소나무, 참나무, 오리나무, 서어나무, 비자나무·주목, 전나무,

향나무, 그리고 우리나라 특산나무인 미선나무, 구상나무, 제주조릿대, 개나리, 망개나무 등 비교적 수많은 종의 나무가 있다. 알다시피 유럽이나 미주에 가면 그렇게 수종이 다양하지 않은 것을 발견할 수 있다. 비쭉비쭉 큰 침엽수림 한 종류가 산을 뒤덮고 있는 것을 볼 수 있을 것이다. 이러한 다양한 나무의 종류를 보유하고 있는 한반도에 살고 있는 우리들은 축복받은 땅에 살고 있는 것만은 확실한 것 같다.

지구상에 나무가 없다면 인류도 존재하지 않았을 것이다. 모든 동식물들도 살아가기 어려웠을 것이다. 본디 나무가 있는 숲은 인류에게는 신성한 것으로 인식되어져 왔다. 인간이 나무를 채벌하여 개발 사용하기 이전부터 나무는 인류의 식량 창고 역할을 수행하여 왔고, 거주와 의류의 공급 역할까지 담당하며 인류를 지켜왔다. 그리고 나무가 있는 숲은 어떤 유명한 명의보다도 훌륭한 치유 능력을 보유하고 있다. 나무는 스스로도 자신을 치유하지만 더불어 우리 인간들뿐만 아니라 모든 동식물들에게 치유의 공간을 제공한다.

심심산골의 숲으로 들어가 신비한 치유의 효과를 보고 있는 사람들을 주위에서 수도 없이 많이 보아왔다. 현대의학으로 치료를 포기한 사람들은 이 치유의 공간으로 찾아들어 심신을 치유한다. 나무와 숲은 현대의학으로도 풀지를 못하는 신비롭고 경이로운 물질을 뿜어내어 고된 삶으로부터 병을 얻은 사람들의 심신을 치료하고, 다시 삶 속으로 되돌려 놓는 치료의 기능을 가지고 있다. 나무는 우리 인간에게 티끌만큼의 해를 준 적이 없고 주지도 않는다.

우리나라 마을의 서낭당에는 오래전부터 마을의 안녕을 기원하는 당산나무가 있다. 당산나무가 있는 서낭당은 옛날의 소도처럼 신성한 장소로 어느 누구의 간섭도 받지 않는 곳이다. 버림받고 소박맞은 여인을 버리면 새 삶을 열어주기도 하는 마을의 성역이기도 하다. 그래서 금줄로 표시를 하여 누구의 범접도 허락하지 아니하였다. 그리고 단군신화에 나오는 신단수神檀樹는 우주에 솟은 당산나무로서 단국檀國이라는 나라 이름의 기틀이 되었다. 여기서 우리 신화는 박달나무를 신단수라고 하지만 우리네 마을 앞 동구 밖의 당산나무는 주로 느티나무, 은행나무, 참나무 등으로 모셔지는데 이 당산나무 아래에서 마을 굿, 도당 굿을 하여 마을의 안녕을 기원했다.

한 점

한 점에서 사유하는 나무로 태어나서
오직 한 님, 바람만 기다리고
오직 한 님, 비만 기다리고
오직 한 님, 눈 속에 파묻혀도 추위에 굴하지 않고
비난을 받아도 시기하지도 않고
원망하지도 않는
잎 푸르고 가득한 한 점 나무로 환생하고 싶어요.

아프리카 마다가스카르 섬에 자란 바오밥 나무의 고귀함보다도
시베리아 추운 숲에 자라는 자작나무의 순결함보다도
설악산 백담 계곡에서 자라는 금강소나무의 강인함보다도
고향 시골 냇가의 버드나무와 같이
시원한 바람에 머릿결을 쓸어내리고
한 해가 갈 때마다 세월의 나이를 몸 안에 꼭꼭 숨기는
숲 속 한 점으로 존재하고 싶어요.
몸 붙일 곳을 찾아 헤매는 일도 없이

사랑에 목말라 보채는 일도 없이
남을 원망하는 일도 없이
잎 푸른 한 점 나무로 남고 싶어요.

　나는 사유하는 한 점의 나무로 살고 싶다는 생각을 가끔 한다. 평생을
부대끼며 사는 인간보다는 남을 미워하지도 원망하지도 않고 살 곳을 찾
아 헤매는 일이 없는 나무로 살고 싶다는 생각을 한다. 물론 사유하거나
생각하는 나무는 없겠지만 알 수는 없다. 우리 인간이 보기에 인간만이
사유할 수 있다고 단정을 짓지만 그것은 인간이 생각하는 관점에서 보기
때문일 것이다. 사람만이 음악을 좋아하는 것은 아니다. 식물도 아름다운
음악을 들려주면 열매를 잘 맺고 잘 자란다는 것은 이미 알려진 정설이다.
　나무들은 바람과 햇볕, 토양과 함께 자라지만 잎에 울리는 진동의 소리
를 좋아한다. 새소리와 시냇물 소리, 그리고 천둥의 소리와 빗방울 소리를
좋아한다. 이런 것들이 어울려 나무를 자라게 하는 것이다. 그래서 아무
것도 살 수 없을 것 같은 척박한 벼랑의 바위에도 나무들은 씨앗을 잉태
하고 자신의 몸을 바위 깊숙이 침착하여 살아간다. 비 한 방울 오지 않는
황량하고 빈 벌판의 사막에서도 새벽이슬을 받아 살아가기도 한다. 인간
만이 척박한 환경에서도 살고 있지만 나무 역시 이런 환경에서도 외로이
자신의 의지를 실험하며 살아간다.

8
| 쑥부쟁이, 야생의 들국화 |

얼마 전 지인의 집에 초대를 받아 간 적이 있다. 반찬 중에 먹어 본 적이 없는 나물이 있기에 나물 반찬의 이름을 물었더니 쑥부쟁이 나물이라 했다. "쑥부쟁이가 뭐지요?" 나의 질문에 지인은 웃음을 지으면서 설명해 주었다. 쑥부쟁이 나물에 대하여, 아니 쑥부쟁이 꽃에 대하여.

요즘에는 말린 쑥부쟁이 나물을 홈쇼핑에서도 파는 시대이다. 토란 줄기, 고구마 줄기, 쑥부쟁이 나물을 온라인으로 시민들에게 파는 세상이 되었다. 어릴 적에 어머니는 뒤뜰 장독대 옆에 국화꽃을 심어놓고 순을 꺾어 자식들에게 끓여주던 기억이 새로운데 이 쑥부쟁이도 나물이나 국으로 끓여 먹고 있다. 쑥부쟁이는 이름에 '쟁이'가 붙어 있어 어리둥절하기도 하다. 대장장이, 도배장이, 미장이 등에 붙는 이 접미사처럼 친근함보다는 비천한 직업으로 깎아내리는 듯한 감을 지울 수 없다. 사전을 찾아보면 접미사에 '쟁이'와 '장이'를 구분해서 써야 된다고 한다. 기술자나 기능인에게는 '장이'를 쓰고 성격이나 버릇, 생활습관 따위의 뜻에는 '쟁이'를 써야 된다고 나와 있다. '~장이'를 쓰는 예로는 '미장이', '도배장이', '간판장이' 등이 있다. '~쟁이'는 '깍쟁이', '개구쟁이', '거짓말쟁이', '겁쟁이', '난쟁이', '멋쟁이', '요술쟁이', '월급쟁이', '점쟁이'를 써야 된다고 나와 있는데 이 쑥부쟁이의 이름은 이런 사전적 내용하고는 관련이 없다.

쑥부쟁아, 쑥부쟁아,
나물무침이 너무나 맛이 있어

목이 메여 버렸구나.

갖은 양념에다 참기름까지 쳐서 버무렸는데

그만 목에 걸려 넘어가지를 않는구나.

가을이 오면 우리나라 산야는 들국화의 천국이다. 봄이 진달래의 천국이라면 들국화는 가을의 산야를 온통 수놓는다. 여기저기 조그마한 꽃잎을 가지고 있는 야생에 피어나는 들국화는 "저 꽃은 들국화가 아니야."라고 부인을 할 정도로 많은 수의 들국화가 야생에 자생한다. 들국화는 다양한 색을 자랑하진 않지만 보라 꽃, 노란 꽃, 하얀 꽃 들국화가 핀 우리 산야는 어느 나라의 산야와 구별 짓는 꽃임에는 틀림이 없다. 그중에서 쑥부쟁이도 우리들 산하에서 흔히 볼 수 있는 야생 국화과 식물이다. 야생 들국화에는 대략 5종이 있다고 알려져 있다. 보라색 계열인 쑥부쟁이, 벌개미취, 구절초, 노란색 계열인 산에 피는 산국山菊과 맛이 있어 차로 만들어 먹는 감국甘菊이 있다고 한다.

쑥부쟁이 쑥부쟁이

이 산 저 산 골짜기

돋아날 무렵

불쟁이네 아가씨 이 산 저 산 나물 캐러 다니고

대장장이 담금질 두드리는 소리에

숫처녀의 부푼 가슴도 두근거리지요.

다시 돌아온다던 임은 기약도 없어

요술구슬로 임을 불렀지만

임은 이미 다른 임이 되어

토끼 같은 처자식이 있는 몸.

기다림에 눈이 멀어
천길 낭떠러지로 떨어진
쑥을 캐러 다니는 불쟁이네 딸
병난 어미와 주린 동생을 살리고자
쑥부쟁이가 되어 버렸구나.

쑥부쟁이, 꽃 이름에서 풍기듯이 이 쑥부쟁이라는 이름과 어울리지 않을 것 같은 꽃말의 전설이 있다. 옛날 어느 마을에 아주 가난한 대장장이가 살고 있었는데 그에게는 11남매나 되는 자녀들이 있었다. 이 때문에 그는 매우 열심히 일을 했지만 항상 먹고살기도 어려운 처지였다. 이 대장장이의 큰딸은 쑥 나물을 좋아하는 동생들을 위해 항상 들이나 산을 돌아다니며 쑥 나물을 열심히 캐왔다. 이 때문에 동네 사람들은 그녀를 '쑥을 캐러 다니는 불쟁이네 딸'이라는 뜻의 쑥부쟁이라 불렀다.

그러던 어느 날 쑥부쟁이는 몸에 상처를 입고 쫓기던 노루 한 마리를 숨겨주고 상처를 치료해 주었다. 노루는 고마워하며 언젠가 은혜를 반드시 갚겠다는 말을 남기고 산속으로 사라졌다. 그날 쑥부쟁이가 산 중턱쯤 내려왔을 때 한 사냥꾼이 멧돼지를 잡는 함정에 빠져 허우적거리고 있었다. 쑥부쟁이가 치료해 준 노루를 쫓던 사냥꾼이었다. 쑥부쟁이가 목숨을 구해준 사냥꾼은 자신이 서울 박재상의 아들이라고 말한 뒤, 이다음 가을에 꼭 다시 찾아오겠다는 약속을 남기고 떠났다.

쑥부쟁이는 그 사냥꾼의 씩씩한 기상에 호감을 갖고 다시 그를 만날 수 있다는 생각에 가슴이 부풀었다. 가을이 어서 오기만을 기다리며 열심히 일하였다. 드디어 기다리던 가을이 돌아왔고 쑥부쟁이는 사냥꾼과 만났던 산을 하루도 거르지 않고 매일 올라갔다. 그러나 사냥꾼은 나타나지 않았다. 쑥부쟁이는 더욱 가슴이 탔다. 애타는 기다림 속에 가을이 몇 번이나 지나갔지만 끝내 사냥꾼은 나타나지 않았다.

쑥부쟁이의 그리움은 갈수록 더해 갔다. 그동안 쑥부쟁이에게는 두 명의 동생이 더 생겼다. 게다가 어머니는 병을 얻어 자리에 눕게 되었다. 쑥부쟁이의 근심과 그리움은 나날이 쌓여 만 갔다. 어느 날 쑥부쟁이는 몸을 곱게 단장하고 산으로 올라갔다. 그리고 흐르는 깨끗한 물 한 그릇을 정성스레 떠놓고 산신령님께 기도를 드렸다. 그러자 갑자기 몇 년 전에 목숨을 구해 준 노루가 나타났다. 노루는 쑥부쟁이에게 노란 구슬 세 개가 담긴 보랏빛 주머니 하나를 건네주며 말했다. "이 구슬을 입에 물고 소원을 말하면 이루어질 것이다." 말을 마친 노루는 곧 숲 속으로 사라졌다.

쑥부쟁이는 우선 구슬 한 개를 입에 물고 소원을 말하였다. "우리 어머니의 병을 낫게 해 주십시오." 그러자 신기하게도 어머니의 병이 순식간에 완쾌되었다. 그 해 가을 쑥부쟁이는 다시 산에 올라가 사냥꾼을 기다렸다. 그러나 사냥꾼은 역시 오지 않았다. 기다림에 지친 쑥부쟁이는 노루가 준 주머니를 생각하고, 그 속에 있던 구슬 중 하나를 꺼내 입에 물고 소원을 빌었다. 그러자 바로 사냥꾼이 나타났다. 그러나 그 사냥꾼은 이미 결혼을 하여 자식을 둘이나 둔 처지였다. 사냥꾼은 자신의 잘못을 빌며 쑥부쟁이에게 같이 살자고 했다. 그러나 쑥부쟁이는 마음속으로 다짐했다. '그에게는 착한 아내와 귀여운 아들이 있으니 그를 다시 돌려보내야겠다.' 쑥부쟁이는 마지막 하나 남은 구슬을 입에 물고 가슴 아픈 소원을 말하였다.

그 후에도 쑥부쟁이는 그 청년을 잊지 못하였다. 세월은 자꾸 흘러갔으나 쑥부쟁이는 결혼을 할 수 없었다. 다만 동생들을 보살피며 항상 산에 올라가 청년을 생각하면서 나물을 캤다. 그러던 어느 날 쑥부쟁이는 산에서 발을 헛디뎌 그만 절벽 아래로 떨어져 죽고 말았다. 쑥부쟁이가 죽은 뒤 그 산의 등성이에는 더욱 많은 나물들이 무성하게 자라났다. 동네 사람들은 쑥부쟁이가 죽어서까지 동생들의 주린 배를 걱정하여 많은 나물이 돋아나게 한 것이라 믿었다. 연한 보랏빛 꽃잎과 노란 꽃술은 쑥부쟁이가 살아서 지니고 다녔던 주머니 속의 구슬과 같은 색이며, 꽃대의 긴 목 같은 부분은 아직도 옛 청년을 사랑하고 기다리는 쑥부쟁이의 기다림의 표시라고 한다. 이때부터 사람들은 이 꽃을 '쑥부쟁이'라 불렀다. 그래서 쑥부쟁이의 꽃말은 기다림, 그리움이다.

쑥 캐는 아가씨
쑥은 어디서 캐왔길래
향기로운 향기가 온 동네 가득하고
연한 보랏빛 쑥부쟁이 꽃
온 산천에 가득한데
어이해
기다란 꽃대 줄기에
그리움만 남기고
떨어지는 꽃이 되었는가?

꽃말의 전설에서 보듯이 가난이 타고난 숙명이었던 백성들이 겨우내 양식이 떨어지고 먹고살기 벅찬 보릿고개를 넘기기 위하여 이 산 저 산을 돌아다니던 모습은 대장장이네만은 아니었을 것이다. 이 시기만 되면 몇 날 며칠 동안 동네 아낙네들은 부대자루를 들고 큰 산으로 들어가 곰취, 산마늘, 두릅순, 버섯 등을 채취하는 것은 그 시절의 연례 행사였다. 아낙네들이 너나 할 것 없이 머리에 그 큰 부대자루를 이고 산에서 내려오는

장면들은 시골 어디에나 익숙한 풍경이었다. 힘겹게 채취한 이런 산나물
은 데치거나 무쳐 반찬을 해서 먹기도 했지만 주로 장에 내다 팔기 위해
서였다. 아마도 우리 아낙네들 머리에 이고 있던 부대 안에도 이 쑥부쟁
이 나물이 들어 있었을 것이다.

많은 야생의 들국화만큼이나 쑥부쟁이도 종류가 많다. 미국쑥부쟁이,
가는쑥부쟁이, 갯쑥부쟁이, 울릉도 섬에서만 핀다는 섬쑥부쟁이, 실쑥부
쟁이, 가새쑥부쟁이, 까실쑥부쟁이 등 종류도 많지만 식물학자가 아니라
면 구별하기가 어렵다고 한다. 이런 구별이 어려운 여러 종류의 쑥부쟁이
도 우리 한반도의 역사처럼 질기고 질겨서 초여름에서 가을까지 우리 산
야 여기저기 피고 지고 하는 모습을 흔하게 볼 수 있다.

타민족에 비하여 우리나라는 예전부터 농토가 부족하고 산간지역이 많
다 보니 산의 야생초를 채취하여 반찬이나 차로 만들어 먹는 음식이 발전
해왔다. 새봄이 되면 파릇하게 돋아나는 새순을 채취하여 나물이나 국을
끓여 먹고 꽃이 피는 가을이 되면 꽃잎을 따서 그늘에 말려 차로 해 먹
었다. 당연히 채소를 이용한 나물 문화, 국물 문화와 차 문화가 발전했다.
쑥을 캐는 대장장이네 처녀도 양식이 떨어져 가는 봄이 되면 봄나물을
캐서 절이거나 말리거나 무쳐서 가족의 양식을 삼았던 것이다. 아울러 쑥
부쟁이도 감국처럼 가운데 있는 노란 꽃을 따서 일주일 정도 그늘에 말
려 차로도 마실 수 있다고 한다. 이 가을 깊은 산속에 피어나는 쑥부쟁이
꽃잎을 따 차를 만들어 차를 마시면서 깊어가는 가을의 정취를 느껴보면
어떨까?

9
| 중랑천의 억새와 잉어를 위한 유희 |

    중랑천은 수도 서울의 동북부를 관통하는 개천이다. 양주의 불곡산을 시발로 발원한 중랑천은 양주 들판을 달려 의정부시를 관통하여 서울로 들어온다. 중랑천은 수도 서울로 들어오면서 우측 멀리는 북한산과 도봉산을 품고 좌측으로는 수락산과 불암산 그리고 용마산과 아차산을 거느리면서 유유히 마들 들판을 흐르다가 한강과 합수 이전에 청계천의 지류와 만나서 한강으로 흘러들어가는 동북부 유일한 개천이다. 그렇다고 중랑천은 특별한 것은 없다. 강남의 중심가를 흘러가는 양재천처럼 아기자기한 멋도 없고, 서울의 중심가를 흘러가는 청계천처럼 세련되지도 않다.

    이 중랑천 개발에 눈이 번쩍 띄던 시절도 있었다. 오세훈 서울시장 시절에 이 중랑천에 배를 댈 수 있는 시설을 설치하여 서해와 연결해서 배를 띄우겠다고 하는 중랑천 르네상스 청사진을 발표한 적이 있는데 시장이 바뀌면서 이 사업도 물 건너 간 것 같다. 물론 개발이 능사는 아니지만 이곳 중랑천 주변에 살고 있는 주민들에게는 자산 가치를 올릴 수 있기 때문에 반대하지는 않으니 말이다.

    이 중랑천도 어느 개천처럼 개발의 역사를 가지고 있을 뿐이다. 중랑천은 지금까지 양안을 콘크리트로 덮고 자동차 전용도로를 신설하는 등 개발이 산발적으로 이어져 왔다. 지금은 거의 개발이 완료되어 삭막하기는 하나 천 주변에 다양한 식생들이 자라면서 그 삭막함을 감추어 주고는 있다. 아무리 콘크리트로 인위적인 개발을 한다 해도 몇 년이 지나면서 일부 둔치의 공지에는 금계국, 붓꽃, 꽃창포와 일부 품종을 개량한 꽃들과 언덕 중간의 콘크리트 사이로 많은 잡초와 이름 모를 꽃들이 번식을 하여 무성해지고 일부 둔치 아래 천변에는 지자체에서 식재한 꽃과 밭작물들이며, 일부 초등학교에 분양을 하여 재배하고 있는 채소들이 이 중랑천을 그나마 풍요롭게 하고 있다.

무엇보다도 이 천변에 우리의 눈을 시원하게 눈길을 끄는 것은 드넓은 중랑천의 공간이겠지만 이 공간의 한 중심에 언제부터인가 이식한 갈대와 같은 키 큰 초류가 천변 주변에 폭넓게 자라고 있다. 겨울이면 제 모습을 땅속에 숨기고 있다가 동토가 풀리는 새봄이 되면 자신이 자라던 그 자리에 여지없이 그 가녀린 파란 새싹을 땅 위로 밀어 올려 놓고 있는 것이다. 주말에 산책하기 위하여 천변을 따라 걷다 보면 어느새 억새와 같은 갈대숲이 천변을 뒤덮은 모습을 문득 발견하게 된다.

억새 하면 산정호수가 있는 명성산이며 황매산 등등 전국의 유명한 지역도 많지만 이 중랑천도 요즘 같은 가을철이 되면 억새가 제철이다. 바람에 억새의 줄기와 잎새가 흔들리면서 서걱대는 소리를 듣노라면 근심은 어느 순간 사라지고 하얀 솜털이 날리는 낮 한때 천변을 걷노라면 산정의 단풍만큼은 아니지만 나름대로 아름다워 보일 때가 있다. 시간을 낼 수 없어 가을 단풍 구경을 갈 수 없는 서민들에게 이 중랑천의 갈대숲은 가을 풍경을 돈 한 푼 안 들이고 감상할 수 있는 곳이기도 하다.

집 안에 있기가 무료할 때 혹은 심심할 때 간편하게 나와서 무료함을 달랠 수 있다. 건강을 챙기는 동북부에 살고 있는 시민들에게 콘크리트로 덮이긴 했지만 이 중랑천은 돈 한 푼 안 들이고 건강을 다지기에 제격이다. 비록 삭막하긴 해도 이 주변에서 이만한 쉼터도 없는 곳으로 변하였다. 가끔 주말이면 이 중랑천에 자원봉사 선생님의 색소폰 소리가 들리는 날에 무대 앞 빈 공간이 나이 지긋한 어르신들의 춤추는 홀로 변하기도 하고, 이내 그 주변의 공터 앞으로 색소폰 소리에 손뼉을 치거나 노래를 따라 흥얼거리는 사람들이 모여 들기도 한다. 어떨 땐 약간은 눈살이 찌푸려 지기도 하지만 한편으로 별 놀이가 없는 어르신들의 유일한 낙이 라고 생각이 들면 참고 넘어가는 데 무리가 없다.

그리고 저녁이 되면 한쪽 공터에서는 동네 아줌마들이 강사의 율동과 음악에 맞추어 에어로빅을 하는 모습을 쉽게 볼 수 있는데 나도 흥에 겨 워 어깨가 들썩일 때가 있으나 함께 흔들어 보고 싶다는 생각은 썩 내키 지는 않는다.

귀에 들리던 색소폰 소리가 지루해져 느슨한 걸음걸이로 양안의 중랑 천을 따라 걷다 보면 삼삼오오 무리를 지어 걷는 사람들 혹은 조깅을 하 는 사람들 그리고 자전거를 타고 신 나게 달리는 사람들을 보게 될 것이 다. 이제 중랑천은 이 동북부의 시민들에게 없어서는 안 될 장소로 변모 해가고 있다.

중랑천은 생태계가 복원이 되었는지는 확실히 밝혀진 바는 없지만 중랑 천 변에 설치되어 있는 안내판의 기록을 보면, 중랑천에는 청둥오리, 괭이 갈매기, 원앙, 멧비둘기, 까치, 넓적부리 오리, 고방오리, 붕어, 메기, 미꾸라 지, 누치, 강준치, 실지렁이, 거머리, 물달팽이, 황새, 왜가리 등이 살고 있다 고 하지만 그 기록들이 정확해 보이지는 않는다.

중랑천 양안 천변으로 운동하거나 산책하는 사람들이 북적거리듯이 중 랑천 가운데 물 밑에는 언제부터인가 많은 잉어들이 살고 있는 것만은 확 실하다. 중랑천의 잉어는 한강에서 올라왔는지 아니면 하늘에서 떨어졌 는지 아무도 모른다. 다만 잉어를 누군가 인위적으로 방류했거나 방생했 을 거라고 추측을 할 뿐이다.

이 잉어들이 오늘날에는 번식을 하여 웬만한 양식장보다도 많은 잉어들 이 이 중랑천에 터를 잡고 살고 있다. 지나가던 사람들은 다리 위에서 시 커먼 한 무리의 잉어들이 상류로 올라가는 장관에 눈이 휘둥그레 한참을 지켜보다가 몇십 마리의 잉어가 다리 아래 물 밑에서 군무라도 치듯이 떼를 지어 유영하는 모습에 그만 주눅이 들어 버리곤 한다. 특히 비 갠 날 오후에 중랑천을 걷기라도 하면 이러한 잉어들의 모습에 놀라 자빠질지도 모른다.

이 중랑천의 주변의 자치단체장들은 얼마 전부터 물고기를 잡지 못하게 조례로 정해 놓아 아무도 잉어를 건드리지 못한다. 그리고 얼마 전부터는 천 주변에 낚시 금지 안내판을 큼직하게 세워 낚시를 하면 과태료를 물린다는 내용까지 걸어놓고 있다. 그러니 잉어들은 제 살판이다. 얼마 전까지 가끔가다 잉어를 잡는지 붕어를 잡는지 낚시를 하는 낚시꾼들이 있긴 하지만 요즘은 단속이 강화되었는지 보이지 않는다. 그리고 가끔가다 잉어를 잡기라도 하면 그 낚시꾼은 기겁을 하고 잉어를 중랑천 안으로 다시 밀어 넣는다.

그런 시커먼 잉어들은 중랑천에 나와 산책을 하는 사람들의 이야기를 다 듣기라도 하는지 귀가 유난히 크다. 그런 잉어들이 이제는 신기를 부려 중랑천에 부는 바람소리에 서걱대는 억새에게 시비도 걸고, 인간들이 잠드는 밤만 되면 잉어와 억새는 유희의 대화를 나눈다. 그 대화의 내용은 참으로 이렇다.

억새야, 억새야.
너는 무얼 많이 먹었길래 매일매일 '억! 억!'거리며 그리도 하늘을 잘도 날아다니느냐.
나에게 너의 비법을 전수해 줄 수 없겠느냐.
혼자 몰래 먹으면 체하느니 나처럼 물속에서 살면 그런 소리는 늘 바람결을 따라 불어오는 물결로 전해 들어 알고 있다만 넌 뭘 먹어서 매일 배 터지는 소리를 그리 내느냐.

특히나 가을철이 되면 무얼 얼마나 거두어 드렸길래 '억! 억!'거리다 못해서 돈 세는 서걱거리는 소리가 이 물 밑까지 들리는 게냐. 난 네가 한없이 부럽다.

내 젖 먹던 힘까지 짜내어 명문학교에 들어가서 그 좁다란 문을 뚫고 등용하여 이 자리까지 올랐건만 너처럼 훨훨 날아다니면서 대차게 억억거리면서 먹는 것을 보면 난 네가 한없이 부럽다.

그리고 가만히 보니 너는 귀부인인 모양이구나. 귀에는 물방울 다이아를, 목에는 진주목걸이가 반짝거리는 것을 보니 너 정말 행복하겠구나. 같은 이웃에 살면서 너만 배 터지게 떵떵거리면서 살면 되겠느냐. 예전부터 우리 한민족은 상부상조의 전통이 살아있거늘 서로 도와가며 살아야 되지 않겠냐.

지체 높으신 잉어님!

풍채가 당당하고 지위 높으신 잉어님!

저는 새는 새인데 날아다니는 새는 아니에요.

억새라는 잡초입니다.

그리고 무얼 먹어 억억거리느냐 하시는데

저는 먹을 수가 없답니다.

다만 저는 바람만 먹으면 소리를 내는 버릇이 있어요.

잉어님처럼 그 좁디좁은 문을 통과해서 등용하여 유유히 그 맑디맑은 개천을 노닐 수도 없고요. 잉어님처럼 큰 입도 없어서 무얼 먹지도 못한답니다. 그러니 잉어님이 내는 트림을 낼 수도 없어요.

이제 아셨어요, 잉어님?

큰 입으로 가리지 않고 먹는 먹방 뉴스가 매일 뉴스에 오르락내리락하며 인기를 타고 있지만 저는 입이 없어 아무것이나 먹지를 못한답니다.

저는 억세 보이지만 저는 의외로 순정파입니다.

'갈대의 순정'이라는 노래를 들어보셨나요, 잉어님.

허어! 억새야, 내가 무슨 입이 크다고 그러느냐.

네가 진실로 입 큰 잉어를 못 보아서 그러는구나.

저쪽 깊고 검은 물속에 가면 '재뻘'이라는 제대로 입 큰 명품잉어가 있다.

그들은 시민들의 세금으로 기둥을 세웠으면서도 그 기둥을 나라를 지탱하는 데 쓰지 않고 제 가족의 기둥으로 빼다 쓰고 있는 잉어를 아직 못 보았구나.

내 이 투명한 눈으로 천변 가에 지나가시는 행인 손에 들린 신문을 잠깐 보니까 그 '재뻘'들은 몇 천억 원을 탈루했더구나.

그러니 입 크기로 따지면 아귀 저리 가란다.

그들은 한 해 한 해 호식을 하면서 살지.

그리고 그들은 어디서 그리 잘 배웠는지, 세금 탈루하기, 공사대금 부풀려 받아내기, 분식회계하기, 일감 몰아주기, 해외 페이퍼회사 세워 돈 챙기기 등등 세상의 기상천외한 모든 기지를 발휘해서 돈을 모으지.

그것을 '비짜금'이라고 하는데 그 비짜금 창고에 가면 그야말로 진동을 하지.

그 창고에는 1년에 1억씩만 써도 몇 천 년을 살 재물은 모아두었지.

이제는 이 재물들은 저 산 넘고 바다 건너 '삐친아일랜드 섬'이라던가, 이런 곳에 숨겨놓고 세금 한 푼 내지 않고 탈세를 하고 집 깊숙이 그들의 금고에 자손 대대로 배 두드리며 살 수 있도록 재물을 쌓아두지.

우리 국민들의 피를 빨아서 번 돈으로 말이지.

이쪽 다리 아래 깊고 검은 물속에 가면 '국케의원'이라는 입이 찢어진 잉어들이 제법 있지.

그들은 시민들의 표로 뽑힌 선량이라고 가슴에 무궁화 잎이 그려진 근사하고 빛나는 금배지를 달고 가슴을 유방통만 하게 앞으로 내밀고 다니면서 입에 발린 미끈한 말로 세상을 현혹하여 국민들을 희롱하고 세상을 어지럽게 만들고 이간질하는 것이 그들의 전문이지.

그들이 말하는 것을 들어보면 그야말로 침소봉대, 안하무인, 아전인수, 적반하장 등의 말로 국민을 이간질하고 팔아넘기지.

그들의 재주는 백성들도 탄복하지.

그러나 비늘 모양으로 따지면 미꾸라지 저리 가라다.

그리고 시간만 되면 커튼 뒤로 숨어서 킁킁거리면서 냄새를 찾아다니지.

조쪽 검은 물속에 가면 '공쩍'에 있을 때 사람 잡고 사람 재단하던 '판껌사' 나으리들이 은퇴하여 지금도 법을 떡 주무르듯이 주무르고 계시지. '국까'의 최후에 서서 정의의 기치를 내세워야 할 위인들이 전관예우랍시고 은퇴한 지 한 해도 안 되어 '억새 억새' 하면서 '억'을 '세'고 있으니 너와 한 친척이 아닌지 심히 의심스럽지.

그라고 요쪽 쪼매 깊고 검은 물속에 가면 '재피아', '해피아' 등 속칭 '관피아'로 불리는 '고씨'파로 등용한 잉어들이 득실거리지.

은퇴하기 전에는 쥐꼬리만 한 나랏돈으로 자식을 키웠다고 고고한 체하지만 그들은 은퇴를 하면 비로소 빛을 발하지.

그러니까 은퇴하기 전에 하늘을 나는 연습을 무던히도 하지.

다시 말해 비행기를 타고 가다 높은 하늘에 다다르면 지상으로 낙하산을 펴고 떨어지는 연습을 말이야. 그래야 땅에 안전하게 안착을 하지.

어느 정도 낙하산 연습이 끝나면 조용히 은퇴를 하고 그들이 그동안 가르치고 교화시킨 '공짜' 기업으로 소문도 없이 들어가서 드디어 입을 크게 벌리고 닥치는 대로 입에 넣고 그동안 비워두었던 배를 채우지.

그리고 무엇보다도 '원피아'에 들어간 잉어들은 철옹성을 쌓고 그들끼리의 리그를 만들어 한평생 그들의 자손까지 참여시켜 우애를 돈독히 하지.

그들은 어디서 그리 잘 배웠는지, 원본 바꿔치기, 검사서 허위부정 발급하기, 친인척의 회사 밀어주기 등등 그들의 재주는 온 나라 사람들도 탄복하고 놀라지.

지난 여름에 고장이 난 '원전' 덕분에 따뜻하다 못해 온 국민이 육수로 목욕을 했지.

억새야, 이번 여름에 어떻게 지냈느냐?

그늘도 없는 땡볕에 땀 흘리면서 고생 좀 했겠다.

너도 고생하지 말고 이 시원한 물속으로 들어오면 좀 좋겠느냐.

시간 되면 돈 좀 벌어서 이 물속으로 들어오너라. 내 한자리 주마.

새야, 새야, 그리고 건너 쪽 깊고 검은 물속에 가면 '단체짱' 잉어들이 살지.

웬 그리 '짱' 잉어들이 많은지, 제 잘났다고 난리지.

여기야말로 소굴이지. 임꺽정, 홍건적, 도척 저리 가라지.

여기저기 날뛰는 모습은 정말 가관이야.

예전 고을 원님 사또 시절을 잊지 않고 아전들을 수족 부리 듯하여 세상에 보이는 게 없는지 대놓고 수청 들라 이르고,

'사삼서오 사오서칠'로 공정가를 만들어 세상에 공포하고 방을 내고,

아전들이 한 직급 올라갈 때마다 ' 진세' 받아 곳간에 챙기고,

여기에 아전들은 혈안이 되어 아첨하고 쑥덕이고 제 잘난 듯 으스대고 정말 볼 수 없는 광경이 벌어지지.

어디서 그리도 잘 배웠는지 자기 사람들 채워 줄 자리 만들기, 끼워 넣

기, 뒤돌아 치기, 편 만들기, 꼬드기기 등등 짱들의 재주는 하늘도 놀라고 땅도 탄복하지.

그러다 지치면 여기저기 인허가 공사건에 기웃거려 콩고물 받아 챙기지.

그러다 지치면 입에 발린 말로 백성들을 현혹하고 미혹시켜 세뇌시키는 것이 그들의 하루 일과지.

그라구 저 물 너머 깊고 검은 물속에 가면 '의원' 나으리들이 살지.

여기저기 기웃거리는 얼치기 '꾸의원, 씨의원' 나부랭이들이 살지.

백성들 옆에 짝 달라붙어 닥치는 대로 이것저것 가릴 것이 없이 먹어대지.

이들도 어디서 그리 잘 전수를 받았는지 현혹하고 미혹해서 이간질하기, 편들기, 알선하기,

이들의 재주에 온 고을 사람들도 놀라고 탄복을 하지.

그리고 바로 옆쪽 맑은 물속에 가면 등 비닐 옷까지 벗은 야한 잉어들도 살지.

성적으로 개방성을 좋아하지.

그곳의 잉어는 나라간 정상회담 하러 간 미국에서 가무 음주하여 옷을 발랑 벗고 희롱까지 하며 그동안 숨겨놓은 자신의 재주를 여지없이 발휘하여 나라의 망신이란 망신은 다 시켜놓고 아무도 몰래 줄행랑쳐 돌아왔다지.

그리고 저쪽으로 가면 자기도 끼워달라고 날뛰는 새파란 잉어들도 판을 치지.

그들은 아직 미숙하여 제대로 된 재주는 없으나 조금씩 조금씩 배워가는 속도가 매일 일취월장이지.

그러니 이 나라의 장래가 촉망促亡되지.

위 시는 풍자시다. 풍자시들은 대부분 위정자들에 대한 조롱이 담겨 있지만 그 내면에는 이 사회의 지도층 인사들에 대한 비판이 담겨 있다. 아무것도 할 수 없는 사회에 대한 저항의식이 담겨 있다고 할 수 있다. 즉, 무력감에서 오는 분노가 풍자시의 원천이 될 것이다. 그러한 의미에서 이 시가 고착화된 이 사회의 부패와 부조리에 대한 메시지가 되길 기대해 본다. 기존의 정치 사회는 항상 가진 자들에 의해 점령당해 있고 좀처럼 시원한 해결책을 찾아보기 어려운 것이 현실이다.

중랑천이 한강과 만나는 끝자락에는 '살곶이'란 다리가 있다. 지금도 서울 성동구 한양대 쪽과 서울 숲인 뚝섬을 연결하는 다리 옆에 놓인 다리로 그 모습이 고즈넉하고 아름다운 다리로 장구한 역사를 간직한 채 놓여 있다. 이 다리는 현존하는 가장 오래된 돌다리로 조선시대 세종 2년 1420년에 짓기 시작하여 성종 14년 1483년도에 완공한 가장 긴 장석(긴 돌) 판교로 알려져 있다. 가끔 이 다리 구경하면서 자전거를 타고 건너 서울 숲으로 진출하기도 했지만 역사적인 유래가 있을 줄은 꿈에도 몰랐다.

조선의 태조 이성계는 아들 이방원이 왕자의 난을 일으키자 함흥으로 떠났다. 이방원(나중에 태종이 됨)은 정권을 잡는 과정에서 다른 배 다른 태조 이성계의 이복 자식들을 살육하는 패륜을 자행하였다. 이에 분노한 이성계는 함흥에 머무르며 한양에 오지를 않았다. 대신들의 간청으로 할 수 없이 한양으로 돌아오던 이성계는 이 살곶이 다리에서 이방원을 향해 활을 쏘았으나 빗나가 다리에 꽂혔다. 그때부터 '살곶이 다리'라 불리기 시작했다는 일화가 있다. 이런 일화에서 보듯이 부패한 정치와 인륜을 저버린 행위들은 지위 고하를 막론하고 결코 용서를 받을 수 없을 것이다.

사회지도층 인사들의 '노블레스 오블리주'는 이제는 선택이 아니라 필수가 되어야 한다. 노블레스 오블리주, 즉 고귀한 신분은 이에 따르는 도덕적 의무와 책임을 뜻한다. 이는 지배층의 도덕적 의무를 뜻하는 프랑스 격언으로, 정당하게 대접받기 위해서는 명예(노블레스)만큼 의무(오블리주)를 다해야 한다는 것이다. '노블레스 오블리주'는 사회적으로 지위를 가진 사람들은 그들의 지위만큼 사회에 대한 의무를 다해야 한다는 의미를 가지는데, 특권에는 반드시 책임이 따르고 고귀한 신분일수록 의무에 충실해야 한다는 것을 말한다. 초기 로마시대에 왕과 귀족들이 보인 투철한 도덕의식과 솔선수범하는 공공정신에서 비롯된 용어라고 한다. 한편으로 이러한 신분의식은 고귀한 신분인 지배층을 지키려는 일종의 방책일 수도 있지만, 반면으로 도덕적 의무를 다하려는 사회지도층의 솔선수범 자세는 국민정신을 결집시키는 원동력이 되기도 하기 때문일 것인데 우리나라에는 아직도 이를 실천하는 지도층은 사회 어디에서도 찾아보기 어렵다.

10
| 푸른 산 빛이 아름다운 백담계곡에 발을 담그며 |

몇 년 전에 설악산 오세암과 봉정암에 다녀온 적이 있다. 오세암이나 봉정암에 오르기 위해서는 강원도 인제 용대리 주차장에 차를 주차시키고 마을버스를 타고 백담사까지 가야 한다. 다녀오신 분들은 아시겠지만 이 길은 차량 한 대가 간신히 다닐 만한 도로로 버스를 몰고 서로 교행을 하면서 운전하는 기사들의 운전 솜씨가 거의 마술 수준이다. 언뜻 어느 기사記事에서 보니까 이 마을은 이 차량 운행으로 많은 도움을 받는 것 같

다. 그러니까 이 마을은 차량 운행을 위한 마을기업을 설립하여 이 지역의 소득증대에 중추적인 역할을 담당하는 듯하고, 마을 주민 분들이 이 마을기업에 취직도 하고 돈도 벌어서 생활에 도움을 많이 받는 듯하다.

요즘 신문에 "전두환 대통령의 미납 추징금 1,672여억 원의 집행을 위한 검찰의 조사가 속도를 내고 있다"라는 기사가 실리고 있다. 버스에서 내려서 백담계곡을 가로질러 건너가면 바로 백담사가 나오는데 이 백담사에 전두환 전직 대통령이 기거하던 절간도 있다. 아울러 이 백담사는 만해 한용운 선사가 기거하던 곳이며, 주옥같은 그의 시 '님의 침묵'의 무대이기도 하다.

제5공화국의 주역이었던 전직 대통령이 자신의 사저가 있는 연희동 자택 골목길에서 모든 책임을 떠안으며 떠나겠다며 눈물 흘리던 모습이 엊그제 같은데 이처럼 선사의 숨결이 살아있는 이 백담사로 몸을 숨겼던 얼굴의 뒷면에는 탐욕에 눈이 먼 초라한 인간의 모습이 점철되어 있다. 일평생 조국을 걱정하시던 한용운 선사는 지하에서 더 깊은 시름에 빠지셨을 듯하다.

외설악 깊숙이 숨겨져 있는 봉정암이나 오세암을 오르려면 마을버스가 백담사 앞 주차장에서 주차하게 되면 이제부터는 오롯이 두 발로 걸어서 올라야 된다. 백담계곡을 끼고 고저가 없이 평탄하게 이어지는 길은 아마도 우리나라에서 아름다운 길 우선순위를 매기기라도 하면 몇 순위 안에는 선정될 수도 있는 매우 아름다운 길이다.

이 구불구불한 백담계곡의 길을 따라 서너 시간 걸어가다 보면 영시암이라는 암자에 다다르게 된다. 이 영시암에서 바로 위쪽에서 좌측으로 틀어 올라가면 오세암이 나오고 계속해서 우측 능선을 따라 오르면 봉정암이 나오는데 이 산길부터는 봉정암이나 오세암에 이르는 길들이 가파르다. 소위 말하는 깔딱 고개의 연속이다. 오세암을 오르는 길에는 선사께서도 잠시 쉬어갔을 잘 보존된 몇백 년은 됨직한 큰 나무들이 듬성듬성 자라고 있고, 선사께서도 앉아 있었을 만한 산 바위들이 푸른 산 빛을 깨치고 금방이라도 굴러 떨어질 듯하다.

아침 7시쯤에 용대리에서 출발하면 점심 못 미칠 때쯤이면 오세암에 당도하게 되고 봉정암은 점심쯤에 도착하면 누구나 점심 공양으로 미역국에 밥을 말아 내어 주는데 그 맛은 정말로 어느 맛집에서도 맛을 볼 수 없는 천하일품의 맛이다. 반찬으로는 오이 절임 몇 젓가락이지만 지금도 잊을 수 없다.

수행을 하고자 하는 불자들은 하루에 둘러보기에는 어려워서 대부분 오세암이나 봉정암에서 1박을 하고 다음 날 하산하기도 한다. 그리고 설악을 오르려는 대부분의 등산객들은 이 봉정암을 거쳐 소청봉, 중청봉을 거쳐 대청봉에 오른다. 봉정암은 우리나라에서 표고가 가장 높은 곳에 위치한 절로써 이곳에서 기도를 드리면 기도 효험을 잘 들어준다는 이야기도 전해온다. 설악의 가장 높은 봉우리인 대청봉은 여기서 그리 멀지않다.

그래서 첩첩산중에 자리한 오세암이나 봉정암은 눈이 쌓이면 오도 가도 못 하는 오지이다. 이러한 오세암에는 굶어서 죽은 오세동자의 슬프고도 아름다운 이야기가 전해 내려오고, 이 이야기는 '오세암'이라는 애니메이션 영화로 만들어지기도 했다. 이 오세암五歲庵은 말 그대로 다섯 살 먹은 오세동자가 기거하여 성불을 하였다는 암자이다. 일설로는 오세암에는 성불을 할 사람이 세 명이나 있는데 아직 두 명이 안 나왔다고 한다. 이 오세암은 선덕여왕 12년 643년에 창건된 백담사의 부속 암자로, 당초에는 관음암이었는데 이 오세의 동자가 다시 살아나서 성불하였다고 하여 오세암이라고 개명했다고 한다.

오세암을 오르고 나서 한용운 선사의 '님의 침묵'에 대한 헌정 시를 썼다.

백담사를 구비 돌아 하얀 계곡으로 걸어 들어갔지요.
하얀 계곡은 선사의 옷을 두른 것 마냥 수려하고 곱지요.
'푸른 산 빛 깨치고 단풍나무 숲을 가셨던 길'은
아직 7월의 푸르른 옷으로 두르고
산꽃에서 품어져 나오는 향기로운 숲으로 변해가고 있었지요.

먼 날의 춥고 긴 어두운 세월을 간직하고
선사께서 목숨까지 바치며 그토록 염원했던
날카로운 첫 키스의 추억이 뒷걸음질 쳐 사라져 간 길 위를
순례자들은 임의 숨결을 따라 걸었지요.

언제나 푸른 산 빛 깨치던 단풍은
5·18 민주항쟁의 어두운 세월을 간직한 채
백담사 하얀 계곡에 일엽편주가 되어 역사 속으로 떠내려갔지요.

푸르른 길을 따라 영시암에 다다르니
청아한 설악은 이제야 제 모습을 보이고
하얀 은빛의 물보라는 외설의 하늘로 토해냅니다.

한참을 올라 그제야 고개 들고 보니
관음보살 자리에 연꽃처럼 피어난 오세암五歲庵
목탁 소리만이 산사의 정적을 깨우고
길손이의 슬픈 전설에 두 손 모아 기도드리옵니다.

이곳 외설악에 오면 오세암, 봉정암, 설악에 오르는 것도 좋지만 이 백담계곡의 경치를 말하지 않을 수 없다. 백담百潭의 한자 말 풀이에서 보듯이 백담계곡에는 백여 개의 담수연못이 있다는 뜻이 있다. 등고저가 거의 없이 평탄하게 삼사십여 리 이어진 백담계곡의 하얀 바위 사이 드문드문 담수를 따라 흐르는 계곡의 물을 보노라면 사람의 마음을 일순간에 청결하게 만드는 마력이 있고 순결한 여인의 하얀 속살만큼이나 아름다운 순백의 바위를 돌고 돌아 흐르는 물소리를 듣노라면 청아하여 다른 어떤 폭포수와 차원이 다른 소리의 맛을 느끼기에 충분하다.

이 길을 걷노라면 누구나 한 점의 티끌조차 오염되지 않은 물소리에 오르는 동안 내내 희열을 느끼며 걸을 수 있을 것이다. 요즘 '힐링, 힐링' 하는데 설악산을 정복하겠다는 일념만 잠시 접어 둔다면 심신의 상처를 치료하기에 좋은 곳이다. 처음 산행을 하는 일반인도 약간의 용기만 있으면 그리 겁을 낼 필요는 없을 듯하다.

그리고 설악산 대청봉을 오르건 오세암이나 봉정암을 순례하건 이 백담계곡에서 잠시 쉬어가길 권하고 싶다. 나는 일행 몇 분과 함께 이 계곡을 내려오다가 백담계곡의 물에 손과 발을 씻을 기회를 가졌는데 이 하얀 물보라가 아름다운 계곡의 물에 손과 발을 담그면 그야말로 신선이 된 듯 그 시원한 느낌은 말로 형언할 수가 없다. 구슬처럼 영롱한 물빛이 아름다운 백담의 계곡물에 몸을 담그면 아마도 인도 갠지스 강의 영혼의 물처럼 더러워진 몸과 마음이 깨끗이 정화됨을 충분히 느낄 것이다. 세속의 때를 씻어내기에 더 없이 좋은 곳이다.

11
| 이 가을 단풍에 부쳐 |

북한산 이 가을,
북한산 단풍은 처절하다 못해 단내가 나더이다.
여인의 젖무덤 냄새처럼 묻어나더이다.

붉으디 붉다 못해
온 산은 불이 붙고
슬프디 슬픈 여인의 피눈물이 되어
계곡을 따라 흐릅디다.

자신의 몸무게에 짓눌린
파란 몸을 내던지던
이십 대의 처녀의 심신은
이 가을
북한산 붉은 단풍이 되어 나뒹굴고
수천 길 절벽으로 이어진 산정에는
태극기 휘날리며 펄럭이고 있더이다.

북한산 단풍은 붉으디 붉다 못해
서글퍼서 슬피 울고 있더이다.
사랑하는 동생과 병고에 시달리는 아버지를 생각하며

자신의 몸을 내던진

이십대 처녀의 혼백은

이 가을 낙엽이 되어 산정에 나뒹굴고 있더이다.

성매매 방지법이 발효되면서 몸을 팔아 생계를 유지하던 여성이 이 법의 시행으로 인하여 자살한 기사가 신문에 났다. 이 법의 발효로 생활비를 벌어서 병환으로 고생하시는 부모와 형제들을 뒷바라지하던 여성이 생활고를 못 이기고 삶을 포기한 것이다. 이 법의 취지는 충분히 이해하고 있으나 그로 인하여 한쪽에서는 이러한 안타까운 사건도 있었다. 이 기사를 보고 나서 가을날 북한산 산행을 하면서 쓴 글이다. 가끔 가다 지인들과 함께 혹은 혼자서 산행을 하곤 하는데 이날은 유난히 북한산의 단풍이 아름다웠다. 붉은 단풍은 산정을 물들다 못해 불타는 듯하였다. 한 잎 한 잎 떨어지는 낙엽을 보노니 아름답다는 감정보다는 한편으로는 만감이 교차해 왔다. 나의 심신을 북한산 산정의 가을비에 젖은 낙엽처럼 무겁게 짓눌렀다.

행복과 불행은 같은 방에서 동거하고 있는 얼굴이 다른 쌍둥이일 것이다. 어떤 때는 행복이라는 얼굴로, 어떤 때는 불행이라는 이름으로 우리에게 다가온다. 행복과 불행은 양면의 동전과 같아서 인간의 삶을 좌지우지한다.

우리 주변에 자주 보이는 나비는 꽃들에게 날아와 암수 꽃을 수정하여 열매를 맺게 하고 수확의 기쁨을 주기도 하지만, 다른 한편으로 이 나비들은 식물들에게 이롭지 않은 나비벌레를 옮겨 까놓아 채소 잎사귀를 갉아 먹기도 하고 종단에는 농작물을 고사시키기도 한다. 그러나 우리는 이 나비를 보면서 기억해내는 것은 채소 잎을 갉아 먹는 나비벌레보다는 꽃잎 사이를 사뿐사뿐 날아다니는 아름다운 나비를 기억해낸다. 좋은 면만 보면 좋은 면만 보이고 나쁜 면만 보면 한없이 나빠 보인다. 그래서 모든 일들이 마음먹기에 달렸다고 하는가 보다.

EBS 텔레비전 '달라졌어요'라는 프로그램에서 40대 초반의 혼자 사는 이혼 여성에 대한 이야기를 시청한 적이 있다. 이 여성은 성격이 소심하여 법원에서 이혼할 때 자신의 아기를 전남편에게 양육권을 넘겨주면서도 한마디도 자신이 아이를 양육하겠다는 자신의 주장을 하지 못했다고 한다. 이런 자신을 보고서 매사에 화를 내면서 매일 우는 것이 그녀의 일상이었다. 아기가 보고 싶어도 아기 근처에 가보지도 못하고 자신을 이 지경으로 만든 주변의 모든 사람들을 원망하였다. 맛있는 음식을 먹으면서도 아이를 자신이 지켜주지 못했다는 죄책감에 사로잡혀 맛있게 먹을 수도 없었다.

상담 전문가들이 이러한 절망감에 사로잡힌 그녀에 대한 처방은 의외로 간단했다. "당신의 아이가 당신이 이렇게 매일 울면서 사는 모습에 대하여 어떻게 생각할까요? 당신의 아이가 이런 당신을 좋아할까요?"라는 간단한 물음에 그녀의 처방이 들어 있었다. 아이는 그녀가 행복하게 사는 모습을 원하지 매일 화를 내면서 우는 당신을 원하지 않을 것이라는 전문가의 처방에 그녀는 마음을 다시 잡고 새 삶을 살아간다는 내용이었다.

불행은 우리 주변에 늘 어슬렁거린다. 행복한 가정을 지켜주셨던 부모님의 병환, 매일 일어나는 교통사고, 사랑하던 여인과의 이별, 실직, 원하던 대학에 들어가지 못한 상실감, 친했던 친구의 배신 등등 우리 주변은 늘 불행으로 가득하다. 그러나 이런 불행도 마음먹기에 따라 달라질 수 있다. 과거의 그늘에 사로잡혀 불행을 선택하건 아니면 미래를 위하여 새로운 삶을 위하여 행복을 선택하건 그건 바로 당신의 선택에 달려 있다.

그리고 이 미래를 위한 행복을 선택했다면 우리는 이 행복을 일구기 위하여 부단히 노력을 해야 진정한 행복이 찾아 올 것이다. 바람에 흔들려야 꽃은 피고, 설한의 들판이 있어야 봄에 풀잎은 비로소 일어서고, 어느 책의 제목처럼 '천 번은 흔들려야 어른이 된다'라고 하듯이, 우리의 인생은 고난苦難 없이는 얻는 것이 없을 것이다. 사실 고난이 없는 행복을 진정한 행복이라고 할 수 있을까? 우리는 이런 이치를 잊고 살 때가 많다.

우리가 밖에서 힘든 일을 하고 집에 들어와서 휴식을 취했을 때 취하는 휴식이 달콤하듯이 벌들이 채취한 꿀이 달콤한 것도 벌들이 수많은 이 꽃 저 꽃의 수술들에서 아주 소량의 작은 꿀들을 힘겹게 모아 우리에게 보내는 결정물이기 때문일 것이다.

12
| 어머니의 뒤뜰과 초가집 |

찬바람 송송한 날
장독대 위로 한 뼘 햇빛이 내리고
혼자 달궈진 장독이 아랫목보다 더 따스해지면
엄니는 밤이 되면 그 장독 위에 정화수 떠놓고
매일 새벽 손바닥 부비며 기도를 드린다.

보릿고개를 힘겹게 넘어올 때쯤

장이 익어가는 소리 야속하게 집 안으로 들어오고
애들의 배곯은 소리가 구들장을 울리면
장독 옆에서 파랗게 해 넘기며 자란 국화잎
푸른 잎줄기를 따다, 우리 엄니
된장 듬뿍 넣고 멀건 국 끓여 먹인다.

더위 풀풀하고 햇빛 퍼져 좋은 날

엄니는 조상님 은덕을 맛보듯이
혓바닥으로 익은 장 맛본다.

뒷마당, 뒤뜰, 뒤꼍으로 불렸었던 시골 초가집의 뒷 공간은 항상 우리를 설레게 하는 뭐가 있는 비밀스러운 공간이기도 하다. 뒤꼍에는 항상 장독대가 터줏대감 역할을 하고 그 장독대 위에 소쿠리나 잡스러운 부엌 소품들이 햇빛을 받아 반짝이기도 하지만 항상 뒤꼍은 정갈한 어머니의 모습과 닮아 있는 공간이다. 여남은 개의 장독들이 키 자랑이라도 하듯 옹기종기 모여 있는 모습을 보면 어머니 품처럼 포근하기도 하지만 이 공간은 어머니가 항상 자신의 분신처럼 애지중지 여기는 정신적인 공간이자 여유의 공간이자 휴식의 공간이자 자식들을 걱정하는 기도의 공간이기도 하다.

장독대가 깨끗하고 정갈하지 않으면 무슨 재앙이라도 당할 듯이 행주로 항상 청결하게 닦았다. 그런 장독대 위에 어머니는 정화수를 떠놓고 매일매일 자식들의 무병장수와 잘되기를 빌었고 이곳에서 가족이나 동네에 슬픈 일이 있으면 남몰래 눈물을 훔치기도 했다.

즉, 앞마당이 아버지의 공간이라면 뒷마당은 어머니의 공간이다. 앞마당은 곡식을 타작하거나 널어 말리기 위하여 매일 아침 아버지들이 깨끗이 빗자루로 쓸었던 공간이라면, 뒷마당은 우리의 어머니들이 온 정성을 들여 가꾸고 보살핀 신성한 공간이었다. 항상 어머니의 곱게 빗은 쪽진 머리처럼 가꿔져 있다.

그래서 예전 우리네 일반적인 가옥의 앞 틀은 농사를 짓기 위하여 넓은 공간을 두었다면 집 뒤로 연결된 뒤꼍은 외부인이 쉽게 들어올 수 없는 곳으로 장이나 된장 등 가족의 신성한 먹거리가 있는 공간이었다. 그래서 항상 청결하게 유지되어야 하는 곳이기도 하다. 별도의 축사나 창고가 없는 집이면 어김없이 농기구들이 이 뒤꼍 한 모퉁이나 벽면에 걸려 있어서 이 뒤꼍은 다목적 용도로 사용되기도 하는 장소이지만 이는 잠시 이 성스러운 공간을 빌려 차지했을 뿐 진정한 용처는 아니다. 농사철이 되면 아버지들은 뻔질나게 담장을 타고 돌아서 뒤뜰로 들어오곤 했지만 이 뒤뜰은 부엌과 바로 연결되어 있어서 어머니는 아궁이에 불을 지피다가 혹은 음식을 만들다가 국간장이나 된장을 푸기 위해 한걸음에 바로 나올 수 있게 되어 있는 능률적인 공간이기도 하다.

그런 어머니의 공간에서 어린 시절에 숨바꼭질을 하며 놀던 기억을 한둘을 가지고 있을 것이다. 자녀들에게는 숨어서 나오고 싶지 않던 소도 같은 장소지만 장독이라도 깨는 날에는 그야말로 초상집 분위기가 되었던 기억이 새록새록 나기도 한다. 그리고 대부분 우물물은 앞마당에도 있지만 일부 집에는 뒷마당 한쪽에 우물물이 자리하고 있어서 더운 여름날 윗옷을 훌훌 벗고 목욕을 하거나 등목 하는 곳이 또한 이 뒤꼍이다.

뒷마당은 어머니의 정원이기도 하다. 볕이 잘 드는 담장 아래에는 어머님이 정성들여 심은 채송화, 봉선화가 피어 있고 한쪽으로는 보릿고개 시절 여린 국화잎으로 국을 끓여 가족들에게 먹이곤 하던 늘 푸른 국화가 소담스럽게 자리하고 있기도 하다. 장독대 뒤로는 잡나무 가지와 갈대로 얼키설키 엮어 만든 싸리 담장에 언제 심었는지 모를 감나무, 호두나무,

앵두나무, 등이 무성하게 자라나 그 꽃과 열매를 보는 즐거움을 우리에게 선사하기도 했다.

　이남지방에는 담장 너머로 동네 대나무 숲이 이어져 있어서 바람에 대나무 잎 부서지는 소리가 유난히 청명하여 조용한 날 방 안에 있으면 그 소리가 대청 너머로 들려오기도 한다. 대나무는 버릴 것이 아무것도 없는 소중한 나무다. 대나무는 선비의 절개를 간직하고 있어 사군자의 한 자리를 차지하기도 하지만 막 자란 죽순은 서민들의 식탁을 차지하기도 하고 농사를 짓는 데 필요한 도구를 만드는 재료이기도 해서 동네 가까운 뒷산이나 뒤꼍에 심어놓고 동네 주민들이 항상 애지중지한다. 특히 이 대나무는 비바람이나 태풍의 거센 세파로부터 마을을 지켜주는 방풍림의 역할을 하여 동네 주민들의 안전과 밀접한 연관을 맺기도 한다.

　이런 마당이 도시화가 진행되면서 언제부터인가 사라져 가고 있다. 근래에는 시골의 소도시를 가도 생활의 편리함 때문에 아파트를 선호하여 아파트 숲으로 변모하여 가고 있는 모습을 볼 때면 이런 뒤꼍의 장독대를 찾아 볼 수 없다는 아쉬움이 남는다.

　자식들 모두 집 떠나가고
　홀로 남아 하얀 머리이신 엄니
　뒤꼍에 정화수 떠놓으시고
　매일 새벽 손바닥 부비며 기도드린다.

　뒤꼍 마당에
　홍시 한 알 남긴 감나무 잎이 떨어져
　장독대를 빨갛게 물들어오고
　부뚜막의 조왕신이 옥황상제에게 되돌아간 날

바람 찬 엄동설한 우리 엄니 장독대 위에

한 사발의 시루떡 올린다.

어머니들은 장독대뿐만 아니라 부뚜막에 신이 있다 하여 부뚜막에도 매일 정화수를 떠놓고 기도를 드렸다. 우리나라 풍속에서 우리들을 지켜 주는 많은 가신家神들이 존재한다. 가장 신이 많기로 유명한 인도는 약 3억 3천 명의 신들이 존재하다고 한다. 그리고 그리스 로마 신화의 신들은 많은 서적으로 출판되거나 혹은 영화의 소재로 그려지고 있어 내용을 잘 파악하고 있지만 우리나라의 가택 신들은 의외로 우리 주변 집 안에서 공존하여도 우리들은 잘 모르고 있다. 그리스 로마 신과 같은 서양의 신들은 인간의 모습으로 전쟁을 하고 배신을 하고 시기하고 질투하고 인간과 통정하고 인간을 파괴까지 한다. 그래서 중세 유럽의 피비린내 나는 전쟁의 역사는 아마도 이런 서양의 신들의 영향을 어느 정도 받았음을 부정할 수는 없을 것이다.

하지만 우리의 신들은 일정한 모습을 하지 않고 있으며 서로 싸움질을 하지도 않고 시기하지도 않고 인간을 배신하거나 파괴하거나 전쟁을 하는 것은 어불성설이고 집안에서 가족들의 대소사를 관장하고 아이를 점지해주고 가족들의 건강을 책임지는 이로운 신이다. 신이라고 하기에는 좀 어패가 있을지 모르겠으나 북부 유럽의 요정과 비슷한 성격과 모습을 공개한 도깨비를 제외하곤 우리 신들은 상상 속에서도 그려낼 수가 없다. 우리의 신들은 모든 사물에 신이 깃들어 있다는 정령 신으로서 우리 생활과 밀접하게 연관되어 있는 토속적인 신들이 대부분이다. 즉 생활 신이라고 할 수 있다. 성황당이 마을의 안녕과 평화를 위하여 동네 모든 사람들이 기도를 올리는 마을 수호신으로서의 역할을 담당하는 영역이었다면, 집 안의 여러 신들은 집 안 곳곳에 포진하여 우리의 생활 곳곳을 관장하였다. 즉 우리 집 안마다 가족들의 안녕을 기원하기 위한 신들이다.

집의 건물을 관장하는 성주신城主神은 대들보 밑의 마루를 관할한다. 특히 마루는 가옥 구조상 가장 중심에 자리하여 모든 집안의 대소사를 관장하기 때문에 신성한 장소로 제사나 굿 의례가 이 대청마루에서 행해진다. 사람들은 방에서 살다가 마지막에 죽어서 마루로 돌아온다고 한다. 그래서 대부분 장례는 대청마루에 시신을 안치하고 치른다.

집을 지을 때 대들보를 들어 올리는 상량식은 이 성주신을 받아 모시는 의미이기도 하다. 대청마루 한쪽에는 성주단지를 모시고 호주가 사망하면 성주도 떼어 없애고 다시 호주가 들면 성주도 새로 맨다고 알려져 있다. 그래서 집안의 모든 가신들은 집안의 여성인 주부가 주재하지만 이 성주만은 집안의 가장이 참석하여 부부가 함께 지내기도 한다고 한다. 이 성주는 집안의 모든 운수를 관장하고 가정을 책임진다.

그리고 집터를 관장하는 터줏신이 있다. 집터를 관장하기 때문에 땅속으로부터 올라오는 악한 액운을 잠재우고 억제하고 다스려 이 집에 사는 사람들을 보호하는 기능을 한다. 흔히 터줏대감이라고 하는 신이 이 지신地神이다.

그리고 집의 안방에는 삼신 할매로 유명한 가택신이 존재한다. 이 삼신 할매는 옥황상제의 명을 받아 양육과 출산을 맡는 신으로 아이를 점지해 주고 순산을 돕고 돌을 넘기기까지 건강과 수명을 담당하고 유치기까지 양육을 담당하였던 것으로 알려져 있다. 예전에는 태어난 아기들이 돌을 넘기지 못하고 죽는 경우가 많았기에 이 삼신 할매는 농경사회에서 종족 보존을 하는 데 있어서 절대적인 기능을 담당하였던 신으로 할머니와 어머니들에게는 존경받는 신이기도 하여서 이 삼신을 모시기에 온 정성을 쏟았다.

그리고 부엌에는 조왕신이라고 해서 불의 신이 존재한다. 그 자리는 부뚜막이다. 예전에는 불의 존재가 절대적이었다. 그 집의 불을 꺼뜨리면 조상의 공덕이 미치지 못한다고 해서 불을 꺼뜨리지 않으려고 애지중지하였다. 불은 그 집안의 재복을 상징하기도 한다. 중국에서 이 조왕신을 재복을 관장하는 으뜸 신으로 간주하기도 한다. 이 조왕신은 음식의 맛까지 관장하며 화재가 나서 집안이 풍비박산되는 것을 막아주고 가족의 건강과 무병장수를 기원하는 신이기도 하다. 그리고 이 조왕신은 섣달그믐 무렵 하늘에 계신 옥황상제를 찾아 지난 일 년 간 일어난 그 집안의 일을 고한다는 설이 있다.

장독대를 지켜주는 철륭신, 물을 마르지 않게 하는 우물신, 그리고 농사에서 없어서는 안 될 소와 말을 지켜주는 우마신도 있다. 그리고 변소에 존재하는 측간신도 있다. 측간신이 다른 점이 있다면 다른 가신들은 대체로 집안을 지켜주는 가신의 역할을 하는 반면에 이 측간신은 좀 악한 심보가 있다고 하여 시골에서 측간에 갈 때는 항상 막연한 두려움에 떨었던 기억을 가지고 있는 신이기도 하다. 알고 보니 이 측간신은 예전의 재래식 변소는 깊이가 깊고 어두워 당연히 조심하라는 경계를 하도록 만들어낸 신으로 재미난 신이기도 하다.

그리고 우리가 아는 업신이 있다. 초가지붕에 존재한다는 구렁이가 나가면 집이 망한다는 속설이 있는데 집안에 현존하는 동물들의 신이 업신이다. 업신은 광이나 곳간 같은 은밀한 곳에 머물러 재복을 준다고 한다. 업신은 즉, 집을 지켜주는 지킴이로서 동물을 의미하기도 한다.

위와 같은 가택 신들이 집 안 곳곳에 존재하기 때문에 우리 어머니들은 조상신들에게 제사를 올리고 난 후 이런 가택 신들에게 약간의 음식들을 집 안 곳곳에 놓아 고수레를 했던 것이다. 그리고 항상 이런 집안과 가족들의 안녕을 위하여 장독대나 부엌 부뚜막에 정화수를 떠놓고 정성스레 기도를 올리고 빌었던 것이다. 사실 이런 가택 신들의 존재 가치를 믿지 않는다 하더라도 치성으로 정성을 드린다는 의미는 가장 깊은 곳에서 우러나오는 성스러운 정신의 발현이며, 어찌 보면 인간에서 있어서 가장 겸손하고 겸허한 인간의 본성일 것이다.

13
| 기차여행을 꿈꾸며 |

"이 국경의 긴 터널을 지나면 설국이다."라는 단문의 이 구절은 가와바다 야스나리의 소설 『설국』에 나오는 첫 구절이다. 소설부문에서 동양의 최초의 노벨문학상을 수상한 일본의 이 작가는 기차를 타고 눈 덮인 지방을 지나는 장면을 서정적으로 표현하여 이 소설을 읽은 많은 사람들로부터 긴 여운을 남기게 하였다. 이 소설에서 소설의 배경이 되는 것은 일본의 북쪽지방인 니카다의 설경이지만 이 배경의 설경을 이끌어내는 소재는 기차라는 운송 도구이다. 여기에서 기차는 일상의 경계에서 벗어나 새로운 세계로 들어가는 메신저 역할을 하고 있는 것이다.

현대를 살아가는 사람들에게 기차라는 운송 도구는 다른 이동 도구에 비하여 묘한 매력을 주고 있다. 배나 비행기는 나름의 재미나 매력이 있으나 약간은 밋밋하고 단조로운 면이 있음을 부인할 수는 없다. 상처 난 대지의 한가운데를 관통하는 기차에 비할 바가 아니다.

현대인들에 있어서 기차 여행에 대한 막연한 그리움이나 낭만을 기억하고도 남을 것이다. 지금은 비행기를 타고 하루 이틀이면 세계 어디라도 갈수 있는 세상이 되었지만 여행이 자유화되기 80년대 이전에는 세계 어느 곳에라도 갈 수 있으리라는 생각을 꿈에도 꾸어본 적이 없던 그런 시절이 있었다. 특히 50~60대 이상의 중장년층이라면 교통수단이 전무한 시대에 객지에서 힘들게 일을 하고 명절에 고향을 방문할 때에 그 포근하고 따스한 열차의 추억을 간직하고 있을 것이다. 몇 년씩 고향의 가족들을 그리다가 명절이 다가오면 끝도 보이지 않는 줄을 서서 겨우 기차표를 끊기라도 하면 그 기쁨은 이루 말할 수조차 없었던 그런 시절의 편린들이 있을 것이다. 기차는 이런 기억들을 실어다 주는 역할을 할 뿐만 아니라 몇 시간만 투자하면 복잡하고 어지러운 도심의 세계에서 시간이 멈추어진 몇십 년 전의 변함이 없는 곳으로 우리를 안내하는 매개자의 역할을 하기도 하고, 쉽게 일상의 지루함을 탈피하는 데 아주 훌륭한 역할을 하기에 누구나 사랑받는 이동 수단이 되었다.

차창 너머로 씨를 뿌리는 농부를 모습을 보면서 혹은 아름다운 산수나 전원의 풍경을 감상하면서 사색에 잠기노라면 우리는 뜻하지 않게 인생의 경로를 탐색하게 하게 된다. 이국적인 풍경에 매료되어 그야말로 영화의 한 장면이나 액자 속의 풍경을 연상하는 착각에 빠져 들게 하는 것도 기차 여행이 아니면 맛볼 수 없는 것들이다.

기차 여행에서 맛볼 수 있는 것들을 나열하면 이런 것들만이 있겠는가? 가족들이 오손도손 여행하기에 혹은 연인들이 손을 잡고 여행하기에 기차만큼 좋은 여행도 없다. 혼자보다는 상대방이 있는 여행에 잘 어울리는 것이 기차 여행이다. 그렇다고 해서 혼자만의 기차 여행이 안 어울린다는 것은 아니다. 혼자서라도 호젓하고 느긋하게 기차 밖의 풍경을 감상하다 보면 기차 밖의 풍경이 또 다른 상대방이 되어 이야기를 나눌 수 있어서 종착지까지 지루하지 않게 갈 수 있는 것이 기차 여행이다.

옥수숫대 사이 길을 따라 걷던 소년은
멀어져가는 기적소리가 들리면
세상의 창을 열어젖히고
살그머니 까치발을 들고
파르라니 떨리는 세상을 엿보곤 했다.

저녁 석양이 지고
어스름이 몰려올 때면
홀로 남아 있는 쓸쓸함에
석양 속으로 사라지는 그 긴 여운의 기적소리를
귓속으로 잡아 두려고 무척이나 안간힘을 쓰곤 했다.

어둑해지는 밤이 되면
안개 속에서 홀로 드리운 증기기관차
멀리서 나의 꿈속으로 들어와서는
꿈꾸는 나를 데려와 안개를 헤집고 들어가곤 했다

소학 시절 등하굣길에 기적을 울리며 달려가는 기차를 보기라도 하면
마지막 기차의 꼬리가 멀어져 갈 때까지 바라보곤 했다. 어스름이 밀려오
는 저녁이 되면 시골의 토막집 창가에 앉아 멀리서 연기를 내뿜으면서 다
가왔다가 사라져가는 증기기차를 물끄러미 보다가 이내 잠이 들어 꿈속
에서 기차를 타고 '이상한 나라의 앨리스'가 되어 미지의 세상으로 나아가
곤 했다. 오직 자연만이 대상이었던 아이들에게 기차라는 문명의 이기는
새로운 탐구 대상이었다. 탐구가 나중에는 공상으로 변하곤 했지만 그런
행복한 공상의 나래에 쉽게 빠져들곤 했다.

기차는 8시에 떠나네

카테리니행 기차는 8시에 떠나가네.
11월은 내게 영원히 기억 속에 남으리.
내 기억 속에 남으리.
카테리니행 기차는 영원히 내게 남으리.
함께 나눈 시간들은 밀물처럼 멀어지고
이제는 밤이 되어도 당신은 오지 못하리.
당신은 오지 못하리.
비밀을 품은 당신은 영원히 오지 못하리.
기차는 멀리 떠나고 당신 역에 홀로 남았네.
가슴속의 이 아픔을 남긴 채 앉아만 있네.
남긴 채 앉아만 있네.
가슴속의 이 아픔을 남긴 채 앉아만 있네.

이별의 아픔은 우리 인간들에게는 특별하게 느낄 수 있는 정한이라고 할 수 있다. 회자정리會者定離라고 해서 만남이 있으면 필연적으로 이별이 따라오기 마련이어서 인간은 이 이별에 특별한 감정을 느끼곤 한다. 생리적 이별이나 물리적인 이별이나 이별의 뒤에는 필연적으로 슬픔과 애틋함이 자리한다. 기차만큼 이별하기에 좋은 여건을 마련해주는 것도 드물다.

위에서 소개한 글 '기차는 8시에 떠나네'는 너무나 유명한 그리스 노래 가사이다. 우리는 기차를 보면 이런 이별을 생각하기보다는 사랑을 꿈꾸기도 한다. 우연히 혹은 순간적인 만남을 꿈꾸기도 한다. 그래서 기차 여행을 하는 사람들이라면 옆 좌석에 낯선 사람이 앉기를 갈망하기도 한다.

위 글의 가사는 만남이 아닌 이별을 노래한 것으로 애달픔과 기다림의 여운이 담겨 있다. 그리스의 가수 Agnes Baltsa나 우리나라 가수 조수미가 번역해서 부른 이 노래는 우리나라 민요 '아리랑'만큼이나 한이 서려 있다.

그리스는 가난한 농업국가로서 대한민국처럼 20세기에 들어 내전과 수없이 많은 외세의 침탈의 역사를 고스란히 가지고 있는 민족이다. 그런 참담한 현실에서 그리스 음악가인 테오도라카스는 비밀을 품은 연인이 독립을 위하여 카테리나행 기차에 몸을 싣고 떠나는 장면을 노래로 만들어 불러서 수많은 이들의 심금을 울리고 있다. 다시 돌아오지 못할 연인을 보내는 심정은 누구도 상상을 할 수 없고 대신할 수도 없는 아픔을 남긴 채 기차는 야속하게 정시에 떠나간다. 일제강점기에 대한의 독립 운동가들이 돌아오지 못할 기차를 타고 국경을 넘어가듯이 이 노래에서도 약소국가의 비련이 담겨 있다.

그럼에도 우리는 하얀 전등 불빛을 밝히고 달려가는 야간 열차를 보노라면 연인을 보듯이 정겨운 시선을 보내기도 하지만 요즘의 기차는 너무나 현대적이고 사무적이어서 매력이 반감된 것만은 사실이다. 서울에서 부산까지 3시간 반이면 도착하는 KTX 열차를 타노라면 예전의 새마을호의 정겨움은 어디에도 찾아보기 어렵다.

수도권에서 학창 시절을 보낸 지금의 청장년들이라면 경춘선 열차에 대한 기억 한두 개쯤은 가지고 있을 것이다. 먼 곳으로 여행을 갈 수 없었던 학생들에게 서울에서 가까운 춘천 못미처에 있는 강촌이나 대성리는 그야말로 천국이나 다름없었다. 주말만 되면 경춘선 열차는 발 디딜 틈도 없어 객차 안 선반의 짐칸까지 사람들이 올라가 자리를 차지하곤 했다. 가지고 가던 짐들은 내팽개쳐지기 일쑤였고 폼 나게 메고 가던 기타도 예외 없이 짐짝 취급을 받곤 했다. 그런 맛에 경춘선 열차를 타기도 했지만 지금은 그런 향수에 목말라 하는 사람들을 위하여 철도청에서 청량리에서 춘천까지 2층으로 된 청춘열차를 운행하기도 한다. 기차는 느리게 가야 제 맛이 난다. 덜커덕거리며 가는 객차 안에 있노라면 세상의 온갖 근심이 사라진다. 말 그대로 나 자신의 맘을 내려놓기에 좋다.

마드리드행 특급열차에 몸을 싣고,
올리브 나무의 그늘 아래 휴식을 취하는 농부의 모습을 보고 싶다.

유럽의 유로패스를 타고 중세 고성을 방문하여 암흑의 시대에 숨죽이고 살았던 중세 백성, 농노들의 이야기를 듣고 싶다.

아메리카의 횡단열차를 타고 서부개척시대를 온 몸으로 막은 인디언 전사들의 슬픈 전설의 역사를 보고 싶다.

난 언젠가부터 열차를 타면서 글을 써 보고 싶다는 욕구를 가지고 있었다. 시베리아의 종단열차를 혹은 스페인의 특급열차를 혹은 유럽의 나라 간 국경을 들락거리는 유로패스에 몸을 싣고서 혹은 미국의 동서를 연결하는 횡단열차에 몸을 싣고서 자유로운 글을 쓰고 싶다. 그러면 왠지 열차가 지나는 나라의 문화와 역사를 좀 더 이해하고 더 깊게 들여다 볼 수 있지 않을까 하는 생각과 그동안 꿈꾸어 오던 기차만의 낭만에 흠뻑 취하지 않을까 하는 바람에….

IV
겨울

1
| 일상의 저 너머에는 |

버스 정류장 맞은편 건물에는 오늘의 메뉴가 '슈프림'이라는 음식점 홍보물이 새우 한 마리와 함께 걸려 있다. 도로에는 이미 주차장처럼 차량들로 넘쳐나고 그 사이를 비집고 버스들은 버스정류장으로 들어선다.

매일 한자리에 버스를 갈아타기 위하여 모여드는 사람들은 정겨워 보이기보다는 무감각하고 무표정한 얼굴로 그냥 스쳐지나간다. 서류가방을 들고 버스 정류장 앞을 매일 걸어서 출근하는 나이 지긋한 어르신, 신혼인 듯한 부부가 다정하게 버스를 기다리고, 무표정한 얼굴로 버스를 기다리는 모자 한 쌍, 모두 바삐 움직이는 시민들의 모습을 보면서 출근할 때는 아무 생각 없이 지루하다.

나는 매일 마을버스를 타고 가서 지하철 7호선으로 갈아타고 다시 내려 버스를 타고 사무실에 간다. 버스를 환승할 때 기다리는 시간에 이런 일상의 표정들을 잠시 즐기기도 하지만, 다람쥐 쳇바퀴 도는 듯한 일과는 그날의 일상 속에 또 지쳐 버린다. 그런 일상의 출근길에 뜨문뜨문 오는 버스라도 놓치게 되면 번쩍 정신이 들기도 한다. 기다란 목을 빼고 가던 빈 택시 기사는 버스를 놓친 사람들을 금방 알아채기라도 한 듯 나의 앞에 어정거리기도 한다. 한참을 기다려 때늦은 버스를 타다 지각이라도 하는 날에는 가끔 일상의 풍경은 새로워지기도 한다.

아침에 버스를 놓쳤다.
일상을 넘어 온 버스가
먼지를 날리며 나의 시간을 비켜갔다.
늦은 버스 안은 부스스하다.
어젯밤 마신 술이 안 깨듯이

일상은 항구의 물고기처럼 팔딱거리지는 않는다.
여기 한 사람, 저기 한 사람
버스에서 내린 사람들이
걸어서 하�‍얘져 가는 낮 속으로 홀로 비켜서 간다.

나는 어느 날 새벽에 지하철 첫차를 탄 적이 있다. 5시를 약간 넘긴 시간, 지하철 첫차를 타는 사람들 중 대부분은 나이 지긋한 육체노동자들이다. 아파트 경비원, 빌딩의 청소부, 주차원, 아니면 막노동 일 나가는 일일노동자 등 힘없는 중노동자들이 대부분이다. 그들의 등에는 허름한 배낭이나, 아니면 비정상적으로 커다란 가방이 짊어져 있다. 우리가 매일 출근하면서 지루하다고 푸념할 때 새벽의 지하철 안에서 그들은, 삶의 무게만큼이나 큰 배낭을 메고 출근을 한다.

새벽 전철

등 뒤로 그림자들이 들어선다.
창문에 비치는 그림자들,
유령처럼 서서히 나를 둘러싸더니
창밖의 그림자가 내 주변에서 움직인다.

세상으로 나온 좀비들처럼
여기저기 등짐을 진 그림자들
주름진 얼굴로 찌든 수면이 스펀지처럼 가라앉고
남루한 행색의 그림자가 자꾸자꾸 새벽 전철 안으로 들어온다.

그들은 커다란 연장통들을 들고 나타난다.
검은 가방 속에는 검은 연장들이 쩔거덕거린다.
자신의 손과 발의 분신들이 그 속에서 소리를 지른다.
새벽 전철의 그림자는 이동한다.
꿈틀거리며 세상 속 깊숙이 들어간다.
힘없이 느릿한 걸음으로

우리 일상의 저 너머에는 많은 일일 노동자들의 하루가 있다. 새벽이면 그들은 첫 버스를 타거나 첫 전철을 타고 일터로 향한다. 그들의 등 뒤에는 어김없이 그들의 삶의 무게만큼이나 커다란 배낭을 지고 있고 행색은 남루하다. 꾸밈이 없는 옷이며 얼굴이며 헝클어진 머리들이 그것을 짐작하기에 부족함이 없다. 첫 일터로 향하는 허리 구부정한 분들을 보면 아버지가 연상되곤 했다.

아버지는 미장이셨다. 미장일만 하신 것은 아니고 연탄 부뚜막이나, 구들장, 연탄보일러 등을 시공하시는 종합예술가셨다. 지금은 북촌 한옥마을로 우리나라 서울의 대표적인 관광지가 됐지만 아버지는 가회동, 계동의 물역 가게에 적을 두고 미장일을 하셨다. 이 북촌의 한옥이 문화유산으로 등재되기 이전부터 유지하고 보수하고 가꾸는 데 일생을 바치신 분이다. 그러니 지금으로 치면 북촌한옥이며 서촌한옥마을 문화재를 지키고 보수하고 관리하신 선각자이시다.

그런 아버지가 일거리라도 생기시면 들기도 힘든 커다란 가방 안에 항상 흙손, 흙칼, 수평계, 먹줄, 대패, 톱, 망치 등의 연장통을 챙기고 꼭두새벽에 출근하셨다. 우리 자식들도 아버님의 이런 직업으로 인하여 젊은 시절 덩달아 바쁜 시절이 있었다. 방 안에서 할 일 없이 빈둥거리거나 방학 때가 되면 아버지는 어김없이 우리들을 불러내곤 하셨다. 그러면 북촌 한옥을 보수하기 위하여 황토 흙을 물에 개거나 시멘트에 모래를 섞는 모르타르 일을 도와드리곤 했는데 모르타르를 만드는 작업이 그렇게 고된지는 그때 처음 알았다. 짐 통에 모래를 현장 가까이 등짐을 지고 와서 시멘트와 섞는 작업인데 우리는 이 작업을 하고 나서는 며칠간 온몸이 쑤시고 허리가 아팠다. 그런 힘든 작업을 아버님은 평생 그 자그마한 몸으로 이겨 내셨고 그 후유증으로 시골 할머니들처럼 어깨가 초승달처럼 동그랗게 구부러지셨다.

내가 아버지가 되어 어느 날 북촌을 돌다가 북촌 고색의 아름다움보다도 더한 깊은 상념에 젖었다. 한옥 처마 골 곡선보다도 굴곡진 삶을 살다 가신 부모님의 모습이 한옥의 담벼락에 겹쳐 실루엣처럼 투영되어 있었다. 흔히 북촌은 종로의 북쪽에 있는 창덕궁과 경북궁 사이의 마을을 가리킨다. 조선시대에는 이곳 일대에 많은 고관대작들이 즐비하게 살고 있는 한양에서 몇 안 되는 고급주택가였던 셈이다. 남산이 가난한 선비들의 거주지였다면 이곳 북촌은 지금으로 치면 평창동이나, 성북동, 강남의 타워팰리스 정도라고나 할까?

이곳 북촌은 지금도 서울의 명당에 위치하고 있다. 중앙고등학교 후문 쪽에서 내려오다 종로 쪽을 내려다보면 그야말로 서울의 전경이 한눈에 파노라마처럼 이어져 있는 모습에 과연 명당자리임을 알 수 있다. 그리고 정독도서관 쪽에서 가회동 서쪽 북촌 길로 오르다 보면 경복궁과 북악산 등이 한눈에 보이는 길을 관망하면서 한참 동안 오르게 되는데 이 전경이야말로 북촌에서 빼놓을 수없는 절경의 백미라 할 수 있다. 서울 한복판에 이런 경치가 숨어 있으리라고는 상상을 할 수 없었다. 나는 이 길을 오르면서 한편으로는 입을 다물 수 없었다. 예전 같으면 눈길도 안 주었을 이 북촌 일대가 요즘은 관광객들로 몸살을 앓는다. 곳곳에 카메라를 든 외국의 관광객들이 진을 치고 있다. 상전벽해란 이런 표현에 어울릴 듯하다.

　북촌 마을을 돌다…

비바람 갠 날 흙바람 따라 북촌마을을 돌다,
담벼락에 붙어 있는 흙손의 긴 스크래치가 흐릿한 기억 속으로 날 밀어넣었다.
또렷한 기억의 동작들이 한 순간 순간 끊어져 연줄처럼 이어지는데
그 거리의 흔적 위로
몇 해 전에 돌아가신 아버지의 가녀린 모습을 토해냈다.
북촌 마을에, 반질반질 바닥이 다져진 흙손으로
등짐에 실려 온 시멘트와 모래를 버무려, 댓돌이며, 서까래며
낡아버린 한옥의 사지에 자신의 살점들을 고약처럼 붙이셨다.
수백 번이나 다듬은 미장의 손길은 신윤복의 붓 날보다 더 세심하였으랴
수만 번 걷던 흙냄새 나던 이 골목은 산목숨을 이어주던 탯줄이었으리야
저 담벼락 옆에 핀 라일락 향기는
그 청청한 젊은 시절의 어깨를 누르고 있던 천근의 무게를 한 줌 가볍게 해주었으랴만,
흙바람이 실려 오는 북촌 마을의 언덕 위로
황혼이 지고 저녁 어스름이 산중에 차면

시멘 독에 갈가리 터져 하얀 고름이 흘러나온 다리를 끌고
새우등을 하시고 달과 별 사이를 걸어서
달빛과 함께 그 긴 삼청동 고갯길을 넘어 걸어서 오셨다.

비바람 갠 날 오후의 북촌….
나의 가슴에 흙바람이 불어온다.

우리들의 부모님들이 그러하듯 아버지도 자신에게는 한 푼도 투자를
안 하셨다. 초등학교 근처도 가본 적이 없어 낫 놓고 ㄱ자도 모르듯이 그
는 그 쉬운 한글도 못 배웠고, 6·25참전 중에 집으로 편지를 보내시려면
대필을 하셨다고 한다. 농사를 지으시다가 자녀들 교육이 걱정되어 배운
것 없이 처자식들을 이끌고 이 서울이라는 생명부지의 땅에 내디뎌 안 해
본 것이 없는 부모님을 어찌 잊겠는가. 일상의 저편 너머에는 이렇듯 헌신
적인 부모님들의 사랑과 고통이 점철되어 있다. 막노동이 없는 겨울이 오
면 스케이트 가는 기술을 배우셔서 동대문 스케이트장 앞에서 스케이트
를 갈았고, 크리스마스가 다가오면 어떻게 배우셨는지 솜사탕 기계를 구
해서 솜사탕 장사를 하시는 그런 분들이셨다.

서울로 올라오기 전 3~4년은 일 년에 새경으로 벼 8, 9가마 정도를 받
으시고 충청도 동네 유지 집안의 머슴으로 남 농사를 지으셨다. 장작을
패다가 다리를 찍어 피가 철철 흐르는 다리를 끌고 집으로 오시기도 했지
만 역설적으로 그 시기가 나에게는 가장 행복했던 시기였던 것 같다. 농
토가 없다 보니 농사를 거들 일도 없었고 꼴 벨 일도 없었고 그 흔한 송
아지를 풀 뜯길 일도 없었으니 나에게는 호사스러운 유년기였던 셈이다.
그런 덕분에 편안하게 산골 동네를 쏘다녔고, 밭이며 논이며 들이며 산의
생명들과 많은 교감을 나눈 시기였다. 논에서 들리는 뜸부기 소리, 산 너

머에서 들려오는 뻐꾸기 소리, 풀벌레 소리, 귀뚜라미 소리를 듣고 밤이면 우유를 뿌려 놓은 듯 하얗게 수를 놓은 은하수와 먼 하늘의 유성별을 보며 우주의 공허함에 빠져들기도 했다. 그런 부모님이 이제는 내 곁을 다 떠나셨다.

2
| 엄마야 누나야 강변 살자 |

"엄마야 누나야 강변 살자. 뜰에는 반짝이는 금모래 빛. 뒷문 밖에는 갈잎의 노래. 엄마야 누나야 강변 살자."

김소월의 시다. 연이어서 쓰면 두 줄도 채 안 되는 함축적인 시로 시인의 뜻을 전달하기에 부족함이 없다.

인간은 추억이란 기억을 먹고 산다고 한다. 추억 속에 살면 안 되지만 우리 중년들은 추억 속에 살듯이 가끔 혼동을 하기도 한다. 나도 가끔은 이런 혼동 속에 빠져 사는 것 같다.

이런 증후군을 '므두셀라' 증후군이라 하여 경계를 하고 있다.

우리 마음의 고향은 유년기에 살던 곳이다. 사람이 태어난 곳에서 유년기를 보냈다면 더할 나위 없이 좋았겠지만 50~60년에 태어난 세대라면 자신이 태어난 곳에서 유년기를 보내기란 하늘의 별따기만큼이나 어려웠을 것이다. 대부분은 적으면 서너 번, 많으면 일고여덟 번은 이동을 하여 유년기를 보냈을 것이다. 나 같은 경우도 유년기에 열 번 넘게 이사를 다닌 것 같다. 부모님을 따라 유랑을 하듯이 자주 이사를 하게 된 것이다.

아버님의 고향인 충청도 두메산골에서 살다가 어머니의 친정이 있는 전라도 남원으로, 다시 아버님의 고향인 충청도 두메산골로, 충청도 두메산골에서 다시 충청도 청주 인근 지방으로, 그곳에서 초등학교 5학년 때까지 다니다 학교 친구들과 생이별을 하고 서울로 이사를 했다. 그리고 결혼해서 집을 장만할 때까지 서울에서도 근 10여 번의 이사를 다녔다. 농토가 없어 부모님을 따라 정처 없이 따라 다녔기 때문에 경제학자 매슬로우 교수의 생존의 5단계 법칙에 따르면 제1단계인 생리적 욕구에 해당하기에 행복한 이사는 아니었던 것 같다.

최종적으로 서울로 이사하게 된 것은 지금의 중국으로 치면 생존을 위하여 농민공이 도시로 흘러들어가는 과정과 별반 차이가 없다. 서울로 올라올 당시에는 마당조차도 없는 전세방 한 칸에 전 식구가 모여 생활하기는 다반사고 하루하루의 끼니와 연탄 한 장을 걱정하며 살던 시대이기에 추억으로 각인시키기엔 너무 끔직한 기억이지만 누가 뭐래도 이런 기억들이 나의 마음 한구석에는 한없이 아름다움이라는 추억으로 남아 있다.

내 마음의 무지개

어릴 때
무지개를 따라간 적이 있었어요.
아지랑이 피는 들판을 넘고 산길을 달려서
무지개는 복사꽃 핀 동네의 어귀에 걸쳐 있었어요.

무지개는
한 잎 한 잎 피어나는 복사꽃처럼

빨간색에는 다가올 여름날의 희열이
주홍색에는 설렘의 노래가
노란색에는 새싹의 기쁨이
초록색에는 푸르름의 세상이
파란색에는 파랑새의 희망이
남색에는 미래에 대한 작은 걱정이
보라색에는 은은한 첫사랑 내음이
피어나고 있었어요.

어른이 되어
그 무지개를 또 따라서 갔지요.

아지랑이 피는 산길을 걸어서
복사꽃 피는 그 언덕 너머에서
무지개는 사라져 버렸어요.
한 잎 한 잎 떨어지는 복사꽃처럼

복사꽃 언덕에 핀 무지개는 우리들의 희망처럼 설레게 하였다. 그 무지개를 따라 들길이며 산길을 달리던 설렘을 누구나 한 번쯤 가지고 있을 것이다. '내 마음의 무지개'도 서울이라는 경쟁의 도시로 진입하기 전 이런 어린 시절의 은은한 추억을 기억하면서 쓴 동시형식의시이다. 약간은 유치해보이기도 하다. 시란 쓰고 나서 영 마음에 안 들 때도 있다. 이런 시도 나의 마음에 안 들 뿐이지 독자의 입장에서 보면 공감할 수도 있어서 실어 본다.

살구

사립 울타리를 끼고 앵두나무 삽짝을 지나
초가 마당 뒤꼍으로 돌아가 보니
삼나무의 긴 머리채는 시렁 위에 걸려 몽달귀신을 불러들이고
뒤꼍 장독 옆 대나무밭에 걸려 있던 스산한 바람이
솜이불 오줌에 젖어 이슬처럼 숨죽일 때
그 옛날의 전설은 안개처럼 피어나는구나.

윗말 동네 황가네 막내아들 장가갈 적에
초가 이층집 마당에서 사흘 낮 잔치 열리어
온 동네 농부들 곯은 배 채우고
동네 아낙네들 잔칫상 자식들에게 들락일 적에
밤새 불며 치던 비바람은 초가집 처마 끝에 매달려
지아비와 사랑을 나누고
낙수 떨어진 뒤꼍 골 맑은 빗물에서
청개구리 지 새끼 목욕시킬 때
그제 밤낮 열린 살구는 떨어져
빨간 피를 토하고 있구나.

어미 손을 잡고 소학교에 갓 들어간 아이가
늑대가 이빨 드러낸 산속 방죽에게 놀다가
흔적도 없이 잡혀먹고
밤새도록 동네 밖 서낭당에서 혼백 되어 서성일 적에
주홍빛 살구는 빗질해둔 뒤꼍 마당에
낙화암 낙엽 지듯 떨어지고 있구나.

6·25 사변으로 두 다리 절단난 지아비는
돈벌이로 집 나간 지 수년이 되어도 소식은 감감하고
어느새 봄날 허기에 지친 아이가
소나무 껍질 벗겨내고 솔대가지 빨 적에
얼굴 쪼그라진 외할머니는 꽃상여 타고
산길을 재촉하며 멀리 가셨다.
시냇가 동네 어귀 새벽녘부터
폐병 들어 콜록이던 어미는
초가마당 뒤꼍 살구보다
선명한 선홍빛 선혈을 뒤꼍 마당에 토해내고 있구나.

이승에 남아 있는 외손자는
붉게 물든 동네어귀 송림 숲에서 서산에 해 넘어갈 때까지
이 나뭇가지 저 나뭇가지 넘나들며 놀기 바빴고
어느 늦가을 서리 내린 새벽녘
초가 마당 뒤꼍으로 돌아가 보니
떨어진 살구는 마당을 흥건히 선홍빛으로 물들여 놓고
제 갈 길을 재촉하는구나.

이 '살구'란 시는 유년 시절 중 가장 이른 초년기를 생각하여 오래전에 써 놓았던 시다. 충청도에서 살다가 부칠 농토가 없어 전라도 어머니 친정집으로 들어가 살고 있을 때 어린 유년의 기억을 회상하며 쓴 시인데, 그때의 아련한 기억이 아직도 나를 그곳으로 이끄는 마력이 있어 가끔은 꿈속에 나타나기도 하는 곳이다.

아버지는 6·25 전쟁 참전 중 발목 부상으로 제대를 하시고 젊은 패기에 사업을 하신답시고 일상 생활용품과 배추장사 등을 하러 돌아다니시

고, 어머니는 산 입에 풀칠이라도 하겠다고 남매를 데리고 내려와 친정 쪽 농사를 붙여먹고 있던 시절이 내 기억의 최초 생성기라고 할 수 있다.

그 기억 속에는 2층의 한옥 아래에서 풍물을 치면서 잔치하는 장면이며, 밤새도록 진돗개와 늑대가 집안 마루에서 싸워 그다음 날 진돗개가 사라졌는데 며칠 후 동구 밖에서 뼈만 남은 채 발견되어 동네 사람들이 벌벌 떨던 두려움의 기억들, 아이들이 학교를 오고가는 산길을 따라 방과 후 놀다가 늑대에게 잡아먹혔다던 소문의 기억들, 외가댁에서 외할머니가 감 껍질 말린 것을 맛있게 먹었던 달콤한 기억속의 장면들, 그리고 어머니가 늑막염에 걸려 동생을 낳고도 젖을 물리지 못하고 신음하던 모습들, 동구 밖 물안개가 피어나는 아련한 전경, 우리 가족이 살던 초가집 주변의 앵두나무가 싸리 담장을 이루고 뒤꼍 담장 뒤로 대나무가 숲을 이루고 있던 풍경, 장독대 옆 감나무에 감이 주렁주렁 열려 있고 살구나무에서 열린 살구는 뒤꼍 마당에 떨어져 붉게 깨져 흩어져 있던 모습, 작은 관목들로 엮어진 삽짝문 밖 밤나무에서 땡글땡글 열린 밤을 따서 아궁이에서 까먹던 포근하고 아름다운 장면들이 오버랩되어 나의 기억 속에 차곡차곡 쌓여 있다. 이 초년기의 기억들은 지금도 나의 보물 창고 같은 역할을 하고 있다. 특히 살구나무에서 살구가 익어 뒤꼍 마당에 떨어진 모습과 어머니가 늑막염으로 고생하시던 곤궁의 시기는 겹쳐 있다고 할 수 있다.

우리는 창창하고 팔팔하던 젊은 시절을 지나면 누구나 뇌의 기억 한쪽에 이러한 기억들이 쌓여지게 되는데 이 기억들이 추억이라는 매개가 되어 우리를 그 시절로 인도하기도 한다.

3
| 꽃잎은 지고 피는데 |

꽃잎은 집니다.
한 잎 두 잎 꽃잎은 떨어집니다.

봄볕에 그 진한 꽃잎을 피우던 진달래도
화창한 가을날 나풀거리던 코스모스도
시들지 않을 듯하여도 꽃잎이 집니다.

의식이 무의식의 세계로 날아들고
세상의 진리 속으로 들어가는 때
서산에 해 지듯이
모든 것이 사라지지만
서산 뒤편에는
다른 일출이 운명의 끈을 다시 묶습니다.

모든 것이 지나가듯
또 모든 것은 다시 옵니다.

꽃잎은 지고 다시 피듯이
그 속에서 모든 것들은 피고 지고 지고 핍니다.

결국에는 꽃잎은 피고 진다. 여기서의 꽃은 피고 지는 것이 아니라 지고 다시 피길 원하고 있다. 낙엽은 지면 그 낙엽이 썩어 거름이 되고 낙엽 밑에서 작은 씨가 발아하여 새싹이 움튼다. 우주의 연은 연속과 반복이다.

한 점에서 평면으로 들어갈 때
한 세상이 열리고 있다는 것을 느꼈다.
한 점은 생각을 알리는 것이었고
평면은 마음이 행동하는 것이었다.
로댕의 사유로부터 화가의 붉은색 도화지 속으로 전진하는 것이었다.

어느 날 나는 이 평면이 한 점으로 들어가는 듯한 느낌을 받았다.
세상의 끝자락은 절벽이었듯이

한동안 건강에 자신감을 잃은 적이 있었다. 병이 나서 한동안 병원을 다녔지만 병원에서도 병명을 몰라 자신감은 나락으로 떨어지고 매사 의욕을 잃은 적이 있었다. 나에게서 모든 것이 사라져가고 떠나가는 느낌을 받았다. 한 면이 절벽인 곳으로 점차 밀려들어가는 듯한 느낌에 삶에 회의를 가졌다. 누구나 이런 상황에 놓이게 되는 경우가 있다. 어려운 상황에 도달하면 도저히 되돌리기 어려운 곳으로 가는 결정을 내리게 된다는 것을 이때 처음 알게 되었다.

자운봉 저녁 하늘가로 넘어가는 검은 노을이 걸쳐 있었다.
그 파스텔처럼 선명한 회색의 노을은 백 년에 한 번 오는 듯하였다.
아마도 그것은 초겨울로 막 접어드는 날이었을 것이다.

그 평면은 왜곡되어 가고 있었다.
휘어진 평면은 중랑천 얕은 물속에 살고 있는 물고기들처럼
자신의 수명을 결정짓지 못하고 있었다.
낚시를 드리우는 인간들에 의해
혹은 인간들이 뿌려놓은 덫에 의해….

언젠가는 모든 평면은 다시 우주 속으로 춤을 추듯 사라지고
블랙홀에 빨려 들어가듯이 평면은 한 점으로 복귀할 것이다.

아무리 내공이 쌓여도 처음에는 거부하고 당황하게 되는 것은 나약한
인간이기 때문이다. 평면에서 한 점으로 들어가는 상황이 발생하는 것처
럼 그 당시 절망감에 쓴 글이다.

시간이 지난 후
난 당신을 기다릴 수 있을지 모르겠어요.
나의 사랑이 너무 깊지 않아
나의 의지가 강하지 않아
당신의 그 사랑을 기억할지 모르겠어요.

아쉽게도, 나의 몸과 의지는 하룻날 배꽃 떨어지듯
여물지 않거늘
당신의 그 애틋한 사랑을 기억하기에 너무 벅찹니다.

클레오파트라의 그 사랑과도 같은
양귀비의 그 사랑과도 같은

이 시간이 흐른 후

내가 기억할 수 있을지

난 아직 장담을 할 수 없어요.

인간은 하늘에 순응하고 자연에 섭리에 거슬리지 않고 살아야 되는데 그러하지 못하는 것이 인간이다. 한없이 나약하고 연약하여 깨어지기 쉬운 것이 인간이다.

4
| 장단長端의 구절초 |

1

20여 년 전쯤 추석에 장인어른과 함께 민통선 안 파주 장단에 들어간 적이 있었다. 초병들이 지키는 초소를 지나 임진강 다리를 건너 비포장도로를 한참 동안 들어가니 그곳에는 6·25 전쟁이 일어나 떠나기 이전, 장인어른의 고향 동네가 자리하고 있었다.

논에는 노랗게 벼이삭이 익어가고 있었고 장인어른의 집터와 마당은 미군들의 사격장으로 사용되고 있었다. 집이 있었을 거라고 짐작이 되는 곳들은 칡넝쿨과 잡초만이 무성하고 논두렁 너머 야트막한 앞산에는 봉분도 무너지고 묘비명도 없는 무덤이 있었다. 그 무덤은 장인어른의 둘째 부

인의 묘소로 봉분가에는 흐드러지게 핀 구절초만이 뒤덮여 우리를 반겨
주었다. 장인어른은 사격장 표식이 있는 먼 건너편을 가리키며 그곳에는
첫째 부인의 묘가 있다고 알려주었다. 차례를 지내고 나오면서 부인병에
좋은 야산 주변의 구절초를 한 묶음 꺾어 나오다 검문초소의 초병에게 아
쉽게도 빼앗겼다.

장단長端은 임진강 건너 북녘에 있습니다.
초병이 지키는 초소를 지나
적벽의 강위의 다리를 건너
장단은 두려움에 떨고 있습니다.

마을은 폐허가 되어
흔적조차 구분하기 어렵고
미군 병사가 기총소사 훈련 중인 이곳이
마을 앞마당이고
팔순을 넘긴 장인어른의 집터입니다.
집터는 칡넝쿨과 잡초로 뒤덮여 가늠키 어렵습니다.

동네 빈터의 느릅나무만이
그때를 기억하고 있겠지요.

논두렁을 넘어
저 야트막한 앞산에는
그 흔한 사진에서
한 번도 뵌 적이 없는

장인어른의 두 번째 부인이 잠들어 있지요.

묘비명도 없고 봉분도 없이 밋밋해진 묘에는
구절초만이 흐드러지게 피어나
온 산을 뒤덮고 있지요.

장인은 "부인께서는 꽃을 참으로 좋아했지."
라고 나지막이 묘에 대고 말했지요.

언뜻, 장인어른의 깊게 파인 눈가에
아침 햇살이 빛을 뿌리고 지나갑니다.

장인은 일제강점기와 6·25를 거치면서 부침의 세월을 겪어오셨다. 장
인은 6·25전쟁 1·4후퇴 때 고향을 등졌다. 남북을 가로지른 38선은 생각
보다 가까이 있다. 서울에서 오전에 차를 타고 떠나 정오가 되기 전에 이
민통선 안으로 들어왔으니 바로 이웃 동네처럼 가깝다. 그동안 마음속으
로 천 길처럼 먼 길이라고 생각하고 있었는데 실제로 와보니 바로 지척이
다. 우리 민족을 갈라놓은 경계의 선들에 대하여 우리는 너무나 모를 때
가 있다. 한반도를 동에서 서로 가로지는 DMZ선은 그렇다 치더라도 민통
선이라는 것이 왜 있는지조차 모른다. 부끄러운 우리들의 자화상이다.

나도 DMZ 휴전선이 임진강을 경계로 동쪽을 향하여 뻗어 나가 이루어
지고 있는 것으로 알고 있었는데, 알고 보니 한강 하류에서 임진강 위 황
해도 장단으로 이어지고 있었다. 임진강 하구 쪽은 휴전선을 이루고 있지
만 장단 쪽은 임진강 위쪽으로 선을 긋고 있다. 장단 쪽의 민간인 통제구
역은 이 휴전선 남방 한계선과 임진강을 경계로 형성되어 있다.

아직도 우리는 우리 민족의 생명 인계철선인 휴전선과 민통선을 잘 알지 못하고 있다. DMZ는 영어로 풀이해 보면 'Demilitarized Zone' 비무장지대非武裝地帶이다. 1953년 7월 27일 정전협정에 의하여 3·8선을 기준으로 금을 긋고 이 금 양쪽으로 2㎞씩 물러나 철책 선을 세운 것이 휴전선 155마일이다. 이 4㎞ 안에는 남·북한군 모두 무장을 하지 않고 군사시설의 설치가 금지된 지역이지만 6·25가 끝나고 남북이 서로 비무장지대 안쪽으로 철책을 옮겨 실제로는 4㎞가 안 되게 좁혀져 있다. 그래서 가까운 곳은 서로의 군사들이 한 눈으로 볼 수 있을 정도로 좁혀져 있다고 한다. 비무장지대는 40여 년간의 출입통제구역이었기 때문에 그 자연 상태가 잘 보존되어 있어 자연생태계 연구의 학술적 대상으로 지목되고 있고, 요즘 이 안에 평화공원을 짓자는 뉴스가 자주 나오고 있다.

장인어른을 따라 들어간 곳은 임진강의 민간인 통제구역선 안인 셈이다. 민통선民統線(Civilian Control Line)은 휴전선 일대의 군 작전 및 군사시설의 보호와 보안 유지를 목적으로 민간인 출입을 제한하는 구역이다. 이 민통선은 남방한계선南方限界線으로부터 5~20㎞ 밖으로 설정되어 있다. 이 선은 1954년 2월, 미 육군 제8군단사령관의 직권으로 설정되었고, 민간인의 귀농歸農을 규제하는 귀농선歸農線을 설정하고 그 북방의 민간인 출입을 금지한 선이다. 이 민간인 통제선은 대체로 휴전선과 평행을 이루고 있고, 동해안에서 서해안까지 248㎞의 휴전선을 따라 북위 37°45′~38°40′ 사이에서 5~20㎞ 너비의 띠 형태라고 한다.

장인어른은 고향인 민통선 안 황해도 장단지역에서 1·4후퇴 때 피난 가셨다가 고향에서 가까운 파주 법원읍 웅담리(일명: 곰시)지역으로 오셔서 60여 년간 사셨다. 주민들이 장단 콩으로 더 유명한 파주의 민통선 안으로 농사를 지으려 드나든 것은 얼마 안 된다.

장인은 '수복 지역 소유자 미 복구 토지의 복구 등록과 보전 등기에 관

한 특별조치법'이 통과되면서 꿈에 그리던 고향마을의 농토를 일부 찾아
드나들게 되었다. 그러나 젊은 시절 일구었던 전답을 민통선 안에 남겨두
고 평생 소작농으로 남의 농토를 부쳐 어렵게 자식들을 유리걸식하듯 기
르셨다. 민통선안의 일부 찾은 농토도 그나마 그것도 맏아들이 장인 몰
래 인감을 도용하여 탕진하는 바람에 돌아가실 때까지도 남의 전답을 빌
려 마지막까지 소작농사를 지으시다가 농로에서 넘어져 대퇴부가 골절되
어 2~3년을 집 안에 꼼짝없이 계시다가 몇 년 전에 돌아가셨다. 밖으로
외출도 못 하시고 누워 계실 적에 가끔씩 방문을 하면 왜 이리 자주 안
오냐고 타박을 하시던 모습이 선하다.

2

　이번 추석에 장인이 묻혀 계신 민통선 안 장단군 용산리 마을에 다시
다녀왔다. 20여 년 전 살아생전의 장인어른과 함께 들어갔던 그 길을 이
번엔 처와 처남들과 함께 들어갔다. 처남들은 자주 드나들었는데 처는 이
번이 초행길이다. 처남 앞차를 따라 들어가다가 잠시 차를 놓쳐 헤매긴
했어도 아스팔트가 잘 포장되어 있어서 쉽게 찾을 수 있었다. 20여 년 전,
장인어른과 함께 왔던 이 길이 비포장도로였던 것을 기억하고 있는데 지
금은 잘 닦여져 있다. 이 길을 쭉 따라가면 바로 개성 시와 연결된다. 개
성 시는 10㎞도 안 되는 아주 가까운 곳으로 자동차로 천천히 달려도 20
여 분이면 도착할 수 있는 지적에 있다. 그리고 우측으로 차를 몰고 조금
만 나가면 판문점과 연결되는 곳으로 장인이 살던 마을은 지리상으로 팔
달의 요충지에 자리한 것이다. 장인어른은 그토록 원하시던 이 고향 동네
에는 묻힐 수 없었다. 주민들에게 추석이나 구정 명절 때만 이 민통선 안

을 개방하고 있어 추석날이나 구정 때가 아니면 미국 사격장이 있는 이 동네에는 묻힐 수 없으니 말이다.

장인은 마을 초입의 산 위 참나무 아래 유해로 뿌려져 있다. 수목장으로 모셔져 있는 것이다. 그것도 동네 가까운 산으로 주인을 알 수도 없어서 주인 몰래 유해를 뿌렸고, 이 동네에서 피난 와 자식들을 먹여 살린 이발소 이발 유품과 틀니를 이곳 참나무 아래 묻었다. 그 아래 건너편에는 평생의 한으로 찾은 논배미가 누런 벼이삭을 드러내며 익어가고 있었다. 이제 그 논은 장인어른의 논이 아니고 현재는 남의 것이 되어버렸다.

위에서 잠깐 언급하였듯이 이곳의 전답과 임야들이 주인을 찾게 된 것은 수복지구 법이 발효되면서부터였다. 전답을 대변할 수 있는 등기부 등본이 한국전쟁으로 모두 유실되어 서로 간 인우보증을 세워 정부에서 실제 주인들에게 찾아준 것이다. 처의 말을 빌리면 장인어른은 이 전답을 찾기 위하여 새벽같이 시청이며 면사무소며 동네 사람들을 수시로 찾아다니면서 저녁 늦게까지 계시다 돌아오시곤 했다고 한다. 다행히 이 수복지구법의 발효로 주변의 농토들을 찾게 되었고, 이때 찾은 임야 중 일부는 작은처남 장가 밑천으로 들어갔고 위에서 잠깐 언급하였듯이 남아 있던 일부 전답들을 장인어른 몰래 맏아들이 인감을 도용하여 팔아버리는 바람에 평생의 한을 남기고 돌아가셨다.

장인어른은 1·4후퇴 때 고향마을을 등지면서 부모님이 피땀 흘려 이룩해 놓은 옥답이며 창고에 가득한 콩, 깨, 벼 나락 등 자식 같은 곡식들을 남겨놓고 나오셨다. 장인의 손이 닿아 항상 번들거려 동네 아주머니들의 마실 터가 되었을 대청마루가 있던 기와집, 밭갈이할 때 같이 일했던 눈망울 그렁그렁한 황소도 마구간에 남겨둔 채 엄동설한의 동네를 떠나셨다.

장인어른은 자식들에게 피난 나오던 이런 모습을 늘 말씀하시곤 했다. 동네 바로 앞 좌측의 야산에서 흘러내린 물이 마을 앞 연못으로 들어가고, 나무들이 관목을 이루어 연못을 감싸 안고 있다. 멀리서는 연못이 안 보이고, 뒷동산에 동네 주민들 선산 묘소의 석등만이 관목들 사이로 보이고 인적은 끊겨 적막하기만 하다. 처는 여기저기를 돌아보면서 연신 "어머 정말 아름다운 동네네요."라며 감격에 겨워했다. 동네를 걸어 나오자 양 옆길로는 아름다운 구절초며 가을꽃들이 여기저기 피어 우리에게 작별인사를 하는 듯하였다.

북진교를 건너 우리는 북진했다.
저 멀리서 민통선 너머 고즈넉한 동네가 60여 년의 세월을 넘어 다가왔다.

4, 5년 전 돌아가신 장인의 유해가 뿌려진 산언저리 큰 참나무는
젊은 날 노고의 품이 고스란히 녹아 있는
그 논배미를 물끄러미 바라보고 있었다.

고즈넉한 오솔길을 따라 산등어리를 잡고 올라서니
60여 년을 자란 작대기만 하게 굵어진 서어나무와
듬성한 집터만이 무심한 잡초에 묻혀 있고
동네 앞으로 흘러가는 시냇가에는
빨래하는 동네 아주머니들의 이야기가
시냇물 소리처럼 들려오는 듯하여라.

뒷동산 조상의 묘소들은 관목에 쌓여 종잡을 수 없고
몇 년이 지나면 후손들이 찾을 수나 있을런지.

돌아오면서 꺾어 와 소반 병에 꽂아 놓은 구절초
오늘 아침에 보니
잠에서 깨어나듯 부스스 피어나 있더라.

　장인어른의 고향인 민통선안의 장단 용산리와 1·4후퇴 후 여태껏 사셨던 파주 법원읍 웅담리는 큰 산을 하나 두고 갈라져 있다. 이번 추석에 장인어른의 장단 고향을 등지고 나오면서 북진교에서 바라보니 저 멀리 큰 산이 파평산임을 알았다. 장인어른께서 돌아가시기 전까지 사셨던 법원읍 웅담 마을이 바로 파평산 너머에 있었던 것이다. 고향마을에서 멀리 떨어지지 않은 곳에 터를 잡으셨던 것이다. 그도 그럴 것이 걸어서 반나절이면 도착할 고향의 토지며 전답이며 선산을 버리고 멀리 갈 수 없으셨을 것이다.

　장인어른은 고향을 등지고도 새로 정착한 마을에서 젊을 시절 수완이 상당히 있으셨던 것 같다. 미군 부대들이 주둔해 있던 동네였지만 종업원들을 두고 중국집을 운영하여 돈을 만지셨고, 이발소도 차려 현찰의 돈을 버셨다. 이렇게 번 돈으로 서울 등지를 다니시면서 달러 장사를 하여 많은 현금을 손에 쥐셨지만 화폐개혁이 장인어른을 궁지에 몰아넣었다. 6·25동란으로 한 번 배신을 당한 장인어른은 이번에는 현금만 쥐고 계시다 결국 휴지 조각이 되어 한번 더 배신을 당하신 것이다. 망연자실할 수밖에 없으셨을 것이다. 조국은 그에게 두 번의 크나큰 재앙을 주셨던 것이다. 그 휴지 조각이 돼버린 돈을 부엌 아궁이에 태워버리면서 얼마나 억울하고 한탄스러웠을까 짐작이나 하겠는가? 그래서 말년엔 그토록 민통선 안 장단의 땅을 찾기를 소원하셨던 것 같다.

　우리는 분단의 역사만큼이나 분단의 아픔을 간직하고 있는 나라이다. 그 아픔을 우리 후손들이 조금이나마 이해할 수 있으면 좋으련만, 이제

시간이 고향의 흔적들을 지우고 있었다.

분단의 1세대들은 점점 세상을 등지고 자식들도 그들의 고향을 잊혀버리고 있는 현실이 되어가고 있다.

장인어른의 고향마을을 등지고 나오면서 처와 나는 이번에도 구절초를 한 묶음 꺾어 나왔다. 더운 날씨에 거의 시들어 살기나 할까 하고 집에 와서 화병에 꽂아 식탁 위에 올려놓았다. 다음 날 아침에 일어나보니 주먹처럼 오그렸던 꽃잎이 손바닥을 펴듯 활짝 피어 있는 모습에 처와 나는 잠시 말을 잊었다.

5
| 풍교야박楓橋野泊 |

이번에 소개할 시는 중국 당나라 현종 때 장계라는 시인이 쓴 유명한 풍교야박楓橋野泊이라는 7언 율시이다. 이 시는 중국 교과서에 실릴 정도로 상당히 대중성 있는 시로 많은 중국 사람들이 애정을 갖고 있다고 한다.

장계는 후베이성湖北省 샹양襄陽 사람으로 과거에 떨어지고 낙향하는 도중에 소주의 한산사라는 절에서 하룻밤을 새우게 된다. 배를 타고 가다 날이 저물어 풍교의 강가에 배를 대고 밤을 보내며 이 한산사에서 들려오는 종소리를 듣고 쓴 시이다. 과거에 세 번이나 낙방하고 낙향하는 그의 심정을 잘 표현했다는 생각이 든다. 당시의 나이 50세를 넘겨 강남에서 올라와 장안에서 시험을 보고 내려가는 것은 몇 개월씩 걸리는 고단한 여정이었기에 한산사의 종소리가 그의 마음을 깊게 파고 든 듯하다. 그 당시의 당나라 조정은 매관매직이 성행하고 시제가 사전에 유출될 만큼 타락해 부패가 진동하던 시기이니 초야의 선비들에게 있어서는 절체절명의 시기였던 것 같다.

나중에 장계는 다섯 번째 과거에서 합격하여 당당히 입신양면하게 된다. '풍교야박'을 풀이하면 '풍교에서 밤에 배를 대다'라는 뜻으로, 풍교는 수향水鄕도시인 장쑤성江蘇省 쑤저우蘇州 한산사의 서쪽 교외에 있는 다리를 가리킨다. 시중에 나오는 고소성은 쑤저우에 있는 성이고, 한산사는 쑤저우의 풍교진楓橋鎭에 있는 사찰이다. 늦가을 밤의 정경과 나그네의 심정을 빼어나게 묘사한 시로, 청나라 황제 강희제康熙帝가 이 시에 끌려 풍교를 찾았다는 일화가 전해지기도 한다. 그럼 이 시를 감상해 보자.

月落烏啼霜滿天 월락오제상만천
江楓漁火對愁眠 강풍어화대수면
姑蘇城外寒山寺 고소성외한산사
夜半鐘聲到客船 야반종성도객선
달 지고 까마귀 울고 하늘에 서리 가득한데
강가의 단풍과 고깃배 불빛 마주하니, 시름에 젖어 잠 못 들게 하누나.
고소성 밖 한산사로부터
한 밤중에 울리는 종소리 이 나그네의 객선까지 들리는구나.

중국은 오래전부터 동네를 만들면 마을 안 시냇가나 운하 위에 풍교楓橋를 세운다. 우리나라로 치면 동구 밖 느티나무 있는 정자라고나 할까. 풍교는 일종의 제례의식과 마을의 구심점 역할을 담당하던 장소이다. 여기에 등장하는 풍교도 일종의 이런 종류의 풍교이다. 직역을 하면 '단풍나무 다리'라는 뜻이다. 여기서 풍楓은 '단풍나무 풍'이다. 즉 단풍나무로 다리를 만든다는 뜻이다. 그러나 이 시의 무대가 되었던 한산사의 풍교는 현재 아치형 돌다리로 개축되어 있다. 현재 단풍나무 다리는 아니다.

이 시 마지막 절에 "한 밤중에 울리는 종소리 이 나그네의 객선까지 들리는구나."라고 썼는데, 이 시는 이 시구로 더 유명하게 된다. 송나라의 문호 구양수가 당시에는 한산사에 종을 치지 않았는데 어떻게 종소리를 듣고 시를 썼느냐며 비아냥거렸다는 일화로 화제가 되면서 이 시는 세상에 회자된 것이다. 그래서 구양수의 제자 소식은 직접 소주로 찾아가서 한산사에 머물러 확인한다. 그 결과 실제로 주변 다른 절은 종을 치지 않고 있으나 한산사는 종을 치는 것을 직접 듣는다.

그러니 장계는 실제로 이 절에 배를 대고 하룻밤을 쉬었다 간 것이 증명된 것이다. 시를 쓸 때 이런 상황은 항상 발생한다. 실제로 시의 배경이 되는 장소에서 시를 쓰면 문제될 것이 없으나, 그 후에 회상하면서 혹은 오랜 기간이 지난 후 그 당시의 시흥을 발현하여 시를 썼다면 실제로 그곳에 갔다 왔는데도 오해나 오류를 범할 수 있다.

이 시를 보면 꼭 출세해야만 이름을 남기고 좋은 작품을 남기는 것만은 아닌 것 같다. 우리 주변에는 이에 못지않게 자신의 이름을 남기는 사람들을 많이 볼 수 있다. 역시 사람은 인생의 쓴맛을 봐야 제대로 인생을 알았다고 할 수 있다. 아마 첫 시험에 합격했더라면 이런 유명한 시는 나오지 않았을 수도 있으니 현재를 사는 우리들에게는 이런 시를 감상할 수 있는 기회를 준 과거 낙방에 오히려 감사해야 할 것도 같다. 장계는 그후 진사進士가 되었고, 감찰관과 지방관을 지냈으며 많은 기행과 유람을 내용으로 하는 시를 많이 남겼다. 특히 절구絶句에 뛰어났다고 한다. 풍교 야박의 또 다른 역을 소개한다.

달 지고 까마귀 울고 밤하늘에 찬 서리 기운 가득하고

강기슭 단풍과 고기잡이배의 불빛을 보니 시름에 젖은 나그네를 잠 못 이

루게 하네.

고소성 밖에 있는 한산사로부터 들리는

한밤중의 종소리가 이 나그네의 배전까지 들려온다네.

참고로 소주와 항주는 풍광이 아름답고 물산이 풍부하여 중국은 예로

부터 "하늘에는 천당이 있고 지상에는 소주, 항주가 있다."上有天堂 下有蘇

杭라고 했다. 소주는 징항운하가 다니는 길목으로 많은 운하가 건설된 도

시이다. 당시의 운하에는 많은 여객선이 다녔고 많은 다리가 놓여 있었을

것이다. 그만큼 소주, 항주는 중국에서 차지하는 비중이 높았고 특히나

미인이 많기로 유명한 곳이기도 했다.

오래전에 막내와 함께 상하이, 소주, 항주를 들를 기회가 있었다. 한산

사도 마침 이 코스에 있어서 들른 적이 있었다. 당시에는 무심코 들렀는

데 나중에 이 '풍교야박'이라는 시를 듣고 감탄하게 되었다.

한산사寒山寺는 남조 양梁 천감天監 연간에 지어진 사원이고, 원래 명칭

은 묘보명탑원妙普明塔院이었으나 당대 고승인 한산자寒山子가 이곳에서

머문 후에 그의 이름을 따 한산사로 명칭이 바뀌었다 한다. 대웅전은 높

이가 12.5m이며, 뒤편에는 유명한 종이 있는데, 높이가 2m이고 직경이

1.4m이다. 당대의 청동 유두종을 모방하여 만들어진 것으로 알려져 있

다. 하지만 당시의 건물은 일부 파괴되어 신해혁명이 일어난 해인 1911년

에 다시 지어진 것이라고 한다.

최근에 옥션 경매에서 '백자청화산수문호형주자'라고 높이 46㎝의 항아

리형 주전자가 15억 원 정도에 낙찰된 적이 있다. 이 항아리의 몸통 양면

에는 산수 문양이 그려져 있는데, 당나라 시인인 장계張繼의 시 '풍교야박

楓橋夜泊' 속 '고소성 밖 한산사' 장면과 '소상팔경도瀟相八景圖'의 한 장면이 그려져 있다. 소상팔경이란 중국 후난성湖南省 동정호의 남쪽 소수瀟水와 상수相水가 합쳐지는 곳의 늦가을 여덟 개의 풍경을 말한다. 이 도자기에 그려진 것은 '원포귀범遠浦歸帆' 즉 먼 바다에서 포구로 돌아오는 배의 전경이며, 비슷한 외형과 크기의 소상팔경도 두 장면이 그려진 청화백자가 국립중앙박물관에 소장돼 있다고 한다.

6
| 시선 이백의 촉도난蜀道難을 그리며 |

'촉도난蜀道難'이라는 중국의 명시가 있다. 당나라의 시선 이백은 촉도를 넘으면서 '촉도난'이라는 명시를 탄생시켰다. 촉도는 당나라 장안에서 지금의 사천四川으로 가는 좁고 험난한 길을 말한다. 중국 장안성에서 이 촉을 가려면 약 300㎞ 정도의 좁을 길을 가야 하는데 이 길 이름이 촉도, 고촉도古蜀道이다. 즉 '촉도난'은 '촉으로 가는 길이 어렵다.'는 뜻이다. 중국의 고대에는 촉이라는 나라를 정벌하기 위해서는 반드시 이 험난한 길을 넘어야 한다.

이 길이 최초로 열리게 된 것은 중국을 최초로 통일한 진秦이 마지막 남은 미개한 촉지방을 정벌하기 위하여라고 알려져 있다. 촉을 최초로 정복한 사람은 진시황의 고조부뻘인 진 혜문왕인데 촉을 정벌하기 위해 꾀를 냈다고 한다. 돌로 다섯 마리의 소를 조각하여 이 소가 황금 똥을 싼다고 거짓말을 퍼뜨렸다고 한다. 이 말을 믿고 소를 차지하기 위해 촉 왕이 자진해서 길을 냈다고 한다. 그리하여 이 길을 따라 진 혜문왕은 촉을 쉽게 정벌했다고 해서 지금도 금우도金牛道라고도 한다.

그리고 500년 후, 서기 214년 유비가 병사를 이끌고 이 길을 통하여 들어와 토착세력을 멸하고, 한중漢中의 적자임을 내세워 나라를 세운 곳도 이곳이다. 그 유명한 삼국지를 탄생시킨 조조의 위나라, 손권의 오나라, 유비의 촉나라가 천하삼분을 하고 한 세대 간 쟁패를 했던 무대의 현장이 지금의 사천이다.

유비가 죽자 그의 뜻을 따라 제갈량이 그 유명한 출사표出師表를 쓰고도 수차례의 북벌을 시도한 야망이 수포로 돌아가게 되는데 결국에는 그 어렵게 세운 나라가 세운 지 24년 만에 망하게 되는 곳이 바로 이 촉이다. 그야말로 촉은 연민이 서린 지역이라고 할 수 있다. 그런 연유로 해서 옛 촉古蜀, 지금의 사천四川은 흠모와 동경의 대상이기도 했고 많은 시인 묵객들이 시를 짓고 읊조리기도 했다.

중국뿐만 아니라 우리나라에서도 조선시대에서 현대에 이르기까지 학자 및 화가들이 촉을 대상으로 많은 그림과 시를 남겼다. 조선시대의 유학자들이 가 보지도 않은 촉도를 어떻게 알고 흠모했을까 하는 생각이 들기도 하지만 당시 선비들 사이에도 촉은 선망의 대상으로 유명했던 것 같다. 이렇게 유명해진 계기는 두보가 안녹산의 난으로 파직된 후 이 청두 지역에 머물면서 200여 수의 시를 썼던 곳이기도 하고, 이백이 이곳 일대를 주유하면서 쓴 '촉도난'을 위시한 시뿐만이 아니라, 이곳에서 태어난 소동파 등 많은 시인 묵객들이 이 사천을 중심으로 활동하여 주옥같은 시를 생산했기 때문일 거라는 생각이 든다.

그리고 조선에서는 정선과 더불어 18세기의 대표적인 문인화가 심사정은 촉도를 상상하여 8m나 되는 촉잔도을 그리기도 했다. 현대에 들어와

서정주가 쓴 '귀촉도'라든가, 김소월의 '접동새(두견새)', 한용운의 '두견새' 또한 촉과 관련된 시이다.

이렇듯 촉에 대한 선망이 시인묵객들의 궁금증을 자아내기에 충분했던 것 같다. 특히 파촉, 귀촉, 촉한 등 여러 명칭으로 회자되고 있는 지금의 사천이 무엇 때문에 머나먼 조선, 한국에서까지도 이름이 회자되고 있는 지 그 현상을 이해하고 싶었다.

최근 몇 년 전에는 이 사천지방에 강진이 발생하여 많은 인명과 재산 피해가 발생했는데 이 '촉도난'에 보면 '地崩山 壯士死, 산이 부서지고 장사 가 죽다'를 시사하는 대목도 나와 있어 1,800년 전에도 지진이 많았음을 증명하는 듯했다.

蜀道難 촉도난   李白 이백

噫吁戲 危乎高哉 희우희 위호고재
蜀道之難 難於上靑天 촉도지난 난어상청천
蠶叢及魚鳧 開國何茫然 잠총급어부 개국하망연
爾來四萬八千歲 始與秦塞通人煙 이내사만팔천세 시여진새통인연
西當太白有鳥道 可以橫絶峨眉巓 서당태백유조도 가이횡절아미전
地崩山 摧壯士死 然後天梯石棧方鈎連 지붕산 최장사사 연후천제석 잔방구련
上有六龍回日之高標 下有衝波逆折之回川 상유륙룡회일지고표 하유충 파역절지회천
黃鶴之飛尙不得過 猿猱欲度愁攀援 황학지비상부득과 원노육도수반원
靑泥何盤盤 百步九折縈岩巒 청니하반반 백보구절영암만
捫參歷井仰脅息 以手撫膺坐長歎 문삼력정앙협식 이수무응좌장탄

問君西遊何時還　畏途巉岩不可攀　문군서유하시환 외도참암불가반
但見悲鳥號古木　雄飛雌從繞林間　단견비조호고목 웅비자종요림간
又聞子規啼　夜月愁空山　우문자규제 야월수공산
蜀道之難　難於上靑天　촉도지난 난어상청천
使人聽此凋朱顔　사인청차조주안
連峰去天不盈尺　枯松倒掛倚絶壁　연봉거천부영척 고송도괘의절벽
飛湍瀑流爭喧豗　砅崖轉石萬壑雷　비단폭류쟁훤회 빙애전석만학뇌
其險也如此　기험야여차
嗟爾遠道之人　胡爲乎來哉　차이원도지인 호위호내재
劍閣峥嶸而崔嵬　검각쟁영이최외
一夫當關　萬夫莫開　일부당관 만부막개
所守或匪亲　化为狼与豺　소수혹비친 화위낭여시
朝避猛虎　夕避長蛇　조피맹호 석피장사
磨牙吮血　殺人如麻　마아연혈 살인여마
錦城雖云樂　不如早還家　금성수운락 불여조환가
蜀道之難　難於上靑天　촉도지난 난어상청천
側身西望常咨嗟　측신서망상자차

오호라, 너무 높고 험하구나.
촉으로 가는 길이 어렵고
푸른 하늘을 오르는 만큼 어렵구나.
잠총과 어부가 개국한 게 얼마나 아득하더냐.
그 이래로 사만 팔천년 동안
진과의 인연이 어려웠구나.

서쪽 태백에 새 길이 있어

아미산 꼭대기를 가로지로 올랐네.

땅이 무너지고 산이 부서지고 장사가 죽고 난 후

하늘계단과 돌잔도를 걸어 연결되고

하늘 위에는 6마리의 용이 해를 돌려 높이 달리고

계곡 아래에는 충돌하여 물결이 일고 꺾여 돌고 도는 내가 있으니

황학 날고자 해도 날수가 없고

원숭이도 근심스레 더위잡는구나.

청니령 고갯길이 어찌나 구불구불한지

백보를 가면 아홉 구비가 꺾이고

바위산은 돌고 돌아 보이지 않는구나.

삼성 어루만지며 정수를 지나,

기대어 쉬면서 손으로 가슴을

쓰다듬으며 앉아서 장탄식하네.

묻노니 서쪽을 유람하다가 언제 돌아 오느뇨

험하고 깎아지른 바위를 부여잡을 길 없네.

단지 보이는 것은 고목에서 슬피 우는 새,

수컷이 날고 암컷이 따라 숲 사이를 맴돌고

또 자규 슬피 우는 소리 들리고

달밤에 빈산이 시름에 젖네.

촉으로 가는 길이 어렵고

푸른 하늘을 오르는 만큼 어렵구나.

사람들이 들으면 안색이 어두워지고

연봉을 오르니 하늘에서 한자 남짓도 안 되고,

말라죽은 소나무는 절벽에 의지하고 걸리고 넘어졌구나.

치솟는 여울의 폭류는 시끄럽게 다투고

벼랑에 부딪치고 돌에 맴도는 골짜기에 우레 소리

험하기가 이러할진대

먼 길 오신 분 어이하여 여기에 오시었소.

검각은 가파르고 높고 높아

한사람이 막고 있으면

만 명의 군사도 열 수 없고

지키는 사람과 친하지 아니하면

이리와 승냥이처럼 무서우네.

아침에는 호랑이를 피하고

저녁에는 긴 뱀을 피하여도

어금니로 갈고 피를 빨아

죽은 이가 삼나무만큼이나 많구나.

금성은 비록 즐거우나

집으로 일쩍 돌아감만 못하는 구나

촉으로 가는 길이 어렵고

푸른 하늘을 오르는 만큼 어렵구나.

몸을 숙여 서쪽을 바라보며 탄식하누나.

사실 시선 이백과 시성 두보는 당나라 동시대의 사람으로 촉의 청두에서 잠시 만남을 가졌다고 한다. 두 사람의 시의 성격은 서로 달라서 아마도 깊은 시심을 나누기에는 어려웠을 듯지만 두보는 가난과 병의 고통 속에 정처 없이 떠돌면서도 이백을 평생 생각하며 그에 대한 다수의 시를 지은 것으로 알려져 있다. '봄날 이백을 생각하며'라는 시도 이백에 대한 사사로운 감정을 뛰어넘었음을 보여준다. 사천의 수도 청두는 당시 촉의 성도로서 이들 두 시의 거성, 두보와 이백의 향기가 서려 있는 곳이다.

또한 두보는 제갈량에 대한 경외심을 가지고 있어서 당연히 제갈량이 위를 정벌하기 위하여 여러 번 출정했던 촉도를 보았을 것이고, 그 유명한 검문관도 올랐을 것이다. 그리고 두보는 제갈량을 기리는 10여 수가 넘는 헌시를 쓰기도 했다고 알려져 있다. 둘이 같이 올랐을 이 험난한 길에 대하여 두보는 제갈량에 대한 헌시를, 이백은 '촉도난'이라는 명시를 남겼으니 그들의 시적 감각이 존경스럽다.

우리나라에서는 서정주 님의 시 '귀촉도'에 이 촉이 등장한다. 촉 지방을 '진달래는 꽃비 오는 서역 삼만리西域 三萬里', '다시 오진 못하는 파촉 삼만리巴蜀 三萬里'로 한 번 가면 못 오는 저승으로 표현했다. 그리하여 우리가 알고 있는 촉의 의미를 다시 생각하게 한다.

이백은 25살 이후 고향을 떠나 달처럼 구름처럼 정처 없이 드넓은 세상을 유랑하면서 거리낌 없이 자연의 시를 남겼다고 알려져 있다. 이백은 당초에 도교에 심취하여 자연과 어울리는 시를 많이 지었고 특히, 달에 대한 많은 시를 남겼다고 알려져 있다. 한번은 어느 술집에서 만취하여 쓰러져 자고 있던 이백에게 당 현종이 모란이 만개한 장안성 호수에서 자신과 양귀비가 놀고 있는 모습을 시로 표현해 달라고 하였다. 평소 권력을 두려워하지 않는 그는 '청평조사淸平調詞'라는 시를 지었는데, 이 시에서 그러한 그의 성품을 그대로 드러내어 많은 고초를 겪었다고 전해진다. 이 시는 그를 시성의 반열에 올려놓았다. '청평조사'는 총 3수로 이 3수중에 2수가 문제가 되었다.

당 현종은 초반에는 정치를 잘하여 백성들로부터 많은 찬사를 받았다. 그러나 말년에는 양귀비와 방탕하게 놀면서 정사를 돌보지 않아 국고가 바닥이 드러나는 등 많은 폐단을 초래하고 있을 때였다. 첫 수에서는 양귀비를 곤륜산에 살고 있는 상상 속의 절세미인 서왕모에 표현하여 "달

밝은 요대 아래에서 만난 선녀"라고 치켜세웠다. 그러나 두 번째 수에서
는 한나라 상제의 후궁인 조비연趙飛燕에 빗대었는데 조비연으로 말하자
면 갖은 악행을 저질렀고 성적으로 문란한 행위로 지탄받았던 여인이었
다. 통통한 양귀비를 상제의 손바닥에서 놀았다던 가냘픈 몸매의 조비연
에 빗대어 버렸으니 현종의 눈에 날 수밖에 없었을 것이다. 그 후 이백은
한림학사라는 궁중시인의 지위를 잃고 황궁에서 쫓겨나 가난과 고통 속
에 살게 되었다고 한다.

　이 청평조사를 술에 취해 지었든, 아니면 술을 빌려 지었든 하여간에
시인으로서 그의 기개를 느끼기에는 모자람이 없다. 그 당시의 세태를 비
판하려는 시인의 깊은 성찰을 보기에 시만 한 것이 없구나 하는 생각이
든다.

　시는 한없이 부드럽고 유연하여 시름에 빠진 백성들의 마음을 어루만지
기도 하지만 한편으로는 세상을 비판하는 칼이 되어 세상을 바로잡아가
는 정도로서의 역할을 하는데 충분하다. 그러면 마지막으로 '청평조사'를
소개한다.

청평조사 〈1〉

雲想衣裳花想容 운상의상화상용
春風拂檻露華濃 춘풍불함노화농
若非群玉山頭見 약비군옥산두견
會向瑤臺月下逢 회향요대월하봉

구름은 그대의 옷이고, 꽃은 그대의 얼굴인 듯하고
춘풍은 난간에 불어오고 이슬은 농염하기 그지없구나.

만약에 군옥산 위에서 바라보지 아니하였다면
요대의 달 아래 만났으리라.

청평조사 〈2〉

一枝濃艶露凝香 일지농염노응향
雲雨巫山柱斷腸 운우무산왕단장
借問漢宮誰得似 차문한궁수득사
可憐飛燕倚新粧 가련비연의신장

한 떨기 농염한 꽃, 향기 머금은 이슬에
구름과 비를 타고 오는 무산선녀의 애를 태우고
한나라 궁실의 누구와 비교할까
아름다운 조비연이 새 단장한 듯하여라.

청평조사 〈3〉

名花傾國兩相歡 명화경국양상환
長得君王帶笑看 장득군왕대소간
解釋春風無限恨 해석춘풍무한한
沈香亭北倚欄干 침향정북의난간

모란과 경국지색의 미녀가 서로 즐기고

임금 미소 지으며 바라보시네.

봄바람에 이는 모든 시름 실어가고

침향정 북쪽 난간에 기대어 있어라.

48,000년 동안 관중 땅과 내왕하지 않았던 땅, 삼국의 전쟁에서 촉이 위에 복속되었어도 촉은 그때에나 지금이나 가기 어려운 땅인 듯한데, 요즘에 우리나라에서 이 지역을 여행하기에는 어렵지 않게 되었다. 구채구라는 아름다운 관광지가 있어 삼국지의 고향인 이곳을 여행하기에 무척 쉬워진 듯하다.

* 청평조사淸平調詞는 중국 당나라 궁중 악부제樂府題의 가사로 쓰인 이백의 시 3편으로, 청조淸調, 평조平調, 슬조瑟調 세 가락이 있는데 청조와 평조의 가락을 합쳐서 청평조사라 불러짐
* 군옥산은 곤륜산 서쪽에 있으며 절세미인 서왕모가 살고 있다는 중국 전설의 산임
* 요대는 서왕모의 정원 연못인 요지의 누각을 말함
* 무산선녀는 어떤 임금이 무산의 선녀와 사랑을 나눴다는 고사에서 비롯된 것으로 아침에는 구름이 되어 찾아오고 저녁에는 비가 되어 찾아와 운우지정雲雨之情을 나눴다고 함
* 침향정은 당나라 현종이 장안성에 세운 궁의 정자를 말함

| 능소화를 위한 소고 |

매일 출근하는 길 옆 주택가 담장에 능소화가 피어 있다. 자세히 보니 인도와 연결된 주택가 주차장 옆 담장이었다. 무심코 지나다니다가 어느 날 보니 능소화가 활짝 피어 행인들에게 시비를 걸고 있는 듯하였다. 삭막한 회색의 도심에 한줄기 바람처럼 다가와 핀 능소화, 매일 그냥 지나치지만 한 번쯤 눈길을 주고 가는 능소화이다.

능소화는 어느 꽃보다도 화사하고 꽃잎이 커다란 게 특징이다. 꽃의 빛깔은 주홍빛이고 잎은 줄기를 이루며 능구렁이처럼 담을 넘어오기도 한다. 요즘은 우리 주변에서 흔히 볼 수 있지만 내가 어렸을 적에는 잘 보이지 않던 꽃이다. 어렸을 때는 무심코 넘겨서 그런지 모르겠지만 나팔꽃처럼 그리 쉽게 보이던 꽃이 아니었음은 분명하다. 알고 보니 주로 양반 집에서 기르던 꽃이라고 한다. 옛날에는 상놈이 기르면 곤장을 얻어맞았다고 하는 지체 높은 꽃이다. 그래서 양반 꽃이라고도 한단다. 왜 백성들에게는 못 기르게 했을까? 너무나 화사하여 백성들의 마음을 흔들어 놓을까봐 그랬을까? 아니면 양반 자신들만이 그 꽃을 감상하고 싶어서 그랬을까?

어여쁜 궁녀의 귀처럼
사람들의 발자국 소리에
쫑긋이 뒤꿈치를 들고 담장에 피어난 능소화
지나가는 사람들이 다들 쳐다보고만 가지요.
장마가 잠깐 머무른 어느 여름날 보니

그 커다란 주홍의 꽃잎

슬픔을 못 이겨 눈도 못 뜨고 담장 밑에 떨어져 있네요.

능소화라는 꽃말에도 전설이 있다. 보기엔 화사하지만 뒤에는 슬픔이 있는 꽃이다. 옛날 옛적에 자태가 고운 '소화'라는 아름답고 어여쁜 궁녀 가 있었다고 한다. 조선시대 법전에 보면 궁녀는 공노비 중에서 선발했다 하는데, 대개 4~10세에 궁궐에 들어와 애기항아(애기나인), 정식항아(나인)의 단계를 걸쳐 상궁에 오르게 된다. 이 과정에서 임금의 성은을 입으면 비 로소 대접을 받는 그런 운명이다. 사극에서 나오는 희빈 장씨만 봐도 그렇 다. 장희빈에 대한 이야기는 사극의 단골 메뉴로 등장하여 대부분 아는 얘기지만 희빈 장씨의 아버지는 중인으로 역관譯官이었다고 전해지고, 어 머니 윤씨는 이조판서를 지낸 조사석 처가의 여종이었는데 남편이 사망 하자 조사석의 첩이 되었으며, 그 인연으로 장옥정은 궁에 나인으로 들어 갈 수 있었다고 한다.

이처럼 소화도 공노비로 궁에 들어와 하룻밤 어찌하다 임금의 성은을 입어 빈의 자리에 올랐다. 드라마에서 보아 알겠지만 빈에 올랐다고 모든 게 끝나는 것이 아니다. 지속적으로 임금의 관심을 끌어야 성공이 보장된 다고 할 수 있는데 어찌된 일인지 그 후로는 임금이 소화의 처소로 찾아 오지 않았다고 한다. 소화는 희빈 장씨와 같지는 않았던 것 같다. 오직 담 장 너머에서 들려오는 임금의 발걸음 소리만을 기다리는 그런 숭고한 여 인이었던 모양이다.

지금 생각하면 도대체 이해가 가지 않지만 당시의 시대상을 생각하면 그도 그럴 것이다. 내명부의 서열로 따지자면 황후-후궁-궁녀로 이어지는 데 궁녀가 후궁이나 황후가 되는 것은 그야말로 하늘의 별 따기만큼이나 어렵다고 한다. 어느 여름날 기다림에 지친 소화는 상사병이 나서 죽음을 맞이하였다고 한다. 찾아주는 사람 없는 초라한 장례식이었다. 죽어가는 소화는 유언은 "내가 죽으면 담장 가에 묻혀 내일이라도 임금을 기다리겠다."였다고 한다. 그러고서 다음 해 여름이 되어 담장 가에 담을 타고 화사하고 큰 잎을 가진 아름다운 꽃이 피었다. 이 꽃이 바로 능소화이다. 소화의 환생이라고도 한다.

이 능소화는 담장을 타고 10m까지도 뻗어나간다고 한다. 발걸음 소리를 들으려 더 넓게 더 크게 벌리는 꽃이 능소화라고 한다. 어찌 보면 능소화 꽃의 꽃잎은 꽃잎이 아니라 귀이다. 임이 오는 소리를 듣기 위한 귀가 피어난 것이다. 그래서 이 꽃을 '구중궁궐의 꽃'이라고도 한다. 그러나 독이 있어서 꽃을 따서 만지다가는 눈이 실명할 수도 있다고 한다. 소화의 한이 이 꽃잎에 스며들어서일까, 아니면 임금님만 만질 수 있도록 하기 위함일까? 아무튼 동네 집 앞 담장가에 소담스럽게 핀 능소화, 이제부터는 만지지도 말고 꺾지도 말고 한여름 더위에 지친 당신의 눈으로만 감상하길, 슬픔을 간직한 꽃, 능소화.

분홍빛 연지로 단장한 요염한 여인이여,
사랑에 눈먼 여인이여.

임을 향한 사랑은 죽어서도 감출 수 없어
자신의 몸을 칡넝쿨보다도 더한 줄기로 화하여
넘어져도 넘어져도 넘어지지 않게
까치발 딛던 담장을 타고 넘어 가시어

한여름 밤잠 못 이루는 그리운 임
구중궁궐로 밤늦게 찾아가서

사랑하는 임의 몸을 감고 감아
천추의 목마른 사랑의 한 푸시어요.

　자신이 죽으면 담장 가에 묻혀서라도 임금을 기다리겠다고 했지만, 결국 그러지는 못했던 같다. 임금은 그녀가 죽은 후에도 발걸음을 안 했던 것 같다. 그래서 그녀는 넝쿨 꽃이 되어 결국 담장을 넘어간다. 살아 있을 때 담을 넘어 단숨에 임에게 가고 싶었겠지만 빈이라는 굴레가 그녀의 발목을 잡고 있었을 것이다. 물론 담을 넘어설 수도 있었겠지만 그것은 생사를 맡겨야 하는 결단이기에 단행하지는 못했을 것이다.

　이러한 설화로 인하여 능소화는 지금까지도 많은 사랑을 받고 있다. 예전에는 중부 이남에서 자란다고 했었는데 이제 한반도의 날씨의 변화로 인하여 수도권 지방에서도 잘 자라고 있다. 덕분에 남녘 땅 제주도에서 경기도까지 남한 어느 곳에서나 잘 자라게 되었다. 능소화는 6월 말부터 피기 시작해서 그 큰 꽃잎이 조금도 시들지 않은 채 9월 말까지 피는 정열과 인내의 꽃이다. 그리고 비가 오는 날 힘이 부칠 때면, 가끔은 커다란 꽃잎이 눈망울을 굴리듯 땅바닥에 떨어지기도 한다. 그녀는 땅바닥에 각혈을 하듯 선명하게 선혈을 뿌려 놓는다.

주홍의 선혈 같은 정열의 여인이여
이제는 빗장이 걸린 궁에서 벗어나
당신이 가고 싶은 곳
어디든 가소서.

8

│ 시인 '윌리엄 버틀러 예이츠'와 아일랜드 │

하늘 나라의 천

내가 금빛과 은빛으로 짜서 수를 놓은 하늘나라의 천을 가졌다면
어둠과 빛 그리고 어스름한 빛으로 된 파랗고 흐릿하고 어두운 천이 있다면
나는 당신의 발밑에 이 천을 펼쳤을 텐데
그렇지만, 나는 가난한 꿈만 가지고 있어
나의 꿈을 당신의 발아래 깔았습니다.
당신은 내 꿈 위를 사뿐히 즈려 밟으소서.

위 시는 윌리엄 예이츠의 '하늘 나라의 천'이라는 시다. 윌리엄 예이츠는 아일랜드 사람으로 시인 겸 극작가로 알려져 있다. 예이츠는 동양의 현대 시에 많은 영향을 끼치기도 했다. 일찍이 영국으로 유학을 간 인도의 시성 타고르가 예이츠의 영향을 받았다고 한다. 그리고 타고르가 쓴 『기탄잘리』의 서문을 예이츠가 썼다고도 한다. 그러나 공교롭게도 타고르가 예이츠보다 먼저 노벨 문학상을 받았다. 타고르는 1916년도에, 예이츠는 1923년도에 노벨 문학상을 수상하였다.

위 작품은 낭만주의 분위기가 물씬 풍기는 시다. 예이츠의 대표적인 시는 '이니스프리의 호도'이다. 우리나라에 잘 알려져 있는 시이다. 예이츠의 나라 '아일랜드', 예이츠의 시에 나오는 '이니스프리'를 차치하고라도 꿈에서나 나올 법한 평화로운 섬 이름 같다. 그러나 이 나라는 우리나라만큼

이나 치열하고 쓰라린 역사의 흔적을 간직하고 있다. 척박한 환경과 중세 유럽의 강국에 끼어 수많은 침탈의 역사를 가지고 있다. 동변상련이라고 나 할까. 흔히 우리나라를 '동양의 아일랜드'라고 하니 말이다.

오래전, EBS에서 톰 크루즈와 니콜 키드먼이 주연한 1992년 작 〈파 앤 드 어웨이(Far and Away)〉라는 영화를 본 적이 있다. 이 영화는 지금으로부터 120여 년 전 1890년쯤의 아일랜드 상황을 전개하고 있다. 19세기 중반, 아일랜드에는 7년간의 대기근이 발생했다. 이로 인해 참혹하고 혹독한 후유증을 겪은 주인공이 결국에는 자신의 고국인 아일랜드를 떠나 무작정 미국으로 이민을 가게 되는데 이 영화는 그 과정을 그리고 있다.

전통적으로 농업국가인 아일랜드는 인구의 70% 농민들이 거의 자기 땅이 없는 소작농이거나 영세농이었다. 일제강점기의 우리나라와도 비슷한 상황이다. 아일랜드에서 생산된 작물은 대부분 영국 출신 대지주들이 영국으로 가져가 버리고, 아일랜드는 1845년부터 1851년까지 절대적인 식량이었던 감자 잎마름병으로 인한 식량의 감소로 100여만 명이 굶어 죽었다. 특히 영국인들은 이러한 아일랜드의 기근에 대하여 '신의 뜻을 거스른 하나님의 심판'이라고 하며 외면하기까지 했다. 그리고 많은 아일랜드인들은 굶주림과 기아로 캐나다, 호주, 영국, 미국 등으로 떠나가면서 가족, 친인척, 연인 간의 생이별을 맛봐야 했다. 그로 인해 인구가 급격히 줄어들어 1850년대 중반 당시에는 800만 명의 인구가 600만 명으로 줄었다.

이 영화는 이런 아일랜드의 상황을 배경으로 하고 있다. 조셉 다넬리(톰 크루즈 분)는 소작농의 아들로 자신의 아버지가 지주 때문에 죽게 된 거라 생각하고, 지주인 크리스티를 살해할 목적으로 그 집을 찾아간다. 그러나 오히려 지주의 딸 쉐넌(니콜 키드먼 분)이 휘두른 쇠스랑에 찔리고 부상을 당한다. 지주의 딸은 단번에 조셉에게 호감을 가지게 되지만 조셉은 이 사실을 모른 채 우여곡절 끝에 둘은 함께 미국으로 떠나게 된다. 무작정 배를 타고 도착한 미국에서 조셉은 권투를 하여 약간의 돈을 마련한다. 그렇게 서로 의지하며 역경을 헤쳐 나가려 하지만 자신의 감정을 다스리지 못하고 결국 보스턴에서 쫓겨나게 된다.

그런 역경의 과정에서 서로의 사랑을 확인해가지만 어느 날 쉐넌이 총상을 입게 되고, 그녀를 돌볼 수 없었던 조셉은 아일랜드에서부터 줄곧 따라왔던 쉐넌의 약혼자에게 그녀를 맡긴다. 그 후 그는 돈을 벌기 위해 철도 노동자가 되기도 하며 미국의 서부를 방황하다 쉐넌과 그 뒤를 따라온 쉐넌의 부모와 해후하게 된다.

이 영화는 특히 마지막 장면이 압권이다. 서부 개척 초기, 넓은 들판의 땅을 소유하기 위해 말을 타고 한 줄로 서서 총성의 시작과 동시에 말이 먼저 도착한 곳에 깃대를 꽂으면 그곳까지 자신의 땅으로 소유권을 인정해주는 경주가 있었다. 이 경주에서 말을 타고 힘겹게 달려서 깃대를 꽂다가 조셉이 말에서 떨어져 말밑에 깔려 의식을 잃게 된다. 이 대목에서 쉐넌은 조셉이 말에 깔려 죽은 줄 알고 조셉을 처음 보고 반했던 순간과 사랑하는 감정을 담은 말을 독백처럼 하며 울부짖는다. 그녀의 진심을 조셉이 듣게 된다. 결국에는 미국의 광활한 토지도 얻고 결혼하여 아들 딸 낳고 잘 살게 된다는 해피엔드 영화이다.

그러나 영화에서처럼 아일랜드 사람들 모두가 성공적으로 아메리카에 도착한 것은 아니었다. 대략 100여만 명이 이민선을 탔지만 영화와는 다르게 거의 20%가 배 안에서 전염병으로 죽었다고 한다. 오염된 물, 부실한 식사, 영양실조, 오랜 항해를 견디지 못하고 대서양의 차갑고 어두운 물속에서 삶을 마감한 것이다. 일제강점기에 살 곳을 찾아 러시아 연해주로 떠났던 우리 동포들이 스탈린의 이주정책에 따라 약 30여만 명이 서러시아로 출발했었다. 시베리아 횡단 열차를 타고 가던 많은 동포들은 오랜 기차 여행을 견디지 못하고 시베리아의 통토에 뼈를 묻었다. 이렇듯 참혹

했던 우리의 역사와 별반 다르지 않다.

우리나라는 지정학적으로 중국이나 러시아 일본 등 주변국으로부터 수많은 침탈과 간섭을 받아왔고, 근대에는 36년간 일본의 가혹한 통치를 받았다. 그 이전에는 중국의 침략을 받아 순수성이 심각하게 훼손되기도 했다. 하지만 우리 민족은 온갖 고난 속에서도 우리의 고유한 전통과 문화를 계승한 세계에서 몇 안 되는 민족이다. 아일랜드는 반도가 아닌 섬으로 이루어져 있지만 영국으로부터 800여 년 동안 기나긴 식민 지배를 받아왔고, 주변의 수많은 간섭을 받았다. 지도를 보면 토끼처럼 생긴 영국 바로 옆에 토끼의 먹이풀처럼 생긴 섬이 아일랜드이다. 그들의 시련은 우리와 비슷하여 많은 역사가들이 한국과 아일랜드를 처지가 같은 민족이라 말해왔다.

윌리엄 예이츠가 살았던 시대의 아일랜드는 우리나라의 일제강점기처럼 암울한 시기였다. 간헐적으로 일어나는 대기근과 종교 갈등, 영국의 침략과 간섭으로 조국은 피폐하였고, 거기에 더하여 1916년~1921년 내란에 휘말린 남북아일랜드는 그야말로 풍전등화의 상황이었다.

그는 이런 시기에 예이츠는 서두에서 소개한 '하늘 나라의 천' 뿐만 아니라 '이니스프리 섬의 호도' 같은 아름다운 시를 지어냈다. 같은 종류의 꽃이라도 척박한 환경을 견디며 피어나는 꽃이 더 아름답고 향기롭듯이 윌리엄 예이츠의 시도 고통 받는 조국의 국민들에게 안식처가 되고 위안이 되었을 것이다. 그의 서정적인 시는 혹독하고 척박한 땅에서 피어난 한 떨기 꽃이었다. 아마도 이런 아일랜드의 상황이 노벨 문학상을 심사하는 데 어느 정도 영향을 주었을 것이다. 다음은 예이츠의 또 다른 시를 소개하고자 한다.

첫사랑

그녀는 뇌쇄적인 종족 속에서
항해하는 달처럼 양육되어 졌지만.
잠시 걷고 나서 얼굴이 빨개져
나의 길 위에 서 있다.
그녀의 몸이 살과 피로 된 심장을
지니고 있었음을 생각할 때까지.

그렇지만, 그 위에 손을 얹어놓고
그녀의 무심한 감정을 찾은 이래.
나는 수많은 것들을 시도했지만
제대로 된 것 하나 없었다.
매번 걸쳤던 손은
달 위를 여행하던 미친 정신병자이기에

그녀는 미소를 지었고, 나를 변모시켜
나는 바보가 되었고,
여기 저기 중얼거리며
달이 항해하며 사라졌을 때
하늘을 선회하는 별들보다
생각이 공허했다.

위의 시 '하늘 나라의 천'과와 '첫사랑' 모두 예이츠가 영원히 짝사랑한
연인 '모드곤'에 대하여 쓴 시이다. 그는 그녀를 처음 보자마자 사랑에 빠
졌지만 그런 그를 그녀는 평생 외면했다. 그녀에게 청혼했지만 그녀는 아

일랜드 민족주의자인 존 맥브라이드와 1903년도에 결혼을 해버렸다. 위 시구에도 알 수 있듯이 윌리엄 예이츠는 그녀의 사랑을 끝없이 갈구하였다. 그러나 그녀에게서 돌아온 것은 첫사랑의 시구처럼 "그녀의 무심한 감정을 찾은 이래. 나는 수많은 것들을 시도했지만 제대로 된 것 하나 없었다. 하늘을 선회하는 별들보다 생각이 공허했다."였다.

예이츠는 남의 여인이 된 이후에도 모드곤을 못 잊어 미련을 못 버리고 그녀에게서 사랑을 갈구한다. 후에 존 맥브라이드가 죽고 미망인이 되었을 때 예이츠는 또 청혼을 했다고 하는데 이 청혼에서도 그는 모드곤의 승낙을 못 받았다고 한다. 모드곤의 입장에서 예이츠라는 사람은 사랑을 나누고 자신을 맡길 수 있는 남자가 아니라고 생각했던 것 같다. 이런 이룰 수 없는 사랑의 갈망과 상실의 감정들이 그가 시를 쓰는 데 모티브를 제공하였고 지속적인 자양분이 되었다.

예이츠는 어려서부터 외가가 있는 슬라이고 지방에서 살았는데 그 지방의 아름다운 호수와 강들 그리고 척박한 환경 등이 예이츠에게는 시적 배경이 되었을 것이다. 이 지방에 분포된 신화와 전설 등에 많은 영감을 얻은 것으로 보인다. 특히 시적 영감을 준 것은 무엇보다도 아일랜드, 스코틀랜드, 웨일즈, 프랑스 일부 지방 등에 분포해서 살고 있는 켈트족의 신화와 전설이었을 것이다.

인구가 600만 명도 안 되는 작은 나라인 아일랜드는 윌리엄 버틀러 예이츠, 사뮈엘 베케트, 조지버나드 쇼, 셰이머스 히니 등 네 명의 노벨 문학상 수상자를 배출했다. 위에서 밝힌 바와 같이 척박하지만 아름다운 환경과 이곳에 살아온 아일랜드인의 고대 문화 등 상상력이 풍부한 켈트 문화가 보존 전수되어 있어서 오늘날 그들 문화의 원천이 되었을 것이다. 우리나라의 경우 신화나 전설을 신비스럽게 각색하는 데 부족한 면이 있는 반면, 이들 민족은 자신들의 방대한 신화와 전설을 잘 각색하여 문화적 색채가 잘 우러나는 전통문화로 계승 발전시키고 있다.

한동안 유럽의 켈트(Celts)음악에 매료된 적이 있다. 어떤 색다른 한이 있는 음악 같기도 하고 긴 여운이 있는 신비한 음악 같기도 하여 누구나 들으면 금방 빠져드는 매력이 있다. 피들, 휘슬, 하프, 벤조와 아이리쉬 등이 엮어져 만들어 내는 그들의 음악은 우리들 가슴에 흥금을 울리는 어떤 마력이 있는 듯하다. 이 켈트음악도 아일랜드를 포함한 켈트족을 바탕으로 발전한 음악인데 최근의 영화 〈반지의 제왕〉에 삽입되어 아일랜드의 가수 엔야가 부른 'MAY IT BE'만 들어봐도 쉽게 이해가 갈 것이다. 신과 인간의 중간 세계를 배경으로 펼쳐지는 이 영화만 보아도 그들 문화의 일면을 보게 되는 것 같다.

아쉽게도 켈트의 문화를 간직하던 켈트족은 일찍이 게르만이나 라틴민족에게 정복되어 버렸다. 그래서 방대하고 순수한 신화는 잘 보존되지 못했다. 이 신화적인 전설 등은 영국이나 아일랜드의 여러 섬에 단편적으로 남겨져 있어 추측할 수밖에 없다고 한다. 켈트 사람들은 이 세상과 단절된 다른 세계의 존재를 믿는 것으로 알려져 있다.

우리나라를 비롯한 동양의 사상과는 전혀 다른 이들이 창조해낸 저 음지의 세계는 여러 다른 이름으로 불리고 있다. 현실 세계 이면의 세계, 즉 죽은 자들이 사는 세계가 있다고 믿었기 때문에 여러 가지 전승신화가 탄생하였다. 바다의 저편, 호수의 저편, 땅 속, 숲 속 등으로 현실 세계와 연결되어 있다는 것이 우리 동양의 윤회사상과는 다른 가치관을 가지고 있다는 것이 흥미를 더해준다. 새롭게 태어나는 자의 영혼은 그곳으로부터 오고, 죽은 자의 영혼도 그곳으로 향하고, 또 신과 요정에 의해 선택된 자들은 살아서 그곳에 들어가 영원히 산다고 전해지고 있으며, 그 음지의 세계는 신이나 요정이 사는 젊음과 찬란함과 생명력이 가득한 나라로 묘사되고 있다.

　대부분의 요정 이야기들은 켈트의 신화 등 유럽의 신화에서 기원한 것이라고 할 수 있다. 그들이 창조해낸 독특한 요정의 세계를 들여다보면 '요정'이라고 불리는 이 단어는 아일랜드에서는 에스 시(Aes Sidhe) 언덕의 백성을 뜻한다고 한다.

　민간에 전승되고 있는 내용을 살펴보면 아일랜드의 시오크는 인간과 똑같은 사회생활을 영위하고 있으며, 사랑을 하기도 하고 전쟁을 하기도 하며, 지하에 재산을 모아두기도 하고 특히 수공예 기술이 뛰어나다고 한다. 대장간이나 금속세공을 뜻하는 '드워프'라는 요정과 구두 제작을 하는 '레프라혼'이라는 요정이 있는데, 그들이 지상에 출몰하는 시점은 저녁 이후라고 한다. 어린애처럼 감정의 기복이 심하고 마음이 착하여 잘 속기도 하지만 그와 반대로 인간을 속이기를 좋아하고 자기가 원할 때 모습을 감추기도 한다. 맘에 안 드는 자신의 요정을 인간의 아기와 바꾸기도 하고, 아기를 유괴하기도 하며 마음에 드는 인간을 자신들의 나라로 데려가기도 한다는 것이다. 그러한 요정들은 죽지 않는다고 한다. 그리고 사람들이 요정의 세계로 들어가 잠깐 요정과 놀고 왔더니 현실 세계에서 몇십 년의 시간이 흘러버렸다고 하는 이야기도 전해지고 있다. 그리고 재미있는 것은 이러한 요정들은 지상에서 무리로 살고 있다고 한다. 예이츠는 바다에 사는 메로우(Merrow) 외에도 반시, 듈라한 등 혼자서 살고 있는 부류도 있다고 말하며 요정의 범위를 확장시켜 놓았다.

　그들이 만들어낸 이러한 독특한 요정의 아이콘들은 메마른 현대를 살아가는 데 있어서 청량제와 같은 역할을 하고 있다. 요즘에는 이와 관련된 수많은 영화나 소설 등이 새롭게 조명되고 확대 재생산되어 문화의 한 부류를 형성하고 있다고 봐야 할 것이다. 그리스 로마 신화에 나오는 신들이나 켈트인들의 신화에 나오는 신들 중 일부는 전쟁 신화 속에 존재한다. 마지막으로 켈트인들의 전쟁 신화 중 하나인 『에린 침략의 서』에 나오는 시 한 편을 소개하고자 한다. 여기서 에린은 아일랜드를 말한다.

나는 보았노라.

심연에서 온 검은 새의 무리를.

그들은 이 땅에 머물러

에린의 백성과 싸우고

전란을 일으켜 우리들을 쳐부순다.

하지만 우리들 중 한 명이

높은 곳의 새를 쏘아

그 날개를 꺾는다.

－『에린 침략의 서』, '피르 보트 왕 요히'의 꿈에서

〈참조〉 다케루베 노부아키(박수정 옮김)『켈트 북구의 신들』, 들녘.

| 나리꽃 필 즈음 | 9

벚꽃 지듯이 내 마음도 지면 좋으련만

세상에 얽힌 인연은

산속의 칡넝쿨처럼 얽혀 있어서

저토록 아름다운 봄꽃들은

나를 보기나 할까

나리꽃 필 즈음
그도 흔적도 없이
홀 떨어지거늘

나리꽃은 여름이 막 시작되는 6-7월이면 피는데 6-7월쯤이면 봄꽃은 거의 피었다 진다. 꽃은 또 피고 지지만 사람들은 가는 봄을 아쉬워한다. 다시 보지 못할 봄인 것처럼 말이다. 그러나 다시 봄은 오고 가고 하는 것이다. 우리는 문득문득 불안을 느낀다. 죽음의 그림자가 활의 시위처럼 당겨져 있어서 언제 시위를 떠날지 모르는 불안감에 휩싸인다. 시간이라는 개념은 인간이 만들어낸 발명품이지만 너무나 인간을 혹독하게 얽매이게 하기도 한다. 문명사회 이전에는 시간이라는 개념이 없었다. 해가 뜨면 의식주를 해결하기 위하여 도구를 챙겨 수렵 활동을 나가고 해가 지면 잠자리에 들 뿐이었다. 그러니 시간에 대한 불안은 애당초 존재하지 않았을 것이다. 문명화되면서 시간이라는 개념을 만들어내어 하루를 쪼개어 그 속에 자신을 가두어 놓고 관리하고 있다. 년 단위, 월 단위, 주간 단위, 일 단위 그리고 시간 단위로 관리하면서 불안을 증폭시켜 왔다.

세월이 간다고
잊은 적 없고
강물이 흘러간다고
오두막으로 떨어진 낙수를 잊은 적 있겠어요.

모란꽃이 떨어진다고
당신의 아름답던 모습을 잊겠어요.
모든 것이 지나 흘러가도

그 속에 남아 영원히 기억하고 있을 것을…

설령 기억하지 못하더라도
그곳에 존재했던 것이 바로 바람이거늘
바람처럼 어디에 마음을 담아 둔 적 없이
사라지는 것이 아름답거늘

그 곱던 처녀 적 시절의 얼굴을 생각하면서 어느덧 굴곡진 얼굴의 모습을 보고 실망감과 상실감에 축 처진 자신을 발견하곤 한다. 그러나 그 굴곡진 얼굴도 사랑스러워 보일 때가 있다. 혹여나 추해 보일 때 당신의 아름답고 찬란했던 시절을 가만가만 추억해 보라. 그러니 이런 시간의 개념도 하루하루 지나 먼 세월의 뒤안길에서 바라보면 아름답게 보이는 것이다.

스위스 소설가 '알랭 드 보통'은 불안을 욕망이나 야망의 하녀이며 지금보다 나은 모습일 수도 있겠다고 생각할 때, 동등하다고 여기는 사람들이 우리보다 더 나은 모습을 보일 때, 우리는 불안을 느낀다고 했다. 즉 불안은 다른 타인과 비교해서 자신의 위치가 낮아 보일 적에 혹은 초라해 보일 적에 느끼는 정직하지 못한 의식의 소산이다. 타인과 비교하지 않은 나 혼자였더라면 불안은 존재하지 않았을 것이다. 불안은 다른 요인이 자신에게 자극을 주어 찾아오기도 하지만 대부분 자신이 자초하는 면이 강하다. 비교되는 욕망을 조금이라도 내려놓는다면 불안은 안개처럼 사라져 갈 것이다.

거리를 걷다 보면 항상 어두운 그림자의 얼굴을 하고 있는 사람들이 있는 반면에 무엇이 좋은지 항상 웃는 모습의 사람들도 있다. 그리고 우리 주변의 사람들도 마찬가지이다. 비교하는 자신을 조금이라도 내려놓겠다는 의향이 있다면 안색은 변할 것이다. 그리고 아무리 불안에 떨었던 시간도 시간 속에 묻혀 흘러갈 것이다. 불안과 걱정은 인간만이 만들어낸 상상 속의 동물動物일 뿐이다.

누구나 의식주을 해결하기 위하여 아침부터 저녁까지 뛰어다닌다. 그리고 집에 오면 청개구리처럼 말 안 듣고 속 썩이는 자녀들을 훈육하느라 온 정신을 쏟다 보면 어떻게 하루가 지나갔는지 알 수 없는 경우도 많다. 아무리 행복한 사람이라도, 돈 많은 재벌이라도 이런 짜증 없이 살지는 않는다. 그러나 이런 짜증들도 땅거미 내리는 저녁에 식탁에 모여 서로 사랑스러운 가족들 얼굴을 보면 순간에 사라지는 것이 삶이라는 것을 잊지 말아야 한다.

당신의 가련한 모습에 슬퍼하지 마세요.
당신의 가련한 모습은 흐린 날
저 밤하늘에서 희미한 별빛이 보이듯
단지, 더 멀리 시간을 거쳐서 여행을 왔을 뿐.

오늘 힘없이 절망한 당신의 처지에 노하지 마세요.
봄날 빛고을도 없는 곳에서 피어난 여린 풀잎 같아도
여름날 햇빛이 찬연히 도달하면
여린 풀잎에서 깨어나 검푸른 창공에 힘 있는 손짓 할 것을.

오늘 검버섯 난 당신의 얼굴에 낙망의 고개를 떨구지 마세요.
고단한 세월의 흔적을 잠시 내려놓은 것일 뿐
종갓집 고택의 찬연한 단청을 바라보듯
당신의 그 흔적을 그냥 희열로 사랑하세요.

우리는 시간을 흘려보내는 것으로 알고 살아왔지만 시간을 가꾸어야 한다. 화창한 봄날 화초를 가꾸듯이 시간을 정성들여 가꾸어야 한다. 당신의 시간 속에 희열들을 간직해야 한다. 시간의 노예가 되지 말고, 시간 속에 자신을 가두지 말고, 자유롭게 내버려 두어야 한다. 그러다 보면 불안은 연기처럼 사라질 것이다. 나이가 들어 머리가 희끗하고 허리가 굽은 자신을 발견하지만 이런 연륜의 자신을 사랑할 줄 알아야 한다. 자신을 사랑한다는 것은 자신만이 결정할 수 있는 의지이기에 여유의 시간이 항상 마음속에 흐르도록 하고 항상 즐거움이 가득 차야 한다. 그리고 어느 날 문득 당신에게 물음이 왔을 때 기꺼이 자신의 시간을 내어주어야 한다.

10
| 동짓날과 우리가 살아가는 방법 |

쌀쌀한 애동짓날
진눈깨비가 눈이 되어 내린다.
이 긴긴 밤 시루팥떡 해 놓고
시원한 동치미 국물 마시며 팥떡이나 먹어볼까.

동짓날 팥죽으로 점심을 대신하고 있는 나를 보고 동료가 물었다. 당신은 무슨 재미로 이 세상을 살아가느냐고. 그 물음에 난 갑자기 머리가 하얘지는 느낌을 받았다. '무슨 재미? 무슨 재미라니. 재미로 세상을 살아가나 그냥 살아가는 게 아닌가?'라고 반문을 해 보았다.

　어머님은 혹 가다 가족들의 생일은 깜박 잊어버리고 못 챙길지언정 동짓날엔 팥죽을 쑤어서 가족들에게 먹이던 기억이 난다. 팥죽도 팥죽이지만 팥죽 안에 들어있던 옹심이의 그 쫀득한 맛을 아직도 기억하고 있는데 아마도 한국 사람들이라면 누구나 이 맛을 잊어버릴 수는 없을 것이다.

　황진이의 시조 "동짓날 기나긴 밤을 한허리에 버혀내어"라는 유명한 시조도 있다. 동짓날은 우리나라 민족과 닮은 인내를 상징하기도 하고 한 해를 보내며 다시 한 해를 맞이하는 성스러운 의식을 행하던 날이기도 하다. 동짓날처럼 우리 조상들이 낮과 밤을 극명하게 대비하여 의미를 부여한 예는 별로 없다. 물론 하지라고 해서 동짓날과 반대되는 개념을 가지고 있긴 하지만 하지 땐 동짓날처럼 그런 특별한 의미나 행사를 가지거나 하지는 않는다.

　알다시피 동짓날은 밤이 가장 길고 하지 때는 낮이 가장 길다. 긴 밤이라는 의미는 남다르다. 긴 밤은 막 결혼한 신부가 신랑과 함께 나누는 경사스러운 밤을 지칭하기도 하고, 홀로 된 여인들에게는 베개를 끌어안고 예전의 긴 밤을 회상하며 눈물짓는 밤이기도 하다. 또한 농경사회에서 한 해를 넘기는 농부들에게 있어서는 농사가 잘되기를 기원하고 귀신을 잠재우기 위하여 보리밭의 보리를 밟듯이 꼭꼭 밟아서 넘어가야 하는 밤이기도 하다.

　동지는 24절기 중 스물두 번째의 절기로 일 년 중에서 밤이 가장 길고 낮이 가장 짧은 날이다. 역설적으로 말하면 이제 더 이상은 밤은 길어지지 않고 낮이 점점 길어진다는 의미를 뜻한다. 어둠의 세월을 지나 빛의 세계로 들어가는 문턱에 있음을 의미한다. 동양적으로 이야기하자면 음의 세계에서 양의 세계로 나아가는 시작점에 있음을 말한다. 절기를 설명하자면 스무 번째와 스물한 번째는 소설과 대설로, 스물세 번째와 스물네 번째는 소한과 대한으로, 동지는 대설과 소한 그 중간에 끼어 있다. 그래서 이 동지는 본격적으로 겨울을 접어 든 것을 뜻하기도 한다.

　동지섣달 긴긴 밤 문풍지로 타고 들어오는 바람소리를 듣잡네
　북풍한설에 손가락 쩍쩍 붙잡은 쇠 문고리
　밤을 지새워 바느질하는 홀은 여인의 한숨이
　성에에 덕지덕지 붙어 소리를 내며 울고 있다.

　우리 민족은 특별하게도 음력의 마지막 달인 12월인 섣달과 합쳐 동지섣달이라고 부르기도 한다. '동지', '섣달'은 많은 시 구절이나 민요에 자주 사용되어 특별한 의미를 부여하여 왔다.

　우리나라 세시 기록에 보면 동지는 양력 12월 22일이나 23일 무렵에 드는데 양력으로 동지가 음력 동짓달 초순에 들면 애동지, 중순에 들면 중동지中冬至, 그믐 무렵에 들면 노동지老冬至라고 한다. 민간에서는 동지를 아세亞歲라고 하여 작은 설이라고 한다. 그래서 "동지를 지나야 한 살 더 먹는다." 또는 "동지팥죽을 먹어야 진짜 나이를 한 살 더 먹는다."는 말처럼 동지첨치添齒라고 하였다고 한다.

　민간풍속에 동지에는 동지팥죽을 쑤어서 먹는데 여기에 찹쌀로 단자를 넣어서 끓여 먹고 팥죽을 다 만들면 먼저 사당에 동지 고사를 지내고 집안의 여러 곳에 놓아두었다가 식은 다음에 식구들이 모여서 먹었다. 사당에 놓아둔 것은 천신의 뜻이고, 집 안 곳곳에 놓아둔 것은 축신의 뜻으로서 집 안에 있는 모든 악귀를 쫓아낸다고 한다. 이것은 팥의 색이 양색陽色이어서 음귀를 쫓는 데 효과가 있다는 믿음 때문이다.

　그리고 조선시대에 명明나라와 청淸나라에 정기적으로 동지冬至 절기를 전후하여 사신을 파견했는데 이를 동지사라 하였다. 이 정례사행을 삼절

겸 연공사三節兼年貢使, 혹은 동지사, 또는 절사節使라 불렀다. 이 사행은 동지를 전후하여 출발해서 그해가 지나기 전에 북경에 도착하여 40~60일 묵은 다음 2월 중에 떠나서 3월 말이나 4월 초에 돌아오는 것이 통례였다. 동짓날이라도 동지가 음력 11월 10일 안에 들면 애동지라고 하여 아이들에게 나쁘다고 해서 팥죽은 쑤지 않는다고 한다. 그래서 애동지에는 시루떡을 해 먹고, 노동지에는 팥죽을 쑤어먹고, 중동지에는 떡이나 팥죽 중 하나를 해서 먹는다고 했다.

우리 조상들은 경사스러운 일이 있을 때나 재앙이 있을 때 팥이 들어간 팥죽, 팥밥, 팥떡을 해 먹었는데 이는 팥이 들어간 음식을 해 먹으면 소원을 이루어준다는 믿음이 있기 때문이라고 한다. 우리 인생도 짧디 짧을 것 같아도 동짓날같이 길고 질긴 것이 인생이다.

며칠 전 2013년도 노벨 문학상 작가인 캐나다 여성 작가인 앨리스 먼로(82세)의 영상 인터뷰를 스웨덴 왕립아카데미에서 상영한 내용을 실은 기사가 난 적이 있다. 건강상의 이유로 노벨상 수여식에는 참석을 못 하고 영상으로 수상소감을 밝히면서 그녀는 아주 어렸을 때 안데르센의 『인어공주』를 읽었다고 했다. 너무나도 슬픈 결말에 그녀는 책을 다 읽은 후 밖으로 나가 자기가 살던 벽돌집을 돌면서 동화의 결말은 오로지 자신을 위한 해피엔딩으로, 공주와 왕자는 행복하게 산다는 식으로 바꾸어 버렸다고 했다. 나이가 들고 경험이 쌓이면서 인어공주가 바다에 뛰어드는 것보다는 좀 더 현명하고 용기가 있었다면 더 나은 세상을 만들 수 있지 않을까 하는 생각을 갖게 되었다는 내용을 영상으로 소개하였다.

그리고 그녀는 작품 초창기에는 해피엔딩에 대한 집착이 넓어지는 과정을 거쳤다고 설명했다. 하지만 에밀리 브론테의 『폭풍의 언덕』을 읽고는 비극의 매력을 알아가게 되었다고 덧붙였다. 앨리스 먼로는 본인의 작품에 대하여 언제나 만족을 하지 못한다고 하면서 나이가 들어 한 번 잘 못되었다고 쓴 작품을 버리기보다는 끝까지 살리기 위해 노력하고 있다고 밝혔다.

앨리스 먼로는 단편작품으로 유명하여 캐나다의 체호프라는 별명을 가지고 있으며, 사실 2012년도 은퇴를 선언하기 전까지 13편 정도의 단편밖에 쓰지 않았지만 그녀의 단편은 장편소설 작가들이 쓴 장편만큼이나 깊이와 지혜 정밀성을 이룩하였다고 한다. 그리고 앨리스 먼로는 마지막 영상 강의에서 "결혼 때문에 대학 공부를 중단하지 않고 대학을 졸업했다면 더 훌륭한 작가가 됐을 것으로 보느냐"는 질문에 대학을 졸업하고 더 많은 것을 알았다면 두려움 때문에 오히려 작가가 되지 못했을 것이라 답했다고 한다.

한 편의 소설은 우리의 삶을 소재로 쓰이기는 하지만 우리가 살아가는 삶과는 다를 것이다. 앨리스 먼로처럼 소설은 비극적이어야 내용이 풍부해지고 소설로서의 매력이 있겠지만 우리의 인생은 소설『폭풍의 언덕』에서처럼 그런 비극적인 주인공의 삶을 원치는 않는다. 그럼에도 불구하고 우리 주변은 너무나 많은 비극적인 일들로 가득하다.

인간사에는 비극적인 예를 들지 않더라도, 우리 주변을 잠깐만 고개를 돌려봐도 매일 도로에서 밥 먹듯이 교통사고가 일어난다. 차는 인류에게 가장 큰 문명의 이기이지만 반면에 가장 치명적이고 날카로운 무기이기도 하다. 도로교통공단의 사고 통계를 살펴보면 "우리나라는 2012년도에 총 223,656건의 교통사고가 발생하여 5,392건의 사망자가 발생하고, 344,565명의 부상자가 발생하였다."고 기록하고 있다. 우리가 매일 다니는 한쪽의 길거리에서는 이런 교통전쟁이 여러 곳에서 국지적으로 일어나고 있다.

우리나라가 베트남 전쟁에 6년간 약 50여만 명 정도를 파병하여 참전한 동안 우리 군인 4,500여 명이 사망하였다고 한다. 1년 동안에 일어난 교통사고의 사망자가 6년 동안의 베트남의 파병에서 잃은 우리나라의 군인들보다 많은 것이다. 그리고 대부분의 사망자 중에서 암으로 인한 사망자는 전체 사망자의 3분의 1을 차지하고 있고 1년에 수천 명 정도가 자살로 삶을 포기하기도 한다.

따지고 보면 인생에 있어서 해피엔딩은 결코 없다, 인간에게 있어서 마지막 종착역은 누구나 두려워하는 죽음이기 때문이다. 본디 인생이란 죽음이라는 선상에서 잠시 피어나 금방 시들어 버릴 꽃이 아니겠는가. 어찌 보면 우리들의 일생에 있어서 잠깐 동안의 평온과 행복은 위와 같은 비극적인 삶을 맞이하기 위한 미미한 전주곡인지도 모른다. 인생을 혀의 맛으로 표현한다면 쓰고, 달고, 시고, 맵고 중에서 우리의 인생은 쓰고 시고 매운 것이 대부분일 것이며 단맛은 극히 일부분일 것이다.

위에서 말한 바와 같이 수많은 전쟁 아닌 전쟁이 우리 주변에서 다반사로 일어나고 이 와중에도 우리 인간은 욕망과 탐욕이 얽히고설켜 있는 오류투성이의 불완전한 사회에서 브레이크 없는 폭주 기관차처럼 달리면서 수없이 넘어지면서 살아간다. 이리 넘어지고 저리 넘어지고… 아마도 인생에서 넘어지는 것이 몸에 흔적이라도 남는다면 모든 사람들의 몸은 수많은 멍들의 흔적으로 가득할 것이고, 무릎은 성치 않아 걷지도 못할 것이다. 다행히 이런 인간사 사고들은 일정 기간이 지나면 언제 그랬느냐는 듯이 상처가 아물어 기억의 저편으로 흘러가고 어느 순간에는 편린이 되어 사라져 가는 것이다.

그리스신화에서 보면 제우스는 인간을 미워하여 판도라를 시켜 우리에게 슬픔과 질병, 전쟁과 가난, 증오와 시기 등이 들어 있는 항아리를 열게 하여 이전에는 없던 불행을 주었고, 마지막에는 항아리에 희망을 남겨 주었지만 희망보다도 더 다행스럽게도 우리 인간은 망각이라는 선물을 갖게 되었음을 제우스도 꿈에도 생각을 못 했을 것이다. 우리는 살아가면서 이러한 삶에 너무나 많은 의미를 가지고 넘어졌을 때 쉽게 일어서기가 어려울 것이다. 그래서 우리는 망각을 시간이라는 도구에 맡겨 사용한다.

위 글과는 방향이 약간은 다르지만 흔히 외국 사람들은 장례식장에서 떠들썩하는 한국 장례문화에 대하여 도저히 이해를 못하다고 한다. 한국의 장례문화는 서구의 장례문화와 상당히 다른 문화를 가지고 있다. 서구에서의 장례문화는 숨기고 감추고 싶어서 대부분 침묵하고 우울한 분위기가 팽배하여 당겨진 바이올린 줄이 금방이라도 끊어질 것 같은 긴장감이 감돌지만 우리의 장례문화는 예전의 꽃상여에서 알 수 있듯이 화려하고 왁자지껄하다. 물론 부모님에 대한 은덕을 기리고자 장례식장에서 곡을 하고 그리고 3년 상을 치르는 것은 유교의 전통사상에 기반을 두고 있더라도 근본적인 장례문화는 서구의 장례에 비하여 침묵하거나 우울한 분위기에 사로잡혀 있지는 않다. 그래서 호상이라면 장례식장이라도 웃음을 잃지 않는 것이 우리네 장례문화이기도 하다.

낙엽이 떨어져 수북이 쌓인 가을 땅속에서는 봄이 오면 다시 조그마한 새싹이 조용히 움틈을 우리는 알고 있다. 다시 말해 망각의 시간을 흘려보내면 다시 씨앗은 발아를 하고 새로운 생명을 우리에게 잉태시켜 주는 것이다. 이처럼 살아가는 삶이 우리들의 일상이다. 불완전한 환경 속에서 한 떨기 꽃을 피우면서 살아가는 것이 우리 인생이다. 그리고 이런 비극적인 삶의 가운데에서 피어나는 최고의 선인 '행복'이란 것도 주부가 전날의 피곤이 가시기도 전에 새벽같이 눈을 비비면서 일어나 따뜻한 음식을 만들어 식구들에게 해 먹이고 맛있게 먹는 모습을 보면서 잠깐 동안 느끼는 오르가즘처럼 짬짬이 느끼는 감정이지 지속적으로 느끼는 감정들이 아닐 것이다. 그렇듯이 잔뜩 흐린 날 한 줄기 햇빛을 보듯이 잠깐 스쳐 지나갈 뿐이다.

이렇게 비극적인 일들로 둘러싸여 있는 인간의 삶 앞에서는 '행복'은 잠시 느끼는 호사스러움일 수 있어 겸손해하거나 겸허해질 필요는 있으나, 그렇다고 죄스러워하거나 송구스러워하는 마음을 가질 필요까지는 없다. 이런 비극적인 일들이 항상 주변에 일어나는 일상 앞에서 우리는 우리의 삶을 가볍게 생각하거나 쉽게 살아갈 수는 없을 것이다. 비극적인 삶과 고통을 안고 살아가는 주변 사람 앞에서 나 자신만의 성공이나 행복을 터놓고 큰 소리로 말할 수 없는 것도 또한 우리의 삶이다. 겸손은 그 자체가 상대방에 대한 배려의 표현일 수 있고, 사회에 대한 책임감의 표현일 수도 있을 테니까….

그럼에도 불구하고 서두에서 "재미로 세상을 살아가나" 하고 의문을 가졌지만 사실 "재미로 살아가라"라고 말하고 싶다. 도박과 같은 '부정의 재미'가 아니고 '긍정의 재미'를 붙여보라는 것이다. 재미를 붙이는 데에는 여러 가지가 있다. 우리 주변에는 천신만고 끝에 어렵게 올라간 자신의 위치에서 재미로 시작한 도박이나 경마, 게임의 유혹에 빠져 순식간에 지위를 잃고 재산도 날려버리는 사람들을 종종 본다. 이러한 재미를 '부정의 재미'라고 명명하고 싶다. 이런 '부정의 재미'에 빠져버린 사람들을 보면 안타까움을 금치 못할 때가 있다. 이런 사람들이 긍정의 재미를 붙였더라면, 하고 아쉬워 할 때가 있다.

부정의 재미는 자신뿐만 아니라 자신이 사랑하는 가족과 사회를 파괴시키고 국가를 부패시킨다. 이에 비하여 긍정의 재미는 '서로 윈윈 할 수 있는 선순환'을 이루고 있는 구조이다. 우리가 세상을 밝게 만들어가는 것은 혁신적인 아이디어나 어떤 변혁에 의하여 이루어내는 산물은 결코 아니다. 각자에게서 일어나는 이런 작은 긍정의 재미들이 지속적으로 쌓이고 쌓여 이루어지는 결과물들일 것이다.

한 가정만 보더라도 서로 구성원 간에 용기나 힘을 줄 수 있는 말 한마디 한마디가 쌓인다면 그 결과는 예측할 수 없을 정도의 긍정적 변화의 모습으로 나타나게 된다. 그리고 직장에서도 매일 밝게 웃으면서 하는 말 한마디는 그 조직의 분위기를 상승시킬 뿐 아니라 예측할 수 없는 성과의 결과물을 만들어 내는 것을 우리는 경험으로 알고 있을 것이다.

이런 것들을 '긍정의 재미'라고 정의하고 싶다. 즉 긍정적인 말이나 행동, 습관, 그리고 생각을 가지고 실천한다면 자연히 '긍정의 재미'가 일어날 것이다. 이 긍정의 재미는 기본적으로 상대방에 대한 배려가 깔려 있다. 나 자신에게만 매몰된 모습이 아닌 상대방에 대한 이해와 공감이 전제가 되어야 한다.

우리는 천당과 지옥을 이야기할 적에 기다란 젓가락에 대한 우화를 많이 이야기한다. 식탁에서 음식을 긴 젓가락으로 먹게 되어 있는 상황에서, 천당에서는 사람들은 긴 젓가락으로 각자의 상대방의 입에 음식물을 자연스럽게 먹여주는 데 비하여 지옥에서는 그 긴 젓가락으로 자신의 입에 자신의 젓가락으로 힘들게 음식을 먹고 있더라는 것이다. 그러다 보니 지옥에서는 쉽게 음식을 먹을 수도 없어서 자신의 입과 주변에 흘린 음식으로 지저분하다고 하는 우화이다. 우리는 상대방에 대한 조금의 이해와 배려만 있다면 바로 천당으로 갈 수도 있다.

우리 사회는 구조적으로 호수 위의 살얼음판을 걷는 것처럼 아슬아슬하여 비극적인 일들이 일어날 수밖에 없는 구조로 되어 있고, 항상 이에 대한 대비책을 가지고 있어야 되는데 바로 이를 위한 해결책으로 '긍정적인 사고'를 하라고 가르치는 것도 '긍정의 재미'를 불러오기 때문일 것이다. 단기적으로 '위로'도 한 방법이 될 수도 있지만 지속적인 효과를 발휘하기 위해서는 '긍정적인 사고'만큼 확실한 것은 없다. '그래 잘될 거야'라고 하는 자신을 북돋우는 자기 암시야말로 최상의 살아가는 방법이며 '긍정의 재미'를 배가시키게 될 것은 자명하기 때문이다. 웃으면서 즐기면서 하는 일과 짜증내고 귀찮아하면서 하는 일들의 차이는 나기 마련이며 나중에 그 차이는 상상을 초월하는 결과로 나타날 것이다.

이러한 '긍정적 재미'를 느끼는 것이야말로 이 사회와 각자의 인생을 윈윈 할 수 있게 하는 가장 중요한 덕목이 될 것이다. '긍정적 재미'에 따른 올바른 가치관이 확립되었다면 시궁창에서 연꽃을 피우듯이 어려운 환경 속에서도 그만의 향기로운 꽃을 피울 것이다.

11
| 빈센트 반 고흐와 폴 고갱에게 드리는 헌시 |

빈센트 고흐에 드리는 헌시

바람과 구름과 해와 달이 서로 엉겨 뒹굴고 있는 당신의 ' 별이 빛나는 밤'의 하늘과
사이프러스 나무가 광풍에 휘날리는 들판에 서 있는 당신을 우리는 어느 순간부터 보고 있었죠.
그 회화 속에서 당신의 세계가 바람에 걸린 휘파람처럼 휘날리고 있다는 것을
당신의 고독한 하늘은 광풍처럼 돌고 돌아 우주 속으로 사라지고
당신의 가난한 대지도 휘청이며 돌고 돌아 언젠가는 광풍 속으로 흔적도

없이 사라지는 광경을…

당신의 눈에서 전율하여 당신의 귀까지 당도하였던 그 고귀한 만남의 '아
를의 침실'에
아직도 기다리고 있을 그 푸른 마룻바닥에는 신부의 눈물이 거짓말처럼
고여 있고
햇빛을 받은 해바라기는 창문 너머에서 침실을 건너보고 있겠지요.

관중과 포교처럼 영원할 것만 같은 고귀한 우정은
가난과 고통 앞에서 사분오열되고 당신의 회화 속에 깊게 덧칠해져 있다
는 것을,
그 고통은 심지가 되어 백 년을 거슬러 면면히 이어져 우리에게 지혜를
밝히고
안식을 주고 있다는 사실을 당신은 알고 있는지요.
당신이 그리다 남겨 놓은 그 배치된 빈 회색의 공간은 결국 유산이 되어
나부끼고
'까마귀가 나는 밀밭'에 당신의 영혼을 걸쳐놓고
이제 마지막 휴식의 그 긴 세계로 여행을 가버렸다는 것을 후손들은 이
제야 겨우 알았죠.

서양 미술사에서 인상파 화가 중 빈센트 반 고흐와 폴 고갱만큼 드라마
틱한 삶을 산 사람도 드물 것이다. 이 두 화가는 오래전의 서양미술사의
한 페이지를 장식한 화가이지만 사실은 지금으로부터 150년 전에 활동하
던 화가들이다. 고흐는 1853년생이고 고갱은 1848년생이니 고갱과 고흐
는 동시대의 비슷한 시기에 태어나 교감을 나눈 화가였던 셈이다. 그리고
파리를 벗어나 남프랑스 지방의 '아를'에서 같이했던 약 9주의 아주 짧은

동거 기간 중에 일어났던 일화로 인하여 더 유명해졌다. 고흐가 자신의 귀를 면도칼로 자른 자해사건이 세간에 잘 알려져 있고, 특히 이 귀를 자른 후 자신의 자화상을 그려 직접 소장하여 남겼다는 데에 더 흥미를 더해주고 있다.

고흐와 고갱은 평생을 고통과 가난 속에서 화가의 길을 걸은 것으로 알려져 있다. 고흐는 전도사가 되어 목회자가 되기를 원했지만 그의 동생과 그의 의지에 의해 늦은 나이에 화가의 길로 걸어가게 된다. 네덜란드 남부에서 태어나 비극적인 삶을 마감하기 이전까지 살아생전에 그의 작품과 그의 삶은 거의 알려져 있지 않았으며, 그가 그린 몇천 점의 작품 중에서 오직 한 점만 팔렸다고 하니 그가 느끼는 삶은 비참하고 처참하였을 것이다. 반 고흐는 900여 점의 페인팅, 1,100여 점의 드로잉과 스케치 등 2,000여 점의 다작을 한 화가이며, 작금에 이르러서야 그의 수많은 자화상을 비롯한 풍경화, 초상화 그리고 해바라기 등의 그림은 세계에서 가장 비싸게 거래되는 작품으로 기록되기도 했다.

그럼에도 불구하고 그런 그를 놓고 보면 고흐는 인문학적으로 철학적인 사고가 결여된 병자였을 것이다. 요즘 한참 회자되고 있는 인문이 없는 사회는 '괴물'을 만들어 낸다고 하였듯이 고흐는 자신의 욕망의 그늘에 가려 진정한 인간과 사회적의 가치를 소홀히 한 게 아닌가 생각이 된다. 결국 그는 그런 욕망에서 헤어나지 못하고 정신병원을 들락거리다가 37세의 젊은 나이에 권총으로 자살을 하고 마는 비극적인 삶을 살아갔다고 할 수 있다.

정신병은 주로 현실과 자신의 이상 사이의 부조화에서 발병 하듯이 고흐도 자신의 현실과 이상의 간극을 좁히지 못하고 수많은 번민과 고통에서 한 삶을 살아간 것이다. 평범한 인간으로서가 아닌 끊임없는 경쟁사회 속에서 그림을 그리는 화가로서 화화라는 예술의 공간 속에 자신의 세계를 표출한 것이지만 그러한 그의 그림이 미술사에 두고 평가할 때에 새로운 현대미술을 여는 창의 역할을 했던 것임에는 틀림이 없었고, 사실주의에 가려 있었던 그 이전에는 없었던 그림으로 보여지게 되었을 것이다.

예나 지금이나 예술가들의 창작물은 광기가 있는 집착이나, 정신의 산물이라고 할 것이다. 그래서 그것을 평가하는 독자들은 그 화가의 창작물을 스토리를 곁들여 평가하지만 한 분야에 몰입한 그들의 광기 있는 삶을 같이 더 높이 평가하기도 한다. 평범하면서 무난한 삶을 살아간 예술가들의 창작물은 그냥 아무 일 없는 듯이 벽에 걸리지 못하고 묻힌 채 사라져 가기도 한다. 작품이 아무리 뛰어난 작품이더라도 작품의 가치를 잃어버리고 깊은 창고 속으로 사장되기도 한다. 그저 평범한 창작물로 전락해 버리는 것이다. 그러나 고흐나 고갱은 진실로 치열한 환경 속에서 혼신을 다하여 작품 활동을 하였다.

그 당시의 삶을 우리가 체험할 수는 없지만 그들의 치열한 삶은 어느 누구의 전기보다도 잘 알려져 있다. 특히 고흐의 작품에 열광을 하는 이면에는 그가 정신병을 앓았지만 그의 작품을 보면 정신병 전력자의 작품이라고 보기에는 전혀 상상할 수 없을 정도로 밝고 화사하며 강렬한 붓터치는 보는 사람으로 하여금 깊은 인상을 느끼게 해 준다.

고갱도 처음에는 주식 중개인으로 유복했지만 주식시장이 파산되면서 빈털터리가 되어 가족과 헤어져 그림을 그려야만 했으며, 가난을 숙명처럼 머리에 이고 살았다. 고흐처럼 늘 처참하게 가난과 고통을 벗 삼아 메아리 없는 세상을 향해 구도자처럼 구도하듯 그림을 그렸다.

고갱은 파리에서 태어난 파리지엥이었지만 파리를 싫어하고 문명을 혐오하여 자신이 살던 파리를 떠나 타이티로 작품의 배경을 옮겨 그림을 그렸다. 그러한 그들의 일생이 자세히 회자되면서 불행하게도 사후에 그들의 작품은 최고의 인상주의 회화로 간주하게 되었고, 현대 미술의 밑바탕이 된 원동력이 되었다. 고갱은 원시의 세계를 동경하며 떠난 타이티에서 그린 그림으로 파리에서 개인전을 열기도 하였다. 불행히도 상업적으로 실패하였지만 그만의 순수한 열정의 세계가 티 없이 그의 그림 속에 녹아 있어 그의 이러한 작품 세계는 결국 피카소나 마티스 등 젊은 화가에게 많은 영향을 미쳤다고 한다.

이런 고갱에게서 영향을 받은 20세기 최고의 화가로 칭송하고 있는 입체주의의 창시자인 피카소는 가난으로 점철된 이들과는 반대되는 삶을 살았다. 피카소가 '아비뇽의 처녀들'을 들고 나와 입체주의의 탄생을 알렸지만 그의 동료들 사이에서도 비정상적인 그림에 모두 피카소를 미쳤다고 했을 정도였다고 한다. 이전과는 전혀 다른 기형의 여인들의 얼굴은 옆으로 비뚤어져 있으며, 몸통은 이전의 사람 그림들과는 전혀 다르게 분할되어 있는 장면들이 몹시도 기괴하기까지 하여 당시에는 받아들이기 어려웠을 것이다. 그러나 그의 절친 화상인 칸바일러는 한눈에 그의 상품성을 알아봤다고 한다.

절친한 친구이자 유럽에서 가장 유력한 화상인 칸바일러는 입체파의 책까지 써 가며 입체파를 알렸다고 한다. 어떻게 보면 피카소는 상업적인 화상에 의하여 빛을 본 화가일 것이다. 즉 만들어지고 기획된 화가인 것이다. 그리고 절묘하게 사회의 시대상과 결합시켜 시너지 효과를 만들어 내도록 기획하고 대중과 영합하여 그림을 판매하는 형태로 그의 그림을 성공을 거두게 된다. 고흐나 고갱에는 없었던 새로운 방식의 회화 미술 판매 시스템의 도입이라고 할 수 있다.

어느 시대에나 인기나 유행이라는 것을 순수한 수요층의 욕구보다는 공급자 측에서 기획되고 창조되는 측면이 강하다. 이런 상업적으로 수요 요구를 만들어 내는 것을 지금의 시대에 보면 자명해질 것이다. 요즘에 세계적으로 유행하는 한류의 첨병인 우리나라의 아이돌 가수들을 보더라도 막대한 투자로 철저히 기획되고 잘 다듬어져서 세계로 나아가 한류를 만들어 내듯이 이제 화가의 재능도 재능이지만 만들어지고 기획되는 시대로 접어들었다고 해야 할 것이다.

세상은 두 부류가 존재한다고 할 것이다. 우직한 자와 세속적인 자, 현실 참여자와 비참여자, 대중 영합적과 비영합적, 기획적인 것과 비기획적인 것 등이 존재하듯이 사회의 모든 분야에서 이런 현상은 존재한다. 그렇다고 세속적이거나 현실 참여자와 대중 영합적인 것 혹은 기획적인 것을 폄하하는 것은 절대 아니다. 다만 어떤 시대상이 사회 속으로 들어오게 되는 과정을 설명하고 있을 뿐이다. 똑같은 화가가 똑같은 그림을 그리더라도 기획되고 투자된 화가의 그림은 거래가 되고 그렇지 않은 그림은 사장될 것이라는 단순한 이치를 설명하고자 하는 것이다. 그래서 실력은 있지만 우직하거나 현실에 비영합적인 작품들은 사후에 그들의 작품이 더 빛을 발하는 모순을 발견하게 되는 것이다.

그리고 현실 사회는 늘 그러하듯 삼박자가 맞아 떨어져야 결실을 맺는 이치와 같다. 어떤 기술도 마찬가지다. 한 박자 앞선 기술이나 너무 시대에 뒤처진 기술은 현실 사회에서는 빛을 발할 수 없는 것과 매한가지로 그 시대에 반 박자 앞선 걸맞은 기술이 적용된 이기가 절실함과 투자와 홍보에 의하여 드디어 시대에 유용하게 쓰이고 빛을 보게 되는 것이다. 비현실적이 아닌 현실 속으로 끌어들여 빛을 발하도록 하는 것이 중요하다. 그런 의미에서 고흐와 고갱의 작품은 한발 시대를 앞선 작품으로 그 시대에는 빛을 보진 못했지만 한참 지난 후에 진정으로 빛을 발한 작품으로 다가왔던 것이다.

사실 그림으로 치면 고흐나 고갱 그리고 피카소의 그림들은 한편으로는 그지없이 유치해 보인다. 렘브란트나 밀레 등의 자연주의나 사실주의의 화가들이 그렸던 그림들은 아무나 그릴 수 있는 그림이 아니다. 카메라로 찍듯이 아주 세밀히 그린 그림을 보노라면 사진인지 그림이지 구분이 안 갈 때가 있다. 그래서 평범한 사람들은 그릴 수 없을 것이다. 그러나 인상주의나 입체파가 그린 그림은 며칠간 물감이나 그리는 도구를 연습하면 누구나 그릴 수 있다. 물론 추상화도 마찬가지지만 그래서 그러한 인상주의는 그림 속에는 정신과 영혼이 혼합되어져 그림이 그려지게 된다.

사실 미술 사조도 마찬가지여서 사회에서 유행하는 모든 현상들은 얼굴을 바꾸어가며 끊임없이 어떤 법칙이나 기준 없이 변화한다. 그러한 조류는 선각자나 부유한 후원자에 의해 만들어져가기도 한다. 시대에 따라 유행이나 인기는 시도 때도 없이 바뀌어도 당시에는 유치하지 않으며 그럴 듯해 보인다. 즉, 뚜렷한 미적 기준은 없다. 변화하는 것이다. 집단적인 자아도취를 이끌어내어 포장하는 것이다. 그리고 대중들에게 선을 보이는 것이다. 그래서 복고풍이 다시 유행하기도 한다.

60~70년도의 한국에서 미니스커트와 나팔바지 등이 유행했을 때 그 시대의 처녀 총각들에게는 그것이 전부였던 시대가 있었다. 가끔 나팔바지를 입은 사진 속 나의 모습을 보고서 얼굴이 화끈거릴 정도로 유치하고 창피하지만 미니스커트는 지금도 아무런 거리낌 없이 받아들여져 도심의 거리를 활보하고 있다. 그런 것들이 어떤 법칙이나 기준이 없다는 것을 증명한다.

폴 고갱에게 드리는 헌시

매독보다도 더한 가난과 고통이 타이티에 하늘에 가득 차 있음을 보지 못하셨나요.
당신의 영혼의 그림자가 그 섬에 붙잡혀 있는 동안
당신의 육신은 어디서 와서, 무엇이 되어 어디로 갔습니까?

이상을 저당 잡힌 채 당신은 무엇을 찾아 헤맸던가요?

욕망의 고통은 물을 안 주어도 쉬이 자라나는 법

방황은 그림 속으로 숨어들어

'노란 집'을 탈출하고 파리를 떠나

긴 배를 타고 긴 다리를 건너

순수한 타이티의 여인들의 잠자리로 들었지만

이미 문명 속에서 찌들고 지친 당신의 육신을 어디에다 두었나요.

그토록 애타게 찾아 헤매던

지친 영혼과 육신을 그토록 열망하던 '황색 그리스도' 안식의 그늘 속에서

고통과 가난을 버리고 잠시 쉬게 하소서.

폴 고갱은 고흐에 비하여 가정적인 면을 발견할 수가 있다. 고흐가 평생 가정을 갖지 않았다면 고갱은 결혼을 해서 자녀를 여럿 두었으나 화가의 길을 걷고자 자신의 가족들과 생이별을 해야 했다. 사실 고갱이 가족들과 생이별을 하지 않고 가족들을 지키고자 했다면 그렇게 불행하지는 않았을지도 모른다. 흔히 많은 사람들은 폴 고갱은 타이티로 가서 그림을 그렸기 때문에 고흐보다는 더 행복했을 거라는 생각을 하기도 한다. '제값을 받고 팔아 본 적이 없는 화가'로 고흐를 그렇게 이야기하지만 고갱도 그에 만만찮은 것으로 알려져 있다.

생전에 타이티의 백인들 중에는 고갱이 그려준 초상화를 못마땅하여 다락에 처박아 놓았거나 고갱의 그림 선물을 아예 거절한 사람도 있었다고 한다. 그는 자신의 그림을 먹을 것과 맞바꿀 정도였고 마을의 중국인들은 그렇게 그린 고갱의 데생을 포장지로 사용했다고까지 하니 세상은 늘 이렇게 아이러니한 것이 세상인 듯하다.

자신의 이상을 좇아 타이티로 갔지만 그는 그곳에서도 이방인이었다.

가난과 빈곤은 늘 그를 따라다니는 그림자였으며, 젊은 시절에 걸린 매독으로 인한 건강이 그를 괴롭혔다. 그 어느 누구에게도 재정이나 정신적인 지원을 받을 수가 없었다.

　재정적으로나 정신적으로나 누구의 후원을 받는다는 것은 인생의 진로에 있어서 매우 중요하다. 멘토나 후원자가 없다면 솔직한 표현으로 '맨땅에 헤딩하기' 식으로 어려움을 겪게 됨은 자명한 사실이다. 피카소같이 재정적인 후원자를 가졌다면 더할 나위 없겠지만 고흐나 고갱처럼 확실한 후원자나 멘토가 없어서 그들은 당대에 어려움을 겪었던 것이다. 살아가는 데에 있어서 인생의 멘토는 매우 중요하다. 여러 명의 후원자나 멘토를 가졌다면 살아가는 데 많은 도움을 받을 수 있지만 그런 후원자가 없다면 삶을 한 계단 도약시키기는 매우 어렵다. 다행히 부모님의 후원을 등에 업었다면 좋겠지만 부모님의 후원이나 재정적인 도움을 받을 수 없다면 외부에서 후원자를 구할 수 있어야 한다.

　평생 그도 화가로서 인정을 바랐고 성공하기를 간절히 원했지만 현실은 고흐처럼 그를 외면하고 끝내 받아주지를 않았다. 정작 성공을 거둔 것은 고갱이 사망한 지 1년 후 파리에 온 젊은 영국인 작가 서머싯 몸이 고갱의 이야기를 듣고 타이티를 방문하여 그의 흔적을 찾아 고갱이 체류했던 오두막의 문짝에 그려놓은 그림을 찾아내 헐값에 구입해 영국으로 귀국한 후 그가 고갱을 모델로 해서 쓴 『달과 6펜스』라는 소설을 발표해서라고 한다.

　고갱과 고흐의 그림을 감상할 때마다 그들에 대한 헌시를 쓰고 싶다는 생각을 갖곤 했다. 그들의 삶을 직접적으로 경험해 보지는 못했지만 그들의 고통을 이해하고 싶다는 간절함이 나의 가슴속에 언제부터인가 자리하고 있었다. 시를 쓰고 싶다는 감정은 이렇게 현실 속이 아닌 과거로부터 풀어진 실타래처럼 부채負債가 되어 가슴으로 전해오기도 한다.

V

사계 思季

1
| 여행의 경제학 |

반추反芻라는 단어가 있다. '돌아볼 반' , '꼴 추'로서 사전적 의미로는 '소나 염소 따위가 한번 삼킨 먹이를 다시 게워 내어 씹는 일. 되새김질, 어떤 일을 되풀이하여 음미하거나 생각하거나 하는 일'로 나와 있다. 이 반추라는 단어는 기나 긴 여정을 살아온 사람들에게 삶의 중간중간에 매듭을 짓듯이 지나온 과거를 되돌아보기에 어울릴 만한 단어 같지만 이제 막 시작점에 있는 청소년에게도 이 단어는 음미해 볼만하다. 반추는 삶을 영위하는 데 있어서 방향을 잠시 잃고 방황하거나 잘못된 길로 가고 있는 자신을 다시 바로 잡아줄 수 있도록 해 주는 나침판적인 역할을 하기 때문이다.

그래서 자신의 길을 한 번쯤 멀리 떨어져서 되돌아보기에 여행만치 좋은 것이 없을 듯하다.

누구나 여행을 떠나면서 호기심에 설레는 행복감을 느끼게 된다. 이런 설레는 호기심에 대한 행복은 아마 우리 몸속에 내재되어 있는 유전자의 영향 때문인지도 모른다.

우리 인간은 몇만 년 동안 진화하면서 항상 호기심에 목말라 왔고 그 호기심을 충족시키기 위하여 몸을 움직여 왔을 것이다. 이러한 호기심이 바로 이런 인류문명을 발생시켰던 원동력이었을 것이다. 인류가 최초로 수렵생활을 하던 것 자체도 의식주를 해결하려는 행위였겠지만 이 또한 여기저기를 옮겨 다녀야하는 호기심들이 인간의 유전자를 생성시켜 지금의 현생 인류에게까지 전해져 왔을 것이다. 그리고 이성을 찾아 자식 즉 종족을 보존시키고자 하던 행위들이 이런 이동을 위한 여행 중에 일어난 것임에 틀림없을 것이다.

요즈음은 아가씨든, 아주머니든, 아저씨든, 학생이든 여가만 생기면 여행을 생각하고 준비하곤 한다. 예전에는 단체여행이 주류였다면 오늘날의 트렌드는 아무래도 자유여행이 주류를 이룬다 해도 과언이 아니다. 여행사에서 일괄적으로 일정을 조정해주는 것보다는 직접 버스표나 기차표를 끊는다든가 아니면 비행기 표를 구입하고 여행루트를 짜고 숙박지를 정하는 그런 행위들 자체를 즐기는 시대에 접어든 것이다. 물론 우리나라도 중진국으로 접어들어서이겠지만, 또는 먹고살 만하다 보니 의식주만 가지고는 인간의 욕구인 호기심을 충족시킬 수는 없는 세태에 접어든 것이다. 호기심은 설렘과 같다. 여행은 이성을 처음 보는 설렘과도 일맥상통하지 않을까 하는 생각도 해본다. 즉 낯섦의 경험은 또 다른 이성의 사랑과도 같다. 심리학적으로 여행은 어떤 사랑을 찾아가기 위한 행위라고 감히 확신적으로 말할 수 있다.

마음에 맞는 사람끼리 아니면 혼자서라도 자! 일단 떠나보자. 그러면 뭔가 생길 것 같고 저 멀리 산 너머에 바다 너머에 누군가 날 기다릴 것만 같다. 요즘에는 혼자서도 여행을 즐기는 사람들이 많다. 여행의 진짜 맛을 느끼려면 '혼자 여행을 해보라.'고 한다. 그래서 혼자 여행을 하는 경우가 많아진 것 같다. 요즘은 열정만 있으면 누구나 할 수 있는 게 아닌가. 패키지여행은 대부분 동료들과 함께 하게 되는데 같은 비행기를 타고, 같은 버스를 타고, 같은 기차를 타고, 같은 음식점의 먹거리를 먹고, 같은 숙박지에서 숙박을 하고, 같은 쇼핑을 하고 그리고 동료들과 같이 술을 마시는 관광에 충실하다 보면 여행의 참맛을 느끼기에는 충분하지 않은 것 같다. 그래서 요즘은 여럿이 자유여행을 가거나 혹은 혼자 배낭을 짊어지고 훌적 떠나게 된다. 혼자 떠나게 되면 무엇보다도 안전이 염려된다.

젊은이들인 경우에 혼자 가기가 어렵다면 동료 친구들 몇 명이 함께 떠나면 더 좋을 듯하다.

여행을 경제학적인 공식에 대입해 보면 여행은 소비이기도 하고 소득이기도 하고 절약이기도 하고 자산이기도 하다. 절대로 부채는 아니다. 예술로 치면 연극과 같은 종합예술과도 같다.

인생의 황혼기에 있는 사람들이라면 그들은 소비 쪽에 많은 비중을 둘 것이다. 젊은 시절 열심히 일한 인생의 황혼기에 있는 사람들에게 어떤 소득을 얻고자 인생의 의미를 찾아 떠나기는 어려울 것이다. 그러나 인생을 준비하는 젊은 사람들이라면 여행은 소득이고 절약하는 쪽이 훨씬 더 가깝다고 생각한다. 예를 들어 어학 공부에 의미를 찾지 못하는 학생들이 배우고자 하는 언어를 사용하는 곳을 여행이라도 하게 되면 배우고자 하는 언어의 목적의식을 자연스럽게 무장하게 될 것이다. 이런 것들이 어떤 의미에서 소득이고 절약이 될 것이다. 어떤 일을 추진함에 있어 목적의식이 있느냐, 없느냐의 차이에 따라 습득의 차이는 엄청나게 벌어지는데 배우는 데 오랜 시간이 걸리는 언어를 배울 때 목적의식이 있으면 단기간에 실력을 키울 수 있는데 이것이 바로 그런 경우라고 할 수 있을 것이다.

그리고 여러분이 단순한 관광에서 벗어나 새로운 창업의 눈으로 바라본다면 그야말로 널려있는 아이디어의 보고를 발견할 것이다. 우리와는 다른 생활 모습과 이국적인 다양한 형태의 모양은 당신에겐 새로운 아이템의 대상이고 그 아이템은 그 동안 당신의 사고를 가로막고 있었던 경직된 사고를 유연하게 해방시킬 것이다.

우리 인간의 뇌 속에는 열정이란 것이 무의식 중 내재되어 있고 그것을 어떤 형태로 어떻게 끌어낼 것인가 하는 것은 중요한 일이 아니겠는가. 그 열정이 인생의 터닝 포인트가 되도록 단초의 실타래를 끄집어내어 실행에 옮길 때 자신 속에 잠재된 새로운 모습을 진정으로 발견하게 될 것이다.

무엇보다도 이 열정을 끌어내기 위하여 간절함이라는 스타트키가 필요할 것이다. 이 간절함이 열정의 원천이라고 생각한다. 이 스타트키가 잠자고 있는 당신의 열정을 이끌어 낼 수 있도록 여행이 그 역할을 수행할 수도 있을 것이다. 살아가는 일상에서 이러한 열정을 끄집어내어 지속적으로 이어 갈 때 삶은 풍요로워지고 알이 꽉 찬 열매를 맺게 됨을 확신한다.

우리는 또 '위로'나 '위안'을 받기 위해 여행을 간다. 새로운 풍경과 풍광에 위로를 받기도 하지만 그곳 여행지에서 나와 다르게 살아가고 있는 꾸밈없는 진솔한 삶의 모습에서 혹은 그러한 그들의 미소에서 위로나 위안을 받는 것이다.

흔히 '젊은이여, 넓은 세계로 나아가라.'라고 한다. 말로만 구호를 외쳐서 될 일은 아닌 것 같다. 자유롭게 여행을 하다 보면 자연스럽게 여러 나라의 사람들과 어울리게 될 것이고, 그들의 생각이나 행동을 공유하게 될 것이다. 바로 이러한 것들이 글로벌한 세계인의 첫걸음일 것이다.

우리 모두는 길을 헤매는 방랑자이다.
후끈거리는 대지,
끈적거리는 차디찬 뒷골목거리에서
스러져 가는 나를 발견하곤 말할 것이다.

저 멀리 산 넘고 물 건너
누런 황토 물이 굽이쳐 흐르는 저 장강의 유장한 물줄기에
팔딱이는 메콩 강 물이 넘실대는 저 물결에
죽음의 생이 꿈틀거리는 갠지스 강물에
어둠을 간직한 라인 강의 오랜 역사 위에

파라오의 숨결이 살아 생동하는 저 나일 강의 푸른 물에

너는 드러누워 보거라.

그 포근한 촉감에 너를 맡겨보아라.

헐떡이며 숨을 쉬어 보거라.

그녀의 어깨 위에 기대어 보거라.

너에게 무얼 얘기하는지 들어 보거라.

처음으로 10여 년 전에 회사 동료들과 패키지 외국여행을 간 적이 있다. 흔히 가는 국민관광지 캄보디아 앙코르와트에 간 적이 있는데 우르르 모여 다니는 우리와는 다르게 한국에서 혼자 온 젊은 아가씨가 유적지를 이리저리 다니는 것을 보고 의아함을 넘어 충격을 받았다. 우리가 보기에 외로워 보였지만 그 젊은 여성은 이미 자신의 먼 미래의 해답을 찾고 있는지도 모를 일이다. 체험이라는 것은 간접체험도 있고 직접체험 등 여러 가지가 있을 텐데, 이 여행이란 바로 직접체험에 해당하고, 효과가 가장 빠른 체험이다. 흔히 책으로 배우는 간접체험보다는 훨씬 강력한 체험이 될 것이다.

내가 아는 지인은 혼자 자주 여행을 다닌다. 3~4년 전에도 혼자 2주일 정도 터키를 여행하고 왔는데, 터키의 모모 지방을 여행하면서 갑자기 눈물이 나와 엉엉 울었다고 한다. 그 이유가 궁금하여 물어봤는데 그의 대답이 의외다. 책에서나 보던 그 유적지를 보고 즐겁거나 기뻐서 기쁨의 눈물이 나왔다는 대답을 들을 줄 알았는데 그게 아니고 외로워서 울었단다. 아, 그는 그 여행에서 자신을 찾았던 것이 아닌가 하고 생각한다. 요즘에 중년 남성이 눈물을 흘릴 일이 그리 흔한가. 부모님이 돌아가시지 않고서야 눈물을 흘릴 일이 없을 텐데 그는 자신을 위하여 눈물을 흘린 것이다. 여행을 하다 보면 혹여나 길 위에서 자신을 찾을 지도 모르고 잠시

잘못 든 인생길을 찾을지도 모를 일이다.

여행에서 나는,
나의 오랜 친구를 만나게 되겠지
오래전에 잃어버렸던 너의 가장 친한 친구를
너의 가장 친한 친구…
나, 자신에게로
자 이제 나를 만나러 가려무나.

저 멀리 산 넘고 물 건너
장대한 히말라야의 검디 하얀 안나푸르나 언덕에서
킬리만자로의 표범이 가죽을 남긴 그 백설의 정상에서
너는 숨을 쉬어 보거라
그의 넓은 어깨에 너를 기대어 보거라

너의 가장 친한 친구가 나에게 무얼 말하는지

나도 이런 여행의 순기능을 모르는 바가 아니기에, 최근에 혼자 10여 일간 태국을 배낭여행한 적이 있다. 비행기 예약, 호텔 예약, 동선 계획, 투어 예약 등을 준비하게 됐는데, 그동안 패키지 관광에 익숙해져 있던 터라 덜컥 겁부터 났다. 그러나 무난히 여행 준비를 할 수 있었다. 요즘에는 미리 다녀온 분들의 경험담과 정보들이 블로그나 카페 등의 인터넷상에 널려 있어서 그 속에서 정보를 알아내기는 식은 죽 먹기보다 더 쉬운 세상이 되었다. 이런 것이 요즘 학생들에게 강조되고 있는 '자기 주도 학습'이라고 할 수 있다. 즉 '살아 있는 공부'라 할 수 있다.

　하지만 아무리 많은 정보가 인터넷상에 널려 있더라도 기본적인 사항들은 떠나기 전에 미리미리 준비를 해야 한다. 다른 준비물이야 며칠 전부터 준비하면 된다지만 간단한 대화를 위한 영어회화라도 몇 달 전부터 녹음하여 이어폰을 꽂고 공부를 해야 하고 필요하다면 방문하고자 하는 나라의 언어도 공부해 두어야 한다. 영어권에 사는 사람들이라면 그나마 언어의 소통은 기본적으로 되기 때문에 소통에는 문제가 없겠지만 동양권의 국민들이 세계의 여러 나라를 여행이라도 할라치면, 언어의 소통을 위하여 투자를 더 많이 해야 한다. 물론 콩글리시, 바디랭귀지로 가능하다고는 하지만 그래도 기본적인 언어는 알고 가야 콩글리시도 되고 바디랭귀지도 통한다고 봐야 할 것이다. 그리고 미리 도상훈련을 해두어야 한다. 숙박에 필요한 호텔에서의 기본적인 회화, 혹여나 길을 잃어버렸을 때의 현지인들과 소통을 위한 현지 언어 몇 마디…. 그리고 방콕이란 도시는 다양한 교통이 유난히 발달하여 BTS 지상철 교통시스템, 짜오프라야 강의 수상운하 운행시스템, 도심을 가로지르는 쌘쌥 운하, 일반 버스노선도 등 사전에 숙지하여야 하고 우리나라 원화, 태국 바트화와의 달러와 환율의 비율계산, 여행할 지방의 대략적인 지도, 더 나아가 태국의 현지 물가 사정 및 치안, 사기에 대처하는 방법, 여권 등 분실 시 처리 절차 등등 준비할 것들이 산더미처럼 쌓여 있어서 공부를 사전에 안 하고는 공항에서 내리자마자 국제 미아가 되기가 십상이다.

　여행 중 현지의 교통수단을 직접 이용하는 것을 권해보고 싶다. 현지의 교통수단을 이용하는 것은 가장 스릴 있고 낭만적이고 매력이기도 하지만 현지 대중수단을 타고 가다 보면 현지인들의 소박한 일상생활과 그들의 진실한 속살들을 쉽게 바로 앞에서 바라볼 수 있어서 좋다. 시내버스를 타고 가다보면 시간을 거슬러 올라가는 시간 여행을 살짝 맛보는 재미를 만끽하게 될 것이다. 20~30여 년 전의 우리네 버스를 타듯 하지만 우리와는 전혀 다른 버스표 통으로 버스안내양이 버스표를 끊어 주는 모습에서 우리들의 지난 과거를 현재의 시간 속에서 새롭게 발견하기도 한다.

　방콕에서 첫 밤을 무사히 보내고 첫 번째로 태국의 방콕에서 약 3~4시간 거리에 있는 반딧불 축제로 유명한 암퍼와를 찾아가게 되었는데, 일단 방콕 인근 남쪽의 남부터미널로 가서 암퍼와로 가는 버스를 갈아타면 되는 간단한 코스다. 버스를 타고 남부터미널까지 가는 것은 좋았으나, 3층 터미널에서 암퍼와를 가는 표를 사기 위해 안내인이 없는 매표창구에서 한 시간 정도를 기다렸다. 그러나 유독 암퍼와 행 표를 파는 안내인이 오지를 않았다. 옆 창구 안내인에게 암퍼와 매표소에는 안내인이 왜 없느냐고 물어봐도 아래쪽을 가리키며 뭐라 하는데 이해할 수가 없어 무작정 기다릴 수밖에 없었다. 한참을 기다려도 내가 움직일 기미가 보이지 않자 옆 창구 안내인이 직접 나와서 안내를 해주어 무사히 암퍼와 버스표를 사게 되었는데, 나중에 안 일이지만 암퍼와는 유명한 관광지라서 버스가 주차되어 있는 곳에 안내인이 직접 책상을 가져다 놓고 표를 예매하고 있었다. 마음속으로 실소를 금할 수 없었다. 남부터미널에서 한 2~3시간이면 암퍼와에 도착하게 되는데 이곳에서 나는 완전히 이방인이 되어 정말로 소박한 행복을 선사받았다.

　암퍼와는 메클론 강으로 흘러들어가는 지류를 운하처럼 활용하면서 마을을 이루며 살아가는 곳이다. 이 폭이 좁은 지류의 강은 개발이 덜 되어 동네 바로 옆을 흘러가지만 천연의 상태를 유지하고 있어 아직도 아이들이 멱을 감기도 한다. 반딧불이가 아직도 살아 있는 곳이라 많은 관광객이 끊임없이 찾고 있는 곳인데 나는 정작 이 반딧불이는 보지 못했다. 사전에 미리 예약이 안 해놓아서 반딧불이 배를 탈 수 없었다. 유명한 곳이라 미리 예약을 안 한 것이 화근이 되어 암퍼와 마을을 섭렵하는 것으로 만족을 해야 했다.

운하 물은 혼탁했지만 그곳의 사람들은 천상의 사람들처럼 친절하고 아름다운 미소를 지니고 있었다. 이른 새벽녘이면 음식을 장만하여 정성스레 스님을 공양하고 탁발하는 모습은 우리 아침과 다른 아침의 세계로 다가왔다.

도착한 첫날 늦은 오후 나는 람마 2세 공원을 둘러보고 그곳 메클론 강이 바라보이는 한적한 곳에 홀로 앉아 상념에 잠겼다. 나의 어린 시절 촛불도 없는 마루에 홀로 누워 먼 밤하늘의 별빛을 바라보듯이 메클론 강의 강물은 나를 초년의 세계로 돌려놓았다. 파노라마처럼 나의 지나온 세월이 메클론 강 위에 떠서 흘러가고 있었다. 베이비 부머 세대에 태어나 배고픔의 기억들보다 지금은 무엇보다도 외로움에 사무치게 했다. 군대 제대 후 가족들과 떨어져 살아 본 기억이라고는 없는 나에게 혼자라는 외로움을 처음으로 느껴보았다.

다음 날, 리조트에서의 아침 식사는 단출했지만 나에게는 진수성찬이었다. 태국식 죽에다 계란 프라이와 소시지 그리고 약간의 채소뿐이었지만 마음까지 편안해지는 음식이었다. 식당 하우스 안에서 음식을 드는 손님은 나와 웨딩여행을 온 듯한 태국의 젊은 남녀 한 쌍뿐이었다. 바로 운하 앞 아틀리에에서 키 작은 의자에 앉아 사랑을 나누며 식사를 하는 태국의 연인들 모습이 아름답고 평온하다. 운하의 물은 바닥 아래까지 내려가 있다. 바다와 가까워서 그런지 우리나라 서해의 갯벌처럼 물이 빠져 있었다. 아침을 마친 나는 안녕을 고하였다. 사랑했던 첫 여인처럼 조용히 다가왔다 꿈결처럼 가버린 암퍼와였다.

나는 홀로 태국의 한적한 여행지에서 많은 느낌을 받았다. 매일 하루하루 생활하였던 일상에서 깨어나게 되었다. 전혀 뜻밖의 새로운 장소에서 나 자신을 발견하게 되었다. 우리는 한곳에 오래 살다 보면 무료함과 지루함의 일상에 젖어 헤어나지를 못하고 수렁 속에 허우적거릴 때가 있다. 전혀 새로울 것도 없고, 만사가 짜증나고 괴롭고 사랑스러울 것도 없는 일상에서 우연히 여행지에서 부족하지만 진지하게 살아가는 현지인들의 모습이나 새벽 일찍 일어나 스님에게 정성드레 공양을 드리는 한 장면에서 나 자신을 되돌아보며 새로운 삶의 의미를 발견하게 되는 것이다.

2
| 여행의 의미 |

커피의 달달한 달콤함을 모르는 바는 아니지만 나는 별로 좋아하지 않는다. 아니 좋아하지 않는 것이 아니라 나의 몸이 안 받는다고 해야 하나, 커피를 먹으면 남들하고 다르게 몸에 이상 증상이 오는 듯하다. 잠을 설치거나, 속이 매스껍다거나, 하여간 그렇다. 그러고 보니 좋아하지 않는 게 아니라 몸에 안 받아 기피하고 있는 거다. 마음에서는 받지만 몸에서 받지 않는 거다. 그렇다고 그 달달한 커피를 마시는 분위기를 모르는 것은 아니다. 물론 달콤한 커피보다는 쓰디쓴 커피를 좋아하시는 분들도 많지만 말이다.

누구나, 좋아도 아무 때나 할 수 없는 게 있다. 그중에도 특히나 여행도 그렇지 않을까 한다. 시간도 낼 수 없고, 그렇다고 넉넉한 주머니 사정이 있는 것도 아니다. 부족하고 모자라고 일반 소시민들은 환경이 늘상 그렇다. 특히나 직장인이라면 시간 내기가 더욱 그렇다. 일단 눈치를 봐야 한다. 상사 눈치, 동료 눈치, 나중에는 가족 눈치까지 봐야 한다. 일단 여행이라는 도강을 해버리면 그에 대한 후유증은 한참을 가게 된다. 주변의 눈치야 금방 지나가겠지만 금전에 대한 부담이 한참을 간다고 봐야 할 것이다. 그래도 여행지에 대한 즐거운 후유증이 그것을 상쇄하고 남지만 말이다. 어쨌든 아직도 한국사회에서는 2~3일간의 여행도 출혈을 감수해야 한다. 그래서 대개는 여행 간다는 말을 안 하고 그냥 고향에 일이 생겨서, 혹은 제사가 있어서라고 얼버무리기 일쑤다.

우리가 서구 여행자들을 보면서 부러운 것은 그들의 여행은 일상생활처럼 자연스럽게 느껴진다는 것이다. 젊은 청년들이 혹은 백발이 성성한 은퇴한 부부가 손을 잡고 1~2달씩 시간을 내어 여행에 투자하는 것을 보면 경외심까지 든다. 얼마 전에 베트남 북부지방의 '사파'라는 곳을 여행한 적이 있는데 우리 일행 가운데 네덜란드에서 온 젊은 부부와 같이하게 되었다. 그런데 새파란 부인은 돌도 안 지난 갓난아이를 등에 업고 있었고, 남편은 자신의 키보다 더 큰 배낭을 메고 부인과 함께 그 험한 산악지형을 오르내리는 모습을 보고 이해할 수 없다는 생각이 들었는데, 그들은 그런 과정의 여행을 즐기는 것 같았다. 직접 몸으로 부딪치며 체험하는 그런 여행을 즐기는 듯했다.

외람되지만 이처럼 나도 걸어 다니면서 체험하기를 좋아한다. 오롯이 자신의 두 발로 걸어서 어디든 갈 수 있다면 그것이 이 세상에서 가장 행복한 사람이라는 믿음 때문이다. 어느 책에서 보니까 "두 발로 걸으면서 여행하는 것이 여행 중에서 가장 호사스러운 여행"이라고도 하지 않았던가.

'여행에 실패란 없다'고 나는 생각한다. 여행은 방 안에서 이론적으로 생각만 하는 게 아니고 직접 실행, 실천을 하여 경험하는 것이고, 이미 목적의식을 가지고 여행을 떠났기 때문에 실패한 여행은 없다고 생각한다. 가끔 가고자 하던 곳을 정보의 잘못으로 혹은 기차 시간의 착오로, 혹은 되돌아올 시간이 없어서 가지 못하고 의도하지도 않았던 엉뚱한 곳에 가게 되는 경우가 종종 있다. 계획에도 없던 곳에 도착하여 어리둥절하게 되는 경우가 있는데 계획에도 없던 곳에 온 자체도 하나의 과정이고, 그의 여행이기 때문에 실패라고 말할 수는 없다. 흔히 영화에서 보는 시간 여행처럼 시간을 되돌려 그 시점으로 돌아가 정정해서 다시 여행을 할 수는 없기 때문이다. 그래서 여행은 인생과 일맥상통한다. 걸어온 인생길을 되돌아갈 수도 없고, 내가 계획하지 않았던 엉뚱한 곳으로도 가게 되니 말이다.

인생에 있어서, 특히 청년기에 있어서 사고思考를 할 수 있는 능력을 기르는 데 이른 경험만큼 좋은 것은 없다. 실패한 경험들이 사고의 능력을 기르는데 좋은 처방이기 때문이다. 그래서 진실성 있는 목적의식이 있는 한 '인생에서도 실패란 없다'고 생각을 한다. 실패한 그 자체도 자신의 인생이기 때문이다. 심혈을 기울인 실패, 우리는 실패한 것 자체를 사랑하지 못하는 것이 문제라면 문제라고 생각한다. 여기서 전제 조건은 진실성 있는 목적의식이다. 진실하지 않으면 아무것도 없는 것이 아닌가. 당초에 길은 존재하지 않았던 것이 아닌가. 누군가 길을 가고 그 길은 누가 따라온다면 비로소 새로운 길이 나는 것이다. 어찌 사람들이 살아가는 삶에 정답이 있을 수 있겠는가. 동네 골목길을 다니면서 종이를 줍는 할머니가 불행하다고 누가 말할 수 있겠는가. 그 종이를 줍고 생활하는 할머니도 자신이 가장 행복하다고 생각할 수 있는 것이 우리네 삶이 아닌가.

나는 젊은 시절 한때 음식점을 운영한 적이 있었다. 지금 한국에서 유명한 한식 프랜차이즈업체로 회사명을 밝히면 바로 알 수 있는 업체였기에 믿고 시작했는데 생각했던 것보다 수익을 낼 수 없었다. 1년이 조금 지난 후 접었는데, 이 1년여 간의 과정이 나에게는 지옥과도 같은 시간이었다. 매출은 어느 정도 일어나는데 수익은 안 나는 그런 구조여서 많은 번민과 고통을 수반하였다. 아시다시피 프랜차이즈 업종이라는 것이 대리점의 수익을 위주로 구조를 맞추는 것이 아니고, 회사의 입장에서 수익 구조를 맞추기 때문에 실제의 대리점주들은 수익을 내기가 어려워 울며 겨자 먹기로 하는 경우가 많다. 이러한 고통의 경험이 나에게는 인생의 전환점이 되는 계기가 되었음은 두말할 나위가 없다.

　나중에 시간이 흐른 후 생각해 보니 그 고통과 고민의 경험이 나에게는 인생의 터닝 포인트의 계기가 돼 있었다. 다행히 이 실패가 내 입장에서는 인생의 깊이를 더해준 경험이었기에 지금은 만족하고 있고 크나큰 자산으로 간직하고 있다. 이런 경험이 어떤 이에게는 도약을 위한 디딤돌이 될 수도 있지만 이와는 반대로 어떤 이에게는 장애물이 될 수 있고 부채로 인식될 수도 있을 것이다. 즉, 이런 고통을 감내하지 못하고 결국 쓰러져버리면 결국 패배하고 말 것이고, 일어서면 자신에게 있어서 가장 값진 자산이 될 것이다. 이런 실패담들도 인생 중에 무수히 일어나는 과정 중에 하나일 뿐이다.

　구름과 노을

　하늘에는 구름이라는 하늘 꽃이 필 때 아름답다.
　구름 없는 파란 창공의 달도 아름답지만
　구름 사이로 언뜻언뜻 보이는 달이 더 아름다울 수 있다.
　저녁 하늘의 노을은 구름이 있어야 더 선명하게 지을 수 있다.

　구름이 드리워진 저녁 하늘은
　시인의 눈이 되기도 하고
　사랑을 이별한 여인의 베개가 되기도 하고
　가뭄을 걱정하는 농부의 한숨이기도 하지만

드리워진 구름만이
아름다운 저녁노을을 당신에게 선사할 수 있다.

어둠 속에서 별빛은 더 아름답게 빛날 수 있다.
어둠이 없는 곳에서 별빛은 반짝이지 않는다.
어둠이 있어야 억겁 년 세월의 별빛을 당신에게 보일 수 있다.
구름에 가린 어둠이 대지에 내릴지라도
비구름은 단비를 내리게 할 것이고
어둠이 걷히면 더 찬란한 하루가 찾아올 것이다.

저녁 서쪽 하늘에
물감을 뿌린 듯한 저녁노을이 지면
어둠 속에서 별빛은 더욱더 반짝일 것이다.

　사람들에게 있어서 확률적으로 따져 보지는 않았지만 당연히 성공보다
는 실패가 몇 배나 더 많을 것이다. 수많은 실패와 실패를 거듭하여야 성
공이라는 열매를 열리게 할 것이다. 당신의 경우만 하더라도 무수히 많은
시행착오를 거쳐 당신의 그 자리에 있을 것이다. 그래서 별빛은 어둠이 있
기 때문에 빛나는 것이다. 신이 성공을 쉽게 내어주지는 않는다. 인간은
너무 쉽게 성공을 하면 오만하기 때문에 실패라는 수많은 절차를 주어 오
만의 기를 꺾어 놓은 다음에 당신에게 성공을 주게 되는 것이다. 사실 위
와 같은 시詩를 쓰게 된 것도 실패라는 경험이 나의 뇌리에 각인되어 있
기 때문에 가능한 일일 것이다.
　그러나 성공만이 우리의 목표이고 지상 과제인가 묻고 싶다. 인간들은
태어나자마자 성공이라는 두 글자에 전 인생을 걸고 매진한다. 성공이라

는 진정한 가치가 무엇인지 모르고 새벽부터 자정까지 정열을 바쳐 일을 하고 공부를 하고 그 목표에 다가가지 못했을 때에는 자신은 실패자라고 스스로 낙인찍는다.

그러면 성공이라는 것이 대체 무엇일까? 단순히 돈을 많이 벌고 남보다 높은 명예와 지위에 위치하는 것이 성공일까? 아무리 돈을 벌어도 가정이 파괴되었다면 그것이 성공한 것인가. 아무리 사회적인 위치에 올라섰더라도 그가 그 위치에 올라서기까지의 부정한 방법들이 낱낱이 파헤쳐 남들의 입에 회자되었다면 그런 것이 성공한 것이라 할 수 있는가. 요즘 뉴스에 회자되고 있는 재벌가들의 탈세 행위, 고위 공직자, 정치인들의 부패에 대한 뉴스들을 보면서 모든 사회 지도층 인사들에 대한 부정적인 인식과 그리고 과연 대한민국은 사회 지도층 인사가 존재하기는 하는 것일까 하는 심각한 회의에 빠지곤 한다.

수녀나 스님, 수사 같은 종교인들은 돈을 벌려고 일을 하지는 않는다. 그리고 높은 명예나 지위에 오르기를 바라지도 않는다. 그들은 다만 낮은 곳에서 자신보다 못한 사람들을 돕고 타인이 행복해지기를 바라는 마음에서 일을 한다. 그들은 그 과정 자체를 자신의 성공이라고 믿기 때문에 자신을 맡기는 것이다.

여행은 어디를 단순히 갔다 왔다, 라고 하는 결과물을 만들어 내는 것이 아니다. 출발에서부터 버스표를 끊어 버스를 타고, 밥을 사 먹고, 생명 부지의 땅에서 잠을 자고, 아름다운 곳을 구경하거나, 혹은 산업화가 진행되는 미개발된 지역이라면 쓰레기로 오염된 모습, 그곳에서 뛰어놀고 있는 아이들을 보는 것 등 전 과정이 여행이듯이 우리는 여행을 이야기할 때도 그 과정의 세세한 부분들을 이야기하게 되는 것이다.

분명히 말할 수 있는 것은 성공이란 어느 시점에 부와 명예와 지위가 높아졌을 때가 아니라 일평생 지난한 인생의 과정에서 가치 있는 삶을 살면서 행복감을 느낄 때, 비로소 자신의 인생은 성공이라고 말할 수 있다. 심신이 모두 건강하게 즐거운 직장 생활을 영위하면서 타인들에게 어느 정도 인정을 받고 적당한 물질적인 보상이 따르는 일을 하면서 삶 자체에 의욕이 충만하고 부부 간, 자녀 간, 친구 간 등의 인간관계에 있어서도 원만함이 일평생 이어질 때 우리는 진정으로 그 사람은 성공했다고 이야기할 수 있다. 모든 사람이 재벌처럼 돈을 벌 수도 없고, 높은 지위의 정치인이나 공무원이 될 수도 없고, 높은 명예와 지위를 얻을 수도 없다.

어느 서점엘 가나 성공에 관한 책들이 넘쳐난다. 가만히 이 책들을 분석해 보면 전부 각고의 노력으로 수많은 난관을 극복하였다는 '성공'이라는 키워드에 인간의 목표를 맞추어 놓고 있다. 카네기의 성공학, 빌게이츠의 성공담, 펀드의 귀재 워렌 버핏의 성공학, 한국 최초로 컴퓨터 바이러스 백신을 개발한 안철수에 대한 성공학 등 수많은 성공에 관한 책에서 성공한 사람들은 불우한 청년기를 지나 새로운 분야에 불구의 개척정신으로 부를 일구어냈다고 쓰여 있다. 그리고 그런 책들이 베스트셀러의 반열에 올라 날개돋친 듯 팔려 나간다. 그러나 많은 사람들은 그런 기존의 성공에 목말라하지는 않는다. 소박한 생활에 즐거움을 찾고 행복해하고 눈물 흘리기를 좋아한다.

이제 우리는 성공의 패러다임 자체를 바꿀 시점에 와있다고 단연코 선언할 수 있다. 성공이란 어느 시점에 불현듯 다가와서 한꺼번에 타오르는 불꽃이 아니다. 매서운 한파의 겨울을 이겨내고 그 다져진 토심에 봄이 오면 씨 뿌리고, 여름에 햇볕을 받아 가을에 결실의 열매를 맺는 것처럼 어느 하나 빠뜨려서는 튼실한 열매를 맺을 수 없듯이 전 과정이 성공적으로 이뤄져야 하는 것이다. 즉 성공하는 삶을 살아가고 있는가가 문제라고 할 수 있다. 즉 성공적인 진행의 삶인가, 실패적인 진행의 삶인가에 초점이 맞춰져 있어야 한다. 그래야만 성공적인 삶을 살았다고 해서 그 사람의 생활이 바뀌는 것도 아니고 그 사람 자체를 변화시키지도 않을 것이다.

3
| 보이는 것과 보이지 않는 것 |

우리는 보이지 않는 것은 잘 안 믿는 경향이 있다. 보이는 것만이 진리인 듯이 말이다. 사실 보이는 것이 더 많을까? 보이지 않는 것이 더 많을까? 무지한 질문일 것이다. 보이는 것보다는 보이지 않는 것이 훨씬 많을 테니 말이다. 인간에 의해 보이는 것은 우주의 극히 일부분일 텐데, 천체물리학에서 보면 우주를 차지하는 대부분의 물질들은 보이지 않는 암흑물질과 암흑에너지로 96%가 이루어져 있고 우리의 눈에 보이는 것은 극히 일부라고 한다.

이제 봄이 오면 들판에 꽃이 필 텐데, 이 꽃이라는 존재도 꽃이 필 무렵 시각적으로 우리 눈에 비칠 뿐, 기실 이 꽃은 수많은 보이지 않는 많은 시간과, 보이지 않는 바람과, 보이지 않는 땅속의 수분을 흡수하여 화려한 자태를 잠깐 우리 눈이 볼 수 있도록 하는 것일 뿐이다.

모든 살아 있는 동식물 중에서 식물植物은 생생生만이 있고, 즉 살아만 있고, 동물動物은 생생生과 각각覺, 살아 있음과 동시에 무언가를 느낄 수 있고, 오직 사람人만이 생생生, 각각覺, 사사思, 즉 살아서 느끼고 생각을 한다고 하였다. 그래서 오직 우리 인간만이 이 보이는 것과 보이지 않는 것을 구별할 수 있는 생각하는 능력을 보유하였다고 한다. 하지만 우리는 보이지 않는 것은 대충 하려는 경향이 있다. 남이 보지 않으니까 아무렇게나 행동하려는 경향이 있다. 사실 이 보이지 않는 것이 더 중요하지만 우리는 덜 중요시한다. 사람들을 볼 때도 보이는 외면보다는 보이지 않는 내면을 보아야 하고, 앞에서 입으로 말하는 이야기보다는 마음속의 깊숙한 면을 더 들여다보아야 하는데 우리는 현란한 미사여구의 말을 더 믿어버리는 경향이 있다.

　보이는 것과 보이지 않는 것에 대한 다른 측면을 이야기하고자 한다. 우리는 이 보이지 않고 숨겨져 왔던 것들이 나중에 만천하에 드러남으로써 패가망신한 사례들을 무수히 보아왔다. 현실 감각에 충실해서가 아니라 매일 보는 뉴스에 하루에도 수도 없이 반복되는 부패와 부정의 뉴스가 터져 나올 때마다 과거로 퇴행하는 우리 사회에 대하여 심각한 우려를 금할 수가 없다. 특히 자라나는 자녀들은 이러한 사회 전반에 만연하는 부패와 부정을 어떻게 생각할까? 기성세대들이 이러한 사회를 물려 줄 수밖에 없다는 생각에 미치게 되면 불안과 걱정에 가슴이 미어터지는 느낌이 들곤 한다.

　선진국으로 한 발걸음씩 내디딜 때마다 사회는 투명해지고 부패가 점증적으로 근절되어야 하는데 우리 사회는 이와는 반대로 퇴행을 하고 있다는 데 문제가 있다. 한국은 세계에서 유래를 찾아볼 수 없을 정도로 성공적으로 압축 성장을 하였고, 경제적으로는 어느 정도의 위치에 올라 선 반면에 어떻게 하든 나 혼자만 잘살면 된다는 개인주의가 사회 전반에 팽배하다. 이런 현상이 일어나는 것은 세계에서 유래가 없는 몇 안 되는 나라 중의 하나일 것이다. 이와 같은 현상을 어떻게 봐야 할 것인가?

　2013년 5월 15일자로 한국의 부패 문제가 아시아 선진국 중 가장 심각하다는 조사 결과가 발표되었다. 홍콩에 본부를 둔 컨설팅업체 정치경제자문공사(PERC)가 조사대상국 17개국(홍콩·마카오도 개별 국가로 포함.)에서 일하는 최소 100명의 외국 주재 기업인 2,057명을 대상으로 정치지도자와 공무원, 핵심 정부 기관의 부패에 대한 설문조사를 했다.

발표한 '아시아 경제·정치' 보고서에 따르면 조사 대상 아시아 선진국 중 부패 문제가 가장 심각한 나라는 한국인 것으로 나타났다. 한국의 점수는 6.98로 조사 대상국 중 8위였다. 한국보다 순위가 처지는 나라는 중국(7.79), 캄보디아, 미얀마, 베트남, 필리핀, 인도네시아 등이었다. 최하위는 인도(8.95점)였다. 싱가포르는 0.74점으로 부패 방지 활동에서 가장 성공적인 나라로 평가됐으며, 이어 일본, 호주, 홍콩, 미국, 마카오, 대만, 말레이시아, 태국이 한국보다 좋은 평가를 받았다. 지난 10년간 부패에 대한 인식 수준에서도 한국은 2004년 7위(조사대상국 14국), 올해는 10위로 하위권에 머물렀다고 발표했다. 이 자료에서 보듯이 민주주의가 무르익어갈수록, 1인당 국민소득이 높아질수록 부패지수는 낮아져야 하는데 우리나라는 후퇴를 거듭하고 있는 것이다.

위에서도 언급하였듯이 연일 미디어 매체나 신문지상에 부정과 관련된 비리가 터져 나오고 있다. 이런 뉴스들은 식상하다 못해 모든 뉴스의 감초가 돼버린 지 오래다. 부패한 정치인, 재벌기업의 비자금 조성과 변칙상속, 그리고 나라의 곳간을 지키는 공직 관료들의 부패, 지방 토착세력 비리가 연일 뉴스에 오르내리고 있고 이름 있는 유명 인사들의 버진 아일랜드에 불법적인 자금 예치 등 헤아릴 수 없는 무수한 사건들이 우리 사회 전반을 들끓게 하고 있다.

재벌그룹의 법인세 탈세 사건이나 비자금 조성, 역외 탈세, 국외 재산 도피는 어제 오늘의 뉴스는 아니다. 신문지상에서 일어나는 일상사가 돼버린 지 오래다. 사실 기업들이 회사를 키우는 과정에 들어가는 모든 투자 자금은 우리 국민들의 피와 땀으로 이룩한 자금이 투입되어 그만한 회사로 키워낼 수 있었을 텐데 그룹의 사주들은 자신들만의 능력으로 이룩해 낸 것으로 착각을 하고 있는 듯하다. 회사가 그들의 소유물처럼 맘대로 처리해도 되는 것으로 착각을 하지는 않을 텐데 그런 상식을 알면서도 의도적으로 자신의 축재의 수단으로 이용하고 있다. 회사에서 일어나는 이런 부정과 부패는 회사와 관련된 다수의 국민들에게 피해를 입힌다는 데 그 심각성을 더한다. 주식을 산 주주, 그 상품을 구입하는 소비자, 절대 다수의 국민들이 그 피해의 당사자들이기 때문이다.

어느 한 부분 문제가 되어 들춰내면 터져 나오는 비리와 악취들, 이런 뉴스들을 접할 때마다 우리 소시민들은 매일매일 절망하면서 희망을 잃은 채 살아간다. 시대에 뒤진 이론이라고 치부할지 몰라도 학교에서 배운 윤리와 도덕은 이미 책 속에나 있는 이론일 뿐이고, 사회에 나오면 경쟁만을 강요하는 현대사회에 이런 규범은 고리타분한 유교적 사회에서나 통용되는 규범이라고 치부해버리는 것이 오늘날 우리의 현실이다.

그리고 최근에 성관련 뉴스들이 자주 거론되고 있다. 시대에 따라 가치체계는 변화하듯 성에 대한 인식도 시대에 따라 달라진다. 조선시대에는 양반들이 정실부인 외에 아내를 들이는 축첩을 해도 아무런 제약을 받지 않았고, 기생을 품고 하룻밤을 자도 가십거리도 아니었다. 정실부인 때문에 기생과 하룻밤 자는 행위를 못 하는 양반들을 조롱하기까지 하는 시대가 있기도 했다. 조선시대와는 같지 않더라도 관대한 성문화에 젖어있던 사람들이 빠른 시대의 흐름을 읽지 못하고 일생을 공들여 이룩한 자신의 위치를 한순간에 허물어뜨리고 있는 것을 신문지상에서 쉽게 찾아볼 수 있다.

실례로 미국으로 이민 간 1세대 분들 중에 나이 많으신 분들이 우리나라 전통의 아들 선호사상에 익숙하여 손주뻘 되는 사내아이들의 볼을 만지거나 심지어 성기를 만져 성추행 혐의로 바로 경찰에 체포되었다는 뉴스는 우리가 보기에는 뉴스가 아닌 것처럼 들릴지 몰라도 이러한 웃지 못할 사연이 이민자들의 현실이다.

현대사회의 윤리 체계와 매일매일 살아가는 에티켓은 이전 사회와 확연히 구분된다. 현대 이전의 사회는 아침에 간단한 목례와 안부 인사로 주변의 사람들에게 자신의 존재를 알리고 부모에게 효도하고 나라에 충성을 다하면 그것으로 다하였다고 할 수 있었다. 하지만 현대사회는 정보가 홍수를 이루고 SNS 속에서 자신의 일거수일투족을 하루하루 표현되며, 무엇보다도 그런 정보들이 한 시간도 안 되어 온 나라 안에 퍼진다는 것이 이전의 사회와 구별되는 점이다. 이메일, 트위터, 페이스북, 카카오톡, 라인 등에 올려진 나의 신상의 내용들은 한순간에 사회에 전달되기 때문에 자칫 잘못하다가는 원치 않은 일들이 자신도 모르게 벌어질 수 있다.

최근의 실례로 모 청의 모 간부가 키스방에 간 자신의 경험담을 블로그에 올렸다가 파문을 일으켜 사회의 지탄을 받았고, 외국계 회사에서 한국에 파견되어 근무하던 책임자가 한국의 룸살롱에서 여성의 접대를 받은 사실을 친구에게 이메일로 자랑스레 주고받다가 이 사실이 회사에 알려져 파면되기도 했다는 웃지 못 할 일들도 있다.

이와 같이 모바일 폰으로 친구끼리 주고받는 문자대화도 이제는 더 이상 비밀이 될 수 없는 현실이다. 이렇게 사회는 급변하는데 우리의 몸과 마음은 현대사회 이전에 머무르고 있다는 것은 크나큰 문제라고 할 수 있다.

최근 일간지에서 지방선거를 앞두고 기초단체장에 대하여 비리를 파헤친 보도를 한 적이 있다.

지방자치단체의 권력은 단체장에 의하여 사유화된 지 오래이고 지방자치단체장의 비리들은 정치권과 밀접한 상관관계를 갖고 있다는 것을 여러분도 다 아실 것이다. 자치단체장의 비리가 이어지는 이유는 선거 공천에 따른 비용이 막대하게 들기 때문이다. 이에 따라 단체장들은 취임 초부터 뇌물수수의 유혹에 빠져 재직하는 동안 돈 모으기에 혈안이 된다고 기사화되어 있다.

하위직 공무원의 고과와 승진의 목덜미를 쥐고 있는 단체장들이 이를 빌미로 각종 인사 청탁을 조장하고 산하관련 지방공기업의 인사에 깊숙이 관여를 하여 자신의 측근의 자제나 인척들을 뒷문으로 들여보내고 각종 인허가 업무에도 손을 뻗어 좌지우지하는 실태가 지방자치단체에 만연하여 있다.

단체장과 그에 동조하는 공직의 무리들은 국민들을 전혀 의식하지 않고 그것이 자신의 능력인양 아무 거리낌 없이 부정과 부패를 일삼는 행위가 이제는 도를 넘었다.

우리나라는 지금 집단적 부패의 수렁에 빠져 있다. 남들이 다 부패하고 금욕을 좇는데 나만 안 하면 바보라는 집단적인 착각에 빠져 있는 듯하다. 사회 전반에 이런 부패를 아무렇지도 않게 바라보고 정당화하는 듯한 생각을 갖게 하는 것이다. 이런 행위들은 무엇보다도 대다수의 선량하고 정도를 걷고자 하는 공무원들을 슬프게 하고 무기력하게 한다. 이런 대열에 동참을 거부하는 사람들을 앞뒤가 꽉 막힌 사람이라고 손가락질까지 하는 시대가 되어 버린 것 또한 우리를 슬프게 한다.

그리고 요즘 시대의 지방 공무원들은 선거철만 되면 줄 대기를 넘어서 자진해서 줄서기를 자처한다. 이 줄에 서기를 거부하는 하위직 공무원이나 낙오하는 공무원들의 앞길은 가시밭 길을 각오해야 한다.

제왕적 지위에 있는 단체장의 처분에 목숨을 걸어야 하는 대다수 지방 공무원들의 입장에서 앞에서 저지르는 그런 부정과 부패를 입 밖에 낸다는 것은 자신의 직책과 공무원의 신분을 걸어야 한다는 것을 너무나도 잘 알고 있기에 감히 엄두를 낼 수 없다. 처자식이 있는 선량한 공무원의 입장에서 그냥 4년만 넘기고 참으면 되지 하는 생각을 가질 수밖에 없다는 것이 우리를 슬프게 하고 자괴감에 잠 못 이루게 한다. 특히 정부에서 권력을 분배하던 관선시대에서 국민들이 직접 지방 선량들을 뽑는 민선 지방자치시대가 되면서 정치 부패가 행정의 부패로 확산 확대되어 가고 있는 것이다. 말단 하위직 공무원까지 공천 헌금의 희생양이 되는 악화가, 양화를 밀어내는 경제 원리가 이 공직사회 전반에서도 만연하고 있다.

위에서 언급하였듯이 민주주의가 진전되고 1인당 국민소득이 높아 가면 당연히 부정부패가 줄어들어야 되는 것이 순리인데 이와 반대로 우리나라가 부패의 수렁에서 빠져 나오지 못하는 원인은 그 중심에 토착비리가 기승을 부리기 때문일 것이다, 어찌 보면 가장 가까운 풀뿌리에서 부터 썩어가고 있으니 그 폐단과 피해는 가까운 국민들이 보게 되는 것이다. 이런 부패가 끊임없이 반복되고 있는 이유는 정부에서 방치하고 있는 선거제도에 기인하고 있기 때문에 정부도 이 부패의 고리에서 자유로울 수는 없을 것이다.

우리 대한민국은 계몽이 사라진 시대이다. '노블레스 오블리주'의 정신이 사라진 시대이다. 정신적인 지주가 사라진 시대, 사회를 이끌었던 큰 어른들이 사라진 진공의 시대이다. 누가 나서서 이 부패의 늪에 빠진 대한민국을 구할 것인가? 이런 제도가 계속 방치되고 내버려 둔다면 결국에는 국민 저항운동에 부딪힐 수도 있음을 간과해서는 안 될 것이다.

이러한 뉴스 보도에서 보듯이 보이지 않는 곳에서의 그릇된 행동이 결국 자신이 피땀 흘려 이룩한 사회적 성공을 얼마나 허망하게 무너뜨리는가를 여실히 보여주고 있다.

"보이지 않는 곳에서도 행동거지를 조심하라."

옛 성현들의 말씀이 새롭게 새삼 다가온다. '내가 커튼 뒤에서 숨어서 보이지 않게 한 행동을 누가 알겠는가.'라는 생각을 갖게 되기 때문에 일어나는 것들이다.

나무 위로 올라가면 올라갈수록 세상은 더 잘 보일 것이다. 남보다 더 멀리 보고 더 먼 곳까지 보게 될 것이다. 그러나 위로 올라가면 올라갈수록 나뭇가지는 가늘어지게 되어 떨어지면 더 치명상을 입게 되는 것은 명백한 일일 것이다. 그래서 위로 올라가면 올라갈수록 더 겸손해지고 더 몸가짐을 조심해야 한다.

옛 속담에 "큰 나무는 스스로 길을 만든다."고 하였다. 큰 나무가 되면 스스로 길을 만들어 백성들을 편안하게 하고 길을 내어서 바르게 안내해야 한다. 그것이 진정으로 성공한 사람일 것이다. "정직이 최선의 방책이다."라는 옛 글귀가 있다. 세상을 살아가면서 정직만큼 좋은 것은 없다. 남을 속이고 거짓을 꾸미고 숨어서 저지르는 비행의 행위들은 어느 누구도 모를 것 같지만 결국은 다 알게 되어 있다. 그래서 이를 경계하고자 우리 속담에 "낮말은 새가 듣고 밤말은 쥐가 듣는다."고 했다. 보이지 않는 것은 언젠가 밖으로 보이게 되는 것이 진리이다.

김지하 시인의 '오적'이라는 시가 있다. 1970년 5월 〈사상계〉에 발표된 작품으로 70년대 초 부정부패로 물든 한국의 대표적 권력층의 실상을 을사조약 당시 나라를 팔아먹은 을사오적에 빗대어 쓴 정치 풍자시인데, 이 풍자시를 보면 부정부패는 그 당시에도 지금 못지않은 것 같다. 지금의 현실과 별반 다를 바가 없다는 것이 다소 당황스럽게도 하지만 부정과 부패는 시대를 가리지 않고 일어나고 있다. 하기야 세상을 살아가는 방법은 그 당시나 현재나 달라지는 것이 아니니 말이다.

우리는 사회라는 구조 속에서 긴 여정을 준비한다. 우리는 사회에 대한 책임과 정의를 가지고 있는가? 그 긴 여정 속에서 진정으로 상대방에 대한 관심과 배려의 생각을 가지고 있는가? 최근에 이와 관련하여 연구한 흥미로운 연구논문 자료가 발표된 적이 있다. 사회통합력에 대하여 한국과 경제협력개발기구(OECD) 회원국과의 비교 분석한 것을 보면 1995년도에 21위였던 사회통합지수가 15년 뒤인 2009년도에는 24위로 3단계 미끄러졌으며, 특히 장애인 관련 법률 수, 타인에 대한 관용을 나타내는 사회 관용 부문도 25위에서 31위로 내려앉았다는 연구 논문이 뉴스로 소개된 것을 본 적이 있다.

또한 최근에 청소년들이 "10억을 횡령할 수 있다면 감옥에 갈 수도 있다."는 놀라운 기사를 본 적이 있다. 자라나는 청소년들의 가치체계 붕괴 현상이 진행되고 있음을 한탄할 수밖에 없다. 이는 기성세대가 만들어 놓은 정의롭지 못한 부패 유산이 청소년들에게 얼마나 무서운 가치체계를 만들어 놓았는지 알 수 있는 대목이다. 우리 아이들에게 이런 부패를 물려주어야 하겠는가?

위와 같이 부정과 부패를 저지르는 위인들이 있는 반면, 테레사 수녀와 같이 보이지 않는 곳에서 봉사 하는 분들을 주변에서 쉽게 찾아볼 수 있다. 우리 동네에 적십자 회원들이 몇 분 활동하고 있다. 회장님을 위시하여 회원들은 1주일에 2~3번씩 동네 결손가정들을 위하여 도시락과 밑반찬을 만들어 배달봉사를 하고 있다. 가까이에 있었던 나도 그분들이 배달하는 모습을 보고서야 최근에 알게 되었다. 그 회장님은 취미 삼아 주민센터에서 운영 중인 붓글씨 프로그램에도 참여하고 있는데, 몇십 년 넘게 써오면서 일반 서예가를 능가하는 실력을 갖추고 있다. 며칠 전에 도시락 배달을 하고 계시는 중에 우연히 만나 지금도 글씨를 쓰시냐고 여쭈어 봤더니 봉사 활동 때문에 붓글씨 취미활동도 못하고 있다고 했다. 또 한 분의 동네 부녀 회장은 고3 수험생을 둔 엄마임에도 불구하고 동네 독거

노인 방문 서비스를 해오고 있다. 사비를 들여 김치, 계란찜, 멸치, 장조림 등을 손수 만들어 행거에 끌고 다니면서 일일이 독거노인들께 안부를 물으면서 배달하고 있다.

아무런 대가도 바라지 않고 누가 알아주지도 않는 봉사 활동을 몇십 년 넘게 이어오고 있는 이런 분들이 무너져 가는 우리 사회의 가장 낮은 곳을 지탱하고 유지하는 것이다. 알려지지 않는 곳에서 활동하는 수많은 테레사 수녀 같은 분들이 이 사회에 존재하고 있으며 이런 분들이 이 사회를 진정으로 밝히는 등불 같은 존재들이다.

오늘 지하철을 타고 오다가 승강장 근처에 다음과 같은 성철 스님의 문구가 걸려 있는 것을 보았다 "몸이 바로 서면 그림자도 바로 서고, 몸을 구부리면 그림자도 구부러진다."

4
| 우리가 여행을 하면서 생각해 봐야 할 것들 |

누구나 잠시 머물렀다 가는 것을 좋아하지 않을까. 잠시 손님처럼 머물다 미련 없이 가는 것을 나도 좋아한다. 너무 오래 있어 미련을 두면 두고 두고 가슴속을 응어리지게 만들기 때문이다. 베트남 북부 지방의 사파도 그런 곳 중의 하나인 듯하다.

나는 친구와 베트남 북부지방을 자유여행 한 적이 있다.

하노이에서 중국 국경 근처인 북부지방 사파를 가려면 저녁에 하노이

역에서 저녁 9시 기차를 타고 출발해 중간 기착지인 '라오카이' 역에 다음 날 오전 6시경에 도착한다. 하노이에서 라오카이까지는 기차로 약 9시간이나 걸리는 오지이다. 그래서 비행기로는 갈 수 없고 기차와 버스로 갈 수밖에 없는 아주 낙후된 지방이다. 기차는 우리나라 1960~1970년대처럼 낡고 오래되었고 운행 속도는 우리나라 비둘기호보다도 더 천천히 달려간다. 그럼에도 객실만은 우리나라에서는 찾아볼 수 없는 침대칸이 설치되어 있어 이용하는 데 아무런 불편이 없다. 다만 객실 안은 에어컨을 틀어 준다고는 하나 후텁지근한 날씨를 식혀주기에는 역부족이어서 기차 안에서 잠들기는 약간 힘든 편이었다. 특이한 점이 있다면 아직도 사회주의의 잔재가 남아 있어서 객실 밖은 권총을 찬 군인 제복을 입은 승무원이 객실 칸의 이동을 통제하여 약간 살벌하다는 느낌을 받았다. 그러나 이런 통제가 의외로 안전하다는 느낌을 받았다. 기차는 밤을 새워 달려 예정 시간보다 약간 빠른 5시 30분쯤에 중국 국경과 가까운 라오카이 역에 우리를 내려놓았다.

그 라오카이 역에서 해발 1,000m 북부 산악지형에 위치한 최종 종착지인 사파까지는 소형 미니버스가 여행자들을 픽업하여 약 1시간 반 정도에 걸쳐 구불구불한 길을 따라 사파의 호텔까지 데려다 준다. 사파는 베트남이 프랑스 식민시절 프랑스가 개발한 휴양지다. 베트남은 많은 외세의 침략을 받다 보니 프랑스와 미국에 의해 건설된 휴양지가 많다.

사파는 소수민족인 흐몽족의 고향이며, 흐몽족들은 이 3,000m 정도가 넘는 판시판 산에 기대어 살아간다. 이 산에서 내려오는 물로 산악지역에 맞는 계단식 논을 만들어 논농사를 짓고 살아간다. 우리나라 남해 쪽이나 청산도 같은 섬에 가면 아직도 하늘에서 비가 와야 농사를 지을 수 있는 천수답의 계단식 논이 남아 있어 옛사람들의 지혜에 사뭇 감탄을 했던 기억이 있는데, 이곳의 계단식 논과 산 정상에서부터 만들어 놓은 관계수로는 예술의 경지에 도달했다고 볼 수 있다. 천여 년 동안 건설해 놓은 계단식 논은 그 규모가 방대하여 마을과 마을을 이어 놓았다. 산 위에서 내려오는 물은 각 동네를 돌고 돌아 논으로 차례로 흐르도록 설계되어 있고, 마지막에는 판시판 산 아래의 계곡으로 흐르도록 집결시켜 놓았다. 자연에 순응하지만 자연의 섭리를 잘 이용하고 있는 그들의 모습에서 감탄을 넘어 행복하다는 느낌을 받기에 충분했다.

이 지방에 살고 있는 가축들도 행복하다. 대부분의 가축들은 야외에 놓아기른다. 200㎞ 정도는 족히 넘게 나갈 듯한 돼지들도 그 육중한 몸을 가누며 다니는데, 그 모습이 위태로워 보이지만 귀엽게 느껴질 정도로 동네 이리저리 돌아다니며 자유롭게 사람들과 함께 산다.

대부분의 여행자들은 이들의 계단식 논과 평온한 산골의 풍경을 감상하기 위해 기꺼이 이 험준한 트레킹을 시도하는 것 같다. 여행자들은 세계 여기저기에서 모여든다. 국적이 각기 다른 여행자들이 그룹을 만들어 트레킹을 한다. 이러한 광경이 중년의 낯선 이방인에게는 왠지 낯설어 보이지 않았다. 편안한 트레킹이었다. 가만히 생각해 보니 돼지를 방목하는 모습이나 아이들을 들쳐 업고 실을 뽑아 베틀에 앉아 옷감을 짜는 모습은 예전 우리네 모습과 너무 닮아 있었다. 길가 논에서 물소를 이용하여 써레질을 하는 모습들도 너무나 닮아 있었다. 외갓집 같은 포근한 맛이 난다.

특히 그들이 입고 있는 전통 옷들은 그들만의 전통적인 색인 검정색에, 배색이 되는 알록달록한 파스텔 색감이 들어가 아름다웠고, 억척스러움이 배어 강인하게까지 느껴졌다.

첫날은 대략 12㎞ 정도를 걸어서 트레킹을 한다. 산 정상에 위치한 사파 중앙광장에서 산 아래에 위치한 라오차이 더반까지 계곡을 따라 내려간다. 가파르지만 평범한 길이다. 그리고 되돌아올 때는 차로 되돌아오는 단순한 코스다. 이 길은 제주도의 올레길처럼 화려하지도 않고 절경을 이루지도 않지만, 장엄한 계곡을 따라 이어진 계단식 논은 그들의 삶의 터전이 얼마나 고단했는지를 말해주는 듯하여 트레킹을 하는 동안 숙연함을 느끼게 하였다.

가이드 소녀 이름은 '메이필'이라고 했다. 아마 현지 이름은 아니고 영어식 이름인 듯했다. 흐명족 복장을 한 흐명족 처녀이고 나이는 21살로 앳돼 보이지만 유창한 영어로 우리를 안내한다. 도중에 우리를 길가 옆 밭에서 기르고 있는 초록의 초목 앞으로 모이게 했다. 자신들이 옷감을 만들 때 쓰는 작목이라고 알려 주었다. '인디고'라는 작목이었다. 그들은 이 작목을 이용하여 실을 뽑아 그들만의 검정색과 빨간색이 대비되는 선명하고 아름다운 빛깔의 옷감을 만들고 있었다. 우리나라의 모시처럼 줄기를 벗겨 천연염색을 해서 베틀로 옷감을 만들어 그들의 생활용품인 지갑, 가방, 옷을 만들어 입는다. 이제는 관광객들에게 팔아 생활비에 보태고 있다.

둘째 날은 첫째 날과는 반대 방향의 산 정상부 계곡 아래쪽으로 뱀처럼 이어진 코스의 길을 따라 가는 것이다. 이 길도 평이한 코스로, 약 6㎞ 정도를 2~3시간에 걸쳐 가볍게 산책하듯 산 아래를 향해 내려가다 다시 올라오면 되는 산책길 같은 길이다. 이 코스가 첫째 날 코스와 다른 점은 마을과 마을을 걸어 다니면서 직접 생활상을 엿볼 수 있고 그들의 삶을 가까이에서 체험할 수 있어 지루할 틈이 없다는 것이다. 마을과 농지 그리고 마을로 이어지는 수로에서 들리는 물소리가 우리를 따라오는 듯한 착각에 빠지게 하기도 했다. 특히 마을의 수로는 길옆으로 도랑처럼 설치되어 있어서 마을 한가운데를 관통할 때는 속을 판 나무통을 이용하거나 커다란 대나무의 속을 파내 수로로 이용하여 마을 곳곳을 돌고 돌아 내려가게 했다. 그리고 그들은 이 물을 귀중한 식수로 이용하고 있었다.

우리는 배낭과 바지를 사려고 트레킹 코스 중간에 있는 등산복 매장에 머물렀다. 이 지역은 특히나 등산 장비, 등산옷을 파는 점포가 많고 저렴하여 우리도 작은 배낭을 8불, 바지를 12불에 샀는데 나중에 보니 실밥이 쉽게 터져 다시 꿰매 사용해야 했다.

쇼핑을 하다가 지체 하는 바람에 가이드 아가씨가 우리를 찾으러 가던 길을 되돌아오는 바람에 마침 우리는 궁금증이 있어 콩글리시로 메이필과 얘기를 나눌 수 있었다. 메이필은 우리에게 자신은 2명의 형제와 삼촌, 엄마 할머니 등 11명이 함께 산다고 했다. 그리고 이런 생활이 행복하다고 했다. 많지는 않지만 가이드로 일하면서 받는 돈으로 가족의 생활에 보탬이 되어 기쁘다고 했다. 나중에 우리는 메이필과 찍은 사진을 그의 메일로 보내주었는데 그 사진을 받고 고맙다는 답장 메일이 오기도 했다.

세계 관광 통계에서 관광객의 지출을 보면 경비 중 40%는 비행기 값, 20%는 여행사의 수입이고, 나머지 20% 정도가 관광지를 돌아다니면서 사는 맥주, 음료수, 입장료 등 거대 자본들이 운영하는 식음료 경비로 쓰이고 마지막으로 10% 미만이 이 현지인들의 수입이라고 한다. 대부분의 비용이 글로벌 기업들의 호주머니로 들어가고 미미한 일부분만 그 지역의 경제에 이바지한다는 것이다.

우리가 베트남 하노이 여행사에 사파 트레킹을 위하여 '이틀간의 밤기차 여행과 이틀간의 트레킹 비용'에 1인당 미화 162불을 지불했으니, 우리나라 돈으로 굳이 환산한다면 20여만 원이 안 되는 돈이다. 이 비용에는 하노이에서 사파까지의 왕복 기차비, 2박 호텔숙박과 식음료비용, 라오차이에서 사파까지 픽업 비용, 2일간의 트레킹비용을 포함한 가이드 비용도 들어 있다. 사파 지역 가이드는 베트남 정부에서 이 지역 흐몽족 출신으로 채용하도록 규정되어 있어 그나마 일부분의 여행자 비용이 이 지역으로 흘러들어가도록 설계하였다고 한다.

흐몽족이 살고 있는 이 지역으로 흘러들어가는 비용을 보면, 가이드 비용을 포함한 일부 트레킹 비용과 일부 식자재비 그리고 생활용품이나 등산용품을 팔아서 얻는 정도가 될 것이다.

아무리 좋은 리조트가 들어오고 개발이 되어도 그 지역의 주민들 호주머니로 들어가는 수익은 아주 적다. 그래서 현지인들은 개발되면 될수록 가난해진다는 통계도 있다. 그들이 몇백 년 동안 살아온 터전을 개발업자들의 달콤한 말에 속아 땅을 팔고, 결국에는 그들의 청소부나, 세탁부, 짐꾼, 호텔보이 등으로 전락하게 되는 것이다. 아직 이 사파 지역은 대자본이 들어올 만한 기반이나 여건이 조성되지 않아 아직은 거대 자본의 영향은 미미한 것 같다. 그럼에도 우리가 사용한 경비 미화 162불 중 아주 적은 부분만이 사파 지역에 들어가게 되어 있어 아무리 여행객들이 붐빈다 해도 그들의 삶은 별반 달라지지 않을 듯하다.

우리가 여행하면서 호텔보다는 그 지역의 게스트하우스를, 호텔의 식당 맥도널드보다는 그 지역의 소규모 식당의 로켈 음식을, 그리고 리조트 내의 마사지보다는 그 지역에서 운영하는 마사지 숍을, 거대자본이 운영하는 프로그램보다는 그 지역에서 운영하는 트레킹을, 공항을 이용한 쇼핑보다는 그 지방 특산품을 산다면 그나마 그들의 삶의 향상에 도움을 주게 될 것이다.

그래서 밍크 털로 만든 옷을 구입하고, 비단뱀의 껍질을 벗겨 만든 가방을 사고, 크로커다일 악어로 만든 가죽벨트를 사는 등 자연을 파괴하는 쇼핑을 하고 고급스러운 시설을 이용하고 오는 관광객이 되기보다는 현지인들이 운영하고 현지인들이 정성들여 만든 음식을 먹어보고 현지인의 삶 깊숙이 들어가 진정으로 그들의 삶을 이해하는 여행자가 되는 것이 중요하다고 생각한다. 우리가 이런 낙후된 지역을 여행하면서 느끼는 미안한 감정을 조금이나마 누그러뜨리는 데 일조할 수 있으며, 지금 막 불고 있는 공정한 여행에서 한 발 더 나아가게 될 것이다.

우리나라에 직업이 1만 가지가 넘는다고 한다. 요즘은 여행하는 것도 직업으로 분류하고 있다. 생활여행가, 오지여행가, 도보여행가, 문화여행가, 여행작가 등 여행도 직업이 되는 세상이 되었다. 여행도 직업적으로 바뀌어 가고 그리고 분화되어 가는 것은 근본적으로 현지인의 삶을 깊숙이 들여다보고 싶은 욕구의 산물일 것이고, 그들의 삶 자체를 이해하는데 더 도움이 되기 때문일 것이다. 그리고 이제는 여행이 보이는 것보다는 보이지 않는 것을 보는 것이 더 매력을 느끼기 때문이 아닐까라고 생각한다.

우리는 사파를 가기 전에 베트남의 대표적인 여행지인 하롱베이를 이틀 정도 여행하였는데 이 하롱베이는 10여 년 전에 패키지여행으로 방문한 적이 있었다. 당시는 이렇게까지 호화롭지는 않았는데 그때에 비하여 많은 발전이 이루어져 있었다. 사파하고는 전혀 다른 맛이 나는 여행지가 돼 있었다.

하롱下龍의 선상船上에서 잠이 들고

하늘에서 용이 내려왔을까
하늘의 용 곁으로 올라간 걸까
선상船上에서 우리는 이내 잠이 들었다.
바람이 선들거리며 나의 발가락을 간지럽힌다.
발가락 사이로 용들의 비늘이 번들거리고
나는 그만 긴 심연의 나락으로 가라앉아버렸다.
이내 용의 비늘이 나의 옷깃을 스치며 지나간다.
섬뜩한 긴장감이 나를 조여 온다.

오… 오….
용들이 꿈틀거릴 때마다 팽팽한 긴장감은
나의 의식을 소스라치게 놀라게 만들어
그만 나는 넋을 놓아버렸다.
용들의 향연에….
배는 그 향연 사이를 아슬아슬 비껴 지나쳐간다.
용의 바다에서 나는 땀범벅이 된 두 손을 취잡으면서
한참 후에야 잠에서 깨어났다.

이 시는 선상에 누워 느낀 감정을 메모를 하였다가 감정이 사라지기 전에 그대로 옮겨와서 사파 여행 중에 쓴 시이다. 배에 올라 한참 동안 섬과 바다를 구경을 하다가 바다와 섬에 익숙해진 우리는 산들산들한 바람이 불어오는 선상에 드러누웠다.

통통거리는 배의 엔진 소리가 우리의 심장으로 전달되어 잠시 꿈결 같은 낮잠에 빠져 들었다. 선선한 바람이 발등을 간지럽히고 발등 아래로 용 비늘같이 생긴 섬들이 스치고 지나가는 듯이 보인다. 점점이 떠 있는 비늘의 섬들 사이를 배는 살같이 비켜나간다.

하롱의 깟바 섬에 발을 디디고

드뎌 지상으로 내려왔다.
저 멀리 깟바 섬 선착장이 눈에 보이고
출렁거리듯 우리는 지상으로 발을 디뎠다.

아니 한참 후에야

이 깟바 섬도 용들의 섬임을 알았다.

껌껌한 용들의 심장 속을 가로질러 가는 우리를 보았다.
짜릿한 긴장감에 사로잡혔다.
어슴푸레한 하늘에서
초록달이 우리를 내려다보고
초록별 갓 전등 아래서 오손도손 늦은 저녁을 먹고 있는 농부들로부터
우리는 문득 먼 날의 추억을 기억해냈다.
초롱 등잔불을 지피고 살아왔던 초라한 우리들의 모습들….

이 긴 터널을 통과하면
그들의 끝없는 우주에 당도하리라….

하롱베이 투어에서 일반 여행객들은 대부분 선상에서 잠을 자는데 우리는 선상에서 잠을 자지 않고 하롱베이에서 제일 큰 섬인 깟바라는 섬에서 숙박을 했다. 몇 년 전에 하롱베이를 여행하던 여행객들이 배에서 숙박을 하다가 배가 침몰하면서 익사했다는 기사를 접한 우리로서는 숙박은 육상에서 하도록 미리 예약해 놓았다. 배가 침몰한 이유는 취침 중에 에어컨 공기 구멍을 잠그는 것을 깜빡하여 그 구멍으로 물이 들어왔기 때문이었다. 기사를 보고 경건해지기보다는 실소를 금할 수 없었다.

여행 도중 서울에서 변호사를 하고 있는 유일한 한국인 부부 일행도 만났는데 이 변호사 부부도 같은 이유로 깟바 섬에서 함께 숙박을 하게 되었다. 이 깟바 섬에서 숙박을 하려면 하롱베이를 낮 동안 관광한 후, 배에서 내려 어둑해지는 저녁이 되면 깟바 섬의 한가운데로 버스를 타고 이동해야 한다. 가로등도 없는 섬을 약 한 시간 반 정도 이동하면서 느낀 감

정이 위 시의 무대가 되었다.

덜커덕거리며 달리는 버스는 이내 하얀 하늘과 대비되는 검은 산 능선을 따라서 깊은 계곡 속으로 빠져 들어갔다. 오직 하늘의 별들만이 총총히 반짝이는 어둑어둑한 산길은 아주 오래전 어린 시절 시골집에 혼자 남아서 별을 헤아리면서 밤을 지새던 그런 원초적인 두려움의 본능을 되살려 주었다. 버스가 달리는 옆의 농막에는 농부들이 호롱 등불 아래 늦은 저녁을 들고 있었고, 그런 농가 옆을 전조등만 켠 버스는 먼지를 일으키며 미안함도 없이 칠흑의 깊은 섬 중앙을 가로질러 달려갔다. 나는 용의 오장육부에 들어와 있다는 느낌을 받았다. 캄캄한 어둠의 숲 속에서 검고 찬바람이 살갗에 스치는 느낌이 왠지 서늘하게 느껴졌지만 겁에 질린 정신만은 맑아지면서 자유를 만끽하는 듯했다. 어둠을 뚫고 도착한 반대편 항구의 잘 다듬어진 호텔에서 우리는 하루 숙박을 했다.

이 하롱베이 투어는 이미 거대 산업자본이 들어오고 개발이 되어서 사파와 같은 전통은 사라져 버린 듯하다. 현지인들은 커다란 호텔에서 근무하는 직원들로 전락해 버렸고, 일부 현지인들은 관광산업의 혜택을 받지 못하고 아직도 전통적인 농사를 지으면서 힘겹게 살아가기도 한다. 일부 주민들은 발 마사지숍이나 헤어숍, 소규모 편의점 그리고 길거리에 좌편을 펼쳐 행상을 하는 영세업자로 전락해 버렸다. 개발이 되면 어쩔 수 없는 현상들이라고는 하지만 특히 유명 관광지는 이런 현상이 두드러지고 있는 것이다.

우리나라도 이제 해외로 관광을 많이 하는 나라의 대열에 올라섰다. 통계에 보면 경제발전과 원화가치의 증대, 국민 여가시간의 증가, 자기계발 욕구의 증대 등으로 국내로 들어오는 여행객보다는 국외로 나가는 여행객이 더 많아졌고, 해외 여행객도 1년에 1,500여만 명에 육박하고 있다. 매년 전 인구의 약 30% 정도가 해외여행을 즐기고 있는 것이다. 그리고 한국관광공사가 여행의 목적을 조사한 것을 보면 4명 중 3명이 여가를 위한 휴가여행이 주목적이라고 대답했다. 이제 우리도 여행을 하면서 다시 생각해봐야 할 것들이 많아지게 되는 시점에 있지 않나 하는 생각을 해본다.

5
│ 아시아의 시성 타고르의 시 『기탄잘리』에 대하여 │

아시아 최초의 노벨문학상 수상자였던 인도의 시성詩聖 라빈드라나트 타고르(1861~1941)의 시집 『기탄잘리』. 『기탄잘리』는 '신神께 바치는 송가頌歌'라는 뜻이라고 한다. 본래 1909년 벵골어로 157편이 쓰였으나, 그중 103편을 추려서 그가 직접 영역하여 영국에 소개된 시라고 한다. 1912년도 영국에 출간되어 선풍적인 인기를 끌었고, 그다음 해 1913년에 노벨문학상을 받게 되었다. 그는 일찍이 1877년 영국에 유학하였으며 '쉘리'와 '예이츠'의 영향을 받기도 했다.

타고르는 문학가, 철학자, 교육자, 미술가, 사회개혁론자였다. 발표된 시집에는 '예이츠의 서문'이 있는데 예이츠, 그는 『기탄잘리』를 읽으면서 낯선 사람이 자신의 감동을 눈치챌까 봐 종종 책을 덮어두었다고 한다. 『기탄잘리』의 103편은 사실 제목이 없다. 『기탄잘리』에 수록된 시들은 모두 종교적이고 상징적인 것으로 신에 대한 존경과 사랑을 나타내고 있다. 그러면 여기에 몇 편을 소개하고자 한다. '1~103'으로 표기되어 있는 시 중 1편과 15편을 소개하고자 한다.

1
임은 나를 영원토록 만드시니
이것은 임의 기쁨입니다.
임은 이 여린 그릇을 비우시고 또 비우시여
언제나 싱싱한 생명으로 가득 채워 주십니다.

임은 이 작은 가냘픈 갈피리를
산과 골짜기로 지니면서
영원의 새로운 노래를 부르십니다.

영원토록 사시는 임의 손길에
나의 여린 가슴은 기쁨에 넘쳐
이루 형언 할 수 없는 소리로 외치옵니다.

임의 무한한 선물은 나에게로 와서
오직 작은 나의 두 손으로 받기만 하고
오랜 세월이 흘러도
임은 끊임없이 나에게 주시건만
아직도 여전히 채울 빈자리는 남아 있사옵니다.

15

임을 찬양하기 위하여 나 여기 있습니다.

임에게 계시는 한쪽 방구석에 앉아서

임의 세계에서 나의 몸은 할 일은 없습니다.

나의 이 쓸모없는 생명은 노래되어

하염없이 흘러내릴 뿐

어두운 한밤중에 법당으로

고요한 기도를 드리는 종소리가 울릴 때

임 앞에 내가 서서 노래를 하게 하여주소서.

오, 나의 주인이시여

아침 우주 속에서

황금 가야금 은은히 울릴 때 면

부디 임 곁에 나를 두게 하시옵소서.

『기탄잘리』의 시는 위 시와 같은 형태의 연속이다. 오직 신에 대한 존경으로 가득 채워져 있다. 타고르는 인도 사회의 상위층에 소속된 계급에 속해 있었다. 그래서 몇 시간 동안 커다란 정원에서 자연을 바라보면서 우주와 신을 찬양했을 것이다. 인도는 3만 3천의 신이 존재하는 나라다. 힌두교를 위시하여 자이나교, 불교 등등 그들의 신에 대한 믿음은 매우 돈독하다. 그러면『기탄잘리』의 맨 마지막 103편을 소개하고자 한다.

103

나의 임이시여.
나의 심신을 임께 귀의하고
내 온 감각을 뻗쳐
임의 발밑에 엎드리니
이 세상을 어루만져 주소서.

아직 다 내리지 않은 소나기를 머금고
야트막히 떠 있는 7월의 비구름처럼
내 심신을 임께 귀의하니
임의 문 앞에 모든 것을 바치게 하소서.

온갖 내 노래의
여러 가지의 다른 선율과 함께
한 줄기로 모아
내 심신을 임께 귀의하여
침묵의 바다로 흐르게 하여 주소서.

밤낮으로 고향이 그리워
산속 보금자리로 날아가는 학의 무리처럼
내 심신을 임께 귀의하여
내 생명 다 바쳐
영원의 안식처로 배 떠나게 하소서.

    1861년 캘커타의 명문가 집안에서 태어난 타고르는 우리나라를 가리켜 일찍이 '동방의 등불'이라고 했다. 그가 동아일보에 기고한 '동방의 등불'이라는 시는 나라를 빼앗긴 우리 국민들에게 감동을 준 것으로 유명하다. 이미 11세 때부터 시를 쓰기 시작하여 15세 때에는 처녀시집 『들꽃』을 냈다. 그리고 300여 편의 저술을 하기도 했다. 그래서 인도 국민은 타고르를 간디와 함께 더불어 인도의 국부로 존경하고 있다. 이 '동방의 등촉'은 시집 『기탄잘리』 35편의 시를 영국의 식민지로 있는 인도와 같은 처지의 대한민국에 번역하여 헌정한 시로 보면 될 것이다.

    동방의 등촉

    일찍이 아시아의 황금黃金 시기에
    빛나던 등촉의 하나인 코리아
    그 등불 한 번 다시 켜지는 날에
    너는 동방의 밝은 빛이 되리라.

    마음엔 두려움이 없고
    머리는 높이 쳐들린 곳
    지식은 자유스럽고
    좁다란 담벽으로 세계가 조각조각 갈라지지 않은 곳
    진실의 깊은 속에서 말씀이 솟아나는 곳
    끊임없는 노력이 완성을 향해 팔을 벌리는 곳

    지성의 맑은 흐름이
    굳어진 습관의 모래벌판에 길 잃지 않은 곳

무한히 퍼져 나가는 생각과 행동으로 우리들의 마음이 인도되는 곳

그러한 자유의 천당으로
나의 마음의 조국 코리아여 깨어나소서.

타고르의 시를 소개하는 김에 우리가 흔히 알고 있는 '동방의 등불' 이
전에 최초 번역 원본인 '동방의 등촉'으로 번역한 내용을 소개해 봤다. 이
시는 1929년 타고르가 일본을 방문했을 때, 당시 동아일보 기자가 우리
나라도 방문해 줄 것을 요청했는데, 타고르는 이에 응하지 못하는 미안한
마음을 대신하여 기고한 작품으로 일제 치하의 우리나라를 격려하기 위
해 이 시를 써서 1929년 4월 2일자 동아일보에 게재하였던 작품으로 형식
상 자유시이다. 게재 당시 주요한朱耀翰 선생의 번역으로 실린 이 시는 '동
방의 등촉燈燭' 또는 '동방의 불꽃'이라는 제목으로 소개되었다.

이 시는 타고르가 한국을 소재로 쓴 두 편의 시 가운데 하나로, 일제
식민치하에 있던 한국인들이 희망을 잃지 않고 꿋꿋하게 싸워 독립을 이
루기를 바라는 마음에서 보낸 격려의 송시頌詩이다. 마지막 구절의 '코리
아'는 『기탄잘리』의 원문 35편에도 없는 것으로 『기탄잘리』 원문에 있는
시는 타고르가 당시 영국의 식민지 지배에 항거하는 인도인들을 위하여
쓴 것인데, 일본의 식민치하에 놓인 한국이 그 처지가 비슷하여 덧붙인
것으로 보인다.

어쨌든 노벨 문학상을 수상한 위대한 시인 타고르의 이 시는 한국 민
족문화의 우수성과 강인하고도 유연한 민족성을 '동방의 등불'로 표현하
여 당시 일제 식민치하에 있던 한국 민족에게 큰 격려와 위안을 주었다.
특히 독립 쟁취에 대한 강렬한 기원을 담고 있어 3·1운동 이후 실의에 빠

져 있던 한국 민족에게 큰 감동과 민족적 자긍심을 일깨워 준 시로도 유명하다. 세계적 시인으로 우리나라를 이처럼 찬양한 시는 전무후무하다 하겠다. 그리고 만해 한용운 선생님이 영향을 받은 것으로도 유명하다. '님의 침묵'을 생각해보면 알 것이다. 그러면 『기탄잘리』의 원본 35편을 감상 해보자.

35

마음의 두려움이 없이

머리를 높게 치켜세울 수 있는 곳

지식이 자유로울 수 있는 곳

조그만 간으로 세상이 나누어지지 않는 곳

말씀이 진리의 깊은 곳에서 나오는 곳

지칠 줄 모르는 노력이 완성을 향해 팔 뻗어 나가는 곳

이성의 밝은 줄기가

의미 없는 관습의 사막에서도 길을 잃지 않는 곳

임이 이끄시는 마음과 생각과 행동이 더욱 발전하는 곳

그러한 자유의 천국으로

임이시여! 나의 조국이 잠에서 깨어나게 하소서.

이렇게 타고르는 절대자로서의 신이 아니라 사랑, 절망, 고통 등도 대상의 신으로 숭배하였다. 범신론적인 신이라고 한다. 인도의 3만 3천의 신을 노래한 것이라고 할 수 있다. 그리고 음악에도 조예가 깊어 그가 당시 벵골지방의 민요를 채집하여 만든 '자나 가나 마나'라는 노래는 인도의 국가가 되었다.

6
| 여백의 의미 |

현대사회의 사람들은 여백의 공간을 좋아하지 않는다. 빈틈이 없고 꽉 찬 것들을 좋아한다. 좀처럼 빈 공간과 빈 시간도 허용하지 않는다. 어디를 가나 사람들로 넘쳐나고 어디를 가나 모두 너무 바삐 움직여 빈 공간이나 빈 시간이 존재할 틈이 없다. 특히 전자기기가 발달한 우리 대한민국은 빈 공간을 찾아보려야 찾아볼 수가 없다. 퇴근 후 전철 안을 봐도 SNS에 중독된 사람들로 가득하고 옆 사람들에겐 눈길조차 주지 않는다. 오직 자신만의 공간 속에 자신만의 방을 만들어 주변과의 단절을 준비하는 듯하다. 오직 정지하고 멈춰 있는 시간과 공간은 수면을 취할 때밖에 존재하지 않는다.

넓게 생각해보면 여백은 우주와 일맥상통한다. 케플러 이론에 의하면 우주는 팽창해간다고 한다. 점점 여백이 많아진다는 이야기와 같다. 우리가 우주를 캠퍼스에 그림으로 그린다면 별과 달 그리고 여백인 검은 공간밖에는 그릴 수 없을 것이다. 혹 상상력이 풍부한 사람이라면 푸른 지구를 그릴 수도 있겠지만 하얀 도화지에 그리는 것은 아주 제한적일 것이다.

자연은 여백의 공간으로 가득하다. 이 지구의 내부만 핵으로 꽉 차 있다. 이 핵은 가끔 숨을 참지 못하고 여백의 대지 위로 기침과 재채기를 해댄다. 가이아의 이론에 의하면 지구도 살아 있는 생물로 보고 있다. 숨을 쉬고 스스로 몇 십억 년 동안 생명을 이어온 것이다. 이 지구는 무생물이 아니고 살아 있는 그 자체로 산소를 공급하고 물을 공급하고 공기를 공급하면서 스스로 환경에 맞게 진화하여 살아온 것이다.

그 피부를 이루고 있는 땅은 당초에 숲이며 산이며 강이며 바다이다. 그리고 우주로 연결된 하늘은 열려 있는 여백의 공간이다. 숲은 멀리서 보면 꽉 차 있을 것 같은데 안으로 들어가면 언덕과 언덕 사이, 나무와 나무 사이, 초목과 초목 사이는 여백의 공간이다. 이 여백의 공간으로 바람 길이 나 있고, 바람 길을 따라 새들이 날아들고 새소리들이 흘러 다닌다.

사람들은 숲 속 여백의 공간에서 지친 몸과 마음을 추스른다. 상대방이 내뱉는 한마디 말에 상처 난 마음, 오래된 친구들의 갑작스런 죽음으로 인한 상실의 마음, 상하 구도로 꽉 차 있는 직장 생활의 스트레스, 수많은 갈등으로 인한 마음의 상처를 치유하기 위하여 우리는 이 여백의 공간으로 찾아온다.

강은 당초에 숲에서 왔다. 숲의 수목들이 물기를 머금고 있다가 더운 공기를 만나 하늘로 올라가면 그 기운은 바람을 일으키고 바람은 구름을 만들어 비를 내린다. 그 비는 산속의 좁은 계곡을 따라 흐르다 강은 만나고 비로소 커다란 대양에 이르게 된다. 바다는 강들의 집합체이다. 모든 것을 아우르는 현란한 집합체이다. 그 광대한 물길 속에서 각종 어류들이 태어나 헤엄쳐 살아가고 육상생물을 탄생시킨 원천이 되고 수많은 수초들이 지구의 기원을 이룬다.

하얗디하얀 고요의 여백餘白이 저 숲 속에 있습니다.
저 깊은 숲 속 자작나무 사이로 작은 하얀 바람이 스쳐 지나갑니다.

스산히 스쳐가는 바람 속에는 쓰디쓴 차가운 언어도,
나의 눈을 홀린 만한 현란한 색채도,
매사 나를 울리는 슬픈 일도 없습니다.
저 깊은 숲 속에 작은 꽃이 소리 없이 피어납니다.

스산히 스쳐가는 바람결에

꽃향기는 숲 사이에 머물다, 더 깊은 숲 속으로 찾아들고

저 깊은 숲 속의 얕은 계곡에는 시냇물이 흘러갑니다.

떨리는 나뭇가지에

작은 새의 노래가 울려 퍼지고 하얀 바람이 스쳐 지나갑니다.

동양적인 여백은 우주와 자연으로부터 차용하여 왔다. 즉 공간을 위한 예술이다. 동양에서의 여백은 사유를 의미하기도 한다. 동양 예술에서 여백은 언어이다. 독자의 참여를 유도하고 대화를 시도한다. 그 속에 무수히 많은 대화와 연결되어 우리들은 선조들에게도 말을 걸 수 있다. 한국미술 중 여백을 보고 싶을 때 등장하는 김정희의 '세한도'는 당시 추사의 정신세계와 여백의 백미를 보여주고 있다. 당쟁의 희생양이 되어 말년에 제주도에 유배 안치되어 있는 선생의 생각을 150여 년이 지난 우리에게 말해주고 있는 듯하다. "후손들아, 나는 너무 외롭고 춥고 배고프오. 후손들이여, 나는 아무런 죄가 없다. 저 소나무와 잣나무와 같이 청청히 푸르른 나의 마음을 알아주기 바라오." 생생한 이런 이야기를 우리에게 전해주고 있다.

우리나라에만 있는 풍속화가인 김홍도의 '씨름'을 보아도 씨름을 하고 있는 당사자와, 엿 파는 상인 그리고 씨름을 구경하는 사람들뿐 배경에는 아무런 치장이 없다. 그리고 사람들의 모습을 그린 그림 자체에도 채색이 없는 여백이 담겨 있다. 모든 한국화가 그러하듯 여백의 정점을 지나 여백의 승화로 치닫는다. 특히 산수화의 하늘이나 강가의 언저리는 항상 여백으로 남겨두어 새가 날아오를 수도 있고, 버들가지가 피어날 수도 있고, 사공의 배라도 매어 둘 수 있는 공간을 남겨 두어 우리의 마음을 한결 푸

근하게 해 준다.

한국화에서 사군자는 여백의 극치미를 살린 그림을 보여주고 있다. 한 획 한 획의 붓 터치를 하고 난 여백은 그의 배경이 아니라 주제를 아우르는 존재의 가치다. 특히 난초와 대나무의 그림들은 그림 사이사이로 사람들의 사유를 관통하게 해서 시원하고 청량하게 해준다. 우리나라는 도자기에서도 여백의 미를 간과하지 않는다. 같은 동양 삼국이라도 중국은 청화백자 등 채색을 입힌 도자기를 생산하여 색에 열광하는 유럽을 흥분시켰고, 마찬가지로 일본도 도자기뿐만 아니라 그림에서도 채색을 강조하여 유럽 귀족들의 눈을 멀게 했다. 그에 비하면 우리 조선은 여백의 미가 강조된 독특하고 우아한 조선의 백자를 변절 없이 빚어냈다. 순백의 백자는 여백의 극치미를 표현하고 있다.

그리고 음악에 있어서도 우리나라에 현재 남아 있는 다섯 마당의 판소리는 여백의 최고 정제미와 절제미를 보여준다. 이제는 세계무형문화재로 등재되어 세계인이 듣는 판소리가 되었지만, 고수 한 명이 광대 한 명과 어우러져 육성과 몸짓으로만 하는 창은 아무리 보아도 바쁜 것이 없어 보이고 관객을 절대적으로 압도하지 않는다. 고수가 치는 장구 소리와 폭포 소리 같은 우렁찬 광대 소리만이 띄엄띄엄 공간에 배치될 뿐 그 어떤 것도 우리를 압도하지는 않는다.

장고, 북, 징, 꽹과리로 이루어진 사물놀이는 힘차고 흥겨운 장단 속에 여백을 배치한 독특한 음악 세계다. 한국적인 여백을 힘차게 박차고 들어온 것이 사물놀이다. 그러나 이 사물놀이도 자세히 살펴보면 사물을 치는 소리가 끊기지 않고 계속적으로 고저 없이 이어진다. 그러한 음의 연속은 여백이요, 그 속에서 이루어지는 음의 빠름과 느림은 여백에 대한 색감이다. 즉 반전의 역습이라고 말할 수 있다. 서양의 음악처럼 빈 공간이 존재하지 않는 음악에 비하여 이 자지러지듯 커지다가 금방 작아지는 여백과, 공간의 음악인 사물 소리에 세계인이라면 누구라도 흥을 느낄 수 있을 것이다.

왕실 음악인 취타도 마찬가지다. 태평소, 향피리, 징, 북, 꽹과리 등으로 간간이 불며 쳐대는 소리를 듣노라면 깊은 산중에 들어와 계곡의 물소리, 새소리와 바람소리를 듣는 듯한 느낌을 받는다. 이러한 음악에 서양인들이 환호하는 이유는 무엇일까. 바로 느릿느릿하게 움직이는 여백에 대한 환호는 아닐까. 한 점의 여백도 없이 합리적인 세계에서 오는 피곤함에 그들은 오랫동안 갇혀 있었기 때문일 것이다.

서양의 문화는 여백의 문화, 공간의 문화가 아니고 꽉 찬 막힘의 문화다. 일진일퇴가 불가능한 결사의 문화다. 서양 미술은 여백이 없다. 여백처럼 보이는 하얀 면도 하얀색으로 덧칠해 버린다. 160여 년 전, 네덜란드 화가인 빈센트 반 고흐의 '별이 빛나는 밤'이나 '사이프러스 나무가 있는 길'에 그려져 있는 하늘만 보아도 동양화에서와 같은 여백의 하늘이 아니다. 물체가 한 방향으로 움직일 듯한 형태로 묘사되고 있다. 그리고 피카소의 대표작인 '게르니카'를 보아도 유기적인 선들이 이어져 있고, 그 사이도 색으로 꽉 차 있어 숨이 막힐 듯하다. 한 점 여백의 공간이 존재하지 않는다.

약 400여 년 전, 네덜란드 화가인 렘브란트나 베르메르가 유화로 그린 초상화에는 공간의 여백이 존재하는 듯 보인다. 그러나 그 여백은 빛과 어둠을 위한 배치일 뿐 여백은 아니다. 이보다 약 반세기 후에 태어난 조선시대 윤두수 자화상과는 대조적인 모습을 보인다. 유일한 검은색 채색인 갓, 얼굴 윤곽과 긴 수염의 선들만이 초상화를 이루는 선들이고, 그 외의 모습은 여백으로 처리되어 서양 화가들이 그린 초상화하고는 전혀 다른 느낌을 준다.

서양의 미술뿐만 아니라 서양의 오페라를 보아도 각종 악기가 어우러진

웅장한 무대는 한 점의 틈을 주지 않는다. 그들의 악기에서 울려 퍼지는 음악 합주는 쉴 새 없이 연주되고 바리톤의 노래는 관객을 압도하며 테너의 노래는 우리들의 귀를 할퀴고 간다. '백조의 호수'를 보아도 춤을 추는 무용수들의 현란한 춤 솜씨가 잠시도 눈 쉴 틈을 주지 않는다. 서양은 여백의 미가 없다. 보이는 곳이 없이 꽉 차야 비로소 아름다운 미로서 존재 가치를 인정받는다.

불행하게도 우리는 이런 서구의 사상에 물들어 너무 많은 것을 가지려고 한다. 많으면 많을수록 좋을 것 같다는 믿음을 가지게 되었다. 약간의 여백이라도 보이면 주변은 온통 유혹으로 팽배하여 자신만 바보인 듯 안절부절못해서 온통 방들을 가구들로 가득 채워 정작 쉴 공간은 아주 작다.

마음의 평정을 얻으려면 건물만 리모델링해야 하는 것은 아니다. 사람의 정신도 심플하게 리모델링해야 한다. 나 자신의 리모델링을 위해 스스로 설계를 하고 고쳐 간다면 이보다 더 좋을 수는 없겠지만 자신이 스스로 해결하기란 쉽지 않다. 살아오면서 몇십 년씩 굳어진 생각을 스스로 리모델링한다는 것은 생각만큼 쉽지 않다. 어른들은 스스로 이러한 동력을 얻기가 힘든데 이러한 동력을 얻기 위해서는 수시로 동서고금의 책을 읽고, 좋은 강사의 강의를 듣고, 친구들의 좋은 이야기를 경청해야 한다. 외부로부터 동기를 끌어들여 자신의 사고를 일신해나가는 데 도움을 받아야 한다. 그리고 외부로부터 끌어내기 어렵다면 스스로 뇌의 한 공간에 쓸데없이 남겨져 있는 것을 과감히 버리려는 습관을 들여야 한다. 집 안에서 쓰지 않는 가구들이 들어차 있어 가족이 생활하는 데 행동의 제약을 받는다면 폐기하는 데 주저하지 말아야 하듯이 말이다. 우리의 뇌를 빈 공간의 상태로 두도록 새롭게 레이아웃해 나가야 한다. 꽉 찬 상태의 뇌는 공간이 부족하여 움직일 수가 없어 새로운 창조적인 발상을 이끌어 낼 수 없다.

　요즘 어디를 가나 조용하다. 길거리를 걸어가면서도, 음식점에서 음식을 먹으면서도 대부분의 사람들은 하루 종일 디지털 세계에 빠져 자신의 뇌를 쉬지 못하게 강제하고 있다. 디지털 세계는 생각을 후퇴시키는 것으로 알려져 있다. 뇌가 쉴 수 있는 공간과 시간을 비워 둬야 하는데 쉴 수 있는 여백이 부족하다. 그러다보면 혼자 생각해내고 사고할 수 있는 능력이 점점 쇠퇴해 가는 것이다.

　여담이지만, 지하철에서 디지털 세계에 빠져 있는 사람들을 보며 빙긋이 웃고 있는 사람은 안과 의사와 이비인후과 의사라는 이야기가 있다. 눈과 귀를 쉽게 피곤하게 하여 자신의 신체 부분 수명을 단축시키고 있기 때문일 것이다.

　아쉽게도 우리 사회는 급속하게 서구적인 사회화가 진행되면서 동양적인 사고에서 서양적인 사고로 이행하고 있다. 그러나 언젠가는 다시 동양적인 사고에 경도될 수 있을 거라 믿는다. 어느 것이 우월하다고 할 수는 없지만 정적인 조용함에는 사색이 존재하고, 동적인 시끌벅적함에는 생각을 요구하는 사려가 부족하다. 서양에서는 유쾌하고 사교적이며 주변 사람과 잘 어울리는 사람들을 그들 사회의 일원으로써 더욱 대접하고 관심을 갖는다. 반면에 동양에서는 말없이 사려 깊고 조용하며 상대방을 존중하고 침묵을 금으로 이해하는 문화가 존재한다. 서양이 동적인 문화라면 동양은 정적인 문화의 특성을 가지고 있는 것이다.

　평상平牀의 미학이 있다. 우리네 시골집 마당 한가운데 누구나 걸터앉을 수 있는 야트막한 평상을 말하는 것이다. 평상은 오두막처럼 지붕도 없고 누각처럼 높이 올라선 계단도 없다. 그야말로 사방팔방 확 트인 공간이다. 그 위에 앉아서 누구라도 밥도 먹고 무더운 밤이면 잠을 자기도 하는 그런 평상이다. 빈 공간의 평상에 홀로 앉아 먼 우주를 올려다보면,

어디에서 다음과 같은 동요가 하모니카에 실려 들려 올 것 같다.

"해는 져서 어두운데 찾아오는 사람 없어. 밝은 달만 쳐다보니 외롭기 한이 없다. 내 동무 어디 두고 이 홀로 앉아서 이 일 저 일을 생각하니 눈물만 흐른다."

현제명 작사 작곡의 '고향 생각'이다.

7
| 우리들의 외출^{外出} |

하늘의 안개구름은 어느새 새털구름으로 바뀌어가고 하늘은 멀어져만 간다. 청명하다 못해 눈물을 뚝뚝 흘릴 것 같은 창공은 가을에만 오는 귀한 손님과도 같다. 창공으로 쏟아지는 눈부신 햇살은 다이아몬드보다도 더 빛나고, 그 어떤 보석보다도 아름다운 햇살은 자연의 결실을 영글게 하는 데 없어서는 안 될 존재가 된다.

인간은 일정 시간이라는 선물을 받고 이 세계에 잠시 외출을 나와 있다. 인명 경시 풍조가 만연하여 우리의 감각이 무뎌졌는지는 몰라도, 아이를 임신한 여성들의 불룩해진 배를 보면 새로운 탄생에 대한 무한한 기쁨을 느낀다. 배 속에서 아이는 엄마와 탯줄로 연결되어 10개월 동안 엄마의 숨으로 살아가지만 엄마와 태아는 다른 생각을 가지며 별개의 객체로 분리되어 있다는 것이 신기하다. 두 개의 몸이 합쳐져 있는 샴쌍둥이는 한 몸을 가지고 있어도 각각 다른 생각을 하고 있고 몸도 각각의 감각을 가지고 있다. 이렇듯 태아도 각각의 개체라는 생각에 생명의 경외심을 느끼게 된다. 태어남은 선택과 축복이다. 아무것도 없는 곳에서 생명이라는 기적이 이루어지고 있는데 태어남이 선택과 축복이 아니라면 무엇이겠는가?

우주의 모든 것은 태어남이라는 절차를 겪게 된다. 그리고 소멸이라는 자연스런 결과에 도달한다. 137억 년 우주 빅뱅 이후 무수히 많은 태어남과 소멸이라는 과정을 거쳤다. 태어남은 신비스럽고도 존엄한 것이어서 우리 인간이 이를 정의 내리거나 판단할 수는 없다. 무생물이든 유생물이든 그것의 높고 낮음, 옳고 그름, 비천과 귀천, 평등과 불평등이 존재하지 않는 그런 존재의 고귀함이 있다.

우리는 인생이라는 잠깐 동안의 외출을 한다. 누구는 찬란한 외출을, 누구는 지옥보다도 더한 지독한 외출을 경험하게 된다. 그래서 우리는 삶을 두려워하기도 한다. 그러나 단지 우리는 한 번도 가 본 적이 없는 미지로 가는 열차를 함께 탔을 뿐 미리 두려워할 필요는 없다. 열차 안에서 밖의 풍경을 구경하며 즐기면서 가면 된다. 우리가 탄 열차는 앞도 안 보이는 긴 터널을 지나 종국에는 미지의 종착역에 도착할 것이다. 찬란한 외출이든 지독한 외출이든 잠시 동안 희열이 있으면 동시에 고통이 수반되는 것은 자연스러운 이치다. 무덥고 짜증나는 여름을 지나 눈빛이 아름다운 만추의 가을에 잠시 머무르다 이내 다시 눈보라치는 겨울의 한복판에 있을 수도 있음을 잊지 말기 바란다.

불행하게도 인간은 겨울의 한복판에 있음에도 모든 사람들에게 표출되기를 갈망한다. 나 자신을 드러내놓지 않으면 금방 숨이 끊어지기라도 할 것처럼 아우성치면서 우리 주변의 사람들이 나를 알아주지 않음을 원망한다. 사람들은 평생을 바쳐 자신을 알아달라는 몸부림을 치면서 부질없는 사다리를 오르기 위하여 부단히도 노력하고 기꺼이 자신을 희생한다.

그 길이 옳은 길인지 그른 길인지도 모르고 배신과 부정함이 난무한 그 길을 정당할 것이라고 믿고 달려간다. 그러는 과정에서 상대방에게 오만한 말 한마디로 상처를 주기도 하고 상처를 받기도 한다. 그리고 모두의 입장에서 모두를 위하여 말하고 행동하는 것이 아니라 자신의 입장에서 자신에게 유리하게 해석하고 상대방을 공격한다. 그러나 어느 순간 이런 행동은 결국 자신을 배반하고 타인들까지도 배반하게 만든다.

언젠가 우리 영혼은 다시 깨어나 왔던 길을 다시 갈 것이다. 경계를 건너가 나의 영혼을 만났을 때 만신창이가 된 내 영혼을 보고서 놀랄 것이다. 타인이 알아주는 삶이 그리 중요한지 모르겠다. 타인이 알아주지 않는 삶이 훨씬 더 가치 있음을 알았으면 한다. 타인이 평가하는 내가 아닌, 내가 나 자신을 평가하고 깊숙이 볼 줄 아는 내면의 사람이 되었으면 한다.

들판에 있는 자연의 씨앗은 어디라도 떨어진다. 자신이 어느 위치를 정하여 떨어지는 것도 아니고 자신이 가고 싶다고 그곳에 떨어져 씨앗을 발아하는 것은 더더구나 아닌데 그 귀중한 씨앗은 세상의 어디라도 떨어져 제 역할을 다하듯 새싹을 틔운다. 억센 질경이는 외갓집 근처 밭고랑이든 이 고향산천 어디든 조건만 맞으면 싹을 틔우고 자란다. 인간이 절대자인 양, 여기저기 모종을 하지 않아도 제 자라고 싶은 곳에서 자라난다. 그것은 자연스러운 자연의 외출이다. 들판에는 이름 모를 아름다운 꽃들이 수시로 피었다가 지기를 반복한다. 수국처럼 꽃잎이 큰 꽃도 있겠지만 더 작은 꽃들이 들판에는 수도 없이 피고 진다. 그러나 우리 인간은 인공적으로 정원에 가꾼 꽃들에게 눈길을 주고 예뻐라 하고 들판에 볼품없이 금방 피고 지는 꽃에 대하여는 눈길 한번 주지 않을 때가 있다. 그리고 아름다움이 그렇게 중요한지는 모르겠다. 그냥 그곳에서 피고 지는 꽃이면 되지 않을까? 자신의 영혼을 발가벗기지 않으면서 말이다.

경이로움으로 가득 찬 대지에서

잠시의 외출에 도취되어

그대들의 오만함과 방자함은 온 천지에 가득하다.

꽃들은 피어나서 이내 지고

바람을 시들어 서늘해지고

그대가 잠들어 있는 밤에도 들판의 꽃과 바람은 피고 지지 않던가?

우리는 경계의 선상에서 찰나 기간에 외줄을 타기도 한다. 인간들의 언어로는 탄생과 죽음이지만 자연에서 이야기하자면 존재와 무존재, 의식과 무의식의 세계, 탄생과 소멸, 색채와 무색채, 아니면 아무것도 없던 상태의 그 현상, 이 모든 현상들은 의지와 상관없이 그러한 무의식, 무존재, 무채색의 상태에서 오는 것이다. 탄생이나 소멸의 선상에서 잠시의 손짓일 수도 있다. 탄생과 소멸은 하나에서 나온 서로 다른 이름일 뿐이다. 인간이 그것을 정의한다는 것은 우리 인간의 생각일 뿐이다. 우리는 어떤 미지의 경계로부터 잠시 인간세계로 건너와 우리가 본디 있던 곳을 모르기에 그것을 영혼의 세계라고 부를 뿐이다. 영혼의 세계는 우리가 본디 있던 곳으로 태어남의 이전, 시간이 흐르지 않던 세계에서 잠시 시간이 흐르는 세계로 와서 시계의 초침을 돌릴 뿐이다. 그리하여 돌아갈 곳은 우리가 본디 있던 영혼의 세계이니 잠시 동안 시간이 흐르는 이곳에 머무르는 동안 두려워하거나 걱정할 필요가 전혀 없다. 두려움이나 걱정은 인간이 만들어낸 가장 질 나쁜 사고의 소산일 뿐이다.

우리는 많은 두려움과 걱정을 하면서 살아간다. 언제 어디서 닥칠지 모르는 죽음에 대한 원초적인 두려움, 사업을 하면서 실패할지 않을까 하는 두려움, 상대방 이성의 변심에 대한 두려움, 생로병사에 대한 원초적인 두려움에 항상 노심초사하며 살아간다. 현대 사회에서 가장 두려워하는 병인 암이라도 걸리면 가족 구성원과 주변 사람들의 두려움과 걱정은 상상을 초월한다. 그래서 이러한 두려움을 이겨내고자 태초부터 인간들은 자신이 만들어낸 종교에 의탁하기도 한다. 그러나 무엇보다 우리 인간도 우주의 한 구성원으로서 단지 탄생과 소멸의 과정을 거치는 미미한 존재임을 어찌 하겠는가? 자연을 거스르지 않고 순응하며 자연의 한 부분으로 살아가는 것만이 우리가 이 두려움을 이기는 힘이 될 것이다. 당초에 우리는 이 두려움이 없는 선상에 있었기 때문에 다시 그러한 세상으로 들어가게 될 것이다.

인연은 어디서 오는 것일까? 부부간의 인연, 가족 구성원 간의 인연, 남녀 간의 인연, 직장에서 동료와의 인연, 스쳐 지나가는 인연 등 수많은 인연들이 우리 주변에 서성거린다. 우주로 치면 수억 개의 구성 성단 중, 그 중에 은하계의 수억 개의 별 중 하나인 태양계에서 그것도 70억 인구가 살아가는 지구라는 별에서 200여 개의 독립국가 중 대한민국이라는 나라의 남한에서 인구 5,000만 명 중 우리가 그 한 명과 마주하고 있다는 것이 신기하고 신비롭다. 특히 부부의 인연 혹은 가족 간의 인연을 당신은 어떻게 생각하는가? 매일매일 살을 부대끼며 살아가는 것은 그만큼 소중하기 때문일 텐데 우리는 그것에 무감각하고 무신경하게 살아간다. 매일매일 얼굴을 맞대며 살아가면서 무슨 새로운 감정이 생기겠느냐고 할지 몰라도 당신이 아파서 병원에 누워 있을 때 비로소 그 위력을 알 수 있을 것이다.

다시 말해 즐겁고 행복한 순간보다는 당신이 위기의 나락으로 빠지는 순간을 위하여 인연 맺어진 것임을 잊지 말아야 한다. 그 따스한 손길에 비로소 당신은 행복을, 인생의 본질을 느끼게 될 것이다. 당신이 당신의 친구 집에 방문해 보면 건조대에 각양각색의 빨래가 널려 있는 것을 목격

할 것이다. 엄마의 블라우스, 아빠의 팬티, 아이들의 청바지, 그리고 가족들의 양말 등등 서로 섞여 걸려 있는 것을 볼 수 있다. 이 평화로운 전경이 얼마나 아름다운가. 아름다움에 특정한 것은 없다. 이런 아름다움이 진정한 아름다움이 아니겠는가. 부부간, 가족간의 연은 이렇듯 소중한 것이기에 함부로 대할 것이 아님을 깨달아야 한다.

우리는 친구들, 직장 동료들과 커피를 마시면서 혹은 늦은 오후 생맥주집에 앉아 시시콜콜한 얘기를 나누면서 인연을 맞추어가길 좋아하고, 어떤 조직에 속해 있기를 원한다. 그것이 격무에 시달린 심신을 안정시키는 것이라고 확신하기 때문이다. 이러한 것들이 인연의 굴레가 되어 살아가는 데 활력소 역할을 자임하기 때문이다. 세상은 혼자 사는 것이 아니라 서로 부대끼며, 기대면서 살아가는 것임을 잊지 말아야 할 것이다. 정말로 우리 주변의 인연들은 존귀한 만남이고 예사롭지 않은 인연인데 우리는 그 인연을 인연이라고 생각하지 않는 경우가 종종 있다. 그냥 스쳐 지나가는 일상의 한 모퉁이일 뿐이라고 생각하기도 한다. 어떨 땐 외나무다리에서 만난 원수지간이라고 생각할 때도 있다. 만나지 말았어야 할 인연이라고 생각할 때가 있고, 맺은 인연을 끊고 남남처럼 살아가는 인연을 볼 때면 안타깝고 서글퍼진다.

"인생은 잠깐 피었다 사라져가는 한 점의 구름과도 같다人也 一片雲."고 이야기한다. 이 말뜻은 인생이 찰나지간이니 그냥그냥 대충 살다 가란 뜻이 아니고 한 점의 구름같이 금방 흘러가니 살고 있을 때 최선을 다하란 뜻이다. 자신의 이익을 위하여 소인배처럼 행동하지 말고 타인에게 더욱 더 관대해지고 자비를 베풀고 살아가라는 글귀일 것이다.

'나'라는 존재에 대해 생각해본 적이 있는가. '나'라는 존재는 대단한 존재라고 생각할 수도 있지만 사실 따지고 보면 그리 대단한 존재가 아니다. 자연의 일부이고 환경 속에서 살아가는 미미한 존재일 뿐이다. 숲 속의 새와 곤충들을 보자. 그들은 그들 나름의 세계에서 규칙을 정해놓고 그 규칙대로 움직이고 살아간다. 너무 비약해서 비교했는지는 모르지만 우리도 이런 모습에 공감하면서 살아가야 한다는 뜻이다. 그래야 구속됨이 없이 자유로울 수 있고 얽매임 없이 살아갈 수 있다.

약한 우리는 가끔은 경계境界에서 서성이다 인생을 허비하는 경우도 있다. 살 만한 이유도 없는데 이렇게 힘들고 초라하게 살아 뭐 하겠느냐면서 우리들은 우리들이 당초에 넘어왔던 경계로 다시 넘어갈 생각을 하곤 한다. 이런 것을 경계警戒하기 위해 서양에는 "자살하는 것이 가장 비겁한 겁쟁이다."라는 속담이 있다. 꿈과 희망으로, 자신의 의지로 그 상황을 이겨 내지 않고 자살로 그 상황을 벗어나려고 한다. 신이 인간에게 생명과 시간이라는 유한한 존귀함을 주었는데 우리 인간은 이 존귀함을 망각한 채 잠시 동안의 외출에 대해 회의하고 포기하려고 한다. 우리는 신의 설계를 시험하지 말아야 한다. 때가 되면 반드시 신은 당신의 본래 자리로 다시 시간을 회수해 갈 것이다.

이 세상이 가장 아름다울 때는 언제라고 생각하는가. 아름다운 꽃을 보았을 때, 세계 7대 불가사의한 아름다운 풍광을 보았을 때, 아니면 우주에서 푸른 지구를 보았을 때, 당신이 사랑하는 자녀들의 해맑은 웃음을 보았을 때, 물론 그런 모습도 아름답다. 그러나 바다 한가운데 혼자 외로이 표류하다 죽음 직전까지 가서 겨우 목숨을 건지고 처음 바라본 세상이 가장 아름다워 보일 것이다. 그리고 병을 얻어 죽음 직전까지 갔던 환자가 죽음을 이겨내고 바라본 가족의 얼굴이 이 세상에서 가장 아름다워 보일 것이다. 간절함이 있을 때 가장 아름답게 보일 것이다. 음식에 있어서도 신선한 재료로 조리하여 내놓는 것도 맛있겠지만 가장 배고팠을 때 먹는 음식이 가장 맛있는 음식일 것이다. 우리나라 속담에 "시장이 반찬"이라고 하듯이 말이다. 갈증이 나는 여름날 시원한 오이 냉채국 한 그

룻이 어떤 진수성찬보다 더 맛있듯이 우리의 간절함이 절실할 때 비로소 우리는 진실을 보게 될 것이다. 우리는 항상 간절함으로 살아가도록 노력해야 한다.

외출을 다 마치면 다시 영혼의 안식처로 되돌아갈 것이다. 오만하고 방자하던 잠시 동안의 외출은 신기루처럼 아물거리듯 사라질 것이고, 천년을 살듯이 욕망에 지글거렸던 짧은 삶이 부질없음을 깨달았을 때 이미 경계선의 끝에 서 있을 것이다. 회한의 눈물을 흘려도, 깊은 후회를 하여도 아무런 소용이 없음을 알게 되는 상황이 오기 전에 우리는 어떻게 살아야 하는가에 물음을 던지고 답을 해야 한다. 진정 가치 있는 삶을 살기 위해.

8
| 마음의 불평등 구하기 |

우리는 항상 마음속에 불평등한 생각으로 가득하다. 왜 나는 부자이지 않은가. 왜 우리 아버지는 돈이 많지 않아서 저 친구에게 멸시를 받게 나에게 이런 가난을 물려주었는가. 저 사람은 비싸고 좋은 외제차를 타고 다니는데 왜 나는 이 조그마한 차를 타면서 이유 없이 주변 사람들로부터 눈총을 받는가. 왜 나는 돈이 없어서 대학에 진학을 못 했나. 아니면 왜 나는 머리가 좋지 못해서 일류대학교를 못 나왔나 등등 항상 머릿속에는 불평등한 생각으로 가득하다. 우리 사회는 이 불평등에 대한 편견과 오해가 존재하고 또 나 자신조차도 이 오해와 편견에 사로잡혀 있거나 그것에 매몰되곤 한다.

우리는 태어나서부터 불평등을 경험하면서 성장해 간다. 자아가 형성되는 시기인 유치원에서부터 혹은 초등학교에서부터 불평등을 조장하는 환경 속에 살아가고 있다고 해도 과언이 아니다. 이 시기부터 우리는 우월감이나 이유 없는 열등감 속에 자신도 모르게 함몰되어 살아간다. 이것이 불평등인지 평등인지도 구별을 못하면서 말이다. 성숙해 가면서 그런 불평등이라고 믿는 생각들이 결국 자신을 황폐하게 만드는 데 엄청난 영향을 미치는 것을 알고도 별 다른 수단이 없음에 또 한탄하게 되는 것이다.

우수한 성적표를 받아보게 되는 아이는 우쭐해질지 몰라도 저조한 성적표를 받아보게 되는 아이는 알 수 없는 열등의식에 쉽게 사로잡히게 된다. 단지 성적표 하나의 평가로 주변으로부터 대우를 받는 존재로 혹은 하찮은 대우를 받는 존재로 가려지게 되는 것이다. 이 사회는 신성한 한 인격체를 흑백논리와도 같은 이분법적인 판단을 내려 결정해 버리곤 한다. 이 굴레를 쉽게 버리지 못하는 아이들은 평생을 이 굴레에서 벗어나지 못하고 살아가기도 한다.

그러면 평등과 불평등에 관해서 냉철히 생각해 볼 필요가 있다. 사회적인 관점에서 불평등은 타인과 비교해서 내가 손해를 보고 있다는 관점에서 바라보는 면이 다분히 있다. 사회의 척도는 돈이 있고 없음으로, 지위의 높고 낮음으로, 명예가 높고 낮음으로, 능력이 있고 없음으로 등등 비교해서 구분 짓는 경향이 있다. 경쟁의 관점에서 평등과 불평등을 바라본다. 평등하다는 것은 내가 손해를 안 보면 모든 것이 평등하다고 생각을 갖게 된다. 이런 것들이 늘 사회 전반에 깔려 있고 또 매일 일어나는 현상 중 하나이다.

사실 인간은 이 불평등한 생각으로부터 인간의 불행이 싹트기 시작했다 해도 과언이 아니다. 평등하지 못하다는 생각이 인생의 전체를 지배하기도 한다. 2,500여 년 전의 공자도 "가난은 근심하지 않으나 균등하지 못한 것은 근심이 된다."는 말을 남기기도 했다. 우리나라 법에도 "인간은 태어나면서부터 자유와 평등의 권리를 가진다." ^(인권 선언 제1조)라고 명시되어 있다. 말 그대로 명시되어 있을 뿐 그 어디에도 평등은 구현되어 있지 않다. 똑같은 사람이라도 어떤 사람은 대우를 받으며 살아가고 어떤 사람을 개만도 못한 취급을 받기도 한다.

사실 대중 스포츠가 인기를 끄는 이유는 대부분의 스포츠 도구들이 둥근 공 때문일 것이다. 축구라든가 야구라든가 농구라든가 대중의 인기를 끄는 많은 스포츠들은 모든 선수에게 평등한 둥근 공을 이용한 스포츠라는 데에 공감을 할 것이다. 그러나 사회의 어디에도 사람들에게 평등한 둥근 공은 쥐어지지 않고 존재하지 않는다.

이런 사회적인 것들은 신이 아닌 이상 모든 제도를 평등하게 만들 수도 없고 평등하게 만들었다 해도 결코 평등하게 운영될 수는 없을 것이다. 우리 인간이 평등한 세상을 구현해 낸다 하더라도 신이 아닌 이상 평등한 사회를 이끌어 갈수 없을 뿐 아니라 이끌려 갈수 없는 것이 우리가 사는 사회이다. 사회란 계급과 능력의 문화와 차등의 문화가 존재할 수밖에 없기 때문이다. 어차피 이상적인 세상이 아닌 이상 불평등은 사회에 늘 존재한다. 만고여래로 이런 불평등은 존재하여 왔고 그리고 미래에도 없어지지는 않을 것이다. 그럼에도 인류문명은 불완전한 사회를 만들어 이 불평등과 경쟁에 의하여 발전되어 왔고 앞으로도 그렇게 이어져갈 것이기 때문이다.

미국의 캘러비아 대학교수이자 세계은행 수석부총재까지 지닌 조지프 스티글리츠는 『불평등의 대가』라는 책에서 사회의 부가 미국에서는 이미 '20 대 80' 법칙에서 '1 대 99' 법칙으로 바뀌어 가고 있다고 지적하고 있다. 비단 이 교수의 역설이 아니더라도 부의 불평등은 세계적인 현상으로 이미 미국의 정책을 따라가는 캐나다나 영국을 비롯하여 많은 서구유럽 등은 미국을 닮아가고 있다. 미국은 약 삼십 년 전에 상위 1%가 겨우 국민소득의 12%만을 차지했는데 2007년도에는 국부^(부동산 등도 포함)의 3분의 1을 거머쥐었고, 2007년도의 상위 1%의 평균 세후소득은 130만 달러에 달했지만 하위 20%의 평균 세후소득은 1만 7,800달러에 불과하다고 설명하고 있다. 상위 1% 소득자가 일주일간 올린 소득은 하위 20% 소득자가 일 년 동안 올린 소득보다 40% 더 많았다고 한다.

2013년 9월 10일자 월스트리트저널^(WSJ)과 USA투데이의 최근 기사를 보면, 미국 캘리포니아대 버클리 캠퍼스와 영국 옥스퍼드대 소속 경제학자들이 미국 국세청으로부터 제공받은 세금 신고액 자료를 분석한 결과 미국 상위 1%와 하위 99%의 소득 불평등 정도가 더욱 심화되면서 사상 최고 수준을 기록한 것으로 드러났다고 발표했다. 연구에 따르면, 지난해 상위 1% 가계의 세전소득은 전년 대비 19.6% 증가한 반면, 하위 99% 가계의 세전소득은 1% 증가하는 데 그쳤다.

또한 상위 1% 가계가 전체 소득의 19.3%를 가져가면서 1927년 기록을 경신하는 등 약 100년 동안 미국의 소득 불평등 정도가 극대화된 것으로 드러났다. 최근 3년간의 수치를 비교해 봐도 상위 1%의 가계소득은 31.4%가량 증가하며 전체 소득의 95%를 상위 1%가 가져갔지만, 하위 99%의 소득 증가는 0.4%에 그쳤다.

미국이나 서유럽의 도심 한가운데에 잘 가꾸어진 공원들은 공원의 역할을 다하지 못하고 있음을 우리는 알고 있다. 갈 곳 없는, 집 없는 홈리스들이 공원의 주인으로 탈바꿈하여 가고 있고 점점 그 수도 늘어가고 있다. 우리나라도 공공시설 등에는 노숙자들이 점점 증가하고 있다. 지하철이나 공원에는 어김없이 노숙자들이 진을 치고 있다.

　우리나라의 상황을 돌아보면, 2013년 10월 2일자 뉴스에 대한민국 소득 상위 10%에 해당하는 부유층 가구의 월평균 소득이 하위 10%의 10배를 넘는 것으로 나타났다. 통계청과 기획재정부가 2일 국회 기획재정위원회에 제출한 자료에 따르면 "지난해 전국의 2인 이상 비농가 소득 상위 10%에 해당하는 10분위 가구의 월평균 소득은 921만 2천 원으로 집계됐다. 이는 하위 10% 계층인 1분위의 가구당 평균 월 소득인 90만 3천 원의 10.2배에 달하는 수준이다."라고 보도했다. 특히 우리나라는 6·25가 끝난 이후에 신분이 고착화되어 있지 않아 개천에서 용이 나오는 시기도 있었다. 신분과 부의 이동이 자유로운 세계에서도 몇 안 되는 평등 국가였던 적도 있었다.

　그러나 급격한 경제 발전을 이루면서 양극화의 속도가 점점 심화되고 있고 신분과 부의 고착화가 빠르게 진행되어 우리나라도 미국과 같이 전철을 밟아가고 있다고 단언할 수 있다.특히 부의 불평등은 민주주의를 붕괴시킬 정도로 심화되고 있다는 것이 전문가들이 견해이다. 1929년도에 일어난 미국의 대공항도 부의 불균형에서 일어났다는 것이 정설로 굳어지고 있다. 즉 소득이 상위계층으로 편중되면 하위 계층에서의 소비가 이뤄지지 않아 결국은 경제가 침체되어 대공항이 발생하였다는 것이다. 그 당시에도 상위 1%의 계층이 약 25%의 소득을 차지하였다는 연구 결과는 이를 증명하고 있다. 그렇게 되면 하위 계층은 은행에서 차입하여 소비를 하는데 당연히 소비는 잘 이뤄지지 않은 것임은 자명하다. 소비가 이루어지지 않으면 회사가 부실해지고 회사의 부실은 곧 금융권의 부실로 이어져 불황을 겪게 되는 것이다. 우리가 가장 이상적이라고 만들어낸 자본주의와 민주주의라는 제도는 양립할 수 없는데 양립할 수 없는 두 수레바퀴가 굴러가는 상황이 연출되는 것이 현실이다.

　자본주의의 기적을 이루기 위하여서는 불평등이 불가피하다고 한다. 자본주의는 부의 편중을 의미하기도 한다. 자본주의의 시장은 부의 왜곡을 가져오고 그에 따르는 정책들이 불평등을 조장하는 쪽으로 기울어질 수밖에 없는 구조이다. 그래서 부자는 더욱 부자가 되고 가난한 사람은 더욱 가난해지게 된다. 최근에는 0.1%의 상위 수퍼리치들에 대한 관심을 넘어서 이를 분석한 책들의 발간이 러시를 이루기도 한다. 부의 불평등이 사회 이슈화되어 가고 있지만 이런 불평등의 해소는 요원하고 그 해소 방법도 별로 없는 듯하다. 그래서 적절한 부의 축척을 제어하지 못하는 사회는 독재보다도 더한 세상이 될 것이라는 비관적인 전망도 하고 있다.

이러한 평등과 불평등은 인간만이 가지는 상속제도라는 관점에서 보면 더 명확해진다. 어패가 있을지 모르겠으나 모든 동식물들은 태어나기 이전부터 자신의 재산이 고착되어 있지는 않다. 오직 인간만이 태어나기 전에 상속이라는 제도에 의하여 부자와 빈자, 고상한 지위와 비천한 지위가 결정이 되어 태어난다. 똑같이 어머니에게서 태어났음에도 누구는 공작부인으로 태어났고 누구는 그 공작부인을 시중드는 시종으로 태어나기도 하기 때문이다. 그로 인하여 인생을 살아가면서 겪는 고초는 하늘과 땅 차이만큼이나 차이가 난다. 소득의 불평등보다 사실 부의 불평등에 의한 신분의 불평등이 더 문제시된다. 현재의 대한민국도 서서히 신분에 의한 불평등이 점점 심화되어가는 양상으로 변해가고 있어서 사회의 문제가 돼가고 있다. 흔히 연속극 드라마의 단골 메뉴로 등장하는 재벌가의 결혼에서 양쪽이 재벌가의 부모를 두었다면 문제를 삼지 않지만 한 쪽이 가난한 부모를 둔 자식이라면 사생결단을 낼 것처럼 반대를 하게 되는 것도 그 이면에는 부의 불평등 보다는 서서히 신분을 중시하는 결혼으로 변질되어 감을 알 수 있을 것이다. 그래서 결혼의 상대는 이미 상대 당사자가 아니라 그 집안을 대상으로 변질되고 있는 것이 현실이다.

그리고 또 다른 면의 불평등을 살펴보자. 아무리 좋은 직업을 택하였더라도 그 무리에도 불평등이 존재한다. 예를 든다면 어려운 시험을 통과하고 연수원에서 우수한 성적으로 검·판사로 임관이 되어도 그 조직에서 불평등은 존재한다. 누구는 일은 열심히 하지 않았는데도 학교 선후배들의 백그라운드, 지역색 등을 이용하여 먼저 상위 지위로 올라가고 누구는 열심히 일을 했는데도 그 자리에 붙잡혀 있다. 어느 조직이든 사회든 이런 사회의 불평등은 존재한다. 인간은 불완전한 존재이고 욕망의 동물이기 때문이다.

여기서 이야기하고자 하는 것은 이런 자신을 불행하게 만드는 시각의 각도를 달리 보자는 데 있다. 인간이 가장 이상적이라고 생각하며 만들어 낸 이런 제도와 정책들은 가진 자들이 가진 자들 편에서 입안되기 때문에 그리 쉽게 변하지 않는다. 아니 영원히 변하지 않을지도 모른다.

우리가 진실로 불행한 것은 이 물리적 불평등에 매몰되어 헤어나오지 못하는 것이다. 경제적, 정치적, 사회적 불평등 구조를 타파하는 부단히 노력을 경주해서 이러한 사회 구조를 바로잡아야 하는 것이 우리 모두의 소명일 것이다. 하지만 그렇게 말처럼 쉽게 불평등이 해소된다는 보장은 없다. 그리고 현재의 불평등 수준을 옹호하는 사람들은 이런 불평등이 불가피한 것은 아니지만 불평등 해소 대책을 적극적으로 도입하는 데는 큰 대가가 따른다고 엄포까지 놓고 있는 현실이라고 조지프 스티글리츠는 주장을 하고 있다. 나도 그의 생각에 적극 동감을 하지만, 그럴 바에야 이런 사회적, 경제적, 정치적 불평등으로부터 나 자신을 격리시켜서 외부로부터의 내상을 입지 않도록 하자는 것이 이 글의 취지다. 우리는 스스로 불평등을 타파하는 방법을 터득해야 한다. 이러한 불평등한 생각만으로 하나뿐인 우리의 소중한 일생을 소비할 수는 없지 않은가?

마음속에 고착화되어 우리 스스로를 얽매이게 하는 불평등한 사고에 대하여는 스스로 바라보는 시각을 바로잡아야 하고, 그러한 능력을 기르는 것이 중요하다. 우리가 쉽게 변화시킬 수 없는 외적 요인보다는 우리가 쉽게 변할 수 있는 내적 요인인 마음의 평등에 관점을 맞추어야 한다. 즉, 내가 가지고 있는 여건 내에서 마음의 불평등을 구해보자는 데 있다.

우리는 몇십 년 동안 학교라는 틀 속에서 자신의 성적을 향상시키기 위하여 공부하는 방법을 수없이 고민하고 훈련하면서 학교생활을 영위한다. 그러면서도 이런 중요한 마음의 불평등을 바라보는 방법에 대해 강의나 교육을 받아 본 적이 없고 스스로 생각해 본 적이 없다. 학교의 공부란 경쟁의 유발과 불평등을 유발하는 씨앗들을 길러내는 곳이기에 당초에 이런 불평등을 해소하는 데 부적격인 조직이라고 할 수 있다. 그래서 우리는 스스로 불평등을 정확하게 바라보는 방법을 찾아내고 그 찾아낸 방법을 습득하여야 한다. 무엇보다도 이런 참을 수 없는 분노는 철학적인 사고에 기초를 두고 화를 다스리고 주체할 수 있는 능력을 기르는 게 중요하다. 불평등과 평등의 시각을 동시에 가지고 있는 내 마음의 변화를 유도해보자는 것이다. 솔직히 부자 아빠를 둔 상속자를 대체할 수는 없는 이상 달리 강구할 수 있는 방법을 나 자신에게서 찾을 수밖에 없다. 내가 손해보고 있다는 관점에서 생각하다 보면 결국에는 잘못된 사고의 결과를 이끌어내는 것이 문제라면 문제일 것이다. 우리는 이런 것들을 평등이라는 관점에서 생각하자는 것이다.

자연이나 생명체는 서로 간의 다름만이 있을 뿐 틀림은 없다. 똑같은 초목이라도 그 초목의 생육 환경에 좋은 조건이라면 잘 자랄 것이고, 나쁜 환경이라면 생육이 더디게 자란다. 우리 인간은 이 더디게 자라는 것에 대한 편견이 있다. 그것은 인간이 바라보는 관점에서 그렇다는 것이다. 자연에서 보면 편견이 있을 수가 없다. 더디게 자라는 식물도 나쁜 환경에서 최선을 다하여 자라는 것이고, 자라다 도태되면 다른 식물에게 자리를 내줄 뿐이다.

　불평등이 마음속에 자리하면 불만과 같은 괴물이 자랄 수 있는 환경이 조성된다. 불만이라는 괴물은 고통과 분노를 먹고 자라고 나중에는 그 불만을 가진 자신까지도 먹어치우게 된다. 우리는 이런 괴물에게 양분을 제공하는 인자를 찾아내어 없애 버려야 한다. 그러기 위해서 우선은 태어나면서 자리하고 있던 자신의 신분 등에서 자유로워야 한다. 내가 바라는 대로 태어나지 않는 이상 불평등한 사고를 하는 것은 '당나귀가 발로 찼다'고 해서 화를 내는 것과 마찬가지이기 때문이다. 그리고 육체적으로 아무리 힘들어도 정신적으로 마음의 평등을 얻는다면 불평등에서 자유로워질 것이다.

　중국 춘추전국시대의 사상가 노자는 이런 인간의 속성을 파악하고 사회 형성 이전 무위자연으로 돌아가길 원했다. 노자는『도덕경』이라는 저서에서 무위자연에의 실천을 강조하였다. 노자의『도덕경』을 후대의 사람들이 인위적으로 만들어 냈느니 안 만들어 냈느니 하며 의문을 제기하기도 하지만 노자는 인간에 대한 실체를 통찰을 통해서 꿰뚫어 보고 있다. 중국의 춘추전국시대는 말 그대로 전국이 전쟁으로 소용돌이치고 있던 시대에 그는 이 전쟁에 대하여 많은 생각을 하게 하였을 것이다. 전쟁과 평화, 권력과 비권력, 가짐과 안 가짐, 지식과 무식, 제후와 신하와의 관계 등의 차별에 의하여 발생하는 전쟁으로 인간성이 말살된 사회에 환멸을 느끼고 사회 형성 이전의 무위자연의 세계로 돌아가길 원했다. 지금의 상황은 전쟁은 아니지만 전쟁보다도 격한 무한 경쟁의 전쟁 속에 살고 있지 않는가?

　그가 지향하는 도는 천지만물을 포용하여 어떠한 것과도 대립하지 않고 결코 다투지 않는다고 역설하고 있는데 이 대립하지 않고 다투지 않는 것이 현대사회 속으로 들어오면 평등으로 이기될 수 있을 것이다. 경쟁이 생기기 이전의 세계에서는 모든 것이 평등했다고 생각했다. 현대사회는 경쟁 이전의 사회로 환원하는 것이 불가능하다. 누구나 다 출가할 수는 없듯이 즉 무위자연으로 돌아갈 수는 없다. 얽히고설킨 인연을 끊고 구도자가 되어 산속이나 외따로 떨어진 수도원으로 들어갈 수는 없다.

누구나 물질적인 것을 쉽게 얻을 수는 없지만 마음속을 부단히 노력하여 마음의 평화를 얻을 수는 있다. 아쉽지만 고요한 마음의 평등을 구현할 수는 있다. 그래서 법정스님은 무소유를 실천하고 돌아가실 때에 이 세상에 남긴 그의 모든 책에 대하여 절판할 것을 유언하였다. 다비식에서 자신의 신체에서 사리도 채취하지 않길 원했다. 한 티끌로 이 세상에 태어나 겸허하게 평등하게 자연으로 돌아가길 그는 실천한 것이다. 우리 인간은 재산의 축적을 위하여 평생을 허비하는데 이 재산의 축적은 자신의 자식에게 물려줄 재물을 모으기 위한 목적이 대부분일 것이다. 자식에게 재산을 상속하지 않겠다는 생각만 가진다면 한결 마음의 평화를 얻는 데 유리할 것이다.

결론적으로 말해서 인간은 평등하다는 것이 나의 생각이다. 본디 인간은 태어날 때 평등하게 태어났고, 그리고 무엇보다도 평등하게 죽는다는 것이 나의 관점이다. 아무리 재산을 많이 축적하였고 지위가 높았더라도 그가 누릴 수 있는 기간은 찰나일 뿐 지속되지는 않는다. 잠깐의 쾌락과 재물들을 그들은 자신의 뛰어난 능력에 의한 지위나 권력에 의하여 얻은 산물이라고 우쭐대며 으스대지만 다 부질없는 짓임을 금방 알게 될 것이다. 불행하게도 인간은 평등을, 얼굴 생김생김이 비슷해지는 노년에 이르러서야, 혹은 죽음에 이르러서야 알게 된다. 매일매일 투덜거리며 불평과 불만을 늘어놓다가 안타깝게도 나이가 들고 병들고 신체의 기운이 쇠약해졌을 때에 이르러서야 비로소 평등의 의미를 깨닫게 되는 것이다.

9
| 상대방 이해하기 |

우리가 살아감에 있어서 인간관계는 매우 중요하다. 인간관계는 삶의 질에서 매우 중요한 부분을 차지한다. 인생을 무난하게 살았느냐 아니면 불행하게 살았느냐가 바로 이 인간관계가 결정적인 역할을 한다고 해도 과언이 아니다. 인간은 사회활동을 하는 사회적 동물이기 때문이다. 그리고 사회적인 활동을 하는 일부 동물들도 관계 형성을 매우 중요하게 생각한다는 것은 이미 밝혀진 사실이다.

우리는 상대방에 대하여 죽일 놈, 살릴 놈 할 때가 종종 있다. 부부 관계든, 연인 관계든, 친구 관계든, 인척 관계든 서로 서운한 감정을 두고두고 마음에 담아두고 있는 경우도 종종 있다. 매일 살아가면서 어쩔 수 없이 이런 부딪침을 겪게 된다.

부부가 살아가면서 화도 안 내고 싸움도 안 하면서 살아가는 것이 더 큰 문제라고는 하지만 그 말을 이해할 수 없을 때가 많다.

가까울수록 이런 관계는 더 많이 일어나는데 이런 일이 있으면 하루 종일 일이 손에 안 잡히고 분노와 흥분의 감정에 휩싸이게 된다. 성인군자가 아닌 이상 이런 감정은 직장에서, 가정에서, 모임에서, 일상사만큼이나 자주 겪게 된다. 인간은 이성보다는 감정이 앞서는 동물이기 때문일 것이다. 그래서 이성에 의하여 말로 해결하기보다는 먼저 손이 나가고 폭력을 행사하는 것이다. 특히 동양적인 사고의 틀 속에서 비합리적인 정에 의해 살아가는 사람들에는 더욱 빈번히 일어난다.

사실 상대방에 대한 감정이 쌓이고 쌓여서 나중에 한꺼번에 폭발하면 그 폭발력이 가늠하기조차 어렵지 않은가. 땅속에 마그마가 오랫동안 멘탈 기운을 숨기고 있다가 한 번에 활화산이 되어 폭발하듯 말이다. 말 그대로 일순간의 감정 폭발을 제어하지 못하면 패가망신할 수도 있음은 다 알고 있는 주지의 사실이다. 성인군자가 아닌 다음에야 사실 누구나 화를 내는 동기는 비슷하다. 자신을 무시하거나 손해를 보았을 적에, 평등하게 대우하지 않았을 적에, 평소에 자잘한 감정들이 누적되어 상처를 입었을 적에 감정을 드러낸다. 화를 내는 원인들은 많으나 각자 약간의 차이는 있을지 몰라도 원인은 비슷하다.

심리학에서 프리츠 하이더, 헤롤드켈리의 귀인요인(Attribution theory 歸因이론)이라는 것이 있다. 일상생활에 일어나는 일들이 어떤 요인에 의한다는 뜻이다. 이런 이론에서 사람들은 오귀인誤歸因하는 경우가 상당수 있다. 즉 원인이 일어나면 그 원인자에게 이유를 돌려야 하는데 일어난 원인을 엉뚱한 데로 돌리는 경향이 다분히 있다. 즉 책임을 다른 곳으로 전가시킨다. 여러분들도 이런 경험을 많이 있었을 것이다.

"종로에서 뺨 맞고 한강에 가서 눈 흘긴다."와 같이 우리 조상들은 이런 이론에 미치는 속담들을 미리 만들어 놓아 경계를 하고 있다. 상당히 위험한 경우인데 직장에서 스트레스를 받고 와서 집에 와서 푸는 경우도 종종 있다. 어찌 보면 이러한 일들이 다 알고 보면 나로 인하여 일어난 것들인데 내 탓을 남의 탓으로 돌리는 경우가 많다. 나도 가끔 부지중에 이런 일을 하곤 하는데 그리고 나서 반성을 하곤 한다.

상대편을 이해하는 가장 좋은 방법은 상대방의 말에 끝까지 경청하고 함께 공감하는 마음의 자세가 항상 내재해 있어야 한다. 상대방의 말을 다 들어주고 나와 생각이 상충될 때 상대방 의견이 틀렸다고 생각하는 것이 아니라 나와 다르게 생각하고 다르게 반응하고 다르게 의견을 개진하고 다르게 행동한다는 대 전제를 항상 마음에 담아두고 있으면 상대방에 대한 이해가 가능해질 것이다. 그러다 보면 어느새 자신의 말투가 부드러워지고 상대방을 바라보는 자세가 달라짐을 느끼게 될 것이다. 나도 이런 교육을 받기 전에는 나와 다르면 다 틀렸다고 생각을 하게 되어 다툼이 많아지게 되고 상대방을 이해하지 못하게 되는 경향이 많았는데 이런 생각을 하면서 많은 도움을 받게 되었다.

우리는 상대방에게 '사랑한다'는 말을 표현할 적에 감정이 풍부한 여성들이라면 목소리에 톤을 넣어 사근사근한 말로 상대방의 귀에 대고 정말로 사랑이 묻어나는 말로 말을 하게 될 것이다. 그러나 표현이 서투른 남성이라면 '사랑한다'는 말 자체를 하지 못하고 다만 빙긋이 웃거나 아니면 표현 자체를 못 하고 고개를 숙이면서 얼굴이 빨개지며 머뭇거릴 수도 있다. 그렇다고 해서 사랑하는 정도가 달라서 그런 것은 아니다. 다만 표현하는 방법이 다를 뿐이다. 그 남성이 사랑하는 상대방에게 사랑한다는 표현을 빙긋이 웃었다고 해서 아니면, 머뭇거리고 말을 못 한다고 해서 사랑하지 않아서 그런 것은 절대로 아니다. 다만 사람의 성격에 따라 성별에 따라 뇌의 구조상 어쩔 수 없어서 다르게 표현했을 뿐이다. 그 남성이 말을 하지 못하고 빙긋이 웃는 행위나 고개를 숙이면서 얼굴이 빨개지며 머뭇거릴 수 있는 행위들이 진정으로 가장 사랑한다는 표현일 수도 있다.

사람은 제각각의 성품을 타고 태어난다. 같은 말을 해도 평소에 어떤 사람은 조근조근하고 조용하게, 어떤 사람을 큰 소리로 화를 내듯이, 어떤 사람은 얼굴을 찌푸리면서 불평한 듯한 표정을 지으면서 말을 한다. 그렇다고 해서 조근조근하고 조용하게 이야기를 하는 사람에 비하여 큰 소리로 화를 내듯이 혹은 얼굴을 찌푸리면서 말을 한다고 해서 실제로 화를 내거나 불평을 하면서 말을 하는 것은 절대로 아니다. 다만 그런 표현을 늘 해왔듯이 그러했을 것뿐이다.

위에서와 같이 조용히 말하거나 화를 내듯이 말하거나 불평하듯이 말하는 모습들은 다 같은 말을 하는 것에 대한 다른 표현일 뿐이다. 그런 모습에 우리는 가끔은 오해를 하기도 한다. 그런 다름을 이해하면 쉽게 마음의 평정을 찾는 데 도움을 받을 수 있을 것이다. 이러한 것들을 따져 보면 상대방의 문제가 아니라 나 자신에게 문제가 있음을 알게 될 것이다. 받아들이는 입장에서 선입견을 가지고 필터링 없이 받아들이기 때문이다. 물론 연륜이 쌓이면 이해의 폭이 넓어져서 서로 간에 이해하기가 쉽기도 하겠지만 중요한 것은 서로의 성품이 다르듯이 말을 표현하는 방법이 다르다는 것을 알고 나면 더 쉽게 상대방을 이해할 수 있을 것이다.

일전에 소개한 적이 있듯이 우리 집에는 20대 초반의 사내 녀석이 두 명 있다. 첫째는 매사에 신중하고 미리미리 앞으로의 계획을 결정하여 차분히 밀고나가는 성격이라면, 둘째는 앞으로의 진로 계획은 안중에도 없듯이 그때그때 임시방편적이고 그때그때에 따라 무계획으로 밀고 나간다. 그래서 인지 감정이나 감성이 풍부하여 친구들이 늘 주변에 들끓는 친화적인 성격을 소유하고 있다. 사상의학적으로 이야기하면 첫째는 소음인인 듯하고 둘째는 소양인인 듯하다.

100년 전에 이제마는 이런 사람의 체질을 연구하여 서로 다름이 있다는 것을 분류하여 놓았다. 이런 다름이 있기 때문에 일률적으로 사람을 평가할 수 없다고 하였다. 사람마다 그 체질이 다르듯이 그 체질에 따라 약의 쓰임이 다름을 이제마 선생은 분류하여 놓았다. 이제마 선생의 이런 사상체질이 이 시대에 각광받는 이유는 체질에 따른 약의 처방보다는 서로 다름에 대한 인간관계에 대한 이해의 폭을 넓혔기 때문일 것이다.

요즘에 학부모들은 자녀의 학교에 학습 참관을 많이 갈 것이다. 다른 아이들은 손도 잘 들고 말도 잘하고 학습 태도도 좋은데 우리 아이는 손도 못 들고 쭈빗쭈빗 소심하게 있는 모습을 보고서 속으로 화를 낸 적이 있을 것이다. 여러 가지 밝혀진 사실에 의하면 소심하고 내성적인 사람이 성공 확률이 더 높다는 연구 자료도 있다. 전혀 걱정할 일이 아닌 것이다. 소심한 아이들이 몰라서 쭈빗쭈빗 하는 경우에 실제로 그 문제를 몰라서일 수도 있으나 이미 다 알고 있는 내용인 경우가 많다. 소심한 아이들은 선생님이 지명하면 아이들 앞에서 창피를 당할까 봐 대부분 조용히 미리미리 학습해 오는 경우가 많다.

『화성에서 온 남자, 금성에서 온 여자』라는 책이 베스트셀러가 된 적이 있었다. 1992년 미국에서 출간된 이래 세계적으로 커다란 인기를 끈,『화성에서 온 남자, 금성에서 온 여자』의 저자는 "본래 남자는 화성인이고 여자는 금성인이기 때문에 둘 사이의 언어와 사고방식은 다를 수밖에 없다."는 단순하고 명쾌한 비유를 바탕으로, 인간관계 세미나 및 부부관계 상담센터 운영을 통해 수많은 관계의 갈등을 치유하였다. 이 책 저자는 존 그레이는 당초에 화성과 금성이라는 서로 다른 환경에서 자란 남녀가 사랑을 하면서 겪게 되는 갈등 관계의 주제로 쓴 연애지침서이다. 그러나 그 후 의외로 관심을 끈 것은 인간관계의 갈등에 대한 치유였다.

그 줄거리는 이렇다.

화성에 살고 있는 남자들은 남자들의 습성을 가지고 있는 종족이었다. 그러다 보니 당연히 화성의 남자들은 능력과 효율성을 중시한다. 그리고 이 남자들은 스트레스를 받으면 집에 와서 조용히 신문을 읽으며 휴식을 취하고 싶어 한다. 반면에 화성에 사는 여성들은 삶의 가치를 개인 간의 친밀감과 대화 그리고 아름다움에 가치를 둔다. 그래서 화성의 여성들은 낮에 있던 문제들에 대하여 대화로 위안을 얻고자 하고 그런 가치에서 행복감을 느낀다.

그들은 서로 망원경을 통하여 이런 습성을 미리 파악하고 상대방의 보완적인 면을 서로 필요로 하고 이해를 하였기 때문에 만났을 때에 정말로 잘 살 수 있었다. 그들은 서로를 이해하면서 아주 행복하게 살았다. 그런데 어느 날 그들은 지구로 오게 되었다. 불행히도 지구로 오면서 이전의 기억을 상실한 기억상실증에 걸려 버렸다. 그리고 서로 다름을 잊어버린 사람들은 서로를 이해하지 못하고 티격태격한다는 내용의 연애지침서이다.

그는 폭넓은 경험을 바탕으로 남자와 여자를 화성과 금성이라는 각기 다른 행성에서 온 존재로 설정함으로써 서로의 차이에 대한 새로운 자각과 이해를 이끌어냈으며, 수많은 독자들에게 사랑과 삶의 비전을 제시하였다.

나는 가끔 이런 생각을 한다. 남녀 간에 서로 처음 만난다는 것은 동그란 유리병 두 개를 붙여놓는 것에 불과하다고 말이다. 처음으로 만남을 가진다면 동그란 병의 한 면만이 서로 만나듯이 만나는 면은 한 선에 불과할 것이다. 서로 생판 다른 환경에서 살았던 사람들이 만나 서로 공통적인 공통의 분모를 찾는다는 것은 극히 일부분에 불과할 것이다. 계속 만남을 이어가면서 혹은 살아가면서 서로 각자의 동그란 병이 돌아가면서 같은 전면을 맞추어 나가야 마지막에 입적의 전면을 맞출 수 있을 것이다. 나 혼자서 한 면만을 돌린다면 전면을 맞출 수 없고, 두 면의 동그란 병이 같이 돌아갔을 때에 비로소 전면을 맞출 수가 있게 되는 것이다.

무엇보다도 인간관계의 있어서 최상의 관계를 유지할 수 있는 것은 이성에 의한 차가운 감각이 아니고 감성에 의한 배려라고 생각한다. 우리 인간은 희로애락이라는 감정을 표현하면서 일생을 살아간다. 이런 희로애락 감정들은 직선적이고 비합리적이며 실질적인 감각이다. 반면에 이성은 차갑고 이지적이고 합리적이고 형식적인 감정이다.

우리 인간이라는 존재가 태어나면서 제일 먼저 느끼는 것은 이성이 아닌 감정이다. 즉 배고프면 울고 배부르면 웃고 자신의 욕구가 채워지지 않으면 짜증내는 행동들은 이성에 의한 표현이 아니고 감정에 의한 표현이다. 자녀들은 어머니하고 그런 감정들을 가지고 교감하면서 커나간다. 엄마가 어르고 달래고 안아주고 하는 것 자체들이 감정에서 우러나오는 모정이다. 모정은 원초적인 감정이다. 그러다 어느 날 갑자기 "너 그러면 안된다." 하고 이성적으로 교육시키면 아이들은 갑자기 어리둥절하고 낯설어한다. 그러면 더욱 미운 오리 새끼가 되어 잘 듣지를 않는다.

아빠가 아이에게 "야! 너 몇 살인데 지금까지 놀고 있니?"라기보다는 "너 요즘 힘들었겠구나. 잠깐 놀다가 공부하거라." 하는 엄마의 따뜻한 감성의 말 한마디가 실제로 자녀를 책상으로 이끌었다는 것을 우리들은 경험으로 알고 있다. 즉 이성에 의한 말보다는 감정에 대한 공감을 이끌어 내었을 때 비로소 상대방은 움직이는 것이 인간이다.

우리 주위에 아토피로 고생하는 자녀를 둔 가족들을 볼 수 있다. 이런 가족을 보면 눈물겹다. 한참 자라야 할 시기에 알 수 없는 소소한 원인에 의하여 발병하는 아토피로 인하여 또래의 아이들보다 제대로 자라지도 않는 여러 가지 부작용을 볼 수 있다. 이렇듯 여리고 새순마냥 자라나는 아이들에게 있어서 이러한 질병도 바위보다도 더 큰 장애로 다가올 것인 것은 자명할 것이다.

우리 어른들은 식물의 새싹이나 화초의 새싹을 기를 적에 아주 물줄기가 가느다란 조리로 세심하게 신경을 써서 주지만 우리의 부모님들이 자녀들을 기를 적에 그런 조심성을 발휘하지는 않는다. 막 올라오는 새싹은 물을 주지 않으면 금방 시들해지고 물줄기가 굵은 조리로 주면 죽어 넘어지는 것을 경험할 것이다. 우리의 자녀도 정신이나 모든 면에서 여리디여린 새싹임을 잊지 말아야 한다.

자녀들의 감정은 겨울에 시냇가의 살짝 언 얼음처럼 연약하고 깨어지기 쉽다. 그래서 세심한 가족들의 감정의 공유에 의하여 자란 아이들을 여러 가지 면에서 안정적인 모습을 보인다고 한다. 우선 정신적으로 안정이 되어 성격이 포악해지거나 불안해하거나 짜증을 내지는 않을 것이다. 그러다 보면 당연히 집중력이 높아지고 스스로 찾아서 일을 하게 될 것이며 학업 성적도 나중에 부가적으로 따라오게 될 것이다. 그래서 자녀가 어렸을 적에 양육에서 가장 중요한 것은 양부모가 직접 자녀를 양육하는 것이 가장 좋은 것이다. 유치원에 보내고 어린이집에 보내는 것은 차선책이고 어쩔 수 없는 선택일 뿐이다.

우리의 이성은 감정 다음에 온다. 감정을 먼저 생각하고 나중에 이성적으로 생각하는 것이 순서인데 이 순서를 바꾸면 이 세상에 누구라도 듣지를 않는다. 인간은 그렇게 진화하여 왔기 때문이다. 아이의 감정에 같이 공감을 해 주면 90점은 따놓은 당상이다. 공감하면서 이해시키는 것이 마지막 10점이다. 생각이나 이성을 판단하는 뇌는 전두엽이라고 한다. 이 전두엽이 남녀 25세가 넘어야 성숙해진다고 한다, 불행히도 30, 40세가 되어도 성숙해지지 않는 사람도 있다 한다. 그래서 25세 이전에 아이들에게 이성의 판단이나 요구를 하는 것은 무리라는 것이다.

나도 둘째 아이가 초등학교 때부터 말을 안 듣고 방과 후에 피시방만 들락거리게 되어 무수히 이성적으로 말했던 기억이 있다. "제발 피시방에 그만 다니고 공부 좀 해라. 나중에 친구들은 번듯한 대학교에 들어갔는데 너는 어떻게 할 거냐. 이 아빠는 네가 책상에 1시간 앉아서 공부하는 것을 보는 것이 소원이다."라고 하면서 빌어도 봤지만 군대에 갈 때까지 피시방을 드나들었고, 결국 나의 이 작은 소원은 끝내 이뤄지지 않았다.

자녀들에게 감정에 호소해서 감성을 이끌어내면 그것보다 좋을 것이 없다. 그리고 마지막으로 이성을 이끌어 내는 것이 순서일 것이다. 이 순서를 뒤바꾸기라도 하면 아이들뿐만 아니라 성인들도 바로 반발을 한다. 아이들의 감정을 이해하고 공감하여 어느 정도 순응이 되었을 때 이성적으로 이야기를 하면 그때야 대부분의 자녀들이 이해하고 따라올 것이다. 부모 입장에서 처음에는 이러한 순서에 익숙하지 않아 화가 날 것이다. 그러나 인내를 가지고 꾸준히 하다 보면 차츰 안정이 되고 서로 신뢰가 생겨서 그 반응의 속도가 기차 바퀴 굴러가듯 금방 익숙해지고 빨라지면서 기적을 울릴 수 있는 여유도 생길 것이다.

아직도

살아가면서 당신은,
소중한 기억을 아직도 가지고 계신가요.

울밑에 선 봉선화 꽃잎을
당신의 약지에 물들이던
당신은, 첫사랑의 기억을 아직도 간직하고 계신가요.

군 입대하는 아들에게 마지막 날 밤
아들의 손을 꼬옥 잡고 자던
손마디 굳은 어머니의 손을
당신은, 아직도 그 어머니의 손을 기억하고 계신가요.

굶주리는 가족을 위하여
엄동설한 막노동 나가셨던 아버지가

하루벌이를 허탕치고 막걸리 한잔 걸치고
축 처진 어깨로 당신의 방을 노크하던
당신 아버지의 애처로운 눈망울을
당신은, 아직도 그 아버지를 기억하고 계신가요.

아주 예전 학창 시절에
당신에게 한 올의 기타 선율을 남기고
멀리 떠나 헤어진 친구를
당신은, 아직도 그 선율을 기억하고 계신가요.

벌써,
당신을 붙잡고 있던 소중한 매듭의 끈이 풀어졌다면
이 주홍빛 가을이 가기 전에
그 매듭 속에서 한 알 한 알 영글게 하시고
아직도, 당신의 가슴속에
그 소중한 기억을 가지고 있다면
이 다가올 추운 겨울,
오돌오돌 떨고 있을 외로운 사람들의 가슴에
한 올 한 올 **채워지게** 하소서.

위의 시는 이성이 배제된 글이다. 사실 우리는 살아가면서 이성에 의한 판단을 요구하는 것은 극히 제한적이다. 대부분 위 시와 같이 감정에 의하여 살아가며 그리고 따뜻한 감정이 전이되어야 상대방의 이해를 이끌어 낼 수 있고 공감을 얻을 수도 있는 것이다.

그래서 직장에서나 친구들 간이나 이웃 간이나 친인척 간의 대화에서도 아이들과의 대화와 다르지 않다. 이성에 의한 접근보다는 따뜻한 감정과 감성이 들어간 대화를 해야 하다. 그리고 특히 항상 조심해서 말을 해야 한다. 말을 하기 전에는 의식을 한 다음에 분명한 의사를 가지고 해야한다. 잘못 뱉은 말 한마디가 살인을 저지르게도 할 수 있고, 평생의 비수가 되어 가슴속에 영원히 남기도 한다.

우리 인간은 감정을 먹고 살아가는 동물이다. 이성을 먹고 살아가지는 않는다. 훈계를 하여 누군가를 바꾸어 보려는 시도는 금물이다. 우리가 상대방을 진정으로 이해하려고 하면 이 따뜻한 감정에 기대어 상대방을 바라봐야 한다. 감정의 상태를 파악하고 나서 이성적으로 접근을 해야 접근을 할 수 있다. 상대방이 슬퍼할 때 같이 슬퍼하고, 아파할 때 아파하고 같이 감정을 교감하고 교류할 때 자연적으로 바꾸어지게 되는 것이다.

상대방에 대한 진정한 배려가 필요하다. 우리 인간은 매우 나약한 존재이고 불안정한 존재이므로 항상 도움을 필요로 한다. 화가 나거나 힘이 들 때 배려의 말 한마디가 죽어가는 사람을 살릴 수도 있고 일으켜 세울 수 있다. 그리고 이런 배려의 말들이 넘쳐날 때 이 사회는 더 밝아지고 행복해질 것이다.

그리고 성인들에게는 위와 같이 감정을 뛰어넘는 새로운 자극이 필요하다. 아이들은 뇌가 성숙되어 있지 않기 때문에 감정의 공감만으로도 충분히 이끌어 낼 수 있지만 어느 정도 성인이 되면 감정만으로 이끌어내기는 어렵고 감정을 통제할 수 있는 새로운 접근을 해야 한다. 위에서 말한 바와 같이 우리가 살아가면서 희로애락을 느끼는 것이 감정이다. 이에 비하여 자신의 감정을 잘 다스리면서 상대방의 감정을 진심으로 이해하고 존중하면서 지각하여 공감을 불러일으키는 것이 감성이다. 감성은 이런 실질적인 감정을 통제할 수 있고 마음을 움직일 수 있게 만드는 유일하게 인간만이 가지는 고도의 정신 스킬이다.

인간의 고도의 스킬인 감성을 이용하여 마음을 움직이는 곳이 마케팅 분야다. 사람들은 모든 물건을 이성적으로 구매하지는 않는다. 감성 마케팅, 감성 경영이라고 해서 감성에 호소하는 기법을 활용하여 광고도 만들고 감성을 이용하여 구매를 촉진시키는 것을 말한다. 지금은 모든 기업이 이 감성 경영에 사활을 걸고 있다고 말해도 틀린 말은 아닐 것이다. 기업의 이미지 제고를 위하여 이 감성 이미지를 가장 상위 목표에 두고 있다. 내가 여기서 언급을 안 해도 기업의 감성 경영은 이제 일상화되고 있다.

마지막으로 가정문제 상담소에서 제공한 상담 한 건을 소개하고자 한다. 우리가 보기에 보통 사람들이 살아가는 모습이지만 사소한 감정 다툼이 쌓이고 쌓이면 결과를 예측하기 어렵게 흘러가게 됨을 보여주고 있다.

A씨에게는 네 살 터울의 오빠가 있다. 지방에서 어린 시절을 보낸 A씨 남매는 대학 진학과 동시에 서울에서 집을 얻어 10년째 같이 살고 있다. '가장'을 대신한 오빠는 A씨가 대학에 입학할 때부터 공부 방법, 생활 습관 등을 간섭하기 시작했다. 그러나 오빠의 방식은 A씨에게 맞지 않았다. 혼자 책을 읽고, 정리 정돈을 하는 습관이 몸에 밴 오빠와 달리, A씨는 사람들과 함께 공부하는 걸 즐겼고 털털했다. 오빠는 A씨를 무척 한심하게 바라봤다. 습관처럼 '개념 없다', '네가 늘 그렇지'라는 말을 내뱉었다. 매일 그런 얘길 듣자 A씨는 예민해졌다. 언제부턴가 집에선 말문을 닫게 됐다. 어쩌다 오빠와 말을 섞으면, 사소한 의견 차이가 인신공격으로 끝나기 일쑤였다.

"사춘기 때도 안 한 가출을 떠올린 게 한두 번이 아니에요. 어느 날 지금까지 쓴 일기들을 보니 대부분이 오빠에 대한 원망이더군요. 유서를 쓴 적도 있어요. 오빠 말대로라면 전 하찮은 존재였고, 그래서 내가 왜 살아야 하나 싶었거든요."

　그는 오빠와의 관계를 '함께 있으면 상처가 되는, 남보다 못한 관계'라고
했다. 떨어져 사는 것 말곤 답이 없다고 생각했다. 하지만 서울 집값을 무
시하기 어렵고, 무엇보다 형제간 우애를 매우 중요하게 여기는 부모님 생
각에 선뜻 그럴 수 없었다. 그저 하루빨리 오빠가 결혼해서 분가하기를
기다릴 뿐이다. "남들 눈에는 아주 사소한 일일 거란 걸 알아요. 하지만
자그마치 10년이에요. 이젠 너무 지쳤어요."

10
| 기다림을 기다리며 |

1.

　기다림에는 일상적인 기다림과 숭고한 기다림으로 나눌 수 있다. 어떻
게 보면 인생은 기다림의 연속이라고 할 수 있다. 이 기다림이 모여서 인
생이라는 소설을 쓰게 되는 것이다. 우리 인간은 끊임없는 기다림을 만들
어낸다. 단순히 친구를 만나기 위하여, 사업상 지인을 만나기 위하여 혹
은 인생의 전환점을 만들기 위하여 우리는 많은 기다림을 갖는다. 서로
주제를 가지고 약속 장소를 정하고 시간을 정하여 만남을 가진다. 무엇보
다도 이성의 친구를 만나기 위하여 기다림을 가질 때 그 두근거림의 기억
을 누구나 간직하고 있을 것이다. 그리고 진실로 사랑하는 사람을 만나게
되었을 때 우리는 가정이라는 기다림의 결정물을 만들어 내기도 한다.
　일상적인 기다림이 대부분 쌍방적인 기다림이라면 숭고한 기다림은 일

방적일 때가 많다. 숭고한 기다림에는 쌍방적인 약속의 만남도 있겠지만 대부분 일방적인 한쪽의 기다림이기에 무작정 기다리거나 상대방의 마음이 변하기를 한없이 기다리기도 한다. 사실 사랑하는 사람에게 사랑의 속내를 내비쳤을 적에 그 상대방으로부터 승낙을 받아내는 것도 사실은 상대편도 그런 기다림의 속내를 감춰 왔기에 가능한 일일 것이다.

마거릿 미첼 원작의 영화 '바람과 함께 사라지다'는 1860년대 초반 미국 남부지방을 중심으로 남북 동족상쟁의 전쟁 속에서 피어나는 사랑 이야기를 소재로 한 고전영화다. 원작자인 마거릿 미첼은 남부 미국의 출신으로 중산층의 입장에서 남부 미국의 전통을 고수하는 흑인노예제도나 면화 생산을 위한 대규모 농장을 영위하기 위한 당시의 남부 미국의 가치체계를 옹호하는 소설로 알려져 많은 논란을 일으키기도 했지만 여주인공 스칼렛의 숨기지 않는 사랑의 열정과 좌절, 시대의 풍상을 겪으면서도 포기하지 않는 삶의 의지가 돋보이는 작품으로 많은 사랑을 받았던 소설이다.

여주인공 스칼렛(비비안 리 분)은 남북전쟁 중에 자신이 진실로 사랑한 애슐리에게 구애를 하지만 애슐리는 자신의 성향과 비슷한 귀족적 성향의 멜라니와 결혼해 버린다. 스칼렛은 이를 질투하여 멜라니의 오빠 찰스에게 결혼을 하는 것으로 영화의 즐거리는 전개된다.

지성적인 남부 대규모 농장의 귀족적인 성품의 애슐리에 비하여 스칼렛은 즉흥적이고 활동적이고 의지가 강하고 솔직한 여성으로 남북전쟁에 참가한 애슐리를 기다려 보지만 끝내 애슐리는 스칼렛의 기다림을 외면하고 그녀에게로 끝내 돌아오지 않는다. 애슐리를 향한 사랑의 기다림은 끝내 그녀를 외면하고 가혹하게 그녀를 비켜간다. 나중에 스칼렛은 투기로 막대한 부를 축적하고 오직 스칼렛만을 사랑하는 레트 버클리(클라크 케이블 분)와 결혼한다. 애슐리를 향했던 그녀의 마음을 접은 것은 애슐리의 부인인 멜라니가 죽고 모든 사랑의 대상이 소멸되고 나서야 비로소 자신이 애슐리를 사랑한 것은 환상이었다는 것을 뒤늦게 깨닫게 되고 진정으로 사랑하는 사람을 레트 버클리였음을 알게 된다.

여기서 두 엇갈린 사랑의 기다림, 스칼렛이 애슐리에 대한 기다림과 레트 버틀리가 스칼렛에 대한 기다림이라는 소재의 대비를 통하여 긴장감을 만들어 내고 있다. 그래서 이 영화는 이 시대의 불멸의 고전영화로 남아있는지도 모르지만 현대사회에 스칼렛 같은 순진무구하고 숭고한 사랑의 기다림을 찾아보기는 쉽지 않을 것이다. 이 영화에서 스칼렛과 애슐리 두 사람의 엇갈린 사랑은 이뤄지지는 않았지만 또 다른 엇갈린 사랑, 레트 버클리의 스칼렛을 향한 또 다른 사랑의 기다림은 이루어지게 되어 해피엔딩으로 끝을 맺는다.

상대방을 사랑하거나 이해하는 데에는 기다림이라는 고통과 인내를 동반하기도 하다. 우리 사회는 그리 쉽게 고통과 인내를 동반하는 기다림을 기다려 주지 않는다. 언제부터인가 우리 사회는 기다리지 못하는 사회로 급속하게 변하고 있다. 속도 경쟁이 미덕인 사회에서 기다림은 사치요, 무능함의 또 다른 표현으로 여겨진다. 기다림 없이 남보다 앞서가려는 조급증이 사람들의 여유와 부드러움을 빼앗아 가고 있다. 그러다 보니 사회는 점점 각박해지고 점점 더 사람들은 너그러움을 잃어가고 그런 악순환의 고리 속으로 내몰리고 있다. 공급자나 수요자 모두에게 기다림의 여유를 주지는 않는다. 그래서 요즘은 느릿느릿 행동을 하는 사람들을 바보 취급하기도 한다.

그래서인지 요즘 기업에서는 취업생의 당락을 결정하는 마지막 면접 질문에서 즉각 즉각 앵무새처럼 답변을 잘하는 시험생을 선호하고, 느릿느릿하고 어눌한 말투의 시험생을 선호하지는 않는다. 결코 차분한 생각을 기다려 주지 않는다. 경제개발을 위하여 압축 성장을 해온 정부나 기업

입장에서 보면 느릿느릿하고 차분한 거북이보다는 약삭빠르고 눈치 빠른 토끼를 선호하는 것은 당연한 결정일 수 있을 것이다. 요즘같이 '빨리 빨리'에 익숙한 세대들에게 "조금만 기다려 달라"는 요청은 미덕이 아님을 감내해야 한다. 조금이라도 늦어지게 되면 험악한 인상을 쓰고 소리를 지르고 야단들이다. 기다림에 지친 것이 아니라 기다림에 익숙하지 못하여 여유로움을 잊어버린 것이다.

2.

겨울이 매서울수록 우리는 따뜻한 봄을 기다린다. 한동안 지하철로 출퇴근을 하면서 지상의 역사에서 환승을 한 적이 있다. 그 넓은 2층 환승 역사에는 비둘기들이 겨울을 나면서 배설한 배설물들이 역사 내 천장 여기저기에 희끗희끗 쌓여 있고, 그 배설물들이 얼어붙어 더 스산하다. 커다란 터널 역사 안으로 차가운 바람이 세차게 불어오면 사람들은 옷깃을 여미기에 바빠진다. 환승 전철을 잠깐 기다리면서 그 역사 안에서 어떤 기다림이 순간적으로 나를 감싸 안음을 느낀 적이 있다.

아침 출근길 지하철 역내에서 문득 당신의 모습을 본 듯하다.
가슴팍으로 찾아드는 당신의 손길에
난 몸서리치면서 손으로 밀어냈다.
겨우내 역내에 둥지를 튼 비둘기들도 당신의 존재를 알 듯이
당신을 맞을 준비에
역내 높은 천장으로 한줄기 비행을 한다.
삼짇날의 존재는 이미 퇴색되었지만
제비꽃 피던 시절에

당신, 봄을 기다리던 시절이 한참 전에 있었다는 것을
우수를 지나 개구리가 깨어나는 경칩으로 가는
이 옷깃 여민 시절에
아침 출근길에서 나는 문득 당신의 존재를 알게 되었다.
이 회색의 도시에도 남풍이 불어오는 시절이 있다는 것을.

우수가 막 지난 어느 날, 찬바람이 잦아들더니 한 무리의 비둘기들이 한줄기 봄의 기운을 알아차렸는지 넓은 역사의 공간을 선회한다. 예전의 삼월 삼짇날 이때쯤이면 초가지붕 처마 밑에 둥지를 틀던 제비들이 지금쯤 강남에서 돌아올 채비를 할지도 모르겠지만 제비를 볼 수 없다는 생각이 우리를 슬프게 한다. 언젠가부터 강남 간 제비를 기다리는 기다림이 사라져 버렸다. 독일의 에세이 작가인 안톤 슈낙의 수필집 『우리를 슬프게 하는 것들』처럼 말이다.

그러나 이 시대에 우리를 슬프게 하는 것들이 이것 하나만 있을까? 가을이 되면 남쪽으로 열을 지어 날아가는 철새 떼를 볼 수 없어 우리를 슬프게 하지만 요즘은 이런 사라져 가는 것들에 대한 슬픔은 슬픔이 아니다. 우리가 우리 아이들을 키우면서 우리 아이들을 더 슬프게 한다. 젖이 막 떨어지자마자 엄마도 제대로 알아보지 못하는 어린 자식을 갓 태어난 노란 햇병아리들을 소쿠리 안으로 몰고 가듯이 유치원으로 몰고 가는 것이 우리를 슬프게 한다. 그때부터 아이들은 혼자 지내고 혼자 울면서 인생의 매운맛을 보면서 살아가는 방법을 터득해야 한다. 태어나자마자 아이들은 들판의 아지랑이 사이로 자라는 푸른 초목을 보고 지저귀는 종달새의 노래를 듣는 것 대신에 삭막한 도심의 회색 콘크리트 숲과 여기저기서 울리는 자동차의 경적 소리를 보고 듣고 자라난다.

요즘 부모들은 부모들대로 아침부터 울리는 몇 번의 알람 소리에 부산히 일어나서 가족들 식사 챙기고 자녀들 등교시키고 급히 차를 몰고 길을 나서면 주차장 같은 도로를 간신히 빠져나와 회사에 출근한다. 그들을 기다리는 빡빡한 회사 업무에 정신없이 매달리다가 퇴근하면서 자녀들을 집으로 다시 데려오는 이런 일상의 생활들이 모양만 달라질 뿐 평생 계속된다. 이런 일상에서 기다림의 여유로움은 어느 곳에서도 찾아볼 수가 없다. 슬픈 우리들의 자화상이다.

농사를 짓던 농경사회에서는 기다림을 미덕으로 하던 시대이다. 어떤 대상을 기다리기도 하고 그리워하기도 하고 세월이라는 시간을 기다리기도 한다. 농부들은 해가 뜨면 쇠스랑을 챙겨 어깨에 메고 들판으로부터 불어오는 대지의 소리를 들으면서 콧노래를 부르며 일터로 향했다. 봄이 되면 씨앗을 심어놓고 잠들어 있는 조그만 씨앗이 흙과 물과 바람을 만나서 신비스럽게도 싹을 잉태하고 여름이면 뜨거운 열기가 가득한 태양의 햇빛과 천둥과 장마 그리고 가뭄이라는 시련을 거쳐서 가을이면 탐스러운 열매를 맺는 것을 바라보면서 긴 인내를 가지고 기다렸다. 그래서 외국 속담에 "가장 용기 있는 자만이 가질 수 있는 직업은 농부"라는 말도 있는 것이다.

바쁜 일상에 지쳐 갈쯤이면 농사 일 중간 중간에 먹던 새참의 기억들을 떠올리곤 했다. 아침 일찍 일어나 논밭으로 나가 일하다 시장기를 느낄 즈음 정성스레 만들어온 새참을 나무 그늘에 앉아 맛있게 먹던 모습들을 끄집어내곤 한다. 이럴 때 막걸리 한잔이라도 걸치며 힘든 육체의 고통은 어느 순간 사라지고 일하는 즐거움이 샘솟았던 기억들과 나무 그늘에 누워 잠깐의 휴식을 즐기던 모습들을 떠올리며 위안을 삼는다. 이렇듯이 잠깐의 시간여행을 다녀오기도 하고 가끔은 잃어버린 그리움에 대한

다음과 같은 산문의 시간여행을 떠나기도 한다.

나는 왼쪽 발가락은 무거운 솜이불 속에서 서서히 꼼지락거리고 있었다. 시간을 기다리는 달팽이처럼 나의 발가락은 달팽이의 착 달라붙은 다리처럼 시간을 거슬러 올라가고 있었다.

이불 속에 느린 시간이 들어와서 홑이불의 바늘땀을 밟고 한 걸음 한 걸음 타고 올라갔다. 홑이불 밖으로 삐져나온 나의 발꿈치가 끝 창틀을 건너가면 따스한 날 멀리 나팔꽃이 느리게 줄을 타고 올라가는 길옆으로 잔잔한 시냇물이 느릿느릿한 걸음으로 흘러가는 소리를 가만 가만 듣고 했다.

멀리서 기차의 기적 소리가 울리듯이 알지 못하는 긴 여운의 소리가 사라져 가고, 그 여운 사이로 동네의 초가지붕 위로 어머니들이 저녁을 준비하는 연기가 스멀스멀 하늘로 올라가면 동네 어귀에서 놀던 아이들의 재잘거림도 어느새 잦아들고 동네 개들의 울음소리가 어둠 속으로 파묻히면 소리 없는 적막감만이 검은 지평선에 남아 있었다. 그러면 나의 왼쪽 발가락은 또 다시 꼼지락거리며 시간을 거슬러 올라갈 채비를 했다.

우리는 위의 산문시와 같이 가끔은 몽상을 즐기기도 한다. 소리 없는 시간여행을 즐기곤 했다. 국민학교 시절 몸이 아프다는 핑계를 대고 학교에 가지 않고 방 안의 이불 속에 누워 거짓으로 끙끙 앓던 모습들을 몽상하면 나는 실소를 금할 수 없다. 부모님과 형제들이 다 나간 따스한 온돌방 안에서 약간의 불안감과 죄책감에 시달리기도 하는 이런 달콤한 기억을 여러분도 가지고 있을 것이다.

3.

　오래전에 발행된 어떤 월간지에서 읽었던 것으로 한 청춘남녀의 기다림의 사랑 이야기를 소개하고자 한다. 유럽에 어떤 젊은 한 쌍이 사랑을 나누었다. 두 연인이 열렬히 사랑하여 결혼을 약속하였다. 하지만 여인이 사랑한 그 청년은 등반가로 지구의 최고봉인 네팔의 히말라야 고원을 그리워했다. 그러던 어느 날 그 청년은 사랑하는 여인에게 에베레스트의 에델바이스를 결혼 기념으로 꺾어다 준다는 말을 남기고 등반을 떠났다. 청년이 떠나간 후 그 여인은 그 청년을 한없이 기다렸다. 한 달이 지나고, 두 달이 지나고. 그리고 1년이 지나고, 2년이 지나고 그리고 30년이 지나고 50년이 지나도 결혼을 약속한 청년은 돌아오지 않았다.

　그 사이 여인의 검은 머릿결은 어느새 백발이 성성하게 변해가고, 기다리다 지쳐 할머니가 된 그녀는 청년이 등반을 시작한 에베레스트의 빙하 녹은 물이 흘러내리는 한 마을 냇가에 앉아 하염없이 청년을 기다렸다. 그러던 어느 날 신기하게도 그 시냇물 위로 빙하의 눈꽃과 함께 검은 머리를 한 젊은 청년이 시냇물 위로 둥둥 떠내려 오고 있었다. 백발이 성성한 그 여인은 손자뻘보다도 젊디젊은 청년을 부여잡고 한없이 울었다.

　이와 같이 기다림에는 우리가 알지 못하는 숭고한 미학이 존재하기도 한다. 기다림은 자신의 시간을 상대방에게 양여하기도 한다. 다시 말해 숭고한 기다림은 자신의 시간 수명을 그 대상에게 아무런 대가 없이 주어버리는 일이기도 하다. 에베레스트 산에서 에델바이스 꽃을 들고 찾아오겠다던 청년을 기다리던 그 여인은 청년을 산으로 보낸 이후 주변 사람들로부터 수많은 유혹과 비난을 받았을 것이다. 그런 유혹과 비난을 감내하고 자신이 스스로 선택한 결정을 믿고 기다렸다. 그러나 그 믿음은 자연의 냉혹함에 져버렸지만 자신이 기다린 시간의 숭고함은 그 무엇과도 바꿀 수 없었을 것이다.

우리의 육체는 여리디여려 시간이 흐르면 검은 머리도 하얗게 탈색이 되고 젊은 날의 팽팽하고 아름답던 얼굴도 주름지고 쭈글쭈글하게 변해 가지만 반면에 우리의 정신은 강하디강하게 변할 수 있음을 증명하고 있다. 인간의 정신은 육체와 달리 얼마나 건강하게 유지시키느냐에 따라 검은색을 띨 수도 있고 푸른 초록색을 띨 수도 있을 것이다.

기다림은 인간만이 창조해낸 감성 중 최고의 정점이 있다고 할 수 있다. 우리는 메시아의 구원을 기다리기도 한다. 서로 간에 신뢰할 만한 약속이나 언질은 없었으나 현실의 삶보다 더 높은 구원을 얻기 위하여 미래에 언제 다가올지 모르는 메시아를 기다리며 마음을 정화하고 몸을 정갈하게 단장한다. 메시아의 구원을 기다리는 것은 일방적인 기다림이다. 오직 자신의 신뢰를 믿고 의심 없이 세대를 뛰어넘어 기다린다.

11
| 골목길에 대한 잔상 |

〈산문시〉

골목길

그 도시의 계곡을 따라 한참을 쭉 걷다 보면 그 길에 다다랐다.

지난 시간의 한편에 오버랩되어 있는 그곳을 우리는 ' 언덕 위에 있는 가장 좁은 길'이라고 마음속으로 명명한 적이 있었다.

달이 가장 먼저 뜨는 동네의 언덕 위에 존재하는 길, 즉 그 길이 있는 곳은 도심 한복판의 하늘 아래 첫 동네였고 길이 시작되는 첫 시발점이었다. 그 길은 본디 물이 흐르던 계곡이었는데 아름아름 계곡을 따라 복개가 되어 골목길이 나더니 한 집 한 집 집들이 세워지고 그 주변으로 동네가 들어섰다.

그 집들은 처자식들과 함께 밤이면 징으로 터를 잡고 돌을 깨고 넓혀서 지었다.

동네는 화강암 산 위에 자리하여 정이 먹히지도 않아 밤새 정 소리가 쩡쩡거리며 동네 밤하늘을 울렸다.

너나없이 입에 풀칠하기가 어려워 굶기를 밥 먹듯 하였지만 반대편 '도독골의 양옥집'이 즐비한 동네만은 예외였다.

속칭 꿩이 많다 하여 지어진 '꿩의 바다'가 자리한 반대편의 동네는 하루가 멀다 하고 공작의 날개가 펴지듯이 산 위로 휘황찬란하게 집들이 한 집 두 집 들어섰다. 밤이면 밤하늘의 별빛마냥 빛났다.

백목련이 피어나던 꿩의 바다의 동네와는 다르게 이 똥 골의 동네 골목길 언덕 위에는 아카시아가 피고 장미보다 코스모스가 피어나던 그 길을 우리는 무척이나 자랑스러워하였지만 사실은 거친 콘크리트며 벽돌과 담장으로 덮인 삭막한 들판 같은 곳이었다.

아이들이 책가방을 메고 덜그럭거리며 다니던 그 길은 거칠고 경사가 깊었고 동네 주민들은 그런 길을 어깨를 부대끼며 올라 다녔다.

계단이 있을 법했지만 계단은 존재하지 않았고 꺼칠한 시멘트로 미장되어지고 대충대충 발라진 길이었다.

그 길로 아이들은 방과 후만 되면 북청 물장수가 되어 무릎에 피멍이 들

도록 넘어지며 우물물을 길어 나르고 지게가 부서지도록 19공탄을 지어
날랐다.

가끔가다 힘에 부친 아이들에게서 제풀에 못 이겨 새끼줄을 끊고 탈출
한 연탄들이 골목길을 나뒹굴곤 했다.

그 길은 코훌리개 아이의 콧물처럼 쭉 이어져 도심의 한가운데의 매끈한
길로 연결되어 있었고 '꿩의 바다' 길도 종단에는 도심의 매끈하고 큰길
로 나아가고 있었다.

이 변두리 도심 동네 새벽 높은 하늘에는 허기진 아이들을 채가기라도
하듯 솔개 무리가 긴 날개를 펴고 활공을 하곤 했다.

새털 같은 창공에 솔개들이 저승의 사자들처럼 떼를 지어 선회하기라도
하는 날엔 동네 새댁들은 갓난아이 간수하기에 바빴다.

흑백 TV가 동네 이장 집에 들어오던 날 세상은 한번 뒤집어졌다.

그 흑백 TV 너머로 복싱의 김기수 선수 경기와 레슬링의 김일 선수 박치
기의 함성이 2002년의 월드컵의 함성보다도 더 크게 새어 나오곤 했다.

그리고 공중수도가 동네 한복판 삼거리 골목길에 개통되는 날 아이들의
어깨도 함께 개통되었다.

콸콸 쏟아지는 공중수도에는 허구한 날 갓 입학한 초등학생들처럼 물통
들이 나래비하고 애들은 저녁나절 물을 길어 날랐다.

공중수도로 가기 전 그 길 맨 위 반달처럼 이어진 길가에 살고 있는 무당
의 딸은 예뻤다. 그 예쁜 딸이 보고 싶어지면 아이들은 잰걸음으로 걸어
서 그 서낭당처럼 느껴지던 길을 지나가곤 했다.

모두 약속이나 한 듯이 힐끗 그 집 대문 안을 고개를 돌려 예쁜 딸을 보
고 가곤 했다.

그 골목길의 아낙네들의 목소리는 유난히 커서 온 동네를 들었다 놓았다
하곤 했다.

서로 머리끄덩이라도 잡고 싸움질이라도 하는 날에는 아래쪽 동네 구경꾼들까지 삽시간에 폭풍처럼 몰려와서 온 동네가 난장판이 되곤 했다.

함석지붕이 어깨 높이로 길게 튀어 나와 있던 그 골목 내리막길에서 주인집 아주머니의 짐을 들어주다 함석에 손등에 깊은 상처를 입은 적이 있는 나는 가끔 꿈속에서 그 길에 놀라 깬 적이 있지만 그래도 그 골목길은 나의 꿈의 원천이 되었다.

여기 하나, 저기 하나 자란 호박은 동네 식탁을 풍성하게 하고 아이들은 쑥쑥 자라나고, 동네 새댁들은 둥그런 호박처럼 아이를 쑥쑥 임신했고, 여기 저기 아이들의 웃음소리가 골목길에 가득했다. 햇빛 좋은 날에는 높은 장독대 여기저기 기저귀 빨래가 널려서 아이들 냄새가 진동했다.

그 골목길로 어느 날 상여가 나왔다. 동네 사람들이 허구한 날 연탄가스에 중독되어 구급차에 실려 나오던 그 길로, 세상의 무게를 이겨내지 못하고 불혹을 갓 넘긴 늙은 총각이 술 배로 곯아 죽어 넘어져서 나왔다. 그 동네의 천덕꾸러기로 변변한 가정도 꾸리지 못하고 세상을 등졌다. 평생 동네 똥을 퍼 술판을 벌이던 할아범도 소문 없이 저승길로 가버렸다. 마음만은 비단결 같던 할아범의 움푹 팬 웃음 띤 얼굴이 아직도 골목길에 장승처럼 어른거렸다. 동네 만댕이에는 똥밭이 지천이었다. 할아범이 부어놓은 똥밭의 똥통에 아이들은 속절없이 빠져 허부적거리면 저녁내 그 집 안은 푸닥거리하듯 시끄러웠다. 할아범이 부어놓은 똥밭 옆으로 호박은 지천으로 자라나서 온 동네 똥밭을 뒤덮었다.

달빛 동네의 골목길은 아래의 도심 쪽으로 흘러내리고 있었다.

국민학교를 변변히 마친 반반한 아이들은 제 살길을 찾아 이 골목길을 내려가더니 다시는 올라오지 않고 뿔뿔이 흩어져 얼굴조차 가물거린다.

동네의 모든 이야기들이 아폴리네르가 쓴 시 '비가 내리네'처럼 비가 되어 이 골목길로 흐르곤 했지만 어느덧 그 골목길은 찌들고 병든 사람만이 걸어다는 길로 바뀌었다.

골목길에서 놀던 모자란 아이도 청춘을 공장에서 보내고 벌써 반백의 어른이 되어 이제 병든 육신을 건성이고 그 골목길에 어슬렁거리고 있다.

재잘거리고 자치기하며 놀던 그 골목길의 아이들은 젊은이가 되어 다 떠나가고 병자들만이 모여 사는 곳이 되어가고 있다.

골목길 아래로는 언제부터인가 큰길이 나 자동차들이 빙빙 돌다 내려가고 그 흔하던 소문들도 빙글빙글 돌다 다시는 골목길로 올라오지도 못했다.

그 골목길에는 그 흔한 재개발도 못 미치고 소방도로만 나서 일방통행으로 마을버스가 다니기 시작했다.

시궁창 향기 나던 하수도는 사람들이 다니던 골목길 깊숙이 파묻히고 말끔하게 단장이 돼 개벽이 되어 버렸다.

언젠가부터 솔개들이 돌던 높은 하늘 자리에는 떼까마귀들이 자리를 차지하고 골목길 모퉁이에는 평화의 메신저인 비둘기들이 천덕꾸러기가 되어 모이를 쪼고 있었다.

그 골목길로 스멀스멀 안개들이 피어오르듯이 흘러간 세월의 흔적이 벽화가 되어 피어나고 있었다.

골목길에 다다르면 서성이게 된다. 나도 모르는 사이에 발걸음이 더디어지고 골목길 안으로 들어가고 싶어지는 충동을 느낀다. 앞이 딱 트여 전망이 다 보이는 길보다는 구불구불하여 앞이 보이지 않는 골목길은 호기심을 불러일으킨다. 골목길에 살아본 사람들이라면 골목길에 대한 이런 잔상을 가지고 있을 것이다.

개발시대에 골목길은 빈천을 구분하는 기준이 되기에 충분했다. 차들이 올라 다닐 수 있는 길과 사람만이 다닐 수 있는 길이 빈천을 구분하는 기준이 된 적이 있었다. 6·25 동란이 끝나가고 농촌의 농민들이 살기 위하여 너나없이 세간살이를 들쳐 업고 서울로, 서울로 올라와 산등성이에 터를 잡고 집을 짓고 살았다. 특히 연고도 없는 시골서 소작농 농사를 짓던 촌부들은 산동네 빈 공지에 말뚝을 박고 비둘기 집처럼 다닥다닥 무허가로 집을 지었다. 구멍이 숭숭 난 보루꾸로 벽을 만들고 서까래를 올리고 지붕에는 루핑을 둘러 비바람을 막아 살기 시작했다. 그리고 재개발에 밀린 일부 도시민들이 꾸물꾸물 이 동네로 이사와 터를 잡고 빈 공지의 손바닥만 한 땅에는 텃밭을 일구고 살아갔다. 특히 보루꾸로 얼기설기 올린 집들은 허름허름하여 집쥐들이 살기에 안성맞춤이어서 밤이면 지붕 천장에 터를 짓고 살면서 여기저기서 찍찍거렸다. 한마디로 사람들과 쥐들이 같은 판자집에 동거하면서 사이좋게 살았다.

골목길이라 하면 유럽의 근사한 건물의 뒷길을 떠올리기도 할 것이다. 스페인이나 모로코, 이탈리아, 프랑스, 동부 유럽 등 중세유럽의 골목길들이 아직도 근사하게 남아 있어서 이 골목길 투어를 취급하는 상품도 등장하여 많은 사람들이 즐겨 관광하기도 한다. 제라늄과 팬지 같은 꽃들이 창문을 장식하고 있는 유럽의 골목길을 걷노라면 부러움을 넘어 남을 배려하는 그들의 심성을 엿보는 듯하여 기분이 상쾌해짐을 느낀다. 당나귀가 오르내리는 그리스의 산토리니 섬의 골목길의 모습은 우리나라의 달동네의 골목길과 닮아 보이지만 청백의 색의 조화가 아름답고 파란 하늘과도 잘 어울리는 그 길은 이미 세계의 관광객들의 길이 돼 버렸고 중세 유럽의 성내 대부분의 거리와 모로코 페스의 메디나의 골목길은 의도적인 목적으로 한두 명이 들고날 수 있도록 좁은 미로를 계획하여 전쟁을 방비한 경우도 많았지만 서울 도심의 골목길은 이런 중세 유럽의 근사한 전경의 골목길도 아니고 전쟁을 대비하여 좁게 만든 길도 아니다. 한국의 골목길은 일이십 년 만에 부자연스럽게 이루어진 급조된 골목길의 형태를 띠고 있다. 조선시대부터 한양 사대부들이 살던 일부의 한옥 주택가의 골목길은 계획에 의거 그나마 곧게 정형화되어 곧고 바른 골목길의 형태를 유지하고 있으나 달동네의 골목길은 제 생기고 싶은 대로 되나가나 형성되었다.

이런 달동네의 골목길은 삶의 원천이었다. 부모님들은 다 품 팔러 나가면 차가 들어갈 수 없는 좁은 골목길은 불행하게도 아이들의 차지가 되었다. 학교에 갔다 온 아이들은 학교에서 낸 숙제보다는 부모님들이 낸 숙제를 챙기기에 바쁘던 시절이어서 부엌의 항아리에 물이 떨어지면 물을 길었고, 광에 연탄이 떨어지면 연탄을 지어 나르기 바빴다. 그리고 짬이 나면 동네 또래의 아이들과 팽이치기며 구슬치기며, 딱지치기 등을 하고 어울렸다.

당초에 희망이 없던 그 골목길은 부모님들에게 희망이 있는 길이 되었다. 동네의 소문은 화살보다 빨라서 저 집의 누구는 학교에서 공부를 몇 등 하느니 하는 소문은 금방 동네에 퍼지곤 해서 그런 아이를 둔 부모들의 어깨는 늘 꼿꼿해져 있곤 했다. 어느 집 아들이 대학에 들어가고 어느 집 딸이 시집을 가고, 누구네 아들이 군대에 갔다는 소문은 금방 골목길을 따라서 퍼져 나가곤 했다.

골목길은 사람냄새가 나는 길이다. 흉흉한 소문보다는 따뜻한 소문이 소통이 되고 너나없이 어려운 삶이었지만 서로 돕고 서로 나누는 공동의 길이었다. 딸자식을 둔 부모들도 이 골목길에 들어서면 안심을 했고, 어린 자녀를 둔 부모들은 이 골목길에서만큼은 아무렇지도 않게 내어 길렀다. 여기저기 아이들은 동네 사람들이 돌봐주고 위험에 처하면 누구다 할 것 없이 발 벗고 나섰다. 통행금지가 되어 골목길이 쥐 죽은 듯이 정적에 휩싸이면 야간 방범대원들의 목탁소리가 꿈결처럼 동네에 울려 퍼지곤 했다. 골목길은 좁고 협소했지만 열린 공간이었던 셈이다. 그러나 불행스럽게도 공부라도 곧잘 하는 아이들은 잘난 직장을 얻어 그 골목길에서 멀어져 갔다.

그런 골목길이 언젠가부터 외면 받고 있었다. 사람들은 신분 상승을 꿈꾸며 한둘 떠나가고 자식들도 부채를 떨어버리듯이 결혼을 하여 떠나갔다. 어느 날 보니 골목길은 바람만이 통과하는 휑한 골목길로 바뀌어져 있었다. 그 골목길을 통해 소통하던 소문도 잦아들더니 이제는 아무도 그 집에 살던 사람들이 어디에 사는지조차 알 수가 없게 되었다.

이런 골목길이 재개발되고 재건축되어 대단위 아파트로 변모해갔다. 산에서 내려오던 골목길은 육중한 불도저에 밀려 흔적도 없이 사라지고 그 위로 높은 빌딩이나 아파트가 들어서고 있다. 서로 의지하며 살아가던 골목길이 회색의 공간으로 바뀌어 가고 있다. 골목길이 수많은 이야기를 간직한 채 서서히 역사의 뒤안길로 사라져 가고 있다.